莎士比亚全集

The COMPLETE WORKS of WILLIAM SHAKESPEARE

8

·第八卷·

[英] 威廉·莎士比亚 ♦ 著
梁实秋 ♦ 译

湖南文艺出版社
HUNAN LITERATURE AND ART PUBLISHING HOUSE
博集天卷
CS-BOOKY
·长沙·

目 录

亨利六世（上）

The First Part of King Henry the Sixth

序

一　版本与著作人问题

《亨利六世上篇》在莎士比亚生时没有印行过，初刊于一六二三年的第一对折本里，第一对折本的登记有这样的字样：

Mr William Shakspeers Comedyes Histories, and Tragedyes soe manie of the said Copies as are not formerly entred to other men.vizt... The thirde parte of Henry ye Sixt...

这所谓 The thirde parte（第三部）实际即是“上篇”，因为中下两篇此前已在另外名义下登记过了，自然无须再为声明。

上篇在文字上有许多不规则、矛盾和前后不符处，例如人名的形式与拼法常有出入，诗的形式常有变化〔据威尔孙教授估计音节过多的诗行（hypometrical lines）有三十，音节缺陷的诗行（defective lines）有二十五〕，历史的事实有时矛盾而前后不能贯穿。因此这部戏的著作人遂成为问题。耶鲁本编者 Tucker Brooke 分析各家意见，综为四类：

（一）莎士比亚未参加此剧之编写。Richard Farmer、Malone、Drake、Collier、Dowden、Furnivall 均持否定的意见。

（二）全剧为莎士比亚所写。Samuel Johnson 说："仅从作品之拙劣不能抽绎出任何结论；天才的作品是会有瑕瑜互见的现象的。" Steevens 申述说："这一部历史剧可能是莎氏最早的作品之一；每一诗人开始写作生涯都是靠了模仿。所以莎士比亚在独辟蹊径以前也许是规规矩矩地因袭了前人的作风。" Capell、Charles Knight，美国的 Verplanck 与 Hudson，以及几乎全部的德国批评家如 Schlegel、Bodenstedt、Delius、Ulrici、Sarrazin、Brandl、Creizenach（唯一例外是 Gervinus），均主是说。近年的英国学者如 Courthope（*History of English Poetry*，Vol. iv，Appendix，1903）以及新亚顿本编者 Andrew S.Cairncross（1960）同样地主张甚力。

（三）莎士比亚与其他作家合作此剧。Grant White 说："莎士比亚来到伦敦之后两三年内，即大约一五八七年或一五八八年之际，他受雇帮助 Marlowe、Greene，甚或 Peele 把亨利王六世一生事迹编为戏剧。"（*Essay on the Authorship of King Henry the Sixth*，1859）。旧亚顿本编者 H.C.Hart 说："我认为没有理由去寻求一部想象的较早期的完整剧本。……我们可以很容易想象得到莎士比亚是被邀请帮助 Greene 与 Peele 从事编剧。"

（四）莎士比亚独力自行修改别人所作较早期的一部作品。Theobald 好像是第一个创为此一学说的，他说："这三部戏中虽有几处老到的笔触，显然无疑的是出自莎士比亚的手笔，但我仍不能无疑是否全部为他所写。除非这三部戏是他在很早的时期所写，否则我便不能不认为这三部戏当初只是舞台脚本交由他来加以润饰的。" Coleridge、Gervinus、Staunton、Halliwell Phillipps、Dyce 均持此说。Fleay 说得很具体，他以为《亨利六世上篇》本为 Marlowe 协同 Kyd、Peele、Lodge 所作，由女王剧团（The Queen's men）

演出，后由该剧团将此剧本连同其道具售予 Lord Strange’s men（即莎士比亚的剧团），于是莎士比亚添写了有关塔尔伯特部分，以崭新的戏剧的姿态于一五九二年演出（*Life and Work of Shakespeare*, 1886）。Rives（1874）以为旧戏是只以法兰西战事为限，莎士比亚予以修订并扩增。Henneman（1901）的主张亦大略相同。Rolfe 与 Sidney Lee 把莎士比亚的修订工作缩减到几个景；而 Ward、Gollancz、Schelling 则强调莎士比亚不是“修订者”，而是原剧的“增补者”。

诚如耶鲁本编者所说，以上四派学说在现代最为大多数所拥护者为第四说。我们既不能否认此剧为莎氏之作，又不能承认其全为莎氏手笔，合作之说更难征信，当然只好接受“修改”的说法。剧中哪一部分是莎氏手笔呢？一般公认的有下列部分：

第二幕第四景（庙堂花园的争议）；

第二幕第五景（毛提默之死）；

第四幕第二至七景（塔尔伯特之死）；

第五幕第三景（色佛克向玛格莱特求婚一段）。

二　著作年代

如果我们承认《亨利六世上篇》原稿不是莎士比亚的而是经过他的修改增补的，那么原稿作于何时，莎氏修补又在何时，这是很难决定的问题。我们现在只能就现有的这个剧本整个地加以探讨。

无疑的亨利六世三部曲是莎士比亚最早的历史剧的尝试。可是密尔斯（Meres）没有提起这出戏。也许密尔斯的戏单只是举例的性质，并不一定要包括莎氏所有作品。最早提到此剧的是汉斯娄（Philip Henslowe）的日记，一五九二年三月三日*Harey the vj*上演于玫瑰剧院。汉斯娄没有提莎士比亚的名字，但是玫瑰剧院正是莎士比亚剧团在那时所使用的剧院。此剧连演了十四五天。我们相信这个*Harey the vj*即是《亨利六世上篇》。

Thomas Nashe在一五九二年印行了一本讽刺文*Pierce Penilesse his Supplication to the Diwell*，里面有这样一句："塔尔伯特（法国人的最怕的人物）若是想到在坟墓里安眠二百年之后还能在舞台上耀武扬威，还有万千观众（在各个演出时间）洒泪在他的朽骨之上，还能借了演员的饰演让观众于想象中目睹他淌流鲜血，他将是何等地快乐。"这足以证明此剧在一五九二年时已经大受欢迎。

汉斯娄明白地说*Harey the vj*是一出"新"戏。所谓新，可能是新编的，也可能是戏团新购入新排演的。如果我们相信这个"新"戏即是《亨利六世上篇》，并且内中包括了莎士比亚的修补，那么莎士比亚所加工修补的原剧其完成至少当略早于一五九二年。F.E.Halliday列此剧之写作为一五八九—一五九〇年，大致是不错的。新亚顿本编者Cairncross似亦同意一五九〇年的说法。

三　故事的来源

《亨利六世》是历史剧，其故事来源当然是历史，莎士比亚的主要根据是何林塞的《史记》（*Holinshed's Chronicle of England*, 2nd ed., 1587）。但是有些地方，例如第四幕第五景与第六景里塔尔伯特和他儿子的对话，便不是根据何林塞，而是根据一部较早的史书，Edward Halle : *The Union of the Two Noble and Illustre Famelies of Lancastre and Yorke*，2nd issue，1548。事实上何林塞也常抄袭 Halle。

在《亨利六世上篇》里，莎士比亚并没有忠实地按照历史编排，其中史实的年代往往有错乱，例如此剧开场是亨利五世的发丧，这是一四二二年十一月七日的事，当时亨利六世还没有满一周岁，而剧中称他为“an effeminate prince...like a schoolboy”。剧中最后的一件事是塔尔伯特死后躯体的发现，那是一四五三年七月十七日的事，把三十一年的事迹凑在一出戏里了。其他年代错误的例子还有很多。至于第二幕第四景之花园摘玫瑰，以及第二幕第二景欧瓦聂伯爵夫人之企图捕获塔尔伯特等等，则根本没有历史根据可寻。

不忠于历史的若干情节并不足为病，因为看戏的人并不希望从戏剧里印证史实。近代观众所最感觉不快的当是关于贞德的歪曲描写。在这戏里，这个十八岁的一代英杰被形容为一个荡妇，一个巫婆！虽然这一切污蔑大部分是取自何林塞，虽然那时代的观众欢迎充满狭隘爱国精神的作品，我们对于戏剧作者之未能超然地冷静地描述史实，是不能不觉得有所遗憾的。

剧中人物

亨利王六世（King Henry the Sixth）。

格劳斯特公爵（Duke of Gloucester），国王之叔，摄政王。

白德福公爵（Duke of Bedford），国王之叔，法兰西摄政王。

陶玛斯・鲍福（Thomas Beaufort），哀克塞特公爵，国王之叔祖父。

亨利・鲍福（Henry Beaufort），国王之叔祖父；文柴斯特主教，后为枢机主教。

约翰・鲍福（John Beaufort），萨默塞伯爵，后晋封公爵。

利查・普兰塔真奈（Richard Plantagenet），已故剑桥伯爵利查之子；后为约克公爵。

瓦利克伯爵（Earl of Warwick）。

骚兹伯利伯爵（Earl of Salisbury）。

色佛克伯爵（Earl of Suffolk）。

塔尔伯特勋爵（Lord Talbot），后为舒斯伯来伯爵。

约翰・塔尔伯特（John Talbot），其子。

哀德蒙・毛提默（Edmund Mortimer），玛赤伯爵。

约翰・发斯托夫爵士（Sir John Fastolfe）。

威廉・露西爵士（Sir William Lucy）。

威廉・葛兰斯代爵士（Sir William Glansdale）。

陶玛斯・噶格雷夫爵士（Sir Thomas Gargrave）。

乌德维尔（Woodvile），伦敦堡的主管。

伦敦市长。毛提默的两个看守人。一律师。

佛南（Vernon），属白蔷薇或约克党。

巴塞特（Basset），属红蔷薇或兰卡斯特党。

查尔斯（Charles），法王储，后为法兰西王。

瑞尼叶（Reignier），安茹公爵，那不勒斯之名义国王。

勃根地公爵（Duke of Burgundy）。

阿朗松公爵（Duke of Alençon）。

奥利昂的私生子（Bastard of Orleans）。

巴黎的总督。

奥利昂的炮兵队长及其子。

波尔多法军统帅。

一法军士官。

一守门人。

一老牧羊人，圣女贞德（Joan la Pucelle）之父。

玛格莱特（Margaret），瑞尼叶之女；后为亨利王之后。

欧瓦聂伯爵夫人（Countess of Auvergne）。

圣女琼恩（Joan la Pucelle），通称贞德（Joan of Arc）。

琼恩眼前出现之众鬼魂。

贵族等，伦敦堡守卒、传达官、警吏、士兵、信差及侍从等。

地点

部分在英格兰，部分在法兰西。

第一幕

第一景：西敏寺

奏送葬曲。亨利王五世丧葬仪队上，送葬者有白德福、格劳斯特、哀克塞特诸公爵；瓦利克伯爵、文柴斯特主教、礼仪官等及其他。

白德福　让天空布成漆黑一团[1]，白昼让位给黑夜吧！象征时局重大变动的彗星，在天上闪动你们的亮晶晶的毛发，来打击那些协谋叛变致亨利于死的星辰吧！亨利王五世，太英明了，好人不长寿！英格兰从未损失过这样的一位英主。

格劳斯特　在他以前英格兰就没有一位真正的国王。他有才干，能发号施令；他舞起剑来光芒四射，令人目为之盲；他的两臂一伸，比龙的翅膀还要宽广；他的炯炯有光的两眼，充满了怒火，注射在敌人脸上，比正午的骄阳还要厉害，能把敌人更快地吓退。要我怎么说呢？他的丰功伟绩非言语所能罄述，只要他攘臂一呼，便无战不利。

哀克塞特　我们是穿黑色丧服志哀。为什么不浴血志哀呢？亨利已死，永远不能复活。我们陪伴一具木棺，参加这盛大的殡仪，给死神之不光荣的胜利捧场，俨如缚在凯旋车上的一些俘虏。什么！我们该咒骂那害得我们失去光荣的灾星吗？或是以为法国的那些术士法师，因为怕他，所以用咒语置他于死吗？

文柴斯特　他是“万王之王”[2]所福佑的一位国王。对于法国人来说，他一露面要比世界末日的审判日更为可怕。他是为天主而战[3]：教会的祈祷使得他这样地无往不利。

格劳斯特　教会！教会在哪里？若是教会的人没有祈祷，他的生命之线还不会这样快地就被毁掉呢。你们所喜欢的只是一位庸懦的君王，像个学童似的，好由着你们吓唬。

文柴斯特　格劳斯特，不管我们喜欢不喜欢，你是摄政王，你才是准备控制太子和全国的呢。你的妻子是傲慢的，她把你吓唬住了，比上帝或宗教方面人士要凶得多。

格劳斯特　休要提起宗教，因为你爱的是肉体，因为除了去祈祷让你的敌人受难之外你是经年不进教堂的。

白德福　停止，停止吵嘴，还是心平气和一些吧！我们向圣坛去。礼仪官，在一旁伺候我们。如今亨利已死，武器无用了，我们不必奉献黄金，我们要奉献我们的武器。后代的子孙，等着苦难的日子来临吧，那时候婴儿们只能吮吸他们母亲的泪汪汪的眼睛，我们的岛将变成为一个泪水的池沼[4]，只剩下妇女在那里哭吊死者。亨利五世！我向你的在天之灵呼吁：保佑这个国家，使它免遭内战之祸！在天上和那些灾星斗争！你的灵魂升天将变成为一颗星，其光明灿烂将远胜过朱利阿斯·西撒[5]，或光亮的——

一使者上。

使者　诸位尊贵的大人，我向诸位请安！我从法兰西带来了不幸的消息，有关失地、屠杀与败北:基恩、香槟、利姆兹、奥利昂、巴黎、济佐、波爱提尔兹，俱已全部陷落[6]。

白德福　你这个人，你在亨利的尸体之前说的是什么话?！轻声地说，否则这些大城的陷落会使他爆破他的棺木内层铅壳而复活起来。

格劳斯特　巴黎陷落了？鲁昂放弃了？如果亨利真个复活，这些消息会把他再度活活气死。

哀克塞特　这些地方怎样失陷的？其中有无阴谋?

使者　并无阴谋，只是缺人缺钱。士兵们纷纷议论，说诸公在此党派分歧，在应该准备决战的时候，而你们却在争辩大将的人选。有人主张用较小的代价作长期消耗的战争；另有人主张快飞，可又没有翅膀；第三个人想不用任何费用，只靠花言巧语即可获得和平。醒起吧，醒起吧，英格兰的贵族们！不要让惰性使你们新获得的光荣黯淡下去，你们的纹章上的百合花被割下去了，英格兰的纹章被割掉了一半[7]。

哀克塞特　如果我们送葬缺乏眼泪，这消息可以使得泪如潮涌。

白德福　这消息对我有关，我是法兰西的摄政王。把铠甲给我，我要为法兰西而战。这无聊的丧服，脱下去吧。
我要让法国人用他们的伤口，不用眼，
来哭他们的隔几年就发作一次的苦难。

又一使者上。

使者乙　诸位大人，请看这几封信，全是不幸的消息。除了几个无关紧要的小城之外，整个的法兰西都背叛了英国：太子查尔斯已在利姆兹就位称王[8]；奥利昂的私生子与他合作[9]；安茹公爵瑞尼叶也赞助他；阿朗松公爵也投往他那一边去了。

哀克塞特　太子登极称王！全都投奔了他！啊！这个责任我们可怎样逃避得了呢？

格劳斯特　我们不要逃避，除非是逃到我们的敌人们的咽喉处。白德福，如果你踌躇不前，我去决一死战。

白德福　格劳斯特，你为什么怀疑我的勇往直前的精神？我在心中召集了一支军队，法兰西已经被它蹂躏了。

第三个使者上。

使者丙　诸位仁慈的大人，诸位现在洒泪在亨利王的灵柩之上，正在表示哀伤之意，我不得不使诸位格外哀伤，报告塔尔伯特大人与法国人的一场惨烈的战斗。

文柴斯特　怎么！塔尔伯特在这场战斗中获胜了吧？是不是？

使者丙　啊，不是的！塔尔伯特在这场战斗中被击败了，经过情形我要向诸位详细报告。八月十日那天[10]，这位使敌人闻风丧胆的大人，从奥利昂之围撤退下来，部队不到六千之众，遭遇两万三千法国人的围攻。他没有时间从容布置他的部队，也没有矛枪可以栽在他的弓箭手的前面，只好从篱笆上拔下些尖木桩，慌忙地插在地上，权且防御敌骑冲锋。战斗延续了三小时以上，英勇的塔尔伯特刀枪并举，演出了超出人类想象的奇迹。他把数以百计的敌人送入地狱，所遇无敌。这里，那里，他到处地奔驰，杀得性起。法国人惊叫必是魔鬼开了杀戒，全军看得目瞪口呆。他的部下看到他的勇猛的精神，便厉声呐喊:“拥护塔尔伯特！拥护塔尔伯特！[11]”冲入了战斗的核心。如果约翰·发斯托夫爵士没有扮演出一个懦夫的角色，这场胜利到此可告全部完成。他是在先头部队里面——故意放在那部队的后边，作为跟在后面接应之用——他尚未出手一击就怯懦地逃了。于是引起一场混战与屠杀，他们陷入了重围。一个卑鄙的瓦隆人[12]，为了讨好法国太子，一枪刺入塔尔伯特的脊背，整个法国集合全部主力都不敢对他正视一眼的人，就这样地遭了暗算。

白德福　塔尔伯特被刺死了吗？那么我愿自杀，因为我不能在这里安享舒适荣华，而这样能干的领袖人物因无人支援而被出卖给他的卑怯的敌人们。

使者丙 啊，不是的！他还活着，但是被俘了；斯凯尔斯大人与亨格福大人也一同被俘；其他大部不是被杀就是被俘了。

白德福 他的赎金必须由我一个人付。我要把那位太子从他的王座上倒拖下来，他的王冠便是我的朋友的赎金，我要拿他们四个贵族换回我们的一个。再会，诸位，我去做我的工作，我立刻就要在法兰西境内燃起几堆烽火，庆祝我们的伟大的圣乔治节[13]。

我要带领一万大军前去作战，

他们的英勇将使全欧洲震撼。

使者丙 你是需要这么多人马，因为奥利昂是在被包围[14]，英军日趋削弱，士气沮丧。骚兹伯利伯爵盼望接应，并且几乎无法控制部下不生叛变，因为他们人数那样少而需要防备那样多的人。

哀克塞特 诸位，你们要记得对亨利发下的誓[15]，不是把太子完全摧毁，便是使他听命受制。

白德福 我记得的。我现在告辞了，去做我的准备。〔下〕

格劳斯特 我要尽速赶到伦敦堡，检视大炮与弹药，然后就正式宣布年幼的亨利为国王。〔下〕

哀克塞特 我要到幼王现在驻跸的哀尔特姆去[16]，因为我被受命为他的特别指定的监护人[17]，我要尽力维护他在那里的安全。〔下〕

文柴斯特 各有各的位置与应尽的职责。我被冷落在一边，因为我无事可做，但是我不愿长久赋闲。

我想把国王从哀尔特姆劫走，
我就成了把持国政的舵手。〔下〕

第二景：法兰西。奥利昂城外

奏花腔。查尔斯率军上，阿朗松、瑞尼叶及其他上。

查尔斯　马尔斯的在人世间的踪迹，恰似他的在天上的行踪一般，直到今日无人知晓[18]。最近他曾照耀着英格兰这一方面。现在我们是胜利者，他是在对着我们微笑。哪些重要城市没有落在我们的掌握之中？我们现在安然驻扎在奥利昂城外，那些饥饿的英国人像是苍白脸的鬼魂一般有气无力地每月围攻我们一小时。

阿朗松　他们缺乏大麦粥和肥牛肉。他们必须像喂骡子似的，把草料挂在嘴巴上，否则就要露出可怜相，活像淹死的老鼠。

瑞尼叶　我们突围吧：为什么待在这里不动呢？我们一向怕的塔尔伯特业已被俘，剩下的只有那疯疯癫癫的骚兹伯利。让他去发脾气宣泄他的怒气吧，他没有人，没有钱，无法作战。

查尔斯　吹起，吹起喇叭！我们要向他们冲锋。现在我们要

为苦难中的法国人的荣誉而战！谁若是看到我向后退却一步或是临阵脱逃而把我杀死，我不怪他。〔众下〕

喇叭鸣。大军绕台急行，然后撤军。查尔斯、阿朗松、瑞尼叶及其他又上。

查尔斯　谁见过这样的事？我的部下是些什么人！一群狗！懦夫！混账东西！若不是他们把我丢在敌人重围之中，我是不会逃的。

瑞尼叶　骚兹伯利是个不顾一切的杀人凶手。他打起来好像是根本不想活命，其他的贵族们也都如饿狮一般把我们当作猎物似的猛扑。

阿朗松　我们的国人伏洼萨曾经记载[19]，全英国到处都是爱德华三世时代训练出来的奥利佛与罗兰[20]。现在更可证明此言非虚，因为英国派出来厮杀的一个个的都是参孙和葛赖亚斯[21]。一以当十！一群瘦成骨头架子的鹿！谁想得到他们有如此的勇气与胆量?!

查尔斯　我们离开这个城吧，因为他们是一群狂徒，饥饿会迫使他们格外地锐不可当。我是深知他们的，他们宁可用牙齿咬倒这城墙，也不肯放弃围城的计划。

瑞尼叶　我想，他们的胳膊长得古怪，内中必有钟的装置，到时候就得打，否则他们不能这样地持续下去。以我之见，我们不要理会他们。

阿朗松　就这样办吧。

奥利昂的私生子上。

私生子　王太子在哪里？我有消息向他报告。

查尔斯　奥利昂的私生子，欢迎你来看我。

私生子　我觉得你面带愁容，而且脸色苍白，是否最近的挫败造成了这个伤害？不要苦闷，因为支援已经到来。我带来了一位圣女，她在上天给她的一场梦幻之中受命前来解除此城的长期围困，并且把英国人驱逐出法兰西的境外。她有做预言的能力，其灵验超过古罗马的九位女预言家[22]，过去未来无不知晓。说吧，要不要我喊她进来？相信我，我的话真实不虚。

查尔斯　去，喊她进来。〔私生子下〕但是，为了先试验一下她的本领，瑞尼叶，你权且替代我为太子。厉声向她发问，你的面色要严肃，这样我们便可测探她究竟有多大本领。〔退〕

奥利昂的私生子偕圣女琼恩及其他上。

瑞尼叶　美丽的姑娘，想做一番惊人大事业的就是你吗？

琼恩　瑞尼叶，想欺骗我的就是你吗？太子在哪里？出来，从躲着的地方出来吧。我认识你，虽然以前从未见过。不必惊讶，什么也瞒不过我，我要私下里单独和你一谈。请退后，诸位大人，让我们谈一下。

瑞尼叶　她在第一回合就很露脸。

琼恩　太子，我是生而为一个牧羊人的女儿，不通任何一门学问。上天和仁慈的圣母对我的贫寒的处境特加恩宠。看！我正在守护我的羊群，把我的脸暴露在太阳的烤炙之下，圣母在我面前纡尊显现，在十分庄严的幻象之中表示要我舍离我的卑微的职业，去解救我的国家的危难。她答应帮助我，并且保证成功；她在一片光明之中现示真身；我本来是面色黝黑的，经她的光芒照射之后，我有了你现在所看到的美貌。随便你提出什么问题，我可以不假思索地答复；和我动手打斗试试我的勇气，如果你敢，你就会发现我不是普通的女性。

打定主意吧，你若把我收容，
和你并肩作战，你将万事亨通。

查尔斯　你放言高论使得我甚为惊异。我只要这样地试试你的勇气，我们两个单独对打，如果你能得胜，你的话便是真的，否则我便全不相信。

琼恩　我准备好了：这是我的利剑，每面饰有五朵百合花的图案，这是我在土伦的圣喀萨琳教堂中一大堆旧武器里选出来的。

查尔斯　那么，以上帝的名义，来吧。我不怕女人。

琼恩　我只要活着，决不在男人面前逃走。〔二人打斗，圣女琼恩获胜〕

查尔斯　住手！住手！你是一个亚马松女战士[23]，挥动着底波拉的剑来打斗[24]。

琼恩　是基督的圣母在帮助我，否则我是太柔弱了。

查尔斯　无论是谁帮助你，你是必须帮助我。我对你有热烈的爱慕，我的心和我的两只手你已经同时征服了。

超群的圣女呀，如果这便是你的名字，让我做追求你的一个情人，不要做你的君王吧。是法国王太子在这样地追求你。

琼恩　任何人对我用情，我是决不接受的，因为我负有上天的神圣使命：我把你的敌人驱除净尽的时候，我才可以考虑到如何报答你的好意。

查尔斯　目前你要怜悯匍匐在你面前的奴仆。

瑞尼叶　我觉得我们的太子话太多了。

阿朗松　无疑的他是在仔细盘问这个女人，一层层地盘问到她的衬裙上去了[25]，否则他的话不会扯得这样长。

瑞尼叶　他既然有点儿过分，我们要不要去干扰他？

阿朗松　也许在分际上他懂的比我们多：这些女人最善花言巧语地诱惑人哩。

瑞尼叶　殿下，您的意思怎样[26]？您怎样决定？我们放弃奥利昂呢，还是不？

琼恩　噫，不，我说绝不可以，没有信心的懦夫们！战到最后一口气，我做你们的护卫。

查尔斯　她说的话，我表示同意。我们要打到底。

琼恩　我奉天命作打击英国人的鞭笞。今晚我一定要解此城之围：既然有我来参加战斗，你们就等着圣玛丁的暖和天气和太平日子吧[27]。光荣就像是水面上的圆圈，不断地扩展荡漾，扩展到完全消灭为止；亨利死时，英格兰的圆圈到了终极的限度，其所含的光荣也消散殆尽。现在我就像是载着命大的西撒的那只睥睨一切的小船[28]。

查尔斯　谟罕默德不是从一只鸽子获得上天指点的吗[29]？那么你是从一只老鹰获得灵感了[30]。伟大的康斯坦丁皇帝的母亲海伦娜[31]，以及圣徒斐立伯的几个女儿[32]，都不及你。明星维诺斯呀，你降落人间，我如何才能充分表示我们虔诚的敬意呢？

阿朗松　不要延迟，我们就去解围吧。

瑞尼叶　女人，尽你的全力保全我们的荣誉吧，把他们从奥利昂赶走而成为不朽吧。

查尔斯　我们就要试试。来，我们就去动手。如果她是虚妄的，我将不信任何预言家。〔众下〕

第三景：伦敦。伦敦堡前

格劳斯特公爵率穿蓝色制服数仆自城门上。

格劳斯特　我今天来检查堡里的情形。自从亨利死后，我恐怕会有弊端。监守的人不在这里伺候，到哪里去了？开门！是格劳斯特在叫门呢。〔数仆敲门〕

守甲　〔在内〕什么人打门打得这样急？

仆甲　是尊贵的格劳斯特公爵。

守乙　不管是谁，不能让你进来。

仆甲　混蛋，你们向摄政王这样答话？

守甲　〔在内〕上帝保护他！我们就是这样对他回话：我们奉命行事，没有别的办法。

格劳斯特　谁命令你们的？除了我的命令，还有谁的命令有效？除了我之外没有人统摄国政了。撞开这门，我做你们的保证人。我可以受这些贱奴的侮辱吗？〔格劳斯特的仆人们冲向堡门，监守官乌德维尔自内发言〕

乌德维尔　这是什么声音？什么叛徒到这里来了？

格劳斯特　监守官，我听到的是你的声音吗？开门！格劳斯特要进来。

乌德维尔　〔在内〕不要急，尊贵的公爵，我不可以开门。文柴斯特枢机主教[33]不准，我受有他的明令，您本人或您的家人一概不准进来。

格劳斯特　怯懦的乌德维尔，你把他看得比我高吗？狂妄的文柴斯特，那个傲慢的高级教士，故王亨利一向认为无法忍受的那个人？你对上帝不敬，对国王不忠。打开门，否则我要把你关在门外。

仆甲　给摄政王开门，否则我们要把门撞开，如果你不快点儿来。

文柴斯特率穿棕色制服数仆上。

文柴斯特　怎么回事，妄自尊大的韩福瑞[34]！这是什么意思？

格劳斯特　秃头教士，是你下令把我关在门外的吗？

文柴斯特　是我下令的，你是最僭越非分的叛徒，不是什么摄政王。

格劳斯特　退开，你这公然作乱的阴谋家，你曾设计谋害我们的故王；你曾把免罪状送给一群妓娼让她们去作孽[35]；如果你敢这样地狂妄恣肆下去，我就要把你放在你那宽大的枢机主教的帽子里面颠簸几下子[36]。

文柴斯特　不，你退开，我一步也不动。这地方就算是大马士革，你就是受诅咒的该隐，如果你愿意，你就杀死你的亲兄弟亚伯吧[37]。

格劳斯特　我不杀你，但是我要赶你回去。你的大红袍可以当作受洗婴儿的襁褓，我把你包起来把你送走。

文柴斯特　只要你敢，你就做吧，我会抵抗你的。

格劳斯特　什么！向我挑衅，并且公然侮辱我？——拔剑吧，弟兄们，不要管这是什么宫廷禁地[38]：蓝色制服对棕色制服。教士，当心你的胡子。〔格劳斯特及其部众进攻枢机主教〕我要抓住你的胡子狠狠地揍你一顿，我把你的枢机主教帽子放在我的脚下踩。不管教皇或教会的要人们怎么说，我抓住你的胡子把你扯来扯去。

文柴斯特　格劳斯特，在教皇面前你要对这件事负责的。

格劳斯特　患鼠蹊疮的家伙[39]！拿绞绳来！拿绞绳来！现在把他们打走。你们为什么还让他们停留在这里？我要把你赶走，你这蒙着羊皮的狼。滚，穿棕色制服的东西！滚，穿红袍的伪善者！

格劳斯特之仆众驱打枢机主教之仆众，于混乱叫嚣中伦敦市长及其警吏等上。

市长　呸，诸位大人！你们身为政府高官，却如此不顾脸面地扰乱治安！

格劳斯特　别说了，市长！你不知道我受了多少委屈。这个鲍福，眼里没有上帝也没有国王，硬是霸占着这座堡垒供他个人使用。

文柴斯特　这个格劳斯特，人民的公敌，他永远主张战争不主张和平，勒索巨额罚款使人民不胜负荷，想要推翻教会，只因他是国内的摄政，并且要从这堡垒提取武器，以便自立为王压抑王子。

格劳斯特　我不用语言答复你，我用行动。〔又开始互殴〕

市长　这样吵闹打斗下去，我实在没有办法可想，只好宣读戒严文告。来，警官，声音愈大愈好。宣读吧。

警官　今日在此聚众携械扰乱上帝及国王之和平秩序的各色人等，我们以国王陛下的名义，命令汝等各自回家。以后不得佩带、挥动或使用任何刀剑武器，否则格杀勿论。

格劳斯特　枢机主教，我不愿做犯法的人。但是我们要再会面，充分表示我们的意见。

文柴斯特　格劳斯特，我们是要再会面的。你要吃点儿苦头，那是一定的。为了你今天干的事，我要让你流一点儿血。

市长　如果你们还不走，我要喊叫店铺学徒拿棍子出来维持治安了。这位枢机主教比恶魔还要狂傲。

格劳斯特　市长，再会，你是不得不如此做。

文柴斯特　没有人性的格劳斯特！留神你的脑袋，因为我不久

就要取下它来。〔格劳斯特与文柴斯特各率仆众分途下〕

市长　看着他们散净，然后我们就可以离去了。
主哇！这些贵族们脾气这样大；
我四十年来也不曾打过一次架。〔众下〕

第四景：法兰西。奥利昂城外

炮兵队长及其子自城墙上出现。

炮兵队长　小子，你知道奥利昂是怎样地被围，英国人怎样地已经占据了郊区一带。

其子　父亲，我知道。我常向他们发射，虽然不幸未中。

炮兵队长　现在你不可发射了。要听从我的指挥。我是这城的炮兵队长，我必须设法立功，好赢取一点儿名誉。太子的密探已经通知我了，英兵在郊区掘了深壕掩蔽，常从那边一座高楼的铁栅门里俯瞰这城中的动静，在那里静候良机向我们发射或进攻。为防止这种困扰，我已经架好一尊大炮对付他们。三天来我一直在守望着，希望能看到他们。孩子，现在你来守望吧，因为我不能再支持了。如果你发现有人，跑来告诉我，你可以在总督府里找到我。〔下〕

其子　父亲，我一定照办，你尽管放心。我若能发现他们，我决不来打搅你。〔下〕

骚兹伯利与塔尔伯特二贵族、威廉·葛兰斯代爵士、陶玛斯·噶格雷夫爵士及其他自舞台楼顶上。

骚兹伯利　塔尔伯特，我的生命，我的快乐！你可又回来了！你被俘之后受了什么样的待遇？你是怎么获得释放的，我请你就在这楼顶上说说吧。

塔尔伯特　白德福有一名俘虏名叫什么庞顿·德·桑特雷兹，我是和他交换赎回的。有一次他们意存侮辱，想用一名军阶远比我低的战士和我交换，我愤然拒绝，宁死也不肯这样被人轻蔑。简单说，我是按照我所愿望的被赎回来的。但是，啊！那狡诈的发斯托夫伤了我的心。他若是落在我的手里，我要用拳头把他揍死。

骚兹伯利　你还没有说你受到了如何的待遇。

塔尔伯特　受到了讥笑、轻蔑和侮辱。他们带我到广场上去示众。他们说，这就是法国人恐怖的对象，把我们的孩子们吓得不得了的稻草人。于是我挣脱了押解我的警吏，用指甲挖出地上的石块，向看我出丑的观众掷去。我的狰狞的样子把其余的人也吓跑了。没有人敢走近我，都怕凶死。他们把我放进铁牢还嫌不稳，我的威名远播，他们实在太怕，以为我能扯断钢栏，踢碎石柱。于是我有了一队神枪手随时在我身边巡逻，我只要从床上一挺身，他们就准备着射穿我的胸口。

孩子持火绳杆上。

骚兹伯利　听到你所受的苦痛，我很难过，但是我们要充分报复。现在奥利昂是晚饭时候。从这里，由这铁栏望过去，我可以一个个地数清他们，还可以看法国人如何做防御工事。我们都来往城里看看吧，那景象会使你蛮开心的。陶玛斯·噶格雷夫爵士、威廉·葛兰斯代爵士，请问二位高见，我们下次炮轰哪个地方最好。

噶格雷夫　我想该轰北门，因为显要们集中在那里。

葛兰斯代　我觉得该轰这里，轰桥头堡。

塔尔伯特　以我所见，我们应该以饥饿来困扰这城里的守军，或用零星战斗削弱他们的力量。〔法军开炮。骚兹伯利与陶玛斯·噶格雷夫倒下〕

骚兹伯利　主哇！怜悯我们这些可怜的罪人吧。

噶格雷夫　主哇！怜悯我这个苦人吧。

塔尔伯特　这是什么意外事件突然地打击了我们？你说话呀，骚兹伯利。至少说句话，如果你还能说话。你怎样啦，你这一切军人的模范？你的一只眼一边腮给炸掉了！该受诅咒的堡塔！该受诅咒的造成这场惨剧的毒手！十三次战事中，骚兹伯利每战皆捷；亨利五世也是首先由他授予兵法训练的；号鸣鼓响之际，他的剑在战场上永远没有停止过砍杀。你还活着吗，骚兹伯利？虽然你不能说话，你还有一只眼睛可以望天施恩。太阳是用一只眼睛观看全世界的。天哪，如果骚兹伯利得不到你的怜悯，你对任何活人也不必慈悲了吧！把他的尸体抬走，我要帮同埋葬他。陶玛斯·噶格雷夫爵士，你还有口气吧？对塔尔伯特说句话。不，抬头看看他吧。骚兹伯利，你的在天之灵可以得到这一点儿安慰；你是不会死的，只要——他招手对我微笑，好像是在说："等我死后，记住为我向法国人复仇。"普兰塔真奈[40]，我会记住的。而且要像你一般，尼禄[41]，一面弹着琴，一面观看一座座的城池焚毁。仅仅由于我一个人，法兰西就非遭受祸殃不可。〔雷电交作。喇叭鸣〕这是闹些什么？天上起了什么骚动？这喇叭声这喧嚣声是从哪里来的？

一使者上。

使者　大人，大人！法国人已经集结队伍：王太子，协同一位圣女琼恩，一个新出世的女预言家，带着大军前来解围。

〔骚兹伯利抬起身来呻吟不已〕

塔尔伯特　听，听，垂死的骚兹伯利在呻吟呢！他很伤心未能报仇。法国人哟，我也是你们的一个骚兹伯利。圣女也好，妓女也好，太子也好，小鲨鱼也好[42]，我要用我的马蹄把你们的心脏践踏出来，把你们的混在一起的脑子捣成稀泥。把骚兹伯利送到他的帐篷里去，随后我们要试试这些怯懦的法国人敢有什么

作为。〔众舁尸体下〕

第五景：同上。一城门前

喇叭鸣。数场打斗。塔尔伯特追逐太子上，赶入后台，下。圣女琼恩驱赶英军上，随之下。塔尔伯特随后又上。

塔尔伯特　我的力量，我的勇气，我的队伍，都到哪里去了？我们的英国军队退却，我无法止住他们。一个穿铠甲的女人追着他们。

圣女琼恩又上。

她来了，她来了，我要和你交手一番。魔鬼，或是魔鬼的妈妈，我要制服你。我要让你出一点儿血[43]，你是一个巫婆，我立刻要把你的灵魂送交给你所伺候的主人。

琼恩　来，来。只有我才能有把握地使你丢人现眼。〔二人打斗〕

塔尔伯特　天呀，你准许恶魔这样横行吗？我愿因奋勇而迸破我的胸膛，我的双臂从肩头裂开，如果我不能惩罚这个狂妄的娼妇。〔二人再打斗〕

琼恩　塔尔伯特，再会。你的时辰还没有到，我要立刻去送粮食给奥利昂。

短促的喇叭声，随后圣女率兵入城。

追我过来，如果你能。你的本领我不放在眼里。去，去，去安抚你的饿得要死的部众，帮助骚兹伯利去立遗嘱。今天的胜利属于我们，以后这样的日子还多的是。〔下〕

塔尔伯特　我的头脑团团转，像是一个陶工的旋盘，我不知道我现在置身何处，也不知道我在做什么。一个巫婆，利用恐怖心理，而不是武力，像汉尼拔一般[44]，把我们的军队驱退而无往不利；有如我们用烟熏蜂，用臭味熏鸽，都可以驱它们离巢而去。他们因为我们凶猛而称我们为英国狗，现在，真像小狗似的，我们汪汪叫着逃了。〔短促喇叭声〕听，同胞们！或是再战，或是把那几只狮子从英国的纹章上扯下来[45]，否认你们的国土，以绵羊代替狮子：羊见了狼，或是马牛见了豹，也没有你们见了你们的常常征服过的奴才们而跑得那么狼狈的一半。〔喇叭鸣。又一次打斗〕这样打下去是没有用的，回到你们的壕沟里去。对于骚兹伯利的死，你们全都是帮凶，因为你们没有一个人肯出手一击为他报仇。琼恩根本不理会我们，根本不以为我们能有什么作为，已经进入奥利昂了。啊！我真愿和骚兹伯利一同死去。在这里所受的耻辱使我藏头不敢见人。〔喇叭鸣。退军号。塔尔伯特及其部众等下〕

第六景：同上

喇叭奏花腔。圣女琼恩、查尔斯、瑞尼叶、阿朗松及士兵等自城墙上出现。

琼恩　在墙上高高举起我们的飘扬的旗帜。奥利昂已从英国人手中解救出来了，圣女琼恩总算实现了她的诺言。

查尔斯　最神圣的人物，阿斯垂婀的女儿[46]，为了这场胜利我该怎样表扬你呢？你的诺言像是阿都尼斯的花园[47]，今日开花，明日就结果。法兰西，你因拥有一位光荣的女预言家而狂欢吧！奥利昂城是收复了，我们国家还没有遇到过更可庆幸的事。

瑞尼叶　为什么不全城鸣钟呢？太子，命令市民燃起烽火，在街道上摆设筵席欢宴，庆祝上帝赐给我们的喜事。

阿朗松　全法兰西都会为之欢腾，若是听到了我们如何地表露了英雄气概。

查尔斯　赢得今天胜利的是琼恩，不是我们。因此我的王冠要分一半给她；我的国内所有的教士修士都要列队游行歌颂她的功德；我要给她建立一座金字塔，比罗都璧在曼非斯所造的还要更雄伟[48]；等她死后，为了纪念她，我把她的骨灰放在一个贵重的瓮里，要比大流士的装满珠宝的箱子还要贵重[49]，遇到重要的节日要捧出来走在法国历代国王与王后之前。我们不再呼喊圣丹尼斯的名字[50]，圣女琼恩将是法兰西的保护神。
进来，我们要大开盛筵，
庆祝这光荣胜利的一天。〔奏花腔。众下〕

注释

[1] 演悲剧时，舞台上悬黑色幕幔，故云。

[2] 指天主，见《启示录》第十九章第十六节。

[3] 亨利五世被比作 David，见圣经旧约《撒姆耳书上卷》，xxv，28.

[4] 原文 nourish（= nurse），Pope 改为 marish（= marsh），牛津本从之，今照译。

[5] Golding 译奥维德《变形记》（*Metamorphoses*）卷十五，记朱利阿斯·西撒死后灵魂上天变为一颗明星。

[6] 奥利昂与波爱提尔兹两个地方根本未被英国占据。其他数地亦是在七年以至三十年后方始陷落，与历史不符。

[7] 百合花（flower-de-luces 即 fleurs-de-lis，亦即 iris）。乃法国国徽，爱德华一世首先以此花嵌入英王纹章之内。一四二〇年 Treaty of Troyes 规定法国王位让给英格兰，但法王查尔斯六世仍可终其身虚拥国王之名。亨利五世的衔称是“英国国王与法国王位继承人”（King of England and Heir of France），他死后衔称传给亨利六世；但两个月后查尔斯六世死，其子查尔斯七世登极称王。因法国王位已有主，英格兰国王即无权再在其纹章上加入百合花，故有“英国纹章被割去一半”之语。

[8] 查尔斯七世在利姆兹就位称王是七年以后的事，时在一四二九年七

月十二日。不过他在波爱提尔兹于一四二二年即已加冕。

[9]“奥利昂的私生子”(Bastard of Orleans)，即 Jean，Count Dunois(1402—1468)，为当代最骁勇善战者之一。

[10] 实际是(一四二九年)六月十八日。

[11] A Talbot！ = à Talbot！新亚顿本编者 Cairncross 此一解释是也。参看《亨利六世中篇》第四幕第八景第五十三行。

[12] 瓦隆(Walloon)即今比利时南部的一带地方。

[13] 圣乔治(Saint George)是英国的保护神，其节日为四月二十三日，在法国境内庆圣乔治节，豪语也。

[14] for Orleans is besieged，对折本原文如此，使人易生错误印象，以为英军是被围困在奥利昂城内，事实上是英军围攻奥利昂城。且前云奥利昂已“完全陷落”，与围攻之说亦不符，故 Hanmer 改为“fore Orleans besieged”；牛津本维持对折本原文，姑照译。

[15] 亨利五世临终时，召白德福与格劳斯特二公爵及骚兹伯利与瓦利克二伯爵至榻前，告以永不得与法国太子签订放弃法兰西任何部分之条约，并命白德福为法兰西摄政王，以强烈手段镇压法国太子，如不能使之听命就范，即驱逐之于法国境外。当时诸贵族誓言遵命办理。事见何林塞《史记》。

[16] 哀尔特姆(Eltham)为一乡村，在伦敦东南九英里处，有宫一座，自十三世纪至十六世纪中叶为历代英王常喜驻跸之处，现尚存有壮丽之遗址。

[17] 事实上哀克塞特与文柴斯特二人为共同监护人，莎士比亚采 Hall 之说认定哀克塞特为唯一之监护人，使文柴斯特成为敌对的人，以加强贵族内部分裂的局面。

[18] 马尔斯(Mars)是战争之神，亦是天上的“火星”。火星的运行轨道

至为奇怪，在一六〇九年 Kepler 发现之前，一般天文学家均不能了解。

[19] 伏洼萨（Jean Froissart，1337？—1405），著有 *Chroniques*，记载一三二五年至一四〇〇年间佛兰德斯、法国、西班牙及英国的历史，一五二三年至一五二五年有英译本行世。

[20] 奥利佛与罗兰是查理曼大帝手下著名的十二骑士中之最骁勇者，此处作为“勇将”之通称。英王爱德华三世曾在法作战，伏洼萨的《史记》有生动的记载。

[21] 参孙（Samson），葛赖亚斯（Golias），为《圣经》中孔武有力之巨人。其事迹分见于《士师记》十三至十六章及《撒姆耳书上卷》十七章。

[22] Amalthaea，the Sibyl of Cumae 是古西西利地方的一女预言家，曾以九卷预言意欲售给罗马皇帝塔尔昆，帝不受，恚而焚其三，仍不受，再焚其三，后只剩三卷，乃受之。莎士比亚以“九卷预言”一变而为“九女预言家”，事实上女预言家之数目各家说法不一，但绝非九。

[23] 亚马松（Amazon）为希腊神话中黑海附近 Scythia 地方之一族女战士，骁勇善战。

[24] 底波拉（Deborah）为一强壮有力之希伯来女预言家，见圣经旧约《士师记》第四、第五章。

[25] shrives this woman to her smock，按 shrive = hear confession and grant absolution 原是“听取忏悔并予赦罪”之意，smock 是妇女亵衣之谓。但威尔孙解 shrive 为 examine closely，似更恰当。哈利孙迳解此句为“is making love to her”。

[26] where are you？ = what is your drift？ what are your intentions？（Cairncross）

[27] Saint Martin's summer，按 Saint Martin’s Day 是十一月十一日，此时天气往往突然转热。halcyon days，按 halcyon（翠鸟）在冬至前

后各一星期中在海上孵卵，是时海上天气特别晴和，故喻为“太平日子”。

[28] 据普鲁塔克《西撒传》，“西撒微服搭乘十二桨小舟渡海返回意大利之 Brundusium……中途遇风……情况险恶……船主命水手折回……西撒握其手曰，汝放心前进，勿惧，因有西撒及其命运与汝偕也”。

[29] 据传说，谟罕默德训练一鸽自其耳中啄食，传道时鸽频频在其耳中啄食，听者遂以为鸽来耳边传达圣意也。

[30] “圣女琼恩比作使徒约翰”，而老鹰乃是他的象征，“最高灵感的象征也”。（Hart 注）

[31] 康斯坦丁皇帝，即公元三二三年宣布基督教为罗马帝国正式宗教的那个皇帝，其母圣海伦娜（St.Helena）即著名的“真确十字架”（the True Cross）的发现者。

[32] 圣经新约《宗徒大事记》二十一章九节：斐立伯“有女四，童身，能作预言”。

[33] 他应该是 Bishop of Winchester，后于一四二七年始改为 Cardinal of St. Eusebius。

[34] 韩福瑞（Humphrey）即格劳斯特之名。

[35] 伦敦泰晤士河南岸一带娼寮，归文柴斯特主教管辖。

[36] 有一娼家招牌绘“枢机主教的大帽”，此戏言或与此有关。

[37] 今大马士革（Damascus）所在地，传说即是当年该隐（Cain）杀弟亚伯（Abel）之处。看《创世记》第四章第八节。

[38] 伦敦堡是英王宫廷的一部分，王宫有若干禁令，任何人不得怒而拔剑相斗，违则严惩，故云。

[39] Winchester goose 是指大腿根上鼠蹊部分生长之恶疮，为花柳病所致，泰晤士河南岸娼寮区为文柴斯特主教所管辖，故有此命名。在此

处是指患此种病之人。

[40] 骚兹伯利的姓氏是 Montacute，不是 Plantagenet，而且英国王室在骚兹伯利死亡以后方始采用此一姓氏。威尔孙注云：骚兹伯利是 Montacute，但也是爱德华一世之后裔。

[41] 尼禄（Nero），罗马暴君，据 *Grafton's Chronicle*，“曾下令纵火焚烧罗马，彼则怡然自得，坐高楼之上观看火势，弹竖琴，唱脱爱毁灭之歌”。

[42] dolphin or dogfish，按 dolphin（与 Dauphin 音相近，且旧本皆拼作 Dolphin）为海豚，为鱼类中之最高贵者，dogfish 为小鲨鱼，为鱼类中之最低贱者。

[43] 约翰孙注云：“使巫婆出血者，即可不受其魔力之支配。”此说尚无文献可征。

[44] 汉尼拔（Hannibal），迦太基大将，曾以火炬缚万牛角上，驱之进攻，罗马军为之溃败。

[45] 英国的纹章是三只举右前足向右行的狮子，占盾形四分之三，另四分之一为百合花。

[46] 阿斯垂婀（Astraea），古典神话中司正义之女神，有时亦代表纯洁天真，在“黄金时代”生活在人世间，后因人心不古，乃于“铁的时代”离开人世，升天为“处女座”星。

[47] 阿都尼斯（Adonis）为希腊神话中维诺斯女神所钟情之美男子。所谓“阿都尼斯的花园”，通常系指每年祭阿都尼斯时所用之花篮或花盆，其中栽以生产迅速之植物，照料八天之后即任其枯萎，连同阿都尼斯之像投于海中。莎士比亚此处所述系采自斯宾塞（Spenser：*Faerie Queene*，Ⅲ，vi，29）。

[48] 罗都璧（Rhodope）系希腊妓娼，据说曾嫁曼非斯的国王，并曾建

筑若干极壮丽的金字塔。牛津本作 Rhodope's of Memphis 系从对折本之原文 Rhodopes of Memphis，后 Capell 改为 Rhodophe's of Memphis，近代本多从之，今亦照此改笔译之。

[49] 大流士（Darius），古波斯王，为亚力山大所击败。据说亚力山大酷爱荷马诗篇。夜晚置于枕下，日间置于“大流士的装满珠宝的箱子里”。

[50] 圣丹尼斯（Saint Denis），法国的保护神。

第二幕

第一景：奥利昂城外

一法军班长及二哨兵来至城门口。

班长　二位，各就岗位，提高警觉。如果发觉有什么声音或敌兵走近城墙，就用明显的信号让我们守卫室的人知道。

哨兵甲　班长，我们会通知你的。〔班长下〕可怜的士兵就是这样——别人睡在安安静静的床上的时候——我们就得在黑暗、阴雨、寒冷之中站岗。

塔尔伯特、白德福、勃根地[1]率军携云梯上。鼓声奏送葬进行曲。

塔尔伯特　摄政王，还有勃根地，由于您惠临参加遂使得阿突洼、瓦龙、皮卡地成了我们的朋友，法国人整天地饮酒作乐，今晚正好放心大胆地高枕无忧。我们要抓住这个机会，他们用诡计和魔术诈骗了我们，现在正是最好的报复的时候了。

白德福　法兰西的懦夫！他是多么严重地辱没他自己的名声，自己的武力不足，竟和巫婆携手，求助于魔鬼！

勃根地　狡诈之徒永远没有别种的伴侣。他们认为那样纯洁的贞女到底是怎样的一个人？

塔尔伯特　一位少女，他们说。

白德福　一位少女，这样地骁勇！

勃根地　我祷告上帝，可别让她不久又沾上了男子气概，如果她像在开始时那样继续地在法国旗帜之下披坚执锐[2]。

塔尔伯特　哼，让他们和魔鬼打交道吧。上帝是我们的堡垒[3]，我们现在就以战无不胜的上帝的名义，决心爬上他们的石墙吧。

白德福　上去吧，勇敢的塔尔伯特。我们会跟随你。

塔尔伯特　不要都聚在一起：我觉得，分途并进要好得多，其中若有一个不幸而失败，其他的还可以起而抗敌。

白德福　就这样，我到那个角上去。

勃根地　我到这边来。

塔尔伯特　塔尔伯特从这里往上爬，爬不上去就死在这里。听着，骚兹伯利，为了你，也是为了英国的亨利的权利，今天夜晚即将证明我是负有多么大的责任。〔英

兵爬墙大呼：“圣乔治！”“拥护塔尔伯特！”全部攻入城中〕

哨兵甲　武装起来，武装起来！敌人进攻了！

法军穿着衬衣跳出墙外。奥利昂的私生子、阿朗松、瑞尼叶服装半整半不整[4]。

阿朗松　怎么了，诸位！怎么！全都这样服装不整？

私生子　服装不整！是的，还很高兴能安然逃出呢。

瑞尼叶　在寝室门前听到警报，我还以为是该醒来起床的时候呢。

阿朗松　我自从军以来，经过不少战役，还没有听说过像这样大胆的冒险犯难的行为。

私生子　我想这塔尔伯特必是地狱里的一个魔鬼。

瑞尼叶　如果不是来自地狱，必是上天特别帮忙。

阿朗松　查尔斯来了，不知他的情形如何。

私生子　嘘！他有圣女琼恩做他的保镖。

查尔斯与圣女琼恩上。

查尔斯　这是不是你玩的把戏，你这骗人的姑娘？你是不是起初让我们分享一点点好处，逗引我们心起妄念，以至于现在遭受的打击变成十倍的难堪？

琼恩　查尔斯何以对他的朋友暴躁起来？你要我的威力随时都一样地有效吗？不管是醒是睡，我必须永远获胜，否则你就要怪罪我吗？疏于防范的士兵们！你们若是守望得好，这突然而来的祸害就不会发生。

查尔斯　阿朗松公爵，这就是你的过失了，昨夜是你负值班守卫之责，你有亏这样重大的职守。

阿朗松　如果你们驻扎的区域都像我所控制的区域那样严加戒备，我们就不会这样狼狈地遭受突袭。

私生子　我的区域守得很严。

瑞尼叶　我的也是，大人。

查尔斯　至于我自己，这一夜大部分的时间，我就在她的区域和我自己的区域之内来来回回地巡查，我很关心哨兵们的换岗。他们是怎样地、从什么地方，攻入的呢?

琼恩　诸位，不必再追究这件事了，怎样攻入或从什么地方攻入都没有关系，他们必是找到一个防御薄弱的地方，一拥而入。现在别无他法，只好去集结我们的溃散的兵丁，拟订新的打击他们的计划。

喇叭鸣。一英兵上，口呼:“拥护塔尔伯特！拥护塔尔伯特！”他们遗下衣服狼狈逃窜。

士兵　他们丢下来的，我就不客气地收下了。喊一声塔尔伯特像一把剑似的发生效果，因为我不用别的武器，只用他的名字，就虏到不少战利品。〔下〕

第二景：奥利昂。城内

塔尔伯特、白德福、勃根地、一营长及其他上。

白德福　天开始破晓，以黑袍罩覆大地的昏夜已经逃了。在这里吹起退兵号，停止我们的猛追吧。〔鸣退兵号〕

塔尔伯特　把老骚兹伯利的尸体抬出来，高高地放在广场上面，这是这可恨的城市的中心。现在我履行了我对他的魂灵所发下的誓言，为了他身上滴出的每一滴血，这一夜至少有五个法国人死亡。为使后人看到我们给他报仇把这地方毁成什么样子，我要在他们的最大的庙里建起一座坟墓，把他葬在里边;在坟上立碑，以便每人都可以看到，上面刻载奥利昂被洗劫之经过，他之中奸计而惨遭杀害，以及他生时如何威震法国。但是，诸位，我很诧异在这一场屠戮之中我们没有遭遇到太子殿下，他的新来的保镖圣女贞德，或任何他的奸党。

白德福　塔尔伯特大人，战斗开始的时候，他们从昏睡的床中突然惊醒，一定是混在队伍里面越墙而逃躲在田野。

勃根地　我呢——以我在烟雾弥漫的夜里所能看到的而言——我一定是把太子和他的娼妇吓了一大跳，他们两个臂挽着臂地迅速飞奔，像是一对卿卿我我的斑鸠，日夜不能分离。这里一切整理就绪之后，我们要率领所有的队伍前去追赶他们。

一使者上。

使者　请诸位大人安！请问在这一群显贵当中，哪一位是在整个法兰西境内因战绩而备受赞扬的英勇的塔尔伯特？

塔尔伯特　塔尔伯特在此，谁要和他谈话？

使者　贤淑的贵妇，欧瓦聂伯爵夫人，钦仰您的大名，嘱我恳求大人光降她所居住的寒微的堡垒，使她以后得以夸耀她曾见过这位举世盛赞的伟人。

勃根地　果有此事？那么，贵妇们都要求和我们相会，我看我们的这场战争是要变成一场和平愉快的游戏了。大人，你不可拒绝她的礼貌的请求。

塔尔伯特　我绝对不会那样做的，因为千千万万男人逞其雄辩而无法说服的时候，一个女人的温柔一向是可以奏效的。所以告诉她我多谢盛意，遵命趋候便是。诸位不愿陪我一同前去吗？

白德福　不，实在不能，那是不大礼貌的事。我曾听人说过，不速之客常是在他们辞去之后最受欢迎。

塔尔伯特　那么好了，单独去——没有办法可想——我的意思是去测验一下这位贵妇会有什么样的款待。过来，班长。〔低声细语〕你懂我的意思？

班长　我懂，大人，我必照办。〔众下〕

第三景：欧瓦聂。堡垒内院

伯爵夫人及其守门人上。

夫人　看门的，记住我吩咐的话。做完之后，把钥匙还给我。

守门人　夫人，我遵命。〔下〕

夫人　计策已经布置好了。如果一切进行顺利，我将一举成名，像西济亚的陶迈丽斯因赛勒斯之死而成名一样[5]。这位可怖的战士享誉甚隆，其功绩也真是非同小可，我真愿亲眼一见来为我的耳闻做证，对于那些珍奇的传说发表一些意见。

使者与塔尔伯特上。

使者　夫人，塔尔伯特大人接受了我的请求，依从夫人之愿，已经来到了。

夫人　我欢迎他来。什么！就是这个人吗？

使者　夫人，就是。

夫人　这就是惩治法国的灾祸吗？这就是到处大家畏惧的，母亲们用他的名字吓唬孩子们不敢哭出声来的塔尔伯特吗？我看传闻太不可靠了：我以为我可以看到一位像赫鸠利斯一般的人，一位赫克特再世，因为他的面目狰狞，膀大腰圆。哎呀！这是一个孩子，一个可笑的侏儒，这样软弱扭曲的一个小家伙不能引起他的敌人们那样的恐怖。

塔尔伯特　夫人，我打扰你实在冒昧，夫人既然没有闲暇，我当改日再来奉访。

夫人　他这是什么意思？去问他要到哪里去。

使者　且慢，塔尔伯特大人，夫人想要知道您突然离去的原因。

塔尔伯特　唉，她既然有了误会，我要去告诉她我确是塔尔伯特。

守门人持钥匙又上。

夫人　如果你就是他，那么你现在是俘虏了。

塔尔伯特　俘虏！谁的俘虏？

夫人　我的，你这嗜杀的人，为了这个缘故我诱你到我的家里。你的图影早已成了我的奴隶，因为你的画像挂在我的画廊里，但是现在你的身体也要受同样的待遇了，我要把你的手脚锁起来，这许多年来你那一副手脚无恶不作，蹂躏我们的国家，屠杀我们的人民，俘虏我们的儿子和丈夫。

塔尔伯特　哈，哈，哈！

夫人　你还要笑，可怜虫？你的欢笑就要变成呻吟。

塔尔伯特　我笑的是夫人好蠢，你以为这一回抓到的不是塔尔伯特的画像，可以严加惩处了。

夫人　怎么，你不是他本人吗？

塔尔伯特　我当然是。

夫人　那么我也抓到他的本人了。

塔尔伯特　不，不，我只是我自己的画像。你上当了，我本人不在此地，你所看到的只是这人之极小的一部分。我告诉你，夫人，如果他的整个的人来到此地，那将是又高又大，不是你这房屋所能容纳的。

夫人　这是一个临机应变的谜语贩子。他说他将来到此地，而现在又不在此地。这矛盾的话前后怎能相符呢?

塔尔伯特　我立刻就可以表演给你看。

他吹起号角。击鼓。一连串炮声。士兵等破门入。

你看如何，夫人? 你现在相信塔尔伯特只是他自己的一幅画像了吧? 这才是他的实体，筋肉、胳膊、膂力，他用以束缚你们的叛逆的脖颈，夷平你们的城池，毁灭你们的乡镇，一霎间变为废墟。

夫人　胜利的塔尔伯特！饶恕我的错误，我发现你果然名不虚传，我不该以貌取人。请勿因我的狂妄而动怒，我很抱歉没有给你以应得的礼遇。

塔尔伯特　不要难过，夫人。请不要误会塔尔伯特的内心，像你误会他的外表那样。你所做的事并没有使我不快。我没有其他的要求，只想如蒙不弃能够尝尝你的佳肴美酒，因为军人的胃口一向是很好的。

夫人　我非常高兴，能在我家里欢宴一位这样伟大的战士，我是引以为荣的。〔众下〕

第四景：伦敦。庙堂花园[6]

萨默塞、色佛克与瓦利克伯爵；利查·普兰塔真奈、佛南及一律师上。

普兰塔真奈　诸位贵族绅士，大家默不作声是何用意？真理所在，竟没有人敢提出意见？

色佛克　在庙堂的大会厅里我们不便大声争辩，在花园这里较为方便。

普兰塔真奈　那么你立刻就说吧，我所拥护的是不是真理，换言之，强辩的萨默塞是不是错误？

色佛克　老实说，我对法律不是一个用功的学生，从来无法使我的志愿适应法律，所以让法律来适应我的志愿吧。

萨默塞　瓦利克大人，那么请你对我们两个做一评判。

瓦利克　若是评判两只鹰，哪一只飞得高；两条狗，哪一条吠的声音大；两把剑，哪一把锻炼得好；两匹马，哪一匹走得最灵活；两位小姑娘，哪一位有最媚人的眼睛，也许我有一点儿粗浅之见。

但是讲到法律上这些奥妙的事情，

老实说，我不比一个傻子更为聪明。

普兰塔真奈　嘘，嘘！这是礼貌地拒绝表示意见。真理如此赤裸地在我这一面，任何半瞎的眼都可以看得到它。

萨默塞　真理在我这一面却是如此地服装整齐，如此地清楚，如此地光明，如此地明显，它可以照穿一个全瞎的人的眼睛。

普兰塔真奈　诸位既然钳口结舌，不肯说话，请做哑剧姿势来表示意见吧。凡是真正高贵出身不忝所生的人，如果以为我所陈述的为有理，请来和我一同从这株蔷薇树上摘下一朵白蔷薇。

萨默塞　凡不是懦夫或谄媚之徒，敢于拥护有理的一方者，请来和我一同从这株蔷薇树上摘下一朵红蔷薇。

瓦利克　我不喜欢色彩，所以不带有任何曲意逢迎的意味，我和普兰塔真奈摘下这一朵白蔷薇。

色佛克　我和萨默塞摘下这朵红蔷薇，同时表示我以为他有理。

佛南　且慢，诸位大人，不要再摘了，要先做一决定，哪一方面摘下的蔷薇数目最少，就要承认对方为有理。

萨默塞　佛南先生，你的意思很好。如果我的数目小，我一声不响地认输。

普兰塔真奈　我也是一样的。

佛南　那么为了这件事的明显的道理，我摘下这一朵纯洁的花，宣布我的评判是在白蔷薇这一方面。

萨默塞　你摘的时候莫要刺伤手指，否则流出血来你要把白的蔷薇染红，落在我这一面，那就不是你的本意了。

佛南　大人，如果我为了名誉而流血，名誉会疗治我的伤，使我仍然站在原来的一方面。

萨默塞　好，好，来呀。还有谁?

律师　〔向萨默塞〕除非我的研究和我的书本是虚伪的，你所提出的论据是错误的，因此我也摘取一朵白蔷薇。

普兰塔真奈　喏，萨默塞，你的论据在哪里？

萨默塞　在这里，在这鞘里，在默想把你的白蔷薇染成血红色。

普兰塔真奈　同时，你的面颊却在模拟我们的蔷薇，因为恐惧而吓得惨白，证明真理是在我们这一面。

萨默塞　不，普兰塔真奈，你的面颊倒不是因为恐惧，而是因为羞恼成怒，已经变得通红而模拟我们的蔷薇，但是你的舌头却不肯承认你的错误。

普兰塔真奈　你的蔷薇没有一条毛虫吗，萨默塞？

萨默塞　你的蔷薇没有一根刺吗，普兰塔真奈？

普兰塔真奈　有的，又尖又锐，为的是保护它的真理，而你的蛀蚀的毛虫却专吃它的虚伪。

萨默塞　哼，我会找到一些朋友佩戴我的流血的蔷薇，他们将在虚伪的普兰塔真奈不敢露面的地方宣称我所说的话是真的。

普兰塔真奈　好，凭我手里拿着的这朵纯洁的花，我轻蔑你和你的一党，倔强的孩子。

色佛克　不要对着这个方向表示你的轻蔑，普兰塔真奈。

普兰塔真奈　骄傲的蒲尔[7]，我偏要，我轻蔑他和你。

色佛克　我要把我所受到的这一份塞进你的喉咙里去。

萨默塞　走吧，走吧！好威廉·德·拉·蒲尔，我们和这个乡下人说话[8]，未免太抬举他了。

瓦利克　啊，凭上帝的意旨，你冤枉他了，萨默塞。他的外祖父[9]是赖昂奈尔，克拉伦斯公爵，英王爱德华三世的第三子。一个没有纹章顶饰的乡下人会从这样深厚的根基生出来吗？

普兰塔真奈　他利用这个地方的特殊禁令[10]，所以才敢这样放肆，否则以他那样的怯懦他不敢这样说话。

萨默塞　我指着创造我的上帝发誓，在任何信仰基督教的一块土地上我要坚持我所说过的话。你的父亲剑桥伯爵利查不是因叛逆罪在故王生时被处决的吗？由于他的叛逆，你不是也跟着遭殃，被解除了远年的贵胄身份了吗？他的罪过在你的血液里仍有余辜；你的名义未恢复之前，你只好算是一个乡下人。

普兰塔真奈　我的父亲当初被捕，但未受到正式指控；被处叛逆之罪而死，但实则并非叛徒；时机一经成熟，得以一申我的夙愿，我便要和比萨默塞地位高一些的人用决斗的方式证明我的清白。至于你的同党蒲尔和你自己，我要把你们铭记在我的心版之上，总要惩罚你们的这种荒谬的主张。好好注意一下，我是预先警告了你们的。

萨默塞　啊，你们可以发现我们随时准备领教，看看这个颜色你便知道我们是你的敌人，因为我的朋友们都将戴上这个花来表示对你的轻蔑。

普兰塔真奈　我以我的灵魂为誓，这惨白而愤怒的蔷薇，作为我的渴望饮血的深仇大恨的象征，我和我的同党要永久佩戴，直到它零落枯萎随我进入坟墓，或是盛开怒放陪我到达荣华富贵的极峰。

色佛克　一往直前，让你的野心把你噎死吧。告辞了，下次再见。

〔下〕

萨默塞　我和你一道去，蒲尔。再见，野心的利查。〔下〕

普兰塔真奈　我受了何等的侮辱而被迫必须忍受！

瓦利克　他们所提出来的对你家族所施的污辱，在下次为调停文柴斯特与格劳斯特的争端而召开的议会里，一定要加以洗刷。到那时如果你还不能册封为约克公爵，我也不愿活着被人称为瓦利克。同时为了表示对你的友爱，反抗那骄傲的萨默塞和威廉·蒲尔，我要佩戴这一朵蔷薇参加你这一面。我在此预言，今天这场争论，在庙堂花园导致了两派分裂的局面，将要把成千的人在红白蔷薇标志之下分别送入死亡可怖的深渊。

普兰塔真奈　好佛南先生，我麻烦你一下，给我摘下一朵花。

佛南　为了你的缘故我也要永远佩戴它。

律师　我也是。

普兰塔真奈　多谢，先生。

来，我们四个去吃饭。我敢预言，

这场争执总有闹到流血的一天。〔众下〕

第五景：伦敦。伦敦堡内一室

毛提默由二守卒用轿抬上[11]。

毛提默　照料我的衰老之年的两位仁慈的看守人，让垂死的毛提默在此休息一下吧。我的四肢，经过长期的幽禁，恰似一个人刚从拷架上松绑下来的那种感觉。而这些灰白头发，死亡的前驱，老态龙钟得像是奈斯特[12]，活在这忧患的时代里，足以说明哀德蒙·毛提默的大限将至。这两只眼，像是油已耗干的两盏灯，黯淡不明，渐趋熄灭；软弱的双肩，负荷了过多的悲哀；无力的两臂，像是枯藤垂着它的干枝拖在地上；可是这两只脚，麻木不仁，无法支持这块泥土之躯，只能希望生出翅膀快快找到一个坟墓，好像是知道我没有其他的安慰可得了。但是告诉我，看守人，我的外甥会来吗？

守甲　大人，利查·普兰塔真奈会来的。我们派人到庙堂，到他的寝室，已有回话说他就来。

毛提默　够了，那么我的心就满足了。可怜的好人！他受的委屈和我的不相上下。自从亨利·蒙摩兹[13]开始登极听政，只因我的功高震主，便被幽禁起来；利查也是从那时候起被削去了世袭的尊衔与产业，降为庶民。但是现在死神，那绝望中的公断人，那人间苦恼之仁慈的仲裁者，要把我从这里安然开释了。我愿他的苦难也同告满期，以便恢复他所损失了的一切。

利查·普兰塔真奈上。

守甲　大人，你的亲爱的外甥来了。

毛提默　我的朋友，利查·普兰塔真奈他来了吗?

普兰塔真奈　是的，高贵而遭受这样慢待的舅父哇，你的最近被人轻侮的外甥利查来了。

毛提默　扶导着我的两只胳膊，好让我抱住他的脖子，在他的怀里喘我最后的一口气。我的嘴唇触到他的脸上的时候告诉我一声，我好给他亲热而无力的一吻。现在你说吧，你这从约克的伟大的根株生出来的可爱的枝条，你为什么说你最近受人轻侮?

普兰塔真奈　首先，把你的衰老的脊背靠在我的胳膊上，你躺舒服了，我再把我的不舒服的事告诉你。今天，为争辩一件事，萨默塞和我发生了口角。在争吵中他竟口不择言，用我父亲的死来辱骂我。这一宗耻辱堵住了我的嘴，否则我也要同样地骂他。所以，好舅父，为了我父亲的缘故，为了你看得起一个真正的普兰塔真奈子弟，为了我们的亲戚之谊，请你明白宣示我的父亲剑桥伯爵所以致死的根由。

毛提默　亲爱的外甥，把我禁闭起来使我在一个龌龊监牢里面苦度青春奄奄待毙的理由，也便是使他丧命的可恶的借口。

普兰塔真奈　请把那缘由再说详细一些，因为我一无所知无法忖度。

毛提默　我可以告诉你，如果这口气还能接得上来，死神在我说完之前先不要来。亨利四世，当今国王的祖父，当初是废了他的堂兄利查而自立为王的，而利查乃是老王爱德华的长子并且合法继承人爱德华的儿子，直系第三代。在他这一朝代，北方的波西一家，觉得他的篡位极不正当，企图拥我继承大统。号召诸侯的理由便是，年轻的利查王被废，他没有留下子嗣，依照出生家世应由我依次递补。因为从我母亲方面讲[14]，我是老王爱德华三世的第三子克拉伦斯公爵赖昂奈尔之后，而他乃是系出刚特的约翰，那乃是属于第四房的。但是听着：就在他们企图大举把我这合法继承人拥就大位的时候，我失去了自由，他们失掉了性命。以后很久，亨利五世继其父布灵布洛克为王，你的父亲剑桥伯爵乃是有名的约克公爵哀德蒙·朗格雷之子，他娶了我的妹妹为妻，她就是你的母亲，因为怜悯我的困苦遂再度起兵，想要救我出来并且令我戴上王冠，但是那位高贵的伯爵连同其他人等都因失败而被斩首了。拥有继位权的毛提默一家人就这样地被压制了。

普兰塔真奈　而您是其中最后的一位。

毛提默　的确是。你知道我没有子嗣，我说话有气无力的表示必是要死了，你就是我的继承人。其余的事你自己想去吧，但是你必须小心从事。

普兰塔真奈　您的严重警告我自当接受。不过我父亲的受刑实在是残酷的暴政。

毛提默　外甥，你放乖巧一些，不要作声。兰卡斯特一家已经根深蒂固，像一座山似的不可动摇。现在你的舅父要离开人世了，就像王侯们在宫廷住久生厌要换个地方一般。

普兰塔真奈　啊，舅父！我愿牺牲我的一部分青春岁月来赎回您的寿命。

毛提默　那你就对我不起了——恰似一个屠夫，原可一刀毙命的，偏要多戳上几刀。不要悲伤，除非是为了我的好处而哀悼。只要办理我的丧葬便是。再会了，愿你一切如愿，一生顺利，无论是在和平或战争里！〔死〕

普兰塔真奈　愿你逝去的灵魂只有和平没有战争！你在监牢里度过了一生，像一个隐士似的打发你的日子。好，我要把他的劝告深锁在心。我所悬想的事，且先不要去管它。二位看守人，把他抬走吧。我要去给他发丧，总要办得比他生前要风光一些。〔二看守人抬毛提默尸体下〕

毛提默的黯淡无光的火炬就这样地灭了，是被那妄冀非分的人的野心所窒息的[15]。至于萨默塞所加诸我家族的凌辱与伤害，我毫无疑问要光荣地取得补偿，所以我要赶快到议会去，

或是恢复我世袭的权力，

或是使我的损失变成我的利益。〔下〕

注释

[1] 勃根地（Burgundy），他的父亲于一四一九年被暗杀后，他就成为法太子的仇敌。

[2] 意义不明显。威尔孙解释说 perhaps = with（male）child 似不恰。Cairncross 解作 do not show the effect of relations with men 似较胜，但是谓 Standard 一字 probably with a quibble（= penis），则恐未必然。

[3] 圣经旧约《撒姆耳书下卷》第二十二章第二节：The Lorde is my rocke and my fortresse.

[4] “此一整个插曲，系根据一四二八年五月（奥利昂解围前一年）发生在邻省 Maine 之 Le Mans，莎士比亚把它转移到奥利昂。”（Brooke 注）

[5] 陶迈丽斯（Tomyris）是西济亚（Scythia）族的 Massagetae 人的王后，西济亚在俄罗斯南部一带。赛勒斯（Cyrus）是波斯帝国的创立者，开拓疆土，贪多无厌，进攻西济亚时曾捕获王后之子，杀之。其夫死后，王后率军继续抗战，为子报仇，卒于公元前五二九年杀死赛勒斯，割其首级，放入装满人血之革囊中，以满足其嗜杀之性。

[6] 庙堂花园（Temple Garden），所谓庙堂是伦敦地名，为四个法学院（Inns of Court）所在地之一，因为十二、十三世纪时曾为庙堂武士（Knights Templars）所居住，故名。莎士比亚把一群年轻贵族写成法学院的学生，在此研讨法律上的问题，并无历史根据。

[7] 蒲尔（Pole）是色佛克的家族姓氏。

[8] “普兰塔真奈的父亲剑桥伯爵因叛逆罪被诛，（《亨利五世》第二幕第二景六六至一八一行），其土地及衔称即为国王所没收，其后代亦不能继续享受。”（Cairncross 注）

[9] 实际上不是外祖父，应是外高祖父（great-great-grandfather），参看下页谱系图。

[10] 或谓法学院所在地 Temple 原是宗教性的建筑物，故禁止打斗。实则大学及法学院以及王宫均不准拔剑斗殴。

[11] 毛提默被幽禁于宫中甚久，跛不能行。但实际上享年只有三十二岁。

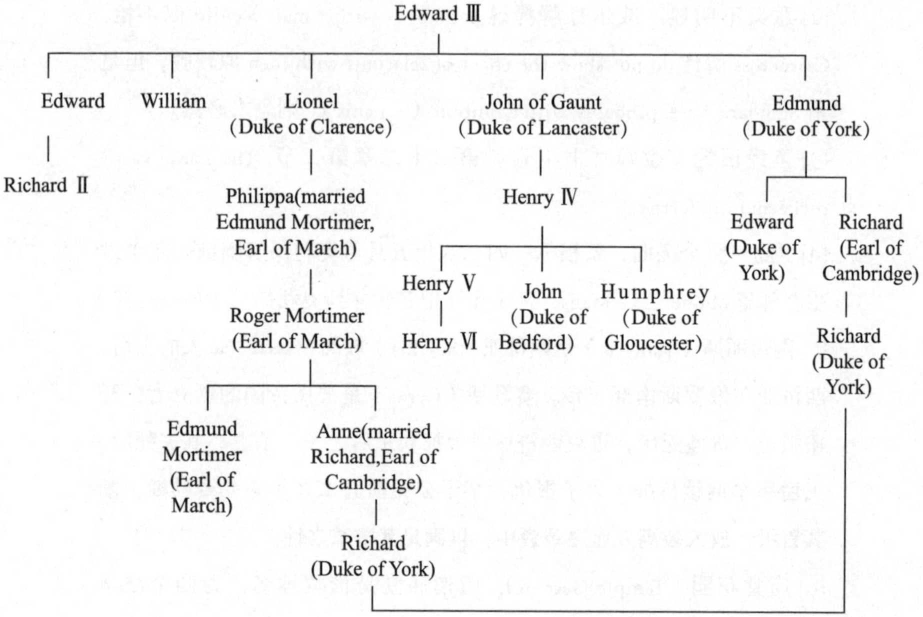

[12] 奈斯特（Nestor），Pylos 国王，为脱爱战争中希腊方面率军参战年事最高的一个领袖，象征老年。

[13] 亨利·蒙茅兹（Henry Monmouth）即亨利五世，蒙茅兹是英国的 Monmouthshire 之一城市，亨利生于此城，因以为号焉。

[14] 应该是“祖母”，而非“母亲”，莎士比亚误毛提默（卒年一四二五）为其叔毛提默（卒年一四〇九），由于叔侄同名之故。在《亨利四世》有同样错误。事实上莎士比亚尚另有一错误，长期幽禁而死的乃是毛提默的堂兄弟 Sir John Mortimer，于一四二四年处死，毛提默也是一四二四年死的，但是非幽禁而死。

[15] the meaner sort 指自命有权问鼎王位实则地位较低的人，即布灵布洛克。

第三幕

第一景：伦敦。国会议事厅[1]

奏花腔。国王亨利、哀克塞特、格劳斯特、瓦利克、萨默塞与色佛克；文柴斯特主教、利查·普兰塔真奈及其他上。格劳斯特拟提出一份诉状，文柴斯特夺去撕毁之。

文柴斯特　**格劳斯特的韩福瑞，你带着预先妥为准备的文件，细心撰拟的作品，前来告状吗？如果你能控告，或是在我头上加上什么罪名，当场提出，不必深文周纳。我也打算即席作答，应付你的任何指控。**

格劳斯特　**狂妄的教士！在这个地方我不能不忍耐，否则你要知道你是侮辱我了。虽然我愿把你的荒谬的罪行形诸文字，不要以为我便是凭空捏造，也不要以为我不能按笔写的照样口述一番。不要这样想，教士。**

你的大胆的作恶，卑鄙的罪行，实在太过分了，就是小孩子也在谈论着你的骄纵。你是一个最狠心的聚敛者[2]，生性刚愎，反对和平；荒淫放荡，和你那份职业与地位太不相称；至于你的狡诈，还有比那更明显的事吗？你在伦敦桥和在伦敦堡都曾设下陷阱想取我的性命[3]。此外，如果把你的心事加以剖析，我恐怕你的主上国王也不免要遭受你的雄心的暗算哩。

文柴斯特　格劳斯特，我不怕你。诸位大人，请听我的答辩。如果我是如他所说的贪婪、野心或乖戾，为什么我现在如此之穷呢？我不求升迁，恪守原职，这又是怎么回事呢？至于说我好争，除了我被人激怒的时候以外，谁比我更爱和平？不，诸位好大人，我的错处不在这一点，我惹得这位公爵冒火的也不是这一点。那乃是，除了他之外，没有人应该有权；除了他之外，没有人应该在国王的左右；这一点在他胸中制造了雷霆，使得他吼出了这些控诉。但是他会知道我和他是一样的——

格劳斯特　一样的！你是我祖父的私生子[4]！

文柴斯特　是的，高贵的人。请问你又算是什么东西呢，你不是一个假借别人的宝座来发国王的威风的人吗？

格劳斯特　我不是摄政王吗，傲慢的教士？

文柴斯特　我不是教会的主教吗？

格劳斯特　是的，恰似一个亡命之徒占据一座堡垒，用以掩护他的赃物。

文柴斯特　渎亵神明的格劳斯特！

格劳斯特　你是敬畏神明的，那只是在教会职务方面，不是在你私人生活方面。

文柴斯特　罗马会处理这件事的。

瓦利克　那么你就滚到罗马去好了。

萨默塞　大人，你该忍耐才是。

瓦利克　对了，好让主教不落下风。

萨默塞　我以为格劳斯特大人应该对宗教虔诚一些，他该知道尊重宗教的人应有什么样的态度。

瓦利克　我以为主教大人应该谦逊一些，那样抗辩是不适合一位教士身份的。

萨默塞　对了，他的神圣的职位受到那样严重打击也不该抗辩。

瓦利克　职位神圣或不神圣，那有什么关系？格劳斯特大人不是代国王摄政的吗？

普兰塔真奈　〔旁白〕我看普兰塔真奈必须保持缄默，否则人家要说："你该说话的时候，小子，你再开口吧。你一定要在这些显要面前大放厥词吗？"否则我要和文柴斯特斗一下嘴。

国王亨利　格劳斯特与文柴斯特两位长辈，你们是保卫英国安宁的特别监护人，我愿请求你们，如果请求能够生效，双方言归于好吧。啊！这样崇高的两位贵族会发生龃龉，在我这忝为国王的人看来，这是何等的耻辱。相信我吧，二位大人，我虽然小小年纪，却深知内部不和乃是一条啮食国家脏腑的毒蛇。〔内喧哗声;“打倒穿棕色衣服的人!”〕这是什么鼓噪的声音?

格劳斯特　一定是主教的部下不怀好意所引发起来的骚动。〔内喧哗声又作;“石头!石头!”〕

伦敦市长率侍从等上。

市长　啊,诸位大人,圣明的亨利,怜悯伦敦城吧,怜悯我们吧!主教和格劳斯特的仆人们,最近禁携武器,竟在衣袋里装满了石头块,列阵对垒,用力地互相投掷,不少人已被打得脑浆迸裂;每条街上窗户都被打烂了,我们吓得只好店铺关门。

格劳斯特与文柴斯特两家仆从人等打斗着,头破血流而上。

国王亨利　我根据你们效忠国王的誓约,命令你们停止凶杀,保持和平——格劳斯特叔父,制止这场打斗。

仆甲　不,如果禁用石头,我们就用牙咬。

仆乙　只要你们敢就那么做吧,我们也一样地坚决。〔打斗又起〕

格劳斯特　我这一家的人,你们都不要参加这愚蠢的斗殴,停止这场奇怪的打斗。

仆丙　大人,我们知道您是一个公平正直的人,而且由于您的高贵的家世,除了国王陛下以外您是不下于任何人的。这样的一位贵人,这样仁慈的国之大老,若是被一个低级的书呆子所侮辱,我们绝对不能容忍，宁愿率领我们的妻子去斗争，即使我们的躯体被敌人所支解亦所不惜。

仆甲　是的，就是我们的剪下来的指甲，在我们死后，也要列阵作战。〔打斗又起〕

格劳斯特　停住，停住，我说！如果你们爱我，你们说你们是爱我的，那么听我的劝告忍耐一下。

国王亨利　啊！这冲突使我心里好难过！文柴斯特大人，您看到我叹息流泪能不稍有怜悯之意吗？您不怜我谁怜我？如果神圣的教会人士喜欢吵闹，谁该努力觅取和平呢？

瓦利克　退让一点儿，摄政王大人；退让一点儿，文柴斯特。除非是你们想要因顽强抗命而气死国王，毁坏国家。你们看看由于你们交恶而造成多少祸害，还死了多少人。除非你们存心要流血，和平相处吧。

文柴斯特　他先俯首听命，否则我永不让步。

格劳斯特　对国王的同情迫我低头，否则在那教士讨我这一点儿便宜之前，我先要把他的心脏剜出来。

瓦利克　看哪，文柴斯特大人，看那公爵眉头舒展的样子，显然是已经放弃了郁积不平的怒气。您为什么还是这样严肃凄惨？

格劳斯特　来，文柴斯特，我和你握手言和。

国王亨利　呸，叔祖鲍福！我曾听您讲道，嫉恨乃是严重的罪恶，您难道不实行您所教训别人的事，反而自己领头成了那个教训的罪人？

瓦利克　亲爱的国王！主教受到了一次温和的谴责。好难为情，文柴斯特大人，心回意转吧！什么！您还能让一个孩子来指点您怎样做吗？

文柴斯特　好，格劳斯特公爵，我对你让步。你对我表示好意，我也对你表示好意，你伸手给我，我也伸手给你。

格劳斯特　〔旁白〕好的。但是我恐怕你是言不由衷哩。你们请看，诸位朋友和亲爱的同胞，这握手便是一个象征，算是我们两人之间以及我们两家人之间的讲和的旗帜。上帝帮助我，我没有一点儿虚假！

文柴斯特　〔旁白〕上帝帮助我，我没有这个意思！

国王亨利　啊，亲爱的叔祖，仁慈的格劳斯特公爵，这一番和解使我多么愉快！走吧，诸位！不要再麻烦我，要互相友好，像你们的主人一样。

仆甲　好吧。我去看外科医生。

仆乙　我也去。

仆丙　我去看看酒店能有什么药。〔市长、仆人等及其他下〕

瓦利克　为了维护利查·普兰塔真奈的权益的请求，我这里有呈文一件，敬请收阅。

格劳斯特　这一奏折实在提得好，瓦利克大人。因为，亲爱的国王，如果您注意到各项理由，您就会觉得应该给利查公正的待遇，尤其是我在哀尔特姆宫对您讲过的那些理由。

国王亨利　那些理由，叔父，确是有力的。所以，诸位大人，我意欲恢复利查的官爵。

瓦利克　恢复利查的官爵吧，他父亲所受的冤枉也给予补偿吧。

文柴斯特　大家都赞成，文柴斯特也无异议。

国王亨利　如果利查以后效忠于我，不但官爵可以恢复，而且你是约克家族的后裔，约克家族的所有的产业我也会全部地发还给你。

普兰塔真奈　您的贱仆誓效忠诚，至死不渝。

国王亨利　那么就跪在我的脚前，为了厚酬你的忠顺，我为你佩带约克的宝剑。起来，利查，像是一个真正的普兰塔真奈，你已经受封为王室宗亲约克公爵了。

普兰塔真奈　愿天佑利查，以便打倒你的敌人！我当努力效忠，对陛下怀有异心的人一定要被消灭！

众　欢迎，崇高的亲贵，伟大的约克公爵！

萨默塞　〔旁白〕灭亡，下贱的亲贵，卑鄙的约克公爵！

格劳斯特　现在，陛下正好渡海到法国去行加冕大典了。国王莅临可以使民众欢腾，使部曲兴奋，还可以打击敌人的斗志。

国王亨利　格劳斯特开口，亨利王就去，
因为忠言可以消灭许多仇敌。

格劳斯特　您的舰队已经准备好了。〔奏花腔。除哀克塞特外均下〕

哀克塞特　是的，我们可以在英国或是在法国走来走去，而对于可能发生的事情视若无睹。最近贵族们之间所发生的争执是在一层虚伪的友好的灰烬覆盖之下燃烧着，终于会爆发成为一场大火。生疮的肢体是一步一步溃烂的，直到最后骨骼筋肉脱落为止，这一场卑鄙无聊的仇恨也会同样地发展下去。亨利五世在位时每一个乳臭小儿的嘴里都念叨着的一项预言，我怕将要应验。生在蒙茅兹的亨利创立帝业，生在温莎的亨利断送江山[5]。这意义太明显了，哀克塞特真想在那不幸的时间到来之前自行陨灭。〔下〕

第二景：法兰西。鲁昂城前

圣女琼恩化装上，士兵等作乡下人装束背负麻袋上。

琼恩　这是城门，鲁昂的城门，我们的策略是从此处攻入。要注意，措辞要小心，说起话来要像是赶场卖谷的生意人。如果我们能进去——我希望我们能——如果守备稀松，我就发出信号通知我们的朋友们，以便查尔斯太子来攻打他们。

兵甲　我们的麻袋正好作洗劫这城之用，我们可以在鲁昂称霸逞雄了。所以我们要去敲门。〔敲门〕

守军　〔在内〕是谁?

琼恩　乡下人，法国的穷苦人，可怜的赶场卖谷的人。

守军　〔开门〕进来。走进来吧，市场的铃声已经响了。

琼恩　鲁昂，我现在要把你的城垒夷为平地。〔圣女琼恩及其他人等入城〕

查尔斯、奥利昂的私生子、阿朗松及队伍上。

查尔斯　圣丹尼斯祝福这个巧妙的计策吧！我们再度可以在鲁昂安然入睡了。

私生子　圣女和她的一伙是从这里进去的。她现在既已进去，如何通知我们走哪一条路是最好最安全呢？

阿朗松　会在那边城楼上伸出一个火炬，我们一见便可明白她的用意，她所进入的路线是最为脆弱无备的。

琼恩在城上出现，手举火炬。

琼恩　看！这就是把鲁昂和她本国同胞结合起来的喜烛，但是对于塔尔伯特的党徒却是致命之火。〔下〕

私生子　看，高贵的查尔斯，那是我们的朋友的信号，火炬在那城楼上燃烧着呢。

查尔斯　让它像复仇的彗星一般地发亮吧，这是我们的敌人们覆亡之兆！

阿朗松　不要迟误，迟误招致恶果。立刻进去大喊“太子！”，然后宰掉那些守军。〔他们入城〕

喇叭鸣。塔尔伯特自乱军中上。

塔尔伯特　法兰西，只消塔尔伯特不死在你的狡诈上，你将痛哭流泪悔不该使用这项奸谋。圣女琼恩，那巫婆，那可恨的术士，你乘我们不备造成这场灾祸，使我们很困难地逃开了那些法国的健儿。〔下〕

喇叭鸣。士兵绕场急行。白德福抱病乘轿自城中上。塔尔伯特与勃根地及英军上。随后，琼恩、查尔斯、奥利昂的私生子、阿朗松及其他自城上出现。

琼恩　早安，诸位英雄！你们想要小麦做面包吗？我想勃根地公爵宁可饿着，也不肯再出这样价钱来买。里面竟是稗子。你们喜欢那味道吗？

勃根地　嘲笑吧，可恶的魔鬼，无耻的娼妇！我相信我不久即可用你自己的面包来噎死你，使你诅咒你们那一场收获的小麦。

查尔斯　您也许到不了那时候就饿死了。

白德福　啊！用行动，不要用言语，来报复这奸诈行为吧！

琼恩　你要做什么，白胡子老头儿[6]？坐在轿里和死神冲击决斗一场吗？

塔尔伯特　法兰西的恶魔，充满毒恨的女巫，让你的一群淫荡的情郎环拥着吧！你应该嘲笑这位英勇的老人，怯懦地挪揄一位半死的人吗？姑娘，我要再和你斗一回合，否则塔尔伯特只好饮恨以终了。

琼恩　你的脾气这样暴，先生？不过，琼恩，你不要作声。如果塔尔伯特大发雷霆，紧跟着必有暴雨。〔塔尔伯特及其他聚商〕

上帝保佑你们这场会议！哪一位做主席？

塔尔伯特　你敢出来和我们战场上相见吗？

琼恩　也许阁下以为我们是傻子吧，会愿以战斗的方式来解决我们自己的土地是否属于我们自己？

塔尔伯特　我没有和那个恶口的女魔头说话，我是和你说话，阿朗松，和其他的人。你们肯不肯像军人似的走出来一决胜负？

阿朗松　先生，不。

塔尔伯特　先生，该死！法兰西的下贱的骡夫们！他们像是乡下的步兵一般守在墙上，不敢像有身份的人那样拿起武器。

琼恩　走吧，诸位将领！我们走下城墙，看塔尔伯特的那副神情怕是不怀好意。上帝与汝同在，大人！我们来只是为了告诉你我们是在这里。〔琼恩及其他自城墙下〕

塔尔伯特　不久我们也会在那里的，否则塔尔伯特将永蒙恶名！勃根地，凭着你的家族荣誉发誓吧——在法兰西所受到的耻辱在激励你——或是夺回这个城，或是死；至于我呢，请看当今的英国的亨利春秋正富，他的父亲曾是这地方的征服者，伟大的狮心王的心脏是埋在这个刚刚被人骗去的城市里[7]，这都是确切不移的事实，我也同样确切坚定地发誓，一定夺回此城，否则就是死。

勃根地　我的誓言和你的誓言正是无分轩轾，志同道合。

塔尔伯特　但是，在我们出发之前，我们要照料一下这位垂死的王子，这位英勇的白德福公爵。来，大人，我们要送您到一个较好的地方，比较适于疗疾养老。

白德福　塔尔伯特大人，不要这样羞辱我。我就在鲁昂城前这里坐着，同你祸福与共。

勃根地　勇敢的白德福，请接受我们的劝告。

白德福　劝我不要走开。因为我曾在书中读过，顽强的潘德拉刚[8]在病中乘舆上阵杀敌致果，我似乎应该去鼓舞士气，因为我一直觉得他们和我一样地萎靡。

塔尔伯特　临死的人还有这样的豪气！那么就这样办。愿上天保佑老白德福安然无恙！现在不必再费事，勇敢的勃根地，立刻整集我们的队伍，进攻我们的顽敌。〔除白德福及侍从外均下〕

喇叭鸣。士兵绕场急行。在一次行军之中，约翰·发斯托夫爵士及一营长上。

营长　约翰·发斯托夫爵士，这样急急忙忙到哪里去？

发斯托夫　到哪里去！逃命去。我们怕又要败绩。

营长　什么！你要逃，丢下塔尔伯特大人？

发斯托夫　丢下世上所有塔尔伯特，保全我的性命。〔下〕

营长　怯懦的武士！你会要走噩运的！〔下〕

退兵号。士兵绕台急行。圣女琼恩、阿朗松、查尔斯自城中又上，逃下。

白德福　现在，安静的灵魂，顺从天意而去吧，因为我已亲见我们的敌人的败亡。愚蠢的人类自以为武力足恃，结果如何呢？他们方才还在嘲笑挑衅，现在亟亟逃命去了。〔死，以轿舁下〕

喇叭鸣。塔尔伯特、勃根地及其他又上。

塔尔伯特　于一日之内失而复得！这是双重的光荣，勃根地，但是这场胜利其光荣属于上天！

勃根地　英勇的塔尔伯特，勃根地要把你供奉在他心头，把你的丰功伟绩立在那里当作勇敢精神的纪念碑。

塔尔伯特　谢谢，多礼的公爵。琼恩哪里去了？我想她的附身魔鬼是睡觉了。那私生子的狂言哪里去了？查尔斯的讥嘲哪里去了？什么！全都沮丧了？这一群英雄好汉都逃了，鲁昂城当然要垂头丧气。我们现在把城里整顿一下，留下几位熟练人员，然后到巴黎去见国王，幼主亨利和他的重臣们都在那里。

勃根地　塔尔伯特大人愿意的，勃根地无不乐从。

塔尔伯特　但是我们在走以前，不可忘记最近逝世的白德福公爵，要在鲁昂完成他的葬礼。执干戈卫社稷的军人，没有比他更勇敢的，总揽朝纲的大臣，没有比他更雍容的。

但是王侯将相终归要死去，

那便是人类苦恼的结局。〔众下〕

第三景：鲁昂附近平原

查尔斯、奥利昂的私生子、阿朗松、圣女琼恩及队伍上。

琼恩　诸位亲贵，不要为了这次意外之事而沮丧，也不要为了鲁昂这样被夺而伤心。事已如此，忧伤亦无济于事，反倒有害身心。让那疯狂的塔尔伯特狂欢一阵，像孔雀似的张开他的尾巴。如果太子和其他各位肯听从我，我们可以扯下他的羽翎，拔除他的尾巴。

查尔斯　我们一直是在听从你的领导，对于你的法术不曾怀疑，一次偶然挫败是永远不会引起疑虑的。

私生子　运用你的智慧想出一条妙计，我们会使你世界闻名。

阿朗松　我们会把你的雕像立在一个神圣的地方，把你当作圣徒来崇拜。所以，亲爱的姑娘，为我们的利益而努力吧。

琼恩　那么就必须如此。琼恩的计划是这样的：我们要用善言相劝，其中羼上甜言蜜语，引诱勃根地公爵脱离塔尔伯特来依附我们。

查尔斯　是的，一点儿也不错，亲爱的，如果我们能做得到这一点，法兰西绝不是亨利的武士们所能安居的地方。那个国家也不能向我们这样夸口，而一定可以从我们的国境驱逐出去。

阿朗松　他们要永远被拒于法兰西国门之外，休想在这里封爵列土。

琼恩　诸位请看我如何安排使此事顺利达成。〔遥闻鼓声〕听！听那鼓声你们可以知道他们的队伍是向巴黎前进。

英国进行曲。塔尔伯特率军上，走过。

塔尔伯特旗帜飘扬地从那边走去了，所有的英军跟了他去。

法国进行曲。勃根地及其队伍上。

殿后的是公爵和他的队伍。我们走了好运，他落在后面。吹起休战的号声，我们要和他谈判。〔休战号〕

查尔斯　和勃根地公爵谈判！

勃根地　是谁要和勃根地谈判？

琼恩　法兰西太子查尔斯，你的同胞。

勃根地　你有何话说，查尔斯？因为我要行军去了。

查尔斯　你说，琼恩，用你的言语迷住他。

琼恩　勇敢的勃根地，法兰西众望所归的大无畏的人物！且停一下，听您的贱婢对您说一句话。

勃根地　说下去，别太冗长。

琼恩　看看你的国家，这肥沃的法兰西，再看看因残酷的敌人蹂躏而面目全非的城市乡镇。像母亲看着她的婴儿奄奄一息，死神就要合上他的娇嫩的眼睛，你也看看吧，看看这满目疮痍的法兰西;看看那些创伤，最伤天害理的创伤，那乃是你自己加在她的不幸的胸上的。啊！把你的利刃掉转一个方向吧。打击那些伤害我们的，不要伤害那些帮助我们的。从你祖国的胸膛上刺出的一滴血，应该比外国人的血流成渠更使你感觉苦痛。所以你回去吧，以滔滔的泪水去洗刷你的国家所受的污辱吧。

勃根地　不是她的言语迷惑了我，便是天性使我突然心软了。

琼恩　不仅此也，所有的法国人，整个的法国，都在厉声指责你，怀疑你的出身，怀疑你是否合法的嫡裔。你所结纳的乃是一个蛮横的国家，除了为利害关系他们根本不会信任你，你说是不是呢？一旦塔尔伯特在法国站住了脚，把你变成了一个肆虐的工具，那时节英国的亨利不来做主宰还有谁来做，你还能不像一名逃奴似的被赶了出去吗？让我们回想一下，往事可鉴，你的敌人奥利昂公爵不是在英国做俘虏吗？但是他们一听说他是你的敌人，就把他释放了[9]，没有收他的赎金，完全不把勃根地和他的朋友们放在眼里。那么，你看看，你现在是和你的同胞们作战！你是在和杀害你的人联合作战。来，来，回来吧；回来，你这位误入歧途的贵人，查尔斯和其他各位都会把你拥抱在怀里的。

勃根地　我被征服了。她这一番严正的话像是吼啸的炮弹一般打击着我，使得我几乎要屈膝投降。饶恕我吧，国家和亲爱的国人！诸位，请接受我这诚恳的拥抱，我的队伍和人员都是你们的了。好，再会，塔尔伯特。我不再信任你了。

琼恩　做得真像一个法国人：转过去，又转回来！

查尔斯　欢迎，勇敢的公爵！你的友好使得我们精神一振。

私生子　并且使得我重新生出了勇气。

阿朗松　琼恩在这件事上实在是克尽厥职，值得酬以金冠。

查尔斯　现在我们前进吧，诸位，去加入我们的部队，策划如何打击敌人。〔众下〕

第四景：巴黎。宫中一室

亨利王、格劳斯特、文柴斯特主教、约克、色佛克、萨默塞、瓦利克、哀克塞特、佛南、巴塞特及其他上。塔尔伯特率士兵迎面上。

塔尔伯特　我的仁慈的君王，诸位尊贵的大人，听说诸位大驾来临，我特暂停战事，来向国王致敬。为了表示爱戴之忱，这只胳膊——曾经为您收复五十座堡垒、十二座城池、七处坚壁环绕的乡镇，并获有五百名身份高贵的俘虏——现在把他的宝剑丢在陛下的脚前，〔跪下〕并且以恭顺之心，将他的胜利的光荣首先归于上帝，再则归于陛下。

亨利王　格劳斯特叔父，这一位就是在法国住了那么久的塔尔伯特大人吗?

格劳斯特　是的，陛下。

亨利王　欢迎，勇敢的军人，胜利的将领！我年幼的时候——现在也还不老——我记得我父亲说过，仗剑卫国的斗士没有比你更为坚强的了。你的诚心，你的忠勇，你的劳苦功高，我久已深信不疑。但是你还没有受过我的赏赉，连一声感谢的话都没有听到过，因为直到如今我还不曾见过你的面。所以，起来吧。为了报酬你的勋劳，我封你为舒斯伯来伯爵。在我加冕的时候接受你的勋位吧。〔奏花腔。除佛南与巴塞特外均下〕

佛南　喂，先生，我来问你，你在海上那样傲慢，对于我因尊重我的主人约克大人而佩戴的这些标志横加侮辱，你还坚持你所说过的话吗?

巴塞特　是的，先生，就和你敢鼓舌狂吠辱骂我的主人萨默塞公爵一样。

佛南　小子，你的主人我是按照他的身份加以尊重的。

巴塞特　噢，他是什么身份？并不比约克差。

佛南　你听我说。不是这样的吧，为证实起见，请接受这个。

〔打他〕

巴塞特　混蛋，你深知宫廷禁令凡拔剑者立即处死，否则你打我这一下，我就会让你流血。但是我要去见国王，请他准我报仇雪恨，到时候你就会知道我饶不了你。

佛南　好吧，坏东西，我也要和你一样快地到达那里。随后，我会比你希望还要快地和你相会。〔同下〕

注释

[1] 在历史上此景应是 Leicester，而非伦敦，议会于一四二六年在 Leicester 开会，时在奥利昂解围后三年。国王亨利当时只有五岁。

[2] 文柴斯特的财富是由于他之使用“教皇敕书”，及收取萨杂克（Southwark）娼寮区的税款。

[3] 格劳斯特指控文柴斯特于伦敦桥头埋伏兵士与射手，俟其前往哀尔特姆见幼王时即射杀之。伦敦堡事件则是指第一幕第三景。

[4] 文柴斯特主教，即亨利·鲍福（Henry Beaufort），是刚特的约翰与 Catherine Swinford 的私生子，刚特的约翰娶她为第三个夫人是在以后。文柴斯特及其两个胞兄弟一个妹妹，于利查二世时经议会通过法案承认为正式合法子女。看下列谱系：

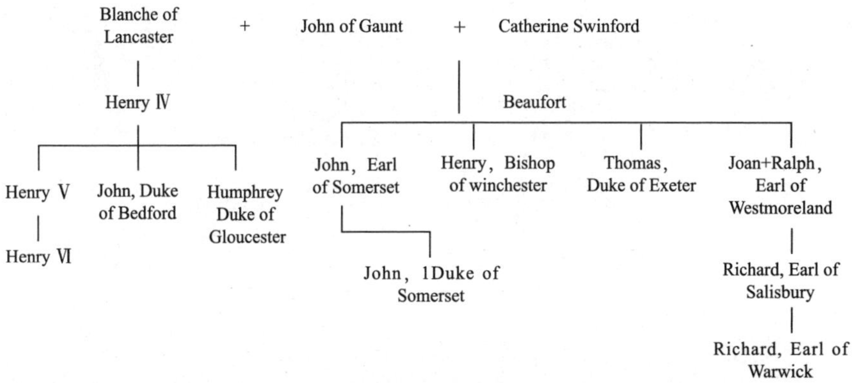

[5] 据何林塞的记载，亨利五世听说他的儿子在温莎诞生，于感谢上苍之后对他的宫内大臣 Fitz Hugh 说：“大人，我亨利是生在蒙茅兹的，统治国家将不能甚久，但所得甚多；这生在温莎的亨利，在位将是很久，

但将断送一切。但是天意如此，奈之何哉！”（“My lord，I Henrie, borne at Monmouth，shall small time reigne，& much get ; and Henrie, borne at Windsore，shall long reigne，and all lose : but as God will，so be it.”）

[6] 白德福公爵，即《亨利四世》中之兰卡斯特亲王约翰，为亨利四世之第三子，死于一四三五年，时年仅四十五岁，比琼恩还晚死四年，莎士比亚改动了史实。

[7] 狮心王即利查一世，英国国王中之最骁勇善战者，一一九九年在法作战受伤，死后将心脏取出葬于鲁昂，以表示他对于该城及其忠勇人民之喜爱。

[8] 潘德拉刚（Pendragon），传说中英王亚瑟（Arthur）之父。

[9] 事实上奥利昂公爵之获释是在一四四〇年，是在勃根地放弃与英联盟之后的第五年。

第四幕

第一景：巴黎。宫中大殿

亨利王、格劳斯特、哀克塞特、约克、色佛克、萨默塞、文柴斯特主教、瓦利克、塔尔伯特、巴黎市长及其他上。

格劳斯特　主教大人，请把王冕加在他的头上。

文柴斯特　上帝保佑亨利王六世。

格劳斯特　现在，巴黎市长，你来宣誓——〔市长跪下〕你除了他之外不尊奉他人为王，除了他的朋友之外不视任何人为你的朋友，除了对他的王位蓄有恶意阴谋的人之外不把任何人看作你的仇敌：你要这样宣誓，上帝保佑你！〔市长及其随从人等下〕

约翰·发斯托夫爵士上。

发斯托夫　我的仁慈的国王，我从卡雷骑马赶来参加您的加冕大典的时候，有一封信交到我的手里，是勃根地公爵写给陛下的。

塔尔伯特　勃根地公爵和你好不知耻！下贱的武士，我早就发过誓，我下次遇到你，要把那条袜带从你的怯懦的腿上扯下来[1]。〔扯下袜带〕现在我就这样做了，因为你不配享有那样的高位。亨利陛下和诸位大人，请原谅我：这个贱货，在帕泰之役，我全部不过六千，法国人几乎有十倍之众，尚未交手一击之前，他像是一个忠仆似的拔腿就跑。这次战斗我们损失了一千二百人，我自己和好几位高级将领都在那里遭受突袭而被俘。诸位大人，请裁判一下，是我做得不对，还是这样的懦夫应该佩戴这个武士的荣章，是我不对，还是他不应该?

格劳斯特　说老实话，这件事是可耻的，平民皆不宜有，何况是一位武士，一位将领。

塔尔伯特　当初这一勋位创立之始，诸位大人，袜带武士全是出身尊贵，英勇有德，而且性格高尚，例如久经战阵著有殊勋的人物。既不怕死，亦不知难而退，在最危急之际永远坚决不挠。没有这种品性的人，只是僭据武士之神圣的名义，污辱了这最荣誉的勋位。如果我配做裁判的话，这种人就像是一个冒充贵族后裔的乡鄙伧夫，应严加贬黜才是。

亨利王　国人的耻辱！你听取你的判决吧。你这一度身为武士的人，就卷铺盖走吧。从今以后，我把你永远放逐，如再出面即行处死。〔发斯托夫下〕摄政大人，你现在看看我的舅父勃根地公爵写来的信[2]。

格劳斯特　〔看信封〕他老人家是什么意思，改变称呼了？不多写一个字直截了当地“送交国王”！他忘记国王是他的主上了吗？还是这鲁莽的写法表示他已变心？这是什么话！“我对于本国所受之兵燹不能无动于衷，益以贵军压境，民间怨声载道惨不忍闻，我不得不放弃与贵国所结之有害的盟约，而参加法兰西合法国王查尔斯一方。”啊，惊人的叛变！能有这样的事吗，信誓旦旦的友好联盟之中居然会有这样的虚伪狡诈？

亨利王　什么！我的舅父勃根地叛变了？

格劳斯特　他是叛变了，陛下，成了您的敌人。

亨利王　这就是信里的最坏的消息吗？

格劳斯特　陛下，这就是他所写下的最坏的全部消息。

亨利王　那么，让塔尔伯特大人去和他谈谈，为了这种欺妄的行为给他一点儿惩罚。你意下如何？你不情愿吗？

塔尔伯特　情愿，陛下！当然情愿。若不是您先开口，我会求您给我这份差事的。

亨利王　那么就整集队伍，立即向他征讨。让他明白我们对他的叛变是如何的震怒，轻蔑他的盟友是何等的罪恶。

塔尔伯特　我就去，陛下。衷心希望您总是会看到敌人溃败的。〔下〕

佛南与巴塞特上。

佛南　仁慈的陛下，请准许我与人决斗！

巴塞特　还有我，陛下，也准许我与人决斗！

约克　此人是我的家仆。依从他吧，陛下！

萨默塞　此人是我的家仆。亲爱的亨利，答应他吧！

亨利王　不要着急，二位大人，让他们说。喂，你们二位，你们为什么这样喊叫？为什么要决斗？和谁决斗？

佛南　和他，陛下，因为他侮辱了我。

巴塞特　我要和他决斗，因为他侮辱了我。

亨利王　你们互控侮辱，到底是怎样的侮辱？先让我知道，我再答复你们。

巴塞特　从英国渡海到法国的时候，这个家伙，以恶意讥讽的口吻辱骂我所佩戴的蔷薇。他说，这花瓣的血红颜色是代表我的主人之羞愧的大红脸，因为那一天他和约克大人之间确是为了辩白一项法律问题而发生争论，他还说了一些其他的下流难听的话。为了对抗他的谩骂，维护我的主人的荣誉，我请求准我和他武力解决。

佛南　那也正是我的请求，陛下。他虽然好像是以花言巧语掩饰他的鲁莽的意图，但是陛下明察，实际上是他先来惹我。他先来挑剔我这个标志，他说这花的苍白的颜色是表示我的主人之怯懦的心。

约克　你这样的仇恨，萨默塞，永远不能停止吗？

萨默塞　约克大人，你的私愤，无论你怎样巧妙地遮遮盖盖，总是要暴露出来的。

亨利王　主哇！糊涂的人发的是什么疯，为了这样琐细之事，竟闹出这样的门户的斗争！约克与萨默塞，两位好人，我求你们安静下来，不要伤了和气。

约克　这项争端先用武力来解决，然后再由陛下命令和解吧。

萨默塞　这只是我们二人之事，与别人无干，那么让我们两个人来解决吧。

约克　这就是我的挑战的凭证[3]，你接受吧，萨默塞。

佛南　不，当初事情怎样开始的，还是保持原来的态势。

巴塞特　您也同意这个办法吧，我的尊荣的主人。

格劳斯特　同意这个办法！你们这样争吵真是该死！你们连同你们的大胆狂呓，都毁灭了吧！狂妄的奴才们！你们这样狂妄地叫嚣吵闹，惊动了国主和我们，不觉得惭愧吗？——还有你们二位大人，我觉得你们不该放任他们互相恶意地指控，尤其不该听信他们的话而自起纠纷，听我的劝告而改弦更张吧。

哀克塞特　国王已经不悦，二位大人，和好如初吧。

亨利王　走过来，你们两个意欲决斗的人。如果你们还想得到我的恩宠，我命令你们，从今以后，把这次争吵的事故完全忘却。你们二位大人要记住我们的处境，我们是在法国，一个动摇善变的国家。如果他们在我们的表面上看出了破绽，知道我们内心必定不和，他们心中本来愤愤难平，将要如何地乘机作乱公然叛变呢！而且，各国君王若是知道亨利王左右的亲贵为了一些无关紧要的细节而自相残杀，失掉法国领土，那将是多么不名誉的事！啊！想想我父亲所做的征服，我的幼小的年纪，我们不要为了一点儿小事而放弃热血换来的东西吧！让我来为这场结果可虑的争端做一个裁判员。如果我戴上这朵蔷薇〔佩上了一朵红蔷薇〕，我看不出任何理由会有人以为我偏向萨默塞而不偏向约克。两位都是我的一家的亲人，两个人我都爱。他们其实也可以讥讽我，说我不该来加冕，因为老实讲苏格兰人之王也是加冕称王的[4]。但是你们的见识比我更能指点其中的道理，所以，我们来的时候一团和气，那么就让我们长久地维持友爱吧。约克公爵，我派你做法兰西这一带地方的摄政；萨默塞大人，把你的骑兵和他的步兵联合起来；像是忠贞的臣民，你们的显贵的祖先的后裔，同心协力地欣然上阵把你们的怒火发泄在你们敌人头上去吧。我自己、摄政王及其他各位，稍为停留之后就要回到卡雷，从那里返回英国。希望不久就可由于你们的胜利把查尔斯、阿朗松及那一群叛徒都给我献纳上来。〔奏花腔。除约克、瓦利克、哀克塞特及佛南外均下〕

瓦利克　约克大人，我告诉您吧，我觉得国王颇善于言辞。

约克　他确是很善言辞。不过他佩戴了萨默塞的标志，我倒不大喜欢。

瓦利克　嘘！那不过是他偶然兴至，不要怪他，我猜想他并无恶意。

约克　　如果我知道他确是带有恶意——不过不要说了吧，现在还有别的事要做。〔约克、瓦利克与佛南下〕

哀克塞特　　你做得很好，利查，你没有开口。因为如果你把心中的闷气迸发出来，我恐怕我们要看到更多的嫉恨仇视，更多的疯狂吵闹，要一齐表现出来，非我们料想之所能及。不过，任何一位平民，他若是看到了这些贵族的龃龉不和，在朝廷上之互相倾轧，两党私人之间的舌剑唇枪，都会预料将有不幸事件发生。王杖握在孩子们的手里是一件严重的事。

但是因嫉恨而生党争，就更严重。

从那里将有毁灭，将有混乱发生。〔下〕

第二景：波尔多城前

塔尔伯特率队上。

塔尔伯特　　号手，到波尔多的门前去，叫他们的统帅到城墙上来。

喇叭吹出谈判号。法军主帅及其他在城上出现。

诸位将官，英国人约翰·塔尔伯特，英王亨利陛下的武装人员，喊你们出来说话。他要说的是：打开你们的城门，向我们降服，奉我的君王为你们的君王，以顺民的身份向他致敬，我和我的凶猛的大军即行撤退。但是，如果你们拒绝接受这和平的提议，你们便要激怒我的三名随从，它们便是使人瘠瘦的饥馑，支解尸体的刀兵，熊熊上升的火焰，你们若是放弃了它们的亲善的提议，它们在顷刻之间即可把你们的冲天楼阁夷为平地。

法军主帅　你这凶恶不祥的鸮鸟，我们全国的恐怖与灾殃！你横行的末日即将来临。你除拼了一死，休想进入我们的城门。我正告你，我们有坚固的防御，并有强大的力量可以冲出决战。如果你要撤退，装备精良的太子已布下了罗网等着捕你：在你的两边都有部队把守，防你兔脱；你无法乞援，你只得看着死神给你带来屠戮，只得迎接毁灭。一万名法国士兵已经当众宣誓，不妄杀一人，只是对准炮口轰击英国的塔尔伯特。看哪！你站在那里，英姿勃发的一条好汉，饶有无敌的锐气，这是你的敌人我所能给你的最后的称赞。因为现在开始发动的沙漏，在一小时漏完之前，看着你满面红光的这两只眼，就要看到你枯萎、血污、苍白而死。〔遥闻鼓声〕听！听！是太子的战鼓，等于是警钟，对你的胆怯的心灵奏出了沉重的乐声。我的鼓声一起，即将宣告你的悲惨的死亡。〔统帅等自城墙下〕

塔尔伯特　他不是说谎，我听见敌人来了。出动几名轻骑，去侦察他们的两翼。啊！处理军机如此地粗心大意。

我们被团团围起来了，像一群英国的怯生生的小鹿，被一队狺狺的法国恶犬所困扰！我们如果是鹿，我们该是壮健的鹿；不可像是瘦鹿一般，一咬就倒；要像是狂怒拼命的雄鹿，用坚硬的头角去撞那些嗜杀的猎犬，让那些懦夫们不敢进前。每个人都像我一样索取高价卖命，他们就会发现我们这一批鹿的代价有多么高了，我的朋友们。
上帝与圣乔治，塔尔伯特和英国的权利，
让我们的旗帜在这场血战中所向无敌！〔众下〕

第三景：加斯考尼原野

约克率队上；一使者来会。

约克　我们派去追踪法国太子大军的快探还没有回来吗？

使者　他们回来了，大人。据称他已率军前往波尔多，与塔尔伯特决战。在他进军之际，您的密探又发现了两支比法国太子所率领的更为强大的部队，与他会合之后向波尔多进发。

约克　那坏蛋萨默塞真是该死，他答应了我把专为这次包围而征召的骑兵拨来为我支援，竟这样地迁延不至！英名远播的塔尔伯特期待我的援助，我被一个奸诈的坏人所玩弄，不能帮助那高贵的战士。愿上帝在这危难之际给他以慰藉！他若是失利，法国境内的战事就无望了。

威廉·露西爵士上。

露西　您是英军之高贵的领袖，在法国境内从来没有这样急迫地需要您的领导，请赶快去救高贵的塔尔伯特吧，他现在被一条铁带箍围起来了，正在遭受围歼的危险。到波尔多去，英勇的公爵！到波尔多去，约克！否则塔尔伯特、法兰西、英国的荣誉，全完了。

约克　上帝呀！但愿那骄纵冥顽的阻挠我的骑兵的萨默塞，是在塔尔伯特的位置。那样便可舍弃一名叛徒懦夫，换取一位英勇的斗士。

我们这样去死，而怠职的奸贼高枕而眠。

愤恨的怒火哟，让我泪下潸潸。

露西　啊！赶快派兵给危急中的将领以支援。

约克　他一死，我们就失败。我未实践诺言。

我们伤心，法国得意；我们损失，他们获利。

全都是那个下贱的奸贼萨默塞所引起的。

露西　那么上帝怜悯勇敢的塔尔伯特的灵魂吧。也怜悯他的幼子约翰吧，因为两小时前我遇见他正在赶往他的英勇的父亲的途中。

塔尔伯特和他的儿子已有几年未见。

现在两人都要命终，却得见上一面。

约克　嗳！高贵的塔尔伯特将是如何痛苦，
欢送他的小儿子进入他的坟墓。
走吧！苦痛几乎使我喘不过气，
久别的亲人在临死的时候相遇。
露西，再会。我现在只能诅咒
那使得我不能支援他的根由。
梅恩、布鲁洼、波爱提尔兹、图尔，全被夺去，
全是由于萨默塞和他的贻误戎机。〔率兵下〕

露西　分崩离析的兀鹰啄食这些伟大将领的心胸的时候，由于他们的怠忽职守，我们的尸骨未寒的征服者永远令人记忆的亨利五世所打下的江山[5]，就这样地轻轻断送了。
他们彼此互相倾轧的时节，
生命、荣誉、国土，全都急趋于毁灭。〔下〕

第四景：加斯考尼他处原野

萨默塞率军上；塔尔伯特部下一军官随上。

萨默塞　已经太迟了，我现在不能派他们去。这次出征是约克与塔尔伯特所策划，过于鲁莽从事。单是城内守军冲出逆袭，即足以对付我们的全部主力。过于大

胆的塔尔伯特，由于有勇无谋的疯狂冒险，已使他以往的光荣整个地黯然失色。

约克怂恿他出战，死在耻辱之中，

为的是塔尔伯特一死，约克独自邀功。

军官　威廉·露西爵士来了，他是和我一同从我们的众寡悬殊的部队前来乞援的。

威廉·露西爵士上。

萨默塞　怎样，威廉爵士！您是奉派到哪里去？

露西　到哪里去，大人？我是被出卖的塔尔伯特派了来的。他被强大的敌人所包围，向高贵的约克和萨默塞呼吁，解除他的单薄的军力所受的死亡威胁。这位将领战得精疲力竭血汗交流，负隅顽抗拖延时间，期望援兵及时到来，而您，英格兰的荣誉之所系，徒令他空盼一场，因无聊的嫉恨而袖手旁观。这位驰名的英勇战士正在敌人压倒的优势之下奋战捐躯的时候，请不要因私愤而把应去驰援的征集来的援兵扣留不发吧。奥利昂的私生子、查尔斯、勃根地、阿朗松、瑞尼叶，把他包围了，塔尔伯特将因您的援军不至而覆亡。

萨默塞　约克怂恿他作战的，约克应该已经发兵救他。

露西　约克也同样迫切地指控阁下呢。他说您扣留了他的专为这次出征而征召的队伍。

萨默塞　约克在说谎。他有骑兵，他大可以派遣出去。我对他没有义务，更无好感，我才犯不着派遣军队取媚于他。

露西　　现在使豪气填膺的塔尔伯特堕入陷阱的是英国的虚诈，不是法国的兵力。
他永远不能生还英格兰了，
必死无疑，被你们的私愤牺牲掉。

萨默塞　　好，去吧。我立刻把骑兵派遣，
六小时之内即可支援作战。

露西　　援兵来得太晚了。他不是被俘就是被杀，因为他就是想逃也不能逃了。何况即使能逃，塔尔伯特也永不愿逃。

萨默塞　　如果他死了，英勇的塔尔伯特，再见！

露西　　他的英名永存于世，他的耻辱由你承担。〔众下〕

第五景：波尔多附近英军营盘

塔尔伯特与其子约翰上。

塔尔伯特　　啊，年轻的约翰·塔尔伯特！我是派人叫你来的，教你学习战争策略的运用，等将来你的父亲因年老气衰四肢无力而瘫痪在椅子上的时候，你可以重新振起塔尔伯特的名声。但是——啊，邪恶不祥的星辰！你现在是来参加一席死亡的盛筵，一场可怕的不可避免的危险。所以，亲爱的孩子，跨上我的最快的马，我来指导你如何急速地逃出。来，不要迟延，去吧。

约翰　我的姓不是塔尔伯特吗？我不是您的儿子吗？我可以逃吗？啊！如果您还爱我的母亲，不要侮辱她的光荣名字，使我成为一个私生子和贱奴。

世人要说他不是塔尔伯特的骨肉，
塔尔伯特坚持不退，他却偷偷溜走。

塔尔伯特　逃吧，为我报仇，如果我遇害。

约翰　一个逃走的人永远不会再回来。

塔尔伯特　两人都不逃，两人都必死无疑。

约翰　那么让我留下，父亲，您逃去。
您一死关系重大，所以您的安全要紧。
我没有多少价值，一死亦于事无损。
我死，法国人没有什么值得夸耀，
您死便不同了，大家的希望都失掉了。
逃走不能污损您的赫赫的威名，
但对我却能，因为我没有任何战功。
您逃走是权宜之计，人人都会同意。
我若软化，他们会说是由于恐惧。
如果第一小时我就畏缩逃走，
以后便没有希望能在此死守。
我跪下来，但求战死，了此一生，
我不愿在耻辱中苟全性命。

塔尔伯特　让你母亲希望所寄的人都埋进一个坟？

约翰　宁可如此，我也不愿母亲的名誉受损。

塔尔伯特　我祝福之后，我命令你去。

约翰　去作战我愿意，但不是敌前逃避。

塔尔伯特　你活下去可以保存你父亲的一部分。

约翰　除了我受辱，他的任何部分也不得保存。

塔尔伯特　你没有声名，所以也不会丧失声名。

约翰　会的，丧失你的声名。逃走岂不辱没门庭？

塔尔伯特　那污点可以洗刷，就说是奉父亲之命。

约翰　那时您已遇害，无法为我做证。
如果死是必不可免，我们一同逃去。

塔尔伯特　让我的部下在这里作战捐躯？
我一生中从没有过这样丢脸。

约翰　难道我年轻轻的就该如此现眼？
我不能离开您的身边，
恰似您自己不能分为两半。
留下，逃走，随便您，我也同样地做。
如果我的父亲死，我也不愿独活。

塔尔伯特　那么儿子，我要和你诀别了，
今天下午你的性命即将不保。
来，我们同生共死，并肩作战，
两个灵魂一起从法兰西飞上天。〔同下〕

第六景：一战场

喇叭鸣。部队绕场急行，塔尔伯特之子被围，塔尔伯特趋救之。

塔尔伯特　圣乔治和胜利！打呀，士兵们，打呀！
摄政王对塔尔伯特不守诺言，
让我们独当法军锋锐的凶焰。
约翰·塔尔伯特在哪里？停住喘喘气。
我给了你生命，把你从死亡中救起。

约翰　您两度做我的父亲，我两度做您的儿子。
您给我的第一条生命已经损失，
可是您不顾命运的安排，用您的宝剑，
给我已经完结的寿命又延长一段时间。

塔尔伯特　你的剑在太子盔上打得火星乱爆，
你父亲心中高兴，盼着胜利来到。
随后我这迟钝的衰老之躯，
也生出了青春的怒火和奋战的勇气，
把阿朗松、奥利昂、勃根地，全都打败，
把你从法国大军之中解救出来。
愤怒的私生子奥利昂，他使你血流如注，
他使你初次上阵有了挂彩的记录，
我不久就和他遭遇，
几个回合，我就很快地
刺出了他那杂种的血。为羞辱他，

我就这样地对他破口大骂：
“我让你流出龌龊卑鄙而下贱的血浆，
因为你把我的勇敢儿子塔尔伯特刺伤，
你使得他流出了纯洁的鲜血。”
我正想要把这私生子毁灭，
强大的援兵来到。你父亲关心你，你说，
你不觉得疲乏吗，约翰？你觉得如何？
现在你已获证实为善战的英豪，
孩子，你愿否离开战场而逃？
等我死了为我复仇，快快逃去。
一个人在这里对我没有多少助益。
啊！我深知道，那是太蠢的打算，
两个人豁出了命去搭一只小船。
如果我今天不死在法国人手里，
明天我也许因年事过高而死去。
我留在这里他们得不到好处，
不过把我的寿命减少了一天之数。
你一死，你的母亲，我们一家的声誉[6]，
我死后复仇，你的青春和英国的威名都要死去。
你留下，这一切及其他都在冒险；
你逃走，这一切都可以获得保全。

约翰　奥利昂的剑没有使我痛苦，
您这几句话使我心伤血出。
用这样的耻辱购买那样的利益，
为挽救一条性命而毁灭堂堂的名誉，

在小塔尔伯特尚未逃离老塔尔伯特而去，
让我骑的那匹怯懦的马先行倒毙！
把我比作法兰西的村夫俗物，
成为讥嘲的对象，甘受命运的摆布！
我一定要以您所赢得的光荣为誓，
我若是逃，我便不是塔尔伯特的儿子。
那是没用的，不要再说逃走的话。
是塔尔伯特的儿子，就要死在他的脚下。

塔尔伯特　那就跟着你的克里特岛的拼命的父亲，
你这伊卡勒斯[7]。你的生命是我所关心。
你要作战，就在你父亲身边作战，
赢得赞誉之后，我们要死得光荣体面。〔同下〕

第七景：战场之又一部分

喇叭鸣。士兵绕场急行。老塔尔伯特负伤由一仆扶上。

塔尔伯特　我另一条命在哪里——自己的已经死去——
小塔尔伯特在哪里？勇敢的约翰在哪里？
胜利的死神，我虽被俘受屈[8]，
小塔尔伯特的勇敢使我笑着对你。
他看到我败退跪倒，

便以他的血剑在我身上挥摇，
他像是饿狮一头，
开始猛扑，狂杀怒吼；
等到我的保护者独在我身边站立，
照料我的伤势，敌人均已离去，
他心里充满了盛怒，
突然从我身边一跃而出，
杀入法军密集的阵形，
把他的高傲的气魄淹没在血海之中；
我的伊卡勒斯，我的好儿子，
他就在那里光荣地战死。

士兵等舁小塔尔伯特尸体上。

仆　　啊，亲爱的大人！看，您的儿子抬回来了！

塔尔伯特　　死神，你这小丑，你在对着我们讥笑，
不久，两个塔尔伯特一经永久结合，
就会脱离你的残暴的压迫，
双双地飞上悠悠的苍天，
昂然超越你的死亡这一关。
啊！你的创伤和丑脸的死神倒是配得过，
在你断气以前有话且对你的父亲说。
有话尽管说，不管死神愿不愿意，
把他当作法国人，当作你的仇敌。
可怜的孩子，他笑了，好像是在说道，
如果死神是法国人，死神今天已经死了。

来，来，把他放进他父亲的怀里，
这剧痛我不能再支撑下去。
士兵们，再会了！我已经求仁得仁，
这双老臂就是年轻的约翰·塔尔伯特的坟。〔死〕

喇叭鸣。众士兵及仆下，留下两尸体。查尔斯、阿朗松、勃根地、奥利昂的私生子、圣女琼恩率队上。

查尔斯　　若是约克和萨默塞的援兵来到，我们今天必是苦斗血战的一天。
私生子　　那塔尔伯特的小犬，疯疯癫癫，
用法国人的血液喂他的那柄小剑！
琼恩　　我遇到他一次，我这样对他讲：
“你这童男，赶快向圣女投降。”
但是他摆出一副高傲不屑的模样，
这样回答我：“小塔尔伯特生到世上，
不能做一个娼妇的掠夺物。”
于是他冲入法军的深处，
他高傲地离我而去，好像我不值一击。
勃根地　　他若长大会成为一名高贵的武士无疑。
看，看他死后的葬身之地，
他是卧在最凶猛的护士的怀里。
私生子　　把他们斩碎，把他们的骨头剁开，
他们活着是英国的光荣，法国的祸害。
查尔斯　　啊，不可。他生时我们逃避他，
他死后我们不可把他拿来糟蹋。

威廉·露西爵士偕随从等上；一法军传令官前导。

露西　传令官，引我到太子的帐篷，我要知道今天胜利谁属。

查尔斯　你奉派来送什么样的降书？

露西　降，太子呀！那纯粹是一个法文字，我们英国战士不懂此字作何解释。我来是探听你们俘虏了些什么人，并且查看死者的尸体。

查尔斯　你是问俘虏吗？地狱便是我们的俘虏营[9]。但是告诉我你要找的是谁。

露西　战场上的伟大的阿西地斯[10]，英勇的塔尔伯特大人，舒斯伯来伯爵，他现在何处？他是由于卓越的战功而被封为伟大的窝士福、窝特福与瓦伦斯伯爵；古德利克与尔琴菲德的塔尔伯特勋爵，布拉克米的斯特兰芝勋爵，阿尔顿的魏尔顿勋爵，文菲尔德的克朗威尔勋爵，谢菲尔德的佛尼瓦尔勋爵，战无不胜的孚康布利芝勋爵；曾受圣乔治、圣迈克尔和金羊毛各项勋章的武士；为亨利六世在法兰西境内指挥一切战事的伟大的三军统帅。

琼恩　这真是好啰唆的一大堆的头衔！拥有五十二个王国的土尔其苏丹，也开不出这样冗长的一篇头衔[11]。你以这么多头衔来夸耀的那个人，现在躺在我们脚下冒臭气，让苍蝇下蛆呢。

露西　塔尔伯特被杀害了吗，法国的唯一的克星，你们全国的恐怖，凶恶的报复之神？啊！但愿我的眼珠能变成枪弹，一怒而射在你们脸上！啊！但愿我能使这些死者复活！那就足以把你们法兰西全国吓坏。只消把他的肖像留在你们中间，你们当中之最高傲的人也会惊慌失措。把他们的尸体交给我，我好带回去按照他们的身份予以埋葬。

琼恩　我想这个冒失鬼大概是塔尔伯特的魂灵，说起话来这么大模大样地傲慢逼人。为了上帝的缘故，把尸首给他，留在这里只是把空气变得污臭。

查尔斯　去，把尸体运走吧。

露西　我要运走:
不过从他们尸灰里将有一只凤凰出生，
将使得整个的法兰西为之震动。

查尔斯　只要把尸首弄走，怎样处理随你的便。
现在以胜利的姿态到巴黎去。
现在塔尔伯特已死，一切是我们的。〔众下〕

注释

[1]“袜带”即 Order of the Garter，嘉德勋章，为酬劳英勇杰出人才之最高勋位。

[2] 勃根地是白德福公爵（亨利五世之弟）的妻舅，故亨利六世亦称之为舅父。

[3] 所谓 pledge，即是挑战的象征物，通常是掷手套于地。

[4] 苏格兰人之王（the King of Scots），指 David II，乃 Robert the Bruce 之子，于一三四六年在 Neville’s Cross 之役被俘，在英国过了十一年俘虏生活，事实上并未送往法国。

[5] 事实上亨利五世死于一四二二年，塔尔伯特死于一四五三年，所谓“尸骨未寒”一语，抹煞了三十年的光阴。

[6] 事实上约翰只是继室的次子。

[7] 希腊神话，克里特岛的戴达勒斯（Deadalus）与其子伊卡勒斯（Icarus），为克里特王迈诺斯（Minos）造迷宫，本身被囚禁于其中，戴达勒斯借其子用蜡制翼飞往西西里，其子飞行过高，离日过近，翼熔而坠海云。

[8] smeared with captivity 费解。威尔孙注：Possibly smeared with，i.e. dishonoured by the blood of his captives. Cairncros 注：Death triumphs over the captive Talbots，...but his victory is “dishonourable”“smeared”，俱不恰。译者以为此语系塔尔伯特指自身而语，言其本人虽被死神所俘，丧失体面，但其子英勇不屈，故尚有脸面对死神微笑也。

[9] 意为已将俘虏送往地狱，即已将彼等杀害。

[10] 即希腊神话中之赫鸠利斯（Hercules），为 Alcaeus 之孙，故亦名阿西地斯（Alcides）。

[11] 据 Harrison 注：一六〇六年有一小册记载土尔其苏丹的全衔是：“by the Grace of the High God Most Well-Beloved in Heaven，descended of the Line of the Great Prophet Mahomet，Champion of Babylon，God on Earth，Baron of Turkey，Lord of the Country of India，even unto the Earthly Paradise，Conqueror of Constantinople and of Greece，Governor of the High and Lower Seas，Commander of Hungary，and future Conqueror of Christendom.”

第五幕

第一景：伦敦。宫中一室

亨利王、格劳斯特与哀克塞特上。

亨利王　教皇、皇帝和阿曼雅克伯爵的来信[1]，你都看过了吗？

格劳斯特　我看过了，陛下，他们的大意是这样的：他们恳求您为英格兰与法兰西之间缔结公正的和约。

亨利王　您对这建议有何感想？

格劳斯特　很好，陛下。这是唯一的方法，停止我们基督徒的流血，建立各方面的和平。

亨利王　是的，的确是，叔父。因为我一直以为声称抱有同一宗教信仰而彼此之间发生这样残酷斗争，实是伤天害理之事。

格劳斯特　还有，陛下，为了使这友好的结合更早实现，更坚固地联系起来，查尔斯的近族阿曼雅克伯爵，法国很有权势的一个人，他提议把他的独生女婚配给您，附带着有一大笔丰盛的妆奁。

亨利王　婚配，叔父！哎呀！我还年轻，比较适于读书用功，不适于谈情说爱。不过唤使者来见吧，你看怎样办，就怎样地一一答复他们吧。只要可以增进上帝的光荣和我的国家的福利，任何选择，我都很满意。

一教皇使者及二使臣，偕现已改称鲍福枢机主教改着红衣之文柴斯特上。

哀克塞特　〔旁白〕什么！文柴斯特大人已经晋职升为枢机主教了吗[2]？那么亨利五世所曾做过的一次预言我看将要应验——“他一旦升为枢机主教，他将使他的帽子和王冠处于平等地位。”

亨利王　诸位使者，你们的请求已经分别加以考虑并且讨论过了。你们的用意甚佳而且合理，所以我决定拟具友好和约的条件，我要文柴斯特大人立即送往法兰西。

格劳斯特　至于您的主上所提之事，我已详细地禀告国王，例如那位女郎的贤淑美貌，以及妆奁之所值，他有意使她成为英格兰的王后。

亨利王　〔向使者〕作为这项婚事的凭证，把这块宝石带给她，这是我的爱情的信物。摄政王，护卫他们安全到达多汶，让他们登船下海吧。〔亨利王及侍从等，

格劳斯特、哀克塞特及使者等下〕

鲍福　　教廷大使，等一下。你先收下这一笔钱，这是我答应孝敬教皇的，酬谢他给我这身尊贵的服装。

使臣　　我听您吩咐。

鲍福　　〔旁白〕我知道文柴斯特如今无须屈服，地位也不在最高贵族之下了。格劳斯特的韩福瑞，你就会明白，
无论在出身或权势方面，
主教不能受你的欺压。
我要你向我俯首跪下，
否则我要作乱，毁灭这个国家。〔众下〕

第二景：法兰西。安茹原野

查尔斯、勃根地、阿朗松、圣女琼恩率队行军上。

查尔斯　　这些消息也许可以鼓舞我们的沮丧的士气。据说巴黎人坚强抵抗，又回转到抗战的法军方面来了。

阿朗松　　那么，向巴黎进军吧，法兰西王室的查尔斯，不要迟疑地按兵不动。

琼恩　　如果他们归向我方，他们就可享受和平，否则就捣毁他们的宫殿！

一探子上。

探子　　愿我们的英勇统帅胜利，他的僚属幸福！

查尔斯　　我们的探子有何消息？请你说吧。

探子　　英国的军队分为两股，现又合而为一，意欲立即向您进攻。

查尔斯　　诸位，这警耗来得太突然，但是我们立刻要对付他们。

勃根地　　我相信塔尔伯特的鬼魂不在那边，他已经死了，陛下，您不必怕。

琼恩　　在所有的低贱的情绪之中，恐惧是最为下流。
要求胜利，查尔斯，胜利即为你所有。
让亨利去气恼，让全世界的人去忧愁。

查尔斯　　那么前进吧，诸位。法兰西会得到胜利的！〔众下〕

第三景：法兰西。昂吉尔城前

喇叭鸣。士兵绕场急行。圣女琼恩上。

琼恩　　摄政王战胜了[3]，法国人逃了。咒文符箓，你们快来助我。还有你们指导我使我预知未来事故的那些精灵们，〔雷声〕给北方魔王[4]做仆役的迅速前来援手的精灵们，快快出现，在这件事上帮助我吧！

一群魔鬼上。

你们这样迅速地出现可以证明你们对我一向忠勤。你们是我从地狱深处选拔出来的附身鬼，再帮我这一次忙，让法国战胜吧。〔魔鬼等走动，但不说话〕啊！不要太久地默默无声地对待我。我过去曾用我的血喂你们，如今你们只要肯帮助我，我愿先砍下一只胳膊给你们，作为将来更付重酬的保证金。〔魔鬼等垂头〕无法得到你们的援助了吗？如果你们答应我的请求，我拿我的身体来报答你们。〔魔鬼等摇头〕我的肉体，我的血祭，都不能求得你们惯常给予的帮助吗？那么把我的灵魂拿去吧。我的肉体，我的灵魂，我的一切，就是不要让英格兰打败法兰西。〔魔鬼等离去〕看！他们舍弃我了。现在时间已到，法兰西必须低下她的羽毛高耸的头盔，把她的头落进英格兰的怀里。我以前的符咒太弱，地狱的力量太强，我不足以应付。现在，法兰西，你的光荣落到尘埃上了。〔下〕

喇叭鸣。英法军战斗上，圣女琼恩与约克打交手战。琼恩被俘，法军溃逃。

约克　法兰西的姑娘，这回我把你牢牢抓住了。用符咒放出你的魔鬼来吧，看他们能否使你获得自由。很好的一件战利品，颇宜于献给魔王陛下！看这丑巫婆皱眉哩，好像是和塞西一样要使我变形[5]。

琼恩　　你不可能变得更难看了。

约克　　啊！太子查尔斯是一位美貌的男子，除了他之外没有人能够令你垂青。

琼恩　　愿天谴灾殃降在查尔斯和你的头上！愿你们两个在床上睡的时候突遭毒手！

约克　　毒狠骂人的妖婆，你住口！

琼恩　　请你准我咒骂一阵吧。

约克　　丑陋的东西，等你来到火刑柱的时候，你尽管骂。〔同下〕

喇叭鸣。色佛克手拉玛格莱特上。

色佛克　　不管你是什么人，你是我的俘虏。〔凝视她〕啊，绝色的美人！不要怕，也不要逃，因为我只是用虔诚的手触到你。为了表示永久的和平，我吻你的手指，然后轻轻地放在你的身边。你是什么人？说，我好款待你。

玛格莱特　　我名叫玛格莱特，我是公主，那不勒斯国王的女儿，我不管你是什么人。

色佛克　　我是一位伯爵，我名叫色佛克。不要生气，天生的丽质，你是命中注定为我俘获：天鹅就是这样保护她的雏鸟，把它关在她的羽翼之下。
若是你不喜欢这种俘虏的待遇，
作为色佛克的情人，你可自由离去。〔她转身欲行〕
啊，且慢！我没有权力放她走，我的手愿意放她，我的心说不可以。太阳照在如镜一般的水面之上，幻出另外一片光芒，这位光艳照人的美女也同样地映照着我的眼睛。我想向她求爱，可是不敢说出口，我要取来笔墨写出我的心事。呸！德·拉·波耳[6]！不要自卑。你没有舌头吗？她在这里不是你的俘虏吗？你见了女人就吓倒了？是的，美貌是有这么一种威严，使人口不能言，五官迷乱。

玛格莱特　喂，色佛克伯爵——如果这是你的名字——我在离去之前应付多少赎金？因为我明白我是你的俘虏。

色佛克　〔旁白〕你尚未试探她是否对你有情，你怎么知道她会拒绝你的求爱呢？

玛格莱特　你为何不说话？我需付多少赎金？

色佛克　〔旁白〕她是美，所以惹人怜爱，她是一个女人，所以要人争取她的芳心。

玛格莱特　你到底接受还是不接受赎金？

色佛克　〔旁白〕蠢人！要记住你是有妻子的，玛格莱特如何能成为你的爱人？

玛格莱特　我最好离开他，因为他不肯听我说话。

色佛克　〔旁白〕想到这一点，一切皆是枉然。这样一想，令人意冷心灰。

玛格莱特　他语无伦次，这人一定是疯了。

色佛克　〔旁白〕不过也许可以得到教会特准。

玛格莱特　不过我还是愿你回答我的话。

色佛克　〔旁白〕我要赢得这位玛格莱特公主。为了谁？噫，为了我的国王。啐！那是块木头[7]。

玛格莱特　〔偷听他〕他说起木头，大概是很会做木工。

色佛克　〔旁白〕不过这样一来，我的痴情可以得到满足，两国之间的和平亦可获致。不过其中还有可虑之处，她的父亲虽是那不勒斯的国王，安茹与梅恩的公爵，但是他很穷，我们的贵族们会看不起这门亲事。

玛格莱特　你听见了吗，将军？你不是有工夫吗？

色佛克　〔旁白〕就这么办，随便他们怎样看不起也没有关系。亨利年轻，很快地就会就范。小姐，我告诉你一件秘密。

玛格莱特　〔旁白〕我被俘虏了又有何妨？他像是一位武士，不至于侮辱我。

色佛克　小姐，请听我说。

玛格莱特　〔旁白〕也许我会被法国人救了出去，那我就无须求他宽待了。

色佛克　亲爱的公主，请听我的陈述——

玛格莱特　啐，女人被俘乃是以前也有过的事。

色佛克　公主，您为什么说起这样话来？

玛格莱特　请你原谅，这叫作有来有往。

色佛克　你说，亲爱的公主，你若是做了王后，你是否要认这次被俘是一件幸事？

玛格莱特　在俘虏状态下做王后比服贱役中的奴才还要下贱，因为贵胄都应该是自由的。

色佛克　如果英国国王是自由的，你当然也享受自由。

玛格莱特　噫，他的自由与我何干？

色佛克　我要使你成为亨利的王后，把一根金杖放在你的手里，把一顶宝冠加在你的头上，如果你肯同意做我的——

玛格莱特　什么？

色佛克　他的情人。

玛格莱特　我不配做亨利的妻子。

色佛克　不是这样说，亲爱的公主。是我自己不配代他开口向这样美丽的公主请求做他的妻子，我自己更是无福消受。公主，您意下如何，是否就这样同意。

玛格莱特　如果我的父亲许可，我就同意。

色佛克　那么喊我们的将官，我们的旗帜，全都出来！公主，我们要在令尊大人堡垒外面和他谈判。〔队伍向前开〕

谈判号。瑞尼叶在城上出现。

色佛克　看，瑞尼叶，你的女儿已成俘虏！

瑞尼叶　谁的俘虏？

色佛克　我的。

瑞尼叶　色佛克，那有什么办法？我是一个军人，不宜于哭，也不便骂命运之神反复无常。

色佛克　不，大有办法，大人。同意吧，为了你的体面，你同意吧，让你的女儿和我的国王成婚，我费了很大的事才求得她的允诺，她轻轻松松地这样地被俘，却为你的女儿带来了高贵的自由。

瑞尼叶　色佛克说的是否由衷之言？

色佛克　美丽的玛格莱特知道色佛克不奉承，不欺骗，不作伪。

玛格莱特　有你这贵人的保证，我下来答复你的公正的要求。〔自城墙下〕

色佛克　我在这里等你来。

喇叭鸣。瑞尼叶从下面上。

瑞尼叶　欢迎，勇敢的伯爵，来到了我们境内。在安茹，一切但凭阁下吩咐。

色佛克　谢谢，瑞尼叶，有这样可爱的一个孩子可真是福气，可以给一位国王做终身伴侣。大人对于我的请求意下如何?

瑞尼叶　您既不嫌小女寒伧，为这样的一位英主作伐，如蒙亨利不弃，我的女儿是可以嫁配给他的，不过附有条件，须准我安享梅恩与安茹我自己所有的领邑，不受政治压迫或战争威胁。

色佛克　这就是她的赎金，我释放她了，那两个领邑我负责交由阁下安然享有。

瑞尼叶　在我这一方面，您以那仁慈的国王亨利的代表的名义，我把她的手交给您，作为订婚的表示。

色佛克　法兰西的瑞尼叶，以国王的身份我对你表示感谢，因为这是为国王办事,〔旁白〕可是我想我也可以说是我代表我自己办事哩。我要告辞了，带着这消息到英格兰去，准备举行结婚大典。再会，瑞尼叶，好好保藏这块钻石，宜于放在金殿里面。

瑞尼叶　我拥抱您，就像是信奉基督的君主亨利国王亲身在此我将那样地拥抱他一般。

玛格莱特　再会，大人。玛格莱特将对色佛克永远怀念、赞美，并为他祈祷。〔欲行〕

色佛克　再见，亲爱的公主！但是你听我说，玛格莱特，没有几句高贵大方的问候话给我的国王吗？

玛格莱特　对他说几句一个奴婢臣仆所该说的问候话吧。

色佛克　措辞是又谦恭又得体。不过公主，我还要再麻烦你，没有定情的信物带给国王陛下吗？

玛格莱特　有，大人，我送给国王一颗纯洁无疵的从未受过情欲沾污的心。

色佛克　外加上这个。〔吻她〕

玛格莱特　这是送给您自己的，我不敢拿这样猥琐的礼物送给一位国王。〔瑞尼叶与玛格莱特下〕

色佛克　啊！但愿你是为我自己所享有！但是，色佛克，且慢。你不可在那迷宫里面徘徊，里面藏有人身牛头怪和丑恶的阴谋[8]。把你对她的赞美的话说给亨利听，去感动他。你要好好地想想她的卓越的美德，以及她的压倒人工装饰的天然美貌。在航海途中反复描述这些印象，以便跪在亨利脚前的时候你可以把他说得意惘神迷。〔下〕

第四景：约克公爵在安茹的营盘

约克、瓦利克及其他上。

约克　把那判了火刑的妖女带上来。

圣女琼恩被押上；一牧羊人上。

牧羊人　啊，琼恩，这使你的父亲伤心欲死。我到处找你，现在好容易把你找到，我就眼巴巴地看着你年轻轻的惨死吗？啊，琼恩！好女儿琼恩，我要和你一同死。

琼恩　衰老的可怜人！低微的贱民！我有较高贵的出身，你不是我的父亲，也不是我的亲属。

牧羊人　胡说，胡说！诸位大人，不是这样的。她是我生的，全教区的人都知道。她的母亲尚在，可以证明她是我婚后初生的女儿。

瓦利克　忘恩负义！你竟否认生父？

约克　这可以证实她过的是什么样的生活：邪恶卑鄙，只好一死了之。

牧羊人　呸，琼恩，你怎么这样倔强！上帝知道，你是我身上的一块肉，为了你我流过不少泪。我求你，不要否认我，亲爱的琼恩。

琼恩　乡巴佬，走开！你们是买通了这个人，故意辱没我的高贵的出身。

牧羊人　是真的，我和她母亲结婚的那天早晨，我给了牧师一块金币[9]。跪下来接受我的祝福，我的好女儿。你不肯跪下？你当初出生的时辰是该受诅咒的！你在你母亲怀中吮奶的时候，我愿那奶是杀鼠药！或者你给我放羊的时候，一只饿狼把你吃掉！你真不认生父吗，可恨的贱女人？啊！烧死她，烧死她！绞刑是太便宜她了。〔下〕

约克　把她带走。她活得太久了，使世界充满毒素。

琼恩　首先，让我告诉你们，被你们判刑的是什么人：我不是一个牧羊的乡下人生的，而是一位王家嫡系的后裔。贞洁而神圣，乃是上天选定的，凭着神恩的感应来到世上演出奇迹的。我与邪恶的魔鬼从无关涉。但是你们——利欲熏心，滥杀无辜，有千种罪恶的污染败行——只因你们没有别人所有的神恩呵护，你们便冒然断定若无恶魔帮助则奇迹乃不可能。不，想错了！琼恩自幼即是圣女，就是在思想上也是纯洁无疵的。她的纯洁的血，若是这样残暴地洒了出来，会到天门去呼吁声冤。

约克　是，是。把她带去行刑！

瓦利克　诸位，请要注意，因为她还是个处女，别省柴木，要多多预备一些。把大桶的沥青倒在那火刑柱上，让她受煎熬的期间可以缩短一些。

琼恩　什么都不能改变你们的狠毒的心吗？那么，琼恩，暴露你的弱点吧，这项弱点依法可使你享受特权[10]。我怀有身孕，你们这群嗜杀的凶手，虽然你们拖我去惨死，可不要杀害我腹内的一块肉。

约克　　啊，上天不准！圣女会怀有身孕！

瓦利克　　这是你做出的最伟大的奇迹！你所有的严谨的清规，其结果就是这个吗？

约克　　她和太子一起在搞鬼把戏，我早就想到她最后逃避罪刑的方法是什么。

瓦利克　　哼，算了吧。我们不愿有任何私生子活在世上，尤其是查尔斯养出来的。

琼恩　　你们错了，我的孩子不是他的，享有我的爱情的是阿朗松。

约克　　阿朗松！那个声名狼藉的马基阿维尔[11]！它就是有一千条命，它也得死。

琼恩　　啊！请原谅我，我骗了你们。既不是查尔斯，也不是我刚指名的那位公爵，而是那不勒斯国王瑞尼叶，是他赢得了我的爱。

瓦利克　　一位有妇之夫，这是绝难宽容的。

约克　　噫，这真是一个了不起的女子！她阅人太多，我想她是不知道指控哪一个好了。

瓦利克　　这足以证明她是如何地放荡滥交。

约克　　可是她还是一位纯洁的圣女。娼妇，你自己的供词就可以判你和你的崽子的死刑，不必求情，那没有用。

琼恩　　那么带我走吧，我把诅咒留给你们：愿灿烂的阳光永远不照临你们居住的国土，而黑暗与死的阴影围绕着你们，直到灾殃绝望迫使你们自行断颈或是上吊而亡！〔被押下〕

约克　你要碎尸万段，化为灰烬，你这丑陋可恶的地狱魔头的奴才！

鲍福枢机主教偕侍从等上。

鲍福　摄政王，我来拜会阁下，带有国王的诏书。诸位都知道吧，信奉基督的各国对于战争为祸之烈深感同情，故此恳切希望本国与野心的法国人之间能获致全面的和平，法国太子和他的随从即将来临进行谈判。

约克　我们的全部的辛劳只造成这样的结果？这么多的贵族，这么多的将官、绅士、兵丁，都被杀害了，他们是在这场战争中间倒了下去为国捐躯的，我们可以最后缔结一部怯懦的和约吗？我们祖先所征服的所有的城池，不是由于叛变、欺诈与狡计而已大部丧失了吗？啊！瓦利克，瓦利克！我的伤心之余可以预见法兰西全境将整个地沦陷。

瓦利克　别着急，约克。如果我们签订和约，必定附有明确严格的条款，法国人讨不了多大的便宜的。

查尔斯偕侍从等上；阿朗松、奥利昂的私生子、瑞尼叶及其他随上。

查尔斯　英格兰的诸位大人，双方既已同意在法兰西宣布停战，我们来听取诸位对于盟约必须具备的条件有何主张。

约克　你说吧，文柴斯特。因为我一看见我们的这些歹恶的敌人，我就怒火中烧，哽噎得说不出话。

鲍福　查尔斯，以及其他各位，条件是这样的：国王亨利纯粹由于怜悯宽大之心，既已允许使你们的国家免遭战祸，准你们安享和平，你们便要做他的忠顺的臣民。而且，查尔斯，如果你肯宣誓对他纳贡称臣，你会在他管辖之下受命为国王的代理人，仍可享受王者的尊荣。

阿朗松　他必须像是他自己的影子一般吗？他头上装饰着一顶小小的王冠，而在实权上只能保留一个平民的权利？这个提议是荒谬无理的。

查尔斯　大家已经知道，我拥有法兰西领土一半以上，被尊为合法的国王，难道我为了剩下的未收复的土地，而竟自甘削减我的王者之尊，变成为全境的代理国王？不，大使阁下，我宁可保持现有的这些，不愿贪多而失掉收复全境的可能。

约克　傲慢的查尔斯！你是不是私下托人讲和，如今已将近妥协阶段，你又站在一边斤斤较量？你或是接受你所僭据的封号，那是由于我们国王的恩典，不是由于你分所应得，否则我们要以无休止的战争来膺惩你。

瑞尼叶　殿下，在这项和约谈判之中，您这样顽强地苛求，是不大好的。如果机缘放过，我们绝难再得类似的机会。

阿朗松　〔向查尔斯旁白〕老实说，这不过是您的一时权宜之计，使人民免于战争进行中我们天天看到的屠戮残杀。所以接受这个停战和约吧，将来您高兴的时候还可以废弃。

瓦利克　你意下如何，查尔斯？我们的条件是否可行？

查尔斯　可以照办。只有一项保留，在我们军队驻防的任何城市，你们不得主张任何权利。

约克　那么对国王陛下宣誓效忠吧。你身为武士，你和你的贵族永不反抗或叛离英格兰的国王。〔查尔斯及其他作效忠表示〕好，现在你们可以随时解散你们的军队，卷起你们的旗帜。停止你们的鼓声，因为我们在此已经缔造了庄严的和平。〔众下〕

第五景：伦敦。宫中一室

亨利王与色佛克谈话上；格劳斯特与哀克塞特随上。

亨利王　高贵的伯爵，你对于美貌的玛格莱特之一番绝妙地描述使我惊讶不置。她的贤淑，再加上她的美貌，使我这心如止水的人又生出了爱慕之意。像是狂飙吹着巨舰逆流而驶，我也是被她的名气挟以俱去，不是受触礁船破之厄，便是安抵彼岸享受她的爱情的成果。

色佛克　咄！我的好陛下，这仪表的描述只是她所应得的赞美的开端，这位可爱的公主之主要的优点——如果我有充分的技巧去表达出来——可以写成一大卷动人的诗，任何想象迟钝的人读了都会为之销魂。不仅此也，她并非是那样地圣洁，那样地无美不备无善不臻，她是谦卑有礼和易近人的，她愿听从您的指挥。我的意思是说，她听从美德贞操的指挥，把亨利当作她的丈夫那样地敬爱。

亨利王　亨利也永远不会另有什么非分之想。所以，摄政大人，请你同意让玛格莱特做英国的王后吧。

格劳斯特　我如同意此事，我亦不妨同意掩饰罪恶。陛下，您要知道，您已和另外一位尊贵的女士订有婚约，我们如何能把那婚约废弃，而不令您的荣誉不受责难呢?

色佛克　一位君王对于不合法的誓约是可以予以废弃的。一个人发誓和人决斗比武，但是发现对方显占优势，亦可拒不出场比赛。一个穷伯爵的女儿不是帝王之偶[12]，所以取消婚约亦不为过。

格劳斯特　噫，怎么，我请问，玛格莱特又比她好多少呢？她的父亲也不过是一位伯爵，虽然他拥有更多的显赫的衔称。

色佛克　是好得多，大人，她的父亲是一位国王，那不勒斯与耶路撒冷国王。他在法国极有权势，与他联姻将可加强我们的和平条约，使法国人永矢忠诚。

格劳斯特　这一点阿曼雅克伯爵也办得到，因为他是查尔斯的近亲。

哀克塞特　而且他饶有资财，必可有一份丰盛的妆奁，而瑞尼叶恐怕只想有进账，不想有支出哩。

色佛克　一份妆奁，诸位大人！不要这样侮辱你们的国王，以为他会是那样的卑鄙寒酸，凭资财而不凭爱情选择配偶，亨利能使他的王后变成为富有，并不需要寻求一位能使他变成为富有的王后。只有贫苦的乡下人才那样地在选妻的时候斤斤计较，像市场的生意人买牛买羊买马一般。婚姻大事，不是别人可以代做主张的，谁去陪他人洞房，不能由我们的喜欢来决定，要取决于国王陛下的情之所钟。所以，诸位大人，他既然最爱她，这便是约束我们的最有力的理由，我们应该主张由她中选。强迫的婚姻，若不是地狱，长久不断地纠纷与争斗，是什么呢？自主的婚姻，则带来幸福，成为天堂和谐的榜样。亨利是国王，我们若不把一位国王的女儿玛格莱特配给他，可能把谁配给他呢？她的无比的美貌，再加上她的出身，证明她确有资格做国王的配偶，她的勇敢的性格和大无畏的精神——在女人里不是常见的——也符合我们对于一位国王子嗣的期望。因为亨利是一位征服者的儿子，如果像玛格莱特这样高贵而美貌的女子能和他结为秦晋之好，他可能生出更多的征服者。请听从我的话吧，诸位大人，我们就此决定玛格莱特做我们的王后，非她莫属。

亨利王　也许是由于你的报告的效力，色佛克大人，也许是我年纪尚轻还不曾感染过热恋的经验，我无法分辨，不过这一点我确实知道，我在心中感觉到严重的矛盾，希望与恐惧激烈地交战，心情动荡不安，好像是要不支了。所以，登船吧，赶快到法兰西去。任何条件皆可同意，只要设法使玛格莱特惠然肯来，渡海到英格兰来加冕做亨利王的忠实的王后。至于你的开销费用，可向人民征取什一的所得税[13]。去吧。在你回来之前，我会千思百虑地忐忑不安。你呢，好叔父，不要见怪。如果你以你从前的眼光[14]，不以你现在的眼光，来批评我，我知道你一定可以原谅我之突然地一意孤行。现在引我到一个僻静的地方去，我好细细咀嚼我的忧伤。〔下〕

格劳斯特　是的，是忧伤，我怕的是要以忧伤始，还要以忧伤终。

〔格劳斯特与哀克塞特下〕

色佛克　色佛克就这样地成功了。他也去了，像是年轻的巴利斯当年到希腊去一般[15]，希望在爱情上能获得同样的结果，但以后的发展要比那脱爱人更顺利些。玛格莱特将是王后，控制国王。但是我要控制她，控制国王，控制全国领土。

注释

[1] 教皇与 Sigismund 皇帝出面安排法兰西境内和平是在一四三五年，英王亨利与阿曼雅克伯爵之女联婚之议是在一四四二年，均在塔尔伯特之死以前很久，但在这里同时合并提出。

[2] 与第一幕第三景十九行不符，显然是此剧经过修改或非一人手笔之一例证。

[3] 此摄政王指约克；在历史上白德福此际尚未死，故摄政王仍应是白德福。

[4] 北方魔王原指 Lucifer，此处可能是指 Asmethenorth，即所谓 Ruler of the north，因一般人相信魔鬼住在北方较为黑暗之地区，故云。

[5] 塞西（Circe），希腊神话中使人变猪之女巫。

[6] De la Pole 是色佛克的家族姓氏。

[7] 可能指国王对女人不发生兴趣，不解风情，有如木头；亦可指这事愚蠢，不能成功，亦可能二者兼指。

[8] Minotauros，希腊神话中克里特岛上的怪物，人身牛首，年年需以处女献祭牺牲，居于国王迈诺斯的迷宫之中央，后为英雄 Theseus 所杀。

[9] noble，双关语:（一）高贵出身的;（二）英金币，值六先令八便士。

[10] 妇女怀孕可申请缓刑，俟生产后再行就戮。

[11] Machiavel 即 Pietro Machiavelli，翡冷翠人，一五一三年刊 Il *Principe*（*The Prince*），名重一时。书中申述用人处事以及纵横捭阖之术，在当时被一般人（尤其是未读过其书的人）斥为有关霸道权术之作，不合于宗教道德之理想。故马基阿维尔成为肆无顾忌的野心家之别名。在约克口中提起马基阿维尔，乃时代错误，因马基阿维尔生于一四六九年卒于一五二七年。

[12] 据 Hall 的《史记》，亨利与阿曼雅克伯爵的女儿订有婚约。

[13] 所得税为十五分之一，非百分之十。

[14] 指格劳斯特年轻时与 John，Duke of Brabant 之妻 Lady Jaquet 的一段情史。

[15] 巴利斯（Paris），脱爱王子，因诱拐斯巴达王后海伦而引起脱爱战争。

亨利六世（中）

The Second Part of King Henry the Sixth

序

一　版本及著作人问题

一五九四年三月十二日伦敦出版商 Thomas Millington 在书业公会作这样的登记。

The firste parte of the Contention of the twoo famous houses of York and Lancaster with the death of the good Duke Humfrey, and the banishment and Deathe of the Duke of Suffolk, and the tragicall ende of the proud Cardinall of Winchester, with the notable rebellion of Jack Cade and the Duke of Yorkes ffirste clayme vnto the Crowne.

是年此剧出版，标题页的字样相同，一六〇〇年又重版一次，但均未列作者姓名，亦未说明演出的剧团名称。

但是在一五九五年出版了另外一部四开本的戏，其标题为:

The true Tragedie of Richard Duke of Yorke, and the death of good King Henrie the Sixt, with the whole contention betweene the two houses Lancaster and Yorke, as it was sundrie times acted by the Right Honourable the Earl of Pembroke his seruants.

这便是《亨利六世下篇》的前身，此地暂且不说。

到了一六一九年，上述两个四开本合并起来印成为一个戏，其标题换成为：

The Whole Contention betweene the two Famous Houses, Lancaster and Yorke. With the Tragicall ends of the good Duke Humphrey, Richard Duke of Yorke, and King Henrie the sixt. Diuided into two Parts : And newly corrected and enlarged. Written by William Shakespeare, Gent.

这个合订的本子之可注意的是上面有了莎士比亚的名字，而且特别声明“新加改订与增补”。

一五九四年的四开本 *The First Part of the Contention* 可能即是莎士比亚集中的《亨利六世中篇》的前身。《亨利六世中篇》没有四开本，初刊于一六二三年之第一对折本。这四开本（*The Contention*）很像是根据口头报告而刊行的盗印本，亦即所谓的“恶劣的四开本”之一，篇幅较对折本为短，约短三分之一，全剧约有两千行弱，许多对折本里有的段落均不见于四开本。而对折本亦缺少若干见于四开本的段落。在诗体、文法、句法各方面，四开本均较逊，全剧约只有一千二百五十行可以算是“五步”诗体。如果我们承认四开本是对折本的前身，那么莎士比亚只是作了修订增补的工作。但是如果我们承认四开本是一个盗印本，那么是不是盗印莎士比亚的对折本呢？如果是的，那么莎士比亚的对折本之写作当约在四开本刊行之前了。

约翰孙博士的常识的看法往往是中肯的。他首先不承认莎士比亚修改旧戏的说法，他说早出的四开本乃是听戏的人所偷记下来的本子。（我们现在知道“偷记”的不是听戏的人，往往是演戏的人。）他这一说与近代的较详细的版本批评家如 A.W.Pollard

与 Sir Walter W.Greg 的结论大致吻合。近代关于此剧版本研究之最有价值的贡献之一是 Prof.Peter Alexander 于一九二九年发表的 *Shakespeare's Henry VI and Richard III*，他确定了四开本的 *The Contention*（以及 *The True Tragedy*）是"恶劣的四开本"，不是莎士比亚据以修补的早期剧本（亦不是早期剧本的盗印本）。四开本与对折本的文字及作风有与 Marlowe、Greene、Peele 近似处，那可能是彼此间互相模仿的结果，或是取材于同一来源之故。

四开本为盗印本尚有旁证可资参考。一五九三年伦敦大疫，Pembroke's Men 下乡演戏，入不敷出，而这四开本即于翌年出版，并且还有其他剧本列入了 Lord Chamberlain's Men 的演剧单里。这可以说明四开本是演员们匆促间拼凑而成，拿出去付印，或卖给其他剧团到乡下去上演的。

现代批评家大体同意四开本是盗印本，但仍有不同的看法，例如威尔孙教授便坚持说《亨利六世》上中下三篇都是集体创作，Greene 主稿，Nashe 或 Peele 合作而成，后来又由莎士比亚加以修改。双方均能言之成理，著作人的问题可能永不能彻底解决。

二　著作年代

和莎士比亚差不多同时代的戏剧作家 Robert Greene，在一五九二年印了一个小册子，*Groats worth of Wit*。在这小册子里他警告他同时的三位戏剧作家说，不要信任演员们，而且特别叮咛:

There is an vpstart Crow, beautified with our feathers, that with his *Tygers hart wrapt in a Players hyde*, supposes he is as well able to bombast out a blanke verse as the best of you : and being an absolute Iohnnes fac totum, is in his owne conceit the onely Shake-scene in a countrey.

这一段话显然是特别攻击莎士比亚的，其大意是："现在有一只暴兴的乌鸦披上了我们的美丽的羽毛，只缘 Tygers hart wrapt in a Players hyde（他的演员的皮竟包藏着虎狼的心），便以为他和你们可以同样地出口成章，以一个打杂的人，竟自诩全国之内唯一善写莎氏剧的人。"所谓乌鸦，当然是指伊索寓言里那只乌鸦。Tygers hart... 一句用斜体印，是模仿 *The True Tragedy* 与《亨利六世下篇》里一句话，所谓 parody，影射莎氏的戏。Shake-scene 更是明白地标出了莎士比亚。Greene 攻击的是一般演员，因为一般演员可以把戏词记熟之后凑和成剧出卖图利，而莎士比亚则不仅是演员，还是作者，所以特别值得攻击了。这攻击发生在一五九二年，足以证明《亨利四世》中篇下篇在一五九二年均已存在，中篇之作大概是在一五九一年。

三　故事来源

和上篇一样，中篇也是主要的根据 Halle 和何林塞的《史记》。不过在中篇里莎士比亚似乎是比在上篇里较忠于史实与年代的顺序，因为中篇的情节比较简单一些。间或也有一些与史实不符的地方，例如王后玛格莱特与格劳斯特公爵夫人之间的争吵是不可能发生的，因为公爵夫人在玛格莱特来到英格兰的时候三年半以前即已失势。色佛克事实上也不是王后的情人。杰克·凯德的叛乱中有些情节是从七十年前的 Wat Tyler 叛乱中移转过来的。

第四幕描写的全是杰克·凯德的叛变，这是莎士比亚首次在戏里安排群众场面（crowd scene），以后在《朱利阿斯·西撒》和《考利奥雷诺斯》续有开展。在这一幕里莎士比亚穿插了平民人物，使用了平民的语言。

四　舞台历史

莎士比亚的《亨利五世》的收场白有这样的几行：

“亨利六世，还在襁褓之中，
就继位为英法两国的国王；
太多的人帮助他摄理国政，
丧失了法国，使得英国也把血淌；
那段情节我们的舞台常有上演，
愿此剧能够讨到诸位的喜欢。”

可以证明此剧是时常上演而且受欢迎的。

复辟后 John Crowne 改编此剧，名为 *Henry the Sixth*；*or*，*The Murder of the Duke of Gloucester*，刊于一六八一年并于同年上演于 Duke of York's Theatre。大体上保存莎氏原剧的面目，但在第四幕以后注入了反罗马教会的情绪。他又写了一部名为 *The Miseries of Civil-War* 的戏，实为“下篇”的改编，但包括了一部分的“中篇”的情节。

一七二三年 Ambrose Philips 编 *Humphrey Duke of Gloucester* 并于是年演出，采用法国戏剧作风，全剧动作集中于一个地点，并且发生于二十四小时之内。此剧与莎士比亚原剧关系较少。

“中篇”在近代最著名的演出是在一八一七年十二月二十二日，由大演员 Edmund Kean 演出于 Drury Lane，剧名改为 *Duke of York*，*or*，*The Contention of York and Lancaster* 是“中篇”的改编，但也撷取了“上篇”“下篇”若干部分，改编者为 J.H.Merivale。

一八六三年 Anderson 的改编本 *The Wars of the Roses* 在 Surrey Theatre 演出了三四十场。德国人为了纪念莎士比亚三百周年诞辰在魏玛演出了《亨利六世中篇》的德译本。一九〇六年 F.R.Benson 剧团在斯特拉福纪念节演出了莎士比亚的整套历史剧，由《利查二世》到《利查三世》,《亨利六世中篇》是在五月三日演出的。

剧中人物

亨利王六世（King Henry the Sixth）。

韩福瑞，格劳斯特公爵（Humphrey，Duke of Gloucester），其叔父。

鲍福枢机主教，文柴斯特主教（Cardinal Beaufort，Bishop of Winchester），国王之叔祖。

利查·普兰塔真奈，约克公爵（Richard Plantagenet，Duke of York）。

爱德华与利查（Edward and Richard），其子。

萨默塞公爵（Duke of Somerset） 色佛克公爵（Duke of Suffolk） 伯京安公爵（Duke of Buckingham） 克利佛勋爵（Lord Clifford） 小克利佛（Young Clifford），其子	王党。
骚兹伯利伯爵（Earl of Salisbury） 瓦利克伯爵（Earl of Warwick）	约克党。

斯凯尔斯勋爵（Lord Scales），伦敦堡管理人。

韩福瑞·斯塔福爵士（Sir Humphrey Stafford）。

威廉·斯塔福（William Stafford），其弟。

赛勋爵（Lord Say）。

一船长，驾驶长，副驾驶长。

瓦特·惠特摩（Walter Whitmore）。

约翰·斯坦列爵士（Sir John Stanley）。

二绅士，与色佛克同时被俘。

孚克斯（Vaux）。

马修·高夫（Matthew Goffe）。

约翰·休谟（John Hume）与约翰·骚兹威尔（John Southwell），牧师。

布灵布洛克（Bolingbroke），术士。

术士唤起之鬼魂。

陶玛斯·郝恩诺（Thomas Horner），铠甲匠。

彼得（Peter），其徒。

查赞姆村（Chatham）之书吏。

圣阿尔班斯（St. Alban's）之市长。

辛考克斯（Simpcox），骗徒。

二凶手。

杰克·凯德（Jack Cade），叛徒。

乔治·毕维斯（George Bevis）、约翰·荷兰（John Holland）、屠夫狄克（Dick the Butcher）、织工斯密（Smith the Weaver）、迈克尔（Michael）及其他，凯德的徒众。

亚力山大·艾敦（Alexander Iden），坎特郡一绅士。

玛格莱特（Margaret），亨利王之后。

哀琳诺（Eleanor），格劳斯特公爵夫人。

马格利·朱尔丹（Margery Jourdain），一女巫。

辛考克斯之妻。

众贵族、贵妇及侍从等；传令官、请愿人、市议员、一教区小吏、警长及警吏等；民众、学徒、放鹰者、护卫、士兵、信差及其他。

地 点

英格兰各地。

第一幕

第一景：伦敦。宫中大殿

喇叭奏花腔，随后奏木笛。国王亨利、格劳斯特公爵、骚兹伯利、瓦利克与鲍福枢机主教自一边上；王后玛格莱特，由色佛克导引自另一边上；约克、萨默塞、伯京安及其他随上。

色佛克　我奉了陛下之命[1]，前往法兰西，作为陛下的代表，为陛下和玛格莱特公主结婚。于是，在那著名的古城图尔，当着法兰西和西西里两位国王[2]，奥利昂、卡拉伯、不列颠、阿朗松诸位公爵，七位伯爵，十二位男爵，二十位主教，我执行了我的任务，正式订了婚。现在又见到了英格兰国王以及诸位贵族，敬谨屈膝下跪，把我对于王后应享的权利交还陛下手里。因为您乃是本人，我只是代表他的影子。这是公卿所能呈献的最贵重的礼物，这也是君王所能接受的最美丽的王后。

国王亨利　色佛克，站起来。欢迎，玛格莱特王后，我除了这亲热的一吻之外没有更好的方法表示我的深挚的爱情了。主哇！你给了我生命，再给我一颗充满感激的心吧，因为你赐给我这样的美貌，如果我们两情相悦能融为一体的话，我的心灵将享受到人间的无量的幸福。

玛格莱特　英格兰的伟大的国王，我的仁慈的夫君，在白天，在黑夜，醒着时，在梦中，在大庭广众之下，在独自祈祷之时，我都是在深深地想念着你，我最亲爱的夫君，所以我才敢用我所能想得到的我的过度快乐之心所能表达出来的最直率的称呼来向你致敬。

国王亨利　她的模样使我销魂，但是她的谈吐，她的带着智慧庄严的言辞，不只使我倾倒，简直使我快活得流泪了。我心满意足到了这个地步。诸位，对我的爱人一致表示欢迎吧。

众　英格兰的幸福所系的玛格莱特王后，万岁！

玛格莱特　谢谢诸位。〔奏花腔〕

色佛克　摄政王，请您过目，这是我们国王与法国国王查尔斯所订的和约条款，双方同意于十八个月内有效。

格劳斯特　“第一条，法国国王查尔斯与英国国王亨利之使臣色佛克公爵威廉·德·拉·蒲尔，双方同意，由亨利娶那不勒斯、西西里亚与耶路撒冷之王瑞尼叶的女儿玛格莱特公主为妻，并于本年五月三十日以前为她加冕为英格兰王后。第二条，安茹的公爵领邑与梅恩一省应予让弃，交予她的父王。”——〔文件由手中落下〕

国王亨利　叔父，你怎么了！

格劳斯特　请饶恕我，陛下。我心头忽然一阵绞痛，两眼发黑，我不能读下去了。

国王亨利　文柴斯特叔祖，我请你读下去。

鲍福　“第二条，双方进一步同意，安茹的公爵领邑与梅恩应予让弃，交予她的父王。她赴英所需费用，由英王自行负担，随身不带任何妆奁。”

国王亨利　这些条款我很满意。侯爵大人，跪下来。我现在封你为第一代色佛克公爵[3]，给你佩上这一把剑。约克老兄，我现在解除你在法国境内摄政的职务，直到十八个月期满为止。多谢，文柴斯特叔祖、格劳斯特、约克、伯京安、萨默塞、骚兹伯利，还有瓦利克，我谢谢诸位的一番盛意，来此接待我的王后。来，我们进去，尽速准备为她举行加冕大典。

〔国王、王后与色佛克下〕

格劳斯特　英格兰的英勇贵族们，你们是国家的柱石，韩福瑞公爵不能不向诸位吐露他的悲苦，你们的悲苦，也可说是全国共有的悲苦。什么！我的哥哥亨利不是把他的青春、勇气、金钱，甚至人民，都消耗在战争里了吗？他为了征服他依法应该继承的法兰西，不是曾经冒着严寒酷暑时常地露宿沙场吗？我的哥哥白德福不曾竭尽智虑，用政治手段保持亨利获得的成果吗？你们自己，萨默塞、伯京安、勇敢的约克、骚兹伯利，还有常胜的瓦利克，你们在法兰西和诺曼地不也是受过重伤吗？我的叔父鲍福和我自己，不是邀聚了全国硕彦会集于枢密院的议事堂，自朝至暮，反复研讨，如何镇压法国和法国人吗？国王陛下不是犹在冲龄就在巴黎加冕，表示对敌人的轻蔑吗？这些劳苦，这些荣誉，可以任其消灭吗？亨利的征服、白德福的辛勤、诸位的战功，以及我们的策划，都任其消灭吗？啊，英格兰的诸位勋贵！这盟约是可耻的，这婚姻是不幸的，勾销了你们的荣誉，涂毁了你们的永垂青史的美名，抹煞了你们功勋的记载，毁损了征服法兰西的纪念碑，毁灭一切，好像一切均不曾存在一般。

鲍福　侄儿，你这一番激动的言论，这样不厌其详地大放厥词，是什么意思？至于法兰西，那是我们的，我们愿永远保持它的。

格劳斯特　是的，叔父，我们愿保持它，如果我们能。但是现在我们想保持它是不可能的了。色佛克，刚刚受封执掌大权的那位公爵，已经把安茹的公爵领邑和梅恩一省送给那位寒酸的国王瑞尼叶了，他的那一大套堂皇的名衔和他的羞涩的钱囊是不大相称哩。

骚兹伯利　我指着为世人舍生的那个人的一死来发誓，这两块地乃是诺曼地的锁钥。可是我的英勇的儿子瓦利克[4]，你为什么哭？

瓦利克　为了那些土地无法收复而伤心。若有再度征服那两块土地的希望，我的剑会溅血，我的眼睛不会落泪的。安茹和梅恩！是我亲自赢得的，那两块地方是我亲手打下来的，我用一身剑伤换来的两座城池，就客客气气地奉送出去了吗？我的天！

约克　至于色佛克晋封公爵，这家伙应该让他窒息而死[5]，他使得这个骁勇的岛国的光荣减色！在我对这盟约屈服之前，法兰西需要先把我的心掏出来撕碎才成！我在历史上从来没有读到过英王娶妻而不获得大量金钱妆奁的，我们的国王亨利却拿出自家的钱去娶一个不带分文的她。

格劳斯特　真正是笑话，前所未闻，色佛克还要支领人民财产所得十五分之一的全部税收，作为把她迎接来英的费用！她应该留在法国，饿死在法国，也不必——

鲍福　格劳斯特大人，你的火气太大了。这是国王的意旨。

格劳斯特　文柴斯特大人，我明白您的心理。您所厌恶的不是我所说的话，您觉得不痛快的乃是我在这里碍事。仇恨是无法隐藏的，骄傲的主教，我看出你脸上冒着怒火。如果我再停留不久，我们将要重启我们的宿怨。

诸位大人，再会。你们等我死了之后，

会想到我的预言，法国将非我所有。〔下〕

鲍福　好，我们的摄政王一怒而去了。你们都知道他是我的仇人，不，也是你们大家的仇人，我恐怕对国王也不怎样友善。诸位请想一想，他是国王的近亲，英格兰王位的法定继承人[6]。如果亨利因婚姻关系而获得一块广大领土，以及所有的西方的富庶国家[7]，那么他是有理由不高兴的。你们要注意呀，诸位大人，不要让他的花言巧语迷了你们的心窍。放聪明些，谨慎一些。虽然平民喜欢他，称他为，“韩福瑞，好格劳斯特公爵”；鼓掌高呼，“愿耶稣保佑公爵阁下！”“上帝保护好韩福瑞公爵！”我恐怕尽管口里说话好听，他终归会成为一个危险的摄政王[8]。

伯京安　国王已经到了可以自立之年，为什么还要他来摄政？萨默塞老弟，和我联合起来，大家一起动手，会同色佛克公爵，很快地把韩福瑞公爵给铲除掉。

鲍福　这件大事不宜延迟，我立刻去见色佛克公爵。〔下〕

萨默塞　伯京安老兄，虽然韩福瑞的傲慢和权势令我们很不痛快，可是我们也要提防那位高傲的枢机主教。他的傲慢比全国所有其他亲贵加在一起更令人难堪，如果格劳斯特被罢免，他将成为摄政王。

伯京安　摄政一职，萨默塞，非你或我莫属，韩福瑞公爵或枢机主教都不在话下。〔伯京安与萨默塞下〕

骚兹伯利　骄傲前面走，野心后面跟[9]。这些人汲汲于他们自身的升发，我们该为国家而努力。我从未见过格劳斯特公爵韩福瑞立身处世不像一个高贵的君子。我常看见这位高傲的枢机主教，与其说是教会中人，不如说是一位军人，倔强傲慢，好像是唯我独尊的样子，像流氓似的满口咒骂，言行不像是一个治理国家的人。瓦利克，我的儿，你是我暮年的安慰，你的功业，你的坦诚，你的殷勤好客，已经赢得平民最大的喜爱，除了好韩福瑞公爵之外再无其他例外。约克老兄，你在爱尔兰的一番作为，使得人民奉公守法，你最近代理国王摄政的期间在法兰西心脏地带所立的武功，都使得人民对你敬畏。我们共同为国勠力，尽量抑制色佛克与枢机主教的骄气，以及萨默塞与伯京安的野心。而韩福瑞公爵的作为，果于国家有利，我们亦不妨予以支持。

瓦利克　愿上帝帮助瓦利克，因为他爱他的国家和全国共同的利益！

约克　〔旁白〕约克也是这么说，因为他有最重大的理由。

骚兹伯利　那么我们就赶快走吧，看看我们的主要的机会[10]。

瓦利克　主要的机会！啊，父亲，梅恩已经失去了！就是瓦利克完全靠了武力夺来的那个梅恩，就是他一息尚存誓必保有的那个梅恩。

父亲，你说的是主要机会，我说的是梅恩一地，
我要从法人手中夺回，否则我宁可死去。〔瓦利克与骚兹伯利下〕

约克　安茹和梅恩都给了法国人，巴黎失掉了，这些地方一去，诺曼地岌岌可危。色佛克安排了这些条款，贵族们表示同意，亨利很高兴用两块公爵领土换取一位公爵的美貌女儿。我不能怪罪他们大家，这对于他们何足轻重？他们所放弃的是你的东西，不是他们自己的东西。海盗可以把他们的赃物廉价出售，用以收买朋友，赠给妓娼，像贵族一般地饮宴狂欢，

直到挥霍净尽为止；而那可怜的物主，眼看着所有的东西被人分掉，被人拿走，只能掩面而泣，绞着不幸的双手，摇着头，站在一边发抖，准备挨饿，不敢摸触一下属于自己的东西。约克便是必须这样地坐着生闷气，闭口结舌，看着他自己的土地在讨价还价声中被人卖掉。我觉得英格兰、法兰西与爱尔兰这几块土地对于我本人的关系，恰似阿尔西亚所燃烧的那根致命的木橛之对于卡利顿国王的心脏一般[11]。安茹与梅恩都给了法国人！对于我这是冷酷的消息，因为我对于法兰西的王冠本来是有希望的，就像我对于英格兰肥沃土地之有希望一样。早晚有一天约克会要对他所应得的权益提出要求。所以我要加入奈维尔父子一方面[12]，对于骄傲的韩福瑞公爵要故作亲善之状，等到有机可乘，我就要求王位，因为那才是我要击中的鹄的。不能让骄傲的兰卡斯特[13]僭夺我的权利，不能让他的幼稚的拳头握着国王的宝杖，也不能让他的头上顶着金冠，他那种虔诚信教的脾气也不适宜于戴王冠。那么，约克，暂且不要作声，等候时机到来。别人酣睡的时候你要独醒，窥探国家的机密;等到亨利和他的新婚的娘子，亦即英格兰重价买来的王后，饱尝情爱的美味而日久生厌，韩福瑞和贵族们之间发生龃龉：那时节我就要高举乳白色的蔷薇，芬芳四溢，在我的旗帜之上佩起这个约克家族的标志，和兰卡斯特一系开始斗争。

我要用武力逼他交出王冠，
书呆子治国已把英格兰搅翻。〔下〕

第二景：同上。格劳斯特公爵府中一室

格劳斯特及夫人上。

夫人　你为什么低着头，像是谷神带来丰年的时候熟透了的麦子垂着麦穗一般？伟大的韩福瑞公爵为什么皱着眉头，好像是对于世上的景色有所不满？你为什么两眼盯着阴沉的地面，凝视着一些好像可以使你两眼昏花的东西？你在那里看见什么了？是镶满了世界一切荣誉的国王亨利的王冠吗？如果是的，就凝视下去，匍匐地上，等着能戴在你自己头上为止。伸出你的手，去抓取那个光荣的金箍。什么！手太短？用我的手来把它加长。我们两人合力把它拿起来，我们两人便可一起举首望天，永远不再屈尊下顾，向地面予以一瞥了。

格劳斯特　啊，奈尔，亲爱的奈尔，如果你爱你的丈夫，赶快割除那野心的烂疮。我若是对我的国王，我的侄儿，贤德的亨利，起了歹心，那便是我在这尘世上最后的喘息的一天！昨夜的噩梦使我很是忧伤。

夫人　　你梦见什么了？告诉我，我把我今天早晨所作的一个甜梦讲给你听。

格劳斯特　　我觉得这一根杖，我在朝中职位的象征，忽然断成了两截，谁折断的，我忘记了，不过好像是枢机主教。在折断的碎杖之上，放着萨默塞公爵哀德蒙与首任色佛克公爵威廉·德·拉·蒲尔两个人的头。这便是我的梦：主何吉凶，上帝知道。

夫人　　呸！这不过是说明谁敢擅自折下格劳斯特的林园中一根树枝，谁就要掉下脑袋。但是听我说，我的韩福瑞，我的亲爱的公爵：我在梦中觉得坐在西敏斯特大教堂的宝座之上，就是历代国王王后加冕用的那个座椅，亨利和玛格莱特向我下跪，把王冠放在我的头上。

格劳斯特　　不，哀琳诺，我简直不能不破口骂你了：狂妄的妇人！没有教养的哀琳诺！你不是国内第二位夫人，摄政王心爱的妻子吗？你所有的人间的享乐，已经超过了你所能想象的范围，还不够你消受的吗？你还要蓄意阴谋，使你的丈夫和你自己从荣誉的顶巅栽到耻辱的脚下？

夫人　　什么，什么，我的丈夫！哀琳诺只是说出了她的梦，你就对她如此地盛怒相向？下次我有梦也不告诉你，免得挨骂。

格劳斯特　　不，不要生气。我又很高兴了。

一使者上。

使者　　摄政大人，国王陛下请您准备骑马到圣阿尔班斯去，

	国王和王后意欲到那里去放鹰行猎。
格劳斯特	我就去。奈尔，你和我们一道骑马去？
夫人	是的，好丈夫，我随后就来。〔格劳斯特与使者下〕我必须跟在后面，格劳斯特满怀恭顺的时候，我不能走在前面。如果我是一个男子汉，一位公爵，国王的近亲，我就要铲除这些讨厌的绊脚石，在他们的断头残躯之上筑起我的平坦大路；我身为妇人，在命运之神所导演的化妆行列之中，我不敢怠慢，我要扮演我的角色。你在哪里？约翰先生[14]！不，不要怕，没有人在我们身旁。除了你我之外，没有一个人在这里。

休谟上。

休谟	耶稣保佑夫人陛下！
夫人	你说什么？陛下！我只是殿下。
休谟	但是，由于上帝的恩宠和休谟的劝进，您的尊衔应该连升几级。
夫人	你说的是什么话！你和那狡狯的女巫马格列·朱尔丹，还有那个术士洛杰·布灵布洛克商谈过了吗？他们愿否为我帮忙？
休谟	他们答应了这一点，从阴间深处为您唤起一个鬼魂，可以回答您所提出的问题。
夫人	这就够了。我要想想提些什么问题。我们从圣阿尔班斯回来的时候我们要把这些事完全办好。休谟，把这一点儿报酬拿了去，去和你共谋这件大事的几

个伙伴们好好地玩一下吧。〔下〕

休谟　休谟一定要用公爵夫人的钱去玩一下，当然要玩一下。但是且慢，约翰·休谟先生！闭起嘴巴，一声也别响，做这种事需要秘不作声。哀琳诺夫人拿出金子邀请女巫，纵然她是魔鬼，黄金总是好的。不过我还有从另外一个方向飞来的黄金呢，我不敢说是从豪富的枢机主教那里来的，或是从伟大的新受封的色佛克公爵那里来的。但是我发现确是，因为，坦白说吧，他们知道哀琳诺夫人野心勃勃，就雇了我来陷害这位公爵夫人，由我把劝进的邪念打进她的脑子里去。常言道:“狡诈的坏人不需要经手人。”但是我却作了色佛克与枢机主教的经手人。休谟，你若是不小心，你会冲口而出喊他们两个为狡诈的坏人。唉，就是这样一回事，我恐怕休谟的诡计会造成公爵夫人的覆亡，
她的失败也就是韩福瑞的坍台。
不管结局如何，我先发一笔财。〔下〕

第三景：同上。宫中一室

三四个请愿者，铠甲匠徒弟彼得为其中之一，上。

请愿甲　诸位，诸位，我们站拢一些。摄政王不久就要来了，我们便可以集体地递上我们的请愿书。

请愿乙　真是的，愿主保佑他，因为他是一个好人！耶稣祝福他吧！

色佛克与玛格莱特王后上。

请愿甲　我想是他来了，王后和他在一起。我先上前，当然。

请愿乙　回来，傻瓜！这是色佛克公爵，不是摄政王。

色佛克　什么事情，伙计！有话对我说吗？

请愿甲　请大人饶恕我，我误认您是摄政王了。

玛格莱特　〔向请愿书的封面一瞥〕“谨呈摄政王！”你们的请愿书是给摄政王的吗？让我看看，你是为什么请愿的？

请愿甲　启禀陛下，我是指控枢机主教的仆人约翰·古德曼，他霸占了我的房屋、土地、我的老婆和一切。

色佛克　连你的老婆也霸占了！那可真是欺人太甚了。你为什么请愿？这写的是什么？“控诉色佛克公爵圈占梅尔福城的公地！”[15]这是怎么回事，坏东西！

请愿乙　哎呀！先生，我只是我们全镇上的一个可怜的请愿人。

彼得　〔递上他的请愿书〕控告我的师傅陶玛斯·郝恩诺，他说约克公爵是王位合法继承人。

玛格莱特　你以为如何？约克公爵说过他是王位的合法继承人吗？

彼得　说我的师傅是？不，不是的。是我的师傅说他是，并且说当今的国王是篡位者。

色佛克　有人吗?

众仆上。

把这人押起，派人唤他的师傅来。我们要在国王面前再审讯你的师傅。〔众仆押彼得下〕

玛格莱特　至于你们几个，既然愿在摄政王的羽翼之下受到保护，你们可以重新向他请愿。〔撕碎各请愿书〕滚，下贱的东西！色佛克，教他们去吧。

众仆　来，我们走吧。〔众请愿者下〕

玛格莱特　色佛克大人，英国朝廷就是这个样子，就是这种风气吗？这就是不列颠岛上的政治状况，这就是英格兰国王的威风吗？怎么！亨利王永远在骄横的格劳斯特的监护之下做学徒吗？我只是一个名义上的、形式上的王后，必须向一位公爵称臣吗？我告诉你，蒲尔，你在图尔城为了对我表示敬爱而参加比武赢得无数法国女郎的芳心的时候，我以为亨利王在勇敢、殷勤、风度各方面也和你一模一样。但是他竟专心致志于宗教生活，数着念珠一声声地高诵“福哉玛利亚”，他的随身大将是先知与使徒；他的武器是圣经上的箴言；他的书斋便是他的练武场，他的爱人便是一些受封为圣徒们的铜像。我愿枢机主教团选举他为教宗，把他迎到罗马，把三重冠戴在他的头上，这才合于他的虔诚的性格。

色佛克　陛下，不要着急。是我使得您到英格兰来的，我要使您在英格兰获得充分的满足。

玛格莱特　除了那高傲的摄政王之外，我们还有那骄横的鲍福主教、萨默塞、伯京安和口出怨声的约克。这些人中之比较最没有势力的一个，也比国王在英格兰能更有所作为。

色佛克　而这些人当中之最能有所作为的，也不能比奈维尔父子在英格兰更有所作为。骚兹伯利和瓦利克不是普普通通的贵族。

玛格莱特　所有这些贵族们之使我着恼，还赶不上摄政王的妻，那个骄傲的女人的一半。她带着大批女侍在宫中出出进进，不像是韩福瑞公爵的妻子，简直像是一位女皇。初来宫廷的人真的把她当作了王后。她把一位公爵的所有的收入都穿戴在她的身上了，她心中暗暗地轻蔑我的寒酸。我能有朝一日不报复她一下吗？像她那样可鄙的贱婆娘，前两天还当着她的一群伙伴夸口，在色佛克割让两块公爵领邑给我的父亲换取他的女儿以前，硬说她的最破烂的一件长袍的长裙也比我父亲所有的土地值得多些。

色佛克　陛下，我已经亲自为她在一棵小树枝上涂了胶，放上一队善唱的小鸟做诱饵，她一定会落上去听歌唱，永不得再飞起来烦扰你了。所以，不要理会她，请听我说，因为在这一桩事上我要大胆奉劝您几句话。虽然我们对于枢机主教并无好感，但是我们还是要联络他和那些贵族们，直到我们使得韩福瑞公爵失势为止。至于约克公爵，方才这一控案对他也不会有多大的好处。所以，一个一个地，我们终于会把他们全都铲除，您自己便可独自为这幸运的国家掌舵了。

喇叭奏出场号。亨利王、约克、萨默塞、格劳斯特公爵与公爵夫人、鲍福枢机主教、伯京安、骚兹伯利与瓦利克上。

亨利王　在我这一方面，诸位大人，我是无所谓的，哪一个都好。或是萨默塞，或是约克，在我看都是一样。

约克　若是约克在法兰西已经表现不佳，那么就不要他做摄政了吧。

萨默塞　若是萨默塞对于这个职位不能胜任，就请约克做摄政吧，我愿让他一步。

瓦利克　您能否胜任且不必辩，约克是比较更能胜任。

鲍福　狂妄的瓦利克，让你的长辈们说话。

瓦利克　在战场上枢机主教不是我的长辈。

伯京安　在这里的人全都是你的长辈，瓦利克。

瓦利克　瓦利克有生之年可能比所有的人都强一些。

骚兹伯利　不要说了，儿子！伯京安，你提出一些理由，说明为什么萨默塞应该膺选此职。

玛格莱特　老实说，因为国王愿意这样。

格劳斯特　陛下，国王已经成年，自己可以发表意见，这不是妇女可以过问的事。

玛格莱特　如果他已成年，何必还要阁下来为他摄政？

格劳斯特　陛下，我乃是国家的摄政王。如果他有意，我可以辞职。

色佛克　那么就辞职吧，别再这样放肆。自从你做国王以来——除了你还有谁是国王——国家已经日趋于败亡，法国太子在海外获得胜利，国内的贵族们在你的控制之下已经成了奴仆。

鲍福　你已经苛扰了平民。由于你的聚敛勒索，教会的钱囊也变得羞涩不堪了。

萨默塞　你的豪华的宫殿和你的妻子的服装，耗去了大笔的公帑。

伯京安　你对犯人的严酷刑罚已经超过了法律的规定，你该受法律的制裁。

玛格莱特　你在法兰西出卖官职、城镇，嫌疑重大，一旦揭发开来，你很快地就要变成无头鬼。〔格劳斯特下。王后坠扇于地〕把我的扇子捡起来给我：怎么，贱人！你不肯？〔打公爵夫人耳光〕

我请你原谅，夫人，原来是你？

夫人　原来是我？是的，原来是我，骄傲的法国娘儿们。我若是能走近你，我的指甲会在你的脸上留下十条抓痕[16]。

亨利王　亲爱的婶母，不要生气，她不是故意的。

夫人　不是故意的！好国王，要及时注意，她会把你当作婴儿一般地玩弄，虽然这是一个女人当家掌权的地方，她不能打了哀琳诺夫人而不予以报复。〔下〕

伯京安　主教大人，我要跟了哀琳诺去，探听一下韩福瑞打算怎么办。她是着恼了，她的怒火不需要再加激励，

她将直趋于毁灭。〔伯京安下〕

格劳斯特又上。

格劳斯特　诸位大人，我方才在庭院之中散步一下，现在怒气全消了，我来谈谈国家大事。你们的恶意的虚伪的攻讦，如能证实，我愿接受法律制裁。愿上帝慈悲，让我善尽本分，爱我的国王和国家吧！但是且回到我们目前的问题。我说，陛下，在法兰西境内做陛下的代理人，约克是最适当的人选。

色佛克　在我们决定之前，让我提出一些颇为有力的理由，说明约克乃是最不适当的一个人。

约克　我可以告诉你，色佛克，为什么我最不适当：第一，因为你骄纵恣肆而我不肯奉承你；再则，如果我奉派担任此职，萨默塞大人会把我阻留在这里，不给我正式派令、经费、装备，直等到法兰西落到了太子手里。上一回我就是恭候他的兴之所至，急得我团团转，直等到巴黎被围，粮食不济，全城陷落而后已[17]。

瓦利克　这事我可以做证。国内的奸臣从来没有干过比这更为卑鄙的勾当。

色佛克　住声吧，顽强的瓦利克！

瓦利克　骄傲的化身，我为什么要住声？

色佛克的仆众押郝恩诺与彼得上。

色佛克　因为这里有一个人被控大逆不道，愿上帝使约克公爵为他自己申辩吧。

约克　有人控诉约克叛逆吗?

亨利王　你这话是什么意思，色佛克?告诉我，这两个人是什么人?

色佛克　启禀陛下，这就是控告他的主人逆的那一个人。他的供词是这样的：约克公爵利查乃是英国王位之合法继承人，陛下乃是篡夺者。

亨利王　你说，这是你说的话吗?

郝恩诺　启禀陛下，我从没有说过，也没有想过这样的事。上帝是我的见证，我被这坏蛋诬告了。

彼得　凭这十指发誓，诸位大人，有一夜晚在顶楼里他确是对我说过这样的话，我们正在给约克公爵揩洗铠甲。

约克　下贱的粪堆里的恶汉，匠人，你说出这样的话，我要砍下你的脑袋。我请求陛下，把他依法严惩。

郝恩诺　哎呀!陛下，如果我真说过这样的话，你可以吊死我。控告我的人是我的徒弟，前两天我因故惩罚他，他曾跪下来发誓要报复我。这事我有好的见证，所以我恳求陛下不要为了一个坏人挟嫌诬告而毁灭一个好人。

亨利王　叔父，依法我对于此事应该怎么办?

格劳斯特　陛下，如果由我裁判，应该这样决定。让萨默塞做驻法国的摄政，因为若派约克前往会要引起猜疑。至于这两个人，应指定某一时间及适宜的地点，进行决斗，因为他有见证可以证明他的徒弟是恶意中伤。依法应该如此办理，这便是韩福瑞公爵的裁定。

亨利王　那么就这样办吧。萨默塞大人，我派你为驻法摄政大臣。

萨默塞　我敬谢陛下。

郝恩诺　我情愿接受决斗。

彼得　哎呀！大人，我不能打斗。为了上帝的缘故，怜悯我的处境吧！就让人家瞧不起我吧。主哇，请怜悯我！我永远不会动手给人一击的。主哇，我的心！

格劳斯特　小子，你非斗不可，否则就要被吊死。

亨利王　把他们送到监牢里去，决斗定在下月最后一天。来，萨默塞，我要送你启行。〔众下〕

第四景：同上。格劳斯特公爵的花园

马格利·朱尔丹、休谟、骚兹威尔、布灵布洛克上。

休谟　来，诸位师傅。公爵夫人，我告诉你们，希望你们能实现你们的诺言。

布灵布洛克　休谟师父，所以我们已有准备了。夫人要来听看我们的法术吗？

休谟　是的。她怎能不来呢？你们不必担心她没有胆量。

布灵布洛克　我听人说起，她是一位天不怕地不怕的女人。不过，休谟师父，我们在下面行法的时候，你还是宜于在上面陪着她。我请你就去吧，离开我们吧。〔休谟下〕朱尔丹老婆婆，请你趴下，匍匐在地面上。约翰·骚兹威尔，你念咒。我们来开始工作。

公爵夫人在上方出现，休谟随上。

夫人　很好，师父们，欢迎大家。就着手办事，越快越好。

布灵布洛克　别急，好夫人。行巫术的人知道他们的时辰：深夜，黑夜，寂静的夜，脱爱城被焚的那个夜间的时刻；鸱鸮锐叫，警犬长号，幽灵游荡，鬼魂破坟而出，那时候最适宜于我们现在着手做的事。夫人，你请坐，不必惊慌。我们所召唤来的魔鬼，我们会把他们牢牢地关在一个魔术圈内。〔他们开始举行适当之仪式，造一魔术圈。布灵布洛克或骚兹威尔念诵“我召唤你”，云云。雷电大作，魔鬼出现〕

魔鬼　我在此。

朱尔丹　阿斯玛兹[18]！我以永生的上帝的名义来问你，你听到他的名字和威严会吓得发抖的，你要回答我问你的话。你不回答，你休想离开这里。

魔鬼　随便你问吧。但愿我把话说过就算交差了！

布灵布洛克　首先，关于国王：他结果如何？

魔鬼　将亨利罢免的公爵现尚生存，但是比他寿命长，终于不得善终[19]。〔鬼一面说，骚兹威尔一面写〕

布灵布洛克　色佛克公爵将有什么样的命运？

魔鬼　他将死在水上。

布灵布洛克　萨默塞公爵将要遭到什么样的命运？

魔鬼　教他躲避堡垒。他在沙地平原之上，将远比在高耸的城堡里为安全。说完了，我不能支撑着再多说了。

布灵布洛克　回到阴间的火海里去吧！邪恶的魔鬼，去吧！〔雷电大作。魔鬼下去〕

约克与伯京安偕侍卫及其他匆匆上。

约克　捕获这些叛徒，没收他们的东西。丑婆娘，我们在近处监视你好久了[20]。怎么！夫人，你在那里？你们在这里如此费心，国王和国家是深为感激的。摄政王一定会好好地报酬你们做的好事。

夫人　侮慢的公爵，你的威胁是全无根据的，对于英国国王我们所做的事不及你所做的一半坏。

伯京安　对，夫人，一点儿根据也没有。你说这是什么呢？〔以字纸给她看〕把他们带走！把他们牢牢地关起来，分别隔离监禁。夫人，您跟我们走。斯塔福，你带着她——〔众自上方下，公爵夫人与休谟被押下〕你们这里的一切用具，我们要妥为保管的。全都走吧！〔骚兹威尔、布灵布洛克及其他被押下〕

约克　伯京安大人，我觉得你对她监视得很好。很好的计划，正好加以利用！大人，我们现在来看看这魔鬼的文字。这是什么呀？“亨利罢免的公爵现尚生存，但是比他寿命长，终于不得善终。”噫，这简直等于是说：“Aio te，Aeacida，Romanos vincere posse.”[21]好吧，再看看其余的：“告诉我色佛克公爵将有什么样的命运？他将死在水上。萨默塞公爵将遭到什么样的命运？教他躲避堡垒，他在沙地平原之上将远比高耸的堡垒为安全。”好，好，诸位大人，这些神谕很难得到，也很难了解。国王的大驾正在向圣阿尔班斯进发，这位可爱的夫人的丈夫正在陪伴着他。用最快的马把这消息报告给他，这将是我们的摄政王的一顿倒胃口的早餐。

伯京安　约克大人，请您准许我去做送信的人吧，让我得到他的赏赐。

约克　听你的便，大人。里面有人吗，喂？

一仆上。

请骚兹伯利和瓦利克大人今天晚上来和我晚餐。走吧！

〔奏花腔。众下〕

注释

[1] 本剧开场系紧接“上篇”。色佛克于一四四四年十一月赴法，于一四四五年四月返英。开场是由色佛克报告奉使经过，但“上篇”所述之使命仅是迎接公主来英，并未包括代表结婚在内，情节似稍不符。

[2] 玛格莱特之父瑞尼叶是西西里的名义上的国王。

[3] 色佛克晋封公爵事实上是在王后加冕三年之后，一四四八年。

[4] Richard Neville 在一四四九年封为瓦利克伯爵，是在这一景之后四年的事。他被通称为 the Kingmaker。他的第一次从军出征是一四五五年五月二十二日的圣阿尔班斯之役。在本剧中，他和他的岳父 Richard Beauchamp 被混为一谈了，他的岳父是瓦利克伯爵，他是由于岳父而得到这个爵位的，岳父的一些战绩，例如安茹与梅恩之征服，在本剧中也记在他的头上了。有人因此疑心此剧与《亨利六世上篇》殆非一人手笔。

[5] Suffolk 与 suffocate 二字音相近，故有此戏语。

[6] 事实上不是“法定继承人”（heir apparent），应是“假定继承人”（heir presumptive），假定亨利无子嗣时方得继承。

[7] 可能是指西班牙美洲而言，当是时代错误之一例。

[8] 国王亨利现在年二十五岁，格劳斯特事实上已不复摄政。

[9] 俗语:“Pride goes before，and shame follows after.”此剧所谓“骄傲”系指枢机主教，“野心”指伯京安与萨默塞。

[10] main 即是 main chance 之意，原为一种骰子戏（hazard）中之术语，掷骰者高呼一个点数（“点数”即所谓 main），如五、六、七、八、九，如对方掷出之点数恰为其所呼之点数，则掷骰者即赢得赌注。main 又与 Maine 同音。

[11] Meleager 是卡力顿（Calydon）国王，初生时其母 Althaea 得命运之神（the Fates）的指示，炉中有一根木橛，燃烧完毕之时其子即将命绝，母取出木橛小心看守。逾若干年后，子长大成人为卡力顿王，一日母怒，推木橛入火中，数分钟内燃烧完毕，子呼号惨痛而死。故事见奥维德《变形记》卷八。

[12] 奈维尔父子（the Nevils），即骚兹伯利与瓦利克，奈维尔是他们的姓氏。约克的妻 Cecily 是骚兹伯利的最小的妹妹，瓦利克的姑姑。

[13] 兰卡斯特（Lancaster）指亨利六世，他是兰卡斯特公爵刚特的约翰之后。

[14] Sir John 是早年教会中人之普通名称。

[15] 富贵人家圈占公地，在十六世纪时为最惹起人民反感之事。Long Melford 是色佛克郡中一城镇名。

[16] 打耳光这一景不是史实，王后与公爵夫人不曾相遇，第二幕第四景所描述之公爵夫人受辱被逐发生在一四四一年，在玛格莱特来英之前四年。

[17] 巴黎之陷落在一四三七年，是萨默塞受封为公爵之前七年。约克可能是指“上篇”第四幕第三景所述萨默塞之骑兵部队迟不赴援，但那与巴黎无关，那乃是有关波尔多之围，而且是在一四五三年。与史实均不符。

[18] 阿斯玛兹（Asmath），魔鬼名。可能是 Asmenoth 或 Asteroth，the “ruler of the north” 之另一写法。

[19] “The Duke yet lives that Henry shall depose ; / But him outlive，and die a violent death.” 语意模棱两可，可解作“亨利将罢免公爵”，亦可能作“公爵将废黜亨利”。

[20] watched you at an inch，Tucker Brooke 注云：caught in the act precisely，不知何据。

[21] Aio te，Aeacida，Romanos vincere posse.（= I tell you，son of Aeacus，you the Romans can conquer.）此语乃模棱两可之神谕。Epirus 国王 Pyrrhus 欲伐罗马，卜于 Pythian Apollo，得此神谕，可解为“汝可征服罗马”，亦可能为“罗马将征服汝”。

第二幕

第一景：圣阿尔班斯

亨利王、玛格莱特王后、格劳斯特、鲍福枢机主教、色佛克偕一群放鹰行猎者呼啸上。

玛格莱特　请相信我，诸位大人，讲到猎取水禽，这七年来我还没有玩得比这一次更痛快的呢。不过，很抱歉，风很大，老琼恩多半是没有起飞[1]。

亨利王　但是，大人，你的那只鹰盘据了何等的优势，而且飞翔得多么高出侪辈之上！可见上帝造物，如何地处处地表现了他自己的意向！是的，人和鸟都喜欢往上爬。

色佛克　陛下不要怪我直说，摄政王的那些只鹰之善于高飞，是不足为奇的。它们知道主人喜欢高升，雄心万丈，比他的鹰飞得还要高呢。

格劳斯特　大人，一个人的雄心不比鸟飞得还要高，其人必卑鄙不足道。

鲍福　我本来也是这样想，他的雄心会高出云表。

格劳斯特　对呀，主教大人，你自己怎样想法呢？你自己若是能飞上天堂，那不是很好吗？

亨利王　那是永恒的快乐之乡。

鲍福　你的天国是在尘世，你的眼光，你的心神，都专注在一顶王冠之上，那是你最心爱的宝贝。邪恶的摄政王，歹毒的贵族，你对国王和国家竟采取这样的曲意逢迎的态度！

格劳斯特　什么！主教，您这位教会中人变得如此地骄横霸道？Tantaene animis coelestibus irae？（高尚的心胸宜于有这样的瞋恚之气吗？）[2]教会人士而如此暴躁？好叔父，掩饰这样的恶意，以您那样的神圣的身份，您能办到吧？

色佛克　没有恶意，先生，至少不比这样好的一个争端和这样坏的一位贵族所应引起的恶意为更多。

格劳斯特　哪样坏的一位贵族，大人？

色佛克　咦，就像你这样的，大人，如果您这高高在上的摄政大人不以为忤的话。

格劳斯特　哼，色佛克，全英格兰都知道你的傲慢无礼。

玛格莱特　以及你的野心勃勃，格劳斯特。

亨利王　我请你别说了，好王后，不要再煽动这两位狂怒的贵族。因为在人间缔造和平的人，才是有福的。

鲍福　我用剑来制服这位高傲的摄政，从而恢复和平，让我也得福吧!

格劳斯特　〔向枢机主教旁白〕很好，有道的叔父，但愿能这样解决!

鲍福　〔向格劳斯特旁白〕好得很，只要你敢。

格劳斯特　〔向枢机主教旁白〕为这件事不必率领你的党羽参加。你侮辱我，要由你个人负责。

鲍福　〔向格劳斯特旁白〕是的，就在你不敢探头的地方。如果你敢，就在今天晚上树林东边见面吧。

亨利王　怎么了，二位大人?

鲍福　你相信我的话吧，格劳斯特侄儿，如果你手下人没有突然地把那只鸟惊起，我们会有更精彩的收获。〔向格劳斯特旁白〕带着你的双手挥动的长剑来。

格劳斯特　一定，叔父。

鲍福　你懂了吧?〔向格劳斯特旁白〕树林的东边。

格劳斯特　〔向枢机主教旁白〕主教，我奉陪。

亨利王　嗳，怎么回事，格劳斯特叔父?

格劳斯特　谈起鹰猎的事，没有别的事，陛下——〔向枢机主教旁白〕我指着上帝的妈妈来发誓，教士，你对我这样侮辱，我必定要剃剃你的秃头顶，否则我的剑术便是全属无用。

鲍福　〔向格劳斯特旁白〕Medice，teipsum。(医师呀，医治你自己吧。)[3]摄政王，小心了，保护你自己吧。

亨利王　风越来越大，你们的脾气也越来越大了，二位大人。这种音乐使我心里好烦!这样的两根琴弦不能调和，还能有什么谐和的乐声呢?我请求你们二位，让我来调解这场纠纷。

一人高呼“奇迹”，上。

格劳斯特　这喊声是什么意思？朋友，你在宣告什么奇迹？

人　一个奇迹！一个奇迹！

色佛克　来见国王，告诉他有什么奇迹发生。

人　说真的，在圣阿尔班斯修道院[4]有一个瞎子，就在这半小时内双目重明了。这人一生中从来不曾看见东西。

亨利王　赞美上帝吧，他对于虔信的人们在黑暗中赐予光明，在绝望中赐予安慰！

圣阿尔班斯市长及其僚属，辛考克斯由二人轿抬上；其妻及一群人后随。

鲍福　市民列队而来，把那个人送来晋见陛下。

亨利王　在这尘世的深渊里他得到的安慰很大，虽然由于重获光明而罪恶会要倍增。

格劳斯特　站开，诸位。把他抬近国王，国王想要和他谈话。

亨利王　好人，告诉我详细经过，我好赞美上帝。怎么！你失明已久，现在恢复了？

辛考克斯　启禀陛下，我生来就瞎。

妻　是的，他的确是。

色佛克　这女人是谁？

妻　启禀大人，他的妻子。

格劳斯特　如果你是他的母亲，也不能说得更有把握。

亨利王　你出生在什么地方？

辛考克斯　启禀陛下，在北方的伯利克。

亨利王　可怜的人！上帝对你的恩惠太大了。白昼夜晚都不可轻易度过，要时时刻刻地记念上帝的恩宠。

玛格莱特　告诉我，好人，你是偶然来到此地，还是专诚到这修道院的圣坛巡礼？

辛考克斯　上帝知道，完全出于一片诚心。善心的圣阿尔班在我睡眠中呼唤我何止千百次，他说："辛考克斯，来；来，到我的坛上致祭，我就会帮助你。"

妻　的的确确，实在是，好多次我自己也听到有个声音这样喊他。

鲍福　怎么！你的腿瘸啦？

辛考克斯　是的，愿上帝帮助我！

色佛克　你怎么瘸的？

辛考克斯　从树上跌了一跤下来。

妻　一棵李子树，大人。

格劳斯特　你瞎了多久？

辛考克斯　啊，生来便是这样，大人。

格劳斯特　怎么！你还要爬树？

辛考克斯　一生中就爬过那么一次，那时候我还年轻。

妻　一点儿也不错。他爬这一下，付了好大代价。

格劳斯特　哎呀，你一定是爱吃李子，所以冒这样大的险。

辛考克斯　哎呀！大人，是我的妻想要几个李子，要我冒性命危险去爬树。

格劳斯特　狡猾的坏蛋！不过我还不能放过他。让我看看你的眼睛。闭上，睁开。据我看，你不能看得很清楚。

辛考克斯　不，大人，我看得十分清楚，有如白昼。我感谢上帝和圣阿尔班。

格劳斯特　你真这样说吗？这件外衣是什么颜色？

辛考克斯　红的，大人，红似鲜血。

格劳斯特　嗳，这说得很对。我这件袍子是什么颜色？

辛考克斯　黑的，老实说，像黑玉一般的黑。

亨利王　嗳，那么你知道黑玉是什么颜色了？

色佛克　可是我想他从来就没有见过黑玉。

格劳斯特　但是外衣和袍子以前总见过很多。

妻　在今天以前，他毕生从未见过。

格劳斯特　告诉我，小子，我的名字叫什么？

辛考克斯　哎呀！大人，我不知道。

格劳斯特　他的名字叫什么？

辛考克斯　我不知道。

格劳斯特　他的也不知道？

辛考克斯　不，实在不知道，大人。

格劳斯特　你自己的名字叫什么？

辛考克斯　启禀大人，桑德·辛考克斯。

格劳斯特　那么，桑德，你就等着我来宣告吧，你是信奉基督国家中之最会说谎的坏蛋。如果你生来即瞎，你也大可以知道我们的名字，就像你方才一见我们穿的衣服就能说出颜色一般。目光能分辨颜色，但是突然间指出所有的颜色，却是不可能的。诸位大人，圣阿尔班在这里真是表现了奇迹，但是若能使这瘸腿的人健步如飞，诸位是否认为那是很大的本领呢？

辛考克斯　　啊，大人，但愿你能够！

格劳斯特　　圣阿尔班斯的诸位先生，你们城里有没有差役和所谓鞭子的那种东西？

市长　　有的，启禀大人。

格劳斯特　　那么，立刻给我找一个来。

市长　　小子，把差役立刻喊来。〔一侍者下〕

格劳斯特　　现在给我拿一个小木凳来。〔取来一木凳〕现在，小子，如果你想免挨一顿鞭子，就给我跳过这个木凳，逃走了事。

辛考克斯　　哎呀！大人，我是不能独自站立的，您让我受这种酷刑是办不到的。

侍者又上，偕一差役持鞭上。

格劳斯特　　好，先生，我们要你非用你的两条腿不可。差役，用鞭子抽他，直到他跳过那木凳为止。

差役　　遵命，大人。来吧，小子，赶快脱下你的衣服。

辛考克斯　　哎呀！大人，我可怎么办呢？我站不起来。〔差役抽了他一鞭，他就跳过木凳而逃。群众跟随大叫："奇迹！"〕

亨利王　　啊，上帝！你看着这个，忍耐了这样久？

玛格莱特　　我看到这坏人逃跑，真忍不住笑。

格劳斯特　　跟随那个坏人，把这贱婆娘带走。

妻　　哎呀！先生，我们是纯粹为了贫穷才干这个事的。

格劳斯特　　用鞭子抽打他们走过沿途乡镇，直到他们的老家伯利克为止。〔市长、差役、妻及其他下〕

鲍福　　韩福瑞公爵今天创造了一项奇迹。

色佛克　　是的。他使瘸腿的人能跳，而且飞奔而去。

格劳斯特　　但是你比我创造的奇迹更多，你在一天之内使得好几座城池飞得无影无踪了。

伯京安上。

亨利王　　伯京安老兄带来了什么消息?

伯京安　　这消息我一报告就要心惊胆战。有一群坏人，心怀叵测，摄政王的妻子哀琳诺夫人是他们的首领，在她的包庇同谋之下，他们勾结巫婆术士阴谋危害您的地位。我们业已把他们当场破获，他们正在呼唤地下的恶魔，问询亨利王的生死，以及其他的枢密大臣的休戚，详细情形陛下以后就会知道。

鲍福　　这样一来，摄政大人，尊夫人怕要被押解到伦敦来走一遭了。这消息，我看，已经把你给缴械了，您多半是不能如约按时前去决斗了。

格劳斯特　　野心的教士，停止刺伤我的心吧，悲哀苦痛已经使我无能为力。我既已被打倒，我就向你投降，或是向任何最卑贱的奴才投降。

亨利王　　啊，上帝！恶人干的是什么样的坏事，结果是自食其果。

玛格莱特　　格劳斯特，你看你的窝里出了肮脏事[5]，你最好要注意一下，你自己可别犯什么毛病。

格劳斯特　　王后，讲到我自己，我可对天表明心迹，我是如何敬爱我的国王和国家。至于我的妻，我不知出了什么事。听到方才所听到的话，我很难过。她是高贵的，不过如果她忘记了荣誉美德，竟和沥青一般能污辱贵族的人们为伍，我将不准她和我同床做伴。我要把她送交有司严惩，因为她败坏了格劳斯特的家声。

亨利王　好，今晚我就住在这里。明天回伦敦去，彻究这件事，审讯这批可恶的犯人。

这案子要放在法律的天平上去衡量，

法律是公正的，胜利属于有理的一方。〔奏花腔。众下〕

第二景：伦敦。约克公爵的花园

约克、骚兹伯利与瓦利克上。

约克　骚兹伯利与瓦利克二位大人，现在我们的简单晚餐已毕，请准我在这僻静的小径上向二位请教一下，关于我对英国王位之不容辩驳的继承权利的主张，有何意见。

骚兹伯利　大人，我久想一闻其详。

瓦利克　亲爱的约克，开始说吧。如果你的主张是有据的，我们奈维尔父子唯命是从，听你差遣。

约克　那么是这样的[6]：爱德华三世有七个儿子，长子黑王子爱德华，威尔斯亲王；次子哈特菲德的威廉；三子，赖昂奈尔，克拉伦斯公爵；其次是刚特的约翰，兰卡斯特公爵；五子是哀德蒙·朗雷，约克公爵；六子是乌德斯陶克的陶玛斯，格劳斯特公爵；温莎的威廉是第七个，也是最小的一个。黑王子爱德华在父死之前去世，遗下独子利查，在爱德华三世死后继承大统；后来，刚特的约翰的长子兰卡斯特公爵亨利·布灵布洛克以亨利四世的名义即位，夺取政权，废了合法的国王，把他的可怜的王后送返法国，把国王送往庞佛莱古堡；如众所周知，无辜的利查就在那里被杀害了。

瓦利克　父亲，公爵说的是实情，兰卡斯特一家就是这样夺得王位的。

约克　现在他们保持王位是靠武力，不是靠合法的权利。因为长子的继承人利查既死，次子的后人应该继承。

骚兹伯利　但是哈特菲德的威廉没有子嗣。

约克　我所按照谱系据以要求王位的第三个儿子克拉伦斯公爵却有后嗣，一个女儿菲利浦，她嫁给了玛赤伯爵哀德蒙·毛提默，哀德蒙有子玛赤伯爵洛杰，洛杰有子哀德蒙及女安与哀琳诺。

骚兹伯利　这一位哀德蒙，在布灵布洛克的统治期间，据我读书得知，曾经提出王位的要求。若不是由于欧文·格兰道渥，很可能登上了王位，格兰道渥把他俘虏了，扣留直到于死[7]。但是请你讲下去吧。

约克　他的大姐安，也就是家母，是王位的合法继承人，她嫁给了剑桥伯爵利查，利查是爱德华三世的第五子哀德蒙·朗雷的儿子。由于她的关系，我有权要求王位，她本人是玛赤伯爵洛杰的继承人；而洛杰又是哀德蒙·毛提默的儿子；哀德蒙·毛提默娶的是菲利浦，她乃是克拉伦斯公爵赖昂奈尔的独生女，所以，如果最年长的一房的子嗣比较年幼一房的子嗣有优先继承之权，我便是国王。

瓦利克　还有比这个说得更清楚的事吗？亨利继承王位的权利是从四子刚特的约翰那里来的；约克的要求是来自三子。在赖昂奈尔的后嗣断绝以前，他的后嗣不该为王。事实上那后嗣并未断绝，而且在你和你的儿子们身上繁衍得颇为昌盛，都是这原株上生出来的茁壮的条枝。那么，骚兹伯利父亲，我们一齐跪下吧，在这僻静的地方让我们首先对我们的合法的君王致敬，对他应有的上承大统的继承权利表示尊崇。

二人　我们的君王利查，英格兰的国王，万岁！

约克　我多谢你们二位！但是我尚未加冕，我的剑尚未染上兰卡斯特家人的鲜血，我还不能算是你们的国王；而那是不能突然办得到的，必须审慎而机密才行。在这危急震撼之秋，你们要学我的榜样，对于色佛克公爵的骄纵、鲍福的傲慢、萨默塞的野心，以及伯京安和他们所有的一伙，都要装作视若无睹，等着他们把那位牧羊人、那位贤德的亲贵韩福瑞公爵诱入陷阱，这是他们追求的目标。如果约克能预言的话，他们在追求之中自身也难免一死。

骚兹伯利　大人，我们不必再谈下去了，我们已完全了解您的意思。

瓦利克　我自信有朝一日瓦利克伯爵必将使约克公爵为王。

约克　奈维尔，这一点我也确信不移，利查必有一天要使瓦利克伯爵成为英格兰的除国王以外最伟大的人。

〔众下〕

第三景：同上。审判大堂

喇叭鸣。亨利王、玛格莱特王后、格劳斯特、约克、色佛克与骚兹伯利上；格劳斯特夫人、马格利·朱尔丹、骚兹威尔、休谟及布灵布洛克被押上。

亨利王　站出来，格劳斯特的妻子哀琳诺·考伯姆。在上帝和我的面前，你的罪过是很大的。你犯了依照圣经应处死刑的罪过[8]，现在就接受法律制裁吧。你们四个人，回返监狱里去，听候押赴刑场：巫婆着在斯密斯菲德[9]焚成灰烬，你们三个着放在绞架上吊死。你呢，夫人，因为你出身较为高贵，于褫夺荣衔终身之后，做三天公开忏悔，然后由约翰·斯坦列爵士押往曼岛[10]，在本国境内过放逐的生活。

夫人　欢迎放逐。就是把我处死，我也欢迎。

格劳斯特　哀琳诺，你要知道，你已经受到法律制裁，依法判罪的人我是无法予以辩解的。〔公爵夫人及其他罪犯被押解下〕我的眼里充满了泪，我的心充满了悲哀。啊，韩福瑞！以衰老之年受此奇辱，将永世不得抬头了。我请求陛下准我去吧，悲哀需要宽慰，我的这一把年纪需要休息。

亨利王　且慢，韩福瑞，格劳斯特公爵，在你走以前，交出你的权杖，亨利要为他自己摄政了。由上帝做我的希望、我的支柱、我的向导，为我的脚步做明灯。你平安地去吧，韩福瑞，我对你的敬爱不比你做摄政的时候为减少。

玛格莱特　我觉得成年的君王实在没有理由像小孩似的受人的监护。让上帝和亨利来控治英格兰的政权吧！放弃你的权杖，大人，把国家交还给国王。

格劳斯特　我的权杖！高贵的亨利，这便是我的权杖：
你父亲亨利把它交在我的手里，
我同样高兴地把它交还给你；
我高兴地把它放在你的脚边，
就像别人野心勃勃想要接受一般。
再会，好国王！当我死去以后，
愿光荣的和平常在您的宝座左右。〔下〕

玛格莱特　唉，现在亨利是国王，玛格莱特是王后了。格劳斯特公爵韩福瑞惨遭这样的肢解，不能保持原形了：双肢一齐砍掉；他的夫人被放逐，等于砍掉一肢。
这权杖已被夺回：让它长在亨利手里，

因为在那里原是最为适宜。

色佛克　巨松就这样地倒了，低垂着它的枝条；
哀琳诺正在春风得意，就这样地完了。

约克　诸位大人，让他走就算了。启禀陛下，今天是指定决斗的日子，挑战与应战者双方，铠甲匠和他的徒弟，都已准备进场，请陛下前去观赏。

玛格莱特　是的，好陛下。我特意离开王宫，前来观看他们解决争端。

亨利王　以上帝的名义，注意察看比武场及一切事宜务必安排妥当，让他们在此结束争端，上帝保护有理的一面！

约克　诸位大人，我从未见过一个人，比这个挑战者，这铠甲匠的徒弟，更狼狈更怕打斗。

郝恩诺自一边上，邻人们进酒，把他灌得大醉。上场时携一棍，顶端系一沙袋，有鼓前导；彼得自另一边上，亦有鼓及沙袋，众学徒纷纷进酒。

邻甲　这里，郝恩诺，我敬你一杯不加糖的白葡萄酒。不要怕，朋友，你会打得很好的。

邻乙　这里，朋友，这是一杯甜葡萄酒。

邻丙　这是一罐好的烈性啤酒，朋友。喝吧，不要怕你的徒弟。

郝恩诺　自管将来，老实说，我要向你们大家敬酒。彼得是什么东西！

徒甲　这里，彼得，我敬你酒，不要怕。

徒乙　打起兴致来，彼得，不要怕你的主人，为了徒弟们的名誉而奋斗吧。

彼得　我谢谢你们大家。喝酒，为我祈祷，我请你们，因为我觉得我已喝下了这一辈子最后一杯酒了。罗宾，我若是死了，这件围裙我送给你；威尔，你留下我的锤子；陶姆，你拿去我所有的钱。啊，主保佑我！我祷告上帝，因为我永远不能和我的主人动手，他已经学了那么多的剑术。

骚兹伯利　来，别喝了，开始打斗。小子，你名叫什么？

彼得　彼得，老实说。

骚兹伯利　彼得！还有姓呢？

彼得　攒普。

骚兹伯利　攒普！那么务必把你的主人好好揍一顿。

郝恩诺　诸位，我来到此地，好像是受到我的徒弟的怂恿，来证明他是坏蛋，而我自己是好人。讲到约克公爵，我愿拿我的性命打赌，对他，对国王，对王后，我从来不曾怀有恶意。所以，彼得，我要兜头给你一击！

约克　快些，这家伙说话已经口齿不清了。喇叭手，对决斗双方吹起出击的号声。〔出击号。二人打斗，彼得将主人打倒〕

郝恩诺　住手，彼得，住手！我认罪，我承认叛逆罪。〔死〕

约克　拿开他的武器。朋友，感谢上帝和妨碍你的主人打斗的美酒吧。

彼得　啊，上帝！我居然在这些贵人面前战胜了我的敌人？啊，彼得！你理直气壮地成功了！

亨利王　去，把那叛徒搬走，我不要看他。他这一死，我们

知道他是有罪。上帝公正地对我们宣示这个穷人是诚实无罪的，而他却想把他冤枉杀死。来，朋友，跟我来领赏。〔奏花腔。众下〕

第四景：同上。一街道

格劳斯特及数仆着丧服上。

格劳斯特　最爽朗的天有时也不免云遮；夏天过后总是有冷漠的冬天，带着狂吼的砭人肌骨的寒风；随着季节的消逝，人间祸福也是起灭无常。诸位，现在几点钟了？

仆　十点了，大人。

格劳斯特　十点是约定的时间，我可以看到我的受刑的夫人前来。她的细嫩敏感的两只脚踏在坚硬的道上，可能很难忍受。亲爱的奈尔，这些下贱的平民以嫉恨的目光凝视着你的面孔，看着你受辱而不住地讪笑，你的高贵的心胸一定无法忍受，因为以前你坐着车子招摇过市的时候他们是跟在你的车轮之后仰慕你的。但是，且慢！我想她是来了，我要准备一双泪眼观看她的苦恼。

格劳斯特夫人上，背上插纸标、着白衣、赤足，手持点燃的蜡烛；约翰·斯坦列爵士、一警长及数差役上。

仆　　禀告大人，我们要把她从警长手里抢回来。

格劳斯特　　不，你们若是想要命，就别动，让她走过去。

夫人　　丈夫，你是来看我公开受辱的吗？现在你也是在受折磨。看！他们盯着你呢。看！那一群愚昧无知的民众如何地指着你，点着头，以目光投在你的身上。啊，格劳斯特，躲起来，不要看他们的愤怒的脸色，关在屋里哀悼我的耻辱，诅咒你我的敌人！

格劳斯特　　要忍耐，亲爱的奈尔，忘记这一场苦恼。

夫人　　是的，格劳斯特，教导我如何忘记我自己吧。因为我一想到我是你的正式的妻子，而你是一位亲贵，本国的摄政王，我就觉得我不该这样地被人牵着，蒙受耻辱，背上插着纸标，一群看见我流泪听到我呻吟而欢天喜地的贱民在后面跟着我。无情的石头磨破了我的细嫩的双足，我痛得一扭，愤恨的民众大笑，要我走路小心一些。啊，韩福瑞！我能忍受这耻辱的桎梏吗？你以为我将来还能有一天面对世间，或是艳羡那些能享受阳光的人吗？不，黑暗将是我的光明，夜晚将是我的白昼。回忆我的荣华将是我的地狱。有时候我会说，我是格劳斯特公爵的妻子，他是一位亲贵，并且是国家的统治者，可是他虽然身为亲贵，虽然统治国家，在我这孤苦伶仃的公爵夫人被每个贱民指点作为讥讪的目标的时候，他只能袖手旁观。你要沉得住气，不必为我的耻辱而红脸。在死神的斧头落在你的头上之前不必有任何举动，那斧头不久一定会落下来的。因为色佛克，会同那个恨你又恨我们大家的她，无所不用其极。还有约克，不虔敬的鲍福，那个虚伪的教士，全都联合起来在树上涂了胶，预备粘捕你的翅膀。无论你怎样飞，他们也要缠住你，但是在你的两脚被缚以前你不必怕，你也休想对你的敌人先下手为强。

格劳斯特　啊，奈尔！不要这样，你完全想左了。在我被判刑之前，我必须先要犯罪。纵然我的敌人再加二十倍那么多，每一个敌人的力量有二十倍那么大，只消我是忠实无欺清白无辜，他们也无法能伤害到我。你想让我把你从这场灾难中解救出来吗？唉，你的罪嫌尚未清除，我将有破坏法纪的危险。你能获得的最大的帮助便是默不作声，亲爱的奈尔，我劝你安心忍耐，这几天新奇的感受很快地就会过去了。

一传令官上。

传令官　我奉命召请大人到下月一日在伯利举行的议会[11]。

格劳斯特　这件事事前没有征求我的同意！这是阴谋。好，我去便是。〔传令官下〕我的奈尔，我告辞了。警长先生，不要使她的忏悔超过国王指定的限度。

警长　启禀大人，我的任务到此为止，约翰·斯坦列爵士现已奉派带她到曼岛去。

格劳斯特　约翰爵士，你必须在这里监护我的夫人吗？

斯坦列　我奉有这样的命令，启禀大人。

格劳斯特　我求你好好待她，可不要因此而反倒待她更坏。将来可能还有好日子过，你好好待她，我不会亏负你的一番好意。约翰爵士，再会。

夫人　怎么！我的丈夫对我不辞而别！

格劳斯特　看看我的眼泪，我不能再说话了。〔格劳斯特及仆等下〕

夫人　你也走了？一切的安慰都跟着你消逝了！因为没有人和我厮守了，我的快乐便是一死。死，提起你的名字我常害怕，因为我希望这世间的乐事永无休止。斯坦列，请你走吧，带我离开此地。到哪里去，都无所谓，因为我不乞求法外施恩，你奉命带我到哪里去就到哪里去吧。

斯坦列　唉，夫人，是到曼岛去。你在那里将受到合于你的身份的待遇。

夫人　那就很糟了，因为我一身是罪。我一定要受罪犯的待遇吗？

斯坦列　像是一位公爵夫人，韩福瑞公爵的妻子。你的待遇将合于那个身份。

夫人　警长，再会，祝你的命运比我强，虽然你是牵引着我受辱的人。

警长　这是我的职务。夫人，原谅我。

夫人　是的，是的，再会。你的职务已尽。来，斯坦列，我们走吧。

斯坦列　夫人，你的忏悔已经做完，丢掉这件衣服，我们要去给你改装准备上路。

夫人　改变服装不能改变我的耻辱，不，无论我怎样装扮，在我最华丽的衣服上面它还是会显露出来的。走，

引路；我渴望看看我的监牢。〔众下〕

注释

[1] 老琼恩（old Joan），鹰名。风大时放鹰，容易一去不返。

[2] = Is such anger fit for heavenly minds？语见魏吉尔的《伊尼阿德》卷一第十一行。

[3] = Physician，（heal）thyself. 语见拉丁语圣经《路加福音》四章二十三节。

[4] 圣阿尔班斯（Saint Alban's）在伦敦北二十二英里处，有修道院一座，纪念第一个在不列颠为基督教而殉难的圣阿尔班斯，他是于公元三〇四年在彼处被害的。

[5] 俗谚:"Tis a foul bird that defiles its own nest."（恶鸟才弄脏他自己的巢。）

[6] 约克的世系，参看第 177 页附表。

[7] 莎士比亚随 Hall 之后，把 Edmund Mortimer 与其叔父 Sir Mortimer 混为一谈了。事实上哀德蒙·毛提默没有被格兰道渥所俘，被俘的是叔父毛提默。参看第 177 页附表。

[8] 参看圣经旧约《出埃及记》二十二章十八节:"Thou shalt not suffer a witch to live."《利未记》二十章六节:"And the soul that turneth after such as have familiar spirits，and after wizards...I will even set my face against that soul，and will cut him off from among his people."

[9] Smithfield 为伦敦一地区，曾为商业区域及行刑地区。即今伦敦主

要肉市所在地。

[10] 曼岛 Isle of Man，古之 Monapia 或 Mona，在爱尔兰海中，英国海岸之东北。

[11] 公爵夫人的三天公开忏悔是在一四四一年十一月十三日、十五日、十七日。在伯利的议会是于一四四七年二月十日开幕的。格劳斯特于十八日到会，死于二十三日。

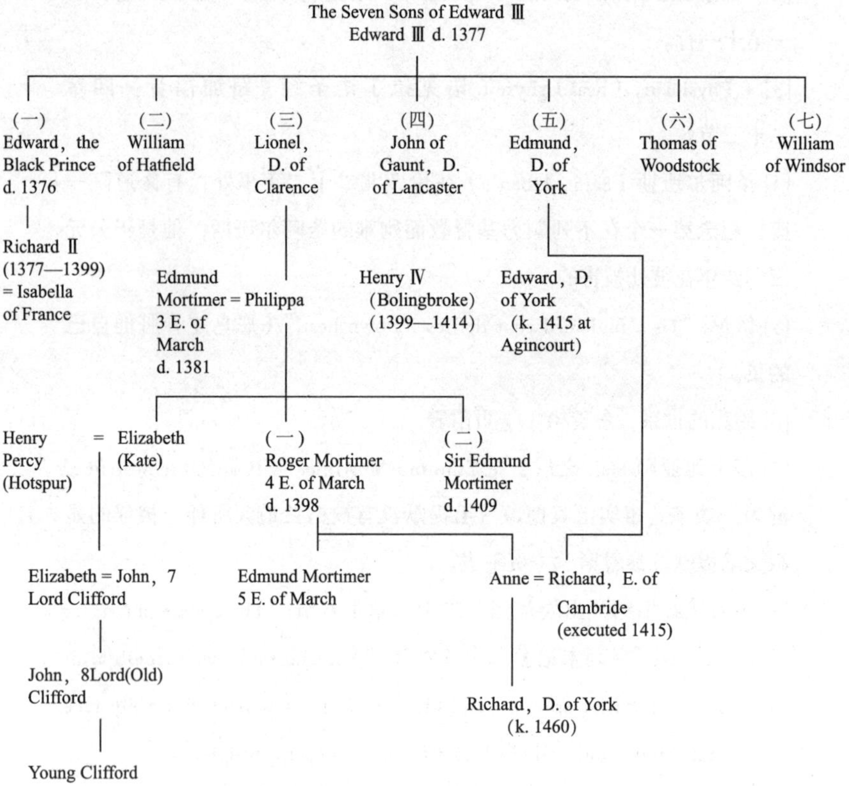

第三幕

第一景：伯利圣哀德蒙的修道院

吹登场号。亨利王、玛格莱特王后、鲍福枢机主教、色佛克、约克、伯京安及其他上。

亨利王　我很诧异格劳斯特大人还没有来，他一向不是最后到达的人，现在不知什么事情把他耽误了。

玛格莱特　你还不明白吗？你们看不出他的脸色变得奇怪吗？他的态度是多么严肃，而近来变得多么傲慢、多么骄纵、多么霸道，失掉了他的本色？我知道他本是和蔼可亲的，我只消远远地投以一瞥，他立刻就屈膝致敬，对于他的谦恭有礼全朝廷的人都觉得惊异。但是现在遇见他，就是在早晨，人人都会招呼问讯，而他却皱着眉头怒目相视，膝头直挺挺地从我面前走过，对我不肯行应有的敬礼。小狗露出牙齿，没有人注意，但是狮子咆哮，大人们就要发抖——韩福瑞在英格兰不是小人物。首先要注意他在血统上和你很近，如果你有不测，他就会继起就位。想到他如何地心怀愤恨，以及在你故后他又有机可乘，我就觉得让他追随左右或参加机密，实在不是明智之举。他以甜心蜜语赢得了民众的欢心，如果他想制造叛乱，恐怕他们都会响应。现在还是春天，野草生根未深；现在若是任令滋长，将来会要长满了花园，因缺乏芟刈的工作而使花草窒塞。我对丈夫的关怀使我看出了公爵可能具有的危险。我的想法如果是愚蠢的，就算是妇人之见吧；如果有更好的理由可以消除我的忧虑，我愿承认我是冤枉了公爵。色佛克、伯京安和约克几位大人，我的检举如有不实之处，请尽量指出，否则就得承认我所说的是真实不虚。

色佛克　王后对于这位公爵观察得十分透彻。如果我是奉命首先发言，我想我该重述您所说过的一番话。我敢以性命打赌，公爵夫人必是受了他的唆使才开始她的邪恶的阴谋。纵然对于那些罪过他并不知情，可是他平素以高贵的血统自负，例如他是王位继承人之类的话，即足以怂恿那疯疯颠颠的公爵夫人使用邪恶方法倾覆陛下。河水深处水流平，他的忠厚的外表包藏着祸心。狐狸偷羊是不叫唤的。不，不，我的主上，格劳斯特是一个不可测的人，充满了狡诈。

鲍福　他不是违反法律规定为了一些轻微的罪行而创制了奇怪的处死的方法吗?

约克　他在摄政任内，不是在国内征收巨款充作在法兰西的军饷之用，而从未发放吗? 因此之故，各城市中天天都有叛变。

伯京安　咄! 比起那些未被揭发的罪过，这些只能算是轻微的过失罢了，早晚有一天这位圆滑的韩福瑞公爵的罪行会要暴露出来的。

亨利王　诸位大人，不必多费话了。你们对于我的关切，想要芟除可能刺伤我的脚的荆棘，是值得称赞的。但是如果我可以说句良心话，我的亲族格劳斯特绝无加害朕躬之意，其清白有如吮乳的羔羊和驯良的斑鸠。公爵是贤良而温顺的，秉性太忠良了，不会梦想到为恶，或致力于我的覆亡。

玛格莱特　啊! 什么事情是比痴心信赖为更危险的呢! 他像是一只斑鸠? 他的羽毛是借来的，因为他的本性是和可恶的乌鸦一般; 他是一只羔羊? 他的那层皮当然是借来的，因为他的内心正和饕餮的豺狼相似。谁不能装模作样，而心怀叵测呢? 小心，陛下。我们大家的幸福系于那个狡诈之徒能否予以铲除。

萨默塞上。

萨默塞　敬祝陛下康泰!

亨利王　欢迎，萨默塞大人。法兰西方面有何消息?

萨默塞　　陛下在那些领土上的权益已完全丧失了，全没有了[1]。

亨利王　　好冷酷的消息，萨默塞大人。但是上帝的意旨是必须贯彻的！

约克　　〔旁白〕对于我这确是冷酷的消息，因为我本有取得法兰西的希望，就像取得肥沃的英格兰一般地稳有把握。我的花儿尚在蓓蕾中就这样地被霜侵了，毛虫吃掉了我的叶子。但是这件事我不久就要加以补救，否则我宁可卖掉我的爵位换取一座华丽的坟墓。

格劳斯特上。

格劳斯特　　敬祝我的主上国王万福！请饶恕我迟到这样久。

色佛克　　不，格劳斯特，你要知道你来得太早了，除非你在过去是比你现在较为忠心一些。我现在以叛逆的罪名将你逮捕。

格劳斯特　　好，色佛克的公爵，我被逮捕，但是你不会看见我红脸，或是变色。心地清白的人是不容易被吓倒的。最清洁的泉水也不能那样地一尘不染，像我之对于国王毫无不忠之处。谁能指控我？我有什么罪？

约克　　大人，有人认为你有接受法兰西贿赂之嫌，并且利用摄政王的身份扣发士兵薪饷。因此国王陛下失去了法兰西。

格劳斯特　　只是有人这样想？这样想的是些什么人？我从没有吞没士兵的薪饷，也没有收受过法兰西一文钱。为了研求英格兰的利益，我曾彻夜不眠，是的，一夜又一夜地不眠，上帝可以做我的见证，倘有分文公款被我侵吞，或是一丝一毫被我私自挪用，在我受审之日尽管提出对我指控！不，只因我不愿向贫苦民众征税，我从私人财产提出不少钱财付给了驻军，从未要求偿还。

玛格莱特　大人，你说了这么多的话为你自己辩解。

格劳斯特　我说的不过是实话而已，上帝为我见证！

约克　你在摄政任内为罪犯创制了前所未闻的新奇酷刑，使得英格兰蒙受残虐的恶名。

格劳斯特　噫，众所周知，我做摄政的时候，我的短处是过于宽大。因为我看见犯人流泪就心软，哀哀求饶便能成为他们的罪过的赎金。除非是凶恶的杀人犯，或劫掠穷苦的步行旅客的恶寇，我从不治他们以应得之罪刑。杀人，那是罪大恶极，我确是要用酷刑，重于盗劫或其他罪犯。

色佛克　大人，这些过失容易辩解，很快地答复过去，但是你还被控有较严重的罪行，你不能轻易洗刷哩。我以国王陛下的名义逮捕你，我现在把你交给枢机主教大人看管，听候定期审讯。

亨利王　格劳斯特大人，你非常希望你能洗清你的一切罪嫌。我的内心告诉我，你是无辜的。

格劳斯特　啊！仁慈的主上，这年头儿人心难测。美德被邪恶的野心所窒息，恻隐之心被仇恨的毒手所驱逐，教唆为恶之风盛极一时，公道已被排斥于陛下的国土以外。我知道他们的阴谋是想要我的性命，如果我死能使这岛国昌隆，能使他们的横暴告一段落，舍命一死亦复心甘情愿。但是我的一死只是他们的戏剧的开场，再死上几千个现尚不知大祸临头的人，也不能结束他们所编排的悲剧。鲍福的闪闪发亮的两只红眼透露了他心中的恶毒；色佛克的阴沉的脸色显示了他的狂暴的愤恨；刻薄的伯京安用他的舌头解除他心头的嫉恨的重负；凶狠而心高的约克，伸手想捉月亮，我曾扯回他的狂妄的手臂，于是他想用诬告的方法谋取我的性命；而你，我的王后陛下，会同其他的人，无缘无故地把耻辱加在我的头上，挑拨我最亲爱的主上成为我的敌人，无所不用其极。是的，你们全都沆瀣一气。我亲自看到你们秘密集会，全是想要谋害我的无辜的性命。我将不缺乏虚伪的证据来构陷我，也不缺乏大量的叛逆罪名来渲染我的罪行。那句古老的谚语就会见诸实行了："要想打狗，很快地就可以找到棍子。"

鲍福　主上，他的谩骂令人难以容忍。如果关切陛下安全不使叛逆的明枪暗箭伤及圣躬的人，可以这样地受人指责叱骂，而罪人却被纵容胡言乱道，那么对陛下忠心耿耿的人们将要心灰意冷了。

色佛克　他方才不是用卑鄙的言语，虽然措辞还算客气，来责备我们的王后陛下吗，好像她曾教唆什么人出面诬告来陷害于他似的？

玛格莱特　不过我可以准许失败者破口大骂。

格劳斯特　这话说得对，比其中的暗示还要中肯。我的确是失败了，那些胜利者才该受诅咒，因为他们用不正当

	的方法对付我！这样的失败者当然可以得到准许大放厥词。
伯京安	他善于曲解，会把我们整天地缠在这里喋喋不休。主教大人，他是你的囚犯。
鲍福	诸位，把公爵带走，妥加看守。
格劳斯特	啊！亨利王的两腿尚未能稳定地支撑他的身体，就这样地把他的拐杖抛弃了。牧羊人就这样地从你身边被赶走，群狼咆哮，先要咬的就是你。 但愿我的顾虑是错误的，但愿是那样。 因为，亨利王啊，我怕你要覆亡。〔格劳斯特被侍从等押下〕
亨利王	诸位大人，什么事该做，什么事不该做，任凭你们的智慧斟酌办理吧，就好像我在亲自主持一样。
玛格莱特	什么！陛下也要离开议会吗？
亨利王	是的，玛格莱特。我的心被悲哀浸没了，悲哀的潮水开始涌入我的眼里，苦恼包围了我的全身，因为什么东西是比内心不安为更令人难过的呢？啊！韩福瑞叔父，在你的脸上我能看出荣誉、诚实和忠心交织而成的图形。可是，好韩福瑞，他们要我证明你是虚伪，要我猜疑你是不忠，那时刻就要到来了。是什么煞星当头，忌恨你的权势，使得这些权贵们以及我的王后玛格莱特都想要毁灭你的无辜的生命？你没有亏负过他们，也没有亏负过任何人。恰似屠夫捉去一头牛犊，把它捆了起来，它想逃就打它，把它送进血腥的屠场，他们便是这样毫不留情

地把他带走了；老母牛跑来跑去地吼叫，朝着她的无辜的小犊被带走的方向望，除了哀嚎它的亲爱小犊的损失之外毫无办法；我自己也正是这样地哀悼好格劳斯特的案子，挥洒无用的泪水，两眼模糊地望着他，对他爱莫能助；他的一些死敌权势太大了。他的命运不济，我要哭他，在一声声的哽咽之间我要说："不管谁是叛逆，格劳斯特绝对不是。"〔下〕

玛格莱特　诸位高贵的大人，阳光一照，冰雪就要消融。我的丈夫亨利对于国家大事素来冷淡，太富于愚蠢的恻隐之心；格劳斯特的虚伪外表欺骗了他，就像是善哭的鳄鱼以悲伤的姿态诱捕心肠软的过客[2]；又像是盘在花丛里的蛇，蒙着一层发亮的花皮，孩子欣赏它的美丽便要被咬。诸位，请相信我吧，如果你们没有一个比我更聪明——在这一件事上我觉得我的看法不错——这一个格劳斯特必须迅速地予以铲除，以免除我们对他的恐惧。

鲍福　让他死是一个高明的办法，但是我们缺乏一个将他处死的借口。应该是依法判他死刑才好。

色佛克　据我看那不是办法。国王会极力设法挽救他的生命；民众可能起来挽救他的生命；而我们主张他应该处死的理由很是薄弱，只是比猜疑略胜一些。

约克　这样看来，你是不要他死了。

色佛克　啊！约克，活着的人谁也没有我这样盼他死。

约克　更有理由要他死的是约克。但是，主教大人，还有你，色佛克大人，你们怎样想就照直说吧，并且要从心坎里面说，放一只空肚子的苍鹰保护小鸡防御饿肚子的鸢鹰，和让韩福瑞公爵做国王的保护人，是不是异曲同工？

玛格莱特　那可怜的小鸡是非死不可。

色佛克　王后，那是必然的：那么，让狐狸做羊栏的管理人，岂不是疯狂吗？他已被指控为狡诈的凶手，只因他的计划尚未实现，他的罪过就该被我们胡里胡涂地忽略过去。不。要他死，因为他是一只狐狸，他的天性使他成为羊群的敌人，只是嘴巴上尚未染上殷红的鲜血，我们有理由证明韩福瑞之对于国王也正是这样。如何杀他，不必拘泥法定程序：用陷害、用网罗、用狡计、睡中下手、醒时下手，都没有关系，只要把他弄死就行。他先存心不良，我们先下手为强，这不失为一个好办法。

玛格莱特　高贵的色佛克，说得真是坚决。

色佛克　不算坚决，除非是能彻底实行，因为很多事情时常是说说就算，很少是认真的。但是，我既看出这事值得一做，我却是心口如一，而且为了保护国王免遭敌人暗算起见，只要一声令下，我便为他邀请临终牧师。

鲍福　但是，色佛克大人，在你尚未请来牧师之前，我就愿他死去。你只消表示许可并且赞成此事，我就会给他准备行刑的人。我对国王的安全实在太关切了。

色佛克　我举起了我的手，此事值得一做。

玛格莱特　我也同样主张。

约克　我也是。现在我们三个已经发了誓言，谁反对我们的决定，那是无关紧要的了。

一使者上。

使者　诸位大人，我是从爱尔兰匆匆而来，报告那里的叛党业已起事，杀戮英国人民。诸位大人，赶快派遣援兵，及时制止暴乱，以免创伤扩大而不可救药，因为事变初起尚有挽回的希望。

鲍福　这是一个亟需加以弥补的裂痕！对于这件大事你有何意见？

约克　把萨默塞派去做摄政。我们应该起用运气好的大员，看他在法兰西的运气多么好。

萨默塞　约克固然足智多谋，若是代替我奉派去做摄政，他不见得能在法兰西留驻那么长久。

约克　不，也不会像你似的把土地丧失净尽。我宁可英军丧命，也不愿在那里停留那么久，等到一切丢光带着耻辱回国。给我看看你的皮肤上的一个伤疤，皮肉保养得如此完整的人难得能打胜仗。

玛格莱特　不要这样，这星星之火，若是再加柴吹风，会成燎原之势。别说了，好约克；亲爱的萨默塞，不要作声；约克，如果你在那里摄政，你的运气可能比他更坏。

约克　什么！比全军覆没还要更坏？不，大家都羞死了吧。

萨默塞　你这样地恬不知羞，你就该在羞死之列[3]。

鲍福　约克大人，你不妨试试你的运道。爱尔兰的强悍的步兵起事了，在用英格兰人的血来和泥，你愿否带一队从各郡精选的人到爱尔兰去，对爱尔兰人试试你的运气?

约克　如果国王有旨，我是愿意的，大人。

色佛克　噫，我们行使职权，他无不同意，我们所决定的事他当然认可。那么，高贵的约克，这件事你就担任起来吧。

约克　我很愿意。给我准备队伍，诸位大人，我去摒挡一些私事。

色佛克　约克大人，这事交我办理。我们现在再回头谈到那虚伪的韩福瑞公爵吧。

鲍福　别再谈他了，因为有我来对付他，以后他不会再来搅扰我们的。我们散会吧，这一天几乎用掉了。色佛克大人，你和我须要谈谈那件事。

约克　色佛克大人，我希望十四天内我的军队到达布利斯托。从那里我要把他们全运到爱尔兰去。

色佛克　我必定把这件事办得妥帖，约克大人。〔除约克外众下〕

约克　约克呀，这是千载一时的机会，把你的恐惧之心变得坚强起来，把你的犹豫变成为果决，作你所希望作到的位分，否则以你现在的身份去送死吧。你现在的身份是不值得留恋的。苍白脸的恐惧只合与贱人为伍，在高贵的人的心中没有位置。在他心中，思潮起伏，比春雨还要急骤，但是没有一个念头不与尊荣有关。我的头脑，比缀网的劳蛛还要忙，不厌其烦地织着网罗，诱捕我的敌人。好，贵族们，好。做得很巧妙，给我一支队伍把我打发走。我恐怕你们只是温暖了一条冻僵了的蛇，你们把他拥在怀里，他就要咬你们的心脏哩。我缺乏的是军队，你们愿把军队给我，我很感激。可是你们须知，你们是把利刃送到疯人手中。我一面在爱尔兰培养一支强大的军队，一面要在英格兰掀起险恶的风暴，把千万人的灵魂吹上天堂或吹下地狱。这凶猛的风暴将不停止地肆虐，直到那黄金的箍儿落在我的头上，就像是光芒四射的骄阳一般，把这一场疯狂的风暴平息。为了找一个执行我的计划的人，我已诱惑了一个刚强的坎特人，阿施福的约翰·凯德，让他化名为约翰·毛提默，尽其所能地制造骚乱。在爱尔兰我看见过这个倔强的凯德抵拒一队步兵，抗战很久，到后来他的两腿中箭几乎像是一只豪猪。他终于获救，我看见他上下跳蹦，像是一个狂野的跳“毛利斯”舞的人，摇晃着那些血淋淋的箭有如他的铃铛一般[4]。时常地，披头散发地像是爱尔兰步兵的样子，他去和敌人交谈，然后又悄悄地来见我，把他们的狡计通报给我。我要这个魔鬼做我的代理人，因为和那个现已死亡的约翰·毛提默，在相貌上、在走路姿态上、在言语上，他都很像。用这方法我可以测出民心向背，他们对于约克家族及其主张有何反应。如果他被捕，受到拷问刑求，我知道任何酷刑也不会逼他招出是我主使的。如果他

成功——很可能他会成功——噫，那么我就从爱尔
兰率兵前来，由那坏蛋播种，由我前来收获；
因为那时候韩福瑞已死，那是一定，
亨利被废，该轮到我来坐享其成。〔下〕

第二景：伯利圣哀德蒙。宫中一室

二凶手匆匆上。

凶甲　跑去见色佛克大人，让他知道我们已经遵命把公爵干掉了。

凶乙　啊！但愿还没有干出这件事。我们干下了什么事？可听说过一个人这样地后悔吗？

色佛克上。

凶甲　大人来了。

色佛克　二位，那事情办了没有？

凶甲　办了，大人，他已经死了。

色佛克　噢，办得好。去，到我家里去。你们冒险干了这件事，我要报酬你们。国王和贵族们就要到来。你们把床铺整理好了吗？按照我所吩咐的，一切都顺利吗？

凶甲	是的，大人。
色佛克	去！走吧。〔二凶手下〕

喇叭鸣。亨利王、玛格莱特王后、鲍福枢机主教、萨默塞、贵族等，及其他上。

亨利王	去，喊我的叔父立刻来见我。就说，我今天要审问他，看他是否有罪，如所指控。
色佛克	我立刻喊他来，国王陛下。〔下〕
亨利王	诸位大人，请就座。今天审讯我的叔父格劳斯特，除了有真凭实据可以证明他确实犯有罪行，我请求大家对他不可过分苛责。
玛格莱特	上帝不准仇恨之心得逞，把一位无辜的贵族判为有罪！我祷告上帝，让他能洗刷他的罪嫌！
亨利王	我谢谢你，玛格，你这几句话使我很满意。

色佛克又上。

	怎么了！你为什么面色苍白？你为什么发抖？我的叔父呢？怎么回事，色佛克？
色佛克	死在他的床上了，陛下，格劳斯特死了。
玛格莱特	天呀，上帝不准！
鲍福	这是上帝冥冥之中的裁判。我昨夜梦见公爵变哑，不能说一句话。〔国王晕厥〕
玛格莱特	国王怎样了？救人哪，诸位！国王死了。
萨默塞	把他扶起来，捏他的鼻子。
玛格莱特	跑，去，求救，求救！啊，亨利，睁开你的眼睛！

色佛克　他苏醒过来了。王后，别着急。

亨利王　啊，天上的上帝呀！

玛格莱特　陛下可好些了吗？

色佛克　安心吧，我的主上！仁慈的亨利，安心吧！

亨利王　什么！色佛克大人在安慰我？他方才不是作了一声乌鸦的噪啼，那凄惨的声音夺去了我的生命的活力，而他现在以为一只鹪鹩的啁啾，从空虚的胸中喊出安慰人的声音，就可以把首先听进去的声音排挤出去了吗？不要用这样的甜言蜜语遮掩你的毒狠的心肠，不要用你的手来碰我。我说，不要这样。你的手碰到我，像蛇咬似的使我惊怕。你这可恶的送信的人，给我走开！你的眼珠上有两道谋杀的凶光，恶狠的样子真要吓死人。别望着我，因为你的眼睛能伤人。还是不要走吧，过来，你这怪蛇王[5]，你望这无辜的人一眼，把他杀死吧。因为在死的遮荫之中我将获得快乐，如今格劳斯特既已死去，我活着只能尝受双倍的死的威胁。

玛格莱特　你为什么这样地辱骂色佛克大人？虽然公爵是他的仇敌，而他不愧为一个基督教徒[6]，还是哀悼他的死亡。至于我自己，他固然是我的仇敌，但是如果泪水或是伤心的呻吟或是耗血的叹息能够使他复活，我情愿哭瞎了眼，呻吟得恶心呕吐，椎心泣血的叹息使得我脸色苍白如樱草花，全为了使这位高贵的公爵活下去。我怎么知道世人将对我作如何感想呢？因为大家都晓得我们两个没有真正友情，大家会认定是我把公爵铲除了的，流言蜚语会要伤害我的名誉，各国朝廷都会对我纷纷斥责。
他一死我只得到这个。唉，不幸！
做了王后而蒙受这样的恶名！

亨利王　啊！为了格劳斯特这个可怜的人，我真难过。

玛格莱特　为我难过吧，我比他更可怜。什么！你转过脸去躲我？我不是一个讨人嫌的麻风患者。看看我。什么！你像是一条毒蛇，变聋了[7]？你也变成为有毒的，杀死你的孤苦的王后吧。你的所有的欢欣都关在格劳斯特的坟墓里了吗？那么，你便是根本不喜欢玛格莱特。给他立个塑像，向他膜拜，把我的图像用作酒店招牌。我在海上几乎遇难，两度遭遇逆风几乎从英格兰海岸把我吹回故土，难道就是为了这个？那究竟是何朕兆，如果那灵验的风不是向我示警，好像是在说："不要寻觅蝎巢，不要登上这残酷无情的国土。"我那时做了什么反应，不是咒骂那阵阵的微风和那把风放出牢窟的风神[8]，并且教风吹向英格兰的幸福之岸，否则宁可把我们的船尾撞在一块可怕的岩石上面吗？但是风神爱欧勒斯不肯做凶手，把那可恨的职务留给了你。美丽汹涌的大海拒绝淹死我，因为它知道你无情无义会在陆地上用海水一般咸的泪水淹死我。撞碎船只的暗礁在沉船的沙洲上面匍匐着，不肯用它们的巉岩把我的船撞破，因为你的铁石心肠比它们还硬，你可以在王宫里置玛格莱特于死。我老远地望到你的白垩峭壁，风暴拍打我们不得近岸，我冒着风暴伫立在甲板之上，后来阴霾的天色使我再也看不出你的陆上的景物，我便从我的颈上取下一件宝贵的饰物，那是由钻石环绕着的心形宝石，我遥向你的岸上掷去。大海把它接受了，我真希望你的身体也能接受我的心。这时节，我看不到美丽的英格兰的景色了，于是吩咐我的两只眼睛随着我的心形宝石一起消逝，它们既不能看见我所想望的英格兰的国土，它们便是瞎的，它们便是黑暗的视官。多少次我曾引诱色佛克——你的虚情假意的代言人——让他坐下来鼓动他的如簧之舌来迷惑我，就像阿斯凯尼阿斯对热恋的戴都讲述他的父亲从脱爱被焚时开始所作的英勇事迹一般[9]！我不是像她一样的被迷惑了吗？你不是像他一样的虚伪吗？哎呀！我不能说下去了。死吧，玛格莱特！因为亨利为了你活得这样久而哭泣了。

内鼓噪声。瓦利克与骚兹伯利上。民众拥至门口。

瓦利克　伟大的主上，据报好韩福瑞公爵被色佛克和鲍福主教派人惨加杀害了。民众像是失掉了首领的一窝愤怒的蜜蜂，到处纷飞，为了给他报仇见人就螫。我亲自安抚了他们的狂怒的骚动，静待着他的死亡详情的公布。

亨利王　他是死了，好瓦利克，那是一点儿也不假。但是他怎样死的，只有天晓得，亨利不知道。到他的睡房去，看看他的尸首，然后再研究他突然死去的原因。

瓦利克　我是要这样做，陛下。您留在这里，骚兹伯利，守着这群粗鲁的民众，等着我回来。〔瓦利克走入一内室。骚兹伯利退出〕

亨利王　啊！裁判一切的上帝，请你教我不要想，我一直在想韩福瑞是死于强暴。如果我猜错了，饶恕我，上帝，因为只有你才能有裁判的能力。我愿以千万个吻来温暖他的苍白的嘴唇，以海洋一般的咸泪泛滥在他的脸上，对他的聋哑的躯体诉说我的敬爱之心，用我的手指抚摸他的没有感觉的手。但是这些庸俗的哀悼仪式是没有一点儿用的，而且瞻仰他的遗体，除了增加我的悲伤之外还有什么意义？

瓦利克及其他以床舁格劳斯特遗体又上。

瓦利克　过来，仁慈的主上，看看这尸体。

亨利王　那就是来看看我的坟有多么深，因为我的所有的人间欢乐都跟着他的灵魂一起消逝了，一看到他，我自己虽生犹死。

瓦利克　我的灵魂确是渴望能够追随代我们受过拯救我们不受天父严谴的万王之王[10]，我也同样地确信这位声誉卓著的公爵是死于非命。

色佛克　好庄严的一句重誓！瓦利克大人作这样的誓言可有什么凭据呢？

瓦利克　看他脸上的淤血。我常看见善终的人，脸上灰暗、瘦削、苍白，没有血色，血都流到挣扎的心脏里去了。他和死神格斗的时候，是需要血来帮助他抗拒敌人的，血于是和心脏一起在那里冷凝了，永不回到脸上来红润他的面颊。但是看，他的脸色是黑的，而且淤着血；他的眼珠比生时为努出，像是一个被扼杀的人之怒目而视；他的头发竖立着，鼻孔因挣扎而扩大；他的两手外伸，好像是一个人为了求生而拉拉扯扯，终被暴力所制。看看被单，你看，上面粘着他的头发。他的整齐的胡须弄得凌乱不堪，像是被风雨打倒了的夏日的麦谷。他必是在此被人谋害，这些证据之中的最轻微的一项亦可证明其为不诬。

色佛克　噫，瓦利克，谁会把公爵害死呢？我和鲍福是负责看管他的，我希望，大人，我们不是凶手。

瓦利克　但是你们二位却是韩福瑞公爵的誓不两立的死敌，而你们的确是看管着这位好公爵。很可能你们不会把他当作一位朋友来招待，而且很显然的他是遇上了仇人。

玛格莱特　那么你大概是疑心这两位贵人对于韩福瑞公爵的凶死负有责任。

瓦利克　谁看到一头小乳牛流着鲜血而死，一位屠夫在近边握着一把斧头，而能不疑心是他杀的呢？谁在鸢鹰巢内发现一只松鸡，而能不揣想这鸟是怎样死的？纵然那鸢鹰展翅高飞嘴上并无血迹，这一宗悲剧也是同样的可疑。

玛格莱特　你是屠夫吗，色佛克？你的刀在哪里？鲍福是有鸢鹰之称吗？他的利爪在哪里？

色佛克　我带着的刀不是为杀害睡中人的，但这里却有一把复仇的剑，长久不用都生锈了，谁要是以谋杀的罪名来含血喷人，我倒要在他的恶毒的心上磨一磨我的剑。高傲的瓦利克大人，你说吧，如果你敢，我关于韩福瑞公爵之死是有罪的。

〔鲍福枢机主教、萨默塞及其他下〕

瓦利克　如果虚伪的色佛克来激我，瓦利克何事不敢为？

玛格莱特　色佛克即使激他两万次，他也不敢压抑他的骄矜之气，也不敢停止做一个多管闲事的毁谤者。

瓦利克　王后，你少说话，我恭恭敬敬地对你说。因为你站在他那一面所说的每一句话，对你的尊严都是一项侮辱。

色佛克　粗鲁的贵族，态度多么卑鄙！若是一位贵妇能够那样地做出对不起她的丈夫的事，那么你的母亲一定是把一个粗鲁的没有教养的乡巴佬引上了她的污秽的床，在高贵的树干上接了一根山楂枝。你便是结出来的果，绝不是奈维尔的真种。

瓦利克　现在是谋杀的罪名保护着你，我又不好夺取刽子手应得的报酬，杀了你反倒使你免受千万种的耻辱。而且当着我的国王面前我也不便撒野，否则的话，虚伪而凶恶的懦夫，我要使你为了口出不逊而跪下求饶，我要让你承认你说的是你的母亲，你自己是私生的杂种。你履行这一番耻辱仪式之后，我会给你报酬[11]，把你的灵魂送进地狱，你这专害睡眠中人的吸血鬼。

色佛克　我会在你醒着的时候让你流血，如果你敢跟我一道出去。

瓦利克　现在就走，否则我要拉你走出去。虽然你不配和我对打，我要和你较量较量，为韩福瑞公爵的英灵效劳一番。

〔瓦利克与色佛克下〕

亨利王　什么胸甲比一颗纯洁的心更为坚固！理直气壮的人便无异于全身披挂了坚甲，内疚神明的人纵然铠甲包身也等于是赤身裸体。〔内喧哗声〕

玛格莱特　这是什么声音？

色佛克与瓦利克拔剑又上。

亨利王　噫，怎么了，二位大人？在我面前就怒着拔剑！怎敢这样放肆？噫，什么人在这里鼓噪？

色佛克　叛逆的瓦利克，带着一批伯利的人民，对我攻击。

内群众鼓噪声。骚兹伯利又上。

骚兹伯利　〔对内群众〕诸位，站开，你们的意思会要让国王知道。尊严的陛下，民众要我向你禀告，除非虚伪的色佛克立刻处死，或放逐于美丽的英格兰领土之外，他们要用暴力把他从你的宫里拖出，用酷刑使他慢慢地惨死。他们说，贤良的韩福瑞公爵是被他害死的；他们说，他们恐怕陛下也要遭他的毒手。他们所以这样大胆要求将他予以放逐，乃是纯然出于爱戴与忠诚的动机，绝无故意与陛下作对的顽抗的意图。

他们说，假如陛下有意安眠，不准有人惊扰，否则将使圣躬不悦，甚至处以死刑，可是虽然有此严令，若是发现一条舌端似叉的毒蛇，狡狯地向着圣体蜿蜒，那么为了顾及您的安全，便有把您唤醒的必要，否则在您安眠之际由它为所欲为，那毒蛇会使您从此长眠。所以虽然您禁止，他们还是要大声疾呼，不管您是否愿意，他们要保护您，使您不受像虚伪如色佛克之流的毒蛇所伤害。他们说，您的亲爱的叔父，品德比他高出二十倍，却被他的毒牙生生地害了性命。

民众　〔在内〕请国王答复，骚兹伯利大人！

色佛克　也许一般民众、粗鲁无知的乡民，能对他们的国王提出这样的意见。不过你，大人，居然愿为他们利用，来表现你是一个多么巧妙的雄辩家，但是骚兹伯利所能赢得的荣誉也不过是充任一群补锅匠所遣派晋见国王的代表罢了。

民众　〔在内〕请国王答复，否则我们要闯进去了！

亨利王　去，骚兹伯利，代我告诉他们大家，我感谢他们的善意关怀。即使他们没有这样地怂恿我，我也本来打算照他们所请求的那样做。因为，的确，我预料随时可能由于色佛克的作祟而有不幸的事件落在我的头上，我乃是上帝派来的不肖的代表，所以我现在对上帝发誓，此人不可再在本国散布毒氛，三日之内必须离开本土，违则处死。〔骚兹伯利下〕

玛格莱特　啊，亨利！让我来为高贵的色佛克辩护吧。

亨利王　有失高贵的王后，你喊他为高贵的色佛克！不要再提了，我说。如果你为他辩护，你只是增加我的愤怒。我说过的话，我决不能食言，我发过的誓，更是无从反悔的了。〔向色佛克〕如果三天之后你被发现在我所统治的领土之上逗留，全世界亦不够做你的性命的赎金。

来，好瓦利克，来，和我一同去。

我有重要的事情告诉你。〔亨利王、瓦利克、众贵族及其他下〕

玛格莱特　让不幸与悲哀和你一道去吧！让愤懑与苦痛做你的游伴来陪着你吧！你们两个是一对，让魔恶再来作为第三个，让三重的灾难跟着你们的脚步走！

色佛克　高贵的王后，停止这些诅咒，让色佛克黯然告辞吧。

玛格莱特　呸！怯懦的妇人，软心肠的东西！你连咒骂敌人的勇气都没有了吗？

色佛克　他们那群该死的东西！我为什么要咒骂他们呢？如果咒骂可以致人于死，像曼陀罗的呻吟声一般[12]，我便会创造出刻薄的词句，咬牙切齿地使劲地说出，听起来之尖刻毒狠，以及所表示的深恶痛绝，当不下于住在龌龊窟穴中的那个面容消瘦的“嫉恨鬼”[13]。我的舌头会因言辞迫切而变成结结巴巴；我的眼睛会像敲打燧石一般地迸出火星；我的头发会像疯子似的竖立起来；是的，每一肢体都好像是在诅咒绝决。我的这颗重负的心现在就要迸裂了，若是我不咒骂他们。愿他们喝的是毒药！他们所能尝到的最好的美味是胆汁，比胆汁还要苦的东西！他们的最舒适的休憩之所是一丛柏树！他们的最主要的可供观赏之物是杀人的妖蛇！他们所触到的最柔软的东西是像蜥蝎的刺螫一般的令人痛！他们的音乐是像蛇的嘶鸣一般的令人怕，一群不祥的鸮鸟凑满了这个音乐团！还有幽黯的地狱里的一切骇人的恐怖——

玛格莱特　够了，亲爱的色佛克，你是在折磨你自己。这些可怕的诅咒，像是太阳照在镜子上，又像是弹药装得过多的一尊大炮，向后弹射，把诅咒的力量冲到你自己身上了。

色佛克　你要我诅咒，又要我停止？现在，我指着我就要被逐出的这块土地起誓，纵然赤裸裸地站在寒风不准寸草生长的山巅之上，我也能不住地诅咒，把一个冬天的整夜诅咒掉，而认为不过是在游戏里消磨了一分钟。

玛格莱特　啊！我请你停止吧！伸过你的手来给我，让我在上面洒上我的悲伤的泪。不要让天上的雨水弄湿这个地方，冲毁我的伤心的纪念碑。啊！但愿这一吻能印在你的手上，〔吻其手〕你以后看到这两片嘴唇的印痕，就会想到当初为了你而发出千万声长吁短叹的这两片嘴唇。那么，你去吧，我好领略悲伤的滋味。你在身边的时候，那只是假想，有如一个吃得太饱的人悬想饥饿状态。我要把你召回，否则，你放心，我会设法把我自己也放逐出去；事实上我一离开你，我便是被放逐了。去，不要对我说话了，现在就走。啊！还不要走。两个被判罪的朋友就这样地拥抱亲吻吧，千次万次的告别，生离比死别还要百倍地难堪。现在要分离了，我的生命和你一起去了！

色佛克　可怜的色佛克就这样地尝受了十次放逐的滋味，一次是国王放逐我，九次是你放逐我。如果不是你在这里，这块国土我无所留恋。色佛克只要有你这样天仙一般的伴侣，荒野也是够热闹的，因为有你在的地方，那就是世界，连同世界的各种快乐都在内；若是没有你在，那便是一片荒凉。我不能再说下去了。愿你好好地生活下去，我自己没有快乐之可言，除了知道你是在好好地活着。

孚克斯上。

玛格莱特　孚克斯走得这样快，上哪里去？有什么消息，请问？

孚克斯　去报告国王陛下鲍福枢机主教已经垂危。他突患急症，气喘不已，两眼发直，作出透不过气来的样子，辱骂上帝，诅咒世人。有时候他喃喃自语，好像是韩福瑞公爵的鬼魂就在他的身边；有时候他呼喊国王，对着枕头细语，好像是对国王诉说他心中胀塞的秘密。我是奉派前去禀告国王他目前还在大声喊叫着他。

玛格莱特　去把这悲哀的消息禀告国王吧。〔孚克斯下〕哎呀！

这是什么世界！这是什么消息！可是我为什么要哀悼只能怀念一小时的一项丧亡[14]，而忘掉我的心中的至宝色佛克的长久放逐呢？色佛克，我为什么不专为你而哀伤，与南方吹来的朵朵乌云比赛洒泪，它们的泪水是为了大地的五谷滋长，我的是为了发泄悲哀？现在你快走吧。你知道国王就要来了，你若是被发现在我身边，你就没有命了。

色佛克　我若是离开你，我不能活。在你眼前死去，不恰似在你的怀里安眠一样的吗？在这里死我可以把我的灵魂放出来，从容宛转，有如摇篮中的婴儿含着母亲奶头死去；若是不在你眼前死，我会发狂，喊着要你来为我合眼，用你的嘴唇来堵塞我的嘴；不是你把我的要飞出去的灵魂堵截回来，便是我把灵魂吹进你的体内，然后它就算是住进了天堂。在你身边死，只是在笑谈中死去罢了；离开你的身边死，那是比死还要难受的酷刑。啊！让我留在此地，不管什么事情发生！

玛格莱特　走吧！别离虽然是腐蚀性药膏，但是该敷到致命伤口上去的。到法兰西去，亲爱的色佛克，让我得到你的消息，不管你走到天涯海角，我总会有一位爱丽丝[15]把你找到的。

色佛克　我走了。

玛格莱特　你把我的心也带去了吧。

色佛克　那将是一件珍宝，深锁在一个收藏贵重物品的得未曾有的最悲惨的匣子里。像是一只碎成两劈的船，我们分离了，我向这边去走向死亡了。

玛格莱特　我向这边去。〔分途下〕

第三景：伦敦。鲍福枢机主教之寝室

亨利王、骚兹伯利、瓦利克及其他上。主教卧于床上，侍者旁立。

亨利王　你好些了吗？对你的国王说话，鲍福。

鲍福　如果你是死神，我愿把英格兰的财宝都送给你，足够购买另外这样的一个岛，只要你准我活下去，并且不感痛苦。

亨利王　啊！这真是一生为恶的征象，死亡的来临使得他如此地害怕。

瓦利克　鲍福，你的国王和你说话呢。

鲍福　你愿在什么时候，就在什么时候审判我吧。他不是死在床上的吗？他应该死在哪里呢？啊！不要再拷打我，我愿招供。又活了？那么让我看看他在哪里，我愿出一千镑来看看他。他没有眼睛了，尘土已经把他的眼睛弄瞎了[16]。梳平他的头发。看！看！头发竖立着，像是涂了胶的树枝，竖在那里预备捕捉我的长了翅膀的灵魂。给我喝点儿什么。通知药铺老板把我买的强烈毒药送过来。

亨利王　啊，你这宇宙间永恒的主动者[17]！用温和的眼光看看这个可怜虫。啊！赶走那个到处乱闯的害人的恶魔，他正在极力困扰这可怜虫的灵魂呢，并且把那黑暗的绝望从他胸中给排除了吧。

瓦利克　看死亡的痛苦怎样地使他狞笑！

骚兹伯利　别惊扰他！让他和平地死去。

亨利王　让他的灵魂得到平安吧，如果上帝开恩！主教大人，如果你想要天堂的快乐，举起你的手，表示你的希望。他死了，没有表示。啊，上帝，饶恕他！

瓦利克　这样恶劣的死法证明生前必是作恶多端。

亨利王　不要裁判，因为我们大家都是罪人。合上他的眼睛，把帐幕拉起来，我们大家去祈祷吧。〔众下〕

注释

[1] 按史实，萨默塞在法统治无方，土地相继沦失，返回英国是在一四五〇年十月，此处所述之事乃发生于格劳斯特死后约三年，塔尔伯特之死（一四五三年七月）前约三年。（Brooke）

[2] 相传鳄鱼以哭泣诱引过客，至近身时跃起噬之。

[3] 参看袜带勋位的箴言：“Honi soit qui mal y pense.”（作此邪想者可鄙。）

[4] Morisco = morris-dancer，“毛利斯舞”是一种古怪的舞，舞者穿奇形

怪状的服装，腿上系着铃铛，通常是扮饰罗宾汉故事中人物，在十六世纪民间娱乐中为一常有之节目。

[5] 怪蛇王（basilisk）乃传说中之怪蛇，据说是由蛇孵雄鸡之卵而生，以其呼气及目光可以杀人。又名 cockatrice，鸡首龙尾，有翅如飞禽。希腊文 basileus 义为 a king，或译为“怪蛇王”。

[6]《马太福音》五章四节：“爱你的敌人。”

[7] 参看圣经《诗篇》第五十八首：“Even like the deaf adder that stoppeth her ears ; Which refuseth to hear the voice of the charmer: charm he never so wisely.”（恰似聋蛇之堵住双耳，行法者无论法术多么高妙，对之充耳不闻。）传说蛇以尾端塞入一耳，另一耳贴地上。

[8] 风神（Aeolus）藏风于窝穴之内。

[9] 脱爱战争之后，脱爱王子伊尼阿斯（Aeneas）浪游海外，路过迦太基（Carthage），为女王戴都（Dido）所热爱，伊尼阿斯终弃之而去。阿斯凯尼阿斯（Ascanius）是伊尼阿斯的儿子。据魏吉尔的《伊尼阿德》，讲述脱爱焚城事迹者是伊尼阿斯本人，非其子；投入戴都怀抱者非阿斯凯尼阿斯本人，是邱比得所扮饰。剧中云云似有误。

[10] 指耶稣基督。

[11]《马太福音》二十章八节园丁喻，耶稣募园丁，给予工资，喻召入天国。

[12] 曼陀罗（Mandrake）系一有毒植物，其根多叉作人形，据说在从土中被拔出时能作呻吟声，其声足以致人于死或疯狂，故采曼陀罗者以绳系之，绳之另一端系于狗身，使狗当其诅咒。

[13] “嫉恨鬼”（Envy），据奥维德的描写是居住在一窟穴之中，龌龊而黑暗，面容消瘦。

[14] at an hour’s poor loss，费解。据 Cairncross 注云：“The Cardinal，at his

age，has lost only a very short period of his life，and this is no great cause of grief.”其说颇新，但嫌牵强。威尔孙注:“i.e.for one I shall miss an hour or two.”似较胜。兹从后解。

[15] 爱丽丝（Iris）是天后鸠诺（Juno）的使者，也是彩虹女神。

[16] 据 Cairncross 转述 Vaughan 的意见，格劳斯特是被窒息扼杀的，此处所谓之“尘土”（dust）可能是指干草碎末制成的床垫（所谓 dust-bed）所漏出之尘土而言，亦不无见地。

[17] 亚里士多德以上帝为宇宙的原动力（Primus Motor of First Cause），推动宇宙间的天体，其本身则不动。

第四幕

第一景：坎特。多汶附近海岸

海上炮轰声。一船长、一驾驶长、一副驾驶长、瓦特·惠特摩，及其他，自船中登陆上；随上者有化装之色佛克，其他绅士等，俘虏等。

船长　光辉灿烂的、揭露隐私的、悲天悯人的白昼，已经爬进了海底，现在狂嗥的狼群惊动了为阴惨的黑夜之神拖车的飞龙[1]。那些飞龙用它们的迟缓低垂的翅膀遮覆了死人的坟墓，从它们的雾气腾腾的嘴巴里向空中喷出了黑暗的毒雾。所以把我们所俘虏的那些军人带出来吧，因为在我们的独桅船碇泊于当斯[2]的时候，就教他们在滩头缴纳赎金，否则就让他们血溅岸上使沙滩变色。驾驶长，这一个俘虏我奉赠给你了。你这位给他做副手的，你可以收下这一个。还有一个〔指色佛克〕，瓦特·惠特摩，算是你的一份。

绅甲　　我的赎金是多少，驾驶长？告诉我。

驾驶长　　一千克朗，否则摘下你的脑袋。

副驾驶长　　你也要出这样多，否则你的脑袋也要掉。

船长　　什么！你们有绅士的名义和派头，付两千克朗还嫌太多吗？割断这两个混蛋的咽喉！你们非死不可，我们在战争中损失的性命不能用这样小小的数目作抵！

绅甲　　我愿意缴纳，先生。饶我的命吧。

绅乙　　我也愿缴纳，立刻写信回家要钱。

惠特摩　　我在登上俘获的船厮打的时候，失掉一只眼睛，〔对色佛克〕所以为了报复起见一定要处死你。如果能由我决定，这两个也得死。

船长　　别这样鲁莽。收赎金吧，放他活命。

色佛克　　看看我的乔治勋章[3]。我是一位绅士，随便你怎样估量我，我一定照付。

惠特摩　　我也是绅士，我的名字是瓦特·惠特摩。怎么了！你为什么吓一跳？什么！死把你吓倒了？

色佛克　　你的名字吓倒了我，那声音就像死一样的可怕。一位术士曾经给我算命，告诉我会死在瓦特手里[4]，但是你不可因此而起杀心。你的名字若是正确地读起来应该是高蒂埃[5]。

惠特摩　　高蒂埃也好，瓦特也好，我全不介意。凡是丢脸现眼之事使我的名姓蒙受污损，我总是用我的剑来洗刷那个污点。所以，我若是像商人似的把复仇的机会出卖换钱，先让我的剑被折断，我的勋纹被扯下撕毁，我被昭告天下为一名懦夫吧！〔抓住色佛克〕

色佛克　且慢，惠特摩。因为你的俘虏是一位亲贵，色佛克公爵，威廉·德·拉·蒲尔。

惠特摩　色佛克公爵一身褴褛！

色佛克　是的，这褴褛不是公爵的一部分。周甫有时候也化装出行[6]，我为什么不可以？

船长　但是周甫从未被人杀害，像你之就要丧命。

色佛克　卑陋的无名小卒哇，国王亨利的血，堂堂的兰卡斯特家族的血[7]，是不能让这样一个贱奴来溅洒的。你不是曾经吻过我的手[8]，给我捧过马镫吗？不是光着头在我的披着毛毯的骡子旁边蹒跚步行过吗？不是在我摇头的时候你都觉得受宠若惊吗？我和玛格莱特一起宴会的时候，有多少次你曾为我斟酒，吃我的剩菜，在我的桌边下跪？想想这一切，你就该垂头丧气。是的，也该消一消你那荒谬的骄矜之气。你在我的接待室里是怎样地站立着恭候我走出来的？我这只手曾经为你写过介绍信，所以它可以降服你的胡言乱语的舌头。

惠特摩　船长，你说，我可以戳死这个不幸的家伙吗？

船长　先让我用言语来戳他，像他方才对我那样。

色佛克　下贱的奴才，你的言语是钝的，和你这个人一样。

船长　把他带走，在我们船上的大舢板旁边砍下他的头。

色佛克　为保全你自己的头你不敢这样做。

船长　是的，蒲尔。

色佛克　蒲尔！

船长　臭水[9]！臭水爵士！大人！是的，阴沟，泥塘，粪坑；那份脏秽污染了英国人饮用的清泉。现在我要堵起你的咧着的大嘴，因为怕你把全国的财宝都吞了下去；你那曾经吻过王后的嘴唇，要去扫地；你对韩福瑞公爵之死曾经得意地微笑，现在要你在无情的冷风之中无可奈何地狞笑，冷风为了表示轻蔑会再飕你一番。你胆敢撮弄一位伟大的君主去和一个既无人民财产又无王冠的毫无价值的国王的女儿缔婚，我现在要你去和地狱里的丑婆子[10]成亲。你用阴险狡诈的手段而变得有权有势，像野心的西拉[11]一般，把你祖国好多块的心头肉都给狼吞虎咽了。安茹与梅恩被你卖给了法兰西，狡诈叛变的诺曼人受了你的教唆而不肯对我们臣服，皮卡地杀了他们的几位总督，袭击我们的驻军，使得一群褴褛的士兵负伤归国。高贵的瓦利克和奈维尔全家的人因为恨你而已经动兵起事了，他们的威风凛凛的剑从来不是拔出来就算了的。现在约克一家，由于在无辜的国王[12]惨被杀害之后竟受骄纵篡夺的人所排挤而不得继承王位，满腔燃着复仇的怒火。他们举起了希望无穷的旗帜，上面画的是我们的冲破云雾的半面太阳，底下写着“虽有乌云遮掩”（Invitis nubibus）[13]。坎特这里的民众已经揭竿而起。总之，荒淫贫困侵入了我们国王的宫廷，全是你给造成了的。走吧！把他带走。

色佛克　啊！但愿我是一个神，用雷霆劈打这些卑鄙下贱的奴才。小人得意便要趾高气扬。这个混蛋，不过是个独桅船的船长，口气比强大的伊利义亚海盗巴格勒斯还要凶[14]。雄蜂不吸鹰血，只偷蜂蜜。我死在你这样的贱奴手里，那是不可能的事。你的话只能激起我的愤怒，不能引起我的悔恨。我是王后的信使前往法兰西去。我命令你，把我安全地送过海峡。

船长　瓦特！

惠特摩　来，色佛克，我一定要送你去死。

色佛克　Gelidus timor occupat artus.[15]（我的四肢吓得冰凉）。我怕的就是你。

惠特摩　在我离开你以前你是有理由怕我的。什么！你们现在怕了吧？你们现在俯首就范了吧？

绅甲　大人，求求他，对他说些好话吧。

色佛克　色佛克的威严的舌头是强硬粗鲁的，惯于发号施令，不会求情讨饶。对于这样的人我们绝不可以低声下气地恳求。不，我宁可引颈受戮，也不肯对上帝或国王以外的任何人屈膝；我宁可血淋淋地头挂高竿，也不肯向凡夫俗子免冠肃立。真正高贵的人无所恐惧，我敢承当的比你敢做的还要多些。

船长　把他拖走，不要教他再说了。

色佛克　来，军人们，尽量使出你们的残酷手段，好让我这一死永不被人遗忘。伟大的人物时常死于卑微的贱人之手。一个罗马的剑手和亡命的贱奴曾经杀死大众所敬爱的特列[16]；布鲁特斯的那只杂种的手曾经戳死了朱利阿斯·西撒[17]；野蛮的岛民曾经杀死庞沛大将[18]；如今色佛克死于海盗们之手。〔惠特摩及其他与色佛克同下〕

船长　至于我们已经定了赎金的这两个，我愿先放走一个。所以你和我们来，放他去。〔除绅士甲外，全下〕

惠特摩带色佛克尸体上。

惠特摩　把他的首级和尸体就停放在那里吧，等他的情妇王后来掩埋。〔下〕

绅甲　啊，好野蛮而凶残的景象！我要把他的尸首带给国王。如果他不为他报仇，他的朋友们会的，生前爱他的那位王后也会的。〔携尸体下〕

第二景：黑草原[19]

乔治·毕维斯与约翰·荷兰上。

乔治　来，拿一把剑，就是木片做的也成[20]。他们已经起事两天了。

约翰　那么现在他们格外需要睡下去。

乔治　我告诉你，制布匠人杰克·凯德打算把国家给打扮一下，翻做一下，给它一个新的绒毛整齐的面子。

约翰　他的确是需要这样做，因为它已经褴褛不堪了。哼，我认为自从绅士们大行其道以来，英格兰就不再是一块乐土了[21]。

乔治　啊，苦难的时代！做手工艺的人不受人尊重。

约翰　贵族人家以为穿上皮围裙是可耻的。

乔治　不，还有更糟的事呢。国王的左右都不是良好的工作者。

约翰　一点儿也不错。不过常言道："在你的本行之内要努力工作。"那也就是说，做官的人应该是做工的人，所以我们做工的人也应该做官了。

乔治　真让你说着了，因为一个优秀的头脑之最好的证明便是一只粗手。

约翰　我想起他们来了！我想起他们来了！我们有白斯特的儿子，文革姆村[22]的一个制革匠——

乔治　他可以把我们敌人的皮剥下来当作狗皮用[23]。

约翰　还有屠户狄克——

乔治　那么罪恶便可以像是一头牛似的被他砍翻，邪恶的喉咙像牛犊似的被他割断了。

约翰　还有织工斯密——

乔治　所以，他们的生命之线是织成了。

约翰　来，来，我们去和他们会合起来吧。

鼓声。凯德、屠夫狄克、织工斯密、一锯木匠及无数的人上。

凯德　本人约翰·凯德，这是我的想象中的父亲给我取的名字——

狄克　〔旁白〕还不如说这名字是由于偷了一小桶鲱鱼而来[24]。

凯德　因为我受神灵感召要来打倒帝王，我的敌人们就要在我面前倒下[25]——教大家肃静。

狄克　肃静！

凯德　我的父亲本是毛提默家族的一员——

狄克　〔旁白〕他本是一个老实人，是一个优秀的泥水匠。

凯德　我的母亲系出普兰塔真奈——

狄克　〔旁白〕我和她很熟，她是一个收生婆。

凯德　我的妻是雷西一家的后人[26]——

狄克　〔旁白〕老实说，她是一个小贩的女儿，卖不少的花边。

斯密　〔旁白〕但是最近背不动皮毛包裹去到处叫卖，就在家里给人包洗衣服了。

凯德　所以我是尊贵家庭出身的。

狄克　〔旁白〕是的，老实说，田地是尊贵的；他是出生在那里，就在一个篱笆底下；因为他的父亲根本不曾有过房屋，除了笼子之外[27]。

凯德　我是勇敢的。

斯密　〔旁白〕他非勇敢不可，因为做乞丐是要有勇气的。

凯德　我很能吃得苦。

狄克　〔旁白〕那是没有问题的，因为我看见过他在市集上连着三天挨鞭子抽。

凯德　　我不怕剑，也不怕火。

斯密　　〔旁白〕他无须怕剑，因为他的衣服是经过考验的。

狄克　　〔旁白〕但是我想他该怕火，因为他为了偷羊曾被人家在他手上打了烙印[28]。

凯德　　那么就放勇敢些吧。因为你们的首领是勇敢的，他发誓要进行改革。以后在英格兰卖三个半便士的面包只卖一便士；三道箍的酒杯将有十道箍[29]；并且我将规定喝淡啤酒为有罪。全国领土为大众所共用，我的坐骑要到买卖街[30]去吃草。等我做了国王——我是要做国王的——

众　　上帝保佑陛下！

凯德　　我多谢你们，善良的人民。国内将不使用钱币；大家吃喝全都记在我的账上；我要以同样的服装给大家穿;使大家和平相处有如兄弟，供奉我为他们的主人。

狄克　　我们要做的第一件事，让我们去杀死所有的律师。

凯德　　不，那正是我想做的事。这是不是一件可恨的事情，一只无罪的羔羊的皮竟做成为羊皮纸？那羊皮纸，上面涂些个字，就能毁了一个人？有人说蜜蜂的刺能螫人，但是我说，害人的是蜜蜂的蜡，因为我只消在一个文件上盖了印章，以后我便永远不是我自己的主人了。怎样！谁在那边？

一些人带查赞姆村之书吏上。

斯密　　查赞姆村的书吏。他能写能读能记账。

凯德　　啊，荒谬！

斯密　　我们捉到他的时候，他正在给孩子们写字帖。

凯德　　这是个坏蛋！

斯密　　他衣袋里有一本书，上面还有红字[31]。

凯德　　不，那么他是个术士。

狄克　　不，他能立合同契据，而且会写文书体的字。

凯德　　我很抱歉。说良心话，这人长得很漂亮。除非我发现他有罪，不能让他死。走过来，小子，我得审问你一下。你的名字叫什么？

吏　　义曼纽尔[32]。

狄克　　他们惯常把这个字写在信头上。他们对你不怀好意。

凯德　　你不要管。你是经常签你自己的名字，还是像一个普通老百姓按你自己的方式画个押？

吏　　先生，感谢上帝，我受过良好教育，我能写我自己的名字。

众　　他已经招认了。把他带走！他是一个坏蛋，一个叛徒。

凯德　　把他带走！我说：吊死他，把他的笔和墨水壶挂在他的脖子上。〔一些人带书吏下〕

迈克尔上。

迈克尔　　我们的统领在哪里？

凯德　　我在这里，你这伙计。

迈克尔　　逃，逃，逃！韩福瑞·斯塔福爵士和他的弟弟率领着国王的军队已经开到附近了。

凯德　　站住，坏东西，站住，否则我就打倒你。要有一个和他身份相等的人去和他对抗才成。他不过是一个武士罢了，是不是？

迈克尔　　不过如此。

凯德　　为了和他身份相等，我立刻封我自己为武士便了。〔跪下〕约翰·毛提默爵士起来吧。〔起立〕现在和他去斗吧。

韩福瑞·斯塔福与其弟威廉率军鸣鼓上。

斯塔福　　叛变的乡下人，坎特的垃圾渣滓，天生要上绞架的货，放下你们的武器，回到你们的茅舍里去，离开这个奴才。如果你们幡然转变，国王是会宽大为怀的。

威廉　　如果你们继续下去，国王就要赫然震怒，要让你们流血了。所以投降吧，否则就是死。

凯德　　这些穿缎袍的奴才们，我不屑于理他们，我要对你们讲话，善良的人民，以后我希望能够统治你们，因为我是王位的合法继承人。

斯塔福　　混蛋！你的父亲是一个泥水匠，你自己是一个剪布面绒毛的，不是吗？

凯德　　亚当还是个园丁哩。

威廉　　和那个有什么相干？

凯德　　老实说，是这样的：玛赤伯爵哀德蒙·毛提默娶了克拉伦斯公爵的女儿，是不是？

斯密　　是的，先生。

凯德　　她一胎生了二子。

威廉　　这不是事实。

凯德　　问题就在这里。我说，那是事实：大的一个，交给奶妈喂养，被一个乞丐婆子偷走了。他不知自己的出身和生身父母，长大了之后做了泥水匠。我是她的儿子。你若是能否认你就否认吧。

狄克　　不能，那是千真万确的，所以他必须做国王。

斯塔福　　先生，他曾在我父亲家里砌过一座烟囱，至今砖头俱在可资证明，所以你不能否认。

斯塔福　　这奴才胡言乱语不知所云，你们相信他的话吗？

众　　我们相信，所以你们滚吧。

威廉　　杰克·凯德，约克公爵教你这样说的？

凯德　　〔旁白〕他瞎说，因为这是我自己捏造的。好啦，小子。告诉国王，就说是我说的，看在他父亲亨利五世的面上，在那时代孩子们都曾为了赢法国克朗而去玩“掷钱戏”[33]，我愿意仍由他统治下去，但是我要做他的监护人。

狄克　　还有一点，赛大人出卖梅恩的公爵领邑，我们要他的头。

凯德　　而且有很好的理由。因为梅恩一失，英格兰等于断了一只肢体，若没有我的大力扶持，就不得不拄拐棍走路了。诸位国家的主人，我告诉你们，赛大人把我们国家给阉割了，使它变成了一个太监。而且他还说法国话，所以他是叛逆。

斯塔福　　啊，好可怜的蠢笨无知！

凯德　回答我呀，如果你能。法国人是我们的敌人。我只问这一点，一个会说敌人语言的人能成为一个好的大臣，还是不能？

众　不能，不能，所以我们要他的头。

威廉　哼，好话不听，就用国王的大军进攻他们吧。

斯塔福　传令官，去。到每个城镇去宣布，凡附和凯德起事的都是叛徒。在战事结束之前私自逃亡者，将在他们自家门口当着他们的妻室子女面前绞杀示众。你们忠于国王的人随着我来。〔二位斯塔福及军队下〕

凯德　你们喜爱平民的人随着我来。现在你们要露出男子汉的气概，是为自由而战。我们不留下一个贵族，一个绅士，除了鞋掌加钉子的之外一个也不饶，因为他们才是勤俭老实的人，这样的人是会参加我们这一边的，除非是他们不敢。

狄克　他们都已经列好阵形，对着我们开过来了。

凯德　我们的队伍越不成形，便是越好的阵形。来，开步走！向前进！〔众下〕

第三景：黑草原之另一部分

进军号。双方上场打斗，二位斯塔福均被杀。

凯德　阿施福的屠户狄克在哪里?

狄克　在这里，先生。

凯德　他们像牛羊一般在你面前倒了下去，你杀得兴起，就像是在你自己的屠宰场里似的。所以我要奖赏你，“四旬斋”要比现在的加一倍长，特许你每一星期屠宰九十九头牲口[34]。

狄克　我不希望更多。

凯德　说真的，你分所应得的也不应该比这再少。这胜利的纪念品，我要自己穿着起来。〔穿上韩福瑞·斯塔福爵士的铠甲〕这两具尸首拴在我的马脚上拖了走，直到我抵达伦敦，那时节会有市长的宝剑高高捧起作我们的前导。

狄克　如果我们欲成大事，就要打开监狱放出囚犯。

凯德　这事你不必担心，我向你保证一定要做。来，我们向伦敦进军吧。〔众下〕

第四景：伦敦。宫中一室

亨利王读一请愿书上，伯京安公爵与赛勋爵陪上；遥遥的，玛格莱特王后对着色佛克的头伤悼。

玛格莱特　我常听说忧伤使人心软，使它充满恐惧，使它萎缩。

所以想想复仇的事，停止哭泣吧。但是谁能看见这个而停止哭泣呢？他的头可以放在我的跳荡的胸口上，但是我要拥抱的身体在哪里呢？

伯京安　对于叛徒们的请愿书，陛下将怎样答复？

亨利王　我要派一位主教前去交涉，因为上帝不准这样多的愚蠢的生灵死于剑下！我不愿以流血战争的方式把他们斩尽杀绝，我宁愿亲自和他们的首领杰克·凯德当面谈判。但是且慢，我把它再读一遍。

玛格莱特　啊，野蛮的流氓们！这张可爱的脸曾经像一颗吉星似的支配着我，难道不能使那些不配看这张面孔的人们稍动怜悯之念吗？

亨利王　赛大人，杰克·凯德发誓要你的头。

赛　是的，但是我希望陛下能得到他的头。

亨利王　怎么了，夫人！还在哀悼色佛克的死亡？我恐怕，爱人，我若是死了，你不见得会这样地哀悼我。

玛格莱特　不，我的爱。我不哀悼，我会为你而死。

一使者上。

亨利王　怎样！有什么消息？你为何这样匆匆地来？

使者　叛徒们已经到了萨杂克[35]。逃吧，陛下！杰克·凯德自称为毛提默勋爵，为克拉伦斯公爵的嫡系，公开指责陛下为篡夺者，发誓要在西敏斯特自立为王。他的队伍是乌合之众，全是些乡下农民，粗鲁而残酷。韩福瑞·斯塔福爵士及其弟弟之死给了他们继续前进的勇气。所有的学者、律师、大臣、绅士，他们一律称之为虚伪的蟊贼，要置他们于死地。

亨利王　冥顽的人们哪！他们不知道他们做的是什么事。

伯京安　陛下，请先退避到吉林渥兹[36]，等着集合大军来把他们敉平。

玛格莱特　啊！如果色佛克公爵还活着，这些坎特的乱民很快就可以平定下去。

亨利王　赛大人，叛徒们恨你，所以和我一同到吉林渥兹去吧。

赛　那样可能使陛下本身处于险境。他们一见到我就会冒火，所以我愿留在城里，尽量秘密地独自过活便是。

又一使者上。

使者乙　杰克·凯德攻占了伦敦桥；民众纷纷弃家而逃；地痞流氓想乘机掠夺，也加入了叛变；他们扬言要洗劫全城和您的宫室。

伯京安　那么不要耽搁了，陛下。快走吧！上马去。

亨利王　来，玛格莱特。我寄望于上帝，他会来保佑我。

玛格莱特　现在色佛克一死，我是没有指望的了。

亨利王　〔向赛大人〕再会了，大人。不要信赖那些坎特的叛徒。

伯京安　不要信赖任何人，因为我怕你会被人出卖。

赛　我信赖的是我的清白，所以我胆大而坚决。〔众下〕

第五景：同上。伦敦堡

斯凯尔斯及其他在城墙上出现。若干人民自下方上。

斯凯尔斯　怎么样了！杰克·凯德被杀了吗？

民甲　没有，大人，不像要被杀的样子，因为他们已经占据了这座桥，杀死了一切抵抗他们的人。市长盼望您能从堡垒里派出援兵，保卫全城，抵拒叛徒。

斯凯尔斯　我能拨出的兵力，任凭你调遣。不过我自己在这里正穷于应付，叛徒们已经企图攻占这堡垒。但是你可以到斯密士菲德[37]去征集队伍，我可以派马休·高夫到那边去帮助你。为你的国王、你的国家和你们自己的性命而战吧。那么，再会了，因为我必须离开这里。〔众下〕

第六景：伦敦。堪南街

杰克·凯德及其党徒等上。他以杖击伦敦石[38]。

凯德　现在毛提默是这城的主人了。就在这里，坐在伦敦石上，我颁布命令，在我统治的第一年间，这“撒尿水管”[39]只准流放红葡萄酒，其费用由市府负担之。从今以后，任何人用毛提默大人以外的名义称呼我，一概以叛逆论。

一兵跑上。

兵　　杰克·凯德！杰克·凯德！

凯德　　就地格杀。〔左右杀之〕

斯凯尔斯　　如果这家伙是聪明的，以后他再也不叫你杰克·凯德了。我想他已经得到了很好的警告。

狄克　　大人，在斯密士菲德有一支军队集合起来了。

斯凯尔斯　　那么来吧，我们去和他们作战。但是首先要去放火烧毁伦敦桥，如果你们能够的话，把伦敦堡也烧掉。来，我们去吧。〔众下〕

第七景：同上。斯密士菲德

进军号。凯德及其部众自一方上；民众及由马修·高夫所率之国王军队自另一方上。交战。民众被击溃，马修·高夫被杀。

凯德　　好了，诸位——现在去几个人捣毁萨伏爱大厦[40]，再去几个人去捣毁那几所法学院。全都给夷为平地。

狄克　　我有一件事恳求大人。

凯德　纵然是想要一位勋爵的领邑，你既然肯这样称呼我，我也会答应给你的。

狄克　只是请求把英格兰的一切法律从您口中说了出来。

约翰　〔旁白〕噫，那将是苦痛的法律，因为他口边受了矛枪刺伤，还没有长好呢。

斯密　〔旁白〕不，约翰，那是恶臭的法律，因为他吃烤酪干满口臭气。

凯德　这事情我已经想到了，是要这样办的。去吧！把国内一切文件档案焚毁，我的嘴就是英格兰的议会。

约翰　〔旁白〕那么我们大概是要有一套会咬人的议会法案了，除非先把他的牙齿拔掉。

凯德　此后一切东西均为大家所共有。

一使者上。

使者　大人，一名俘虏，一名俘虏！我们抓来了那在法国出卖名城的赛大人，也就是逼迫我们缴纳十五分之二十一的地租税和最近每镑抽取一先令附加捐的那个人[41]。

乔治·毕维斯押赛勋爵上。

凯德　好，为了这个缘故他得要砍十次头。啊！你这位赛勋爵，赛哔叽勋爵，不，赛粗布勋爵[42]，现在你要受我们的王法的制裁了吧。把诺曼地放弃给法国太子“吻屁股先生”[43]，你对孤家寡人能作如何解释？当场的这些人，甚至毛提默大人本人，要让你知道，我乃是一把笤帚，要把你这样的秽物从朝廷中扫除净尽。你创立文法学校，极狡诈地败坏了全国的青年；我们的祖先以前并没有什么书籍，除了记账用的刻痕标签之外[44]，而你使得大家利用印刷[45]；而且，违反国王的地位与尊严，你创立了一座造纸厂[46]。我可以当面证明，和你交往的人们时常谈论着什么名词、动词，以及基督徒听了难以入耳的可怕的字眼儿。你曾派任好多位地方行政法官传询穷苦人民，问他们所不能回答的事情。并且，你曾把他们关在监牢里。只因他们不识字[47]，你就把他们绞杀了。其实正因为如此，他们最有资格活在世上。你曾骑过披着绣毯的马，是不是？

赛　那有什么关系？

凯德　哼，比你诚实的人们尚且穿着长裤短袄，你不该让你的马披起斗篷。

狄克　他们还穿着汗衫做工呢。至于我自己，举例来说，我就是一名屠夫。

赛　你们这些坎特的人呀——

狄克　你说坎特怎么样？

赛　我要说的只是这个：真是 bona terra, mala gens.[48]（地方好，人坏。）

凯德　把他带走！把他带走！他说拉丁文。

赛　只要听我说话，带我到哪里去悉听尊便。在西撒的《纪事录》里，坎特是被称为全岛上最文明的地区[49]：这地方是可爱的，因为充满了财富；人民慷慨、勇敢、活泼、富庶；因此我希望你们不会没有恻隐之心。我没有出卖梅恩，我没有失掉诺曼地，我愿牺牲性命去恢复这些失土呢。我一向执法尚宽，哀求与眼泪曾经感动过我，馈赠从来不能令我动心。什么时候我曾从你们手里征收一文赋税，而不是为了供应国王、国家和你们？我对于渊博的学者们致送大量的馈赠，因为我就是因我的学问而受到国王知遇的，而且我看出愚昧乃是上帝的诅咒，知识乃是助使我们升天的翅膀，除非你们是恶魔附体，你们一定会知道自制而不杀害我的。我这条舌头曾经为了你们的利益和外国的君王开过谈判——

凯德　嘘！你几曾在战场上动过一次手？

赛　大人物的手无远弗届[50]。我常打击我从未见过的人，而且把他们打死。

乔治　啊，荒谬的懦夫！什么，偷偷地在人家的背后下手！

赛　我为了你们的好处而彻夜不眠地工作，耗得脸色苍白。

凯德　打他一个耳光，就会使它变红。

赛　长久伏案，为了解决穷人的问题，害得我一身是病。

凯德　你就要有一根麻绳作汤，斧头作引，可以包治百病。

狄克　你为什么发抖？

赛　使我发抖的是瘫痪症，不是恐惧。

凯德　不，他在对我们点头呢。好像是在说，此仇必报。我倒要看一看，他的头挂高竿之后是不是可以稳定一些。把他带走砍头。

赛　告诉我，我犯了哪一宗大罪？我是贪求钱财荣誉了吗？说。我的箱子装满了横征暴敛的金子了吗？我的服装看上去是豪华耀眼的吗？我伤害了什么人，以至于你们要我死？我这两只手没有杀人的血腥，这胸中不曾藏过龌龊虚伪的念头。啊！让我活吧。

凯德　〔旁白〕听了他的话，我内心感觉懊悔了，但是我要克制这种感觉。他虽然为了他的性命辩护得这样好，他还是非死不可。把他带走！他的舌下有一个魔鬼，他没有以上帝的名义来说话。去，把他带走，我说，立刻砍下他的头。然后冲进他的女婿哲姆斯·克娄默爵士的家里，砍下他的头，把两颗头挂在两根竿子上拿到这里来。

众　就这么办。

赛　啊，同胞们！如果你们临终祈祷的时候，上帝也像你们一样的狠心，你们的灵魂将要有怎样的下场呢？所以还是慈悲一些，饶了我的命吧。

凯德　把他带走！照我命令你们的去做。〔一些人拥赛勋爵下〕全国最骄傲的贵族休想保全头颅，除非是向我输诚致敬；没有一个少女可以结婚，除非先把她的贞操先送给我[51]；男人们要直接尊奉我为主人；只要我心里想要，嘴里肯说，我随时可以下令把他们的妻子拿来供我享用。

狄克　大人，我们什么时候到买卖街去记账取货[52]？

凯德　立刻就去。

众　　啊！妙极了！

叛徒等携赛勋爵及其女婿之头又上。

凯德　　这不是更妙吗？让他们两个亲吻，因为他们活的时候是很亲爱的。现在把他们分开吧，否则他们又要商量着把法兰西更多的城池出卖。士兵们，展缓洗劫全城，到夜晚再动手，因为我要骑马巡游大街，挑着这两颗人头开道，代替权杖执事。在每个街道拐角之处让他们亲吻一次，走吧！

〔众下〕

第八景：同上。萨杂克

进兵号。凯德率全体乌合之众上。

凯德　　顺着鱼街走！走过圣玛格诺斯角！连杀带打！把他们丢进泰晤士河！〔谈判号声，退军号声〕我听到的是什么声音？我命令他们屠杀，有人敢吹起退军号或谈判号吗？

伯京安、老克利佛率军上。

伯京安　是的，敢来打搅你的人就在这里。凯德，你要知道我们乃是国王派来的代表，前来宣慰被你引入歧途的民众。凡是离弃你而和平返家的，一律宽赦不予追究。

克利佛　诸位同胞，你们意下如何？你们愿意悔过，接受国王特颁的恩典呢，还是任由一个叛徒领导你们趋于死亡？凡是爱戴国王接受他的赦免的，抛起他的帽子，高呼:“上帝保佑国王陛下！”凡是厌恨他的，不肯尊敬使法国全国战栗的他的父王亨利五世的，对我们挥动他的武器，走开便是。

众　上帝保佑国王！上帝保佑国王！

凯德　什么！伯京安与克利佛，你们敢如此大胆？还有你们，下贱的农民，你们相信他的话？你们一定要去受绞刑，脖子上挂着你们的赦罪状吗？我的剑已经打开了伦敦城门，而你们把我丢在萨杂克的白鹿酒店[53]，我以为你们在未恢复你们自古相传的自由权利以前是不会放下武器的，但是你们全是些懦夫贱种，喜欢在贵族之下过奴隶生活。让他们用重担压断你们的脊骨，夺去你们居住的房屋，当着你们的面强奸你们的妻女，至于我，我是会为我自己想办法的，所以，愿上帝的诅咒降在你们大家头上吧！

众　我们愿追随凯德，我们愿追随凯德！

克利佛　凯德是亨利五世的儿子吗，你们这样嚷着要跟了他走？他会领导你们穿过法兰西的心脏地区，使你们中间最低微的人成为公爵伯爵吗？哎呀！他没有家，他无处逃；他除了抢劫不知道怎样维持生活，所以只好掠夺你们的朋友们和我们。在你们吵吵闹闹的时候，你们最近征服的法国人若是突然越海而来征服你们，那岂不是一件可耻的事？我觉得在这同室操戈之际，我已经看见他们飞扬跋扈地在伦敦街道上走动，见人就喊混蛋！与其向一个法国人俯首求饶，不如让一万个出身卑贱的凯德失败。到法国去，到法国去！收回你们所损失的土地。饶了英格兰吧，因为那是你们的本国领土。亨利有的是钱，你们又是强大有力的，上帝在我们这一边，必获胜利无疑。

众　　拥护克利佛！拥护克利佛！我们愿追随国王与克利佛。

凯德　　〔旁白〕羽毛可曾这样轻轻地吹得东飘西荡，像这一群民众？亨利五世的威名可以迫使他们做出一百种祸事，可以让他们弃置我于不顾。我看出他们是在聚首密议，想要把我活捉。我的剑为我杀出一条路来吧，因为此地不可久留。不怕魔鬼与地狱，我要从你们最密集的人丛中间杀了出去！上天和荣誉可以为我做证，不是我缺乏决心，只是我的部下卑鄙无耻的叛变，逼得我不能不拔腿逃跑。〔下〕

伯京安　　怎么，他逃了？去几个人追他。凡能取他的首级献给国王的，可得一千克朗的赏金。〔数人下〕

随了我来，士兵们，我要想个办法使你们都能获得国王的饶恕。〔众下〕

第九景：坎尼沃兹堡

喇叭鸣。亨利王、玛格莱特王后与萨默塞在舞台楼上出现。

亨利王　在尘世间登极称王的人，可有谁比我更为需要内心和平的吗？我刚刚出生九个月，才从摇篮里爬出来，就被拥立为王。从来没有一个平民想做国王，像我想做平民那样地热心。

伯京安与老克利佛上。

伯京安　祝陛下健康，有好消息报告！

亨利王　啊，伯京安，是叛徒凯德被捕获了？还是被他兔脱，藏锋养锐去了？

凯德的若干徒众，颈上套着绞绳，自下方上。

克利佛　他逃了，陛下，他的部队全投降了，这样乖乖地在颈上套着绞绳，听候陛下裁判，断定他们是生是死。

亨利王　那么，天哪，敞开你的永恒的大门吧，接受我的感激与赞美！士兵们，今天你们已经赎回了你们的性命，已经表白了你们是如何地爱你们的君王与国家。如果你们永远保持这一份善良的心，亨利虽然命运不济，你们可以放心，他永远不会亏待你们的。现在我对你们大家表示感谢与宽恕，你们各自还乡去吧。

众　上帝保佑国王！上帝保佑国王！

一使者上。

使者　　启禀陛下，约克公爵新从爱尔兰回来，率领着强大的爱尔兰的斧头大队和轻装劲旅，浩浩荡荡地向这里开来。一路上宣称他动兵的目的只是要清君侧，把他所称为奸臣的萨默塞公爵铲除掉。

亨利王　　这就是我的处境，在凯德与约克之间两面受到困扰。像是一只船刚逃出一场风暴，喘息甫定，又有海盗强登上了船；凯德刚被击退，他的部下散走，约克又起兵来支援他。伯京安，我请你去会他，问问他这次兴动干戈有什么理由。告诉他我要把哀德蒙公爵送到伦敦堡去。萨默塞，我要把你关在那里，等到他的军队撤走为止。

萨默塞　　陛下，果于国家有益，我情愿去坐牢，或是去死。

亨利王　　无论如何，措辞不可过于严厉。因为他很凶横，受不住强硬的言语。

伯京安　　我知道，陛下。请您放心，我会应付，一切都会变得对您有益。

亨利王　　来，妻，我们进去，我要学习统治得更好一些，因为截至现在为止英格兰是可以咒骂我的无道。〔众下〕

第十景：坎特。艾敦的花园

凯德上。

凯德　野心算得什么！我自己又算得什么，有一把剑，而眼看着要饿死！这五天来我一直藏在这树林里，不敢向外探头，因为到处侦卒四出要围捕我。但是我现在太饿了，纵然可以享寿一千年，我也不愿再在此地停留了。因此，我翻过一堵砖墙到这花园里，看看能否找到草吃，或是捡一颗生菜吃，在这大热天里不无沁人脾胃之功。而且 sallet[54] 这个字一直对我大有助益。因为有好几次，若是没有一顶头盔，我的脑壳早就被褐色戟给劈裂了；又有好多次，我行军口渴，我利用它代替三夸特水壶；现在 sallet 这个字一定可以为我解饿。

艾敦率数仆上。

艾敦　主哇！一个人能这样幽静地散步，谁还愿意在宫廷过扰攘的生活？祖遗的这块小小的产业使我心满意足，抵得上一个王国。我不想排挤别人而自己变得有权有势，我也不因有所艳羡而聚敛钱财。能维持自己的生活，并且愉快地打发走上门的穷人，我于愿已足。

凯德　〔旁白〕这块土地的主人在此，我未得允许而闯进他的产业，他要把我当作流浪汉来抓我了。啊，坏蛋！你要把我出卖，你要把我的头献给国王，取一千克朗的赏金。但是在你我分手之前，我要让你像鸵鸟似的吃一点儿铁，把我的剑像一颗大钉子似的吞了下去[55]。

艾敦　嗳，鲁莽的朋友，你是干什么的，我不认识你，我为什么要出卖你呢？你闯进我的花园，像贼似的偷我的东西，不得主人许可就翻越我的墙，你这还不够，还要用无礼的言语来抢白我一番？

凯德　抢白你！是的，我指着从未溅过的最高贵的血液发誓，我还要侮辱你呢。你仔细看看我，我有五天没吃肉了，可是你过来，再加上你的五个仆人，如果我不能把你们打得直挺挺地死在那里，我祈求上帝我以后永远不必再吃草。

艾敦　只要英格兰存在一天，我不能让人议论，坎特的乡绅亚力山大·艾敦利用优势和一个可怜的饿汉决斗。你尽管瞪眼看我，试试看能否把我吓倒。四肢比四肢，你瘦小得多；你的手和我的拳头一比，像是一根手指；你的腿和这根粗棒子一比，不过是一根小棍子；我的一只脚就斗得过你所有的力量；我的胳膊若是高高举起，你的坟墓就算是已经挖好了。我的话和你的话是一般的夸大，不必再说下去了，我所没有说出的话就让我的这把剑来表达吧。

凯德　凭我的勇敢来说，这真是我从来没听说过的最会说话的斗士！钢剑哪，你若是在回到鞘里睡觉之前卷了刃，或是没能把这骨骼粗大的家伙砍成一块块的排骨肉，我要跪下来乞求周甫把你变成一堆铁钉子。〔二人打斗，凯德倒下〕啊，我被杀死了！不是别的，是饥饿杀死我的。纵然一万个魔鬼来攻击我，只消令我补足我所损失的十顿饭，我就不怕他们。枯萎吧，花园，你以后就成为所有居住这房子里的人们的坟地吧，因为凯德的不可征服的灵魂已经飞走了。

艾敦　我杀死的是凯德，那个荒谬绝伦的叛徒吗？剑哪，你立了大功，我要视你为神圣，等我死了之后把你挂在我的墓上。你刃上的血迹永远不要揩去，要像是勋纹似的佩带着它，以炫示你的主人所得的荣誉。

凯德　艾敦，再会了，为你的胜利而骄傲吧。把我的话告诉坎特，她丧失了她的最好的男子汉，并且劝全世界的人都做懦夫吧。因为我谁都不怕，如今被饥饿而非武力所征服了。

〔死〕

艾敦　你有多少地方对我不起，上天可以为我裁判。死吧，可恶的东西，你是你的生身母的耻辱！我用剑戳进你的肉体，我也希望能把你的灵魂戳进地狱里去。我要抓住你的脚跟把你倒拖了走，拖到一座粪堆，那便是你的坟，在那里我要砍掉你的可厌的头，呈献给国王，你的躯干留着喂乌鸦。

〔带仆众拖死尸下〕

注释

[1] 原文 jades，意为驽马，乃鄙夷语，实际是指“龙”(dragon)。

[2] Downs，坎特海岸外之碇泊所，外有 Goodwin Sands 环卫之。

[3] 袜带勋位（Order of the Garter）的勋章之一是圣乔治骑在马上屠龙的雕像，挂在一条蓝缎带或镶珠宝的颈链之上。色佛克是被亨利五世封为袜带骑士。

[4] Walter 音同 Water，“死于水”喻“死于瓦特之手”。见第一幕第四景第三十四行。

[5] Gaultier 是 Walter 之法文写法。

[6] 天神周甫（Jove）常喜化装游戏人间，有时易装为牧羊人。

[7] 色佛克声称为王室血胤，并无事实根据。据 A.W.Ward，其母为亨利六世之远房表亲。

[8] 原文 thy hand 疑是 my hand 之误。

[9] Pole 与 pool 同音，pool = a collection of stagnant water.（一汪死水）。

[10] 指 the Furies，复仇女神。

[11] 罗马大将 Lucius Cornelius Sulla or Sylla（公元前 138—前 78）于内战之后成为罗马的独裁者，实行罗马历史上第一次运用“公告死刑”（proscription）大规模诛杀异己。

[12] 指利查二世。

[13] = in spite of clouds，or even if the clouds are unwilling.“阳光冲破乌云”为利查二世的标志。拉丁原文来源未明。

[14] Bargulus 海盗的名字见 Cicero：*De Officiis*，Ⅱ. xi .10，那是伊利沙白时代学校中选用的课本之一。

[15] = cold fear takes hold of（my）limbs，语见《伊尼阿德》，7.446 或

Lucan：*Pharsalia*，1.246，惟稍有舛误。

[16] 特列（Tully）即 Marcus Tullius Cicero，西塞罗为罗马著名雄辩家及政治家，事实上据普鲁塔克所述，西塞罗乃死于“Herenius a Centurion，and Popilius Laena，Tribune of the soldiers.”（vi . 365）

[17] 据传说布鲁特斯是西撒的私生子，因其母 Servilia 曾为西撒之情妇，但事实上那是在其夫死之后，并且是在布鲁特斯生下之后。

[18] 庞沛（Pompey the Great）事实上是在战败逃抵埃及海岸寻求庇护时被埃王陶乐美雇人所杀，凶手们乃庞沛旧日部下一批百夫长。其首级被投海中。Chapman 所作《西撒与庞沛》第五幕第一景述及庞沛死于 Iesbos 岛，该剧约作于一六三一年，如该剧乃另一旧剧之改编，则莎士比亚此处所谓“岛民”可能亦系受此一旧剧之影响。

[19] 黑草原（Blackheath）乃一块公地，亦游乐场所，约二百余亩，在伦敦东南，一三八一年 Wat Tyler 领导之叛变及一四五〇年杰克·凯德所领导之叛变均以此为根据地，后以盗匪出没著名。一六〇八年高尔夫球戏初被介绍到英国，亦系在此举行。

[20] 道德剧中的“罪恶”（Vice）持木刀作武器。

[21] 一三八一年农民暴动时英国牧师 John Ball 的主张：“When Adam delu’d, and Eve span/Who was then a gentleman？”（亚当耕来夏娃织，那时谁又是绅士？）

[22] Wingham 在坎特伯来东七英里之一村庄。

[23] 狗皮可制手套。

[24] cade 是装五百条或六百条鲱鱼的“桶”。

[25] 拉丁文 cado（= I fall），故凯德因以为姓，表示“打倒”之意。

[26] the Lacies 是 the Earls of Lincoln 的族姓，与 laces 音同。

[27] 笼子（cage），通常放在市场，为妓娼或流氓而设之小型监牢。

[28] 偷窃者在手上打烙印 T 字，代表 thief。

[29] 酒杯为木制，上有三道箍，可装酒一夸特，若有十道箍则可装酒三夸特余，言以同一数量之金钱可购得三倍余之酒也。

[30] 买卖街（Cheapside，cheap 古英文，= buying and selling），伦敦之主要交易地，系一条街道，由西边之 St. Paul's Church-yard 通至东边之 Poultry。

[31] 大概是一本学校里用的启蒙教科书，其中大写字母是红色的。亦可能是指日历，节日是红字。

[32] Emmanuel（= God with us）是昔时写在信函、契据等开端之处的一个字，表示虔敬之意。

[33] span-counter，儿童游戏，一童掷一钱币或筹码，另一童再掷一币或筹码，如能击中前者，或到达前者九寸距离以内，即为胜利。译者按：此语暗指亨利五世之率军远征法兰西扬威海外，英国人民引以为荣。

[34] 四旬斋（Lent），自圣灰日至复活节前夕之四十个周日（weekdays），禁止屠宰，非食肉不可之病人等则可获特许食肉，其余则一概改食鱼类。四旬斋加倍延长，特准屠宰则是一大特权。原文 for a hundred lacking one，Harrison 解作：i.e. to supply meat for ninety-nine families. 而一般解释则为 ninety-nine beasts a week. 政府厉行禁屠措施，一则节省食肉，一则鼓励渔业，乃所以维持船舶渔人港口设施，以为海军力量之储备。

[35] 萨杂克（Southwark），伦敦桥南端之一镇。

[36] Killingworth 即 Kenilworth，当地人时常读 Kenilworth 为 Killingworth，为瓦利克郡中一城市。

[37] Smithfield，伦敦屠宰商麇居地区。利查二世与叛徒等会晤，及

Wat Tyler 被杀，均在此地。

[38] 伦敦石（London Stone），古代遗留的一块巨石，可能是罗马人留下的一块里程碑，原址在堪南街的南边。据 Camden 说此乃市中心之里程碑。(《莎士比亚的英格兰》卷二第一六五页)。

[39] 撒尿水管（pissing-conduit），是供水的一个导管或泉头，管细而水流量小，故有此俗名，其地址在 Cheapside 西端，近 Threadneedle St. 与 Cornhill 之交叉路口。

[40] 萨伏爱（the Savoy）本为兰卡斯特公爵在伦敦之寓邸，此处提起萨伏爱显系时代错误，因其于一三八一年已被 Wat Tyler 捣毁无余，直至一五〇五年始行重建大厦，改为法律业务人员之招待所。

[41] 地租税是十五分之一（有时是十分之一），此处所谓“十五分之二十一”，是滑稽的夸大说法，极言其税率之高。“附加捐”是为应付特殊事项而征收以增加国王收入者。

[42] say 是一种近似哔叽之丝织品，故有此戏语。

[43] Monsieur Basimecu（= baise mon cul = kiss my backside）是对法国人之普通的轻蔑的称谓，言其具有胁肩谄笑之态度也。

[44] score and tally，原始的记账方式。一条木签上刻横痕作为账目，然后木签一劈为二，债权人与债务人各执一片为凭。或谓 score 专指用粉笔写在酒店门背后的账目。

[45] 英国第一本印刷的书籍出现在一四七七年，而凯德的叛变是在一四五〇年。

[46] 事实上第一座造纸厂成立于一五八八年。

[47] 所谓不识字者盖言其无法援引“教士特权”（benefit of clergy），以前罪犯若欲援引此项特权以期免刑者，例需高声诵读第五十一首赞美诗的前数行（拉丁文本）。

[48] = good place，bad people. 此语来源不详。

[49] *Caesar's Commentaries on the Gallic War* 第五卷:“Ex his omnibus sunt humanissimi qui Cantium incolunt.”(= Of all the inhabitants of this isle the civilest are the Kentish-folke.)

[50] 谚云: Kings have long hands.

[51] 即古代所谓“初夜权”(Ius primae noctis)。

[52] upon our bills，双关语:(一)用剑戟之类的武器，即掠夺之意;(二)用记账方式，即不付钱之意。

[53] 白鹿酒店(White Hart)在泰晤士河南岸的萨杂克，据何林塞的记载，凯德居住在该酒店内，叛变的路线是由南岸起事，攻占伦敦桥，越桥进入北岸市区。

[54] sallet，双关语:(一)生菜;(二)轻便的头盔。

[55] 传说鸵鸟能吃铁钉。

第五幕

第一景：坎特。达特福与黑草原之间的田野

国王的军营在一边。约克及其爱尔兰队伍执旗鸣鼓自另一方上。

约克　约克现从爱尔兰归来要求他的权利，要从庸弱的亨利头上夺取王冠。响吧，钟，要大声些;烧吧，烽火，要烧得通明大亮，来迎接伟大的英格兰的合法的国王。啊，神圣的威严[1]，谁不愿出高价购买你？不能令者就该受命；这只手是命中注定只要掌握黄金制品的[2]，我无法使我的语言发生效果，除非手里有一把宝剑或一根王杖来增加它的分量。我是有灵魂的，这只手也必须有一根王杖，而且我要在杖端高高地嵌上法兰西的鸢尾花[3]。

伯京安上。

什么人来了？伯京安，来找我的麻烦？一定是国王派他来的，我必须装假。

伯京安　约克，如果你是怀着善意，我也善意地问候你。

约克　伯京安的韩福瑞，我接受你的问候。你是奉命而来，还是自动而来？

伯京安　是我们的威严的主上亨利派来的使者，来问你在这承平时代为什么兴动干戈。你和我一样的是个臣民，何以要违反对国王效忠的誓约，不得他的允许擅自集合大军，而且胆敢把军队带到离宫廷这样近的地方。

约克　〔旁白〕我几乎说不出话来了，我太气愤了。啊！我可以劈开巉岩和石头作战，我听了这些卑鄙的言辞实在愤怒之极。现在，我可以像台拉蒙的儿子哀杰克斯一样，把我的怒火发泄在牛羊群上去[4]。我的出身比国王高得多，更像一位国王，我的思想更有王者的气概，但是目前我必须虚与委蛇，等到亨利愈弱，我变得更强。〔高声〕伯京安，我一直没有给你答复，请你原谅我，我的心为沉重的忧郁所困扰。我带军队前来的缘故乃是要把骄傲的萨默塞从国王的左右铲除，他对国王和国家都有危害。

伯京安　你未免过于胆大妄为了。不过如果你动兵并无其他目的，国王是已经顺从你的要求了，萨默塞公爵已经关在伦敦堡里了。

约克　凭你的名誉说话，他是被囚禁了吗？

伯京安　以我的名誉为誓，他是被囚禁了。

约克　那么，伯京安，我就遣散我的军队。士兵们，我感谢你们全体，你们都散去吧。明天到圣乔治操场[5]去会我，你们可以领取你们的薪饷以及一切你们所想要的。〔士兵等下〕[6]我的长子，不，我所有的几个儿子，都可以交给我的贤明的国王亨利，作为我的忠诚拥戴的保证。我会心甘情愿地把他们都送过去，就像我愿意活命一般。只要把萨默塞处死，土地、财物、马匹、铠甲，我所有的一切，全归国王使用。

伯京安　约克，我赞赏你这善意的归顺，我们两个一起到国王的帐篷里去。

亨利王率侍从等上。

亨利王　伯京安，约克这样地和你挽着胳膊而来，是否没有不利于我的意思？

约克　约克以所有的臣服恭顺之心前来觐见陛下。

亨利王　那么你带这些军队是何用意？

约克　为了铲除奸臣萨默塞，并且敉平那凶恶的叛徒凯德，后来我听说他已被击溃。

艾敦提凯德首级上。

艾敦　如果一个粗鲁卑微的小民也可以在一位国王的面前出现，请看！我现在把一名叛徒的首级呈献陛下，凯德的首级，是我所格杀的。

亨利王　凯德的首级！伟大的上帝，你是何等的公正！啊！他既已死亡，让我看看他的脸，他活着的时候给我惹了那样大的麻烦。告诉我，朋友，是你杀死他的吗？

艾敦　是我，启禀陛下。

亨利王　你叫什么名字，是什么身份？

艾敦　亚力山大·艾敦，这就是我的名字，爱戴国王的一个坎特穷苦士绅。

伯京安　如果陛下愿意，为了他的大功而封他为爵士，亦不为过分。

亨利王　艾敦，跪下。〔他跪下〕以爵士身份站起来吧。我酬劳你一千马克，以后你可在我身边伺候。

艾敦　愿艾孰能长久报效，不负王恩，并且尽忠主上到死不渝！

亨利王　看！伯京安！萨默塞和王后来了。去，让她快快把他藏起，不要让公爵看到。

玛格莱特王后与萨默塞上。

玛格莱特　就是有一千个约克，他也无须藏藏躲躲，可以大胆地站出来和他当面对抗。

约克　怎么！萨默塞被开释了？那么，约克，发泄你的长久郁结在心中的思想吧，心里怎样想就怎样地说吧。我能忍受萨默塞的出现吗？狡诈的国王！你为什么对我背信，你明知我是不肯受骗的？我方才称你为国王吗？不，你不是国王。你不适宜于统治人民，因为你既不敢，亦不能，控制一个叛贼。你的头不配戴上王冠，你的手是生来该握香客的拐杖，不配掌握威严的王杖。那顶金箍应该环绕着我的头额，我的一颦一笑像是阿奇利斯的矛枪一般的能生能杀[7]。这是一只掌握王杖的手，同时可以执行国法。让位吧。我指天为誓，上天创造的一位统治者，他是你的统治者，你不可以再统治他了。

萨默塞　啊，荒谬的叛徒——约克，我以你对国王大逆不道的罪名逮捕你。服从吧，狂妄的叛徒，跪下求饶。

约克　你要我跪吗？先让我问问这些人，他们是否准许我向人屈膝。小子，去喊我的几个儿子来为我作保。〔一侍者下〕我知道他们不会看着我被捕的，他们为了我的自由会拿他们的剑作赌注。

玛格莱特　喊克利佛来。叫他立刻来，让他说一声约克的几个杂种孩子能否为他们的叛逆父亲作保。〔伯京安下〕

约克　啊，沾染血腥的那不勒斯人[8]，那不勒斯的亡命者，英格兰的血淋淋的灾祸！约克的儿子们，出身比你高，可以为他们的父亲作保，拒绝他们来为我作保的人就要遭受毁灭的打击！

爱德华与利查·普兰塔真奈率军自一方上；老克利佛及其子亦率军自另一方上。

看，他们来了，我担保他们会办得到。

玛格莱特　克利佛来了，来拒绝他们作保。

克利佛　〔跪下〕祝国王健康幸福！

约克　我谢谢你，克利佛，你有什么消息报告？不，不要露出一副怒容来吓我。我是你的主上，克利佛，再跪下去。你错认了人，我原谅你。

克利佛　这一位才是我的国王，约克，我没有认错人。你以为我认错了人，你才是认错了我。把他送进疯人院！这个人发疯了！

亨利王　是的，克利佛，疯狂的野心使得他和国王作对。

克利佛　他是叛逆，送他到伦敦堡，砍下他那个犯上作乱的头。

玛格莱特　他已被捕，但是不肯就范，他说他的两个儿子会为他说句作保的话。

约克　你们肯不肯，儿子？

爱德华　我当然肯，父亲，如果我们说的话能发生效力。

利查　如果说话无效，我们的武器可以生效。

克利佛　噫，这真是一窝叛徒！

约克　照照镜子，这样地称呼你自己的影子吧。我是你的国王，你是一个有二心的叛徒。把我的两只勇敢的熊[9]带到这儿的桩子上，他们一摇晃锁链，就会把这些伺机蠢动的恶狗吓倒。让骚兹伯利和瓦利克来见我。

鼓声。瓦利克与骚兹伯利率军上。

克利佛　这就是你的熊？如果你敢把他们带到斗熊场上来，我们就要把你的两只熊斗得精疲力竭而死，而且就用他们的锁链把那养熊的人给锁起来。

利查　我常看见一只狂妄暴躁的狗，越牵扯着它，它越要跑回去咬；等到放松它，吃了熊掌的苦头，就夹着尾巴大叫起来了。你就会做出同样的事，如果你敢和瓦利克大人作对。

克利佛　滚开，你这一团怒火，外形丑陋的大块头，你的风度和你的形体是一样的不正[10]！

约克　不，我们很快地就要使你热得发汗。

克利佛　要小心，否则你们的怒火要烧毁你们自己。

亨利王　瓦利克，你见了我为什么忘记屈膝？老骚兹伯利，你对不起你那一头银发，你把你的疯疯颠颠的儿子都带领坏了！怎么！你临死还要作恶，戴着眼镜找烦恼？啊，诚心哪里去了？忠心哪里去了？如果已被放逐不在白头之上，它能在什么地方找到安身之所？你想引起战争自掘坟墓，用血来玷污你的耆硕之年？你何以年老而还缺乏经验？如果你有经验，何以不知善加利用？好不知羞！你这一大把年纪，腿就要伸到坟墓里去了，快对我屈膝为礼吧。

骚兹伯利　陛下，我自己已经考虑过这一位名重一时的公爵所主张的权利。凭我的良心，我承认他是英格兰王位的合法继承人。

亨利王　你不是曾经对我宣誓效忠的吗？

骚兹伯利　我是。

亨利王　既有过这样的誓言，能不上干天谴吗？

骚兹伯利　宣誓作恶便是大大的罪恶，但是信守一个罪恶的誓言乃是更大的罪恶。谁能受任何庄严誓约的拘束，去做杀人的勾当，去抢人，去破坏纯洁少女的贞操，去霸占孤儿的继承遗产，去强夺寡妇之按照习惯应享的权利，而且做出这些错事没有别的理由，只是因为受了一个庄严誓约的拘束?

玛格莱特　狡猾的叛徒都善于强辩。

亨利王　喊伯京安来，让他武装起来。

约克　喊伯京安来，以及你所有的一切朋友，我是决心不惜一死或是维护我的荣誉。

克利佛　你的前一志愿我担保你可以达成，如果梦能实现。

瓦利克　你最好上床再去做梦，免受战场上的风波。

克利佛　我决心应付比你今天所能唤起的更大的风暴，而且我要把这番决心写在你的头盔之上，只要我看到你的家族徽章把你辨认出来。

瓦利克　好，我指着我父亲的徽章为誓，我今天一定要把古老的奈维尔家族的顶饰，锁在一根粗糙木棒之上的一只竖立的熊[11]，高高地佩戴在我的头盔之上——好像高山顶上矗立的柏树，任凭风雨吹打而枝叶无恙——为的是让你一见就怕。

克利佛　我要从你的头盔上扯下你的那只熊，放在脚下轻蔑地践踏，不理会那个保护熊的守熊人。

小克利佛　战无不胜的父亲，我们就去动武吧，克服这群叛徒及其从犯。

利查　呸！要存心宽恕！太可耻了！不要以嫉恨的心情说话，因为今晚你要和耶稣基督共进晚餐了。

小克利佛　丑陋畸形的东西，那不是你所能决定的。

利查　你这顿晚饭不是在天堂，必是在地狱里。〔众分途下〕

第二景：圣阿尔班斯

进军号。两军绕台疾行。瓦利克上。

瓦利克　康伯兰的克利佛，是瓦利克在喊你呢。如果你不是存心躲避我这只熊，那么现在进军的喇叭正在怒鸣，杀声震天，克利佛，我说你走出来呀，和我对打！高傲的北方之强，康伯兰的克利佛，瓦利克喊你作战，喊得喉咙都哑了。

约克上。

怎么，我的好大人！怎么！徒步作战？

约克　凶狠的克利佛杀了我的坐骑，不过我也和他打了个平手，我把他所心爱的那匹骏马也给弄成乌鸦鸢鹰啄食的材料了。

老克利佛上。

瓦利克　对于我们之中的一个，或是我们两个，机会来了。

约克　且慢，瓦利克！你去追寻别的猎物吧，因为我一定要追逐这只鹿，置之于死地。

瓦利克　那么，好好地打吧，约克，你是为了一顶王冠而战。克利佛，我本想今天大获全胜，如今轻轻把你放过，我心里难过极了。〔下〕

克利佛　你在我身上看出什么来了，约克？你为什么停住了？

约克　我该爱你这英勇的气概，但是你是我的深仇大敌。

克利佛　你的威风也是应受赞美与敬重的，可惜是表现在无耻的叛变上面。

约克　我是在公正而合理的名义之下表现我的威风，所以让我的威风帮助我抵抗你的剑吧。

克利佛　我的灵魂与肉体全都系于此一决战！

约克　好可怕的一个赌注！你立刻准备吧。

克利佛　La fin couronne les oeuvres.[12]（工作的胜利系于最后的结局。）〔二人打斗，克利佛倒下而死〕

约克　战争给了你和平，你已不能动弹。
让他的灵魂安息吧，如果你愿意，天！〔下〕

小克利佛上。

小克利佛　又丢人又混乱！全都溃散了。恐惧造成紊乱，紊乱在该防守的地方反倒造成伤害。啊，战争！你是地狱的儿子，震怒的上天利用你作他们的代理人，请你在我方将士的冰冷的心胸之中投入复仇的烈火吧！不要教士兵逃跑，真正献身于战争的人是不知爱惜自己的。爱惜自己的人不能有勇敢之名，除非是偶然地于无意中得之。〔见父尸〕啊！让这恶劣的世界毁灭吧，让那预先注定的世界末日的大火把天地织成一片吧。现在吹起那有关全体人类命运的喇叭吧，不要再谈什么私人的琐事，不要再发什么猥细的呼声了！——亲爱的父亲，你莫非是命中注定，在和平中消磨了你的青春，到了须发皤皤老成睿智之年，该坐在安乐椅中受人景仰，反倒这样地死于混战之中？一看到这个景象，我的心变成石头了。既有这样的一颗心，我也只好硬起心肠。约克不肯放过我们的老年人，我也将不放过他们的婴儿。女人的眼泪对于我将如露水之对于烈火，能使暴君心软的美貌，对于我的怒火将如油与麻。此后我将没有一点儿恻隐之心，我若是遇到约克家族的一个婴儿，我就要像温柔的米地亚之对付她的弟弟阿伯色特斯一样[13]，把它剁成一块块的，我要以残酷手段树立我的威名。来，你这老克利佛家族的新死鬼，〔扛起尸体〕像伊尼阿斯背起他的老父安凯西斯一般[14]，我现在把你扛在我的强壮的肩头之上。不过伊尼阿斯当时扛的是一副活的担子，没有我的这份伤心那么沉重。〔下〕

利查与萨默塞相斗上，萨默塞被杀。

利查　好，你就躺在那里吧。因为在一个酒店的破招牌之下，圣阿尔班斯的“堡垒酒店”的招牌之下，萨默塞已因一死而使得那个女巫成名[15]。
剑，保持你的锋利；心，永远充满愤怒。
牧师们为敌人祈祷，贵族们只知道杀戮。〔下〕

进军号。两军绕台急行。亨利王、玛格莱特后及其他上，引兵退。

玛格莱特　走哇，陛下！你太慢了，真要命，快走吧！

亨利王　我们能逃得过上天吗？好玛格莱特，不要走了。

玛格莱特　你到底是怎样的一块料？你既不战，又不逃。现在智勇双全的自卫之道便是对敌退让，尽一切可能保障我们的安全，而除了逃走之外也实在别无他法可想了。〔遥闻进军号〕如果你被俘，我们要遭遇厄运到底了。但是如果我们能逃得脱，而且如非误于你的疏忽我们大有逃脱的可能，那么我们便可逃抵伦敦，在那里我们是受爱戴的，在那里我们命运上的这个缺口很快地即可填塞起来。

小克利佛又上。

小克利佛　若不是决心以后再图报复之计，我宁可说辱骂您的话，也不肯劝您逃跑，但是您必须逃走，我们所有的将士都怀着不可救药的沮丧的念头。走吧，为了您的安全！
我们总有一天能见到他们今天这样的胜利，
把我们的不幸的命运丢到他们头上去。
走吧，陛下，走吧！〔众下〕

第三景：圣阿尔班斯附近战场

进军号。退兵号。奏花腔，然后约克、利查、瓦利克及士兵等，偕旌旗鼓乐上。

约克　关于骚兹伯利，谁能为他作一报告。那一头老迈的狮子，他在狂怒之下忘记了年龄和时间的影响，像是正当青春的勇士，抓住机会便勇往直前？如果我们折了骚兹伯利，今天这个快乐的日子无乐趣之可言，我们今天也不曾获得尺寸的土地。

利查　我的高贵的父亲，今天有三次我扶他上马，三次跨在他身上保护他；三次我领他走开，劝他不要再行战斗，可是凡是危险的地方，我在那里总是遇见他；像是一座朴素的房屋里面有富丽的墙帷，他的衰老的身体里面有旺盛的意志。他确是高贵得很，看，他来了。

骚兹伯利上。

骚兹伯利　我凭着我的剑发誓，你今天打斗得好。老实说，我们都打得好。我谢谢你，利查。我还能活多久，只有上帝知道。由于上帝的安排，你今天保护了我三次，在我濒于死亡的时候解救了我。好，诸位大人，我们尚未巩固我们已得的胜利，我们的敌人现在是溃逃了，这还不够，因为他们是会卷土重来的强敌。

约克　我知道为了我们的安全计，应该去追赶他们。因为，我听说，国王逃往伦敦去了，准备立即召集御前会议。在开会通知书没有发出之前，我们去追他吧——瓦利克大人以为如何？我们要不要追他？

瓦利克　追他们！不，要跑到他们前面，如果我们能。凭我这只手发誓，诸位大人，今天是光荣胜利的日子，圣阿尔班斯战役，有名的约克大获全胜，将永垂青史，万世不朽。

战鼓和喇叭，响起来，全体向伦敦前进。

愿更多这样胜利的日子来临！〔众下〕

注释

[1] Sancta majestas = sacred majesty，语见 Ovid：*Ars Amatoria*，iii.407，原指古代对诗人之崇敬，此处借用指王者之威严。

[2] 指国王佩带的金质的剑柄。

[3] flower-de-luce（fleur-de-lis）鸢尾花，法国王室纹章上的花饰。

[4] 哀杰克斯（Ajax）是台拉蒙（Telamon）的儿子，因阿奇利斯死后其遗留之武器判归优利赛斯所有，而没有判归给他，狂怒之下，误认羊群为敌，一举而屠戮之。

[5] 圣乔治操场是泰晤士河南岸的一片宽大的平地，为主要的训练民团的操场之一，因邻近圣乔治教堂而得名。

[6]〔士兵等下〕见四开本，对折本删。仍以保留为佳。

[7] 希腊神话，Telephus（King of Mysia）与阿奇利斯决斗，被其长矛

刺伤，据神谕伤口无法可疗，只有原来致伤之长矛可以治疗，于是化装为乞丐潜入对方，乞求优利赛斯代为刮取阿奇利斯长矛之锈，卒告痊愈。

[8] 玛格莱特的父亲是瑞尼叶（Reignier），他宣称是那不勒斯国王，事实上他的父亲是曾为国王，他本人从不曾登国王之位。

[9] 骚兹伯利与瓦利克被称为“熊”，因为“熊与木棒”是瓦利克家族的徽章。

[10] 利查，后来成为格劳斯特公爵与国王的利查三世，身体是畸形的，臂缩背驼，参看《亨利六世下篇》第三幕二景一五三至一六二行。

[11] 此处莎士比亚有误。瓦利克的微章（熊与粗木棒）不是从他父亲继承而来，而是来自其妻所属之 Beauchamp 家族。再所谓 staff，据 Cairncross 注，“木棒是在必需时塞入熊口之用，可能是为抢救群狗。”

[12] = The end crowns the work. 亦即拉丁文之 finis coronat opus 的法文翻译。

[13] 希腊神话，米地亚（Medea）为 Colchos 国王之女，善巫术，助希腊英雄 Jason 取得金羊毛，相偕而逃，为延迟其父之追逐曾杀死其弟 Absyrtus 并肢解之，一块块地投之于海。故事见 Ovid：*Tristia*, 3.9.25—28。

[14] 伊尼阿斯（Aeneas），脱爱大将，被希腊人围攻破城之后背负其老父逃亡，至意大利之 Latium，相传为罗马之始祖。

[15] 女巫朱尔丹预言萨默塞死于“堡垒”，（见第一幕第四景第三十六至三十九行），如今果然死于“堡垒酒店”的招牌之下，招牌上画着一个堡垒。

亨利六世（下）

The Third Part of King Henry the Sixth

序

一　版本及著作人问题

《亨利六世下篇》，和中篇一样，有两个版本，一个是一五九五年的四开本，其标题页如下：

The true Tragedie of Richard / Duke of York, and the death of / good king Henrie the Sixt, / with the whole contention betweene / the two Houses Lancaster / and Yorke, as it was sundrie times / acted by the Right Honoura- / ble the Earl of Pem- / brooke his seruants./ Printed at London by P. S. for Thomas Milling- / ton ... / 1595.

另一个是一六二三年的第一对折本。

四开本是 *The Contention* 的延续，所以没有登记。也没有著者姓名。一六〇〇年重印，是为第二四开本。一六一九年这个四开本与 *The Contention* 合刊，易名为 *The Whole Contention*，标明为莎士比亚所作，而且声明“新加修订并增补”。

现代一般公认这一个四开本是一个“恶劣的四开本”，是根据第一对折本所采用的版本经由演员口头报告拼凑而成的，不是最早存在的版本而以后被莎士比亚修改增补的。这情形是和“中篇”完全相似的。

自从马龙提出“下篇”有格林的手笔在内，“下篇”的著作人究竟是否莎士比亚便一直成为讨论的问题。他主要的根据是格林在临死时所写一个小册子 *A Groatsworth of Wit*（1592）模仿了《亨利六世下篇》第一幕第四景第一三七行：

O tiger's heart wrapped in a woman's hide！

故意把这一行写成：

Tygers hart wrapt in a Players hyde

指斥莎士比亚是一个包藏虎狼之心的演员，控诉他犯了“抄袭”的过错。换言之，莎士比亚抄袭了格林，格林是那四开本的原著者。莎士比亚顶多算是修订者。不过抄袭一行一句是一件事，整个的戏剧的编写又是一件事。格林控诉莎士比亚可能不是毫无根据，莎士比亚在早年时代可能摭拾他人的牙慧，但是似不能因此而否认其整个剧本的著作权。如果“下篇”不是莎氏作品，格林的攻击当不只以一行一句的模仿为限。

二　著作年代

格林死于一五九二年九月三日，他既在临死时攻击莎士比亚而且模仿了《亨利六世下篇》的一行，此剧的写作当然是在一五九二年九月以前。是年六月二十三日起伦敦各剧院关闭，所以至少还需再往前推上几个月。

何林塞的《史记》第二版刊于一五八七年，故《亨利六世下篇》之写作不能早于一五八七年。“下篇”大概是继“中篇”之后而作，所以我们有理由相信“下篇”是作于一五九一年。《亨利六世》三篇戏是在一五九〇年至一五九一年两年之内写成的。

三 故事来源

和“中篇”一样，“下篇”的故事来源也是何林塞的《史记》与 Halle 的史书（Edward Halle：*The Union of the Two Noble and Illustre Famelies of Lancaster and Yorke*）。据近年学者研究，莎士比亚依赖 Halle 者有过于何林塞，似乎对于前者特别熟悉，而后者仅供参考。当然何林塞本人也曾利用 Halle 的书。莎士比亚究竟是直接取材于 Halle 还是间接地通过了何林塞，有时是很难决定的。

四 舞台历史

据四开本标题页，此剧是由潘伯娄克公爵剧团上演的，我们知道此一剧团是于一五九三年解散的。《亨利五世》（一五九九年）的收场白明说《亨利六世》几部戏在舞台上早已演过而且颇受欢迎。班章孙在他的 *Everyman in his Humour*（一六一六年修订本）的开场白里以不屑的口吻提到当时成为时尚的这部以描写“约克与兰卡斯特长期斗争”为内容的戏。

复辟以后 John Crowne 改编“下篇”为 *The Miseries of Civil-War.* 其中有关杰克·凯德及第一次圣阿尔班斯之战的部分是采自“中篇”。此改编本两千七百九十三行，只有七十五行是直接取自莎士比亚。

一七二三年七月五日 Theophilus Cibber 的改编本上演于 Drury Lane，剧本标题页为：

An Historical tragedy of the Civil Wars in the Reign of King Henry Ⅵ（Being a Sequel to the Tragedy of Humphrey Duke of Gloucester: And an Introduction to the Tragical History of King Richard Ⅲ）. Alter’d from Shakespeare，in the Year 1720.

这个改编本有九百八十五行是莎士比亚的，五百〇七行是 Crowne 的，七百四十六行是 Cibber 自己的（据 Krecke 的统计）。

一七九五年，一位 Reading 学校教师 Richard Valpy 改编此剧为 *The Roses : or King Henry the Sixth* 在学校上演。这是专为青年演员而编的，以“下篇”的后四幕为主，参以上中篇以及《利查二世》的资料。一八一〇年再版。

一八一七年十二月二十二日，Drury Lane 剧院上演 J.H.Merivale 改编的 *Richard Duke of York*，这是根据《亨利六世》上中下三篇改编而成的，大部分采自中篇，但第五幕则相当于下篇的第一幕。

一八六三年，Shepherd 与 Anderson 在 Surrey 剧院演出了《亨利六世》的改编本，名为 *The Wars of the Roses*，稿本毁于火。一八六四年“下篇”译为德文，在魏玛上演，为纪念莎氏三百周年诞辰演出的一连串莎氏历史剧之一，演出人为 Dingelstedt。近年最重要的一次演出是 F.R.Benson 剧团于一九〇六年五月四日在斯特拉福莎士比亚纪念节的上演，Benson 自己饰演格劳斯特的利查。

剧中人物

亨利王六世（King Henry the Sixth）。

爱德华，威尔斯亲王（Edward，Prince of Wales），其子。

路易十一世（Lewis the Eleventh），法兰西国王。

萨默塞公爵（Duke of Somerset）
哀克塞特公爵（Duke of Exeter）
牛津伯爵（Earl of Oxford）
脑赞伯兰伯爵（Earl of Northumberland）
韦斯摩兰伯爵（Earl of Westmoreland）
克利佛勋爵（Lord Clifford）
——亨利王之拥护者。

利查·普兰塔真奈，约克公爵（Richard Plantagenet，Duke of York）。

爱德华，玛赤伯爵，后为爱德华四世
（Edward，Earl of March，afterward King Edward the Fourth）
哀德蒙，勒特兰伯爵（Edmund，Earl of Rutland）
乔治，后为克拉伦斯公爵（George，afterwards Duke of Clarence）
利查，后为格劳斯特公爵（Richard，afterwards Duke of Gloucester）
——其子。

诺佛克公爵（Duke of Norfolk）
蒙特鸠侯爵（Marquess of Montague）
瓦利克伯爵（Earl of Warwick）
潘伯娄克伯爵（Earl of Pembroke）
海斯庭勋爵（Lord Hastings）
斯塔福勋爵（Lord Stafford）
——约克公爵党人。

约翰·毛提默爵士（Sir John Mortimer）
休·毛提默爵士（Sir Hugh Mortimer）
——约克公爵之舅父。

亨利，李治蒙伯爵（Henry，Earl of Richmond），一青年。

李佛斯勋爵（Lord Rivers），葛雷夫人之弟。

威廉·斯坦雷爵士（Sir William Stanley）。

约翰·蒙高美利爵士（Sir John Montgomery）。

约翰·色默维尔爵士（Sir John Somerville）。

勒特兰之师傅。

约克市长。

伦敦堡之守卫官。

一贵族。

二园林管理员。一猎人。

一杀父亲的儿子。

一杀儿子的父亲。

玛格莱特王后（Queen Margaret）。

葛雷夫人（Lady Grey），后为爱德华四世之王后。

波娜（Bona），法兰西王后之妹。

众士兵，亨利王及爱德华王之侍从等，众使者，守卫及其他。

地 点

第三幕之一部分在法兰西，剧中其他部分在英格兰。

第一幕

第一景：伦敦。议会大厅

鼓声。约克方面若干士兵冲入。随后，约克公爵、爱德华、利查、诺佛克、蒙特鸠、瓦利克及其他上，帽上佩白色蔷薇。

瓦利克　我很诧异，国王怎么会从我们手里逃脱[1]。

约克　我们追逐北方的骑兵的时候，他偷偷地溜了，撇下了他的部下。伟大的脑赞伯兰伯爵是骁勇善战的，他的耳朵听不得退兵的号声，于是鼓舞那沮丧的队伍。他本人，还有克利佛勋爵、斯塔福勋爵，并肩前进，向我们的主阵的前线袭来，冲进之后就死在士兵们的乱剑之下[2]。

爱德华　斯塔福的父亲，伯京安公爵[3]，不是被杀，便是受

了致命的重伤。我一剑劈下，把他的面甲劈成两半，这是一点儿也不假，父亲，您看看他的血。〔出示他的带血的剑〕

蒙特鸠　老兄[4]，这是威特希尔伯爵的血，〔向约克，出示其血〕我是在两军交战的时候碰到他的[5]。

利查　你替我说话吧，告诉他我建了什么战功。〔掷下萨默塞公爵的首级〕

约克　我的几个儿子当中，利查的功劳最大[6]。可是萨默塞大人，阁下是死了吗?

诺佛克　愿刚特的约翰一系所有的后裔都有这样的希望!

利查　我希望能这样地玩耍一下亨利王的脑袋。

瓦利克　我也这样希望。胜利的约克亲王，现在王位是被兰卡斯特一系篡夺了[7]，在我看到您登上王座之前，我对天发誓我绝不合上我的眼睛。这乃是威严的国王所有的宫殿，这乃是国王的宝座，占据它吧，约克，因为这是属于您的，不属于亨利王的后嗣。

约克　那么，亲爱的瓦利克，如果你帮助我，我就可以这样做到，因为我们已经用武力闯到这个地方来了。

诺佛克　我们全都愿意为您效劳，临阵脱逃者死。

约克　谢谢，亲爱的诺佛克。诸位大人，请支持我。士兵们，今天就驻在这里陪我度夜。

瓦利克　国王来的时候，不要对他用武，除非他想使用武力驱逐你们出去。〔士兵等退下〕

约克　王后今天在这里召集议会[8]，她没想到我们会来列席，用口也好，动手也好，我们要赢得我们的权利。

利查　　我们既拥有这样的武力，我们就留在这屋里吧。

瓦利克　　除非约克公爵普兰塔真奈做国王，羞怯的亨利退位，我们要把这次议会唤作流血的议会，因为他的庸弱无能已经使得我们为敌人所讪笑。

约克　　那么就请不要离开我，诸位大人。要痛下决心，我是决定要收回我的权利。

瓦利克　　只要瓦利克的铃声一响[9]，无论是国王本人，或是最爱戴他的人，最骄纵的支持兰卡斯特一系的人，谁也不敢扑腾一下翅膀。我要扶植普兰塔真奈，看谁敢拔掉他。你要立下决心，利查，要求英格兰的王冠。〔瓦利克引约克至王座，约克就座〕

奏花腔。亨利王、克利佛、脑赞伯兰、韦斯摩兰、哀克塞特及其他上，帽上佩红蔷薇。

亨利王　　诸位，请看那顽强的叛徒坐着的地方，竟坐在国王的宝座上了！也许他是——受了那奸诈的贵族瓦利克武力支持——想要取得王冠南面称王。脑赞伯兰伯爵，他杀了你的父亲，也杀了你的，克利佛大人。你们两个都发过誓要对他本人，对他的儿子们，对他所宠爱的人们，对他的朋友们，实行报复。

脑赞伯兰　　如果我不报此仇，上天会报复我！

克利佛　　因为有这样的指望，所以克利佛才拿铠甲当作丧服。

韦斯摩兰　　什么！我们能忍受这个吗？我们去把他拖下来，我的心里怒火燃烧，我不能忍受。

亨利王　　要忍耐些，亲爱的韦斯摩兰伯爵。

克利佛　忍耐是对懦夫们讲的，像他那样的人，如果您的父亲还在，他不敢坐在那里。我的仁慈的主上，我们就在这议会里进攻约克一家吧。

脑赞伯兰　你说得对，老弟，就这么做。

亨利王　啊！你们不知道全城的人都偏向他们，他们随时可以调集大批军队吗？

哀克塞特　可是把公爵杀死，他们会很快地逃散。

亨利王　把议会大厅变成为屠宰场，亨利心里绝不愿作如此想！哀克塞特老弟，皱眉、怒骂、恫吓，这是亨利想要使用的战争方法。〔他们向公爵面前走了过去〕你这叛逆的约克公爵，从我的宝座上下来，跪在我的脚边求饶。我是你的主上。

约克　我是你的主上。

哀克塞特　无耻！走下来，是他封你做约克公爵的。

约克　那是我世袭得来的，就像我的伯爵名义一样[10]。

哀克塞特　你的父亲是对国王大逆不道的叛徒[11]。

瓦利克　哀克塞特，你追随这个篡位的亨利，你才是国王的叛徒。

克利佛　除了合法世袭的国王之外，他应该追随谁呢？

瓦利克　对，克利佛，那便是约克公爵利查。

亨利王　让我站着，你坐在我的宝座上吗？

约克　势必非如此不可，你要知足。

瓦利克　你做兰卡斯特公爵，让他做国王。

韦斯摩兰　他是国王兼兰卡斯特公爵，韦斯摩兰伯爵要维持这个局面。

瓦利克　瓦利克要推翻它。你们忘记了当初把你们赶出战场，杀死你们的父亲，举着旗子列队穿行市区到达宫廷大门的就是我们。

脑赞伯兰　我记得的，瓦利克，我想起来就伤心。我凭亡父在天之灵发誓，我要让你和你一家因此而悔恨无穷。

韦斯摩兰　普兰塔真奈，从你身上，从你的这几个儿子身上，从你的家人你的朋友们身上，我要索取性命，比我父亲血管里的血滴还要更多的性命。

克利佛　不要逼人太甚。否则，无须多废话，瓦利克，我会派遣一位使者到你那里，在我没有动弹之前即已为我报了杀父之仇。

瓦利克　可怜的克利佛！我看不起他的空言恫吓。

约克　你要我解释一下我对于王位之合法的权利吗？如果不要，我们的剑可以在战场上来要求它。

亨利王　叛徒，你对王位有什么权利！你的父亲，和你一样，是约克公爵；你的外祖父，洛杰·毛提默，是玛赤伯爵；我是亨利五世的儿子，他打败了法王太子和法国人，占据了他们的许多城市和省份。

瓦利克　你既已把法国整个地失掉了，不必再谈法国了吧。

亨利王　是摄政王把它失掉的，不是我，我加冕的时候年龄只有九个月[12]。

利查　你现在年纪够大了[13]，可是我觉得你该失掉它了。父亲，把那顶王冠从那篡位者的头上摘下来。

爱德华　亲爱的父亲，请这样做，戴在您自己的头上。

蒙特鸠　〔向约克〕老兄，您是敬爱武功的，我们来武力解决，不要这样地徒逞口舌之强。

利查　　响起鼓号，国王就会逃跑。

约克　　孩子们，住声。

亨利王　　你住声！让亨利王说句话。

瓦利克　　要让普兰塔真奈先说，听他说话，诸位大人。你也要静静地听，谁打搅他谁就不用想活。

亨利王　　你以为我的祖父和我的父亲所曾坐过的宝座，我会拱手让人吗？不会的。需要先让战争把我的国土弄得没有噍类，是的，我的祖先曾在法国高高擎起而目前在英国令人看着伤心的旗帜，须要作为我的裹尸衣。为什么这样沮丧，诸位大人？我的王位是合法的，比他所主张的要坚强得多。

瓦利克　　你若是能证明，亨利，你就可以做国王。

亨利王　　亨利四世以武力取得王冠。

约克　　那是对国王叛变。

亨利王　　〔旁白〕我不知怎样说了，我的名分是脆弱的。〔高声〕告诉我，一位国王不能过继一位后嗣吗？

约克　　怎么样呢？

亨利王　　如果他可以，那么我便是合法的国王。因为利查，当着许多位亲贵的面，让位给亨利四世，我的父亲是他的继承人，我又是他的继承人。

约克　　他是对他的君王实行叛变，用武力逼他让位的。

瓦利克　　诸位大人，即使他不是被迫让位的，你们以为对于约克之王位的要求会有什么妨碍吗？

哀克塞特　　没有。因为他不会把王冠放弃，除非是由他的最近的血亲继承大统。

亨利王　你是反对我吗，哀克塞特公爵?

哀克塞特　他的要求合理，请原谅我。

约克　诸位大人为什么窃窃私语不作回答?

哀克塞特　我的良心告诉我他是合法的国王。

亨利王　〔旁白〕所有的人都要背叛我，投到他那一边。

脑赞伯兰　普兰塔真奈，纵然你提出这一切的要求的理由，休想能这样地迫使亨利退位。

瓦利克　无论如何是非要他退位不可的。

脑赞伯兰　你想错了。你的南方的队伍，无论是从哀塞克斯、诺佛克、萨佛克或是坎特来的，他们可以使得你这样大胆妄为，但是若想不顾我的反对而拥立约克，那是办不到的。

克利佛　亨利王，不管你的王位是否合法，克利佛勋爵发誓要为拥护你而战。我若是向杀父之仇屈膝，愿在我下跪之处裂出豁口把我活活地吞下!

亨利王　啊，克利佛，你的话使得我精神一振!

约克　兰卡斯特的亨利，放弃你的王冠。你们喃喃地说些什么，有什么阴谋，诸位大人?

瓦利克　满足这位高贵的约克公爵之合法的要求，否则我要调动军队充满这间大厅，就在他所坐着的那个宝座之上，用篡位者的鲜血写下他的要求。〔他顿足，军队涌现〕

亨利王　瓦利克大人，只听我说一句话: ——让我在我有生之年留在王位之上吧。

约克　　如果你提供保证把王位传给我和我的后人，你便可以终你之身安然在位[14]。

亨利王　　我满意了。利查·普兰塔真奈，等我死后你再享受国王之尊吧。

克利佛　　这对于您的儿子是何等的不公道哇！

瓦利克　　这对于英格兰和他本人是何等的有利呀！

韦斯摩兰　　下贱、怯懦，自甘暴弃的亨利！

克利佛　　你何等严重地伤害了你自己和我们！

韦斯摩兰　　我不能留在此地听他们讲这些条件。

脑赞伯兰　　我也不能。

克利佛　　来，老兄，我们把这些消息报告王后。

韦斯摩兰　　再会，胆小而没有出息的国王，你的冷血里没有荣誉的火花。

脑赞伯兰　　任凭约克一家宰割，为了这件怯懦的行为而瘐死在囚牢里吧！

克利佛　　你在可怖的战争之中被人征服，或是和平地活着而受人的遗弃与轻蔑吧！〔脑赞伯兰、克利佛与韦斯摩兰下〕

瓦利克　　到这边来，亨利，不要理他们。

哀克塞特　　他们想要报仇，所以不肯屈服。

亨利王　　啊！哀克塞特。

瓦利克　　您为何发叹，陛下？

亨利王　　我叹的不是我，瓦利克大人，而是我的儿子，他的继承权我不得不狠心地剥夺了。不过也只好如此了。我现在把王冠的继承权授给你和你的后嗣永远享有，附带条件，你必须在此发誓终止内战，并且在我有生之年尊我为王奉我为主，不以阴谋或武力推翻我而自立为王。

约克　我愿发这个誓并且履行它。〔从王座上走下来〕

瓦利克　亨利王万岁！普兰塔真奈，拥抱他。

亨利王　你和你的前程远大的子嗣万岁！

约克　现在约克与兰卡斯特言归于好了。

哀克塞特　谁再使他们成为敌人谁就受到诅咒！〔喇叭奏上场号。众贵族走向前台〕

约克　再会，我的仁慈的主上，我要到我的堡垒去[15]。

瓦利克　我要带着我的军队留在伦敦。

诺佛克　我要带着我的部下到诺佛克去。

蒙特鸠　我从海上来，还回到海上去[16]。〔约克及其二子，瓦利克、诺佛克、蒙特鸠、士兵等，及随从等下〕

亨利王　我呢，怀着忧伤与哀愁，到宫里去。

玛格莱特王后及威尔斯亲王上。

哀克塞特　王后来了，脸上露出怒意，我要溜走。〔欲行〕

亨利王　哀克塞特，我也要走。〔欲行〕

玛格莱特　不，不要离开我，我要跟你们去。

亨利王　不要急，亲爱的王后，我不走。

玛格莱特　在这样苦难当中，谁能不急？啊！可怜的人，看你成了这样一个无情无义的父亲，我真愿当初以处女之身而老死闺中，从未遇见过你，从没有给你生过儿子。他应该这样地被剥削继承权吗？如果你有我对他的一半恩情，或是能感觉到我为他所受的生育之苦，或是像我那样用我的血液哺育过他，你就会宁可在那个地方洒出你的心血，也不会让那蛮横的公爵做你的继承人，把你的独生子的继承权剥夺掉。

威尔斯　父亲，您不能剥夺我的继承权[17]。如果您是国王，为什么我不能继位？

亨利王　原谅我，玛格莱特；原谅我，亲爱的儿子。是瓦利克伯爵和公爵两个人逼迫我的。

玛格莱特　逼迫你的！你是国王，你能受人逼迫吗？我羞于听你这样说。啊！怯懦的东西，你毁了你自己、你的儿子和我；你使得约克一家如此跋扈，你以后只能在他们允准之下统治国家。你把王位继承的权利让给他和他的子嗣，这不简直就是自掘坟墓，死期未到就先爬了进去吗？瓦利克是掌玺大臣[18]，也是卡雷的总督；凶恶的孚康布利芝控制着海峡；公爵做了摄政王。你还能够安全吗？狼群包围之下的抖颤的羔羊可以有这样的安全。我是一个没用的妇人，我若是在那里，我宁可让士兵们用乱枪挑我，我也不会同意那个法令。但是你把性命看得比你的荣誉为重。你既如此，我现在宣布，亨利，这一条剥夺我的儿子继承权的法令未撤销之前，我不和你同桌而餐同床而眠。背弃了你的北方诸贵族，一旦看见我的旗帜飘扬，就会来追随我；我一定要举起我的旗帜，使你蒙受奇耻大辱，使约克一家趋于彻底毁灭。我就这样地离开你了。来，儿子，我们走吧，我们的军队准备好了。来，我们要跟了他们去。

亨利王　且慢，亲爱的玛格莱特，听我说。

玛格莱特　你已经说得太多了，去你的吧。

亨利王　好儿子爱德华，你愿留下陪我吧?

玛格莱特　对了，留下来等着他的敌人杀害。

威尔斯　等我从战场上胜利归来，我会前来见您。在那以前，我要跟着她走。

玛格莱特　来，儿子，走吧，我们不可以这样拖延。〔玛格莱特王后与威尔斯亲王下〕

亨利王　可怜的王后！对我和对她儿子的一番深情使得她说出激愤的话。愿她能报复那个可恶的公爵，他的高傲的性格，益以欲望作祟，会要使我失去王冠，像一只饿鹰似的吞噬我和我儿子的肉！那三位贵族离我而去，使我心里苦痛:我要写信给他们，善言相慰。来，老弟，你做我的使者。

哀克塞特　我希望我能使他们都能和您重归于好。〔同下〕

第二景：约克郡威克菲尔附近三达尔堡垒中一室

爱德华、利查与蒙特鸠上。

利查　　哥哥，虽然我是最小，请准我先说。

爱德华　　不，我可以说得更动听一些。

蒙特鸠　　可是我有强有力的理由。

约克上。

约克　　怎么了，儿子们和老弟！起了争端？为什么吵架？怎样吵起来的？

爱德华　　没有吵架，只是略有争执。

约克　　争的是什么？

利查　　争的是和您与我们都有关系的，那便是属于您的那个英国王冠，父亲。

约克　　属于我的，孩子？亨利王未死之前不属于我。

利查　　您应得的权利与他的死活无关。

爱德华　　您现在是继承人，现在就登上王位吧。给兰卡斯特一家喘息的机会，父亲，他们结果会逃脱您的掌握。

约克　　我发过誓让他平安地为王。

爱德华　　为了夺取王位，任何誓言皆可打破。让我为王一年，我可以破坏一千个誓言。

利查　　不，上帝不会准许您有违背誓言的事。

约克　　如果我以公开战争来夺取王位，我便是背誓了。

利查　　我可以证明其为正好相反，如果您肯听我说。

约克　　你没有办法，儿子，那是不可能的。

利查　　一句誓言，若不是在有权监誓的合法长官面前宣誓的，是没有价值的。亨利无权监誓，他只是一个篡夺那个地位的人。那么，既然是他要您宣誓，您的誓言当然无效。所以，我们诉诸武力！父亲，您只要想一想，戴上王冠是何等美妙的事情，在那圆圈之内便是天堂，其中有诗人们所想象到的一切幸福快乐。我们何必拖延？我所佩戴的白蔷薇没有在亨利心脏的半冷不热的血液里染红以前，我的心不得安。

约克　利查，够了，我要做国王，否则我死。老弟，你立刻到伦敦去，鼓励瓦利克做这件事；你，利查，去见诺佛克公爵，秘密地告诉他我们的意向;你，爱德华，去见考伯姆大人，坎特的人民会愿意响应他的，我信任坎特的人，因为他们是真正的军人，机智、有礼、豪爽、勇敢。你们去分头办事的时候，剩下来要做的事除了我伺机起事，同时对于国王及兰卡斯特一家严守秘密以外，还有什么呢?

一使者上。

但是，且慢，有什么消息？你为什么来得这样匆忙?

使者　王后和北方的所有的伯爵与贵族们想要把您包围在这堡垒里。她已经带了两万人迫近此地，所以大人要赶快防御才是。

约克　是的，就用我这把剑。什么！你以为我们怕他们吗？爱德华与利查，你们和我留在此地，我的蒙特鸠老弟赶快到伦敦去，高贵的瓦利克、考伯姆，及其余几位，都是我们留在那里监视国王的，让他们运用智谋加强他们的地位，不可信赖糊涂的亨利和他的誓言。

蒙特鸠　老兄，我就去，我会说服他们的，不必担心。我就此告辞了。〔下〕

约翰·毛提默与休·毛提默二爵士上。

约克　约翰爵士和休爵士，我的两位舅父，你们来到三达尔正是选了一个吉时，王后的军队打算围困我们。

约翰　她无须如此，我们要在战场上去会见她。

约克　什么！只带五千人？

利查　是的，只带五千人，父亲，如果有此必要。一个女人做统帅，我们怕的是什么？〔遥闻行军声〕

爱德华　我听到他们的鼓声了。我们去布置我们的阵式，然后冲出去立刻向他们挑战。

约克　以五个人抵抗他们二十个！虽然众寡悬殊，我毫不怀疑，舅父，我们的胜利。在法兰西我打过多次胜仗，那时敌人十倍于我，这一次为什么我不能得到同样的胜利呢？〔进军号，同下〕

第三景：三达尔堡垒与威克菲尔之间的战场

双方的进军号。两军交驰。勒特兰[19]及其师父上。

勒特兰　啊，我往哪里逃才能不落在他们手里呢？啊！师父，看，凶恶的克利佛来了！

克利佛率兵上。

克利佛　师父，你走开吧！你的教士身份救了你的命。至于这个可恶的公爵的小崽子，他的父亲杀了我的父亲，他是非死不可。

师父　大人，我愿陪他死。

克利佛　士兵们，把他带走。

师父　啊！克利佛，不要杀害这无辜的孩子，否则你要激起天人共愤！〔被军士强迫下〕

克利佛　怎么！他已经死了？还是恐惧使得他闭上了眼？我要让他睁开。

勒特兰　笼子里关着的狮子，对于在它利爪之下战栗的可怜的猎物，就是这样地瞪眼望着；就是这样地走来走去，对着它耀武扬威;就是这样地来把它的肢体撕裂。啊！和善的克利佛，用你的剑杀死我，不要用这样残酷吓人的样子来杀我。亲爱的克利佛！听我在死前说一句话：我是一个太弱小的对象，不配承当你的盛怒；你对成年人寻求报复，饶了我吧。

克利佛　你说的话是没有用的，可怜的孩子。我父亲的血堵塞了我的耳朵的通道，你的话我听不入耳。

勒特兰　那么让我父亲的血再把那通道打开吧。他是一个大男人，克利佛，你去和他斗。

克利佛　如果你们几个弟兄一齐在此落到我的手里，他们的性命再加上你的性命依然不能满足我的复仇之心。不，我若是挖开你的祖坟，把他们的朽烂的棺材用锁链吊起来，也不能消减我的怒火，或是安定我的心。一看到约克家族任何一个人，他就像是一位复仇之神在熬炼我的灵魂。这可恨的一家，我若不能满门杀绝，不留一个活口，我是无异于在地狱里过活。所以——〔举起手〕

勒特兰　啊！在我就死之前让我祈祷一番吧。我向你祈祷，亲爱的克利佛，怜悯我！

克利佛　你只能得到我的剑锋所能给你的怜悯。

勒特兰　我从来没有伤害过你，你为什么要杀我？

克利佛　你的父亲伤害了我。

勒特兰　但是那是在我出生以前[20]。你也有一个儿子，为了他的缘故而怜悯我吧，否则天道好还，因为上帝是公正的，他也会像我一样地被人惨杀。啊！让我终身监禁吧，如果我有开罪之处再让我死，目前你没有理由置我于死。

克利佛　没有理由！你的父亲杀死了我的父亲，所以，你死吧。

〔刺他〕

勒特兰　Dii faciant laudis summa sit ista tuae！[21]（愿天上众神使你做的这一件事成为你一生中最大的光荣！）

〔死〕

克利佛　普兰塔真奈！我来了，普兰塔真奈！你的儿子的血沾上了我的剑，就让它在那里生锈吧，等你的血和

这个凝在一起的时候，我再一起拂拭。〔下〕

第四景：战场另一部分

进军号。约克上。

约克　王后的军队业已获胜。我的两位舅父在救助我的时候都遇害了，我的部众都转身而逃，投奔强敌，有如风扫船艇，又像是饿狼追逐羊群。我的几个儿子有何遭遇，只有上帝知道。但是这一点我是知道的，无论是求生或是赴死，他们的行为必是光明磊落，不愧为名门之子。利查三度为我杀出一条血路，三度大叫:“鼓起勇气，父亲！抗战到底！”爱德华也有三次来到我身边，提着猩红的弯刀，他所遭遇的敌人们的鲜血涂染到了刀柄上面。最坚强的战士们都后退了的时候，利查还在大叫:“冲呀！不让尺寸之土！”又在大叫，“王冠，否则便是光荣的坟墓！王杖，否则便是土中的墓穴！”经他这一喊，我们又向前冲。但是，哎呀！我们又败退了。就像是我所看见过的一只天鹅，枉费气力地逆流而泳，因水力太大而精疲力竭。〔内短促的进军号声〕啊！听！那狠命的追兵是在跟踪而来。我已疲惫不支，无法逃过他们的怒火，我已经命在须臾了，我只好停在这里，我的生命必须在此结束了。

玛格莱特王后、克利佛、脑赞伯兰、年轻的王太子及士兵等上。

来吧，凶恶的克利佛，粗暴的脑赞伯兰，我不怕你们，你们尽可再逞凶焰。我是你们的箭靶，我等着你们射。

脑赞伯兰　投降求饶吧，骄傲的普兰塔真奈。

克利佛　对了，就像他当初举起无情的胳膊直截了当地饶了我的父亲一般。现在费哀赞从他的车上滚下来了，在正午时光造成了天昏地暗[22]。

约克　我的骨灰，像凤凰一般，会产生出另外一鸟，对你们全体加以报复。我怀着这个希望仰首望天，你们所能加害于我的，我不屑于理会。你们为什么不上前？什么！人多势众，还要害怕？

克利佛　懦夫们到了无可再逃的时候便是这样挺身而战；鸽子也是这样地才会啄鸷鹰的利爪；没有活命希望的穷寇也是这样才会对追捕的警吏破口大骂。

约克　啊，克利佛！你只消再想一想，追忆一下我从前的情形，当初我一皱眉就吓得你狼狈而逃，你如今反倒骂我怯懦，如果你尚知有羞耻事，你该看看我的脸，咬紧舌端一声不响。

克利佛　我不要和你斗嘴，我要和你对打，加倍地加倍地奉陪。

〔拔剑〕

玛格莱特　住手，英勇的克利佛！为了一千种理由我要延长这个叛徒的性命。愤怒使得他聋了。你对他说，脑赞伯兰。

脑赞伯兰　住手，克利佛！纵然为了戳穿他的心，你也犯不上刺伤你的手指，不要给他那样大的光荣。一条狗露出牙齿，一脚即可把它踢开，若是硬要把手指放进它的牙齿中间，那算是什么勇敢呢？战时一切从权，要利用一切机会，以十敌一无损于英雄气概。〔他们逮捕约克，约克拒捕〕

克利佛　对，对，山鹬就是这样地和陷阱抗争。

脑赞伯兰　兔子在网里也是这样挣扎。〔约克被俘〕

约克　盗贼夺得赃物便是这样地兴高采烈。在众寡悬殊的情形之下，好人只得向强盗屈服。

脑赞伯兰　现在王后陛下怎样处置他呢？

玛格莱特　英勇的战士，克利佛与脑赞伯兰，来，这个人伸臂想要摩着高山而结果只是抓到一把影子，让他站在这个鼹鼠丘上吧。什么！想要做英格兰国王的就是你吗？率众大闹议会，大放厥词地宣说高贵出身的就是你吗？你那四个支持你的儿子现在何处？放肆的爱德华和壮健的乔治呢？还有那个勇敢的驼背的怪胎，你的孩子狄凯[23]，经常以报怨的言语鼓动老子叛变的那个人，现在何处？和其余的在一起的还有你的宠儿勒特兰，他在哪里？看，约克，我这块手巾沾了血，那便是勇敢的克利佛用他的剑尖从那个孩子心头上挑出来的血。如果你的眼睛能为他的死而流泪，我就给你这块手巾揩你的脸。哎呀，可怜的约克！若不是恨你入骨，我会哀悼你的悲惨境遇。我请你悲恸吧，好令我开心，约克。什么！你的心火烧干了你的脏腑，为勒特兰的死洒不出一滴泪吗？你为什么那样镇定，你这个人？你应该发狂。我这样地戏弄你，为的是使你发狂。顿首，呼号，发狂吧，好让我高兴得载歌载舞。我看出来了，你需要一些报酬才能给我一些欢娱，约克不戴上一顶王冠是不会说话的。给约克一顶王冠！诸位大人，向他深深地鞠躬，你们拉住他的手，我来给他戴上。〔将一纸制王冠加在他的头上〕好了，真的，现在他像是一位国王的样子了！是的，占据亨利王宝座的便是他，亨利立的继承人便是他。但是伟大的普兰塔真奈为什么这样快就加冕，破坏了他的庄严誓约？据我想，我们的亨利王未和死神握手之前，你是不该就位为王的。现在他还活着，你想把他的光荣箍在你的头上，把王冠从他顶上夺走，不顾你的神圣誓约？啊！这是太不可原谅，太不可原谅的过失。

摘下王冠，随同王冠摘下他的脑袋。

我们一面休息，一面从容地把他杀害。

克利佛　这份差事是我的，为了我父亲的缘故。

玛格莱特　不，且慢。我们听听他的祈祷。

约克　法兰西的母狼，比法兰西的狼还要狠，你的舌头比蛇牙更毒！一个妇道人家，对于失意落魄的人而如此地骄矜狂放，像是一个亚马松悍妇，这是多么的有失身份！但是你那张面孔，像面具一般，因多行不义而不知羞耻，毫无表情，我现在要设法让你脸红，骄傲的王后。如果你不是无耻的人，只要我告诉你你是来自何处，你是怎样的出身，那就足以令你感觉羞耻的了。你的父亲有那不勒斯国王的名义，除了西西里与那不勒斯之外还遥领耶路撒冷，但是还不及一位英格兰的自耕农来得殷实。那位穷国王可曾教过你侮辱人吗？那是不必要的，而且对你也没有益处，骄傲的王后，除非是一定要证明那句俗话："乞丐骑马，马不累死不下马。"妇女们有了美貌才常常流于骄傲，但是，上帝知道，你的这一份实在是很小。她们有了美德才最受人仰慕，你的相反的情形使你被人惊诧，使得她们成为神圣的是那一番克己的功夫，你缺乏这种功夫，令人望而却步。你和每种良好的东西都处于相反的地位，有如对跖地的居民之对于我们，又像是南与北之对立。啊，包着女人皮的老虎心[24]！你怎么能放出了孩子的血，让他父亲用那血来揩他的眼睛，而还摆出一副女人面孔？女人是柔软的、温和的、慈悲的、和顺的，而你是顽固的、倔强的、冷酷的、粗鲁的、残忍的。你是要我发狂吗？哼，你现在如愿以偿了。你是要我哭泣吗？哼，你现在可以满意了。因为狂风吹起了不住的阵雨，风停之后雨就开始了。这些泪便是给我的亲爱的勒特兰的葬礼，每一滴都在高呼为他的死而报仇，对你这残酷的克利佛而报复，对你这狡诈的法国女人而报复。

脑赞伯兰　我真是该死，但是他的热情感动了我，忍不住要流出眼泪来了。

约克　他的那张脸，饥饿的吃人生番也不会去碰一下，也不会给它染上血的。但是你是更无人性，更残酷——啊！比赫坎尼亚的虎更加十倍。看，残忍的王后，一位不幸的父亲的泪，这块布是你浸在我的孩子的血里的，我用泪水来洗掉血迹。你留着这块手巾，去拿着夸耀吧。〔交还手巾〕如果你生动地讲述这段悲惨的故事，我凭我的灵魂发誓，听者一定会落泪。是的，即使是我的敌人也会泪下如雨，高呼:“哎呀！这是一段惨史！”拿去这个王冠，随着王冠拿去我的诅咒，愿你在危急时也能得到我现在从你残酷手中得到的安慰！硬心肠的克利佛，使我离开尘世吧。愿我的灵魂上天去，我的血债在你们的头上！

脑赞伯兰　即使他曾把我一家杀光，我现在看着他的内心悲哀熬炼着他的灵魂，也不能不洒同情之泪。

玛格莱特　什么！要哭吗，脑赞伯兰大人？只要想想他害得我们大家好苦，那就可以很快地烘干你的泪水。

克利佛　这一下子是为了我的誓言，这一下子是为了我父亲的死。〔刺他〕

玛格莱特　这一下子是为了我们的高贵的国王出一口气。〔刺他〕

约克　　打开你的慈悲之门吧，仁慈的上帝！我的灵魂从这几处伤口飞出寻找你去了。〔死〕

玛格莱特　　砍下他的头，挂在约克的城门口，让约克俯瞰约克城。

〔奏花腔。众下〕

注释

[1] 此处与史实不符。国王并未逃跑，亦未企图逃跑。在战后约克党人发现他在颈部负有轻微箭伤，在表面上仍对他执礼甚恭。他接受了约克的辩解，翌日约克陪护他由圣阿尔班斯到了伦敦。

[2] 据《亨利六世中篇》第五幕第二景，老克利佛是被约克所杀，此处所述为士兵所杀，前后不符。且与下文第一六二行及第三景之第四十七行所述，亦不符。此处所述之斯塔福勋爵乃是 Lord Stafford（of Southwick），是 1st Duke of Buckingham 的儿子，不是指本剧中约克党之斯塔福。

[3] 伯京安（Buckingham）是爱德三世第六子 Thomas of Woodstock 的孙子。

[4] 事实上，约克是蒙特鸠的姑丈，蒙特鸠是约克的内侄，不应兄弟相称。

[5] 威特希尔伯爵（Earl of Wiltshire）即 James Butler，Earl of Ormond and Wiltshire，于一四五五年圣阿尔班斯之战负伤。

[6] 利查生于一四五二年，此时甫三岁。莎士比亚改变了他的年龄。

[7] 篡位之事应上溯至一三九九年亨利四世之废黜利查二世。

[8] 圣阿尔班斯之战是在一四五五年五月二十二日，宣布约克为王位继承人的议会是在一四六〇年十月间集会的。作者将二事拉近。

[9] 鹰腿上常系铃，奋起捕鸟时，铃声响处可以增加威势，使群鸟慑服不敢飞动。

[10] 约克公爵也是玛赤伯爵（Earl of March），因为他的母亲是安·毛提默（Anne Mortimer），并且就因为这个关系所以提出优先继承王位的主张。

[11] 他的父亲是 Earl of Cambridge，因背叛亨利五世于一四一五年被处死，参看《亨利五世》第二幕第二景。

[12] 实际上亨利加冕是在一四三一年十一月于巴黎。此处所云系指一四二二年之公告践位。

[13] 时亨利年三十九岁。

[14] 四开本在此处有下面两行（对折本无）：

King Henry Convey the soldiers hence，and then I will.

Warwick Captain，conduct then into Tuthill Fields.

王 如果你先把军队调离此地，我就答应。

瓦利克队长，把军队调到塔特希尔广场去。

[15] 威克菲尔附近之三达尔堡垒。

[16] 可能此剧原稿之剧中人物为 Falconbridge，后于上演前临时改为蒙特鸠，故台词中所谓“海上来海上去”之语原属于 Falconbridge，未加修正，致与史实不符。

[17] 威尔斯亲王生于一四五四年十月十三日，在此景中年仅六岁。

[18] 掌玺大臣是骚兹伯利，不是瓦利克。

[19] 勒特兰，据 Hall 所述，当时尚不满十二岁。据 George R.French 则为十七岁。

[20] 此语与史实不符。老克利佛在圣阿尔班斯被杀时，勒特兰已七岁。

[21] =the gods grant that this may be the peak of thy glory！此乃反语。滥杀无辜幼童乃最不名誉之事。

[22] 费哀赞（Phaethon）是太阳神 Phoebus Apollo 之子，驾其父之车（即太阳）出游，车覆身亡。此一譬喻特别恰当，因太阳为约克家族之标志。

[23] 狄凯（Dicky）即 Richard，利查三世。

[24] O tiger's heart wrapped in a woman's hide！这是著名的一行，引起了 Robert Greene 在他的 *Groats worth of Wit*，1592 攻击莎比亚的话："for there is an vpstart Crow，beautified with our feathers，that with his Tygers heart wrapt in a Players hyde，supposes he is as well able to bombast out a blanke verse as the best of you：and being an absolute Iohannes fac totum，is in his owne conceit the onely Shake-scene in a countrey."

第二幕

第一景：赫佛县毛提默十字村附近平原

鼓声。爱德华与利查率队伍行军上。

爱德华　我不知道我们的高贵的父亲是怎样逃出来的，或者在克利佛与脑赞伯兰的追逐之下究竟逃出没有。如果他被俘了，我们应该得到消息；如果他被害了，我们也应该得到消息；如果他逃出来了，我们更应该得到这个脱险的好消息。我的老弟怎么了？他为什么这样忧愁？

利查　在我未能确知我们的英勇的父亲的下落以前，我打不起高兴来。我看到他在战场上驰骤，并且看着他如何地把克利佛挑选了出来。我觉得他在密集的人群之中杀出杀进，有如牛群当中的一只狮子；又像是群狗包围的一头熊，咬到了几条狗使得它们汪汪叫，其他的狗站在一边对它狂吠。我们的父亲就是这样地对付他的敌人，他的敌人就是这样地在我们的英勇父亲面前逃溃。我想，能做他的儿子真是很大的一项权利。看那晨曦打开了她的金扉，向灿烂的太阳道别。他多像是一位青春少年，打扮得整整齐齐的，像是一位前去会见情人的年轻小伙子。

爱德华　是我的眼睛花了，还是我真看见了三个太阳?

利查　三个灿烂的太阳，每一个都是完整无缺的太阳，不是浮云掩映把一个太阳分为三个，而是分别悬在白亮天空上的三个太阳。看，看！它们连起来了，拥抱起来了，好像在亲吻，好像是在发誓建立什么神圣联盟。现在它们变成了一盏灯，一道光，一个太阳。上天一定是预兆什么事情将要发生。

爱德华　这真是奇怪，以前没有听说过这样的事。弟弟，我想这是召唤我们走向战场，我们是勇敢的普兰塔真奈的儿子，每一个都有彪炳的战果，应该把我们的光辉联结起来，普照大地，像这太阳照着世界一般。不管它是主何吉凶，此后我要在我的盾牌上有三个灿烂的太阳。

利查　不，生三个女儿吧[1]。恕我说句冒昧的话，你比较地爱女的不爱男的。

一使者上。

你是做什么的，脸上这样阴沉，必是有什么可怕的话要说？

使者　啊！你的高贵的父亲，我的亲爱的主人，约克公爵，他被杀害的时候，我是伤心旁观的一个。

爱德华　啊！不要再多说，我听到的已经太多了。

利查　说说他是怎样死的，我要听全部经过。

使者　他被许多敌人包围，奋力抗战，好像脱爱英雄赫克特之抗拒企图侵入脱爱的希腊人一般。但是神勇如赫鸠利斯也是寡不敌众；小斧头，连连地砍，也能砍倒一棵木质最坚的大橡树。在人手众多之下，你父亲被制服了，但是杀死他的却是残酷无情的克利佛和王后之愤怒的手，他们以极端鄙夷的态度给仁慈的公爵戴上纸的王冠，当面取笑;他伤心哭泣的时候，狠心的王后给他一块手巾揩脸，那手巾是在狂暴的克利佛所杀死的年轻无辜的勒特兰的血里浸过的；百般讥讪侮辱之后，他们取下了他的首级，挂在约克城门之上。就悬在那里示众，真是我从未见过的悲惨景象。

爱德华　亲爱的约克公爵！您是我们的靠山，您如今不在了，我们无所依赖，无可支撑！啊，克利佛！野蛮的克利佛！你杀害了欧洲的最英勇善战的英雄，你施用狡计战胜了他，因为若是单人对拼，他会战胜你的。现在我痛不欲生。啊！但愿我的灵魂能冲出肉体，好让这肉体长眠地下，因为以后我永没有好日子过了，永远永远没有快乐可言。

利查　我不能哭，因为我体内所有的水分都不能浇灭我的炉火一般焚烧的心；我的舌头也不能释去我心头的重负，因为我现在说话的这一口气，正在煽旺了我心头上的火，烧得我浑身冒着火焰，想要用泪来浇。哭泣是为了减轻悲哀的深度，所以眼泪，还是让婴儿们去流吧，我需要的是打斗与报仇！利查，我拥有您的名姓，我要为您的死而报仇，或因企图报仇而光荣地丧命。

爱德华　英勇的公爵把他的名姓是留给你了，可是他的公爵领邑和他的应得的座位，却留给我了。

利查　如果你真是那鸟中之王老鹰的小雏，你要对着太阳凝视[2]，表示你的身世。不要说什么座位与公爵领邑，要说王的宝座和王的领土。你必须获得它，否则你便不是他的儿子。

行军鼓乐声。瓦利克与蒙特鸠侯爵率队上。

瓦利克　怎么样，二位大人！情形如何？有什么消息？

利查　伟大的瓦利克大人，如果我们把悲惨的消息一一叙述，每说一字便在我们的肉体上戳一刀，直到说完为止，那些个字给我的痛苦将比那些刀伤更厉害。啊，英勇的伯爵！约克公爵已经遇害了。

爱德华　啊，瓦利克！瓦利克！把您看作和他灵魂获救一般重要的那一位普兰塔真奈已经被残酷的克利佛杀死了。

瓦利克　十天前我已经把这消息浸在泪水里了，现在为了增加你们的苦痛，我要告诉你们以后发生过的事情。

威克菲尔一场血战，你们的勇敢的父亲喘了他最后的一口气，随后就有最迅速的使者传来消息，报告他的死亡。当时我在伦敦，担任国王的监护人，立即集合我的军队，邀约各路友人，我认为装备都很精良，向圣阿尔班斯开了过去，去截击王后，挟持着国王以自重，因为根据谍报我获知她正兼程前来，意欲推翻我们最近在议会中所制定的有关亨利王的诺言及你的继承王位的办法。长话短说，我们在圣阿尔班斯遭遇了，两军接触，双方激烈作战。不过，究竟是由于国王态度冷静，对于好战的王后露出十分温和的样子，以致我的将士们失去了他们的愤怒的斗志；还是由于她的军事胜利的消息先声夺人；或是由于克利佛的残酷行为，对他的俘虏任意屠戮，以致引起大家的非常恐怖，我不敢确定。不过老实说一句，他们的武器像闪电似的杀过来杀过去，而我们的将士们的武器——像是鸱鸮之懒洋洋地夜间飞翔，又像是农夫用连枷之懒洋洋地打谷——有气无力地砍杀，有如对自家人打斗一般。我以此次动兵之正大光明的理由和厚饷重赏来激励他们，但是全然无效，他们无心作战，我们没有靠他们获致胜利的希望，所以我们逃了。国王投奔了王后，令弟乔治大人、诺佛克和我自己，急急忙忙地来和你相会，因为我们听说你们是在这边疆地带，准备集结队伍再行作战。

爱德华　亲爱的瓦利克，诺佛克公爵现在何处？乔治是什么时候从勃根地到英格兰来的?

瓦利克　公爵现在率领军队距此约有六英里，至于令弟，他是最近受你的姑母[3]勃根地公爵夫人的差遣，率领援军前来支应这一场人手不足的战争。

利查　英勇的瓦利克逃走之际，可能确是众寡悬殊。我常听人赞美他的追征逐北，在此以前从来没听人耻笑过他临阵脱逃。

瓦利克　利查，你现在所听到的也并非是我的耻辱，因为你不久就会知道，我这只强大的右手可以把王冠从那怯懦的亨利的头上摘下来，可以把威严的王杖从他的掌中夺下来，纵然他的勇敢善战是和他的喜爱和平性好祈祷一般地驰名，我也不怕。

利查　这是我所深知的，瓦利克大人，请毋见怪，我关切你的荣誉，所以才说那一番话。但是在这危急的时候，我们该怎么办呢? 我们是否要去抛弃钢甲，改穿黑色丧服，手持念珠，数着“福哉玛利亚”? 还是伸出报仇的胳膊在敌人盔上一下下地敲打来数着我们的祈祷呢? 诸位如果赞成后者，说一声“是”，并且就去实行。

瓦利克　唉，瓦利克就是因此才来寻找你们的，我的哥哥蒙特鸠也是因此才来的。诸位请听我说。那个傲慢的王后，加上克利佛和高傲的脑赞伯兰，以及还有很多的臭味相投的家伙，玩弄国王有如一块软蜡。他曾宣誓同意由你继承王位，誓言在议会里记录在卷。现在一伙人全都到伦敦去了，想要把他的誓言和其他于兰卡斯特一家不利的事情一笔勾销。我想他们的兵力约有三万之众。现在，如果诺佛克和我自己的援军，再加上您，勇敢的玛赤伯爵在友善的威尔斯人中间所能召集的友军，只要能有两万五千之数，噫，开步走！我们要急速向伦敦进军，再度骑上我们的口喷白沫的骏马，再度大叫："向我们的敌人冲锋！"可是再也不掉过头来逃跑了。

利查　是的，现在我算是听到伟大的瓦利克在讲话了。
谁若是喊"后退"，违反瓦利克的号令，
他休想能再多维持一天的性命。

爱德华　瓦利克大人，我要依靠你的肩膀了。你失败的时候——上帝不准有那一天——爱德华也就失败了，愿上天不准有这样的灾难发生！

瓦利克　您现在不再是玛赤伯爵了，而是约克公爵，下一步便是英格兰的王位。我们沿途经过每个乡镇，便要宣告您为英格兰的国王，谁要是不投掷帽子表示狂欢，谁就要受罚缴出他的脑袋。爱德华国王、勇敢的利查、蒙特鸠，我们不要再在这里耽误，梦想成名，我们要吹起喇叭，进行我们的功业。

利查　那么，克利佛，纵然你的心硬似铁石——因为你已经在你的行为上证明其为冷酷无情——我也要来戳一戳它，或者是把我的心给你戳戳看。

爱德华　那么鼓手们，敲起鼓来吧！上帝，圣乔治，保佑我们！

一使者上。

瓦利克　　怎样！有何消息？

使者　　诺佛克公爵派我对您来说，王后正在率领强大队伍前来，请您前去速谋对策。

瓦利克　　正好凑巧，勇敢的战士们，我们去吧。〔众下〕

第二景：约克城外

奏花腔。亨利王、玛格莱特王后、威尔斯亲王、克利佛、脑赞伯兰偕鼓手与喇叭手上。

玛格莱特　　欢迎陛下来到这个漂亮的约克城，那便是想要夺取您的王冠的那个元凶首恶的首级。那东西您看了不高兴吗，陛下？

亨利王　　是的，恰似担心触礁的人们见了礁石一般地高兴。看到这个景象，我心里难过。抑制那复仇之心吧，亲爱的上帝！这不是我的错误，也不是我故意违反我的誓言。

克利佛　　我的仁慈的主上，这样过分的宽纵和有害的慈悲必须放弃才是。狮子对谁才肯露出慈祥的面目？绝不是对想要夺占它们的窟穴的野兽。林中的熊舐谁的手？绝不是当面攫夺它的小兽的那个人的手。谁能不受暗中藏着的毒蛇的螫刺？绝不是把脚踏在她的背上的人。最小的虫豸，被踩一脚，也要扭动一下，鸽子为了保护幼雏也要啄人。野心勃勃的约克所觊觎的是您的王冠，您在微笑，他却在皱着愤怒的眉头。他，不过是一位公爵，竟想要他的儿子成为国王，像一个慈父似的一心地想要提拔他的子孙；您，明明是国王，并且有个好儿子，反倒同意剥夺他的继承权，这证明了您不是一个慈父。没有理性的动物也知道哺喂幼雏。虽然人的面孔在它们看起来是可怕的，可是为了保护它们的弱小的雏儿，谁没有看见过它们鼓起用以逃亡的双翼，和侵入巢中的敌人作战，为了保护幼雏而奋不顾身？太可耻了，主上！拿它们作为您的榜样吧。这样一个好孩子，由于他父亲的错误而失掉了继承权，多少年以后对他的子孙不免要说“我的祖父曾祖父所得到的，被我的父亲糊里糊涂地给断送了”，那岂不是遗憾的事吗？啊！这是多么可耻。看看这个孩子，让他那预示将来必走好运的堂堂的相貌把您的柔肠硬化起来吧，保持您的基业，并且把您的基业遗留给他。

亨利王　克利佛真是能言善辩，说得振振有词。但是，克利佛，请告诉我，你没听说过凡事得之不义则必有恶果吗？做父亲的因为敛财而下地狱，反倒永远是儿孙之福吗？我要把我的德行留给我的儿子。但愿我的父亲也没有给我留下其他的东西！因为所有其他的东西需要付出很大的代价才得保持，会带来千倍的烦恼，不会有一丝一毫的快乐。啊！约克老兄，愿你的最要好的朋友们能知道，你的头挂在这里使我心里多么难过！

玛格莱特　陛下，打起精神来，我们的敌人已经追近，您的这种柔软心肠将使部众丧气。您答应授给我们的前程远大的儿子以骑士爵位，拔出您的剑来，立刻为他授勋吧。爱德华，跪下来。

亨利王　爱德华，普兰塔真奈，以爵士身份站起来吧，记住这一句训词，要为正义而拔出你的剑。

太子　我的仁慈的父亲，我要遵从您的严命，以王位继承人身份拔出我的剑，仗义打斗，死而后已。

克利佛　唉，说得像是一位英勇有为的王子。

一使者上。

使者　王军诸位将领，请作准备，因为瓦利克率领三万人的大军开了过来，为约克公爵声援。他们沿途经过各个城市，宣告他为国王，很多人都依附了他。赶快摆开你们的阵式，因为他们已经迫近了。

克利佛　我愿陛下离开战场，您不在的时候，王后会能获致最佳的结果。

玛格莱特　是的，陛下，请离开我们，让我们撞撞运气。

亨利王　噫，那也是我的运气呀，所以我要留在此地。

脑赞伯兰　那么就要决心作战。

太子　父王，请鼓舞这几位高贵的大人，并且激励那些为保卫您而战的勇士们，拔出您的剑来，父亲，喊："圣乔治！"

行军乐。爱德华、乔治、利查、瓦利克、诺佛克、蒙特鸠及士兵等上。

爱德华　现在，背誓的亨利，你愿跪下求饶，把你的王冠放在我的头上，还是要在战场上决一死战？

玛格莱特　去，对你左右的奸佞去撒泼吧，傲慢无礼的孩子！对你的主上，对你的合法的国王，说话如此狂妄无礼，于你的身份相合吗？

爱德华　我是他的国王，他应该对我屈膝。由于他的同意，我已被立为王位继承人，随后他就背誓了。因为，我听说，你这个实际做国王的人，虽然王冠由他戴着，你已经教唆他利用议会新的法案把我一笔勾销，改换了他自己的儿子。

克利佛　那也是名正言顺的事，除了儿子之外谁应该继承父亲？

利查　是你在那里吗，屠夫？啊！我说不出话来了。

克利佛　是的，驼背，我在这里准备和你对打，或是你这一类当中之最狂傲的一个。

利查　是你杀死年轻的勒特兰的，是不是？

克利佛　是的，还有老约克，可是我还意犹未足。

利查　为了上帝的缘故，诸位大人，发出作战的信号吧。

瓦利克　你怎么说，亨利，你愿放弃王冠吗？

玛格莱特　噫，怎么，是长舌的瓦利克！你还敢说话？上次你和我在圣阿尔班斯遭遇，你的两腿比你的两手替你出了更大的力气。

瓦利克　那一回是我逃了，现在该轮到你。

克利佛　你以前也这样说过，而你还是逃了。

瓦利克　克利佛，把我赶跑了的并不是你的英勇。

脑赞伯兰　不是，可是你的英雄气概也没有敢令你站住不逃。

利查　脑赞伯兰，我对你是怀有敬意的。停止谈判吧，因为我对那个杀害幼童的凶残的克利佛实在是悲愤填膺无法忍耐不发泄一下了。

克利佛　我还杀死了你的父亲，你认为他也是幼童吗?

利查　是的，我说你杀害幼童，因为你确是像个卑鄙奸诈的懦夫，你杀死了我们的小弟弟勒特兰，但是在日落之前我就要令你诅咒你所干下的事。

亨利王　不要吵嘴了，诸位大人，且听我说。

玛格莱特　向他们挑战，否则就闭上你的嘴。

亨利王　我请你不要限制我说话，我是国王，有权发言。

克利佛　主上，使得我们在此相会的那个创伤，是不能用语言来疗治的，所以您不要说话了吧。

利查　那么，刽子手，亮出你的剑来吧。我对着创造我们大家的上帝发誓，我确信克利佛只是在舌端上硬充好汉罢了。

爱德华　说呀，亨利，我可否得到我应得的权利? 上千的人今天已经用过早点，除非你缴出王冠，他们是永远不会吃午饭的了。

瓦利克　如果你拒绝，他们要为你而流血，因为约克激于正义已经披上了铠甲。

太子　如果瓦利克所说的正义便是正义，天下便没有不义之事，一切都是合于正义的了。

利查　不管你是谁生的，在这一点上你是秉有母性的遗传，因为我看出你确是有你母亲的伶牙俐齿。

玛格莱特　但是你既不像你的父亲，也不像你的老娘，而是像一个畸形的丑八怪，命中注定令人不敢亲近，有如毒的蟾蜍，或是蜥蜴的可怕的螯刺。

利查　镀了英国金的那不勒斯的顽铁，你的爸爸徒有国王之名——好像阴沟也可以称为大海一般——你明知你是怎样的出身，还要信口胡说泄露你的劣根性，你不觉得可耻吗?

爱德华　为了使这个无耻的泼妇认识她自己起见，花费一千克朗买一束麦秸给她戴上也是值得的[4]。希腊的海伦比你美得多，虽然你的丈夫也许是曼耐雷阿斯，可是那位亚加曼农的老弟从来不曾被他的不忠实的老婆所玩弄，像这位国王被你所玩弄得那么厉害[5]。他的父亲曾经深入法国腹地，为所欲为，把法王治得服服帖帖，把王太子也管得俯首称臣。如果他有合于他的身份的婚配，他可能维持他的光荣至今于不坠。但是他娶了一位乞丐女为妻，并且以他成婚之日的开销作为送给你的贫穷的爸爸一份礼物[6]，就在那一天，那灿烂的阳光为他酝酿了风暴，终于把他父亲的基业冲出了法国，在国内平添了战乱。引发这些纠纷的不是你的狂妄是什么？如果你是谦恭的，我们也不会提出要求，而且为了怜悯这位和善的国王，我们也要保留这项要求到下一代再说。

乔治　但是我们看到我们的阳光造成了你的春季，而你的夏季并没有给我们任何收成，我们便对准了你那篡位的根株施用斧斤了，虽然锋刃也不免伤及我们自己，但是你要知道，我们既已开动，我们决不罢休，除非把你完全砍倒，或是用我们的热血把你浇得更旺。

爱德华　我也是以这样的决心向你挑战，你既不准和善的国王说话，这谈判也无须继续了。

吹起喇叭！——让我们的带血的旌旗招展！

不是赢取胜利，便是地下长眠。

玛格莱特　且慢，爱德华。

爱德华　不，好争辩的女人，我们不能再等，

这场争辩今天要牺牲一万条性命。〔众下〕

第三景：约克郡陶顿与萨克斯顿之间的战场

进军号。两军绕台急行。瓦利克上。

瓦利克　像赛跑的人一样，我已精疲力竭，在这里躺下来休息一下。因为所受的攻击和我所作的反击，使得我

的强壮的筋肉一点儿气力也没有了，管他结果如何，我非休息一下不可。

爱德华跑步上。

爱德华　微笑吧，仁慈的苍天！或是打击我，凶恶的死神！因为这个世界露出了怒容，爱德华的太阳[7]被乌云遮掩了。

瓦利克　怎么了，大人！遭遇了什么事？有什么好转的希望？

乔治上。

乔治　我们遭遇的是失败，我们的希望是悲惨的绝境，我们的队伍溃散，毁灭在跟着我们。你有什么主意？我们往哪里逃？

爱德华　逃也没有用，他们会插翅追来。我们疲惫不堪，无法躲开他们的追踪。

利查上。

利查　啊！瓦利克，你为什么退下来了？你的弟弟被克利佛的矛枪的钢尖一戳，鲜血直流，都被干渴的土地吸进去了。他临死挣扎大叫，像是遥远传来的凄厉的喇叭声，“瓦利克，报仇！哥哥，为我的死而报仇！”于是，就在敌骑的马腹之下，它们的距毛都沾染了他的热血，这位高贵的战士就一命归阴了。

瓦利克　　那么就让大地吸饮我们的血以至于烂醉吧，我要去宰掉我的马，因为我不想逃。我们为什么像心肠软的妇女一般站在这里，在强敌肆虐之时哭悼我们的败绩，袖手旁观，好像这场悲剧是由演员演着好玩的？我在这里跪着向上帝发誓，我决不再休息，我决不再站着不动，直到死神合上我的双眼，或是命运之神给我相当满意的报复。

爱德华　　啊，瓦利克！我和你一同下跪，在这誓言中把我们两个的心连在一起。在我的膝盖未从冰冷的地面起来之前，你这能扶立国王又能废黜国王的上帝呀，我现在把我的双手、双眼和我的心投向给你，我乞求你，如果你的意旨是要把我的肉体变成我的敌人们猎取的对象，请把天国的两扇铜门打开，让我的待罪的灵魂安然进入吧！诸位大人，别了，以后再会，不管是在天上还是人间。

利查　　哥哥，伸过手来给我；亲爱的瓦利克，让我用疲惫的胳膊拥抱你。

从来不哭的我，如今泪流潸潸，
怕严冬就要截断我们的春天。

瓦利克　　走吧！走吧，亲爱的诸位大人，再度告别了。

乔治　　我们还是一起到我们的队伍里去吧，告诉全体官兵，凡不欲留者可以逃去，愿和我们厮守者我们将称之为砥柱。如果我们胜利，必将优予奖饰，像奥林匹亚运动会上胜利者之头戴花冠一般。这或者可以在他们的沮丧的心胸之中建立勇气，因为现在还有求

生获胜的一线希望。不要再耽搁了，我们赶快去吧。〔众下〕

第四景：战场之又一部分

双方军队绕台急行。利查与克利佛上。

利查　克利佛，我现在把你单独拣出来了。假定我这只胳膊是为了约克公爵，这一只是为了勒特兰，纵然你有铜墙护身，这两只胳膊也要决心报仇。

克利佛　利查，我现在是和你单独在此相遇。这就是杀死你父亲约克的那只手，这就是杀死你弟弟勒特兰的那只手，这就是我的那颗心，为了他们的死而得意扬扬，对杀死你父亲、弟弟的那两只手而欢呼喝彩，以便对你自己也执行同样的任务。那么，你就看剑吧！〔二人打斗。瓦利克上，克利佛逃〕

利查　不，瓦利克，你去另找别的追逐的对象，这只豺狼，我要亲手置之于死地。〔同下〕

第五景：战场之又一部分

登场号。亨利王上。

亨利王　　这场战斗像是晨曦的挣扎，逐渐消散的阴云和愈益增长的光亮对抗，牧童呵着手指辨不清那究竟是白昼还是夜晚。时而倒向这一面，像是大海受潮汐的激荡而向暴风斗争；时而又倒向那一面，像是同一个大海被狂风逼得后退，有时候海水获胜，又有时候获胜的是风。忽然这一个占优势，忽然那一个最占先；双方迎面相逢，斗胜逞强，但是难分胜负，这一场凶猛的战争也正是这样地相持不下。我且坐在这个土丘之上。上帝要谁胜利，谁就胜利吧！因为我的王后玛格莱特，还有克利佛，把我骂离了战场，两个人都发誓说我若离开那里他们便会万事亨通。但愿我已死去！如果上帝慈悲要我如此；因为在这世上除了悲苦之外还有什么？啊，上帝，我觉得能做一个朴实的牧羊人，那才是幸福的生活，坐在一个小山之上，像我现在这样，在草地上细心刻画出些个日晷，一度一度地刻画，观测光阴如何地一分一分地度过，多少分钟凑成一整小时；多少小时积成一天；多少天完成一年；多少年人在一生可以过活。算出了这个期限之后，然后分配这时间：这么多小时我必须照顾我的羊群；这么多小时我必须休息；这么多小时我必须沉思；这么多小时我必须游戏；这么多天之久我的母羊必已怀胎；这么多星期之后小羊即可生产下来；这么多年之后我将剪羊毛，于是若干的分、时、日、月、年，朝着它们注定的归宿流转过去，终于把苍苍的白发送进静静的坟墓。啊！这是何等的一生！多么美妙！多么可爱！牧羊人看管着他们的纯洁的羊群，坐在山楂丛下，那一片树荫不比生怕臣民叛变的国王头上罩着的锦绣华盖更为美丽吗？啊，是的！是美丽得多，有一千倍的美丽。总之，牧羊人的家常奶酪，他的革囊里倒出来的冰凉的淡酒，他在新鲜树荫之下的习惯的睡眠，他都能无忧无虑地安然享受，远胜过一位帝王所享受的珍馐，盛在金盘里的亮晶的食物，他的身体卧在华丽的大床，而烦恼、猜忌、阴谋随时环伺着他。

号角声。一弑父之子抱尸体上。

子　吹起来对人无益的风不是好风。我亲手格杀的这个人也许身上有不少的金钱，我现在偶然地从他身上取得这笔钱，说不定在夜晚之前把我的性命连同这笔钱一起断送给另外一个人，犹如这个死人之断送给我一般。这是谁？啊，上帝！是我父亲的面孔，被我无意中杀掉了。啊，悲苦的年头，竟发生这样的事情！我是从伦敦被国王征召入伍的，我父亲是瓦利克伯爵部下，被他的主人调遣，来到约克这一面参战；而我呢，从他手中得到我的生命，竟用我的手夺去了他的生命。饶恕我，上帝，我不知道我做的是什么事！饶恕我，父亲，因为我没辨认出您！我要用泪洗掉这些血迹，没有多话好说，等着泪水流个痛快吧。

亨利王　啊，可怜的景象！啊，残酷的年头！狮子们为它们的窟穴而搏斗的时候，可怜无辜的羔羊只好忍受它们的荼毒。哭吧，可怜的人，我要一滴一滴地陪你洒泪，让我们的心和眼睛，也像发生内战一般，因淌泪而瞎了眼，因哀伤过度而心碎吧。

一个杀了儿子的父亲抱尸体上。

父　你已经这样坚强地抵抗过我了，如果你有金子，就把金子给我吧，因为我足足打了一百下子才把它买到的。但是让我看看，这是我们的敌人的面孔吗？啊！不，不，不，这是我的独生子。啊！孩子，如果你还有生命，睁开你的眼睛。看，看！刚一望见你的伤口，我的眼睛不忍再看，我的心哀痛欲绝，于是心里吹起一阵狂风引发了一场好大的暴雨。啊！上帝，怜悯这个悲苦的世界吧。这一次残酷的斗争每天产生了一些什么样的凶事，多么地凶恶，多么地残忍，乖戾不祥，变乱叵测，而且伤天害理！啊，孩子！你的父亲生你太早，夺去你的生命又太快了。

亨利王　苦难之上再加苦难！不比寻常哀伤的哀伤！啊！但愿我能一死而遏止这些悲惨事件的发生。啊！慈悲吧，慈悲吧。仁厚的天，慈悲吧。红的蔷薇和白的都在他的脸上出现，这是我们的斗争的两个家族的不祥的标志：一个由他的殷红的鲜血来作象征，一个由他的苍白的面颊来表示。枯掉一朵蔷薇，让另一朵来盛开吧！如果你们各不相下，一千条人命必将凋谢死亡。

子　为了父亲的死，我的母亲将不知怎样激动地对我大哭大闹而永无休止！

父　为了我的儿子的死，我的妻将不知怎样泪浪滔滔而永无休止！

亨利王　为了这些悲惨的意外事件，全国不知将怎样地错怪国王而永无休止！

子　儿子有这样哀悼过父亲之死的吗？

父　父亲有这样伤恸过儿子之死的吗？

亨利王　国王为了臣民的灾难有这样伤心过的吗？你们的悲哀是很多，我的却要加上十倍。

子　我要把你抱走，找个地方哭个痛快。〔抱尸体下〕

父　我的这两只胳膊便是你的殓衣；我的心，亲爱的孩子，便是你的坟墓，因为你的影像将永不离开我的心；我的叹息的胸膛便是你的丧钟。你的父亲只有你一个，为了你的死，我要像普莱阿姆对于他所有的英勇的儿子一般[8]，把你的丧礼办得一丝不苟。

我要抱你走开。谁爱打谁就打下去，

因为我已经杀害了我不该杀害的。〔抱尸体下〕

亨利王　伤心的人们，受了悲哀很沉重的打击，但是这里坐着一位国王，比你们更悲苦。

进军号。两军绕台急行。玛格莱特王后、威尔斯亲王及哀克塞特上。

太子　逃跑，父亲，逃跑！因为您的友人们全都逃了，瓦利克凶得像是一头惹怒了的牛。走吧！因为死亡在追赶着我们。

玛格莱特　您上马，陛下，赶快驰往伯利克。爱德华与利查像是一对猎狗发现了一只逃命的兔子，愤怒得眼里冒火，恶狠的手里握着凶杀的剑，就在我们后面。所以赶快离开此地吧。

哀克塞特　走吧！复仇之神跟着他们来了。不，别再解释了。赶快，否则你们以后再来，我可要先走一步了。

亨利王　不，带我一道走，好哀克塞特。并不是我怕留在这里，是我愿到王后所愿去的地方。向前去！走吧。〔众下〕

第六景：同上

进军号大鸣。克利佛负伤上。

克利佛　我的蜡烛要在这里燃尽。是的，要在这里熄灭，可是它在燃烧的时候曾经给亨利王以光亮。啊，兰卡斯特！我担心你被推翻，甚于担心我的肉体灵魂之将离异。我的人缘与威望把许多朋友和你黏结起来，现在我一倒下，你的坚强的胶着物要熔化了，要损及亨利，并且助长约克的骄矜之气。平民像夏天的苍蝇似的成群乱舞，蚊蚋除了向着阳光还往哪里飞？现在除了亨利的敌人之外还有谁在熠熠地照耀？啊，太阳神，如果你当初不曾准许费哀赞驾驭你的烈马，你的火焰熊熊的车子也就不会烧焦了大地[9]；亨利，如果你曾像一般国王应有的那样地行使职权，或是像你父亲和祖父那样，对约克家族一步也不放松，他们就永远不会像夏天苍蝇一般地进发出来；我和上万的人也不至于因为我们的一死而在这不幸的国土之内抛下悲伤的寡妇，而你今天也可平安地保持你的王位。除了温和的空气之外还有什么东西培养莠草呢？除了过度的宽纵之外还有什么东西使得盗贼大胆妄为呢？哀叹是无用的，我的创伤是无法治疗的。无路可逃，也没有力量逃走，敌人是没有慈悲心的，不会怜悯我，因为从他们手里我已没有资格要求怜悯。空气已经侵入了我的致命的伤口，流血过多使我昏晕起来了。
来，约克、利查、瓦利克及其他，
我刺死了你们的父亲，你们来杀我吧。〔晕倒〕

进军号及退军号。爱德华、乔治、利查、蒙特鸠、瓦利克及士兵等上。

爱德华　我们现在休息吧，诸位大人，幸运要我们停手，要我们露出和平的面目来缓和一下战争的狰狞。派一些部队去追赶那狠心的王后，她挟持着身为国王的温和的亨利，就像是充满狂风的一张帆之迫使一艘大商船冲风破浪。但是诸位以为克利佛会和他们一起逃了吗？

瓦利克　不，他不可能逃掉，因为，即使当着他的面我也敢说，你的老弟利查已经选中他要把他送进坟墓。不管他现在是在哪里，他必是已经死了。〔克利佛呻吟死去〕

爱德华　是谁的灵魂这样哀伤地告别？

利查　好一声凄惨的呻吟，像是生死诀别。

爱德华　看看是谁。现在战争结束，不管是敌是友，要好好地对待他。

利查　撤销那一份慈悲的决定吧，因为那是克利佛。勒特兰是一支生长嫩叶的细条，他把这树枝砍下去还嫌不足，还要举起他的恶狠狠的刀剑，对准那茁发嫩枝的根株的地方加以砍伐，我是说我们的高贵的父亲约克公爵。

瓦利克　取下克利佛放在城门上的你的父亲的头颅，拿这个去代替那个空位。必须一报还一报。

爱德华　把那个专门对着我们一家人啼唱死亡的不祥的鸱鸮拖出来，现在死亡堵住了他的凄厉吓人的声音，他的不吉利的舌头也不会再说话了。〔侍从等拖尸体到前面〕

瓦利克　我想他是没有知觉了。说话呀，克利佛，你知道谁在对你说话吗？黑暗阴沉的死已经遮住他的生命的光辉，他看不到我们，也听不到我们说话了。

利查　啊！但愿他能看到听到，也许他能看到听到呢。他只是诈死装假，因为他想避免听到我们父亲临死之际他对我们父亲所说的那一番刻薄话。

乔治　如果你这样想，说几句刻薄话刺激他一下。

利查　克利佛！求饶吧，可是得不到宽恕。

爱德华　克利佛！做无益的忏悔吧。

瓦利克　克利佛！为你的罪过想些辩解的理由吧。

利查　你确曾爱过约克，我是约克的儿子。

爱德华　你怜悯过勒特兰，我也要怜悯你。

乔治　现在那位玛格莱特大统领在哪里，怎不来保护你呢？

瓦利克　他们在讥讽你呢，克利佛，像往常一样地破口大骂吧。

利查　什么！一句也不骂？到了克利佛对他的朋友们一句都不肯骂的时候，哼，那么这世界可未免太无情了。如此看来，我知道他是死了，我以我的灵魂赌咒，假如这只右手愿为他购买两小时的生命，以便能有尽情痛骂他的机会，这只左手便会把右手砍去，用喷出来的血噎死这个混蛋，当初约克和年轻的勒特兰是都无法满足他的无穷的杀人欲望的。

瓦利克　是的，但是他是死了。砍下这个奸贼的头，把它挂在你父亲的首级高悬的地方。现在乘胜向伦敦进军，在那里加冕登极为英格兰国王吧。从那里我再跨海到法兰西，去求波娜女士[10]为你的王后。这样你便可把两国联系在一起。一旦有法兰西为友，你便不怕业已溃散的敌人有卷土重来之虞，因为虽然他们不能用毒刺严重地伤人，但是他们散布于你不利的流言亦不可不加注意。我先要看加冕大典的举行，然后渡海到不列颠尼，促成这件婚事，如果您赞成我这样做。

爱德华　亲爱的瓦利克，你说怎么办就怎么办吧，因为我的位置是建立在你的肩膀之上，没有你的劝告与赞助我是绝不会办这件事的。利查，我要封你为格劳斯特公爵；乔治，克拉伦斯公爵；瓦利克，就和我本人一样，关于一切兴革皆可便宜行事。

利查　让我做克拉伦斯公爵，让乔治做格劳斯特公爵吧，因为格劳斯特公爵这个爵位是太不吉利了[11]。

瓦利克　嘘！这真是愚蠢的看法。利查，做格劳斯特公爵吧。现在到伦敦去，举行这些爵位册封的典礼。〔众下〕

注释

[1] suns 与 sons 同音，故戏云“三个女儿”。bear 亦有双关义:（一）佩带;（二）生育。

[2] 鹰的目光极强，据说敢于正视太阳而不感觉目眩。

[3] 勃根地公爵夫人是爱德华之第三代的表亲，不是姑母。

[4] A wisp of straw were worth a thousand crowns，据 Harrison 解释，头戴麦秸冠乃是对泼妇的惩罚。所谓值一千克朗，即不惜任何代价不可不予以惩罚也。

[5] 海伦（Helen）的丈夫斯巴达国王麦耐雷阿斯（Menelaus）是传统的著名的 cuckold，因其妻为巴利斯（Paris）所奸诱。麦耐雷阿斯是亚加曼农（Agamemnon）之弟。

[6] 讥玛格莱特赴英完婚之附带条件，一切川资及婚礼费用均由英王负担，并且不备妆奁。

[7] 太阳是约克家族的标志。

[8] 普莱阿姆（Priam），脱爱国王，有子五十人，于脱爱战争中全部阵亡。

[9] 参看第一幕第二十二注。

[10] 波娜女士（Lady Bona）是 Duke of Savoy 之女，法王后之妹，居住在姐夫路易十一世的宫内。

[11] 格劳斯特公爵的名号曾由韩福瑞（参看《亨利六世中篇》第三幕第二景），Thomas of Woodstock（参看《利查二世》第一幕第一景），及爱德华二世之宠信 Jugh Spenser 所承受，皆未得善终，故云。

第三幕

第一景：英格兰北部一猎场

二猎场管理员持弓弩上。

员甲　我们要藏在这密丛林下，因为鹿群不久就要经过这块场地。我们要把这隐密的地方当作我们的藏身之处，在所有的鹿中选择最肥最大的。

员乙　我要留在山上，以便我们两个都可以射击。

员甲　那是不可以的。你的弩弓的声音会惊了鹿群，我就无法射了。我们两个都站在这里，尽我们所能地去瞄准。为了解闷儿起见，我要说给你听有一天我在我们现在打算站立的这个地方所遭遇到的事。

员乙　有一个人来了，我们等他过去之后再说。

亨利王化装持祈祷书上。

王　　我是从苏格兰偷偷跑出来的，纯粹的是由于爱，想用我的热望的眼睛看一看我自己的国土。不，哈利，哈利，这不是你的国土；你的位置已有人填补，你的王杖已经被夺，你的涂身的香膏已经被洗掉了；没有人会向你屈膝称你为西撒了，没有谦卑求情的人求你主持正义了，不，没有人到你跟前来申冤诉苦了。因为我自顾不暇，如何能救助别人？

员甲　　是的，这里有一头鹿，那张皮可以令管理员获得一笔赏金，那就是从前的国王。我们去捉他。

亨利王　　让我来拥抱你，狰狞的厄运，因为聪明人说过那是最聪明的办法。

员乙　　我们何必迁延？我们就对他下手吧。

员甲　　且慢，我们还要再听他说些什么。

亨利王　　我的王后和儿子到法国求援去了。我又听说，伟大的气势凌人的瓦利克也到那边去了，请求法国国王的姨妹嫁给爱德华为妻。如果这消息属实，可怜的王后和儿子，你们是白费一番气力了，因为瓦利克是一个狡猾的舌辩之士，而路易正是一个很容易被动听的言辞所说服的人。那么基于同一理由玛格莱特也可以争取到他。因为她是一个很可怜悯的女人，她的叹息会攻打他的胸膛；她的眼泪会滴穿铁石的心；她哭泣起来，老虎都会变得驯顺；尼禄听到她的怨诉，看到她的咸泪，都会生出恻隐之心。是的，但是她是来有所求；瓦利克是来有所赠予。她站在他的左边为亨利乞援；他站在他的右边为爱德华求婚。她哭哭啼啼，诉说她的亨利已被篡废；他笑容满面，说他的爱德华业已登极；她，可怜的人，悲伤得说不出更多的话；而瓦利克却娓娓地陈述他的继承大统的理由，文饰他的罪行，提出强有力的论据，终于把国王争取过来，使他应允把他的姨妹以及一切一切送来加强爱德华国王的地位。啊，玛格莱特！必将闹到这个地步。你这个可怜的人，你去的时候孤苦伶仃，结果也还是被人遗弃。

员乙　喂，你是干什么的，满嘴地谈些国王和王后？

亨利王　比我现在的外表要好一些，比我过去的身份要差一些；至少是一个人，因为我不会比那更差；大家都可以谈论一般的国王，我为何不可？

员乙　对的，但是你说话的口吻，好像你是一位国王似的。

亨利王　噫，我正是，在心理上。那就够了。

员乙　但是，如果你是国王，你的王冠在哪里？

亨利王　我的王冠在我的心里，不在我的头上；没有钻石珍珠的点缀，也不是肉眼所能看见的；我的王冠名字叫作知足，那是许多国王难得享受到的一顶王冠。

员乙　噢，如果你是以知足为王冠的一位国王，那么你的王冠知足和你本人都必须同意跟了我们去。因为据我们想，你乃是国王爱德华所废黜的那位国王。我们是他的臣民，曾经宣誓效忠，要把你当作他的敌人而加以逮捕。

亨利王　但是你们从没有宣过誓然后又背过誓吗？

员乙　没有，没有背过这样的誓，现在也不会。

亨利王　我做英格兰国王的时候你们住在哪里？

员乙　就在我们现在居留的这个区域。

亨利王　我出生九个月，就涂上香膏称王；我的父亲和祖父都是国王，你们是对我宣誓效忠的臣民；那么，告诉我，你们是否破坏了你们的誓言？

员甲　没有，因为我们只在你是国王的时候才是臣民。

亨利王　噫，我现在死了吗？我不是一个活着喘气的人吗？啊！糊涂人，你们不了解你们所发的誓。看，我把这根羽毛从我的脸前吹走，空气又把它吹回来，我吹的时候它服从我吹出的气，另一阵风起便又听从另一阵风的摆布，总是受较强的一股气流的支配，你们平民也是这样轻浮善变。但是不要破坏你们的誓言，因为我的和缓的请求不至于使你们犯下背誓的罪过。随便你们到哪里，国王无不从命。你们算是国王，下令吧，我服从便是。

员甲　我们是国王的，爱德华国王的，忠实臣民。

亨利王　如果亨利像爱德华一样地又登上王位，你们便又是亨利的忠实臣民了。

员甲　我们以上帝的名义，并以国王的名义，命令你跟我们去见官。

亨利王　请以上帝的名义来领路吧。你们的国王的名义是必须被人服从的，上帝的意思怎样，就让国王去执行吧。他的意思怎样，我是要唯命是从的。〔众下〕

第二景：伦敦。宫中一室

爱德华王、格劳斯特、克拉伦斯与葛雷夫人上。

爱德华王　格劳斯特老弟，这位夫人的丈夫约翰·葛雷爵士是在圣阿尔班斯的战场上遇害的，于是他的土地被战胜者所没收了，她现在请求的是要领回那些土地。按道理讲我们是不好拒绝的，因为是为了约克家族的缘故那位可敬的爵士才丧失性命的。

格劳斯特　陛下可以答应她的请求，拒绝她是不大体面的。

爱德华王　确是不体面，不过我还要考虑一下。

格劳斯特　〔向克拉伦斯旁白〕噢，会是这样的？在国王答应她的小小请求之前，我看这位夫人倒有东西奉送给他呢。

克拉伦斯　〔向格劳斯特旁白〕他会行猎，他多么善于逆风追求呀[1]！

格劳斯特　〔向克拉伦斯旁白〕住声！

爱德华王　寡妇，我要考虑一下你的请求，你改日再来听我的决定吧。

葛雷夫人　仁慈的陛下，我不能等待。请陛下现在就裁定吧，您高兴怎样决定，我都满意的。

格劳斯特　〔向克拉伦斯旁白〕是吗，寡妇？如果他高兴怎么做都能使你高兴，那么我担保你可以收回全部土地。要更近地打交手仗，否则，老实讲，你要挨上一击。

克拉伦斯　〔向格劳斯特旁白〕我不为她担心，除非她失足躺了下去。

格劳斯特　〔向克拉伦斯旁白〕上帝不准发生那样的事！因为他将利用那个机会。

爱德华王　你有几个孩子，寡妇？告诉我。

克拉伦斯　〔向格劳斯特旁白〕我想他是想向她讨一个孩子。

格劳斯特　〔向克拉伦斯旁白〕不，有那样的事，你可以把我当作流氓抽打，他会给她两个的。

葛雷夫人　三个，我的仁慈的主上。

格劳斯特　〔向克拉伦斯旁白〕如果你顺从了他，你会有四个。

爱德华王　他们失掉了父亲的土地，太可惜了。

葛雷夫人　请发慈悲，威严的陛下，准我所请吧。

爱德华王　二位大人，请你们走开，我要试试这位寡妇的智力。

格劳斯特　〔向克拉伦斯旁白〕好，我们躲开你，你可以自由行动，直到青春消逝把你交给一根拐杖。〔与克拉伦斯后退〕

爱德华王　现在，请告诉我，夫人，你爱你的孩子吗?

葛雷夫人　是的，像爱我自己一般的深挚。

爱德华王　你愿否尽力使他们得到好处?

葛雷夫人　为他们好，我愿吃一点儿苦。

爱德华王　那么为他们好，把你丈夫的土地领回来。

葛雷夫人　我正为此事来见陛下。

爱德华王　我要告诉你如何才可以得到这些土地。

葛雷夫人　这将使我不能不对陛下竭诚效忠。

爱德华王　如果我把土地给了你，你将怎样为我效忠呢?

葛雷夫人　凡我力之所及，任凭吩咐。

爱德华王　但是你会拒绝我的要求。

葛雷夫人　不，仁慈的陛下，除非是我办不到的。

爱德华王　是的，但是我想要的是你能办得到的。

葛雷夫人　那么我照您的命令去做便是。

格劳斯特　〔向克拉伦斯旁白〕他逼她很紧，长久雨滴磨穿石。

克拉伦斯　〔向格劳斯特旁白〕像火一般的炽热！哼，她的蜡一定会要熔化。

葛雷夫人　陛下为什么停住不说了？不能让我知道如何对陛下效忠吗？

爱德华王　是一桩很容易的工作，只是要你爱一位国王。

葛雷夫人　这是立刻就可以办到的，因为我是小民。

爱德华王　那么我把你丈夫的土地欣然发还给你。

葛雷夫人　我千恩万谢向您告辞了。

格劳斯特　〔向克拉伦斯旁白〕交易做成了，她屈膝敬礼算是盖了图章。

爱德华王　但是且慢，我的意思是指爱的后果。

葛雷夫人　我也是指爱的后果，亲爱的主上。

爱德华王　是的，但是我恐怕，你所说的是另外一种意义。你想我这样费力乞求的是什么样的爱？

葛雷夫人　我的至死不渝的爱戴，我的心悦诚服的感激，我的祈祷，有德的人所能要求的也是有德的人所能给予的那种爱。

爱德华王　不，老实说，我的意思不是指这种爱。

葛雷夫人　噫，那么您的意思不是我所想的您所怀着的意思了。

爱德华王　不过现在你可以部分地了解我的心思了。

葛雷夫人　如果我料想不错，我所了解的您的用心之所在，我是永远不能答应的。

爱德华王　明白对你说吧，我想要和你同床共寝。

葛雷夫人　明白对你说吧，我宁可睡在监牢里面去。

爱德华王　噫，那么你就不能得到你丈夫的土地。

葛雷夫人　噫，那么我的贞操便是我的产业了，因为我不肯失掉贞操去获得土地。

爱德华王　那样一来你严重地伤害了你的孩子们。

葛雷夫人　这样一来陛下伤害了他们和我。但是，伟大的主上，这样开玩笑的情调和我请愿的严肃性是不符合的，请放我走吧！说一声“是”或“否”。

爱德华王　是，如果你对我的请求说“是”；不，如果你对我的要求说“不”。

葛雷夫人　那么，不，陛下。我的请愿就此结束。

格劳斯特　〔向克拉伦斯旁白〕这寡妇不欢喜他，她皱起眉头来了。

克拉伦斯　〔向格劳斯特旁白〕他是基督教世界中之最鲁莽的求婚者。

爱德华王　〔旁白〕她的外表证明她是极其贞洁；她的言辞表示她有无比的才华；她的一切优异之处可以和帝王匹敌；无论从哪一方面看，她是一个国王的佳偶。她必须做我的情人，否则就做我的王后。爱德华国王要娶你做他的王后，你有何话说？

葛雷夫人　说说比真做要好一些，我的仁慈的主上。我是一个可以拿来取笑的小民，绝不配贵为王后。

爱德华王　亲爱的寡妇，我以我的国王身份向你发誓，我所说的话全是由衷之言。那便是，我为了爱而想要得到你。

葛雷夫人　那是超过了我所愿意顺从的事。我知道我太低微，不配做您的王后，可是又太高贵，不能做您的侍妾。

爱德华王　你在咬文嚼字，寡妇。而我确是说的实话，我的王后。

葛雷夫人　我的儿子喊你作父亲，会使陛下难过的。

爱德华王　不见得比我的女儿喊你作母亲为更难过。你是一位寡妇，你有几个孩子；我是一个未婚男子，可是圣母见怜，我也如有几个孩子；噫，我能做一个儿女满堂的父亲，正是一件快乐的事。不必再多说，你一定要做我的王后。

格劳斯特　〔向克拉伦斯旁白〕现在神父已经听完了忏悔[2]。

克拉伦斯　〔向格劳斯特旁白〕他做告解神父，必是别有用心[3]。

爱德华王　你们二位老弟一定是在揣想我们两个谈的是什么事吧。

格劳斯特　寡妇不大高兴，因为她脸上露出愁苦的样子。

爱德华王　你们会觉得奇怪吧，如果我想要她嫁。

克拉伦斯　嫁给谁，陛下？

爱德华王　噫，克拉伦斯，嫁给我。

格劳斯特　这至少是可以令人惊讶十天的奇闻[4]。

克拉伦斯　比一桩普通奇闻还能多维持一天的寿命。

格劳斯特　这件奇闻最多也不过如此。

爱德华王　你们就取笑我吧，二位老弟。我可以告诉你们，她请求发还她丈夫的土地，我已经应允了。

一贵族上。

贵族　仁慈的主上，您的敌人亨利业已捕获，以犯人的身份被押解到了宫门之外。

爱德华王　着即送往伦敦堡。二位老弟，我们去见那捕获他的人，问问他被捕的经过情形。寡妇，你也一同去。二位大人，要好好地看待她。〔除格劳斯特外，众下〕

格劳斯特　是的，爱德华对于女人们是要好好看待的。但愿他淘虚了身子，精髓气血全部耗尽，以至于从他的躯干上抽不出枝条来妨碍我所希冀的美好时光！不过，好色的爱德华的子嗣之望纵然断绝，还有克拉伦斯、亨利、他的儿子小爱德华，以及他们的意想不到的子息，都会从中作梗，在我未能就位之前他们会要捷足先登，对我的热望而言这是多么冷酷的预料！那么我现在只是梦想称孤道寡的滋味而已，恰似立在海岬上的一个人，瞭望一处想要踏上去的远岸，希望他的脚能和他的眼一样地中用；怒斥那把他隔开的大海，声言要把海水淘干，以便大踏步地走过去；我之想望王冠亦正好类似，王冠是这样地可望而不可即，我也是同样地怒斥那些妨碍我攫取王冠的人，我也是同样地声称我要铲除那些碍事的根由，以不可能办到的事情来自我陶醉。我的眼睛太焦急，我的心太狂妄，除非我的手和气力能配合得上。好，假使没有王国给利查享受，这世界还有什么别的快乐可以供应呢？我可以在女人的怀里得到我的天堂，以华丽的衣饰装扮我的身体，以我的花言巧语和眉来眼去迷惑漂亮的女郎。啊，胡思乱想！可能比攫取二十顶金冠更不容易实现。唉，我在母亲肚里的时候，爱神就已经把我舍弃了，为了使我不能在风流阵中一显身手，她用贿赂买通了造物主，把我的胳膊萎缩得像是一根枯枝；在我的背上堆起一座可厌的山峰，畸形丑态在那里高踞着，取笑我的身体；把我的两条腿弄得不一样长；把我的各部分都弄得不匀称，像是混沌一团，又像是长得一点儿也不像母熊的一头未舐过的初生小熊[5]。那么我还能有人肯爱我吗？啊，大错特错！不该有这样的念头。这世界既然除了令我发号施令谴责制裁比我仪表好的人以外，别无其他的快乐可以给我，我只好梦想王冠，引以为乐了；我有生之日，当视人间为地狱，直等到有一天载着这个脑袋的畸形躯体能箍上一顶金冠而后已。但是我还不晓得如何取得这王冠，因为在我与我的目标之间尚有好多条人命从中作梗。而我呢，像是在荆棘丛中迷路的人，一面披荆斩棘，一面又被荆棘划破，想寻一条出路，而又误入歧途。不知怎样才可找到空敞透气之所，而只知拼命地努力寻求，想要夺取英格兰的王冠，徒然困苦自己。我将摆脱这种困苦，否则就挥起一把血淋淋的板斧，杀出一条生路。哼，我能微笑，也能在微笑之际杀人，对于使我伤心之事高呼“同意”，用虚情假意的眼泪湿润我的两颊，随机应变地改动我的面孔。我要比海上女妖[6]溺死更多的航海人；我要比非洲怪蛇[7]害死更多的向我注视的人；我能像奈斯特一般地雄辩滔滔[8]，比优利赛斯更狡猾地骗人[9]，而且像是又一个赛嫩[10]攻占另一个脱爱。我能比蜥蜴变出更多的颜色[11]，我能陪同普洛蒂阿斯随机变形[12]，我能给马基维利上一堂杀人弄权的课[13]。
我能做这一切，不能弄一顶王冠戴？
嘘！即使再渺茫些，也要把它弄了来。〔下〕

第三景：法兰西。宫中一室

奏花腔。法王路易、其姨妹波娜女士偕随从等上，其海军大将名布尔邦者随侍。国王就位。玛格莱特王后、爱德华太子，及牛津伯爵上。路易坐下，又起立。

路易　美丽的英格兰王后，高贵的玛格莱特，陪我坐下。路易坐着的时候而你站着，那是不合你的身份地位的。

玛格莱特　不，伟大的法兰西国王，现在玛格莱特必须屈尊纡贵，学习一下在君王们发号施令的地方小心伺候了。

我必须承认，在从前光辉灿烂的日子里，我曾是伟大的英格兰的王后，但是如今厄运已经践踏了我的名衔，使我蒙羞含垢，把我打倒在地，我必须忍辱知命，安心地坐在我的卑微的座位上去。

路易　噫，美丽的王后，你这深刻的愁苦是从何而来?

玛格莱特　提起那缘由，我的两眼就要热泪盈眶，我的舌根就要哽咽，我的心里就要哀愁泛滥。

路易　不管那是什么缘由，你还是要和往常一样，坐在我的身旁。〔使她在他身旁就座〕对于命运的轭，你不必延颈承受，要鼓起大无畏的精神，不顾一切厄运，乘胜迈进。

玛格莱特王后，坦白说出你的苦愁，

法国国王如能为力，必定为你解忧。

玛格莱特　这几句仁慈的话使我的沮丧的精神为之一振，我的闭口结舌的悲哀可以一吐为快了。现在我要让高贵的路易知道，我的爱情之唯一的享有者亨利已经从国王一变而为流囚，被迫在苏格兰孤零零地定居，而骄傲恣肆的约克公爵爱德华篡夺了英格兰之真正合法国王的名号与地位。就是为了这个缘故，我，可怜的玛格莱特，还有我的这个儿子，爱德华太子，亨利的继承人，来求你给予正义而合法的援手。如果你坐视不救，我们的一切希望皆成泡影。苏格兰有意帮助，但是心余力绌，我们的人民和贵族都被导入了邪途。

我们的财产被夺，士兵溃散。

你看得出，我们自己也落了难。

路易　著名的王后，且耐心地忍受这场风暴，等我想个办法使它静止下来。

玛格莱特　我们越迁延，我们的敌人越壮大。

路易　我越是迁延，我越能帮助你。

玛格莱特　啊！焦急总是随着真正的悲哀以俱来的。看，使我悲哀的那个人来了。

瓦利克偕侍从等上。

路易　是谁这样大胆地走到我的面前?

玛格莱特　是我们的瓦利克伯爵，爱德华的最伟大的朋友。

路易　欢迎，英勇的瓦利克！你到法国来做什么?〔从他的宝座上下来。玛格莱特王后起立〕

玛格莱特　是的，现在第二次风暴开始兴起来了，因为掀动风潮的正是他。

瓦利克　我是奉了我的主上英格兰国王您的盟友爱德华之命而来，以善意及真挚的友爱，首先向您敬致问候之意；随后要请缔结一项友好盟约；最后愿以婚姻的结合来巩固这一友好关系，如您肯把您的美丽的姨妹贤惠的波娜女士嫁给英格兰国王为妻。

玛格莱特　如果此事实现，亨利的希望就算完了。

瓦利克　〔向波娜〕仁慈的女士，我奉命代表我们的国王，如蒙惠允，我要恭恭敬敬地吻您的玉手，并且由我来口述我的国王心中的一段热情。您的美貌、您的贤惠，声名远播，他最近听在耳里，已经印在心头了。

玛格莱特　路易国王和波娜女士，在你们答复瓦利克之前，请听我一言。他的请求不是出自爱德华之善意的忠实的爱情，而是由于环境所迫而生出来的狡计，因为篡位的人如何能安然地统治国内，除非在国外勾结强大的盟邦？要证明他是一个篡位的人，这一个理由就够了，亨利如今还在活着；但是如果他死了，亨利国王的儿子爱德华太子现在此地。所以，路易，你要注意，可不要为了这次结盟与联姻而引起你的危机与耻辱，因为篡位的人虽然控制局面于一时，但上天是公道的，时间总会制止罪行的。

瓦利克　傲慢的玛格莱特！

太子　为什么不称王后？

瓦利克　因为你的父亲亨利是篡夺王位的，你不配称太子，犹之她不配称王后。

牛津　那么瓦利克是把曾经征服大部分西班牙之刚特的约翰一笔勾销了。而且刚特的约翰之后，还有亨利四世，他的聪明天挺乃是最贤明英主的宝鉴。这位贤王之后又有亨利五世，以武力征服了全部法兰西，我们的亨利便是从这些列祖列宗嫡传下来的。

瓦利克　牛津，在这一段娓娓动听的叙述之中，你没有讲到亨利六世怎样丧失了亨利五世所打下的江山，这是怎么回事？我想这些位法国的贵族怕要失笑。至于你所说的其他的话，你历数六十二年的谱系[14]，区区一段时间不足以说明一个王朝因年代久远而有合法存在的价值。

牛津　　噫，瓦利克，对于你已臣服了三十六年之久的国王[15]，你能信口狂诋，不因犯上作乱而赧颜吗？

瓦利克　　一向拥护正义的牛津，现在能靠了家系而卫护虚伪吗？可耻！离开亨利，奉爱德华为王吧。

牛津　　这个人枉法裁判，把我的长兄奥伯利·维尔处死，我还能奉他为王吗？而且不仅此也，还有我的父亲，以衰老之年，已经濒临死亡的边缘，也没有被他放过。不，瓦利克，不，只要我活着还有一把气力，我要为兰卡斯特一家出力。

瓦利克　　我要为约克一家出力。

路易　　玛格莱特王后、爱德华太子，还有牛津伯爵，请你们站开一下，我要和瓦利克再谈一谈。〔他们站开〕

玛格莱特　　愿上天不要令瓦利克的话迷惑了他！

路易　　现在，瓦利克，你凭良心告诉我，爱德华是你们的真正的国王吗？倘若他不是合法选立的，我是不愿和他有什么瓜葛。

瓦利克　　这事我可以用我的信用与名誉作保。

路易　　但是在人民眼中他是否受欢迎呢？

瓦利克　　亨利过去命途多舛，使得他格外受人欢迎。

路易　　那么，一切虚套都不必提，老实告诉我他对我的姨妹波娜爱到什么程度。

瓦利克　　爱到一位帝王不失身份的程度。我常亲自听他发誓说，他的这一段爱乃是一株长生树，生根在“道德”的土壤之中，枝叶和果实是由“美”的太阳来维护着的，

这爱不会生出恨，可能变成愁，
除非波娜女士肯答应他的要求。

路易　妹妹，现在让我听听你的决定。

波娜女士　您的应允或拒绝也就是我的。〔向瓦利克〕不过我承认在今天以前我听人说起你们国王的人品，我的耳朵倒是常常诱使我由了解而生向往之念。

路易　那么，瓦利克，就这样吧，我的姨妹就算是属于爱德华了。现在立刻就草拟协议条款，关于你们国王所应给付的赡养财产，以及我们这一方面所应提出的相对的妆奁。走过来，玛格莱特王后，波娜将嫁给英格兰王为妻，你做个见证吧。

太子　嫁给爱德华，不是嫁给英格兰王。

玛格莱特　狡诈的瓦利克！那是你的鬼主意，用这联姻的办法使我的请求落空。在你未来之前，路易原是亨利的朋友。

路易　现在也还是他的和玛格莱特的朋友。不过看样子爱德华既然顺利成功，你对王位的主张显着薄弱，那么我撤回我最近所作给你支援的诺言，也便是合理的事了。我还是会给你合于你的身份的并且我力所能及的一切礼遇。

瓦利克　现在亨利在苏格兰安然度日，既已一无所有，便不会再有任何损失。至于你自己，我们的前任王后，你有一位能养活你的父亲，最好是投奔他，不必打扰法国国王了。

玛格莱特　住声！傲慢无耻的瓦利克，住声，拥立国王废立国王的狂妄之徒。我偏不走开，我要用我的言语和眼泪，二者都充满了真诚，使路易国王看穿你的诡计和你的主上的假情假意，你们两个都是一丘之貉。〔内号角声〕

路易　瓦利克，这是快速信差前来见我或是见你的。

一信差上。

信差　特使大人，这些信是给你的，是你的哥哥蒙特鸠写给你的；这些信是我们国王寄给陛下的；〔向玛格莱特〕夫人，这些是给你的，是谁寄的我不知道。〔他们分别读信〕

牛津　我很高兴，我们的美丽的王后陛下对着来信微笑，瓦利克却在对着来信皱眉。

太子　喂，看路易直跺脚，好像是很烦恼的样子，我希望不是噩耗。

路易　瓦利克，你得到的是什么消息？你的呢，美丽的王后？

玛格莱特　我的，使我心中充满了意想不到的快乐。

瓦利克　我的，使我心中充满了悲哀与不满。

路易　什么！你们国王和葛雷夫人业已结婚？现在，为了掩饰你的虚伪和他的狡狯，竟送来一纸信笺劝我忍耐？这就是他要求和法兰西缔结的盟约吗？他胆敢这样地侮辱我？

玛格莱特　我早已对陛下这样讲过：这就可以证明爱德华的爱情和瓦利克的诚实。

瓦利克　路易国王，我对着苍天，并且以我将来享受天堂之乐的指望为誓，我要郑重声明，关于爱德华的荒谬行为我是全无关涉的。他不再是我的国王，因为他使我受辱了，但是受辱最大的是他自己，如果他能看到他的行为之可耻。我是不是忘记了我父亲由于约克家族之故而断送了性命[16]？我是不是容忍了他对我侄女的污辱[17]？我是不是把王冠放在他头上的？我是不是剥夺了亨利生来即有的王位继承权？而我到了最后却受耻辱的报酬，他自己才该受耻辱！因为我应得的是荣誉。为了恢复我为他而失去的荣誉起见，我现在弃绝他，重回到亨利这一方面。我的高贵的王后，请蠲弃前嫌，从今以后我是您的忠仆。他对波娜女士不起，我要予以报复，并且要使亨利恢复他往日的光荣。

玛格莱特　瓦利克，你这一番话把我的恨变成了爱，我要把过去的误会完全忘怀，并且为了你又成为亨利王的朋友而高兴。

瓦利克　绝对的是他的朋友，是的，他的真实的朋友，如果路易国王肯拨几队精兵交给我们，我负责把军队送上我们的海岸，以战争方法迫使那篡位的人让位。他新娶的娘子是帮不了他的。至于克拉伦斯，据我的信上说，他现在很可能背弃他，因为他这场婚姻比较的是为了淫欲，而不是为了荣誉，也不是为了国家的强盛与安全。

波娜女士　亲爱的老兄，除非你来帮助这位苦难的王后，波娜怎么能够报仇雪恨?

玛格莱特　名震遐迩的国王，除非你把他从绝望的境界之中拯救出来，可怜的亨利如何能够活得下去?

波娜女士　我和这位英格兰王后利害一致。

瓦利克　我和这位美丽的波娜女士休戚相同。

路易　我的气愤和她的一致，你的又和玛格莱特的一致。所以，我最后坚定地下一决心，你可以得到我的援助。

玛格莱特　让我对大家一起表示我的衷心的感激。

路易　那么，英格兰的使者，赶快回去，告诉你的那位冒充国王的虚伪的爱德华，法兰西的路易就要派遣一批戴着面具的贺客去庆祝他的燕尔新婚。你看到了经过的一切，去让你的国王闻风丧胆吧。

波娜女士　告诉他，我料想他不久就要变成为鳏夫，我要为他而戴上一顶柳条冠[18]。

玛格莱特　告诉他，我的丧服已经撇在一边，我准备披上铠甲。

瓦利克　告诉他，他对我不住，所以我不久就要摘下他的王冠。这是给你的报酬，走吧。〔信差下〕

路易　可是，瓦利克，你和牛津带领五千人就去渡海，向虚伪的爱德华叫战；如果时机凑巧，这位高贵的王后和太子会率领一支生力军随后接应。不过在你走前，要回答我一项疑虑，你能给我什么样的忠贞保证呢?

瓦利克　这样便可保证我的忠贞不二：如果我们的王后和这位年轻的太子同意，我愿把我所宠爱的长女许配给他，永结百年之好。

玛格莱特　好，我同意，谢谢你这建议。爱德华吾儿，她是美丽而贤惠的，所以不要迟疑，伸手给瓦利克吧；你这一伸手，便是表示你的信守不渝，只有瓦利克的女儿是你的匹配良缘。

太子　是的，我接受她，因为她是值得令我接受的。为了保证我的誓言，我给你我的手。〔他伸手给瓦利克〕

路易　为什么我们现在还要耽搁？军队就要征召起来，你，布尔邦大人，我们的海军大元帅，带着我们的王家舰队把他们输送过海吧。

爱德华以婚姻来调戏一位法国女郎，

我渴望他因战争失利而终至覆亡。〔除瓦利克外众下〕

瓦利克　我是充爱德华的特使而来，但是我回去却成了他的死敌。他派给我的任务是联姻，但是可怖的战争要来答复他的要求。除了我之外，他难道没有别人可资愚弄了吗？那么除了我之外也就没有人把他的玩笑变成烦恼了。把他拥上王位的主要是我，现在主要由我再把他拖下来。

我不是怜悯亨利处境的困苦，

而是对爱德华的侮辱寻求报复。〔下〕

注释

[1] 猎犬逐鹿时逆风而追，则鹿之气味随风飘来，不至失其踪迹。

[2] 二人对谈时，葛雷夫人一直在跪着，有如在神父面前做忏悔状，现在起立，故云。

[3] 原文 shift，是 a trick 之义，可能亦有双关义，shift = smock 女人的内衬衣，参看《亨利六世上篇》第一幕第二景第一一九行 Doubtless she shrives this woman to her shift.

[4] 俗语 nine days wonder，指令人惊讶一时但不久即遗忘之物。

[5] 据传说小熊初生时无形体之可言，赖母熊舐吮始能成形。

[6] mermaid 指 siren 言，希腊神话中之海上妖女，为意大利海岸附近三女神之一，以美妙歌声蛊惑过往航海人而使之覆亡。

[7] basilisk，非洲怪蛇，人视之则死。

[8] 奈斯特（Nestor），脱爱战争中之希腊老将，能言善辩。

[9] 优利赛斯（Ulysses），设计木马藏兵攻入脱爱城之希腊名将。

[10] 赛嫩（Sinon），诈降脱爱之希腊人，劝说脱爱人纳木马，然后放出木马中之藏兵攻取脱爱。

[11] 蜥蜴（chameleon）善变颜色以适应环境避人注意。

[12] 普洛蒂阿斯（Proteus），希腊神话中之海神，为 Neptune 之部下，以善变形著称，如被捕获，即变体形。

[13] 马基维利（Machiavel），意大利政治家，著《君王论》（*The Prince*），主张为达到目的应不惜使用权谋诈术甚至暗杀手段。按马基维利生于一四六九年，比此景之历史时间尚晚五年，实为时代错误之一例。

[14] 从亨利四世登极（一三九九年）至爱德华四世登极（一四六一年），凡六十二年。

[15] 瓦利克生于一四二八年，在法国为爱德华议婚时（一四六四年），为三十六岁。

[16] 瓦利克的父亲骚兹伯利是在威克菲尔一役被兰卡斯特家族俘获斩首的（参看《亨利六世中篇》第五幕第三景），不是被约克家族杀害的。莎氏沿袭旧剧（*True Tragedy*）文字，易滋误解。

[17] 据《史记》所载，爱德华有奸污瓦利克之女或侄女之事。

[18] 柳条冠，失恋的象征。

第四幕

第一景：伦敦。宫中一室

格劳斯特、克拉伦斯、萨默塞、蒙特鸠及其他上。

格劳斯特　现在告诉我，克拉伦斯哥哥，关于和葛雷夫人新缔的这一段婚姻，你有何意见？我们的兄长是否做了一项明智的选择？

克拉伦斯　哎呀！你知道，从这里到法国是很远的，他怎能等着瓦利克回来呢？

萨默塞　列位，不要谈下去了，国王来了。

格劳斯特　还有他的选得妥当的新娘。

克拉伦斯　我想把我的意见坦白地告诉他。

奏花腔。爱德华王偕侍从等；王后葛雷夫人；潘伯娄克、斯塔福、海斯庭及其他上。

爱德华王　噢，克拉伦斯弟弟，你可喜欢我所做的选择吗，你站在那里若有所思，好像是有一些不满？

克拉伦斯　就和法国的路易或瓦利克伯爵一样地喜欢。他们是既无勇气又无见识，受了我们的欺骗也只好敢怒不敢言。

爱德华王　假使他们是无缘无故地对我不满，他们也不过是路易与瓦利克罢了。我是爱德华，是你的国王也是瓦利克的国王，我一定要按着我的意思做。

格劳斯特　你当然可以按着你的意思做，因为你是我们的国王，不过匆促地结婚往往不得有好结果的。

爱德华王　是的，利查弟弟，你也不满吗？

格劳斯特　我没有，天作之合，而我希望他们离异，这是上帝所不准许的。而且配合得这样好的一对，要拆散他们，也太可惜了。

爱德华王　你们的讥诮和不满，且先放在一边，说一说你们的理由，为什么葛雷夫人不能做我的妻和英格兰的王后。你们二位，萨默塞与蒙特鸠，也坦白地说说你们的想法。

克拉伦斯　那么我的意见是这样的。路易国王由于波娜女士的这一场议婚，以为你是戏弄了他，所以变成你的敌人了。

格劳斯特　瓦利克奉你的命令行事，被这一场新的婚姻弄得失了面子。

爱德华王　要是我能想个办法把路易和瓦利克二人安抚一下，行不行呢？

蒙特鸠　不过和法国联婚缔盟，总比任何国内的婚姻结合，更能壮大国势抵御外侮。

海斯庭　噫，蒙特鸠不知道吗，英格兰靠本身力量即可安全无虞，如果内部团结一致？

蒙特鸠　是的，如有法国支持，就更安全了。

海斯庭　利用法国比信赖法国要好一些。让上帝和上帝赐给我们的无法攻破的防御物海洋来支持我们吧，只用它们的帮助来保卫我们自己吧，我们的安全就是靠了它们和我们自己。

克拉伦斯　就凭这一番话，海斯庭大人就值得奉命与亨格福大人的继承人成婚。

爱德华王　是的，这有什么不对？那是我的意思，我所赏赐的，在这一件事上我的意旨就是法律。

格劳斯特　可是我觉得您把斯凯尔斯大人的女儿与继承人赏给您的宠爱的新娘的弟弟，却是做得不大好。赏给我或是克拉伦斯，比较地要合适些，但是您有了新娘就顾不得弟兄了。

克拉伦斯　否则您也不至于把邦维尔大人的继承人赐给您的新娘的儿子，使得您的弟兄们到别处去想办法。

爱德华王　哎呀，可怜的克拉伦斯，为了娶妻之事而抑郁不欢吗？我给你物色一个便是。

克拉伦斯　您在自己择偶的时候已经表现了您的判断力，实在不大高明，请准我为我自己张罗吧，因此我打算不久就要向您告辞。

爱德华王　你走也好，不走也好，爱德华总是国王，不能听从他的弟弟的意旨。

玛格莱特　诸位，在国王陛下尚未正式把我擢升到王后的名分以前，请大家要公道待我，你们一定要认清我并非出身卑微[1]，而且比我出身更低一些的人也曾有过同样的命运。不过这一名分既然对我和我的家人是一大荣誉，因此我本想讨好诸位，而诸位表示不悦，这实在是把我的一场欢喜给罩上了一层险恶的愁云。

爱德华王　我的爱人，不必因他们恼怒而巴结他们。只消爱德华对你没有二心，而且是他们必须服从的真正的国王，有什么危险和悲哀会落在你的头上呢？不，他们不仅要服从我，而且还要爱戴你哩，除非他们是想惹我恼恨。如果他们胆敢如此，我会保护你的安全，他们会尝受到我的赫然震怒的厉害。

格劳斯特　〔旁白〕我听着，不多说话，可是要多多盘算一番。

一使者上。

爱德华王　使者，法国国王有什么信件或是消息？

使者　启禀主上，没有信件，也没有多少话说。不过有几句话，若不得陛下特赦，我是不敢说出口的。

爱德华王　好了，我赦你无罪。所以，就简简单单地，把他们所说的话尽量据实报告我吧。路易国王对我的信件是怎样答复的？

使者　这是在我临行时他亲口所说的话：“去告诉你的那位

冒充国王的虚伪的爱德华，法兰西的路易就要派遣一批戴着面具的贺客去庆祝他的燕尔新婚。”

爱德华王　路易这样勇敢吗？也许他以为我是亨利。但是波娜女士对于我的婚姻说些什么？

使者　这便是她微带不屑之态所说的话：“告诉他，他可能不久就变成一位鳏夫，我要为他戴上一顶柳条冠。”

爱德华王　我不怪她，她不能说得更和缓了，她是受了委屈。但是亨利的王后说了些什么呢？我听说她当时也在那里。

使者　她说：“告诉他，我的丧服已经满期，我准备换上铠甲了。”

爱德华王　也许她是要扮演亚马松女战士[2]。但是瓦利克对于这些侮辱的言辞怎样回答的呢？

使者　他，比所有其他的人都对陛下更为愤慨，用这样的话来打发我：“告诉他，他对我不住，所以我不久就要摘下他的王冠。”

爱德华王　哈！这叛徒敢说出这样狂妄的话？好，既有这样的预先警告，我要准备应付他们，我一定陪他们决一死战，让他们付出桀傲不驯的代价。但是你说，瓦利克与玛格莱特又和好如初了吗？

使者　是的，仁慈的主上。他们二人的友情是如此融洽，年轻的爱德华太子娶了瓦利克的女儿为妻。

克拉伦斯　大概是那位年纪大一点儿的[3]，克拉伦斯要那年纪小一点儿的。现在，国王吾兄，告辞了，你稳稳当当地做你的国王，我要去娶瓦利克另外一个女儿。

我虽然缺少一个王国，可是在婚姻上不比你差。喜欢我和瓦利克的，请跟了我来。

〔克拉伦斯下，萨默塞随下〕

格劳斯特　〔旁白〕我不去。我心中有更远大的计划。我留在这里不是有所爱于爱德华，而是爱那顶王冠。

爱德华王　克拉伦斯和萨默塞到瓦利克那里去了！不过我已准备好应付最恶劣的情况，在这紧急关头迅赴事功是必须的。潘伯娄克和斯塔福，你们去代表我募集士兵，准备作战。他们已经登陆了，再不然很快地就要登陆。我本人随后就来。

〔潘伯娄克与斯塔福下〕

不过在我动身之前，海斯庭和蒙特鸠，先解决我的一项疑虑。在所有的人当中，你们二位由于血统和由于姻谊都是和瓦利克很近的，告诉我你们是否爱瓦利克过于爱我？如果是这样的，那么两位都去投奔他；我宁愿你们是我的敌人，不愿你们是虚情假意的朋友；不过如果你们有意继续对我效忠，请发誓向我保证，我好永不怀疑你们。

蒙特鸠　愿上帝帮助蒙特鸠，让他忠贞不渝！

海斯庭　也帮助海斯庭，让他拥护爱德华的立场！

爱德华王　现在，利查弟弟，你可愿站在我这一面？

格劳斯特　是的，我看不起所有的和你作对的人。

爱德华王　噫，好极了！那么我稳操胜券了。

现在我们就走，不要耽误时间，

就去和瓦利克和他的外军在沙场会面。〔众下〕

第二景：瓦利克县中一原野

瓦利克与牛津率法军及其他队伍上。

瓦利克　相信我，大人，截至现在一切顺利，平民成群结队地拥向我们。

克拉伦斯与萨默塞上。

看萨默塞与克拉伦斯来了！请立刻表示，二位大人，我们是否志同道合的人？

克拉伦斯　这个不必疑虑，大人。

瓦利克　那么，亲爱的克拉伦斯，欢迎你来瓦利克这里；也欢迎你，萨默塞。一位心胸高贵的人已经伸出真诚的手来表示友好，若还对他怀疑，我认为那是怯懦；否则我可能疑心，克拉伦斯既是爱德华的弟弟，此来也许只是冒充友人刺探我们的虚实。但是我欢迎你，亲爱的克拉伦斯，我的女儿一定要归你所有。现在还有什么事可做呢，除了在夜色覆罩之下，乘令兄草率扎营，士兵散藏各处，只有卫兵随侍之际，我们前去突袭把他手到擒来？我们的侦探已经发现此一突袭是轻而易举的，恰似优利赛斯和勇敢的戴奥密地斯，靠了机智和勇气，偷进利索斯的营盘，从那里带走那些色雷斯的不祥的马匹[4]；我们也正好借夜色苍茫的掩护，乘其不备打倒爱德华的卫兵，把他本人生擒。我不是说要杀掉他，只是要出其不意地捉到他。你们肯跟我去冒险一试的，请跟着你们的领袖高呼一声亨利。〔全体呼:“亨利！”〕那么，我们静静地出发吧。上帝与圣乔治，保佑瓦利克和他的朋友们吧！〔众下〕

第三景：瓦利克附近之爱德华的营盘

保卫国王营帐之数卫士上。

卫甲　来呀，各位，各就岗位，这时候国王大概已经准备打个瞌睡了。

卫乙　怎么，他不想上床睡觉吗?

卫甲　噫，不，因为他曾隆重发誓，在瓦利克或是他自己确被打倒之前，他是不上床安眠的。

卫乙　那么明天大概就是这个日子了，如果瓦利克真是像大家所说的那么迫近。

卫丙　但是请问，在国王帐篷里和国王一同休息的那位贵族是谁?

卫甲　那是海斯庭大人，国王的最知心的朋友。

卫丙　啊！是这样的吗?但是为什么国王命令他的主干部队睡在邻近各处的城里，而他自己独宿荒郊?

卫乙　因为越是危险，就显着越是光荣。

卫丙　　是的，但是给我舒适宁静吧，我觉得那比危险的光荣要好一些。若是瓦利克晓得他目前的处境，恐怕会来惊醒他。

卫甲　　除非我们的戟能封闭他的通路。

卫乙　　是的，除了保卫国王不受敌人夜袭，我们又何必来守卫国王的营帐呢？

瓦利克、克拉伦斯、牛津、萨默塞及士兵等上。

瓦利克　　这就是他的帐篷，看看他的卫兵站在哪里。勇敢起来，弟兄们！现在夺取光荣，否则永无希望！只要跟了我来，爱德华就会落在我们手里。

卫甲　　谁在那边走动？

卫乙　　站住，否则要你的命。〔瓦利克率众齐声喊叫："瓦利克！瓦利克！"，向卫兵进攻；卫兵逃，大呼："起来！起来！"瓦利克率众追赶〕

鼓声。喇叭声。瓦利克率众又上，国王着睡衣坐大椅被人抬出。格劳斯特与海斯庭横越台上而逃。

萨默塞　　在那边逃走的是什么人？

瓦利克　　利查与海斯庭。让他们走，公爵现在此地。

王　　公爵！噫，瓦利克，我们上次分手的时候，你喊我为国王！

瓦利克　　是的，现在情形变了。你让我奉使出国蒙受耻辱的时候，我就剥夺了你的国王的身份，现在我来封你为约克公爵。哎呀！你不知道如何派遣使节，也不知道如何满足于拥有一个妻子，也不知道如何对你的弟兄们友爱相待，也不知道如何为人民谋福利，也不知道如何自卫防敌，你如何能够统治任何一个国家呢?

王　　嗅，克拉伦斯弟弟，你也在这里?那么，我看出爱德华是非倒下去不可了。不过，瓦利克，我纵然遭遇这一切不幸，我爱德华对你自己以及你的同党们，却要永远以国王自居。命运女神虽然害人，颠覆了我的王位，我的心却在她的法轮的势力范围之外。

瓦利克　　那么，在他心里想象之中，让爱德华做英格兰国王吧。〔取下他的王冠〕但是现在亨利要戴英国王冠了，他要做真正的国王，你不过是个影子。萨默塞大人，由于我的请求，你负责把爱德华公爵送交我的哥哥约克大主教[5]。我和潘伯娄克及其同党打过之后，就跟踪而来，告诉你路易和波娜女士给了他什么样的答复。现在，我的好约克公爵，暂且告别了。

王　　命运的安排，人们必须承当，
抵抗风与潮，那是没有用场。〔被引下；萨默塞随下〕

牛津　　诸位，现在除了率军向伦敦进发之外，我们还有什么事可做呢?

瓦利克　　是的，那是我们第一桩要做的事：把国王亨利从监禁中解放出来，让他再登上国王的宝座。〔众下〕

第四景：伦敦。宫中一室

伊利沙白王后及李佛斯上[6]。

李佛斯　夫人，你为什么情绪突变？

伊利沙白　噫，李佛斯弟弟，你还不知道国王爱德华最近遭到的不幸吗？

李佛斯　什么！对瓦利克一场激战失利？

伊利沙白　不是，是他自己的本身不保了。

李佛斯　那么是国王遇害了吗？

伊利沙白　是的，几乎是遇害了，因为他是被俘了。不是被他的卫兵所出卖，就是冷不防受了敌人的突袭。我后来又得到消息，他被送交约克主教，那是凶恶的瓦利克的哥哥，因此也是我们的敌人。

李佛斯　这些消息，我必须承认，是很沉痛的。
但是，夫人，你还是要忍耐，
瓦利克虽已获胜，可能还会失败。

伊利沙白　目前只好靠希望维持生命于不坏。
我为了我腹内的爱德华的这一块肉，只好强勉自己不陷于绝望。就是为了这个缘故，我克制情感，以和顺的态度承当厄运的打击。是的，是的，因此我忍住不少的眼泪，止住一声声的耗血伤神的叹息，
生怕我的眼泪或叹息会要摧毁或是淹毙
国王爱德华的种子，英国王位的嫡系。

李佛斯　但是以后瓦利克到哪里去了呢？

伊利沙白　我听说他向伦敦进发，要把王冠再度放在亨利的头上。其余的你可以猜想得到，国王爱德华的朋友们非倒下去不可。但是，为了预防这篡夺者的暴行起见——因为曾经一度背誓变节的人是不可以加以信任的——我要去到一个庇护之所，至少可以保全爱德华的王位继承人，在那里我可以不受暴力与阴谋的侵害。

来吧，我们能跑的时候赶快跑，

若被瓦利克捉到，我们是死定了。〔众下〕

第五景：约克县中米德兰堡垒附近一猎苑

格劳斯特、海斯庭、威廉·斯坦雷爵士及其他上。

格劳斯特　海斯庭大人和威廉·斯坦雷爵士，二位且不要惊讶我为什么引你们到这苑囿的最茂密的丛林里来。事情是这样的。你们知道，我们的国王，我的哥哥，在这里被主教所囚禁，在他手里得到很好的待遇，享到很多的自由，时常在微弱的监视之下出来到这里打猎自娱。我已秘密地通知了他，如果他借着往常行猎的名义在这个时候行经此地，他可以在此遇见他的朋友们带着人马准备把他从囚禁中解救出来。

爱德华王与一猎人上。

猎人　向这边走，陛下，因为野兽是在这一边。

爱德华王　不，在这一边，你这个人，你看一群猎人在那里守着呢。啊，格劳斯特弟弟、海斯庭大人，还有其他各位，你们躲在这里站着，要偷主教的鹿吗？

格劳斯特　哥哥，时机紧迫，需要迅速。你的马在猎苑角上等着呢。

爱德华王　但是我们到哪里去呢？

海斯庭　到林镇，陛下，从那里搭船到佛兰德斯。

格劳斯特　你猜中了，因为那正是我的计划。

爱德华王　斯坦雷，我要酬谢你的热诚。

格劳斯特　但是为什么我们要耽搁呢？这不是谈话的时候。

爱德华王　猎人，你以为如何？你愿一道走吗？

猎人　这样做总比等着被绞要好一些。

格劳斯特　那么就走吧，不要再麻烦了。主教，再会。
当心瓦利克要对你发泄怒火，
为我祈祷王冠可以早日重得。〔众下〕

第六景：伦敦堡内一室

亨利王、克拉伦斯、瓦利克、萨默塞、年轻的李治蒙、牛津、蒙特鸠、堡垒守卫官及侍从等上。

亨利王　守卫官先生，上帝和朋友们既已把爱德华从王座上倾覆下来，使我的幽囚状态变成了自由，我的恐惧变成了希望，我的忧愁变成了快乐，我被释的时候应该缴付给你多少伙食费用[7]？

守卫官　做臣民的不可以对他们的主上有所需索，但是如果一个小小的祈求可以生效，我要请求陛下恕罪。

亨利王　为什么恕罪，守卫官？为了优待我？不，你放心，我要好好地报酬你的好意，因为你使得我的囚禁变成了愉快。是的，其愉快就像是笼中之鸟，几阵悒悒寡欢之后，终于满室洋溢着谐和的歌声，完全忘记了失去自由的苦痛。但是，瓦利克，你把我解救出来，其功仅次于上帝，所以我要特别感谢上帝和你，上帝是主谋者，你是执行的人。所以，为了过卑微的生活以克服命运的打击，使命运无从加害于我，并且为了这幸运国土的人民不至因我的灾星照命而受到天谴，瓦利克，虽然我头上仍戴王冠，我现在把政权付托给你，因为你有所为是无往不利的。

瓦利克　陛下一向是以德行著称，如今知道窥察并且躲避命运的播弄，可见德行之外还有睿智，因为很少人懂得趋吉避凶乐天安命。不过克拉伦斯在此而陛下偏偏选中了我，在这一件事上我不能不怪陛下失策。

克拉伦斯　不，瓦利克，你是才堪执掌大权的，你在出生的时候上天就赋给了你橄榄枝和月桂冠，在战争中和在和平中都会有天神呵护，所以我对你是全心的赞许。

瓦利克　我只能选克拉伦斯做摄政王。

亨利王　瓦利克与克拉伦斯，你们两个都伸手给我。你们握手，两颗心也同时结合在一起，永不发生歧见贻误国政。我派你们两个同为本国摄政，我自己将过退隐的生活，在修行中消磨我的余生，谴责罪过，赞美上帝。

瓦利克　克拉伦斯对国王的意思作何答复?

克拉伦斯　如果瓦利克同意，他就同意，因为我依靠你的运道。

瓦利克　那么，虽然非我本愿，我也只好同意了，我们要连为一体，像是亨利的两个影子，来代替他的职位。我的意思是说，在他享受尊荣与安逸之际，我们负起政治的重担。克拉伦斯，现在宣布爱德华为叛逆乃是刻不容缓的首要之图，他的所有的土地财物亦须予以充公。

克拉伦斯　当然了，还有继位问题也要决定。

瓦利克　是的，在这件事上少不了克拉伦斯的一份。

亨利王　但是，在你们商讨国家紧急大事之际，我要请求，因为我不再发号施令了，赶快派人把你们的王后玛格莱特和我的儿子爱德华从法国接回来。因为我心中疑惧，于亲眼在此地看到他们之前，我重获自由的快乐总是蒙着一半阴影。

克拉伦斯　我的主上，此事当即从速遵办。

亨利王　萨默塞大人，你好像是很细心照料的那个年轻人是谁?

萨默塞　主上，这是年轻的亨利，李治蒙伯爵[8]。

亨利王　走过来，英格兰的希望之所寄。〔以手抚其头〕如果冥冥中的主宰在我揣想中所显示的是真实不虚，这个漂亮的孩子将是我们的国家之福。他的相貌带着一片庄严肃穆，天生的有一颗该戴王冠的头，有一只该掌王杖的手，终有一天他会使国王的宝座增光。要重视他，诸位。因为我连累大家，
将来能带给大家好处的是他。

一使者上。

瓦利克　有何消息，我的朋友?

使者　爱德华从你哥哥那里逃脱了，后来听说是逃往勃根地。

瓦利克　不好听的消息！他是怎样逃脱的?

使者　他是被格劳斯特公爵利查和海斯庭大人带走的，他们是埋伏在树林旁边等待着他，从主教的猎人手里把他救走，因为打猎是他的每日的消遣。

瓦利克　我的哥哥监护得太疏忽了。
但是我们走吧，我的主上，
预备药膏去敷可能发生的创伤。〔亨利王、瓦利克、克拉伦斯、监守官及侍从下〕

萨默塞　大人，我不喜欢爱德华这次逃脱，无疑的勃根地会给他援助，我们不久将又有战事发生。亨利方才所作预言，对于年轻的李治蒙寄予厚望，使我心里甚为高兴，可是我又内心疑惧，不知在这战乱之中有

什么灾害要落在他的和我们的头上。所以，牛津大人，为预防最恶劣事情发生，
我们立刻把他送往不列颠尼，
等着内战的风暴过去。

牛津　　是的，爱德华若重获王冠，
李治蒙及其他可能要被推翻。

萨默塞　　就这么办。他到不列颠尼去。
来，此时我们必须迅速处理。〔众下〕

第七景：约克城前

爱德华王、格劳斯特、海斯庭及部队上。

爱德华王　　利查弟弟、海斯庭大人，还有其他各位，至目前为止，命运之神是在给我们补偿，并且说我的衰微之气和亨利的帝王之尊即将互相交换易地而处。我们平安地渡海而去，现在又平安地渡海而回，从勃根地带来了我所需要的援兵。我们既已从雷文斯堡海港[9]来到了约克城前，除了长驱直入像是走进自己的领邑一般，还有什么事可做呢？

格劳斯特　　城门紧闭！哥哥，我不喜欢这个样子，因为凡是在门槛上跌一跤的人都是受到预告内有危险潜伏。

爱德华王　嘘，你这个人！现在预兆不能吓倒我们。不管用什么手段，我们必须进去，因为我们的朋友们要到这里来和我们相会的。

海斯庭　我的主上，我再去敲门一次，叫他们出来。

约克的市长及其同僚在城上出现。

市长　诸位，我们事先知道诸位要来，为了自己安全而关闭城门，因为我们现在是效忠亨利的。

爱德华王　但是，市长阁下，如果亨利是你的国王，爱德华至少是约克公爵。

市长　对，大人，我认识您正是那样的身份。

爱德华王　噫，那么我所要求的只是我的公爵领土，此外别无需求。

格劳斯特　〔旁白〕狐狸一旦把鼻子伸了进去，不久就有办法把身体也跟着挤了进去。

海斯庭　唉，市长阁下，你为什么要猜疑呢？打开城门，我们是亨利王的朋友们。

市长　啊，你真这样说吗？那么就把城门打开。〔与市议员等下〕

格劳斯特　一位精明强干的长官，很快地就听信了我们的话。

海斯庭　这个好老人愿意面面俱到，只消不让他负任何责任就行。但是一经进城，我毫不怀疑我们很快地就会说服他和他的所有的同僚们。

市长及二市议员又上。

爱德华王　好了，市长阁下。除了在夜间或是在战时，这城门是不可以关闭的。什么！不必担心，你这个人，把钥匙交给我。〔接过钥匙〕
爱德华会保护这城和你的安全，
以及一切肯来随从我的人员。

蒙高美利率队上。

格劳斯特　哥哥，这一位是约翰·蒙高美利爵士，我们的忠实朋友，除非是我看错了人。

爱德华王　欢迎，约翰爵士！但是你为什么武装而来？

蒙特鸠　在爱德华国王的危疑震撼之秋来帮助他一下，这是每一忠诚的臣民所应该做的事。

爱德华王　多谢，好蒙高美利。但是现在我愿忘却我对王位的权利，目前只要求我的公爵的位分，其余的留待上帝愿意赐予的时候再说。

蒙高美利　那么告辞了，因为我要离开此地。我来是向一位国王效忠，不是向一位公爵效忠。鼓手，敲起鼓来，我们开走吧。
〔行军鼓声〕

爱德华王　不，且慢，约翰爵士，等一下。我们来讨论一下用什么妥当的方法恢复王位。

蒙高美利　你还要讨论什么？简单说吧，如果你不在此宣布你是我们的国王，我就把你交由你的命运来处置，我自己要去拦阻前来援助你的人们。你既不提出王位的要求，我们何必作战呢？

格劳斯特　唉，哥哥，你为什么要拘泥呢？

爱德华王　我们强大一些的时候，再提出我们的要求。时机未到，用意秘而不宣，那乃是明智之举。

海斯庭　不要犹豫盘算了吧！现在全凭武力解决。

格劳斯特　无畏的胸襟能最快地爬上王座。哥哥，我们要立刻宣布你为王，消息传出之后许多人会来投效。

爱德华王　那么就听从你们的意思吧。因为那本是我的权利，亨利只是僭据王位罢了。

蒙高美利　对，这才像是我的国王说话的样子，现在我要做护卫爱德华王位名义的斗士。

海斯庭　吹奏起来，喇叭手！爱德华要在此地宣布就位。来，士兵，你宣读文告。〔授以文件。奏花腔〕

士兵　“爱德华四世，奉天承运，践位英格兰与法兰西国王，爱尔兰统领，等等。”

蒙高美利　有什么人否认爱德华国王此项权利，我凭这个表示向他单独挑战。〔掷下他的铁手套〕

众　爱德华四世万岁！

爱德华王　多谢，勇敢的蒙高美利——也谢谢你们大家。命运之神如肯眷顾，我必报答你们的盛意。今晚我们就在约克留宿，等到朝阳在那天边涌现的时候，我们就向瓦利克和他的同党那边开去，因为我深知亨利不是善战的人。啊，乖戾的克拉伦斯，你背弃你的兄长，去逢迎亨利，那是多么不应该做的事！不过，如果我们能，我们要和你与瓦利克同时周旋一下。来，勇敢的将士，我们准打胜仗。

打胜之后，必有优厚的奖赏。〔众下〕

第八景：伦敦。宫中一室

奏花腔。亨利王、瓦利克、克拉伦斯、蒙特鸠、哀克塞特及牛津上。

瓦利克　诸位，有何高见？爱德华伙同鲁莽的日耳曼人和粗野的荷兰人，从比利时安然渡过了海峡，率队向伦敦急速行军，许多没有定见的人都趋前依附。

牛津　我们征集军队，把他打回去。

克拉伦斯　星星之火容易践灭，任其蔓延则江河之水亦不能灌熄了。

瓦利克　在瓦利克县我有一些可靠的朋友，平时不会犯上作乱，可是战时甚为骁勇，我要把他们征集起来。你，我的女婿克拉伦斯，到色佛克、诺佛克以及坎特等处，激励当地武士缙绅随你前来投效；你，蒙特鸠老弟，在伯京安、脑赞普顿和李斯特县你可以找到愿意听你吩咐的人们；你，勇敢的牛津，在牛津县是非常受人爱戴的，可以召集你的朋友们。我的主上，他拥有这些亲爱的市民，恰似他的岛国有海洋环绕，又像是贞洁的戴安娜有她的一群仙女围着伺候，所以可以留驻伦敦等着我们回来。诸位，就动身吧，不必耽搁时间答话。告辞了，我的主上。

亨利王　再会，我的赫克特，我的脱爱的真正希望之所寄。

克拉伦斯　为表示忠诚，我吻陛下的手。

亨利王　好心的克拉伦斯，祝你幸运！

蒙特鸠　请宽心，陛下，我告辞了。

牛津　〔吻亨利之手〕我这样表示忠诚，告辞了。

亨利王　亲爱的牛津，亲爱的蒙特鸠，以及诸位全体，我再道一次珍重。

瓦利克　再会，亲爱的诸位，我们在科文垂会面吧。〔除亨利王与哀克塞特外众均下〕

亨利王　我要暂留在这宫里。哀克塞特老弟，你的意见如何？我觉得爱德华摆在阵地上的队伍不足以对抗我的。

哀克塞特　可虑的是，他会煽惑其他的人。

亨利王　这不是我的顾虑，我的政绩已经给我取得了声望。人民有所要求，我不曾充耳不闻，他们有事请愿，我不曾延宕推脱；我的怜悯成了治疗他们创伤的膏药，我的宽厚减轻了他们的膨胀的苦痛，我的慈悲揩干了他们的流水似的眼泪；我不想要他们的财富，也不用苛捐杂税压迫他们，他们纵然犯了严重错误，也不急于膺惩。那么为什么他们会爱爱德华甚于爱我呢？不，哀克塞特，我所行的仁政应该能换得他们的好心，狮子巴结羔羊，羔羊永远不会停止跟随他的。〔内呼喊声，“拥护兰卡斯特！拥护兰卡斯

特！”[10]〕

哀克塞特　听，听，陛下！这是什么呼声？

爱德华王、格劳斯特及士兵等上。

爱德华　抓起这个羞怯的亨利！把他带走。再度宣告我为英格兰的国王。你是泉源，使得许多小溪汩汩而流，现在你这泉水堵塞了，我的大海要把小溪吸干，小溪越是干涸，大海越是膨胀。把他送到伦敦堡！不准他说话。〔一些人押亨利王下〕

诸位大人，我们向科文垂进发吧，骄纵的瓦利克现在那里。

太阳晒得正热。若把时机耽误了，

严冬就要毁掉我们希望收获的干草。

格劳斯特　赶快去，趁他的军队尚未集合，乘他不备捉住那个罪恶昭著的叛贼。勇士们，赶快开往科文垂。〔众下〕

注释

[1] 葛雷夫人的母亲本名 Jacquetta of Luxemburg，为勃根地之名媛，于一四三三年嫁亨利五世之弟白德福公爵为妻，白德福死后改嫁 Sir Richard Woodville，生女即葛雷夫人，故确系出自名门。

[2] 亚马松（Amazon），希腊神话中居住在黑海附近 Scythia 之一族中的女战士。

[3] 事实上克拉伦斯已于一四六九年六月十一日和瓦利克的长女伊萨白结婚，在其次女嫁给爱德华太子之前一年。

[4]《伊利阿德》卷十，据神谕指示，色雷斯（Thrace）国王利索斯（Rhesus）前来解救脱爱之围，如果他的马匹能在脱爱平原吃草，则脱爱将永无攻陷之一日。以机智著称之优利赛斯及以勇敢驰名戴奥密地斯（Diomede）奉命夜袭利索斯营盘，杀其王而劫其马。

[5] 约克大主教即 George Neville，居住在 Yorkshire 的 Middleham Castle。

[6] 伊利沙白王后，即葛雷夫人，本名为 Elizabeth Woodville；李佛斯即 Anthony Woodville，为王后之弟。

[7] 被囚禁的犯人于出狱时例需缴纳伙食及其他生活费用。

[8] 李治蒙是亨利五世的遗孀法国的喀撒琳与她的第二丈夫 Owen Tudor 的孙儿，后登位为亨利七世（参看《利查三世》第五幕第五景）。

[9] 雷文斯堡海港（Ravensburgh haven），在约克县，Hmnber River 江口。其址现已淹没无存。爱德华四世登陆此处是在一四七一年三月十四日。

[10] A Lancaster A Lancaster！其中之 A 表示战时呐喊。唯此处之呐喊是为爱德华到来而发，何以高呼“拥护兰卡斯特”？疑有误。耶鲁本注:“爱德华的部队显然奉有指示，伪装为亨利的拥护者。”似牵强。

第五幕

第一景：科文垂

瓦利克、科文垂市长、二使者及其他从城头上。

瓦利克　勇敢的牛津派来的使者在哪里？我的忠实的朋友，你的主人离此还有多远？

使甲　此际当在邓斯摩尔，正向这里进军。

瓦利克　我们的老弟蒙特鸠离此有多远？从蒙特鸠那里来的使者在哪里？

使乙　此际当在丹特利[1]，带着一支强大队伍。

约翰·色默维爵士上。

瓦利克　喂，色默维，我的女婿怎么说？以你估计，现在克拉伦斯离此还有多远？

色默维　我在骚泽姆[2]离开他和他的队伍，料想他在两个小时之后可以来到此地。〔闻鼓声〕

瓦利克　那么是克拉伦斯来了，我听到他的鼓声。

色默维　不是他的，大人。骚泽姆是在这一边，您听到的鼓声来自瓦利克[3]。

瓦利克　那是谁呢？也许是意料之外的朋友们。

色默维　他们是快要到了，你很快地就会知道。

爱德华王、格劳斯特率队上。

爱德华王　喇叭手，到城墙那边去，吹起谈判号。

格劳斯特　看那乖戾的瓦利克站在城墙上的样子。

瓦利克　啊，出人意料的尴尬场面！是那个浪荡的爱德华来了吗？我们的哨兵到什么地方睡觉去了，或是怎样地受了人家的诱骗，以至于我们没能听到他前来的消息？

爱德华王　现在，瓦利克，你要不要打开城门，说好话，乖乖地跪下来——喊爱德华为国王，求他慈悲开恩？他会饶恕你这些狂妄的行为的。

瓦利克　不，我倒要问你，你要不要把你的队伍撤走——公开承认是谁把你拥立上去，随后又把你搬下台来的——喊瓦利克为保护人，忏悔认错吧，你还可以继续做约克公爵。

格劳斯特　我以为，至少，他会说继续做国王，也许他说这笑话不是他的本意？

瓦利克　一块公爵领土，先生，不是一份厚礼吗？

格劳斯特　是的，老实讲，如果是出于一位寒酸的伯爵之手，为了这样慷慨的赠予，我要宣誓向您效忠。

瓦利克　是我把国土送给你哥哥的。

爱德华王　那么，仅仅由于瓦利克的赠予，那也是属于我的了。

瓦利克　你不是阿特拉斯[4]，你担不起这个重负，孱弱的人，瓦利克又收回他的礼物了。现在亨利是我的国王，瓦利克是他的臣子。

爱德华王　但是瓦利克的国王是爱德华的俘虏了，英勇的瓦利克，只要回答这一句话，头去掉之后，躯干还算得什么呢?

格劳斯特　哎呀！瓦利克好没有见识，他自以为偷到了一张十点的牌，那张“王”牌早被人偷偷地从一副牌中摸走了。你留亨利在主教府中，我可以拿十对一的赌注和你打赌，你将在伦敦堡里见到他。

爱德华王　确是如此，不过你还是瓦利克。

格劳斯特　来，瓦利克，别错过机会。跪下，跪下，还等待何时? 打铁趁热，否则铁冷了。

瓦利克　我宁可一下子砍下这一只手，用另一只手把它抓起丢在你的脸上，也不肯那样颓然下帆向你乞降。

爱德华王　下不下帆由你，任凭风和潮做你的朋友吧。不过这只手已经紧紧抓住了你的乌黑的头发，乘你的头颅刚刚砍下血尚未冷之际，要用你的血在尘埃上写下这样的一句话:“随风转变的瓦利克现在不能再变了。”

牛津率兵于鼓乐旌旗中上。

瓦利克　啊，令人欢喜的旗帜！看，牛津来了！

牛津　牛津，牛津，拥护兰卡斯特！〔率队进城〕

格劳斯特　城门开了，我们也进去吧。

爱德华王　别的敌人可能袭击我们的后方。我们还是严阵以待吧，因为他们无疑地会再冲出和我们厮杀，否则的话，此城防御不坚，我们会很快地把这些叛贼逼赶出来。

瓦利克　啊！欢迎，牛津！因为我们需要你的援助。

蒙特鸠率兵于鼓乐旌旗中上。

蒙特鸠　蒙特鸠，蒙特鸠，拥护兰卡斯特！〔率队进城〕

格劳斯特　你和你的弟弟必须要用你们身上最宝贵的血来赎这大逆不道之罪。

爱德华王　对方越坚强，胜利越辉煌，我心中预感可以大获全胜。

萨默塞率兵于鼓乐旌旗中上。

萨默塞　萨默塞，萨默塞，拥护兰卡斯特！〔率队进城〕

格劳斯特　和你同姓的两位，都是萨默塞公爵，都在约克家族手中断送了性命。如果这柄剑还中用的话，你将是第三位[5]。

克拉伦斯率兵于鼓乐旌旗中上。

瓦利克　看！克拉伦斯的乔治飘然而至，所带的队伍足够向他的哥哥挑战的。他的正义感压倒了他的手足之情。来，克拉伦斯，来。如果瓦利克喊你，你一定会来的。

克拉伦斯　瓦利克岳父大人，您知道这是什么意思吧？〔从他的帽上取下红蔷薇〕请注意，我要把我的耻辱丢给您了。我父亲的基业得来不易，那一块块的石头都是我父亲用他的血来砌合起来的，我不愿把它毁灭而去拥护兰卡斯特。噫，瓦利克，您以为克拉伦斯是那样的刻薄、鲁莽、没有人情，以至于对他的亲哥哥，对他的合法的国王，兵戈相见？也许您要责备我违背誓约，若要维护那个誓约，我的罪过可能比耶弗他献出他的女儿作牺牲还要重大[6]。我对我以往所犯的过错十分后悔，为赢得我哥哥的信任起见，我现在宣布我是您的死敌；我已痛下决心，我无论在什么地方遇见您——只要您一出城门我就会和您遭遇的——我一定要和您拼命，因为您诱我走上了邪途。那么，骄傲的瓦利克，我向您挑战，对于我的哥哥我只能满面羞惭地望着他。饶恕我吧，爱德华，我会立功赎罪的；还有利查，你也不要因我的过失而怀恨在心，因为我以后不会这样地善变了。

爱德华王　我欢迎你，比你如果不曾惹过我厌恨更为欢迎，更加十倍地爱。

格劳斯特　欢迎，好克拉伦斯，这才像是友爱的兄弟。

瓦利克　啊，可恶已极的叛徒，背誓而且不忠！

爱德华王　怎样，瓦利克，你要不要出城一战？还是等我们轰城，把石头打到你的头上去？

瓦利克　哎呀！我不能为了防御而困守在这里，我立刻要到巴奈特去[7]，爱德华，如果你敢，我请你到那里去一战。

爱德华王　瓦利克，爱德华敢，并且领路前去。
诸位，到战场去，圣乔治保佑我们胜利！〔鼓乐。众下〕

第二景：巴奈特附近一战场

进军号。两军交驰。爱德华王带负伤之瓦利克上。

爱德华王　好，你躺在那里吧。你一死，我们的恐惧也就消灭了，因为瓦利克是使我们大家恐怖的妖精。
现在蒙特鸠，要小心了。我在找你，
让瓦利克的骸骨做你的伴侣。〔下〕

瓦利克　啊！是谁来到了我身边？不管是敌是友，请过来，告诉我谁是胜利者，约克还是瓦利克？为什么我要问这个呢？我的被砍伤的身体、我的血、我的有气无力、我的心情沮丧，在在都表示出我就要委身于尘壤，而且倒下之后要把胜利拱手让给我的敌人。

那高大的柏树，枝叶遮覆苍鹰，阴凉掩护雄狮睡觉，树顶高耸出周甫的巨树之上[8]，保卫矮树不受冬日狂风的摧残，可是到头来也不免要受利斧的砍伐。现在被死亡的黑幕遮得昏暗无光的两只眼，当初是像正午的骄阳一般的光芒四射，能识破世上的阴谋诡计；我额上的皱纹，现在是充满了血污，当初常被比作帝王的陵寝；因为当今有谁南面称王而我不能给他掘挖坟墓？瓦利克皱起眉头，谁敢微笑？看！我的光荣已被尘污血染；我的园囿、我的林苑、我的大厦，现在要舍弃我了；我所有的土地，除了我身体这样长的一段之外，一点儿也不能留下给我。

荣华富贵算得什么，不过尘埃而已，

不论我们怎样活着，终有一天死去。

牛津与萨默塞上。

萨默塞　啊！瓦利克，瓦利克，如果你是和我们一样，我们还可以挽回我们的一切损失。王后从法兰西带来了一支强大军队。我们是刚刚得到这消息的。啊！你要是能逃才好。

瓦利克　唉，到那时我也不愿逃。啊！蒙特鸠，如果是你在那里，亲爱的弟弟，请握着我的手，用你的嘴唇把我的灵魂阻挡一阵勿令飞去。你不爱我。因为，弟弟，如果你爱我，你的眼泪会把粘住我的嘴唇使我说不出话来的冰冷凝固的血块给冲洗掉。快点儿过来，蒙特鸠，否则我死了。

萨默塞　啊！瓦利克，蒙特鸠已经呼吸他最后的一口气了，最后喘息的时候还喊着瓦利克说：“向我的英勇的哥哥致意。”他还想再说下去，他也的确说了，但是像地窖里的断续呼喊声，听不清是什么意思。最后我清楚地听到，在呻吟中说出：“啊！再会了，瓦利克！”

瓦利克　愿他的灵魂安息！逃吧，二位大人，保全你们的性命。瓦利克向你们告别了，到天堂再会。〔死〕

萨默塞　走吧，走吧，去迎接王后的大军。〔二人抬瓦利克尸体下〕

第三景：战场另一部分

奏花腔。爱德华王偕克拉伦斯、格劳斯特及其他于凯旋中上。

爱德华王　到现在为止我们的命运是在走上坡路，我们现在幸而戴上了胜利的花冠。但是在这光天化日之中，我发现一朵险恶可疑的黑云，想趁我们的灿烂的太阳[9]尚未西坠安眠之前，迎头予以攻击。我的意思是说，诸位大人，王后在法国兴起的那些队伍已在我们海岸登陆，听说正在前来和我们作战。

克拉伦斯　一阵小小的狂风就会很快地把那黑云吹散，吹回到它所从来的地方去。您的光芒会晒干那些蒸汽，并不是每一朵云都能产生一场大雨。

格劳斯特　据估计，王后的军队有三万之众，而且萨默塞和牛津投奔了她。如果她得到喘息的机会，她一方面的势力必定会和我们的一般强大。

爱德华王　我们获得了我们的忠实友人的通知，据说他们正在向条克斯伯利进发。我们在巴奈特战场上既已大获全胜，要立刻开往那个地方去，因为心中高兴就会不嫌路远。我们行军之际，沿途经过每一乡郡都会增强我们的兵力。敲起鼓来！高呼:“勇敢！”向前进发吧。〔奏花腔。众下〕

第四景：条克斯伯利附近平原

行军鼓乐。玛格莱特王后、爱德华太子、萨默塞、牛津及士兵等上。

玛格莱特　诸位大人，聪明的人从不坐在那里痛哭他们的损失，而是要打起精神寻求弥补他们的损伤的办法。现在桅樯被吹到海里，索断锚失，水手半数被洪流吞没，这有什么关系？我们的舵手还在。依靠他的勤奋和勇敢，即可转危为安，难道这时节他应该离开舵位，像怯懦的孩子一般往大海里洒泪，使力量已嫌太大的波涛再增加力量，于呻吟声中任由船触礁石而破碎？啊！多么可耻！啊，这将是何等的错误！唉，瓦利克原是我们的锚，现在如何了？蒙特鸠原是我们的主桅竿，他如今安在？我们被杀害的朋友们是绳索，都哪里去了？噫，牛津在这里不就是另一个锚吗？萨默塞不就是另一根很好的桅竿吗？从法国来的朋友们不就是我们的帆篷绳索吗？太子和我，虽然没有娴熟的技术，为什么不可以试担一次舵手的任务？我们不会离开舵，坐在那里哭泣，我们将不顾狂风的怒吼，把握住我们的航行方向，躲避那些要使我们触礁沉没的滩濑岩石。对波涛大骂和对波涛说好话是一样地无用。爱德华不是一片无情的大海是什么？克拉伦斯不是害人的流沙是什么？利查不是嶙峋险恶的礁石是什么？他们全是我们这只孤舟的敌人。即使你们能游水，哎呀！只能游一阵；能踏沙，很快地就会沉下去；能跨立岩石之上，潮水会把你们冲走，否则也会活活饿死；这是三道死亡的关口。我说这个话，诸位，是为让你们明白，如果你们当中有谁想要脱离我们，你们预料在那几位弟兄手里所能得到的慈悲不见得比无情的波涛沙石为多。唉，那么，鼓起勇气来吧！对于无可避免的事而表示哀伤或是恐惧，那是童骏的弱点。

太子　我想这样豪气凌云的女人，如果一个懦夫听到她所说的这些话，她会给他胸中注人慷慨激昂的精神，使他敢于赤手空拳地去打倒一个武装战士。我说这话，并非怀疑这里任何人，因为，如果我疑心你们当中有一个怯懦的人，我准他早日走开，免得在我们急难之际他可能传染别人，使别人也变成他那样的怯懦。上帝不准此地有这样的人，如果有，在我们需要他的帮助之前尽管走开。

牛津　妇人孺子有这样大的勇气，而战士们反倒胆小！唉，真是永久的耻辱。啊，勇敢的年轻太子！你的有名的祖父[10]是在你身上复活了，愿你长命百岁，保持他的面目，发扬他的威风！

萨默塞　凡是不愿为这样有成为明主的人作战的，回家睡觉去吧，如果他抛头露面，会像是白昼出现的鸮鸟，被人讥笑惊异。

玛格莱特　多谢，亲爱的萨默塞；亲爱的牛津，多谢。

太子　也接受我的感谢吧，我是除了一声谢谢之外别无所有。

一使者上。

使者　诸位大人，请准备，因为爱德华已经迫近，预备作战。所以请坚决应战吧。

牛津　果不出我所料，来得这样迅速，想乘我们的不备，这正是他的狡狯处。

萨默塞　但是他错了，我们已经有备。

玛格莱特　看你们忠心耿耿，我心里很高兴。

牛津　我们就在这里摆下阵势吧，以后决不退让一步。

行军鼓乐。爱德华王、克拉伦斯、格劳斯特率队遥遥上。

爱德华王　忠勇的部下，那边便是一片多刺的丛林，靠上天的帮忙和诸位的努力，必须在夜晚之前连根铲除。我不需再在诸位的火上添柴，因为我明知你们已经怒火中烧要把他们一举烧光了的。发号作战，就进攻吧，诸位大人。

玛格莱特　诸位爵士缙绅，我的眼泪打断我要说的话，我每说一个字，你们看，我吞一口泪水。所以，我只简单说一句：亨利，你们的国王，被敌人俘虏了；他的王位被篡夺，他的国土成了屠场，他的人民被杀害，他的法令被废止，他的财宝被糟蹋光了；造成这场浩劫的豺狼就在那边。你们是为正义而战，所以，以上帝的名义，诸位，要勇敢，发号作战吧。

〔双方军队下〕

第五景：同上战场另一部分

进军号。两军急驰而过。退军号。爱德华王、克拉伦斯、格劳斯特率军上；玛格莱特、牛津与萨默塞被俘随上。

爱德华王　现在一场混战告一段落。立刻把牛津送往海姆兹堡，至于萨默塞，砍下他的罪恶的头。去，把他们带走。我不愿听他们说话。

牛津　我也不想和你废话。

萨默塞　我也不想，我只听天由命。〔牛津与萨默塞被押下〕

玛格莱特　我们在这患难的世界里黯然而别了，到耶路撒冷再图快晤吧。

爱德华王　通告发出了没有，寻得爱德华者有重赏，爱德华的生命应予保全？

格劳斯特　发出了。看，年轻的爱德华来了。

众士兵押爱德华太子上。

爱德华王　把那年轻小伙子带上来，我听听他说什么。怎么！这么细嫩的一根刺就能开始伤人？爱德华，你兴动干戈，煽惑人民，给我惹出这些麻烦，你将如何赎罪？

太子　说话要像是一个臣民，骄纵野心的约克！假想我现在是代我父亲发言。叛徒，你要我回答的话我正想提出来问你呢，你让出你的座位，跪在我站着的这个地方吧。

玛格莱特　啊！但愿你父亲当初也如此坚决。

格劳斯特　但愿你还是穿着女裙，没从兰卡斯特那里偷去男裤[11]。

太子　让伊索在冬天夜晚说他的鬼话连篇吧，他的那些猫儿狗儿的寓言在此地来说是不相宜的[12]。

格劳斯特　我对天发誓，你这崽子，你说这话，我必教你遭殃。

玛格莱特　对，你这人生来就是给人类带来灾殃的。

格劳斯特　为了上帝的缘故，把这个被俘的泼妇带走吧。

太子　不，把这出口伤人的驼背带走吧。

爱德华王　住口，任性的孩子，否则我要堵住你的嘴。

克拉伦斯　没有教养的孩子，你太放肆了。

太子　我知道我的本分，你们才全是不知本分。淫荡的爱德华，还有你这轻信背誓的乔治，还有你畸形怪状的利查，我正告你们，你们固然是一群叛徒，我依然是你们的主子。你篡夺了我父亲的权利，也算夺了我的。

爱德华王　受我这一剑吧，你真不愧为这个泼妇的儿子。〔刺他〕

格劳斯特　你还扭动？受这一剑，结束你的痛苦吧。〔刺他〕

克拉伦斯　这一剑是为了你骂我轻信背誓。〔刺他〕

玛格莱特　啊，也杀死我吧！

格劳斯特　哼，当然要。〔欲杀她〕

爱德华王　且慢，利查，且慢！我们已经做得太过了。

格劳斯特　为什么让她活下去，给世界充满骂声？

爱德华王　怎么！她晕过去了？设法让她苏醒过来。

格劳斯特　克拉伦斯，请代我向我的哥哥国王告辞，我有要事前往伦敦。你们去到那里之前，一定会得到一些消息。

克拉伦斯　什么？什么？

格劳斯特　伦敦堡！伦敦堡。〔下〕

玛格莱特　啊，爱德华，亲爱的爱德华！对你的母亲说话，孩子！你不能说话了吗？啊，叛徒们！凶手们！如果把这暴行对比一下，当初刺杀西撒的那些人不能算是干下了溅血的勾当，不能算是做错了事，也不该受责难。他是一个成年的人，这个比较起来是一个孩子，成年的人是从来不在一个孩子身上泄愤的。有什么名称比凶手二字更为丑恶，让我使用一下呢？不，不，如果我说话，我的心要迸裂。我要说，好让我的心迸裂。屠夫们，奸贼们！血腥的食人肉者！多么可爱的一株花草，被你们摧毁夭折了！你们没有子女[13]，屠夫们！如果你们有，你们想起自己的儿女也会勾起一点儿怜悯的心，不过你们如果以后有了孩子，等着瞧吧，长大成人之后也要被人杀害，刽子手们，就像你们杀害这可爱的年轻太子一般！

爱德华王　把她带走！去，把她强迫拉出去。

玛格莱特　不，不要把我拉走，在此地杀了我吧。把你的剑插在这里，我原谅你杀死我。什么！你不肯？那么，克拉伦斯，你来下手。

克拉伦斯　我对天发誓，我不能让你那样地舒舒服服死去。

玛格莱特　好克拉伦斯，帮个忙吧；亲爱的克拉伦斯，务请帮个忙。

克拉伦斯　你没听到我发誓不肯做吗？

玛格莱特　听到了，但是你是惯常背誓的。以往背誓是罪过，但是这一回是行善。什么！你不肯？那恶魔手下的屠夫，面目丑陋的利查在哪里呢？利查，你在哪里？可惜你不在此地；杀人是你的善举；对于请求流血的人你是从不拒绝的。

爱德华王　走开，我说！我命令你们，把她带走。

玛格莱特　这太子的遭遇，也会落到你和你的子女身上的！〔被强迫引下〕

爱德华王　利查到哪里去了？

克拉伦斯　急急忙忙地到伦敦去了。据我猜想，要在伦敦堡调制一顿血腥的晚餐。

爱德华王　他这个人，想到一件事，立刻就要去做。现在我们开拔吧。把那些平民部队给资遣散，并且谢谢他们。我们到伦敦去，看看我的王后近况如何，我希望此际她已经给我生了一个儿子。〔众下〕

第六景：伦敦。伦敦堡内一室

亨利王坐着，手持一书，守卫官随侍。格劳斯特上。

格劳斯特　您好，陛下。怎么！这样用功读圣书？

亨利王　啊，我的好大人。我应该说大人。谄媚是罪过，见人就说“好”，比谄媚好不了多少。“好格劳斯特”和“好恶魔”是一样的，都很荒谬离奇。所以，不该说“好大人”。

格劳斯特　朋友，请离开我们一下，我们有话要谈。〔守卫官下〕

亨利王　怠忽职守的牧羊人就是这样地离开了狼，不会害人的羊就是这样地先交出了它的羊毛，然后伸出脖子到屠夫的刀下。劳舍斯[14]现在要演出怎样的一幕死亡的戏？

格劳斯特　罪人心里总是多疑，做贼的人疑心每一棵树是一个警官。

亨利王　曾在树上被胶粘住过的鸟，见了每一棵树都要抖颤着翅膀心怀疑惧。我，一只可爱的雏鸟之不幸的父亲，现在看到了那可怕的东西出现在我眼前，我的小雏就是在那里被胶粘住，被捕获，被杀害的。

格劳斯特　嗳，克利特岛上教他儿子起飞的那个人是何等的蠢材[15]！虽然有了翅膀，那小子还是淹死了。

亨利王　我，戴达勒斯；我的可怜的孩子，伊卡勒斯；你的父亲，不准我们走的迈诺斯;烤坏了我儿子翅膀的太阳，便是你的哥哥爱德华，而你自己便是以你的凶险的漩涡吞噬他的性命的那个大海。啊！用你的武器杀我，不要用你的言语。我的胸膛忍受你的刀尖，比我的耳朵听取那悲惨的故事，还比较的容易些。但是你是为什么来的？是为要我的命吗？

格劳斯特　你以为我是刽子手吗？

亨利王　你必是来害人的，我敢说，如果杀害无辜便是执行死刑，那么你就是一个刽子手。

格劳斯特　我杀了你的儿子是因为他傲慢无礼。

亨利王　你当初开始傲慢无礼的时候若是就被杀死，你日后也就不会杀死我的儿子了。我可以这样预言：成千成万的凡是现在还丝毫没有觉察我所怀有的恐惧的人们，好多的老年人的叹息，好多的寡妇们的叹息，好多的孤儿们的泪汪汪的眼睛，男人为了他们的儿子夭折，女人为了她们的丈夫早死，孤儿为了他们父母双亡，都要诅咒你当初出生时的那个不吉的时辰。你生的时候鸱鸮锐叫，一个不祥之兆;夜鸟怪啼，预示厄运来临；群狗叫号，狂风吹倒大树！乌鸦蹲在烟囱顶上，饶舌的鹊儿唱出凄厉的歌声。你的母亲临盆时受到异乎寻常的痛苦，可是生出来的不是一个母亲所希望看见的东西，是奇形怪状的一块肉，不像是那样好的一棵树上的果实。你生下来嘴里就有牙，表示你是来到世上咬人的。如果我所听到的其他一切都是实在的，你来到——

格劳斯特　我不要听下去了，预言者，就在你说话的时候死吧，〔刺他〕因为这正是我命中注定所要做的事情中的一项。

亨利王　是的，你命中注定此后还要做出很多屠杀的勾当呢。啊，上帝饶恕我的罪过，并且赦免你吧！〔死〕

格劳斯特　什么！兰卡斯特的野心勃勃的血，也肯往土里渗吗？我以为它会向上升哩。看我的剑为这可怜的国王之死而哭得多么厉害！啊！凡是希望我们这一家族覆亡的人们，我愿他们永远溅出这样殷红的泪水。如果你还有任何生命的火花存留，你下地狱去吧。

就说是我打发你到那里去的，〔再刺他〕是我，既无慈悲，又无情爱，更无忌惮。亨利告诉我的话，诚然是真的，因为我常听母亲说起，我生的时候先伸出了两条腿。你们想想，我不是很有理由采取迅速步骤，对于篡夺我们权利的人们予以毁灭打击吗？接生婆露出了惊奇的样子，在场的妇女齐声大叫："啊！耶稣保佑我们，他生下就有牙齿。"我确是那样。那明白显示我该狺狺咆哮，我该咬人，像狗一般。上天既然把我的身体造成这个样子，让地狱把我的心理也弄得歪曲，以便和身体相称吧。我没有弟兄，我不和任何弟兄相像。"爱"这个字，须发斑白的老者称之为神圣，在彼此相像的人们之间存在吧，我是没有份的：我是独来独往的一个人。克拉伦斯，你要小心了，你挡住了我的光明，但是我要给你安排一个黑暗的日子。我要传出流言，使得爱德华为保全性命而战战兢兢，然后，为了消除他的恐惧，我下手把你弄死。亨利王和他的太子是都已经解决了。克拉伦斯，下一个轮到你，然后是其他的人，在没有登峰造极之前我总认为我自己是屈居人下。

我把你的尸体丢进另外一个房间，

亨利，你的末日已到，你可以狂欢。〔拖尸体下〕

第七景：同上。宫中一室

爱德华王端居宝座之上。伊利沙白后抱婴儿太子，克拉伦斯、格劳斯特、海斯庭及其他在近旁侍立。

爱德华王　我再度登上了英格兰的王座，是用敌人的血来重新获得的。何等英勇的一批敌人，像是秋天的麦垄，正在他们扬扬得意谷实丰登之际，我们给割下来了！三位萨默塞公爵，都是著名的强悍骁勇的斗士；克利佛父子二人；两位脑赞伯兰，从来没有过比他们更勇敢的人在喇叭鸣时纵马而出；和他们在一起的还有两只豪勇的熊，瓦利克与蒙特鸠，虽然系着锁链，依然能把兽中之王的狮子予以束缚，在咆哮声中使得森林震撼。我们这样地把王位的危难疑惧一扫而空了，而且使王业的基础巩固了。走过来，白丝，让我吻一下我的儿子。小爱德华，你的叔父们和我自己为了你而在冬夜披甲不眠，在夏日酷暑之中奔走跋涉，以便你能安然地获得王冠，在我们辛劳之后有所收获。

格劳斯特　〔旁白〕如果你一旦入土，我就要把他的收获毁灭掉，因为目前我尚未博得世人的好感。这肩膀如此的宽大，是注定要负起担子来的，它要负起重担，否则压断我的背脊。你想个办法，你去执行[16]。

爱德华王　克拉伦斯和格劳斯特，爱我的可爱的王后。两位贤弟，吻一下你们的尊贵的侄儿。

克拉伦斯　为了表示我对陛下应有的忠诚，我在这可爱的婴儿唇上打个印记。

爱德华王　多谢，高贵的克拉伦斯；忠实的弟弟，谢谢。

格劳斯特　为了表示我爱你所丛出的那棵树，我现在亲密地吻这果实。〔旁白〕说老实话，当初犹大也是这样地吻他的师傅，在心怀叵测的时候却口呼“万安”[17]。

爱德华王　现在我衷心欢喜，王业永固，国内平安，弟兄爱护。

克拉伦斯　陛下如何处置玛格莱特？她的父亲瑞尼叶已经用西西里和耶路撒冷作抵押向法兰西国王借得一笔款项，并且已经送到此地作为她的赎款。

爱德华王　让她去吧，送她到法兰西去。我们现在还有什么事要做呢，除了举行盛大庆祝，以及适宜于宫中消遣的滑稽表演，来消磨时光？
奏乐，鼓和喇叭！再会，一切烦恼！
我希望我们的长久的快乐现在开始了。〔众下〕

注释

[1] Daintry 即 Daventry，在科文垂东南二十英里。本地读音为“丹特利”。

[2] Southam 是 Warwickshire 中一市镇，在科文垂南十五英里。

[3] 瓦利克在科文垂西南十二英里。

[4] 希腊神话，阿特拉斯（Atlas）以双肩承担世界。

[5] 看下面简谱：

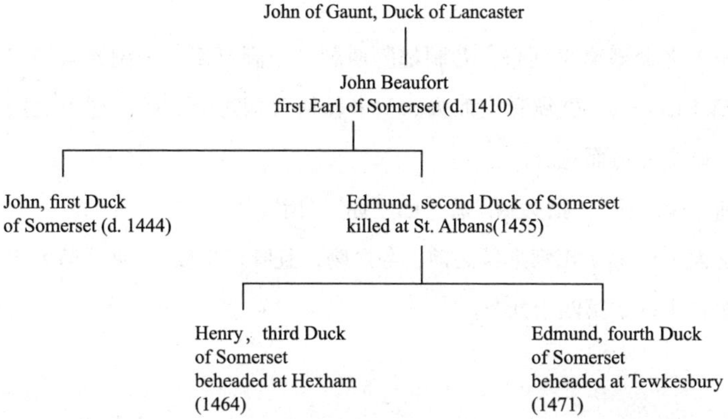

此处所说的第三位将要断送生命的是指第四任萨默塞公爵哀德蒙。

[6] 耶弗他（Jephthah）乃以色列十二士师之一，出征亚扪人时许愿神前，如获胜归来，即以由家门先出迎接者献为燔祭。先迎者乃其独生女，乃以女献。见圣经旧约《士师记》第十一章第三十至四十节。

[7] 巴奈特（Barnet）在 Hertfordshire，伦敦北十二英里，距科文垂颇远。

[8] 周甫的巨树（Jove's spreading tree）指橡树。

[9] 太阳是约克家族的标志。

[10] 指亨利五世。

[11] 指玛格莱特王后擅权，有牝鸡司晨之嫌。

[12] 伊索（Aesop）是公元前六世纪时希腊人，撰有寓言流行于世，据传说其人畸形驼背。此处暗讽利查之丑陋的身体。

[13] 事实上爱德华有几个女儿和一个儿子，克拉伦斯也有一个儿子。

[14] 劳舍斯（Roscius），著名罗马演员，卒于公元前六十二年，善演喜剧角色，而不是悲剧角色，但在伊利沙白时代劳舍斯乃一切优秀演员之别称。

[15] 戴达勒斯（Daedalus），希腊神话中之巧匠，欲抗国王迈诺斯

(Minos)之命逃离克利特，乃制翅膀两副，一副自用，一副给其子伊卡勒斯(Icarus)，鼓翼腾空而去。伊卡勒斯飞翔过近太阳，翅上之胶熔化，坠爱琴海而死。

[16] 前一个“你”，指头脑；后一面“你”，指臂或肩。

[17] 犹大(Judas)出卖耶稣之前，与之吻，且呼“平安”。见《马太福音》第二十六章第四十九节。

利查三世

The Life and Death of Richard the Third

序

《利查三世》写的是自一四七一年五月亨利之死至一四八五年八月利查之覆亡这十四年的故事，是紧衔接《亨利六世》三篇的一出历史剧，但是四开本及对折本的标题都是《利查三世之悲剧》。这是莎士比亚的比较早年的作品，内中有许多模仿前人的痕迹，他模仿罗马戏剧作家 Seneca，甚至也模仿 Kyd 与 Marlowe。这戏一开始即成为极受观众欢迎的戏，主要的原因是利查三世这个人物是饶有戏剧性的人物，不是由于《利查三世》的艺术的价值。

一　版本

第一四开本刊于一五九七年，标题页如下：

The Tragedy Of King Richard the third. Containing, His treacherous Plots against his brother Clarence : the pittiefull murther of his innocent nephewes : his tyrannicall vsurpation : with the whole course of his detested life, and most deserued death. As it hath beene lately Acted by the Right honourable the Lord Chamberlaine his seruants. At London. Printed by Valentine Sims，for Andrew Wise，dwelling in Paules Churchyard，at the Signe of the Angell. 1597.

这不是一个“坏的四开本”，显然是根据一个“提词本”印行的。很可能是和《利查二世》同时卖给书商的，为的是防止盗印，因为在那一年《罗密欧与朱丽叶》可能还有《空爱一场》二剧本被人盗印已使演员蒙受损失。

第一四开本行世后大受欢迎，以后陆续重刊许多次。

第二四开本，刊于一五九八年，注明了“By William Shakespeare”字样。

第三四开本，刊于一六〇二年，声明是“Newly augmented”，但事实上并无增加。

第四四开本，刊于一六〇五年。

第五四开本，刊于一六一二年，改写“As it hath beene lately Acted by the Kings Maiesties seruants.”

第六四开本，刊于一六二二年。

莎士比亚的全集第一对折本，刊于一六二三年，《利查三世》列在历史剧部分，为第九出戏，占页一七三至二〇四。景幕均有划分。内容与四开本颇有出入，一方面约较四开本少四十行，但在另一方面又较四开本约多出二百三十行。第一对折本与四开本的不同来源以及其优劣的比较是一个很难决定的问题。可能第一对折本的《利查三世》是根据最后的一个四开本（即第六四开本）刊印的，但编者同时参考了剧团中所保存的另一稿本加以增补改订。我们可以相信，对折本大致可以代表莎士比亚原作，四开本是为了适合舞台演出而经过删削的本子。

二　著作年代

《利查三世》一般认为大概是作于一五九二——五九三年，Malone 曾经主张为一五九三——五九四年，总之是在莎士比亚写作生涯的第一期的末后数年内。第一四开本标题页提起 Lord Chamberlain's servants，可以说明此剧写作当在一五九六年七月之前。不过主要的证据完全是在戏的内部，例如：

（一）无韵诗体之 end-stopped lines 所占比例甚高，所谓 run-on lines 仅占全部行数百分之十三，散文仅占百分之二，韵语仅占百分之四，（据 F.E.Halliday：*A Shakespeare Companion*，p.516）以及喜剧穿插（comic relief）之欠缺，均足以说明此剧之写作时期显然是在受 Marlowe 的影响最剧之际。

（二）利查的独白颇似 Seneca 悲剧之 *Choruses*，复仇观念之贯穿全剧亦为显著的 Seneca 的影响。

（三）本剧开场时利查的剧词像是"开场白"。利查绝不隐讳他的动机，坦然自承其一切邪恶的念头，与较晚作品中之 Edmund 或 Iago 截然不同，可以说明此剧作于早年时代。

（四）谋杀，流血，鬼魂出现等等，可能是受 Kyd 的影响，亦为早年写作之征象。

三　来源

《利查三世》的主要的故事来源是何林塞的《史记》第二版（*Holinshed' s Chronicles*，1st ed.，1577；2nd ed.，1587）。何林塞的《史记》

在许多地方是根据Edward Halle : *The Union of the two noble and illustre families of Lancastre and Yorke*，1550，而Halle的历史又是根据了两部较早的作品，一是Sir Thomas More : *History of King Richard the thirde*，1513，另一是Polydore Vergil所作之*Historia Angliae*，1555。

以利查为题材的戏剧在莎士比亚的一五九七年刊行的第一四开本《利查三世》以前已经有了两部:（一）Dr.Thomas Legge's *Richardus Tertius*是以拉丁文写成的悲剧，于一五七九年曾于剑桥大学圣约翰学院上演;（二）无名氏作*The True Tragedie of Richard Ⅲ, with the conjunction and joining of the two noble houses, Lancaster and Yorke* ; as it was played by the Queenes Maiesties Players. 1594。对于前者，莎士比亚并不曾加以利用。后者与莎士比亚究竟有何等的关联，各家学说不一。在字句方面莎士比亚可能偶然接受几处暗示，在整个的作风上及编排技术上二剧截然不同。

关于利查的性格描写，莎士比亚一直是跟随着More，在剧情方面，他利用的是何林塞的《史记》。

四　舞台历史

《利查三世》自始即是受大众欢迎的戏，其中"一匹马！一匹马！愿以我的国土换一匹马！"（A horse！ A horse！ My kingdom for a horse！）这一名句，当时有许多作家在他们的戏里都加以模拟。即此一端即可见此剧是如何风靡一时。名演员白贝芝（Richard Burbage）扮演此剧主角，获得非常的成功，死后犹为人所怀念。

但是在一六四二年剧院关闭以前，此剧实际舞台上演的记载却很少，我们只知道一六三三年十一月七日在圣哲姆斯宫内上演过一次。

复辟以后剧院重开，莎士比亚的《利查三世》不见上演，但是其他作家的有关利查三世的戏却层出不穷，主要的是 John Caryl 的 *The English Princess*，*or The Death of Richard the Third*（1667），由当时名演员 Thomas Betterton 领衔主演。一七〇〇年七月九日演员兼剧作家 Colley Cibber（1671—1757）所改编的莎士比亚《利查三世》上演于 Drury Lane 剧院，此一改编本被人使用历久不衰，前后约有一百五十年，虽然曾受到许多严厉的批评，英美著名演员如 Garrick、Kean、Kemble、Edwin Forrest 等都使用这个改编本。《利查三世》剧本特长，计有三千六百一十九行，仅次于《哈姆雷特》，Cibber 的改编本删去了好几景，裁掉了玛格莱特与克拉伦斯两个角色，使全剧紧缩，使利查的性格描写成为全剧唯一的趣味中心，所以特别地合于舞台的需要。有天才的演员，可以在这个人物的表演上得到充分显示他的技能的余地。

Samuel Phelps 在 Sadler's Wells 剧院于一八四五年二月二十日演出《利查三世》，使用的是莎士比亚的原本，但有删节，连演了四星期，后来再演时又回复到 Cibber 的改编本了。Henry Irving 于一八七七年一月二十九日在 Lyceum 演出的《利查三世》也是莎士比亚的本子，但亦经过严重的删节。继 Irving 之后的有 Sir Herbert Tree 及 Sir Francis Robert Benson 的演出，均系使用莎士比亚原本。

剧中人物

国王爱德华四世（King Edward the Fourth）。

爱德华，威尔斯亲王，后为国王爱德华五世
（Edward，Prince of Wales，afterwards King Edward the Fifth） 国王之子。
利查，约克公爵（Richard，Duke of York）

乔治，克拉伦斯公爵（George，Duke of Clarence）
利查，格劳斯特公爵，后为国王利查三世 国王之弟。
（Richard，Duke of Gloucester，afterwards King Richard the Third）

克拉伦斯之一幼儿。

亨利，李治蒙伯爵，后为国王亨利七世（Henry，Earl of Richmond，afterwards King Henry the Seventh）。

枢机主教鲍舍尔，坎特伯来大主教（Cardinal Bourchier，Archbishop of Canterbury）。

陶玛斯·罗泽安，约克大主教（Thomas Rotherham，Archbishop of York）。

约翰·毛尔顿，义利主教（John Morton，Bishop of Ely）。

伯京安公爵（Duke of Buckingham）。

诺佛克公爵（Duke of Norfolk）。

色雷伯爵，诺佛克之子（Earl of Surrey，his Son）。

李佛斯伯爵，爱德华王后之弟（Earl Rivers，Brother to King Edward's Queen）。

道尔赛侯爵与葛雷勋爵，王后前夫之子（Marquess of Dorset，and Lord Grey，her Sons）。

牛津伯爵（Earl of Oxford）。

海斯庭勋爵（Lord Hastings）。

斯坦雷勋爵，亦称德贝伯爵（Lord Stanley，called also Earl of Derby）。

勒佛尔勋爵（Lord Lovel）。

陶玛斯·瓦安爵士（Sir Thomas Vaughan）。

利查·拉特克利夫爵士（Sir Richard Ratcliff）。

威廉·凯次比爵士（Sir William Catesby）。

哲姆斯·提莱尔爵士（Sir James Tyrrell）。

哲姆斯·布伦特爵士（Sir James Blount）。

华特·赫伯特爵士（Sir Walter Herbert）。

罗伯特·勃拉坎伯来爵士，伦敦堡的管理员（Sir Robert Brakenbury，Lieutenant of the Tower）。

威廉·卜兰顿爵士（Sir William Brandon）。

克利斯陶佛·尔锡克，一教士（Christopher Urswick，a Priest）。

又一传教士。

伦敦市长。威尔特县警长。

特来赛与白克莱，安夫人的男侍（Tressel and Berkeley，Gentlemen attending on Lady Anne）。

伊利沙白，国王爱德华四世之后（Elizabeth，Queen of King Edward the Fourth）。

玛格莱特，国王亨利六世之孀后（Margaret，Widow of King Henry the Sixth）。

约克公爵夫人，国王爱德华四世、克拉伦斯与格劳斯特之母（Duchess of York，Mother to King Edward the Fourth，Clarence，and Gloucester）。

安夫人，国王亨利六世之子威尔斯亲王爱德华之遗孀；后再嫁格劳斯特公爵（Lady Anne，Widow of Edward，Prince of Wales，Son to King Henry the Sixth，afterwards married to the Duke of Gloucester）。

玛格莱特·普兰塔真奈女士，克拉伦斯之幼女（Lady Margaret Plantagenet，a young Daughter of Clarence）。

众贵族及其他侍从人等；二侍仆、一传令员、一录事、市民等、凶手等、信差等、被利查三世所杀害之鬼魂等、士兵等，及其他。

地点

英格兰。

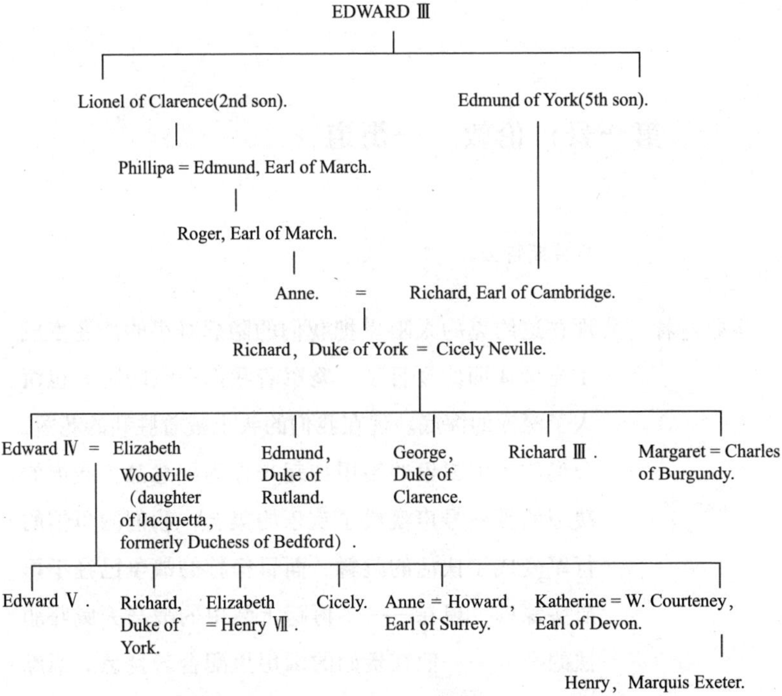

（上表录自 C.H.Tawney：*Richard Ⅲ*，Macmillan，p. 307）

第一幕

第一景：伦敦。一街道

格劳斯特上。

格劳斯特　现在这约克的太阳[1]把我们的隐忍难堪的严冬变成了光荣体面的夏日了，笼罩着我们一家的阴云也沉入了深深的海底。现在我们的头上戴着胜利的花冠，我们的斑痕累累的铠甲挂起来作为纪念品，我们的凄凉的警戒号声变成了欢乐的集合，我们的可怕的行军变成了快活的跳舞。面目狰狞的战争已经不再眉头深锁，现在——不再跨上装甲的战马去威吓胆怯的敌人——他在贵妇的闺房里配合着琵琶的靡靡之音翩翩起舞了。但是我[2]，生来既不适于寻欢作乐，也不宜于顾影自怜；我，是由粗糙的范型铸造出来的，没有媚人的姿态在妖娆的美女面前昂首阔步；我，不具备这美丽的外形，在仪表上受了造物者的欺弄，畸形、粗陋，尚未完成一半即被提前送进这活生生的世界里来，如此地蹩脚古怪，踱过狗的身边的时候狗都要对我狺狺而吠。唉，我，在这委靡的弄笛的和平时代，竟没有什么娱乐可供排遣时间之用，除非是在阳光之下看我自己的影子，讴歌自己的丑态。所以，我既不能成为一个情人，消磨这油腔滑调的日子，我就决心做一个恶汉，嫉恨这年头儿的无聊的逸乐。我已布置了阴谋，毒恶的初步计划，利用醉汉才肯散布的一些预言、诽谤的文字，以及离奇的梦，使我的哥哥克拉伦斯和国王彼此之间生出深仇大恨。如果国王爱德华是诚实公正的，犹如我之虚伪奸佞，那么，为了“杀死爱德华的后嗣者必将是G”这一句预言，克拉伦斯今天就要下狱。种种的念头，快钻到我的心底里去，克拉伦斯到此地来了。

克拉伦斯被押解随同勃拉坎伯来上。

哥哥，你好，武装的卫士随侍你的左右，这是什么意思呀?

克拉伦斯　国王陛下关心我的身体的安全，所以派遣卫队送我到伦敦堡去。

格劳斯特　为了什么缘故?

克拉伦斯　因为我的名字是乔治。

格劳斯特　啊哟！这不是你的过错。为了这个，他应该把你的教父们监禁起来才对。啊！也许国王陛下有意要你在伦敦堡里再受洗一次吧。究竟是怎么回事，克拉伦斯？可以让我知道吗？

克拉伦斯　可以，利查，等我知道的时候就可以让你知道，因为我要声明我现在还不知道。不过，我听说，他听信预言和萝卜，从字母中挑出了一个G，据说一个巫师告诉他说他的后嗣将被G剥夺继承权。我的名字乔治是以G开始的，在他心目中我便是那个人。听说这些原因，以及诸如此类的荒诞不经的事情，使得国王现在把我下狱。

格劳斯特　唉，男人被女人所挟制的时候就会闹出这样的事来，送你到伦敦堡的不是国王，是他的老婆葛雷夫人[3]，克拉伦斯，是她鼓动他这样地倒行逆施。当初使得他把海斯庭勋爵送进伦敦堡直到今天才得开释的，不也就是她和她那位身为显贵的兄弟安东尼·乌德维尔吗[4]？我们是不安全的，克拉伦斯，我们是不安全的。

克拉伦斯　天呀，我觉得除了王后的族人以及在国王与邵尔太太[5]之间昏夜奔走的使者们之外，没有人是安全的。你没听说吗，海斯庭对她是如何低声下气地求情，才得开释？

格劳斯特　向这位女救星苦苦哀诉，我们的宫内大臣才得重获自由。我告诉你吧，如果我们要保持国王的宠信，我们最好的办法便是去做她的仆人，穿她的制服。

那个善妒的老寡妇和她本人[6]，自从我们的哥哥把她们擢封为贵妇以后，成了我们国内最有权势的一对婆娘。

勃拉坎伯来　我请二位大人原谅我。国王陛下曾有严令，不准任何人和你的哥哥私下交谈，不论他是何身份。

格劳斯特　有这样的事？如果你愿意，勃拉坎伯来，我们所谈的任何话你都可以参加。我们不谈犯法的事，我们是在说国王圣明，他的高贵的王后年事已长，美而不妒;我们说邵尔的太太有一双美丽的脚，樱桃小口，眉目传情，而且有非常悦耳的声音；王后的亲族全都变成了贵族身份。你说对不对，先生？你能否认这一切吗？

勃拉坎伯来　这一切，大人，对我是毫无关涉。

格劳斯特　对邵尔太太毫无关涉！我告诉你吧，朋友，除了一个人之外，谁要是和她干坏事，最好是偷偷地去干，独自一个人去干。

勃拉坎伯来　那是哪一个，大人？

格劳斯特　她的丈夫，蠢材。你会告发我吗？

勃拉坎伯来　我请求大人原谅我，请不要和这位高贵的公爵谈话。

克拉伦斯　我们知道这是你的职守，勃拉坎伯来，我们遵命就是。

格劳斯特　我们是王后的化外之民，非遵命不可。哥哥，再会，我要去见国王。无论你要我做什么事，纵然是要我去对国王爱德华所要的那个寡妇唤一声嫂嫂我也干，只求能把你开释。同时，这有伤手足之情的过分举动，使我痛心，非你所能想象。

克拉伦斯　我知道这桩事使我们两人都不痛快。

格劳斯特　好啦，你的监禁也不会长久，我要解救你，否则我替你去坐牢[7]。同时，你要忍耐些。

克拉伦斯　事到如今我也只好忍耐，再会。〔克拉伦斯、勃拉坎伯来及卫兵下〕

格劳斯特　去，去走上那永不复返的路吧，简单而老实的克拉伦斯！我是这样地爱你，愿不久就送你的灵魂上天国，如果上天愿意从我们手里接受这项礼物。谁来了？刚开释的海斯庭！

海斯庭上。

海斯庭　向大人请安！

格劳斯特　同样地向宫内大臣请安！欢迎你呼吸自由空气。狱中生活你是怎样过的？

海斯庭　忍耐，大人，囚犯都是非忍耐不可的。不过，我有生之日，对于那些使我下狱的人们，我是要酬谢的。

格劳斯特　毫无疑问，毫无疑问。克拉伦斯也会同样做，因为你的敌人也就是他的敌人，怎样陷害了他也怎样地陷害了你。

海斯庭　更令人惋惜的是，大鹰还关在笼里，鸢鹰和兀鹰倒可以自由捕食了。

格劳斯特　外面有什么消息？

海斯庭　外面没有什么消息像里面的这样坏。国王病了，很衰弱，而且心情抑郁，医生们很为他担心。

格劳斯特　现在我指圣保罗为誓，这消息实在很坏。啊！他过了好久的不健康的生活方式，他过分地淘虚了他身子，想起来很令人伤心。怎么，他卧病在床了吗？

海斯庭　他是。

格劳斯特　你先去，我随后就来。〔海斯庭下〕我希望他一病不起，可是在乔治被用飞快驿马送上天国之前他绝不可死去。我要去，用含有重大理由的谎言逼他更加厌恨克拉伦斯，如果我的毒计得逞，克拉伦斯怕不能再多活一天。做完此事之后，愿上帝慈悲把国王爱德华接走，把这世界交给我来繁忙一阵吧！到那时我就要娶瓦利克的最小的女儿为妻[8]。我杀了她的丈夫，又杀了她的公公，那有什么关系？最简便的补偿这个女人的办法便是做她的丈夫和她的尊亲，我就是这个主意。不完全是为了爱，另外还有一个秘密计划，我一定要靠了娶她而予以达成。现在说这话未免太早，像是赶市集而人跑在马的前面了。

克拉伦斯还活着，爱德华还南面称孤，
等把他们去掉，我才能计算我的收获。〔下〕

第二景：伦敦。另一街道

国王亨利六世的尸体放在一具敞盖的棺木里被舁上；卫士持戟护侍；安夫人为丧主，随上[9]。

安夫人　放下，放下你们的光荣的负担，如果光荣可以装在一具棺木里，让我来守礼致祭，哀悼这位贤良的兰卡斯特君王之未得善终。神圣的君王之可怜的冷冰冰的躯体！兰卡斯特家族之苍白的死尸！你是那王家血胤之毫无生气的残余！你的被杀害的儿子爱德华，就是被造成这些浑身创伤的同一只手所杀害的，我便是爱德华的妻子，可怜的安，我现在来呼唤你的鬼魂，对你放声一哭，请勿见怪！看，从这些放出你的生命的窗口里，我注入我的可怜的眼睛之无用的药汁。啊！戳这些窟窿的那只手真该受诅咒！忍心做这事的那颗心真该受诅咒！把这血放走的那个人的血真该受诅咒！那可恶的人，因致你于死而使得我们狼狈不堪，我愿他遭受比我愿毒蛇、蜘蛛、蟾蜍，或任何有毒的爬行生物所能遭受的更为可怕的厄运！如果他能有孩子，让他成为畸形、怪胎，不到时候就出来，又丑又怪的样子令满怀希望的母亲看了大吃一惊；而且还承继他遗传下来的坏脾气！如果他有一天能娶妻，让她也因丧夫而遭遇不幸，比我之因丧失年轻丈夫和你而更为狼狈！来，抬起你们的神圣负担向彻特西[10]进发吧，从圣保罗教堂抬到那里去下葬。你们抬得很疲倦，可以休息一下，这时节我要哀悼亨利王的尸体。〔杠夫们抬起尸体前进〕

格劳斯特上。

格劳斯特　站住，你们这些抬棺材的，放下来。

安夫人　什么邪恶的魔术师召唤出来的这个魔鬼，来拦阻这神圣的葬礼？

格劳斯特　奴才们，放下尸体！否则，我凭圣保罗发誓，谁不服从我就让谁成为一具尸体。

卫甲　大人，请后退，让棺木通过。

格劳斯特　没有礼貌的狗！我命令，你就得停住。把你的戟举高些，别对着我的胸口，否则，我凭圣保罗发誓，我要把你打倒在我脚下，并且，贱东西，为了你的大胆无礼而踢你。

〔杠夫们放下棺木〕

安夫人　什么！你们发抖了？你们全都害怕吗？哎呀！我不怪你们，你们都是凡人，凡人的眼睛见了魔鬼是吃不消的。滚开！你这地狱里的差役，你只是对他的躯体有支配的权力，你不能取得他的灵魂，所以，走吧。

格劳斯特　亲爱的圣徒，为了慈悲的缘故，别这样地咒骂。

安夫人　可恶的魔鬼，为了上帝的缘故走开吧，别打搅我们，因为你已经把这快乐的人间变成了你的地狱，使人间充满了咒骂的哭声和深刻的哀叹。如果你看着你所做的凶恶的勾当而引以为乐，那么你就看看你的屠杀的杰作吧。啊！诸位，看，看！已死的亨利的创伤又张开了凝血的伤口而重新淌血了。惭愧吧，惭愧吧，你这畸形丑陋的东西，他的冰冷的空空的血管里本无血液，你一露面又把他的血吸引出来了。

你的行为伤天害理，招出了这顶反常的血液泛滥。啊，上帝！这血是你造的，为他的死而复仇吧；啊，大地！你吸饮了这血，为他的死而复仇吧；或是由上天用雷霆把这凶手打死，或是由大地张开大嘴把他活吞下去，就像你吞咽由他的凶恶的手臂所屠害的这位好国王的血液一般！

格劳斯特　夫人，你不遵守慈悲的规律，应该是以德报怨，以祝福代咒骂才对。

安夫人　小人，你不遵守上帝的法则，也不遵守人间的规律。无论多么凶恶的畜牲也该有一点点恻隐之心。

格劳斯特　我一点儿也没有，所以不是畜牲。

安夫人　啊！真了不起，魔鬼都说实话了。

格劳斯特　更了不起，天使都会这样发怒。天使一般的美妇人，请准许我细说一番，洗刷我的这些被假想的罪过。

安夫人　略具人形的丑男子，请准许我从头说起，为了这些众所周知的罪行而咒骂你这该受咒骂的东西。

格劳斯特　非言语所能形容的美人儿，请你耐心地拨出一段时间让我为自己辩解。

安夫人　非人心所能想象的丑八怪，你除了上吊之外，无法为你自己赎罪。

格劳斯特　走上这样的绝路，等于是我自认为有罪。

安夫人　你枉杀他人，现在自择绝路，算是膺惩你自己，这样才可以见谅于人。

格劳斯特　假如我不曾杀害他们呢。

安夫人　那么他们就不会死。但他们现在是死了，而且，你这魔鬼一般的奴才，是死在你的手上。

格劳斯特　我没有杀死你的丈夫。

安夫人　噫，那么他现在还活着。

格劳斯特　不，他是死了，是爱德华把他杀死的。

安夫人　你是在说谎。玛格莱特王后看见你那只杀人的剑沾着他的冒热气的血，你还用那剑直指她的胸口，幸亏你的弟兄们把剑尖推开。

格劳斯特　我是被她的谰言所激，她把他们的罪过都诿在我的肩上了。

安夫人　你是被你的凶心所激，除了屠杀之外不曾想过别的事。这位国王不是你杀的吗?

格劳斯特　我承认。

安夫人　你承认了，刺猬[11]？那么，上帝应允我吧，让你为了这一项罪行而永沦地狱！啊！他是彬彬有礼，和善而且有德。

格劳斯特　现在随侍天国之王，更为合适。

安夫人　他是在天堂，你永远到不了那里。

格劳斯特　我帮助他到了那里，他该感谢我，因为他在那里比在人间合适得多。

安夫人　你是除了地狱之外哪里也不合适。

格劳斯特　是的，可是另外还有一个地方，如果你愿听我说出来。

安夫人　监牢之类。

格劳斯特　你的卧室。

安夫人　你随便在哪个卧室睡，你也永远得不到安宁！

格劳斯特　是得不到安宁，夫人，直到我能和你睡在一起时为止。

安夫人　我希望如此。

格劳斯特　我知道会如此。但是，亲爱的安夫人，我们且停止尖刻的斗嘴，回到较为严肃的话题上去，使得这两位普兰塔真奈家的人物，亨利与爱德华，不幸横死的那个主使的人，和动手杀死他们的那个人，不是同样的有罪吗？

安夫人　你便是主使的人，也是最可恶的动手的人。

格劳斯特　你的美貌才是产生那个结果的原因。你的美貌在我睡中缠着我，要我去杀尽全世界的人，为的是好让我在你的温柔的怀抱里过一小时。

安夫人　我告诉你，杀人犯，如果我曾想到这一点，我早就要用我的手指甲把我的脸上的美貌抓碎了。

格劳斯特　我的眼睛可不能容许那美貌的破坏。如果我在旁边，你伤害不了它。全世界受太阳的照耀鼓舞，同样地我受你的美貌的照耀鼓舞，那是我的光明，我的生命。

安夫人　黑夜遮盖你的光明，死亡侵害你的生命！

格劳斯特　不要诅咒你自己，美人儿，你就是那两样东西。

安夫人　我但愿我是，好报复你。

格劳斯特　这是极不合理的动机，想对爱你的人实行报复。

安夫人　这是公正而合理的动机，对杀死我丈夫的人实行报复。

格劳斯特　夫人，使你失去丈夫的那个人，他这样做乃是为了帮你得到一个更好的丈夫。

安夫人　这世上没有比他更好的人。

格劳斯特　有这样的一个人，他比他更爱你。

安夫人　说出他的姓氏。

格劳斯特　普兰塔真奈。

安夫人　噫，那便是他。

格劳斯特　同姓氏，但是这个比他强。

安夫人　他在哪里？

格劳斯特　在这里。〔她唾他的脸〕你为什么唾我？

安夫人　为了你的缘故，我愿那是剧毒！

格劳斯特　从那样甜蜜的地方不会有毒液出来。

安夫人　更丑的癞蛤蟆也不曾分泌过这样的毒。滚开去！你伤害我的眼睛。

格劳斯特　你的眼睛，亲爱的夫人，已经使得我的眼睛充满了爱意。

安夫人　愿我的眼睛是妖蛇的眼睛[12]，能置你于死！

格劳斯特　我也愿它们是，我好立刻死去，因为现在它们是让我活受罪，求死而不可得。你的那两只眼睛从我的眼睛里吸出了咸的泪水，用大量的幼稚的泪珠把我的眼睛泡得很难看。我的这两只眼，从来不曾洒过怜悯的泪。不，狰狞的克利佛对着勒特兰挥剑使得他发出哀号的声音，我的父亲约克和爱德华听到都哭了[13]，我没有哭。你的英武的父亲讲起我的父亲惨死的故事，像是孩子一般，停顿了二十次哽咽啜泣，在场的人都湿了面颊，像淋了雨的树木一般，可是我没哭。在那悲惨的时候，我的堂堂男子汉的眼睛不屑于洒出卑贱的泪。这些惨事所不能吸引出来的，你的美貌居然给吸引出来了，使我哭得泪眼模糊。我从来不向友人或敌人求情，我的嘴从来不会说巴结人的话，但是，现在你的美貌成为我所希冀的报酬，我的高傲的心在求你，促使我的舌头说话。〔她鄙夷地看他一眼〕不要撇着嘴表示这样的鄙夷的神情，因为你的嘴唇是为人吻的，夫人，不是为表示轻蔑的。如果你的复仇的心不能饶恕人，看！我现在把这柄尖锐的剑借给你，你若是高兴把它插进这忠实的胸膛，把那崇拜你的灵魂放了出来，我就袒露心胸承受你的致命的一击，跪下来求你处我死刑。〔他露出他的胸口，她用他的剑意欲刺入〕不，不要迟疑，因为我是杀害了国王亨利。不过是你的美貌激动我的。不，快下手吧，是我戳死了年轻的爱德华。〔她又举剑欲刺〕但是你那天神一般的美貌怂恿我的。〔她掷下了剑〕拿起剑来，否则你就接受我。

安夫人　起来，作伪的人。我虽然愿你死，我不愿亲手杀你。

格劳斯特　那么吩咐我自杀，我会照办。

安夫人　我已经吩咐过了。

格劳斯特　那是你在气愤之中说的。再说一遍，只要你话一出口，我这只手，曾为了爱你而杀死了你的亲爱的人，将要为了爱你而杀死一个更为真心爱你的人。对于这两个人的死你都是帮凶。

安夫人　我愿知道你的真心。

格劳斯特　在我的话里已经表示无遗。

安夫人　我怕二者都是假的。

格劳斯特　那么世上没有过真心的人。

安夫人　好了，好了，收起你的剑。

格劳斯特　那么，告诉我我已获得你的谅解。

安夫人　这个以后会教你知道。

格劳斯特　但是可以让我在希望中过活吗?

安夫人　所有的人，我希望，都是这样过活的。

格劳斯特　求你戴上这只指环吧。

安夫人　是接受，并无回赠[14]。〔她戴上指环〕

格劳斯特　看，我的指环套在你的手指上多么合适，我的心放在你的胸膛里也正是一样。二者请都佩戴着吧，因为二者都属于你。如果你的可怜的奴仆可以再向你恳求一项恩惠，你就可以证实他是永久幸福了。

安夫人　你要什么?

格劳斯特　请你把这一桩伤心的事情交给一个最有资格主持丧事的人去办。你立刻到克劳兹贝大厦去[15]。等我把这位高贵的国王在彻特西寺院中隆重地予以殡葬并且用我的忏悔的眼泪洒湿他的坟墓之后，我便急速前来看你向你致敬。为了各种不便明言的理由，我求你，答应给我这个恩惠。

安夫人　我十分愿意。看你能如此地悔过，我也很高兴。特来赛与白克莱，和我一同去。

格劳斯特　向我说声再见吧。

安夫人　这是超过了你分所应得的礼貌。不过你既然教我奉承你，你就假设我已经向你道过再会了吧。〔安夫人、特来赛与白克莱下〕

格劳斯特　诸位，抬起尸首来吧。

卫士　到彻特西去吗，大人？

格劳斯特　不，到白衣僧院去[16]，在那里等候我。〔除格劳斯特外　众下〕可曾有过女人在这种心情之下被人求婚？可曾有过女人在这种心情之下被人争取到手？我要把她据为己有，但是我不打算长久地占有她。什么！我，杀死了她的丈夫，杀死了她的丈夫的父亲，在她内心极度憎恨我的时候，我来娶她为妻。她满嘴诅咒，满眼泪水，可以为她的嫉恨作说明的那一具血肉模糊的尸骸就在一旁。上帝的意旨，她的良心，以及这一切，都是我的障碍，没有什么东西可以支持我去求婚，除了单纯的邪念和虚伪的外表之外，但是在绝难成功的情形之下[17]我居然把她骗到了手！哈！难道她已经忘记了约于三个月前[18]我在条克斯伯利一怒之下所刺死的那位勇敢的王子，爱德华，她的丈夫？这广大的世界不能再产生一位更和蔼可亲的君子，享有天地间最豪华的秉赋，年轻、勇敢、聪明，而且无疑地具有高贵的品格。她居然会垂青于我，我把那可爱的王子的青春给毁了，使得她成了独守空闺的孀妇？垂青于我，我的一切抵不得爱德华的分毫？垂青于我，我一瘸一拐的，生得如此丑陋？我敢拿我的公爵的爵位来和一枚小小的铜币来打赌，我是一直地把我的仪表估计错误了。我以性命为誓，她是发现了，虽然我不能，我乃是非常出色的一个美男子。我要去买一面镜子，雇用二三十名裁缝，研讨时髦的服装给我打扮一下。我既然欢喜我自己了，我须要花一点儿钱来注意我的仪表。但是我先要把那个家伙倒进坟墓，然后哭哭啼啼地回去会见我的爱人。
太阳，照耀吧，趁我还未买到镜子，
好让我走路时看看我的影子。〔下〕

第三景：伦敦。宫中一室

伊利沙白王后、李佛斯伯爵、葛雷勋爵上。

李佛斯　夫人，不要着急，国王陛下一定很快地就恢复健康。

葛雷　你沉不住气，将使他的病情加重。所以，为了上帝的缘故，要把心放宽，用轻松愉快的话来鼓舞他。

伊利沙白　如果他死了，我将如何是了？

葛雷　也没有什么祸害，只是失去这样的一位夫君罢了。

伊利沙白　失去这样的一位夫君便包括了一切的祸害。

葛雷　上天给了你一个好儿子，在他去世之后作为安慰你的人。

伊利沙白　啊！他还小呢。他未成年，现由利查·格劳斯特监护，此人对我没有好感，对你们也都不怀好感。

李佛斯　是否已经决定由他来任摄政？

伊利沙白　有此拟议，惟尚未作最后决定。如果国王有了不讳，势必如此安排。

伯京安与斯坦雷上。

葛雷　伯京安与斯坦雷两位大人来了。

伯京安　给陛下请安！

斯坦雷　愿上帝使陛下和往常一般快乐！

伊利沙白　我的好斯坦雷大人，你的善颂善祷，李治蒙伯爵夫人[19]恐怕不会表示同意的。不过，斯坦雷，虽然她是你的妻，并且对我没有好感，但是你尽管放心，我不因她的傲慢而恨你。

斯坦雷　我请求陛下，不要相信那些诬赖她的人们所说的谗言。纵然所控属实，也要请你原谅她的过失，因为那是因为有病而乖张，不是存心为恶。

伊利沙白　你今天见到国王了吗，我的斯坦雷大人？

斯坦雷　我和伯京安公爵刚刚晋谒国王，才从那里来。

伊利沙白　有没有康复的可能，二位？

伯京安　颇有希望。国王谈话很愉快。

伊利沙白　愿上帝给他健康！你们和他谈话了吗？

伯京安　谈了的。他愿格劳斯特公爵和你的弟兄们之间，以及他们和宫内大臣[20]之间，都能和好如初。已经派人召见他们了。

伊利沙白　愿一切都顺当！但那是永不可能的。我恐怕我们的家运已经到达顶点。

格劳斯特、海斯庭与道尔赛上。

格劳斯特　他们对不起我，我不愿忍受。他们是什么东西，竟向国王进谗，说我心狠手辣，和他们作对？我指圣保罗为誓，说这样挑拨离间的流言使得他耳根不净，他们不能算是爱护国王。只因我不善阿谀，不会在人面前谄笑、圆滑、虚伪、欺骗，像法国人一般地点头鞠躬，像猴子似的模仿礼貌，于是我便被认为是一个怀着恶意的敌人。一个老实人不能坦坦荡荡地活下去，一定要被一群奸猾狡诈卑鄙献媚的混蛋把他单纯的本色加以曲解吗？

葛雷　现在有好几个人在这里，你这一番话是对谁说的？

格劳斯特　对你说的，你这既不诚实又不厚道的人。我什么时候伤害过你？什么时候对你不起过？或是你？或是你？或是你们一党的任何一个？你们全都合该遭瘟！国王的圣躬不豫——愿上帝保佑他不让你们如愿——他几乎得不到片刻的宁静，而你们一定要用卑鄙的谗言来困扰他。

伊利沙白　格劳斯特老弟，你误会了。国王，由于他自己的心意，不是应任何人的请求，也许他看到你对待我的孩子们我的弟兄们以及我自己之外表的态度，就猜想到你内心必有愤恨，所以他才叫你去。为的是查究你的愤懑的根由，然后予以清除。

格劳斯特　我不敢说。世道人心太坏了，大鹰不敢落足的地方，小鹪鹩都在捕食。每个卑贱的人都变成了贵族，许多贵族也就被人当作卑贱的人看待了。

伊利沙白　好了，好了，我了解你的意思，格劳斯特老弟，你是嫉恨我的升发和我的朋友们的升发。愿上帝允许我们永远不再需要你的帮助！

格劳斯特　同时，上帝注定了我们却要为了你而吃苦头。我们的兄弟由于你的挑拨而下了狱，我自己也失了面子，贵族遭了轻蔑，而两天以前一文不值的人却天天有加官进爵的事。

伊利沙白　我本来安享清福，上天把我提升到这烦恼的高位，我敢对天发誓，我从不曾煽惑国王惩治克拉伦斯公爵，而我一直是在为他热心辩护。你实在是太冤枉我了，不怀好意地把我牵入这龌龊的嫌疑。

格劳斯特　你也可以否认海斯庭勋爵最近下狱之事不是你的主使。

李佛斯　她是可以，大人。因为——

格劳斯特　她可以，李佛斯大人！噫，谁不知道她会否认？她除了否认之外还可以做很多事呢。她可以帮助你步步高升，然后否认她会从中加以援手，硬说那些荣誉乃是你的功勋所应得的酬庸。她何事不可为？她可以——是的，天哪，愿她可以——

李佛斯　什么，愿她可以什么？

格劳斯特　什么，愿她可以什么！可以再嫁一位国王，一个单身汉，而且是漂亮小伙子。你的祖母当初匹配得一定更糟。

伊利沙白　格劳斯特大人，你这信口谩骂和冷讥热嘲，我已经忍受太久了。我指天为誓，我一定要把这些时常遭受的严重侮辱禀告国王知道。我宁可做乡下的仆妇，也不愿在这样情形之下做一位尊贵的王后，这样地受人玩弄、轻蔑、虐待，我做英格兰的王后没有什么快乐。

王后玛格莱特自后上[21]。

玛格莱特　〔旁白〕让她一点儿快乐都得不到，上帝，我请求您[22]！她的荣誉、地位和宝座，应该是属于我的。

格劳斯特　什么！你以禀告国王来威吓我？禀告他吧，不必口下留情。你看吧，我方才说的话，我在国王面前一概承认，我敢冒被送入伦敦堡的危险。到说话的时候了。我的功勋已被遗忘。

玛格莱特　〔旁白〕滚，恶魔！你的功勋我记得的太清楚了：你在堡里把我的丈夫亨利杀死了，在条克斯伯利把我的可怜的儿子爱德华杀死了。

格劳斯特　在你做王后之前，是的，也可以说在你的丈夫做国王之前[23]，在他的打江山的大业之中我是一个出死力的人，他的骄敌当前，由我去芟除，他的友好效劳，由我去酬谢。为了使他的血变成为王者的血，我洒出了我自己的血。

玛格莱特　是的，还洒出了许多比他的或比你的更高贵的血。

格劳斯特　在这期间你和你的丈夫葛雷都是站在兰卡斯特家族

那一面。还有，李佛斯，你也是。你的丈夫不是在玛格莱特的队伍中间在圣阿尔班斯被杀死的吗[24]？如果你忘记了，让我提醒你，在现在以前你原是何等人，如今你是何等人。还有，我原是何等人，如今又是何等人。

玛格莱特　一个杀人的凶手，你如今依然还是。

格劳斯特　可怜的克拉伦斯确是背叛了他的岳父瓦利克，是的，也背弃了他自己的誓约——耶稣饶恕他吧！——

玛格莱特　上帝会报复他！

格劳斯特　站在爱德华这一面为夺王冠而战。作为他的报酬，可怜的贵人，他被捕下狱了。我愿求上帝，让我的心也变成石头一般硬，像爱德华的一样。或是让爱德华的心变成软而慈，像我的一样。我太幼稚，不宜于生在这个世上。

玛格莱特　如果知耻，该赶快下地狱，离开这个世界，你这恶魔！那才是你的国土。

李佛斯　格劳斯特大人，你如今想要证明在那战乱的日子里我们乃是敌人，其实那时候我们只是追随我们的主上，我们的合法的国王。如果你是我们的国王，我们也会追随你的。

格劳斯特　如果我是！我宁愿是个小贩。愿这念头远离我的心！

伊利沙白　如果你是这一国之王，你想你是得不到多少快乐的，同样地你也该想到，我做了王后，我也没有多少快乐。

玛格莱特　同样的王后也没有多少快乐，因为那就是我，我是毫无快乐可言的。我不能再忍耐了。〔走向前来〕听我说，你们这些把我劫掠又因分赃不均而内讧的强盗们！你们当中有哪一个能望着我而不战栗？如果不是像臣下一般面对王后俯首，便是要像叛逆一般面对被黜的王后而抖颤吧！啊！高贵的坏人，不要走。

格劳斯特　满面皱纹的丑巫婆，什么事情使你在我面前出现？

玛格莱特　只是为了重复说一遍你所造成的伤害。在放你走之前我是要说一遍的。

格劳斯特　你不是已被放逐，如私自回来便要处死吗？

玛格莱特　我是。但是我觉得在放逐之中比回到家乡受死还要更苦。你欠我一个丈夫，一个儿子；你，欠我一个王国；你们全体，欠我忠心。我现在所受的苦难，本该是你的，你所篡夺了去的快乐该是我的。

格劳斯特　当初你用纸冠加在我的父亲的英勇的头上，用你的讥嘲使得他两泪直流；然后用浸湿了可爱的勒特兰无辜的鲜血的一块布，让他揩干眼泪；他伤心之极，对你发出了诅咒，如今在你身上全应验了。是上帝，不是我们，膺惩了你的残酷的罪行[25]。

伊利沙白　上帝是非常公正的，必能为无辜者平反。

海斯庭　啊！杀害那年轻的孩子真是前所未闻的最卑鄙最残酷的行为。

李佛斯　这消息传达出去，就是暴君听了也会流泪。

道尔赛　没有人不预言此事定当报复。

伯京安　脑赞伯兰当时在场，看到此事也哭了。

玛格莱特　什么！我没来之前，你们全在咆哮着，准备互相掐住喉咙，现在把你们的嫉恨全都转过来对付我？约克的诅咒真能那么彻底地感动上天吗，竟以亨利的死，我的可爱的爱德华的死，他们的王国的丧失，我的悲惨的放逐，全拿来抵偿那一个乖戾的乳臭小儿？诅咒能穿过云层上达于天吗？那么，迟钝的云朵，让路给我锐利的诅咒吧！你们的国王，纵不死于战争，让他死于荒淫吧，就像我们的国王之被谋害，为的是使他为王！爱德华，你的儿子，现在的威尔斯亲王，就像是爱德华，我的儿子，当初的威尔斯亲王，同样地以茁壮的青年而死于非命吧！原来我是王后，现在你是王后了，愿你荣华消尽老而不死，就像我自己这样颠沛吧！愿你寿命久长，得以哀悼你的儿女之死，并且眼看着一个别人夺去你的光荣，就如同我如今眼看着你占据我的位置一样！愿你的快乐日子在你死前即早已死去，经过许多的长久苦痛的期间之后，到了死的时候既无母亲妻子的身份，亦无复英格兰王后的资格！李佛斯、道尔赛——还有你，海斯庭大人——我的儿子被人用血腥的短刀刺死的时候，你们是在场目睹的。上帝，我向他祈祷，让你们一个也不得善终天年，而要惨遭凶死。

格劳斯特　停止你的咒骂吧，你这可恶的干瘪的妖婆！

玛格莱特　把你遗漏了？且慢，狗东西，非让你挨骂不可！如果上天拥有超过我所希望降到你头上的任何严重瘟疫，啊！请他们暂且保留，等到你恶贯满盈，再把他们的愤怒发泄在你这扰乱世界安宁的捣乱鬼的头上。让良心像蛆虫一般永远地啮着你的灵魂！愿你活着的时候，把你的友人疑为叛徒，把最无义的叛徒当作最知心的好友！你那凶恶的眼睛永远不得闭上安眠，一闭眼便有成群的丑恶的魔鬼在噩梦中来惊吓你！你这被精灵打上印痕的，畸形怪状的，到处乱拱的猪猡[26]！你生来注定是人间的蠢材，地狱的孽子！你是你的生身母的耻辱！你是你的生身父的谬种！你这声名狼藉的东西！你这人所不齿的——

格劳斯特　玛格莱特！

玛格莱特　利查！

格劳斯特　你喊我？

玛格莱特　我没有喊你。

格劳斯特　那么我请你原谅，因为我的确以为你所用的这些恶毒的骂名都是指我而言。

玛格莱特　噫，我骂的就是你，而且并不准备听你回嘴。啊！让我来结束我的诅咒吧。

格劳斯特　我已经给结束了，是用“玛格莱特”来结束的。

伊利沙白　你便是在诅咒你自己了。

玛格莱特　可怜的冒充的王后，僭取我的地位而只是虚有其表的东西！你为什么对那鼓胀的蜘蛛还要甘言蜜语地奉承，它的毒网已经把你罩起来了？蠢材，蠢材！

你是在磨刀杀你自己。总有一天，你会愿我帮助你诅咒这个驼背的毒蛤蟆。

海斯庭　胡说乱道的女人，不要再信口骂人，否则你惹得我们性起你是要吃亏的。

玛格莱特　你好不知耻！你们惹得我性起了。

李佛斯　如果你受到你应得的待遇，你便该受一顿教训，让你知道如何处世为人。

玛格莱特　如果给我以应得的待遇，你们便全该向我效忠，告诉我如何做你们的王后，告诉你们自己如何做我的臣属。啊！给我以应得的待遇吧，教导你们自己对我效忠吧。

道尔赛　不要和她争辩，她疯了。

玛格莱特　住声！侯爵先生，你出言无礼，你这新铸出来的光荣的爵位在市面上还不大能流通呢[27]。啊！愿你这新贵能设想一下，一旦失势，将是如何狼狈！树大招风，倒下去便要撞得粉碎。

格劳斯特　真是金玉良言。记住它，记住它，侯爵。

道尔赛　大人，这对你适用，犹如对我适用一般。

格劳斯特　是，更为适用得多。但是我生来地位就高，我们的雏鸟筑巢在杉树的顶端，和天风玩耍，和太阳嬉戏。

玛格莱特　还把太阳变成了黑暗呢。哎呀！哎呀！看看我的儿子，现在是在死亡的阴影笼罩之下了，他的光芒因你一怒而永沦于黑暗。你们的雏鸟侵占了我们雏鸟的巢居。啊，上帝！你看到了，不要容忍吧。经过流血而赢来的东西还是要经过流血而失去吧！

伯京安　不要吵，不要吵！纵然不是为了不伤和气，至少要顾全一点儿体面。

玛格莱特　不必对我说什么和气或是体面，你们已经很不和气地对待我了，你们已经不顾体面地把我的希望所寄托的人屠杀了。我所得到的和气是横暴，生活成为耻辱。让我的伤心的愤怒永远在那耻辱之中燃烧着吧！

伯京安　别说了，别说了。

玛格莱特　啊，高贵的伯京安！我愿吻你的手，表示和你友好一致。愿你和你全家都得到好运！你的外衣没有溅染我们的血，你也不在我的咒骂范围之内。

伯京安　这里没有任何人是在你的咒骂范围之内，因为诅咒的效力从不超过到咒骂者的嘴唇以外。

玛格莱特　我想诅咒会上达于天，惊醒上帝的安宁。啊，伯京安！提防那边的那条狗，他谄媚人的时候，他会咬人；他咬人的时候，他的毒牙会使人溃烂而死；别和他打交道，留神他。罪恶、死亡和地狱，都看中了他在他身上打了烙印，他们的所有的爪牙都听他差遣。

格劳斯特　她说什么，伯京安大人？

伯京安　没说什么值得令我注意的，大人。

玛格莱特　什么！我好心相劝，你轻蔑我，我警告你不可亲近的恶魔，你倒要去奉承？啊！有一天他要使得你的心悲痛欲裂，那时节你就要忆起今日之事，你就要说可怜的玛格莱特真是有先见之明。你们每个人都

活着做他的仇恨的对象，他做你们的仇恨的对象，
你们全体做上帝仇恨的对象吧！〔下〕

海斯庭　听她诅咒，我的头发都倒竖起来了。

李佛斯　我也是。我不懂她为什么行动自由。

格劳斯特　我不怪她。我以上帝的圣母为誓，她受委屈太多了，我后悔我给她的那一部分伤害。

伊利沙白　以我所知，我从来没有伤害过她。

格劳斯特　但是由于她所受伤害而来的一切利益都由你享受了。我过去太热心帮助了一个人，那人现在不念旧情变得太忘恩负义了。哼，至于克拉伦斯，他获得了良好的报酬。他辛苦了一番，现在被关在猪栏里催肥。上帝饶恕主使这件事的那些人吧！

李佛斯　为曾经伤害我们的人祈祷，这真是美德，不愧为基督徒。

格劳斯特　我向来如此，〔旁白〕在经过考虑之后。因为如果我现在诅咒，我会诅咒了我自己。

凯次比上。

凯次比　夫人，国王请您，还有您，还有诸位大人。

伊利沙白　凯次比，我就来。诸位和我一同去吧？

李佛斯　我们随同您去。〔除格劳斯特外众下〕

格劳斯特　我做了对不起人的事，而且我首先开始争吵。我暗中策动的阴谋，我教别人来担负那个沉重的罪名。克拉伦斯，实在是我把他投进了黑暗的监牢，我却对着许多蠢笨可欺的人们洒同情之泪。主要的是斯

坦雷、海斯庭、伯京安，我告诉他们是王后及其同党促使国王对付我的哥哥。现在他们相信了，而且鼓动我对李佛斯、瓦安、葛雷实行报复。但是我叹了一口气，引了一句圣经上的话，告诉他们说上帝要我们以德报怨。就这样地从圣经上偷取片言只语来掩饰我的赤裸的奸诈，在彻头彻尾地扮演恶魔之际却像是一位圣徒。

二凶手上。

且慢！我的行凶的人来了。怎样，我的大胆而果敢的伙伴们！你们现在就去把那东西结果了吗？

凶甲　我们是的，大人。我们来领取通行证，以便进入他被监禁的地方。

格劳斯特　想得很对，我随身带着呢。〔授予通行证〕得手之后，就到克劳兹贝大厦。但是，二位，下手要快，还要心狠，别听他的央告。因为克拉伦斯很善言辞，如果你们听他说话，你们可能心软下来。

凶甲　不会，不会，大人，我们不和他胡扯，说话的人不是真正做事的人。你放心，我们是去动手，不是去用唇舌。

格劳斯特　蠢材的眼睛堕眼泪，你们的眼睛堕石头。我喜欢你们，伙计们，立刻去干事。去，去，去干。

凶甲　我们去了，大人。〔众下〕

第四景：同上。伦敦堡

克拉伦斯与勃拉坎伯来上。

勃拉坎伯来　您今天脸色何以如此悲哀？

克拉伦斯　啊，我过了好苦恼的一夜，充满了丑恶的景象，可怕的梦，我乃是一个忠实信奉基督的人，就是能换取无数快乐的日子，我也不愿再过这样的一夜，其中太多阴森可怖的现象了。

勃拉坎伯来　你梦见什么了，大人？请你告诉我。

克拉伦斯　我觉得我已经从堡中逃走，登船渡海到勃根地去[28]。陪伴我的有我的弟弟格劳斯特，他教我从船舱里出来到甲板上去散步。我们从那里遥望英格兰，心中勾起了我们在约克与兰卡斯特家系战争之际所遭遇的无限的苦痛的往事。我们在摇摇晃晃的甲板上踱着的时候，我觉得格劳斯特跌了一跤。倒下的时候，我想去扶他，他把我撞落了船，坠在波涛汹涌的大海里了。主哇，主哇！我觉得掉在水里好苦，水的声音在我听来是何等的可怖！眼里看到了何等形状丑恶的死尸！我觉得我看见了上千的可怕的破碎船壳；上千的被鱼啮着的人体；无数的金块、大的铁锚、成堆的珍珠、无价的宝石、无价的珍饰，全都散布在海底，有些落在死人的骷髅里；闪亮的宝石爬进了原来安放眼珠的那两个大窟窿，好像是故意嘲弄眼睛一般，对海底的污泥卖弄风情，对周围散布的尸骨加以讽刺。

勃拉坎伯来　在死亡的时候你还有闲暇去观察海底的秘密？

克拉伦斯　我想我有。我几度努力想要使我的灵魂脱离躯体，但是那可恶的海水总是堵住了我的灵魂，不肯放它出来到空虚广阔飘荡不定的大气里去，而偏要把它闷在我的喘息的胸膛里，这胸膛几乎要迸裂，终于把它喷吐到海里去。

勃拉坎伯来　你这样地痛苦还没有醒吗？

克拉伦斯　没有，没有。我虽然已死，梦还是继续做下去。啊！那时节我的灵魂开始受难。我觉得，诗人们所常描述的那个阴森森的摆渡船夫把我渡过了那幽郁之川[29]，进入了永恒之夜的国土。首先迎接我的飘零的孤魂的，是我伟大的岳父，著名的瓦利克，他高声喊道:“这黑暗的国土能有什么样的惩治伪誓的刑罚给这个不讲信义的克拉伦斯？”他说完就消逝了；然后飘过一个像天使一般的影子[30]，光亮的头发染着血迹，他高声锐叫:“克拉伦斯来了——虚伪、善变、背誓的克拉伦斯，在条克斯伯利战场上把我刺杀的克拉伦斯——捉住他！复仇之神哪，把他抓了去受刑。”说完这话，我觉得有一群恶魔围绕着我，在我耳边怪声吼叫，听了这可怕的声音我就抖颤着醒了，此后过了好大半天，不能不信我确是到过了地狱，我的梦给我的印象太可怕了。

勃拉坎伯来　这无足怪，大人，虽然这使得你受了惊吓，我听你述说一遍，我都觉得害怕呢。

克拉伦斯　啊，勃拉坎伯来！我做下了这些现在使我灵魂备受指摘的事，都是为了爱德华的缘故。看他是怎样报酬我的。啊，上帝！如果我的内心深处的祈祷不能使你息怒，而一定要报复我的过失，请惩治我一个人。啊！饶了我的无辜的妻和我的可怜的孩子们吧。我请你，仁慈的监狱官，留在我身边。我的心里昏沉沉的，我想睡。

勃拉坎伯来　我不走便是，大人。愿上帝给你安息！〔克拉伦斯入睡〕悲哀紊乱了工作的时间和睡觉的时刻，能使夜晚变成早晨，中午变成夜晚。王侯值得炫耀的也不过是他们的衔称，以内心劳苦换取表面的光荣。为了不可捉摸的想象中的乐趣，他们时常感受无穷尽的心烦意乱的困扰。所以，在他们的衔称与卑贱的名姓之间，除了一点点虚名之外并无分别可言。

二凶手上。

凶甲　喂！谁在这里？

勃拉坎伯来　你要干什么，朋友？你怎么来到此地的？

凶甲　我要和克拉伦斯谈话，我是用腿走着来的。

勃拉坎伯来　怎么？这么干脆？

凶乙　总比啰唆要好些。——让他来看看我们所奉到的指令，不必多话。〔以一纸文件交付勃拉坎伯来，他取读〕

勃拉坎伯来　根据这个，我奉命把高贵的克拉伦斯公爵移交给你们。我不愿考虑这是什么用意，因为对这用意我根本不要知情。公爵躺在那里睡呢，钥匙就在那里。我要去见国王，告诉他我已经把我所看管的人交给你们了。

凶甲　你可以这样做，先生，这正是你的聪明处，再见。

〔勃拉坎伯来下〕

凶乙　什么！我们可以乘他睡时刺他吗？

凶甲　不，他醒来时，他会说这是懦夫的行为。

凶乙　他醒来时！噫，傻瓜，不到最后审判日他永不会醒的。

凶甲　噫，到他醒时他就要说我们是乘他睡时刺他了。

凶乙　提起“审判日”倒使得我心里不安。

凶甲　怎么！你怕了？

凶乙　不是怕杀他，我们是奉令行事，而是怕杀了他而被打入地狱，没有命令能保障我不入地狱。

凶甲　我以为你早有决心。

凶乙　现在还是有决心，决心饶他一命。

凶甲　我要回去见格劳斯特公爵，就这样地报告他。

凶乙　不，我请你，且等一下。我希望我这善良的情绪会发生变化，它经常只能维持从一数到二十那么久。

凶甲　你现在觉得怎样了？

凶乙　里面还有一点点良心的渣滓。

凶甲　别忘了事情做完之后我们还有赏金。

凶乙　咄！他非死不可，我忘了赏金啦。

凶甲　你的良心现在哪里去了？

凶乙　在格劳斯特公爵的钱袋里。

凶甲　他打开钱袋给我们赏金的时候，你的良心就可以飞出来了。

凶乙　那倒没有关系，由它去。很少人，或者说没有人会要它。

凶甲　要是它又回到你这里来呢？

凶乙　我不和它搅在一起，它使一个人变成懦夫。一个人不能偷，一偷它就告发；一个人不能赌咒，一赌咒它就谴责；一个人不能和他的邻人的妻睡觉，否则它就给揭穿。它是一个脸红害羞的小精灵，在人心里造反；它使人充满了障碍；它有一回使我把捡到的一袋黄金返还原主；它使任何收留它的人变成乞丐；大城小镇都把它驱逐出境，当作危险的东西。凡是想好好过活的人都努力信任自己，把它撇在一边。

凶甲　咄！它现在就在我的肘后，劝我不要杀死公爵。

凶乙　把魔鬼接到你心里，不要听信它。它会巴结你，只是使你伤叹。

凶甲　嘘，我是很坚强的，它不能说服我。

凶乙　你说得倒像是一个爱惜名誉的好汉。来，我们就去动手吧？

凶甲　用你的剑柄猛敲他的脑壳，然后把他投进隔壁房间的白葡萄酒桶里。

凶乙　啊，办法好极了！把他变成一块浸酒的面包。

凶甲　且慢！他醒了。

凶乙　下手！

凶甲　不，我们要和他谈一下。

克拉伦斯　你在哪里呢，监狱官？给我一杯酒。

凶甲　有足够的酒给你喝，大人，不久。

克拉伦斯　以上帝的名义请问，你是谁？

凶甲　一个人，和你一样。

克拉伦斯　但不是和我一样的贵胄。

凶甲　你也不是像我们一样地忠于王室。

克拉伦斯　你的声音像雷鸣，但是你的相貌像是低微的人。

凶甲　现在我的声音即是国王的声音，我的相貌是我自己的。

克拉伦斯　你说得多么阴森可怕！你的两眼对我怒视，你为什么面色苍白？谁派你们来的？你们来干什么？

二凶　来，来，来——

克拉伦斯　来杀害我？

二凶　是的，是的。

克拉伦斯　这件事你们对我连说都说不出口，所以更不会狠心做出来。我的朋友们，我在什么地方得罪了你们？

凶甲　你没有得罪我们，但是你得罪了国王。

克拉伦斯　我将与他言归于好。

凶乙　永远不能，大人，所以准备就死吧。

克拉伦斯　你是从茫茫人海当中挑选出来去杀害无辜的吗？我犯了什么罪过？指控我的那些证人在哪里？可有什么合法的陪审团把有罪的决定递交给狞眉皱眼的法官？是谁宣告的可怜的克拉伦斯的死刑？在我被依法判刑之前，以处死相威胁是极端不法的。如果你们还希望借了基督为我们的重大罪过所流的宝贵的血而获救，我命令你们，立刻退去，不要对我动手，你们所担任的任务是命令你们入地狱的。

凶甲　我们所要做的事都是奉命而行的。

凶乙　而且下命令的就是我们的国王。

克拉伦斯　糊涂的奴才！伟大的万王之王早已在诫律之中命令你不可杀人，那么你们愿意背弃上帝的意旨而去遵奉一个人的命令吗？留神，上帝手中握有惩罚的工具，打击那些违反他的诫条的人。

凶乙　他就是在把那个惩罚加在你的头上，因为你背誓而且杀人，你曾领圣体发誓为兰卡斯特一家而战。

凶甲　像是上帝名下的叛徒一样，你背叛了那个誓约，用你的叛逆的剑劈开了国王的儿子的肚子。

凶乙　那正是你发誓要拥护保卫的。

凶甲　你怎么能对我们以上帝的严诫相绳，你自己早已把它破坏到这样严重的地步。

克拉伦斯　哎呀！我做了那坏事是为了谁？为了爱德华，为了我的哥哥，为了他的缘故，他不会为了这个而派你们来杀我。因为在那件事上他和我犯了同样深重的罪。如果上帝为了这个而治罪，啊！你们要知道，他会公开治罪，不要从他手中把这个工作抢过来。他要铲除开罪于他的人们，无须假手他人或采用不法的手段。

凶甲　那么，当初那位欢蹦乱跳的漂亮的普兰塔真奈，那位年轻的王子，被你杀死的时候，又是谁派你做凶手的呢？

克拉伦斯　对我的哥哥的爱，魔鬼的作祟，以及我的冲动。

凶甲　对你的哥哥的爱，我们的忠诚，以及你的过错，使得我们现在到这里来杀你。

克拉伦斯　如果你们真爱我的哥哥，就不要恨我。我是他的弟弟，我很爱他。如果你们是为了报酬而受雇，你们还是回去吧，我要你们去见我的弟弟格劳斯特，他听说我还健在会将比爱德华听到我死亡的消息给你们更多的报酬。

凶乙　你想错了，你的弟弟格劳斯特是恨你的。

克拉伦斯　啊，不会的！他爱我，他对我很亲爱，就说是我要你们去见他的。

二凶　好，我们就去。

克拉伦斯　告诉他，当初我们的高贵的父亲约克用他的战无不胜的胳膊祝福他的三个儿子的时候，他没想到我们这样地各怀异心，让格劳斯特想想这一点，他会哭的。

凶甲　对了，会哭出石头来的，他教过我们怎样哭。

克拉伦斯　啊！不要冤枉他，因为他是很心慈的。

凶甲　对，像收获期间的雪[31]。你是在欺骗你自己，是他派我们到这里来害你的。

克拉伦斯　那是不会的。因为他曾为我的遭遇而哭泣，把我抱在他的怀里，抽噎着发誓说他要尽全力使我获释。

凶甲　噫，他是在尽全力，使你从尘劳世网之中获释，进入天堂享福。

凶乙　与上帝讲和吧，因为你非死不可，大人。

克拉伦斯　你心里居然有那样虔诚的情绪，劝我向上帝讲和，而对你自己的灵魂却这样地视若无睹，竟敢因杀害我而获罪于天？啊！二位请想，唆使你们来做这事的人，会因这事而恨你们。

凶乙　我们怎么办呢？

克拉伦斯　发怜悯心，救你们的灵魂吧。

凶甲　发怜悯心！那是怯懦，而且女人气。

克拉伦斯　不发怜悯心，便无异于畜牲、野人、魔鬼。你们两个当中有哪一个，如果是王侯之子，身被监禁，失却自由，像我如今这样，若是有两个像你们自己这样的凶手前来杀你，能不请求饶命吗？我的朋友，我在你的脸上看出一点儿怜悯的样子。啊！如果你的眼睛不是假意殷勤，你到我这边来，为我请求，就像你假如陷在我的苦难中你将为你自己求情一般。哪一个乞丐不怜悯一个行乞的贵公子？

凶乙　你回头看，大人。

凶甲　〔刺杀之〕挨我这一下子，再来一下。如果这还不够，我就把你浸在里面的白葡萄酒桶里。〔拖尸体下〕

凶乙　血腥的勾当，干得也真够狠！像比拉多一般[32]，我是多么想在这极悲惨的谋杀案中洗清我的双手啊。

凶手甲又上。

凶甲　怎样了！你是什么意思，不来帮我一下？我一定要让公爵知道你是如何地稀松。

凶乙　　我但愿他知道我救了他哥哥一命！你领赏去吧，把我说的话告诉他，因为我很后悔公爵被害。〔下〕

凶甲　　我不后悔，去，你这懦夫。好，我要去把这尸体藏在一个什么窟窿里，等公爵为他安排丧葬。
等我领到我的报酬，我就走。
这事总会暴露，我不可在此停留。〔下〕

注释

[1]“约克的太阳”sun of York 指爱德华四世，他在一四六一年二月三日毛提默十字村之战大捷的时候曾有三个太阳出现，事后认为是祥瑞，遂以太阳为标志，以为纪念。sun 与 son 同音，爱德华四世为约克公爵的儿子，故显然有双关意。（对折本作 son）

[2] 据 Thomas More《利查三世传》(*History of Richard III*)，利查身材矮小，四肢畸形，驼背，左肩高而右肩低，貌寝。按照柏拉图的学说，躯体之美与心灵之美是并行的。

[3] 葛雷夫人即 Elizabeth Woodville，其夫 Sir John Grey（在《亨利六世》中称 Richard Grey）于一四六一年第二次圣阿尔班斯之役战死，他是站在兰卡斯特家族一面的。她于一四六四年五月一日与爱德华秘密结婚，她比他长五岁。

[4] 安东尼·乌德维尔（Anthony Woodville）即李佛斯伯爵（Earl Rivers）。

[5] 邵尔太太（Mistress Shore）即 Jane Shore，为爱德华四世之著名的情

妇。她是伦敦 Lombard Street 一名金匠之妻。一五二七年左右贫苦潦倒而死。Nicholas Rowe 著有一剧名为 *Jane Shore*，于一七一四年上演。

[6]“老寡妇”指王后，因为她与国王结婚时她是 Sir John Grey 的遗孀。不过她出生于一四三七年，此际（一四七一年）只有三十四岁，似不为老。再者所谓“擢封为贵妇”之说亦与事实不符。“她本人”指邵尔太太，从未受过任何封号。

[7] 原文 lie for you 可能是双关语:（一）替你坐牢;（二）为了你而去说谎话。

[8] 即安夫人，莎士比亚沿《史记》之误认为是亨利六世的儿子爱德华亲王之遗孀，事实上仅为未婚妻。

[9] 据历史，安夫人参加亨利六世的葬仪乃不可能之事。此际她正在和王后玛格莱特在一处，为克拉伦斯所隐匿，化装为厨娘，终为利查所发现，于一四二七年与利查成婚。此处安与利查之对话为莎士比亚的杜撰。

[10] Chertsey 是 Surrey 的一城市。

[11] 刺猬（hedgehog），为不祥之物。利查驼背，似刺猬。利查之纹章上有野猪（hog）。

[12] 妖蛇 basilisks，传说中的怪物，鸡头兽身而蛇尾，其目光可致人于死。

[13] 哀德蒙，勒特兰伯爵，是利查的哥哥，被克利佛所杀，见《亨利六世下篇》第一幕第三景。

[14] 言订婚需双方交换指环，现在接受而无回赠，订婚不能视为有效。

[15] 克劳兹贝大厦（Crosby-place）在伦敦之 Bishopsgate Street，为 Sir John Crosby 一四六六年所建，时格劳斯特居住在内。

[16] 白衣僧院（White-Friars）是伦敦的一修道院。据何林塞，应是黑衣僧院（Black-Friars）。

[17] 原文 all the world to nothing，Rolfe 注云："When the chances against me were as the world to nothing." Harrison 注云："against all odds." 是也。

[18] 条克斯伯利之役是在一四七一年五月四日，亨利的尸体是在五月二十三日舁往彻特西，所以若说"三个星期之后"比较近是。

[19] Countess Richmond 即 Margaret Beaufort，为 Duke of Somerset 之女。于一四五五年嫁给 Edmund Tudor，Earl of Richmond，后再嫁 Lord Henry Stafford，第三个丈夫是 Thomas，Lord Stanley。

[20] 即海斯庭。

[21] 玛格莱特是亨利六世的遗孀，按照史实不可能在此地出现，她是一个象征性的人物，代表着约克一系的覆亡。据马龙指出，一四七一年五月四日条克斯伯利之役以后，她被囚在伦敦堡内，直到一四七五年被她的父亲瑞尼叶赎出，送往法国，于一四八二年卒，正是这一景的历史事件之前一年。

[22] 按第一对折本原文 And lesned be that small，God I beseech him，有若干近代本改 him 为 Thee，似较通，今照改译。

[23] Wright 指出爱德华初为王时是在一四六〇年，利查甫八岁。

[24] 第二次圣阿尔班斯之役在一四六一年二月十七日，玛格莱特获胜。第一次圣阿尔班斯之役在一四五五年五月二十二日，亨利败绩。原文 battle 作 army 解，较佳。

[25] 这一段事迹，见《亨利六世下篇》第一幕第四景。

[26] 利查的勋纹上有白色野猪。

[27] 道尔赛的侯爵衔称是一四七五年四月十八日颁授的，到这时候也约有八年之久了。

[28] Burgundy 即 the Netherlands。克拉伦斯幼时居住在 Utrecht，当时其地是在勃根地公爵的保护之下。

[29] 船夫即 Charon，幽郁之川即 Styx。

[30] 威尔斯亲王爱德华，亨利六世之子。

[31] 言其一点儿也不心慈。参看圣经《箴言》，x x vi，1:“As snow in summer，and as rain in harvest，so honour is not seemly for a fool.”

[32] 比拉多（Pilate），审判耶稣之 Judea 总督。参看《马太福音》x x vii，24.

第二幕

第一景：伦敦。宫中一室

国王爱德华抱病上，王后伊利沙白、道尔赛、李佛斯、海斯庭、伯京安、葛雷及其他上。

爱德华　好，就这样，现在我做完了一整天的工作。你们诸位亲贵，要继续这样地同心勠力，我每天都在期望着我的救主派人来把我从这苦难的世界之中救走。我既已促使我的朋友们在尘世间恢复友好，我的灵魂也可以较为安心地归天了。李佛斯与海斯庭，彼此握手，不要心藏仇恨，你们要发誓相爱。

李佛斯　我以天为誓，仇恨已从我心里排除净尽，我伸手来证实我的真心的爱。

海斯庭　天保佑我一生顺利，因为我是真心发出同样的誓！

爱德华　要小心，不可在国王面前戏言，否则那至高无上的万王之王会惩罚你们的隐藏的狡诈，使你们彼此互相杀害。

海斯庭　天保佑我，因为我发誓全心相爱！

李佛斯　也保佑我，因为我以全心来爱海斯庭！

爱德华　夫人，在这件事情上你自己也不可免除，还有你，我的儿道尔赛，你也不能免，伯京安，你们都曾经互相攻讦。妻，爱海斯庭，让他吻你的手。你所作的表示，不可有虚情假意。

伊利沙白　给你吻吧，海斯庭。我不再记前仇，让我和我的亲属幸运亨通吧！

爱德华　道尔赛，拥抱他。海斯庭，爱这位侯爵。

道尔赛　这次互示友爱，我正式宣布，在这一方是永久不渝的。

海斯庭　我也同样地发誓。〔二人拥抱〕

爱德华　现在，高贵的伯京安，你来拥抱我的妻党，表示大家和好，并且使我看着你们联合一致而高兴。

伯京安　〔向王后〕不论什么时候，如果伯京安对您怀有恶意，对您和您的亲族不怀忠诚之爱，让上帝惩罚我，使我最希望爱我的人们来恨我！在我最需要朋友而且最有把握他是一个朋友的时候，让他对我阴险、虚伪、狡诈，而且诡计多端！我对您和您的亲族如果变得情意冷淡，我乞求上帝这样对付我。〔二人拥抱〕

爱德华　高贵的伯京安，你的誓言对于我的衰弱的心不啻是一服兴奋的药剂。现在此地只缺少我的弟弟格劳斯特来完成这一次大家的和解。

伯京安　正巧这位高贵的公爵来了。

格劳斯特上。

格劳斯特　我给我的主上和王后请安。诸位亲贵，你们都好！

爱德华　我们今天过得实在是都很好。格劳斯特，我做了一件善事，我使得这些激愤的贵人们化敌为友，转憎为爱。

格劳斯特　这真是积德的事，我最尊严的主上。在这一群亲贵当中，如有任何一位，由于传言失实，或由于臆断错误，把我当作敌人；如果我在无意之中，或盛怒之下，做出了什么事使得哪一位觉得难堪，我希望能和他弃嫌修好。与人结怨简直就是要我去死一样。我恨仇怨，我要的是大家的爱。首先，夫人，我求您谅解，我愿以我的忠诚效劳换取您的谅解；也求你谅解，我的高贵亲戚伯京安[1]，如果我们之间曾有什么仇恨；也求你谅解，李佛斯大人，还有你，葛雷大人，你们都曾对我不大愉快而我实在并非罪有应得；还有你，乌德维尔大人，还有你，斯凯尔斯大人[2]；诸位公爵、伯爵，以及诸位勋贵；我请大家都赐予谅解。对于任何一位现存的英国人，我不比昨夜刚出生的婴儿心存更多的芥蒂，我感谢上帝让我有这样的谦卑的心情。

后　此后永远把今天当作一个纪念节日吧。我祷求上帝，愿一切争斗都圆满结束。我的主上，我请求陛下把我们的弟弟克拉伦斯也加以宽恕吧。

格劳斯特　夫人，我为了这事表示友好，怎么反倒当着这些亲贵面前受到这样的嘲弄呢？谁不知道这位高贵的公爵已经死了？〔众吃惊〕你取笑他的尸骸，实在是侮辱他。

爱德华　谁不知道他是死了！谁知道他是死了？

伊利沙白　明察一切的天哟，这是什么世界！

伯京安　道尔赛大人，我和别人一样地面色苍白吗？

道尔赛　是的，大人，在场的人没有一个不是面无血色的。

爱德华　克拉伦斯是死了吗？命令早已撤销了。

格劳斯特　但是他，这个可怜的人，死在您的第一道命令之下，那命令是一位生翅膀的梅鸠利送去的，撤销的命令是一个迟缓的跛子送去的，到达的时候已经来不及看到他的殡葬。愿上帝准许，那不比克拉伦斯更高贵更忠诚，虽不比他更接近王室血统但是更嗜杀成性的人，该受到不比可怜的克拉伦斯所受的为更坏的结果，但是还能逍遥法外不涉嫌疑。

斯坦雷上。

斯坦雷　主上，为了我过去的勋劳，请答应一个请求！

爱德华　请你，住声。我心里充满了悲哀。

斯坦雷　我不站起来，除非陛下肯听我说。

爱德华　那么立刻就说，你要求的是什么事。

斯坦雷　主上，我的仆人的性命不保了，他今天杀死了诺佛克公爵最近雇用的一个放肆的仆人。

爱德华　我刚开口宣布我的弟弟的死刑，现在就赦免一个奴仆吗？我的弟弟没有杀人，他的过错只是揣想中事，但是他的惩罚便是惨死。谁替他向我求过情？谁在我盛怒之际跪在我的脚前要我审慎行事？谁提起过手足之情？谁谈起过爱？谁曾告诉过我这可怜的人如何地背离强大的瓦利克而为我作战？谁曾告诉过我，在条克斯伯利战场之上，牛津伯爵把我打败了[3]，他救了我，并且说:“亲爱的哥哥，活下去，做国王吧！”谁曾告诉过我，我们两个卧在战场上几乎冻死的时候，他如何地脱下他的袍子把我裹起，他自己却单衣露体地冒着寒夜的僵冻？我当时在野兽一般的暴怒之下，把这一切全都悍然忘怀了，你们没有一个人曾经好心地提醒我一下。但是等到你们的车夫仆役酗酒杀人，破坏了上帝根据自己的形象所造出来的躯体，你们立刻就跪下来乞求赦罪，赦罪。而我呢，也没有公道是非，非答应你们不可。但是为了我的弟弟没有一个人愿意说话，我自己也是刻薄寡恩，没有代他向我自己说话，可怜的人哪。你们当中之最骄纵的人在他生时也曾受他恩惠，可是你们没有一个人曾经有过一次请求保全他的性命。啊，上帝！我恐怕，你的惩罚将要因此而降临到我和你们，我的和你们的亲属头上。来，海斯庭，扶我到我的寝室里去。啊！可怜的克拉伦斯！〔国王爱德华、王后、海斯庭、李佛斯、道尔赛及葛雷下〕

格劳斯特　这是鲁莽的结果。你们注意没有，王后的那一些做贼心虚的亲属们听到克拉伦斯之死全都面无人色？啊！他们曾不断地怂恿国王做这件事，上帝会要报复他们的。来，诸位大人，你们愿意和我一同去安慰爱德华吗？

伯京安　我们奉陪便是。〔众下〕

第二景：同上。宫中一室

约克公爵夫人偕克拉伦斯的一子一女上。

子　好祖母，告诉我们，我们的父亲是死了吗？

夫人　没有，孩子。

女　你为什么搓手捶胸，并且哭着叫——“啊，克拉伦斯，我的不幸的儿子！”

子　你为什么望着我们摇头，并且喊我们为孤儿，小可怜儿，被遗弃的孩子，如果我们的高贵的父亲是还活着？

夫人　我们的乖孙儿孙女，你们太误会了。我是为国王的病状而哀伤，生怕失掉他，不是为你们的父亲的死而哀伤。对于一个已经死了的人，哭也无益。

子　那么，祖母，你认定他是死了。我们的伯父国王应对这件事负责，上帝会为这事复仇。我要用诚挚的祈祷求他这样做。

女　我也要这样做。

夫人　住嘴，孩子们，住嘴！国王很爱你们，不懂事的蠢孩子，你们猜不到是谁使得你们的父亲死去。

子　祖母，我们能。因为我的好叔父格劳斯特告诉过我，国王受了王后的挑拨，捏造罪状，把他下狱。叔父这样告诉我的时候，他哭了，并且怜悯我，慈爱地吻我的颊，让我依靠他，就像依靠我的父亲一样，他就会把我像是他自己的孩子一般地爱。

夫人　啊！欺骗居然能偷取这样和善的外形，用贤良的面具掩藏深重的罪恶。他是我的儿子，是的，所以这是我的耻辱，不过这欺诈的性格不是从我的奶头吮去的。

子　你以为我的叔父是在作伪吗，祖母？

夫人　是的，孩子。

子　我真想不到。听！这是什么声音？

王后伊利沙白作疯狂状上，李佛斯与道尔赛随上。

后　啊！谁能拦阻我不让我哭号，不让我抱怨我的命运，不让我虐待我自己？我要采用绝决的手段对付我的灵魂，做我自己的敌人。

夫人　作出这鲁莽暴躁的样子，是什么意思？

后　演出悲惨自杀的一幕。爱德华，我的丈夫，你的儿子，我们的国王，他死了[4]！现在根已枯萎，枝条为什么还要生长？为什么不让那缺乏汁液的叶子去枯萎？如果你们活着，哀悼吧。如果死，就快死，好让我们的生翅的灵魂赶上国王的灵魂，或者像是忠顺的臣民，追随他到永久安息的新王国。

夫人　啊！我对你的高贵的丈夫有母子的关系，所以对你的悲伤也有同样深厚的关切。我也曾哭过我的亡夫，望着他遗留下来的几个影子而偷生于世。可是现在映出他的英勇面貌的两面镜子被恶毒的死亡之神打得粉碎，现在只剩下一面丑陋的镜子来安慰我，在他身上看着我的耻辱的时候只好暗自伤心。你是一个寡妇了，但还是一个母亲，还有你的孩子们留下安慰你。而死亡之神把我的丈夫从我的怀中夺走，还把我的孱弱之身的两根拐杖也抢去了，克拉伦斯和爱德华。啊！你的悲哀只能算是我的一小部分，我有多么充分的理由比你更该放声大恸，压倒你的哭声！

子　啊，伯母，你没有为我们的父亲之死而哭，我们怎能用我们的同情之泪帮助你哭？

女　我们的失父之痛没有人吊唁，你的丧夫之哀同样地没有人哭悼。

后　不必帮助我哀恸，我不是不会放声痛哭。所有的泉水都汇集到我的眼睛上来了，我好像是受那水汪汪的月亮的控制，可以淌出好多眼泪来淹没整个世界！啊！为了我的丈夫，为了我的亲爱的爱德华！

子女　啊！为了我们的父亲，为了我们的亲爱的克拉伦斯！

夫人　哎呀！为了他们两个，两个都是我的儿，爱德华与克拉伦斯！

后　除了爱德华我还有什么依靠？而他去世了。

子女　除了克拉伦斯我们还有什么依靠？而他去世了。

夫人　除了他们我还有什么依靠？而他们去世了。

后　从来没有一个寡妇遭受过这样严重的损失。

子女　从来没有孤儿遭受过这样严重的损失。

夫人　从来没有一个母亲遭受过这样严重的损失。哎呀！这些悲哀我全都具备[5]。他们的苦痛是个别的，我的苦痛是概括的。她为了一个爱德华而哭，我也哭；我为了一个克拉伦斯而哭，而她并不。这两个孩子为克拉伦斯而哭，我也哭；我为了一个爱德华而哭，而他们并不。哎呀！你们三个人，我有你们三倍的苦恼，把你们的眼泪全都洒给我吧。我是给你们的悲哀做保姆的，我要用号啕大哭来纵容你们的悲哀。

道尔赛　想开点儿，亲爱的母亲。你对上帝的作为不表感激，上帝要生气的。在平常的俗事上，受人慷慨的施贷而赖债不还，那叫作忘恩负义。这样地和上天发怒作对就更是忘恩负义了，因为上天不过是要求我们偿还他所借给我们的国王[6]。

李佛斯　夫人，作为一个思虑周到的母亲，你该为你的儿子年轻的王子着想。立刻把他接来，让他继承王位，你的前途就寄托在他身上。把你那急躁的悲哀埋在已死的爱德华的坟里，把你的快乐培植在活着的爱德华的王座上吧。

格劳斯特、伯京安、斯坦雷、海斯庭、拉特克利夫及其他上。

格劳斯特　嫂嫂，别急，我们全都难免不为我们的命星发暗而哭泣，可是任谁哭泣也是于事无补。夫人，我的母亲，我请您原谅，我没有看到您在这里，我敬谨下跪求您祝福。

夫人　愿上帝祝福你！并且把谦恭、爱、慈悲、服从、虔诚，放进你的心怀。

格劳斯特　阿门。〔旁白〕并且让我福寿双归而死！那是一个母亲的祝福应有的煞尾，我觉得奇怪她怎么把它漏掉了。

伯京安　你们这些愁眉不展的亲王，惨怛于心的贵族，你们负着共同的悲哀重担，现在于彼此亲爱之中互相欢忭鼓舞吧。虽然由这位国王而来的收获我们业已享用净尽，从他的儿子那里我们还可以刈取收获。你们因为心怀怨毒以致破裂，最近才捆扎缝合起来，要好好地加以保持维护。现在派遣少数人员立即前往勒德娄[7]，把年轻的太子迎到伦敦来做我们的国王，我觉得是很好的事。

李佛斯　为什么要派遣少数人员，伯京安大人？

伯京安　唉，大人，如果人数众多，刚刚医好的怨毒的创伤怕要破裂。目前新生的局势动荡不稳，那将是非常危险的事情。在每一匹马都像是脱缰之马一般任意驰骤的时候，凡是我们所能想到的以及明显摆在目前的危机，我看是都应该加以预防。

格劳斯特　我希望国王已经使我们大家弃嫌修好，对于这个盟约我是信守不渝的。

李佛斯　我也是，我想大家也都是。不过，盟约既是新成立的，不可使冒有显然遭受破坏的可能，若派遣众多人员便会酿成那样的可能。所以我同意伯京安的说法，应该派遣少数人员去迎接太子。

海斯庭　我也同意。

格劳斯特　那么就这么办吧。我们去决定谁立刻赶往勒德娄。夫人，还有您，我的母亲，你们可愿去对这事发表你们的意见吗?

〔除伯京安与格劳斯特外，众下〕

伯京安　大人，不论谁去接太子，为了上帝的缘故，不要让我们两个留在这里：因为在途中我要寻伺机会，把王后的骄纵的戚党和太子加以隔离，作为我们最近谈过的计划之初步的行动。

格劳斯特　我的知己，我的参谋本部，我的神谕，我的先知！我的亲爱的姻兄，我要像是一个孩子一般听你的指挥前进。那么到勒德娄去吧，因为我们不愿留在后面。〔同下〕

第三景：同上。一街道

二市民上，相遇。

民甲　早安，朋友。这样匆匆忙忙地到哪里去？

民乙　老实说，我自己也不大明白。听到消息了吗？

民甲　是的，国王死了。

民乙　坏消息，的确是。好转的事情总是少有的[8]，我恐怕，我恐怕，这将要成为一个紊乱的世界。

市民丙上。

民丙　朋友们，上帝保佑！

民甲　早安，先生。

民丙　好国王爱德华逝世的消息可不假吧？

民乙　不假，先生，那是太真了。现在求上帝保佑吧。

民丙　那么，二位等着看一个变乱的世界吧。

民甲　不，不。由于上帝的恩惠，他的儿子要就位了。

民丙　由一位幼主统治的国家是要倒霉的呀[9]！

民乙　我们可以希望他统治得好，未成年时有人摄政，成年之后自己亲政，前前后后地都可以统治得好。

民甲　亨利六世在巴黎加冕的时候只有九个月大[10]，当时情形正是如此。

民丙　当时情形正是如此？不，不，好朋友们，天晓得。因为当时国内人才辈出，有名臣辅弼，当时的国王又有贤德的叔伯们翼护着他。

民甲　　嘘，这个国王也是如此，父系母系都有不少的叔伯。

民丙　　最好全都是父系的，或是父系的一个也没有。因为如果上帝不加干预，他们争取国王的宠信而发生猜忌，对于我们大家影响甚大。啊！格劳斯特公爵的为人是太阴险了！王后的儿子和弟兄们又都傲气凌人，如果他们能受治于人而不去治人，这孱弱的国家可以像从前一样的幸福。

民甲　　好了，好了，我们是往最坏处想。一切都会好的。

民丙　　看见云起，聪明人就披上外套；大叶落，冬天就要到来；夕阳西下，谁不知道夜之将至？风雨不调就要使人担心饥馑。一切都会好的。不过，如果上帝注定如此，那便可能不仅是我们分所应得，也可能非我所能预料。

民乙　　诚然，大家心里怀着恐惧。你想找一个不担忧害怕的人谈谈话，都几乎不可得。

民丙　　改朝换代之前，情形总是如此。人靠了一种天赋的本能，对于即将来临的危险能有预感。例如，由于经验的关系，在狂风暴雨来到之前我们就可以看出水要高涨。但是把一切交给上帝吧。到哪里去？

民乙　　真是的，我们是被唤去见法官的。

民丙　　我也是，我陪你们去。〔众下〕

第四景：同上。宫中一室

约克大主教、年轻的小约克公爵、王后伊利沙白及约克公爵夫人上。

主教　我听说他们昨晚在脑赞普顿过夜，今晚在斯东尼斯特拉福休息[11]，明天，或是后天，他们就会到这里了。

夫人　我一心一意地想看看王子。我希望自从我上次看到他之后现已长大很多。

伊利沙白　但是我听说，并不，据说我的儿子约克已经差不多赶上他了。

约克　是的，母亲，但是我并不愿这样。

夫人　噫，我的小宝贝，长大是好事。

约克　祖母，有一晚，我们在吃饭，我的舅父李佛斯说起我长得比我哥哥高。"是呀，"我的叔父格劳斯特就说，"小草惹人爱，野草长得快。"以后我想我就不愿长得这样快了，因为好花都长得慢，野草才长得快。

夫人　真是的，真是的，这句格言对于拿来形容你的那个人并不曾适用。他年轻的时候就小得可怜，长了好久也长不大，老是不慌不忙地长，如果他所说的格言是真的，他就该是个有品德的人。

主教　无疑的，他是有品德，我的仁慈的夫人。

夫人　我希望他是，不过还是让做母亲的人存疑为是。

约克　　真的，如果我当时想得起来，我大可以对我的叔父反唇相讥，挖苦他的迅速长大比他挖苦我还要厉害些呢。

夫人　　怎样说，我的小约克？请你说给我听听。

约克　　哼，听说我的叔父长得好快，刚生下来两小时就能啃面包壳了，我过了整整两年才长出一颗牙。祖母，这可以算是很锋利的嘲笑。

夫人　　漂亮的约克，请问这是谁告诉你的？

约克　　祖母，他的奶妈。

夫人　　他的奶妈！噫，你没生以前她就死了。

约克　　如果不是她，我就说不出是谁告诉我的了。

伊利沙白　　伶牙俐齿的孩子，别说了，你太尖刻。

主教　　好夫人，别对这孩子发怒。

伊利沙白　　水罐都有耳朵[12]。

一使者上。

主教　　有一使者来了。什么消息？

使者　　连报告一下都会使我伤心的消息。

伊利沙白　　王子好吗？

使者　　好，夫人，很康健。

夫人　　你的消息是什么呢？

使者　　李佛斯大人和葛雷大人，都被送往庞福雷特，还有陶玛斯·瓦安爵士，全被捕了。

夫人　　谁逮捕他们的？

使者　　两位强有力的公爵，格劳斯特与伯京安。

主教　为了什么罪名?

使者　我所知道的我已经全部报告了，为什么这三位大人被捕我一点儿也不知道，大人。

伊利沙白　哎呀！我看出我的一家要崩溃了！猛虎已经抓住了驯良的雌鹿，横行的霸道已经侵犯了天真无邪而且毫无威势的王座。欢迎你们来，毁灭、死亡与屠杀！像绘在图上一般，我看出了一切的结局。

夫人　纷争扰攘的日子呀，我看得太多了！我的丈夫为了取得王冠而丧命，我的儿子们也有过几番的升黜，使得我为了他们的得失而时乐时哭，好容易安定下来，内战完全消歇了，胜利者们又自己争斗起来。弟兄对弟兄，骨肉对骨肉，自己对自己。啊！荒谬而疯狂的暴乱，停止你的狠毒行为吧。否则让我先死，不再看死亡的惨象！

伊利沙白　来，来，我的孩子，我们到庇护所去[13]。夫人，再会。

夫人　等一下，我同你一道去。

伊利沙白　您没有去的必要。

主教　我的王后，去吧，把你的财物也一同带去。至于我，我要把我所保管的大玺缴还给您。凡我愿自己遭遇的情形，我也愿您和您的家人都能同样地遭遇！来吧，我引你们到庇护所去。〔众下〕

注释

[1] 据 Wright 注，伯京安的祖母（Anne Neville）和利查的母亲（Cicely Neville）是亲姐妹，都是 Ralph Neville，Earl of Westmoreland 的女儿。

[2] 此处莎士比亚有误。所谓 Lord Woodvile 根本无此人。事实上王后的弟弟 Anthony Woodville 即是 Earl Rivers，亦即是 Lord Scales，而莎士比亚误以为是三个不同的人了。

[3] 这件事于史无据。而且 John de Vere 第十三世 Earl of Oxford（1443—1513）于条克斯伯利之战以前已逃往法国。

[4] 克拉伦斯之死是在一四七八年二月，国王爱德华之死是在一四八三年四月九日，相距有五年多，此处写成为几乎同一时期发生。

[5] 原文 I am the mother of these griefs 费解。Tawney 注云："The Duchess was their mother in sorrow." Crawford 注云："I.e.by her years and position, the chief mourner of all." 俱不恰。所谓 be the mother of 恐即"孕育""拥有"之意。

[6] 生命乃是上帝所贷予，上帝要求时即须偿还。

[7] Ludlow 是在 Shropshire 的一个堡垒，为 Lord President of Wales 总部之所在，当时王太子驻在那里。

[8] seldom comes the better 谚语，意指新王可能还不如旧王，一代不如一代，每况愈下也。

[9] 参看圣经 *Ecclesiastes*，x .16，"Woe to thee，O land，when thy king is a child."

[10] 亨利六世于一四二二年十月在巴黎称王，当时一岁左右。在巴黎行加冕礼是在一四三〇年，时已约九岁。

[11] 四开本把脑赞普顿列在斯东尼斯特拉福之前，对折本把两个地名

的位置调换过来。按王子自勒德娄赴伦敦，脑赞普顿距伦敦比较远些。故按地理形势，四开本是对的。但是根据 Hall：*Chronicle*，则王子当时确是先在斯东尼斯特拉福过夜，翌晨被格劳斯特送返脑赞普顿，然后在那里再过夜，就史实论对折本是对的，但是就剧情而论又是不可能的，因为大主教如下文所述并不知悉格劳斯特的行动。牛津本此处从四开本，今照译。

[12] 谚语，旧作"Small pitchers have great ears."有时再加上"and wide mouths."在英国用以形容儿童，喻"人小鬼大"。

[13] 指西敏斯特的庇护所。据 Rolfe 指出，坐落在现在的西敏斯特医院的所在地（在当时是属于寺院的范围之内），在寺院解散以前一直有权庇护罪犯，使不受逮捕，在一六〇二年以前且一直庇护债务人。

第三幕

第一景：同上。一街道

喇叭响。威尔斯亲王、格劳斯特、伯京安、凯次比、枢机主教鲍舍尔及其他上。

伯京安	亲爱的王子，欢迎你到了伦敦，到了你的居留地[1]。
格劳斯特	欢迎，亲爱的侄儿，我的愿望中的君主，旅途疲惫使得你精神郁闷。
王子	不是，叔父。我们路上发生的烦恼事使得旅途变成为漫长无聊，而且沉闷，我要有更多的叔舅们在这里欢迎我。
格劳斯特	亲爱的王子，你尚在天真无邪的年龄，尚未探索人世的险诈。除了一个人的外表之外，你尚不能判辨一个人的好坏；而天晓得，外表是很少与内心合一

的。你没能看到的那几位叔舅都是危险人物；你听了他们的甜言蜜语，但是没有看到他们心腹中的狠毒。上帝保佑你不要接近他们，不要接近这样虚伪的朋友们！

王子　上帝保佑我不接近虚伪的朋友们！但是他们不是。

格劳斯特　殿下，伦敦市长来欢迎你。

市长及侍从等上。

市长　愿上帝给殿下健康和快乐！

王子　我以为我的母亲和我的弟弟约克老早地就会在半路上迎接我们了。嘘！海斯庭真是一条懒虫，不来告诉我们一声他们究竟来不来。

海斯庭上。

伯京安　正说着他，他就汗流满面地来了。

王子　欢迎，大人。怎样，我的母亲来不来？

海斯庭　为了什么缘故，天晓得，我不晓得，你的母亲王后和你的弟弟约克都逃入庇护所了。那年轻的王子很想和我同来迎接殿下，但是被他母亲强制留下了。

伯京安　呸！她这种行为是多么愚蠢而荒谬！枢机主教大人，可否请你去劝王后立刻把约克公爵送到他的哥哥这里来？如果她拒绝，海斯庭大人，你和他一同去，从她的猜疑的怀抱中把他强夺出来。

鲍舍尔　伯京安大人，如果我的笨拙的辞令可以把约克公爵从他母亲手中赢得，他立刻就会来到此地；但是如果她不为温和的请求所动，上帝不准我们侵犯庇护所的神圣权利！把整个国土给我，我也不肯犯这样大的罪。

伯京安　你顽固得太无理了，大人，太拘泥形式，太尊重传统。用这时代之粗鲁的标准来衡量一下，你就会知道逮捕他并不算是侵犯庇护的特权。这种特权一向是授给那些做了错事非逃来此地不可的人们，以及那些有头脑懂得来要求利用这个地方的人们。这位王子既来要求利用这地方，也没有非逃到那里不可的理由。所以，以我看，他不能享受庇护。那么，把一个根本没有权利享受庇护的人从庇护所中抓走，你不能算是破坏了那个特权。我常听说受庇护的人，直到现在我还没有听说过受庇护的孩子。

鲍舍尔　大人，这一回我且听你的主张便是。来吧，海斯庭大人，你愿和我去吗？

海斯庭　我去，大人。

王子　诸位大人，你们要尽速前去。〔枢机主教鲍舍尔与海斯庭下〕喂，格劳斯特叔叔，若是我的弟弟来了，在加冕典礼之前我们在哪里暂住呢？

格劳斯特　对于你的身份最为适宜的地方。如果我可以进一忠告，你可以在伦敦堡内住一两天，然后就可随你的意，到任何认为最适于你的健康与休憩的地方。

王子　在所有的地方当中我最不喜欢那堡。是朱利阿斯·西撒建筑的那个地方吗，大人？

伯京安　是他开始建筑的，殿下，以后历代皆有修缮。

王子　说是他建筑的，是有文献可稽，还是只凭历代口传？

伯京安　有文献可稽，殿下。

王子　但是，大人，假如历史上并无正式记载，我以为真相还是会一代一代地传递下去，直到世界末日为止。

格劳斯特　〔旁白〕这样小，这样聪明，据说，生命不得久长。

王子　你说什么，叔叔？

格劳斯特　我说，虽无文献可考，声名亦可久长。〔旁白〕这样一来，就像是道德剧中的“罪恶”那个角色一般，我一语双关[2]。

王子　那朱利阿斯·西撒真是一个有名的人。他以武功给他的文采增光，又利用他的文采使他的武功不朽。死不能征服这位征服者，因为他现在虽然不在世上，仍在声名中活着。我告诉你说吧，我的伯京安大人——

伯京安　什么事，殿下？

王子　如果我长大成人，我要赢回我们在法兰西的古老的权益，否则我就慷慨战死，像我活着堂堂为王一般。

格劳斯特　〔旁白〕短夏经常有一个早春[3]。

约克、海斯庭与枢机主教鲍舍尔上。

伯京安　约克公爵来得正是时候。

王子　约克的利查！我的亲爱的弟弟可好？

约克　很好，我的大王，我现在必须这样称你了。

王子　是的，弟弟，这使我很悲伤，也使你很悲伤。因为父王刚死不久，我们记忆犹新，其实他老人家应该再保持那个称号，他这一死，使得那个称号都失掉不少光辉。

格劳斯特　我的侄儿高贵的约克公爵可好？

约克　谢谢您，叔叔。啊，大人，您说过无用的野草长得快，我的哥哥这位王子比我长得高多了。

格劳斯特　他是，殿下。

约克　那么他是无用的了？

格劳斯特　啊，我的贤侄，我不能这样说。

约克　那么他比我要更感激您一些。

格劳斯特　他可以用我的君王的身份命令我，你可以把我当作你的亲属来使唤我。

约克　叔父，请你把那短剑给我。

格劳斯特　我的短剑，小侄儿？情愿奉上。

王子　一个行乞的人，弟弟？

约克　向我的好叔叔行乞，我知道他会给我的。不过是一件小东西，不会使他心痛。

格劳斯特　更大的礼物我也愿意给我的侄儿。

约克　更大的礼物！啊，那便是再加上一把长剑了。

格劳斯特　是的，好侄儿，如果不嫌太重。

约克　啊，那么，我懂了，你只是想送轻礼物。若是重一点儿的东西，你就会加以拒绝。

格劳斯特　那实在是太重，殿下无法佩带。

约克　即使重一点儿，我也并不重视它。

格劳斯特　什么！你想要我的武器吗，小少爷？

约克　我想要，好让我像你称呼我一般地感谢你。

格劳斯特　如何感谢？

约克　又小又少。

王子　约克大人说话总是犯别扭。叔父，您晓得怎样担带他。

约克　你的意思是说，“担”我，不是“担带”[4]，叔父，我的哥哥是在嘲弄您和我。因为我小，像个猴子，他以为您该把我担在您的肩上[5]。

伯京安　他说话多么俏皮而敏捷！为了冲淡他对他叔父的讥嘲，他很巧妙地也讥嘲他自己，这样年轻而这样伶俐，真是难得。

格劳斯特　殿下，请你就走好不好？我自己和伯京安公爵就要到你母亲那里去，请她到堡里和你相会并且欢迎你。

约克　什么！你要到堡里去吗？

王子　摄政大人一定要我去。

约克　我在堡里将不得安眠。

格劳斯特　噫，你怕什么？

约克　哼，我的叔父克拉伦斯的厉鬼，我的祖母告诉我他是在那里被害的。

王子　已经死了的叔父们我都不怕。

格劳斯特　活着的也不用怕，我希望。

王子　如果他们还活着，我希望，我是用不着怕的。但是来吧，大人，以沉重的心情，怀念着他们，我到堡里去。〔号角鸣。除格劳斯特、伯京安与凯次比外，众下〕

伯京安　大人，你以为这小小的饶舌的约克是否受他狡狯的母亲的挑唆才这样狂妄地对你嘲弄？

格劳斯特　毫无疑问，毫无疑问。啊！真是个了不起的孩子，大胆、敏捷、智巧、勇敢、机灵，从头顶到脚底，他完全像他的母亲。

伯京安　好，且不提他们。到这边来，凯次比。你曾发过隆重的誓言，要执行我们所要你做的事，并且严守秘密我们所告诉你的话。我们在路上所谈到的话，你是知道了，你的想法怎样？让威廉·海斯庭大人与我们同心合力，使这位高贵的公爵登上这著名的岛国的王座，是不是很容易办到的事呢？

凯次比　他为了他的父亲之故很爱王子，所以劝他做不利于王子的事怕不容易。

伯京安　那么你以为斯坦雷如何呢？他肯不肯？

凯次比　他会追随海斯庭，完全和他一样。

伯京安　那么好了，不必多说，只有这一桩事。去，好凯次比，委婉地去测探海斯庭，他对于我的计划是否赞成，唤他明天到伦敦堡，开会商讨加冕典礼的事。如果你发现他肯接受我们的意见，就鼓励他，把我们所说的话都告诉他；如果他没有反应，态度冷漠，不愿合作，那么你也作出同样的神情，不必再谈下去，把他的意向通知我们便是。因为明天我们要分别开会[6]，要你大大地帮忙一番。

格劳斯特　替我问候威廉大人，告诉他，凯次比，他的一批死对头明天将要血溅庞福雷特堡垒，为了这个好消息，让他再多吻一次邵尔太太吧[7]。

伯京安　好凯次比，去，把这桩事妥为办理。

凯次比　二位大人，我必小心办理。

格劳斯特　凯次比，在我们睡前可以得到你的消息吧？

凯次比　可以的，大人。

格劳斯特　在克劳兹贝大厦，在那里你可以找到我们两个。〔凯次比下〕

伯京安　现在，大人，如果我们发现海斯庭大人不肯与我们合谋，可怎么办？

格劳斯特　砍掉他的头，这是我们要解决的一件事。注意，我做国王之后，你可以向我要求赫来佛伯爵的采邑[8]，以及我的哥哥国王所拥有的一切动产。

伯京安　我将请求你履行此项诺言。

格劳斯特　等着吧，我会很高兴地把这权益交付给你。来，我们早一些吃晚饭，饭后我们可以把我们的计划安排一下。〔同下〕

第二景：同上。海斯庭邸前

一使者上。

使者　〔敲门〕大人！大人！

海斯庭　〔在内〕谁在敲门?

使者　斯坦雷大人派来的人。

海斯庭　〔在内〕几点钟了?

使者　刚打过四点[9]。

海斯庭上。

海斯庭　斯坦雷大人这几天来在这漫长的夜间还不能睡吗?

使者　根据我所要禀告的话来看，大概确是如此。首先，他要我问候大人。

海斯庭　其次呢?

使者　其次他就要告诉大人，今夜晚他梦见一头野猪撞掉了他的盔。还有，他说会议将分两处举行，在一处所将决定的事可能使你和他因参加另外一处而后悔不迭。所以他派我前来请示，可否请您立刻陪他骑马赶往北方，避免他所虑到的危险。

海斯庭　去，朋友，去，回到你的主人那里去，告诉他不必怕那两处开会的事。他和我参加一处会议，在另一处有我的好朋友凯次比。无论发生什么与我们有关系的事，我不会没有消息。告诉他，他的顾虑是肤浅的，没有根据。至于他的梦，我不懂他为什么这样愚蠢，竟相信睡不踏实时的胡思乱想。在野猪追来之前就先逃跑，那简直是激动它来跟踪，他不想追也要追了。去，让你的主人起来到我这里来，我们两个一道到伦敦堡去，他必将发现野猪会在那里殷勤款待我们的。

使者　我去，大人，把您说的话告诉他。〔下〕

凯次比上。

凯次比　高贵的大人，您早安。

海斯庭　早安，凯次比，你起得很早。在我们这歪歪倒倒的国家里，可有什么消息，可有什么消息？

凯次比　真是个摇摇晃晃的世界，大人。我相信在利查戴上国家的花冠之前永远不会站立得稳。

海斯庭　怎么！戴上花冠！你说的是王冠吗？

凯次比　是的，大人。

海斯庭　在我看到王冠这样糊里糊涂被人误戴之前，我愿有人先把我的脑袋从我的肩上砍去。但是你以为他有意要那个东西吗？

凯次比　是的，我敢说一定，而且他还希望你赞助他的一党，帮他去攫取那个东西。所以他送这个好消息给你，你的敌人们，王后的一批族人，就在今天在庞福雷特一定非死不可。

海斯庭　的确是，我听了那消息并无哀悼之意，因为他们一向是我的敌人。但是要我赞助利查那一面，阻止我的主上的后嗣继承大统，上帝晓得，要我的命我也不干。

凯次比　愿上帝使您永保这一神圣的念头。

海斯庭　但是他们使得我遭受国王的憎恶，如今我可以目睹他们的悲惨的结局，这件事足够使我窃笑一年。好，凯次比，不出两个星期的工夫，我就要让几个人出其不意地回老家去。

凯次比　大人，人在毫无准备之中，出乎意料之外地死去，那是很尴尬的事。

海斯庭　啊，可怕极了，可怕极了！李佛斯、瓦安、葛雷，他们的遭遇正是如此；另外一些人，自以为处境就和你我一样的安全，其遭遇也会如此；你是知道的，他们都是高贵的利查与伯京安所宠爱的人。

凯次比　他们二位都很重视您。〔旁白〕因为他们认为他的头颅事实上等于是已经悬在伦敦塔上了。

海斯庭　我知道他们重视我，而我也值得受他们的重视。

斯坦雷上。

来吧，来吧。你的刺野猪的枪呢？你怕野猪，而不带防身的武器？

斯坦雷　大人，早安；早安，凯次比。你可以继续说笑话，不过，以十字架为誓，我不喜欢分别开会这种把戏。

海斯庭　大人，我爱惜我的性命不下于你。我要郑重声明，我有生以来从没有像现在这样地把性命看得可贵。若不是我确知我们处境安全，你想我会这样地得意扬扬吗？

斯坦雷　在庞福雷特的那几位大人，从伦敦骑马出发的时候，兴致很高，自以为他们是安全无虞的，老实讲他们也的确是没有理由疑惧，但是你看多么快，天有不测风云。这样的仇恨的突袭，我颇为疑惧。我祷求上帝，让我成为一个不必要的懦夫吧！怎么，我们到伦敦堡去吧？时间不早了。

海斯庭　好，好，同你一道去。你知道那件事吧，大人？你谈起的那几位大人今天都砍头了。

斯坦雷　控告他们的人既然还保持他们的职位[10]，他们忠心耿耿实在更应该保持他们的头颅。但是，来，我们走吧。

一传令员上。

海斯庭　你们先走一步吧，我要和这个人谈几句话。〔斯坦雷与凯次比下〕怎样，朋友！你近来好吧？

传令员　承您这一问，愈发地好。

海斯庭　我告诉你，朋友，我现在的情形比我上次在此遇到你的那时候要好一些。那一次由于王后一党的挑唆我正被押解前往伦敦堡坐监牢，但是现在，我告诉你——可别对别人说——今天我的那些敌人就要处死，我的情况之佳真是前所未有。

传令员　愿上帝使您长久如意！

海斯庭　多谢，朋友。给你，拿去喝杯酒吧。〔把钱囊掷给他〕

传令员　上帝保佑您。

一教士上。

教士　幸会，大人，我很高兴见到您。

海斯庭　我谢谢你，好约翰先生，衷心感谢你。你上次讲道，我尚未酬劳你，请下星期日再来，我一总致谢。

伯京安上。

伯京安　怎么，和一位教士谈天，宫内大臣？你的庞福雷特的朋友们才需要一位教士呢，您目前没有什么要忏悔的。

海斯庭　真是的，我遇到这位神圣的人，就想到了你所说的那几个人。怎么，你是到伦敦堡去吗？

伯京安　我是的，大人。不过我不会停留太久，在您走以前我要回去。

海斯庭　是的，是很可能的，因为我要在那里吃午饭。

伯京安　〔旁白〕晚饭也要吃呢，虽然你不知道。来，你走吧。

海斯庭　我来奉陪。〔众下〕

第三景：庞福雷特。堡垒前

拉特克利夫率执戟卫士，押李佛斯、葛雷及瓦安赴死。

李佛斯　利查·拉特克利夫爵士，让我告诉你这一点，今天你就会看到一个为人臣者为了他的诚实，为了尽职，为了忠心，而死。

葛雷　上帝保佑王子，别受到你们这一群的伤害！你们是一群该下地狱的杀人凶手。

瓦安　你以后总有一天为这事而悔恨。

拉特克利夫　赶快。你们的大限已至。

李佛斯　啊，庞福雷特，庞福雷特！啊，你这血腥的监狱！对于显赫的贵族们你是险毒而致命的地方！在你的罪恶的围墙之内利查二世被砍而死，为了使你的阴森处所获得更多的咒骂，我们把我们的无辜的血供你吮吸。

葛雷　现在玛格莱特的诅咒应验在我们的头上了，当初利查杀死她的儿子的时候我们袖手旁观，她对海斯庭、你和我，就曾经诅咒过。

李佛斯　那时候她诅咒了利查，那时候她诅咒了伯京安，那时候她诅咒了海斯庭。啊！上帝，你现在听从了她对我们的诅咒，请同样地听从她对于他们的诅咒吧。至于我的姐姐和她的儿子们，亲爱的上帝，你知道我们的血既是一定要冤枉地洒溅出来，那么就饶了她们吧。

拉特克利夫　快一点儿，死期已经到了。

李佛斯　来，葛雷，来，瓦安。我们在此地拥抱吧，我们告别，到天堂再见。〔众下〕

第四景：伦敦。伦敦堡

伯京安、斯坦雷、海斯庭、义利主教、拉特克利夫、勒佛尔及其他环桌而坐。会议职员等一旁照料。

海斯庭　诸位大人，简单说吧。我们现在开会的目的是决定加冕典礼事宜。以上帝的名义，请发言，哪一天是吉日？

伯京安　为了这庆祝大典一切都准备齐全了吗？

斯坦雷　准备齐了。只差选择日期。

义利主教　我认为明天就是好日子。

伯京安　谁知道摄政王对此事有何意见？谁和这位高贵的公爵最亲近？

义利主教　我们以为您最可能知道他的心意。

伯京安　我们认识彼此的脸，至于我们的心，他认识我的心不比我认识你的心更多。也可以说，我认识他的心不比你认识我的心更多一些。海斯庭大人，你和他是很要好的。

海斯庭　我感谢他，我知道他很喜欢我。但是，讲到他对于加冕典礼的意见，我尚未探测过他。他也没有对我表示过。不过你们，诸位大人，不妨选定日期，我可以代表公爵表示我的意见，我猜想他是不会有异议的。

格劳斯特上。

义利主教　正是时候，公爵自己来了。

格劳斯特　诸位高贵的亲友，早安。我睡得太久了。不过我相信我的迟到没有耽误必须有我出席才可以解决的大事。

伯京安　　如果你没有及时赶到，大人，威廉·海斯庭大人已经代你发表意见，我的意思是说代你作一主张，关于国王加冕一事。

格劳斯特　　没有人会能比海斯庭大人更为鲁莽了，他是知我很深，待我很厚。义利大人，我上次在霍尔邦的时候[11]，我在你的园子里看到有很好的草莓，我请你送我一点儿。

义利主教　　大人，我非常高兴给您送去。〔下〕

格劳斯特　　伯京安老兄，和你说句话。〔把他拉到一边〕关于我们的事，凯次比已经探测了海斯庭，发现这位暴躁的人态度非常激烈，他说他宁可失去他的头，也碍难同意使他的主人的孩子，他是这样恭敬措辞的，失掉英格兰的王位。

伯京安　　你暂且离去，我和你一道去。〔格劳斯特与伯京安下〕

斯坦雷　　我们还没有选定这庆祝大典的日子呢。我看明天是太急促了，因为我自己也还没有准备停当，如把日期展缓，我可以准备得好一些。

义利主教又上。

义利主教　　格劳斯特公爵大人在哪里？我叫他们把草莓送来了。

海斯庭　　公爵今天早晨很愉快的样子，他心里一定是想着什么痛快事，所以这样兴高采烈地向人道早安。我看在整个基督教世界里没有一个人比他更容易喜怒形于色。你看他的脸色，就可以窥见他的心事。

斯坦雷　　你从他今天的脸色窥见了他的什么心事了呢？

海斯庭　唉，我们这里几个人都没有惹他不高兴，因为如果惹了他，他会在脸色上表示出来。

格劳斯特与伯京安又上。

格劳斯特　我请你们大家告诉我，有一些人企图利用不法的巫术阴谋置我于死，并且已经用他们的恶毒的符箓影响到了我的身体，这些人该当何罪？

海斯庭　我对大人的一份敬爱之心使我在诸位亲贵面前大胆地给那些犯人判罪，不管他们是谁。据我看，大人，他们该受死刑。

格劳斯特　那么让你们的眼睛做他们的罪恶的见证吧。看我被他们的巫术害成什么样子，看我的胳膊像是被风刮萎的树苗，全干枯了。这全是爱德华的老婆，伙同那个娼妇邵尔，用他们的巫术来这样毁害我的。

海斯庭　如果她们做下了这样的事，大人——

格劳斯特　如果！你这个娼妇的保护人。你敢对我说什么“如果”？你是一个叛徒。砍掉他的头！现在，我对着圣保罗发誓，未看到你的头颅被砍掉之前我决不吃饭，勒佛尔和拉特克利夫[12]，负责去办这件事。其余的爱护我的，都起身和我去。〔除海斯庭、拉特克利夫与勒佛尔外，众下〕

海斯庭　英格兰哪，惨也，惨也！对于我一点儿也不足悲，因为我太蠢，本来可以防止这事发生的。斯坦雷梦见了野猪撞破了他的盔，我加以嘲笑，不肯逃跑。我的披着马衣的坐骑今天颠踬了三次，一看到伦敦堡就惊，好像是不肯载我进入屠场。啊！现在我需要和我谈过话的那位教士了。我现在很后悔，当时过分高兴，竟告诉那个传令官我的敌人们今日在庞福雷特如何惨遭屠害，我是如何地安然享受宠爱。啊，玛格莱特，玛格莱特！你的凶狠的诅咒应验在可怜的海斯庭头上了。

拉特克利夫　来，来，赶快，公爵等着要去吃饭了。做简短的忏悔吧，他渴望着看到你的头颅。

海斯庭　啊，短暂的人世间君王的恩宠，我们汲汲追求，忽略了上帝的恩宠！一个人于仰望你的颜色之中建立他的空虚的希望，他就像是一个爬在桅杆上的醉水手，一打瞌睡就会跌进海底深渊。

勒佛尔　来，来，赶快。哀鸣没有用。

海斯庭　啊，残酷的利查！苦难的英格兰！我预言可怜的人们所从来不会见过的最可怖的时代即将来临。
来，引我上断头台，给他送去我的首级。
他们今日笑我，不久他们也要死去。〔众下〕

第五景：伦敦。伦敦堡的城墙上

格劳斯特与伯京安上，披锈烂铠甲，状至丑陋。

格劳斯特　来，老兄，你难道不会发抖，变色，话说到半截儿就喘不过气，然后再开始，再停顿，好像是神经错乱，吓得要发狂？

伯京安　嘘！我会模仿高明的悲剧演员，说句话回头望望，又四面窥察，风吹草动也会胆战心惊，装出猜疑的样子，随时可以摆出狰狞的面目，就好像强作出的笑容一般地容易。为了装饰我的诡计，二者都可以在任何时间听我调遣使用。但是怎么！凯次比走了吗？

格劳斯特　他去了。看，他把市长带来了。

市长及凯次比上。

伯京安　市长大人——

格劳斯特　看吊桥那边！

伯京安　听！鼓声。

格劳斯特　凯次比，往城墙下面看。

伯京安　市长，我们请你来的缘故——

格劳斯特　回头看，赶快自卫，有敌人来了。

伯京安　上帝及我们的清白会保护我们的！

勒佛尔与拉特克利夫持海斯庭首级。

格劳斯特　别着急，他们是朋友，拉特克利夫与勒佛尔。

勒佛尔　这是那个卑鄙的叛徒的首级，那个危险的未疑有诈的海斯庭。

格劳斯特　我过去很爱这个人，现在不能不哭。我把他当作世上基督徒中之最爽直无害的一个人，把他当作了我的笔记本子，我心中的秘密全都记载在那上面了。他在他的罪恶上面那样巧妙地涂了一层美德的外表，以至于他的公开的丑行都被人忽略了，我说的是他和邵尔的老婆通奸的事，他在生活上居然无可置疑。

伯京安　唉，唉，他真是世上最工于掩饰的叛逆。你们能否想象，甚至能否相信[13]——假若不是我邀天之幸还活着能亲口告诉你们，这狡诈的叛徒就在今天设计在这会议室里谋杀我和格劳斯特大人？

市长　他真这样做了吗？

格劳斯特　什么！你以为我们是土耳其人或是异教分子吗？若非当时形势急迫，事关英格兰的和平以及我们自身的安全，你想我们会不顾法律程序就这样冒然地把这恶徒处死吗？

市长　唉，愿你们好运亨通！他该受死刑。二位大人处置得好，可以警告奸伪的叛徒们莫再效尤。自从他勾搭上邵尔太太之后，我就知道他绝干不出好事来[14]。

伯京安　不过我们并未决定立刻将他处死，本想等阁下前来看他命终，无奈我们这几位朋友，过于热心操切，违反我们的初衷，就先下手了。因为，大人，我们本想要你听他说话，听他畏怯地招供他的谋叛的动机与方法。你可以把这经过通告一般市民，他们可能以为我们冤枉了他而哭悼他的死。

市长　但是，大人，有您一句话也就够了，和我亲见亲闻是没有分别的。二位大人敬请放心，我一定要把二位对这件事的一切公正措施通告我们的恭顺的市民。

格劳斯特　我们请你到这里来就是为了这个，防止世人恶意攻讦。

伯京安　不过你既然比我们所期待的迟到了一步，你还是可以就你所听到的话为我们的用意而做证。好了，市长大人，我们再会吧。〔市长下〕

格劳斯特　去，跟了去，跟了去，伯京安老兄。市长匆匆地到市政厅去了，在那里，你选一个最适当的时机，暗示爱德华的几个孩子是私生子的身份，告诉他们爱德华如何地把一个市民处死，只为了他说他将使他的儿子继承王冠。其实他是指他的铺面而言，他的铺房上绘有王冠的标志所以有此名称[15]。还有，要强调他的可憎的淫欲，而且在淫欲之中还要像畜生一般地随时改换胃口，他们的奴婢、女儿、妻子，都成了他的贪婪的眼睛或野蛮的心情任意追逐的对象。不，如果必要，还可以扩大话题以至涉及我本人。告诉他们，我的母亲身上怀着这个荒淫无度的爱德华的时候，我的高贵的父亲约克正在法兰西作战。精确地核对时间之下，发觉这个子嗣非他所生。他的相貌可以明显看出，一点儿也不像我的父亲，那位高贵的公爵。不过此事只宜轻描淡写，隐约暗示，因为，大人，你知道我的母亲还活着呢。

伯京安　请放心，大人，我一定要做一个雄辩之士，好像我代为申辩的那个黄金制的酬劳品是为我自己享用的一般。那么，大人，再会了。

格劳斯特　如果你能成功，就把他们带到贝纳德堡垒来[16]。在那里你会看到有好多可敬的神父和博学的主教在陪伴着我。

伯京安　我去了，三四点钟的时候等着听市政厅方面的消息吧。

〔下〕

格劳斯特　去，勒佛尔，赶快到萧博士那里去;〔向凯次比〕你到潘克尔修道士那里去[17]；教他们在一小时内到贝纳德堡垒去见我。〔勒佛尔与凯次比下〕现在我要进去，做一些秘密的布置。把克拉伦斯的几个臭孩子从我眼前排除，并且下令不准任何人在任何时间会见他们。〔下〕

第六景：同上。一街道

一录事上。

录事　这是善良的海斯庭大人的起诉书，抄写得工整清楚，今天可以在圣保罗大教堂供大家阅览。请注意这和以后发生的事情衔接得何等巧妙。我用了十一个小时才把它抄好，因为昨夜晚凯次比才把它送给我。原稿写起来也用了同样多的时间，可是在这五小时之内海斯庭活得好好的，没被控，没受审，自由自在。这真是个好世界！谁蠢得看不出来这明显的狡计？可是谁又那样地大胆敢不说他看不出来？
世界太坏！一切不会有好结果，
坏事只能放在心里，不准说。〔下〕

第七景：同上。贝纳德堡垒的院子

格劳斯特与伯京安上，相遇。

格劳斯特　怎么样，怎么样！市民们有何表示？

伯京安　现在，圣母在上，市民们保持沉默，一言不发。

格劳斯特　你可提到爱德华的孩子们是私生子的身份？

伯京安　我提到了。还提到他和露西的婚约[18]，以及派遣代表在法兰西所订的婚约[19]；他的无厌的淫欲，他的强奸民妻；他的轻重罪刑；他自己的私生子身份，在你父亲远征法国的时候结成的胎，生出来之后又长得不像公爵。同时我也指出您才是和您父亲一模一样，无论在堂堂的仪表或高贵的胸襟方面；我也宣布了您在苏格兰的所有的胜利[20]，您在战时的策略，在平时的睿智，您的宽大、美德和谦恭。老实说，凡是与您的用心相符合的事，在谈话中没有一件没提到，也没有一件是轻描淡写地就放过去。我滔滔不绝地快讲完了的时候，我就对他们说，凡是爱护他们的国家利益的，高呼“上帝保佑利查，英格兰的国王！”。

格劳斯特　他们高呼了吗？

伯京安　没有，他们一言未发，像是哑巴的塑像或喘气的石头一般，面面相觑，脸色死灰。我看到这种情形，便申斥他们。我问市长这样的故意沉默是何用意，他的回答是，市民们除了听市府司法官对他们讲话之外，没有听演说的习惯。然后我就教他把我说过的话对他们再说一遍:“公爵如此这般地说过，公爵如此这般地示意过。”但是没有在他自己地位上说什么话。他说完之后，我自己的几个手下人，在大厅的后端，掷起他们的帽子，约有十来个人大喊:“上帝保佑国王利查！”我于是利用这几个人所造成的机会，我就说:“谢谢，诸位市民和朋友，这一番大众欢呼喝彩足以证明你们的明智以及你们对于利查的爱戴。”说到这里就结束讲话，离席而去。

格劳斯特　他们真是哑巴蠢材！他们不肯说话？那么市长和他的同僚们不来了吗？

伯京安　市长即将来到。您要作出一些威严的样子，非经坚请，不要接见。要注意在手里拿着一本祈祷书，站在两位神父中间，因为有了这样的一个场面我就有一番虔诚的话好说了。对于我们的请求不要轻易答应，要模仿小姐们的榜样，总是说不，可还是接受。

格劳斯特　我去了。如果你代他请求，我偏偏对你说不，双方都做得惟妙惟肖，毫无疑问的我们结果必定成功。

伯京安　去，去，到屋顶上去！市长在敲门呢。

市长、市议员们及市民们上。

欢迎，市长大人，我站在这里恭候，我想公爵怕不愿见客呢。

凯次比自堡内上。

喂，凯次比！对于我的请求，你的主上怎么说?

凯次比　他请求大人明天或是后天再来见他。他在里面，有两位神父陪同，正在潜心冥想，他不愿有俗事打扰，中止他的修持的功夫。

伯京安　好凯次比，再去回禀仁慈的公爵，告诉他说，我本人、市长和议员们，为了一些重要事故，牵涉到我们的政治大局，前来请求和他晤谈。

凯次比　我立刻就去这样转达。〔下〕

伯京安　啊，哈，大人，这位王子可和爱德华不一样！他没有懒洋洋地躺在宣淫的短榻之上，而是跪着沉思呢；没有和一对妖姬调戏，而是和两位神父潜修呢；没有酣睡养膘，而是在祈祷，培养他的精进的心灵呢。这位贤德的王子若是肯继位为王，英格兰可是有福了，但是我恐怕我们无法能劝服他做这件事。

市长　真是的，上帝教他不要拒绝我们吧!

伯京安　我怕他要拒绝。凯次比又来了。

凯次比又上。

喂，凯次比，公爵说什么？

凯次比　他很惊讶，你召集这么多市民来见他是为了什么事，他事前未获通知。大人，他疑心你们对他不怀好意。

伯京安　我很抱歉，我的高贵的公爵竟疑心我不怀好意。天呀，我们来见他是出于一片爱戴之心，所以请你再回去一次，转达公爵知道。〔凯次比下〕热诚笃信宗教的人们数着念珠的时候，把他们拉开实在不易。虔诚地沉思是太有趣味的事。

格劳斯特在楼厢上出现，在两位主教之间。凯次比回。

市长　看，公爵站在那里。左右有两位高僧！

伯京安　对于信奉基督的一位王子，那是两根美德的支柱，支撑着他免于堕入邪恶。看，他手里还拿着一本祈祷书呢。这是一个真正的装饰品，一看就知道那是一位虔诚的人。出名的普兰塔真奈，最仁慈的王子，请俯听我们的请求，原谅我们打搅您的虔修和真正基督徒的功课。

格劳斯特　大人，不必如此谦恭。我要请您原谅我，我在专心礼拜上帝，怠慢了朋友们的访问。不说这个了，您来有何见教？

伯京安　就是，我希望，能仰顺天意，俯从这芜乱不治的岛国的良民公意的一件事。

格劳斯特　我真是疑心我做错了什么事，看在市民眼里不大愉快，你们是前来谴责我的愚昧。

伯京安　您是做错了事，大人，愿您能够接受我们的请求改正您的错误！

格劳斯特　那最好不过，否则我何必生息在一个基督教的国土上呢？

伯京安　那么您要知道，这便是您的过错，您把至尊的位置，威严的宝座，祖宗传下来的王杖的执掌，命运注定的地位和您应得的继承权利，您的王者之家的世袭的光荣，让给了一个污秽的支派里的败类。这时节，您仍正在无忧无虑地安睡——我们为了国家的利益前来唤醒您——这高贵的岛国却被分解了她的肢体，她的面目被耻辱的烙印所毁坏，她的王家的根株被接上了卑贱的枝条，几乎被推进了黑暗的深渊，不复为人所记忆。为了恢复国家的康宁，我们诚恳地请求您亲自负起统治您的这个国土的责任，不是以摄政王、管事人、代理人的身份，或是为别人谋利的低微的雇员的身份，而是历代相嬗，您的继承的权利，您自己君临的国土，您自己的身份。为了这个，我联合了这些市民以及拥戴您的一般朋友，经他们热烈地怂恿，前来劝请您速定这顺天应人的大计。

格劳斯特　我不知道是一声不响地走开，还是对你们严词谴责，才是最适合我的身份或你们的地位。如果不做答复，你们也许要想，默默的野心，避不作答，就是承认要戴你们在此痴心强迫我戴的那个王者的金冠。你们的这个请求含有这样多的对我忠诚爱护之意，如果加以谴责，那么便成了我是责骂我的朋友了。所以，要说话，以避免前者的误解，在说话之中，又不要引起后者的误解，我就这样地确实答复你们吧。你们的爱护，我应该感激；但是我德薄能鲜，不敢承当你们的厚爱。首先，纵然一切障碍均已排除，我有坦途直达王冠，唾手可得，而且是分所应得的继承权利，可是我的才气过于短绌，缺点又太大太多，我宁可躲避尊荣，因为小舟禁不得大海的颠簸，总比在尊荣之中无处藏躲，被光荣的湿雾所窒息要好一些。但是，感谢上帝，目前情形并不需要我。如果需要我，我能力太差，怕也帮不了你们。王家的大树已经给我们留下了王家的果实，岁月潜移，终有成熟之日，堪以践祚登极，在他的统治之下无疑的会使我们幸福。你们认为属于我的，我认为属于他，都是他命中注定的权利与幸运，上帝不准我从他手里夺走！

伯京安　大人，这证明您有良心。但是一切情形细加考虑之后，您的顾虑未免琐屑。您说爱德华是您哥哥的儿子，我们也这样说，但他不是爱德华的妻子所生。因为他先和露西女士有过婚约，您的母亲尚在，可为他的婚约做证，后来又派遣代表与法兰西国王的姨妹波娜订婚。这两桩婚事均被搁置，而一个寒微的乞助者，一个多子多累的母亲，一个贫苦色衰的寡妇，竟在她的好景已过日暮途穷之际，俘虏了他的一双色眼，勾引他这个地位崇高之人走向堕落与无耻的重婚，在他的非法的床笫之中，他和她生下了这个爱德华，我们为了礼貌称之为王子。我可以说得更刻薄一些，只为顾及一些尚在生存的人，我口下留情了。那么，大人，请你接受我们奉献的尊号吧。纵然不是为了社稷苍生的幸福，总要把你的高贵的世系从乱世僭号之中抽拔出来，恢复嫡系真传的大统。

市长　务请接受我们的意见，好大人。你的人民恳求您。

伯京安　大人，不要拒绝这些人民的爱戴。

凯次比　啊！让他们欢喜吧，答应他们的合法的请愿。

格劳斯特　哎呀！你们为什么把这繁剧的责任堆在我身上呢？我不适宜于统驭国家，我请求你们不要见怪，我不能并且不愿顺从你们。

伯京安　如果您拒绝，由于友爱忠诚不肯把您的哥哥的儿子予以废黜，同时我们也知道您的心肠软，对于家族以及各级人等都同样地慈祥和蔼，甚至有一点儿妇人之仁，现在无论您接受我们的请求与否，您的哥哥的儿子是永远不得再统治国家做我们的国王了。我们要拥立别人为王，使您的家族蒙羞一败涂地。我们心意已决，就此告辞。来，人民们，我们不用再乞求了。〔伯京安与民众下〕

凯次比　喊他们回来吧，亲爱的王子，接受他们的请求吧。如果您拒绝他们，全国都要难过。

格劳斯特　你们要逼我肩起这无穷烦恼的重担吗？叫他们回来吧，我非木石，禁不住你们的苦苦哀求，〔凯次比下〕虽然此事大悖我的私衷。

伯京安与其他人等又上。

伯京安老兄，诸位贤达之士，你们既然不管我是否愿意，硬要把国运扣在我身上，让我担起这个重负，我也只好耐心地负起这个担子。但是如果你们的厚意竟引起恶意诽谤与丑诋的后果，你们的逼迫应该使我完全免于一切瑕疵的职责。因为上帝知道，你们也可以多少看出，我是如何地并不希冀这个。

市长　上帝保佑您！我们看出了，我们会这样地去说。

格劳斯特　你们这样说，你们便只是说出了真相。

伯京安　那么我就以这尊号来向您高呼：利查王万岁，英格兰最贤明的国王！

全体　阿门！

伯京安　明天就请加冕吧！

格劳斯特　你们愿意这样做，就听你们的吧。

伯京安　那么我们明天再来伺候陛下，现在我们顶高兴地向您告辞。

格劳斯特　〔向二主教〕来，我们再去做我们的礼拜。再会了，大人——再会，诸位好朋友。〔众下〕

注释

[1] 自诺曼征服之后，伦敦即有 Camera Regis (= the chamber of the

king）之称，意为“王者居留之处”。

[2]“罪恶”（Vice）是“道德剧”中的一个常见的丑角，插科打诨，挥舞一柄木剑，亦名 Iniquity。格劳斯特说，他像是小丑一般地信口胡诌。所谓一语双关，原文系指 characters 一字，有二义，（一）文字;（二）好的人品 good moral character。中文无法译出，故改以“生命”“声名”作为“一语双关”的例子。

[3] 意为小时了了，大概不得永年。

[4] 原文 bear 双关语，（一）bear with 是“容忍”意，亦俗语所谓“担带”之意;（二）bear 担负之意，可能暗指格劳斯特之驼背可把约克负担起来。

[5] 宫庭豢养的弄臣（court jester）有时肩上负着一个猴子，意谓格劳斯特是一个 fool。

[6] 忠于国王者在贝纳德堡垒开会，他本人及其同党在克劳兹贝大厦开会。

[7] 邵尔太太于爱德华四世死后又成了海斯庭的情妇。

[8] 这是一个重要的诺言。伯京安有权要求赫来佛伯爵采邑，因为他是 Thomas of Woodstock 的后裔，Thomas of Woodstock 娶 Eleanor 为妻，Eleanor 是 Humphrey de Bohun 的女儿及女性共同继承人。此一诺言对伯京安极有诱惑力。

[9] 就剧情讲，是前一景过后的第二天；就史实讲，应是一四八三年六月十二日午夜。

[10] 原文 wear their hats 各家解释不同。Schmidt 认为即是 their heads 之戏语。恐非。一般解作 hold their offices，姑照译。

[11] 霍尔邦（Holborn）是伦敦的一区，义利主教在那里有一官邸。

[12] 在前一景拉特克利夫在庞福雷特，不可能在同一天中在此景中出

现。这可能是作者的疏误。Theobald 改为凯次比。Wright 猜想这两个角色可能系由一个演员扮演。四开本作“Some see it done”，未指人名。

[13] 原文 almost 据 Wright、Rolfe、Schmidt 均解作 even，是也。

[14] 最后这一句话，四开本作为是伯京安所说，显然不妥。

[15] 从前房屋没有门牌号数，住往给有各种标志（sign）以为识别，并不限于酒店招牌为然也。

[16] 贝纳德堡垒在泰晤士河北岸，介于黑衣僧院与伦敦堡之间，原为随威廉征服者而来到英国的一位贵族名贝纳德者所建，后为约克公爵（利查的父亲）所有。在莎士比亚时此堡垒属于 William Herbert，Earl of Pembroke。

[17] Dr.Shaw（John Shaw）是市长（Edmund Shaw）的弟兄。Friar Penker 是 Augustin Friars 的修道院院长，二人都是神学博士，当时的著名的教士，倾向于利查一面，据 More 的描述，“二人的学问高于品德，名声高于学问”。

[18] Elizabeth Lucy 是爱德华四世与王后结婚之前的情妇之一，他的母亲为阻止他与王后结婚之故曾声称他与露西有婚约在前，但露西否认。唯爱德华确曾在与王后结婚之前和 Lady Eleanor Butler（Lord Butler of Sudley 之遗孀）结过婚，故利查所召开的唯一的一次议会根据这一理由宣布爱德华的子女为不合法的私生子女，并未牵涉到露西。

[19] 由瓦利克代表与法王路易六世交涉，为爱德华与法国王后之妹波娜女士订婚约。

[20] 利查于一四八二年征讨苏格兰，曾远至哀丁堡。占领 Berwick，后于议和时割让英国。

第四幕

第一景：伦敦。伦敦堡前

王后伊利沙白、约克公爵夫人、道尔赛侯爵自一边上；格劳斯特公爵夫人安，引克拉伦斯幼女玛格莱特·普兰塔真奈自另一边上。

公爵夫人　谁来了？我的孙女普兰塔真奈，由她的婶母格劳斯特手领着呢？现在，我敢断言，她是要到伦敦堡里去，由于纯粹的衷心的爱，要去探视那两位年轻王子。媳妇，我们又遇到了。

公爵夫人安　愿上帝使您二位幸福愉快！

伊利沙白　同样地祝福你，好弟媳！到哪里去？

公爵夫人安　就是到堡里去。我想我的任务是和您一样的，去慰问那里边的两位年轻王子。

伊利沙白　亲爱的嫂嫂，多谢。我们一道进去吧——

勃拉坎伯来上。

正好，管理员来了。管理员先生，请问我的小儿子约克王子可好吗？

勃拉坎伯来　很好，夫人。请您原谅，我不能容许您进去探视他们，国王严令禁止。

伊利沙白　国王！那是谁？

勃拉坎伯来　我是指摄政王。

伊利沙白　上帝保佑他不僭用国王的尊号！他要隔绝他们与我之间的爱吗？我是他们的母亲，谁能拦阻我不准我见他们？

公爵夫人　我是他们的父亲的母亲，我一定要见他们。

公爵夫人安　在名义上我是他们的婶母，在感情上我是他们的母亲，领我们去见他们吧。我负担你的责任，你不必负责，一切由我承当。

勃拉坎伯来　不，夫人，不，我不能放弃职守。我受誓约的拘束，所以原谅我吧。〔下〕

斯坦雷上。

斯坦雷　如果我过一小时再遇到你们三位，我就要尊称约克公爵夫人您为亲见两位儿媳妇做王后的一位老太后了。〔向格劳斯特公爵夫人〕来，夫人，您必须立刻到西敏斯特，加冕为国王利查的王后[1]。

伊利沙白　啊！割断我的胸前的衣带[2]，好让我的关闭在里面的心有跳动的余地，否则听了这个致命的消息我会要晕倒。

公爵夫人安　残酷的消息！啊！令人不快的消息！

道尔赛　不要着急，母亲，您觉得怎样？

伊利沙白　啊，道尔赛！别和我说话，快走开吧。死亡与毁灭紧随着你的脚跟呢，你的母亲的名字对于她的孩子们是不祥的。如果你想逃出一死，赶快渡海，和李治蒙住在一起[3]，远离地狱的魔掌。去，你快去，你快去，躲开这个屠宰场，否则你要增加死者的人数，使我也要应验玛格莱特的诅咒而死，既不成为母亲，也不成为妻子，更不成为英格兰的被承认的王后。

斯坦雷　您的劝告确是很有见识。〔向道尔赛〕尽快利用一切时机。我可以为了你写信给我的儿子[4]，让他在半路中迎接你。不要因踌躇迟缓而被捕。

公爵夫人　啊，吹得亲人离散的风灾！啊！我的可恨的肚皮，简直是死神的寝床，你给世界孵育出了一条怪蛇，它的令人无所逃避的眼睛是能杀死人的！

斯坦雷　来吧，夫人，来吧，我是在极端匆促中被派来的。

公爵夫人安　我是在极端不愿意的情形之下前去的。啊！我祷求上帝，让那必须套在我的额上的金圈圈变成为炽热的钢铁，把我的脑子给烫得透焦吧[5]。约我涂毒药，不要涂香膏，在大家能高呼“天佑吾王后！”之前让我死去。

伊利沙白　去吧，去吧，可怜的人，我不艳羡你的这份光荣。为求我自己心安[6]，我愿你不要遭受祸害。

公爵夫人安　不要！为什么？当初我跟在亨利的尸首后面走，他，我现在的这个丈夫，走到我的身边。从我那业已升天的丈夫身上流出的血还没有从他手上洗掉，我那时还在哭着为那死去的圣者送葬。啊！就在那个时候，我看了看利查的面孔，我的愿望是这样的，我说："你该受诅咒，你使我成了这样年纪轻轻而又这样暮气沉沉的寡妇！你结婚的时候，让悲哀袭进你的寝床；让你的妻子——如有人那样疯狂肯做你的妻子——因你的偷生而饱受苦难，比你使我因丧失亲爱的夫君而受的苦难还要更为难堪！"看！还没来得及把这诅咒复说一遍，在这短短的期间之内，我的妇人之心竟愚蠢地变成了他的甜言蜜语的俘虏，成了我自己心里发出的诅咒的对象，这件事一直使我睁着大眼不得休息。在他的床上我从来没有能享受一小时的睡眠的甘露，总是被他的噩梦所惊醒。还有，他为了我的父亲瓦利克[7]而恨我，无疑地不久也要把我铲除。

伊利沙白　可怜的人，再见！我怜悯你的怨诉。

公爵夫人安　我的心里也同样地为你而哀伤。

伊利沙白　再见！你这个满怀忧伤的迎接光荣的人！

公爵夫人安　再会，你这可怜的向光荣告别的人！

公爵夫人　〔向道尔赛〕到李治蒙那里去，愿好运引导你！〔向安〕到利查那里去，愿守护神保佑你！〔向王后伊利沙白〕到庇护所去，愿你心中不起杂念！我到我的坟墓里去，在那里有宁静与安息和我做伴侣！

我已经阅历了八十几年的忧患[8]，
为一小时的欢娱要受一星期的苦难。

伊利沙白　且慢，和我一同再回顾一下这座堡垒吧。古老的石墙呀，怜悯那两个年轻的孩子吧，嫉恨之心把他们关闭在你的墙里，对于这样漂亮的娃儿你实在是个粗劣的摇篮！对于这样年轻的王子你是粗鲁的保姆，
阴沉的上了年纪的老伴侣，
请好好地待遇我的两个孩子。
痴情的伤心人向你的石块告辞。〔众下〕

第二景：同上。宫中大殿

喇叭鸣。利查着大礼服戴王冠。伯京安、凯次比、一侍童及其他上。

利查　大家全都站开。伯京安老兄。

伯京安　我的仁慈的国王！

利查　伸过手来给我。〔登王座〕由于你的劝告和你的辅佐，利查王这样地高高地坐在这里了。但是这荣耀只能让我占有一天呢，还是可以继续延长使我长久享用？

伯京安　长久存在，永久地继续下去吧！

利查　啊！伯京安，现在我要扮演一块试金石，试试你是否确为真金。小爱德华还在活着，你想想我要说什么。

伯京安　您说下去，我的亲爱的主上。

利查　哎，伯京安，我说，我要做国王。

伯京安　哎，您已经是了，我的最显赫的主上。

利查　哈！我是国王了吗？是的，但是爱德华还在活着。

伯京安　的确是，高贵的王子。

利查　啊，不愉快的回答，爱德华还应该活着[9]！“的确是，高贵的王子！”老兄，你一向不这么笨，要我明说吗？我愿这些杂种死掉，我并且愿此事立即办妥。你现在有什么话说？快说，简单说。

伯京安　陛下可以任意去做。

利查　嘘，嘘！你是一派的冷淡，你的热情冻结了。喂，我要他们死，你是否同意？

伯京安　请给我一点儿时间，容我考虑，然后再对此事明白表示意见。我立刻就回来给你一个确切的答复。〔下〕

凯次比　〔对另一人旁白〕国王发怒了。看，他咬嘴唇呢。

利查　〔自王座下〕我宁愿和浑浑噩噩的傻瓜与无所顾虑的孩子们交往，用审慎的眼睛察看我的人，我都不喜欢。野心勃勃的伯京安变得谨慎起来了。孩子！

侍童　陛下。

利查　你可认识什么人可用金钱买通去做秘密杀人的勾当？

侍童　我认识一个抑郁不得志的人，他的心胸高傲而生活困窘，金子可以抵得上二十位舌辩之士，无疑的可以引他做任何事。

利查　他叫什么名字。

侍童　他的名字是提莱尔，陛下。

利查　这人我也有一点儿认识：去，喊他来。〔侍童下〕那深谋远虑诡计多端的伯京安不再是我的心腹了。他和我长久共事从未感觉厌倦，如今他要停下来喘喘气了吗？好，就这样吧。

斯坦雷上。

怎样，斯坦雷大人，有什么消息？

斯坦雷　报告我的亲爱的主上，我听说道尔赛侯爵已经逃奔李治蒙，到了他所居住的地方。

利查　走过来，凯次比。到外面散播流言，说我的妻安病得很重，我要设法把她禁闭起来。给我寻找一个低级而寒苦的贵族绅士，我立刻要把克拉伦斯的女儿嫁给他，那男孩子笨得很，我不怕他。看，你这神不守舍的样子！我再说一遍，放出流言说我的安王后病了，大概要死。就去办。因为此事对我关系重大，于我有害的事必须及早加以遏止。〔凯次比下〕我必须和我哥哥的女儿[10]结婚，否则我的王国基础脆弱。杀她的兄弟们，然后娶她！不是可靠的好办法！不过这血腥的事，我已涉入太深，一桩罪恶会引出另一桩罪恶，我这双眼里没有坠泪的恻隐之心。

侍童偕提莱尔又上。

你名叫提莱尔吗?

提莱尔　哲姆斯·提莱尔，您的最忠顺的子民。

利查　你真是吗?

提莱尔　请测验我，我的仁慈的主上。

利查　你敢决心去杀死我的一个朋友吗?

提莱尔　我可以的，但是我宁愿去杀死您的两个仇人。

利查　好，你说得正合我的心。有两个大仇人，使我白天不得安心夜里不得安眠，我要你去对付一下。提莱尔，我的意思是指伦敦堡里的那两个杂种。

提莱尔　请给我便利让我得以自由进入到他们那里，很快地我就可以解除您对于他们的恐惧。

利查　你唱出了最好听的音乐。听，到这边来，提莱尔，去吧，用这个作信物，起来，听我说。〔附耳而语〕就是这样，没有什么可说的了。只消把事情办好，我会喜爱你，给你擢升。

提莱尔　我立刻去办。〔下〕

伯京安又上。

伯京安　陛下，您方才要我表示意见的那件事，我已经考虑过了。

利查　好了，此事不必提了。道尔赛逃奔到了李治蒙。

伯京安　我听到这消息了，陛下。

利查　斯坦雷，他是你的妻子的前夫之子，好，要注意一下。

伯京安　陛下，您曾以您的名誉与信用为担保，对我许下诺言有所赏赐，现在请给了我吧。赫来佛伯爵的采邑以及动产，您曾答应赐给我的。

利查　斯坦雷，注意你的妻子。如果她带信给李治蒙，唯你是问。

伯京安　陛下对于我的正当要求怎样说呢?

利查　我想起来了，亨利六世在李治蒙还是顽皮孩子的时候曾经预言他将为王。做国王！也许——

伯京安　陛下!

利查　我当时也在一旁，那预言家为什么当时没有告诉我说应该把他杀掉呢?

伯京安　陛下，您答应给的伯爵采邑——

利查　李治蒙！我上次在哀克塞特的时候，承市长盛情招待我参观一座古堡，他称之为鲁治蒙。我听了那名字为之一惊，因为爱尔兰的一位预言家曾对我说过，我一见过李治蒙之后便活不了多久。

伯京安　陛下!

利查　啊，几点钟了?

伯京安　我现在大胆提醒陛下别忘了您所允诺我的事情。

利查　好，但是几点钟了?

伯京安　刚打过十下。

利查　好，让它打吧。

伯京安　为什么让它打?

利查　因为，你就像是座钟上打钟的那个小人儿，在你的请求和我的沉思之间不断地敲打。我今天没有颁赏的心情。

伯京安　噫，那么回答我一声您究竟愿意不愿意。

利查　你在麻烦我，我现在无此心情。〔利查王及随从等下〕

伯京安　落到这般地步？用这样轻蔑的态度报答我的重大的功劳？我拥他为王就是为了这个？
啊，海斯庭便是个好榜样，
趁头颅尚在，快回伯来诺克[11]去躲藏。〔下〕

第三景：同上

提莱尔上。

提莱尔　残酷而血腥的工作已经完成了，这是国内前所未见的穷凶极恶的屠杀行为。戴顿与福来斯特[12]是我唆使干这屠杀勾当的人，虽然都是作过案的凶手，嗜血的恶犬，可是述说死者的惨状的时候，也心肠软化，哭得像孩子们一般。“啊！两个可爱的孩子就这样地躺着，”戴顿说，“这样地，这样地，用雪白的天真的胳膊彼此互相拥抱着。他们的嘴唇像是一根茎上的四朵红玫瑰，在夏天盛开之际互相吻着。一本祈祷书在他们的枕上放着。这一本书，”福来斯特接着说，“几乎改变了我的心。但是，啊，恶魔，”——这坏人说到这里停止了，戴顿接着说，“我们把造物者自开天辟地以来所创造的最完美的成品给窒息死了。”两个人不胜悔恨之至，他们说不出话来了。于是我离开了他们，把这消息带给这位嗜杀的国王。他来了。

利查王上。

我的主上，您好！

利查　好提莱尔，你的消息是不是使我快乐的？

提莱尔　如果执行了您所吩咐的事便能使您快乐，那么您就快乐吧，因为事情已经办妥了。

利查　可是你亲见他们两个死了吗？

提莱尔　我看见了的，陛下。

利查　埋葬了吗，好提莱尔？

提莱尔　堡里的牧师已经埋葬了他们，不过怎样埋的、埋在哪里，我却不知道[13]。

利查　提莱尔，晚饭后立刻来见我，把他们死的情形告诉我。同时呢，你就盘算着我会怎样地报酬你，等着如愿以偿吧。再会了。

提莱尔　我敬谨告辞。〔下〕

利查　克拉伦斯的儿子我已经把他幽禁起来了[14]；他的女儿我已经嫁给了一个低微的人[15]；爱德华的两个儿子已经在天上长眠了，我的妻安亦已向世界永别了[16]。我知道在不列颠的那个李治蒙对于我的哥哥的年轻女儿伊利沙白怀有企图，靠了这项联姻就要觊觎王位，现在我以一个大有成功之望的求婚者的姿态前去找她。

凯次比上。

凯次比　陛下！

利查　你来得这样鲁莽，是好消息还是坏消息？

凯次比　坏消息，陛下。毛尔顿已经逃奔李治蒙，伯京安得到了强悍的威尔斯人的支持已经称兵作乱，而且兵力逐渐增强。

利查　义利主教和李治蒙联合一气，比伯京安和他的仓促之间的乌合之众，要给我更多的麻烦。来，常言道，虚心研讨乃是迟疑不决的蠢仆，迁延只能导致无能的蜗步的贫困。那么，让敏捷的行动做我的翅膀，做一位国王的前驱，像周甫的梅鸠利一般吧！
去召集兵丁，我的盾就是我的会议。
叛徒在战场上叫嚣，我们要赶快去。〔众下〕

第四景：同上。宫前

玛格莱特王后上。

玛格莱特　是的，现在好运业已开始成熟，既将坠入死亡的烂嘴里去。我秘密地躲在这个地方，静观我的敌人们的式微消亡。我眼见一幕可怕的开端，我要到法兰西去，希望那结局也是一样的刻毒、阴险，而且悲惨。你躲起来吧，可怜的玛格莱特。谁到这里来了？

伊利沙白王后与约克公爵夫人上。

伊利沙白　啊！我的可怜的王子们！啊，我的柔弱的孩子们，我的未开的花朵，初放的芬芳，如果你们的灵魂还在天空飞翔，尚未固定在永劫之中，那么就展翅在我身边飞，听你们的母亲的哀号吧。

玛格莱特　环绕着她飞，告诉她，天道好还，
已把你的新生的曙光变成永恒的黑暗[17]。

公爵夫人　这样多的苦难已经撕破了我的喉咙，现在我的悲哀过度的舌头变成喑哑无声了。爱德华·普兰塔真奈你为什么死了呢？

玛格莱特　普兰塔真奈为普兰塔真奈把命偿；
爱德华给爱德华还血账。

伊利沙白　上帝呀！你竟舍弃这些柔顺的羔羊，掷给豺狼去果腹吗？过去发生这样的事，你几曾合眼不管？

玛格莱特　圣明的亨利死的时候，我的亲爱的儿子死的时候，上帝就没有管。

公爵夫人　奄奄无生气的生活，视若无睹的目光，可怜的活鬼，悲惨的景象，人间的耻辱，行尸走肉，无聊岁月之简略的缩影，你们且莫猖狂，都到这英格兰的正义

的国土上来休息吧。〔坐下〕这块国土被无辜的孩子的血给灌醉了，真是无法无天！

伊利沙白　大地呀！你既然能给我一个愁苦的居住之所，赶快给我一座坟墓吧。我愿埋骨其间，不再在人世流连。啊！除了我之外谁还有理由哀恸？〔坐在她身边〕

玛格莱特　如果陈旧的悲哀最值得重视，让我的悲哀受尊敬吧，如果在哀伤之中亦可以搭伙伴，让我的愁苦先得到发泄的机会吧。〔与她坐在一起〕看看我的伤心事，再数一下你的伤心事。我有一个爱德华[18]，后来一个利查杀死了他；我有一个亨利[19]，后来一个利查杀死了他；你有一个爱德华[20]，后来一个利查杀死了他；你有一个利查[21]，后来又一个利查杀死了他。

公爵夫人　我也有一个利查[22]，是你杀死了他；我还有一个勒特兰[23]，你帮着杀了他。

玛格莱特　你还有一个克拉伦斯，利查杀死了他。从你的肚皮里爬出来了一条恶犬，追逐我们死而后已。那条狗，还不会睁眼就先有了一嘴的牙，专门欺侮羔羊的，喝它们的血，真是上帝手制品之可恶的破坏者，世上最伟大的暴君，在哭肿了眼睛的人民中间实行统治，这个人是从你的肚皮里放出来的，追逐我们进入我们的坟墓。啊！正直无私的公正处置的上帝哟，我应该怎样感谢你，这个嗜杀的恶犬反噬他亲母所生的子嗣，并且使她成为别人呻吟的伴侣。

公爵夫人　啊！亨利的妻，不要因我苦痛而你就得意起来。上帝可以为我做证，我是为了你的苦痛而哭过的。

玛格莱特　原谅我。我渴望报仇，现在看到了又觉得厌烦了。你的爱德华[24]他现在是死了，当初也杀死过我的爱德华[25]；你的另一个爱德华[26]也死了，抵偿了我的爱德华；年轻的约克[27]只能算是白饶上去的，因为他们两个也抵不过我的损失之巨。你的克拉伦斯他是死了，他杀死了我的爱德华；这出悲剧的旁观者们，那奸淫的海斯庭、李佛斯、瓦安、葛雷，都不待寿终即被闷死在他们的幽暗的坟墓里。利查还活着，那个地狱的凶恶的使者，只因为做了他们的代理人而得不死，好收购灵魂送入地狱。但是即在目前，即在目前，他的可怜的而又无人怜的结局即将到来。大地张着嘴，地狱在燃烧，魔鬼在吼叫，圣徒在祈祷，要他赶快脱离人世。亲爱的上帝，取消他的生命的合同！我祈祷，让我能活着说，这条狗可死了。

伊利沙白　啊！你曾预言过，有一天我会愿你帮助我诅咒那个大肚子蜘蛛，这只丑陋的驼背的癞蛤蟆。

玛格莱特　那时候我把你唤作我的命运的虚饰；把你唤作可怜的影子，画中的王后；不过是过去的我之重演；一场吓人的哑剧之悦人的序幕；是一个举得高跌得重的人；一个因拥有两个漂亮小宝宝而受到一场嘲弄的母亲；是你的过去的一场幻梦，一口气，一个水泡，只是徒拥尊荣的虚名，成为众矢之的的一面灿烂旗帜；只是在舞台上凑份子的一个王后。你的丈夫现在哪里？你的弟弟们现在哪里？你的孩子们现在哪里？

你现在还有什么可乐的？谁还跪在你面前求情高呼天佑吾王后？谄媚你的那些弯腰曲膝的贵族们在哪里？追随着你的成群大队的人在哪里？把这一切从头到尾想一遍，再看看你现在是什么情况：不复是一个幸运的妻子，而是一个最不幸的寡妇；不复是一个快乐的母亲，而是一个因徒有母亲之名而哭泣的人；不复是被人有所干求的人，而是一个向人求情的人；不复是王后，而是一个满怀烦恼的蠢材；不复是对我讥讪的人，现在是受我讥讪的人；不复是一个被众人所畏惧的人，现在是一个畏惧人的人；不复是一个对大家发号施令的人，而是一个无人肯听命的人。公理循环就是这样地历历不爽，使你成为时代的牺牲；你只能回忆你的过去，再看看你目前的处境，对照之下倍感凄凉。你夺去了我的位置，你能不享受我的悲哀中之适当的一部分吗？现在你的骄傲的颈子已经负起了我的重轭的一半；如今就在此地，我把我的疲惫的头从这轭里钻出来，把全部负担留交给你。

约克的妻，不幸的王后，再会了，
英国的灾难将使我到法国去窃笑。

伊利沙白　你这个善于诅咒的人哪，且等一下，教教我如何诅咒我的敌人。

玛格莱特　黑夜勿睡，白昼勿食。把死人的幸福和活人的痛苦比较一下。要假想你的孩子们比他们实际情形为更漂亮，杀死他们的那个人比他实际情形为更丑恶。

夸大你的损失即可把敌人骂得更狠。

体会这个道理，你便知道怎样诅咒人。

伊利沙白　我的言辞迟钝，愿有你的才智激励它们！

玛格莱特　你的痛苦会使它们锐利，像我一样伤人。〔下〕

公爵夫人　苦难何以要多费话？

伊利沙白　苦难的当事人之好说空话的辩护者，未立遗嘱的一场欢乐之空头的继承者，人生烦恼之不善言辞的申诉者！

让她们尽量说吧。虽然于事无补，

说出来也可以使她们心里舒服。

公爵夫人　果真如此，那么就别哑口无言。和我一道去，在一阵臭骂声中，让我们把那杀死你的两个可爱的儿子之我的可恨的儿子给活活地骂死吧。〔喇叭声〕喇叭响了，要放量地骂。

利查王及随从等行军上。

利查　谁在拦阻我的行军？

公爵夫人　啊！坏蛋，是在胎腹中就可以把你勒毙让你不得从事那一切屠杀的那个她！

伊利沙白　你居然用一顶金冠盖在你的头顶上了吗？你那头顶按道理说是应该打上一颗烙印的，表示那拥有王冠的王子之被谋杀，以及我的可怜的儿子们和弟兄们之横死。告诉我，你这个下贱的奴才，我的孩子们在哪里？

公爵夫人　你这癞蛤蟆，你这癞蛤蟆，你的哥哥克拉伦斯和他的儿子小爱德华·普兰塔真奈在哪里？

伊利沙白　高贵的李佛斯、瓦安、葛雷，在哪里?

公爵夫人　和善的海斯庭在哪里?

利查　喇叭手，吹奏起来！鼓手，擂击起来！不要教上天听到这些瞎嚼舌头的女人乱骂一个真命天子。吹奏起来，我说！〔喇叭声。鼓声〕少安勿躁，好好地对待我，否则我就用喧嚣的战乐压倒你们的呼号。

公爵夫人　你是我的儿子吗?

利查　是的。我感谢上帝、我的父亲和您本人。

公爵夫人　那么平心静气地听我的不平心静气的话。

利查　母亲，我也有一点儿您的性格，就是不能忍受谴责。

公爵夫人　啊，听我说！

利查　那么，说吧，但是我不听。

公爵夫人　我说话会是很温和的。

利查　并且要简短一些，好母亲，因为我忙。

公爵夫人　你是这样地忙吗？我在苦难之中，天晓得，等待你好久了。

利查　我不是终于来安慰您了吗?

公爵夫人　不，以十字架为誓，你是明白的，
你来到人间，把人间变成我的地狱。
你的出生对于我是苦痛的负担;你在孩时就暴躁不乖，上了学变成了可怕的放肆而狂野；初成年时，大胆冒险无所不为；长成之后，骄纵、狡诈，而且凶残，表面上和蔼，实际上更会害人，寓慈祥于嫉恨之中。你能指出和你在一起的时候有什么时间曾给我以安慰吗?

利查	实在是，没有，除了有一回“舍饭的时间”到了，喊您离开我去吃早餐[28]。如果我在您眼里是那样地讨厌，让我继续前进，不要惹您嫌，母亲。擂起鼓来！
公爵夫人	我请你听我说。
利查	您说得太苛刻了。
公爵夫人	听我说一句。因为我将不再和你说话了。
利查	会这样！
公爵夫人	在这次战争之中胜利归来之前，由于上帝的公正安排，也许你就先丧命，否则我由于忧伤老迈也许就一命归阴永远不得再见你的面了。所以你带着我的最严重的诅咒去吧，在作战的时候这诅咒将比你所披挂的全套铠甲更能使你疲劳！我的祈祷将和你的对手方共同作战。爱德华的孩子们的小小灵魂也将对你的敌人们的守护神低声细语，暗许他们以成功胜利。 你为人残酷，你的结局也会惨； 你一生耻辱，你临死时也要丢脸。〔下〕
伊利沙白	虽然我有更多的理由，可是没有那么多的精神来诅咒，我对她所说的话说一声阿门吧。〔欲行〕
利查	等一下，夫人，我一定要和你说一句话。
伊利沙白	我没有更多的王子供你屠戮，至于我的女儿们，利查，她们要成为虔诚的修女，不做哭泣的王后，所以不必对准她们的性命射击。
利查	你有一个名叫伊利沙白的女儿，又贤惠又美丽，又

大方又文雅。

伊利沙白　她因此便非死不可吗？啊！让她活命吧，我愿破坏她的风度，污毁她的容貌；诽谤我自己，说我对于爱德华并不忠贞；用不名誉的面幕笼罩在她的头上，为了使她免于遭受屠杀，我宁愿自承她不是爱德华的女儿。

利查　不要污蔑她的出身，她确是王家的血胤。

伊利沙白　为了救她的命，我要说她不是。

利查　她唯有保持她的高贵身份才最安全。

伊利沙白　她的两个弟弟正是在那安全状态之中才丧命的。

利查　注意！他们在一出生的时候就没有吉星直照！

伊利沙白　不，是因为亲朋之中有恶人和他们的生命作对。

利查　命运注定是无法避免的。

伊利沙白　的确是，当失德的人掌握命运的时候。我的孩子当有较好的死法，如果上天给你一条较为善良的生命。

利查　你这样说，好像是我杀了我的两个侄儿。

伊利沙白　真是，侄儿[29]。被他们的叔父骗去了幸福、国土、亲属、自由、生命。不管是谁下手刺穿了他们的心，总是你在背后唆使。毫无疑问，凶手们的刀是钝的，在你那铁石心肠上磨利了之后，才在我的小羊羔的肚子里剜来剜去。若不是长久不断的折磨把我的狂野的忧伤变成为驯顺，等不到我的舌头向你的耳朵说起我的孩子，我的指甲就早已掐入你的眼睛了。我现在陷于绝境，像是一只可怜的小船，帆索均毁，在你的岩石般的心胸上撞得粉碎。

利查　　夫人，让我在我的事业中和成败未定的恶战中获得胜利吧，因为你和你的亲人们曾经受过我的伤害，我如今想要给你们更多的好处。

伊利沙白　　表面遮盖着仁义的面目，底下能藏着什么好东西，一旦揭露出来，对我能有什么好处?

利查　　可以使你的孩子们爬上高位，好夫人。

伊利沙白　　爬上断头台，断送他们的脑袋?

利查　　不，走到幸运的高峰，人间光荣的极顶。

伊利沙白　　用这种话抚慰我的悲哀吧。告诉我，对于我的任何一个孩子你能给什么位置，什么名义，什么荣誉?

利查　　我可以给我所有的一切。是的，我自己以及我的一切，我可以送给你的一个孩子。这样，在你的愤怒的心灵中那条“遗忘川”里你就可以把你认为是我所造成的那些苦痛回忆冲洗干净了。

伊利沙白　　说得简短一些，否则你陈述你的好意所占的时间要比你的好意所能延续的时间还要长些。

利查　　那么就告诉你吧，我衷心地爱你的女儿。

伊利沙白　　我的女儿的母亲也是衷心地这样想。

利查　　你想的是什么?

伊利沙白　　你衷心地爱我的女儿[30]，你也曾同样衷心地爱她的两个弟弟，我诚心诚意地因此而感激你。

利查　　不要太性急，误会了我的意思。我的意思是说，我衷心地爱你的女儿，我想使她成为英格兰的王后。

伊利沙白　　好吧，你的意思是要谁做她的国王呢?

利查　　就是使她成为王后的那个人，还能有谁呢?

伊利沙白　什么！你？

利查　正是。你以为如何？

伊利沙白　你怎能赢得她的爱呢？

利查　这就要请教你了，你最懂得她的脾气。

伊利沙白　你愿请教我吗？

利查　夫人，我完全愿意。

伊利沙白　派杀死她的两个弟弟的那个人，把两颗血淋淋的心送到她那里去，心上刻着爱德华与约克的名字，也许她会哭起来。所以，还要送去一块手帕，就像当年玛格莱特把一块浸了勒特兰的血的手帕送给你父亲一般，你要对她说，这块手帕染有她亲爱的弟弟身上所流出的鲜血，让她用这块手帕揩她的泪眼吧。如果这样的挑逗还不能诱发她的情爱，写一封信给她，叙述你的功劳，告诉她你杀死了她的叔父克拉伦斯、她的舅父李佛斯。对了，为了她的缘故，还把她的好婶母安也急急忙忙地给除掉了。

利查　你在和我开玩笑，夫人，这不是赢得你的女儿的爱的方法。

伊利沙白　没有别的方法，除非你能另换一副形体，不再是干过这一切事的那个利查。

利查　但是，我做这一切事全是为了爱她之故。

伊利沙白　不，用这样的流血的暴行去贿买爱情，她除了恨你之外别无他路可走。

利查　注意，已经做了的事是无可补救的。人有时是会做出荒唐事，事后不免懊悔。如果我是从你的儿子们手里夺去了王国，为了补偿起见我愿把它送给你的女儿。如果我是杀害了你的子嗣，那么为了使你的子嗣得以繁衍，我将使你的女儿怀胎，使我的子嗣含有你的血统。在情分上，外祖母的名义并不比溺爱的母亲的名义较为疏远，都是你的孩子，只是隔了一代，他们秉受你的气质，简直就是你的血肉。除了临盆时那呻吟的一夜是要她来忍受的，可是你当初为了她也曾受过同样的苦楚，其苦痛完全一样。你的孩子对于你的青春时期是一件烦恼，可是我的孩子将是你的老年时期的慰藉。你的损失不过是儿子没能做国王，可是由于此项损失你的女儿做了王后。我愿给你的补偿我无法给你，所以接受我所给你的善意吧。你的儿子道尔赛，怀着恐惧的心情逃窜异乡[31]，这美满的联姻将很快地使他归来接受崇高的升迁和伟大的封赏，娶你的美丽的女儿为妻的那个国王，将亲昵地唤你的道尔赛为兄弟；你又是一位国王的母亲，苦痛时代的废墟将修缮得加倍的富丽堂皇。怎么！我们将有很多的好日子可过。你洒过的泪珠将会再来，可是将要变成了晶亮的珍珠，以十倍的双重幸福作为偿还损失的利息。那么你去吧，我的岳母，到你的女儿那里去，用你的经验使她的娇羞变成为大胆；让她的耳朵准备听取喁喁的情话；把跻登后座的雄心投入她的稚弱的心灵里；让公主知道婚后的那种甜蜜安静的生涯。等我的这只胳膊膺惩了那个小小的叛徒，蠢笨的伯京安之后，我就要戴着胜利的花冠归来，领你的女儿到一位征服者的床上；我要把获胜的详情讲给她听，她将成为唯一的女性的胜利者，西撒的西撒。

伊利沙白　我最好说些什么话呢？她的父亲的弟弟要做她的丈夫？我该说，她的叔父？或是，杀死她的两个弟弟和她的伯伯舅舅的那个人？我用什么名义代你向她求婚，才能使她在小小的年纪觉得上帝、法律、我的荣誉、她的爱情，都好像是讨人欢喜的？

利查　就说英格兰的和平有赖于这项联姻。

伊利沙白　为了那和平她将付出夫妻永久勃豀的代价。

利查　告诉她，国王可以命令行事的，现在却在求她。

伊利沙白　求她做一桩上帝不准做的事。

利查　就说，她将成为一位崇高伟大的王后。

伊利沙白　就好像她母亲一样地对着这衔称而哭泣。

利查　就说，我将永无尽期地爱她。

伊利沙白　可是这衔称究竟能持续多么久呢？

利查　我的爱将延续到她的生命的终点。

伊利沙白　可是她的小命又能有多长呢？

利查　上天造物要它有多么长便有多么长。

伊利沙白　地狱和利查喜欢它有多么长便有多么长。

利查　就说，我本是她的君王，现在成了她的小民。

伊利沙白　她虽是你的小民，却看不起这一份尊荣。

利查　要巧言善辩地为我打动她的芳心。

伊利沙白　一篇真实的故事，要坦白地说，才最动听。

利查　那么就请把我的爱慕之心坦白地讲给她听。

伊利沙白　坦白而不真实，那就太不调和了。

利查　你说的话太浅薄太仓促。

伊利沙白　啊！不！我说的话是太深入太死硬。可怜的孩子们，实在是太深入太死硬地躺在他们的坟墓里了。

利查　不要总是弹那个老调，夫人，那是过去的事。

伊利沙白　我要弹这个老调，直到弹断了心弦为止。

利查　现在，以我的圣乔治，我的袜带[32]，我的王冠为誓——

伊利沙白　被渎亵了，被污辱了，第三个是被篡夺的。

利查　我誓言——

伊利沙白　空口无凭，因为这不成为誓言。你的圣乔治，被渎亵了，不复有神圣的尊严；你的袜带，被污辱了，失掉了它的骑士的美德；你的王冠，由篡夺而来的，损害了它的王者的光荣。如果你想发几句令人相信的誓言，那么，你指着一些你没有伤害过的东西发誓吧。

利查　那么，我指着这世界为誓——

伊利沙白　这世界充满了你的丑恶的罪过。

利查　以我的父亲的死为誓——

伊利沙白　你的生存已经污辱了他的死。

利查　那么，以我自己为誓——

伊利沙白　你自己错用了你自己的聪明才力。

利查　那么，以上帝为誓——

伊利沙白　欺罔上帝乃是你的最大的罪过。如果你敬畏上帝不违反对着他所发的誓言，我的丈夫国王所缔造的和谐统一的局面就不至于破坏，我的弟弟们也不至于死；如果你敬畏上帝不违背对着他所作的誓言，现在箍在你头上的王冠就会早已在我的孩子的额上，两位王子就都会在此地生息。而现在呢，你的背信行为已经把他们变成了蛆虫的食物，尘埃中之太年轻的长眠之客。你现在还凭什么发誓呢?

利查　以未来的时间为誓。

伊利沙白　你已经在过去的时间内胡作非为了，你没有资格谈到未来。我自己在过去受了你的伤害，就要用许多的眼泪去冲洗未来的时间。父母被你杀害了的孩子们，无人管教的一群青年，成年后要为之伤心。

不要指着未来发誓，因为你早已
毁了你的未来，由于你的不良的过去。

利查　我既有意改过自新，愿上天保佑让我在对敌用兵之际获得胜利吧！如果我不是把纯粹的衷心的情爱、无瑕的虔诚、圣洁的心思，奉献给你的美丽高贵的女儿，那么让我自己毁灭我自己！上天和命运让我不得有快乐的日子！白昼，不给我光明；夜晚，不给我安息！一切吉利的星辰都不福佑我的事业！我的幸福和你的都系于她一身。如果我不能获得她，死亡、凄凉、毁灭、腐朽，都将紧随着我、你、她、这个国家，以及多少多少的基督信徒而来，除了和她结婚之外这一切无法避免。所以，亲爱的岳母大人——我必须这样称你——请你做我向她求婚的代表，说我将来要成为什么样的人，不要说起我过去是什么样的人；不要提起我现在的分所应得，要提到我将来的应得之分。强调当前的危机，在大事上不要顽强执拗。

伊利沙白　我就这样地受魔鬼的诱惑吗？

利查　是的，如果魔鬼引诱你做好事。

伊利沙白　我可以忘记我自己是我自己吗？

利查　是的，如果你对你自己的记忆是对你自己有害的。

伊利沙白　可是你确曾杀死了我的孩子们。

利查　但是我会把他们埋葬在你的女儿的子宫里，在那香巢之中，他们会滋生出和他们自己一模一样的孩子们，作为你的新的安慰[33]。

伊利沙白　我可以去劝我的女儿听从你的意思吗？

利查　就这么办，去做一个幸福的岳母吧。

伊利沙白　我去，随后就和我通信，从我这里你可以知道她的心意如何。

利查　把我的真诚的爱吻带给她吧。这样，再会了。〔吻她。伊利沙白王后下〕易受感动的蠢材，浅薄善变的女人！

拉特克利夫上，凯次比后随。

怎样！有什么消息？

拉特克利夫　最伟大的君王，西海岸外有一支强大的舰队。我方很多不可信赖的人物都蜂拥到了岸边，没有携带武器，也没有击退敌人的决心。据揣测李治蒙是他们的统帅，他们在那里漂荡，等待着伯京安的接应，迎他们上岸。

利查　要有一位捷足的朋友赶到诺佛克公爵那里去。拉特克利夫，你自己去，或是凯次比，他在哪里？

凯次比　在这里，陛下。

利查　凯次比，飞奔到公爵那里去。

凯次比　遵命，陛下，利用一切便利火速前往。

利查　拉特克利夫，到这边来。赶快到骚兹伯利。你到了那里之后——〔向凯次比〕愚蠢而不知上进的奴才，为什么你还在这里流连，不赶快到公爵那里去？

凯次比　伟大的主上，首先请把您的意思告诉我，我该把什么话传达给他。

利查　啊！对的，好凯次比，教他立刻尽力招募最大的军队，并且立刻到骚兹伯利和我相会。

凯次比　我去了。〔下〕

拉特克利夫　请问我在骚兹伯利做什么？

利查　噫，在我去之前你到那里去做什么？

拉特克利夫　陛下告诉我要先赶到那里。

斯坦雷上。

利查　我的主意改变了。斯坦雷，你有什么消息？

斯坦雷　没有好消息让您听了喜欢。不过也不太坏，还可以报告给您听。

利查　啊哟，一个谜语！既不好，又不坏！你可以直截了当地说出你的话，为什么要绕圈子跑这么多英里的路？我再问你，有什么消息？

斯坦雷　李治蒙已在海上。

利查　让他在那里沉下去吧，让海水淹没他！怯懦的家伙！他在海上做什么？

斯坦雷　我不知道，伟大的君王，我只是揣测。

利查　好，你怎么揣测？

斯坦雷　受了道尔赛、伯京安和毛尔顿的怂恿，他前往英格兰，到这里来要求王位。

利查　王位空出来了吗？国王的宝剑无人佩带了吗？国王死了吗？国家的江山无主吗？除了我之外世上还有哪一个约克嫡系的继承人？除了伟大的约克嫡系继承人还有谁是英格兰的国王呢？那么，告诉我，他在海上是要做什么事？

斯坦雷　除了这个，陛下，我实在揣测不出来了。

利查　除了要来做你的君王之外，你猜不出这威尔斯人[34]是做什么来的。我恐怕，你要反叛去投奔他。

斯坦雷　不，我的好陛下，请不要因此而怀疑我。

利查　那么你的军队在哪里呢，怎么不带兵把他打回去呢？你的队伍是不是现在到了西海岸上，准备迎护叛徒们下船？

斯坦雷　不，我的好陛下，我的朋友们都在北方。

利查　对于我都是些冷冷的朋友们，他们在北方做什么呢，应该到西方来效忠王室才对。

斯坦雷　他们没有奉到命令，伟大的国王。如蒙陛下准我离去，我就去召集我的朋友们，在陛下指定的任何时间与地点和陛下相会。

利查　对了，对了，你就可以去参加李治蒙那一边了，但是我不信任你。

斯坦雷　最伟大的君王，您没有怀疑我的忠诚的理由。我从来不曾，也永远不会，有二心的。

利查　那么去召集人马，但是要留下你的儿子，乔治·斯坦雷。你的心可要坚定，否则他能否保全头颅就很难说了。

斯坦雷　听凭您怎样对付他，我是对您忠实的。〔下〕

一使者上。

使者　我的仁慈的君王，如今在戴文县，我听我的朋友们说，爱德华·考特奈爵士，还有他的弟兄那位高傲的僧侣哀克塞特主教[35]，伙同许多党羽，称兵作乱。

第二使者上。

使者二　陛下，在坎特，吉尔福一家起兵了[36]。每过一小时就有更多的叛徒拥至，他们的声势是在增强。

第三使者上。

使者三　陛下，伟大的伯京安的军队——

利查　滚你们的，猫头鹰！除了死亡之歌没有别的了吗?〔他打他〕在你带来较好的消息之前，先挨我一拳吧。

使者三　我要禀告陛下的消息是，伯京安的军队因山洪暴发而被冲散，他本人单身流浪而去，下落不明。

利查　我请你原谅。这是我的钱囊，补偿我那一拳吧。有没有任何头脑清楚的朋友代我通告悬赏缉捕这个叛徒归案?

使者三　已经有了这样的通告了，陛下。

第四使者上。

使者四　陶玛斯·勒佛尔爵士和道尔赛侯爵大人，陛下，据说已在约克县起兵。但是我给陛下带来一个好消息，不列颠的舰队被大风吹散了。李治蒙，在道尔赛县，派出一只小船到海岸询问岸上集结的军队是否他的援军，他们回答说，他们是伯京安派来的，来援助他的。他不相信他们，扬起帆来，向不列颠尼驶去。

利查　我们既已用兵，就前进吧，前进吧。如不能和外敌作战，总还可以扑灭国内的叛徒们。

凯次比上。

凯次比　我的主上，伯京安公爵已经捕获，这是最好的消息。李治蒙伯爵率领强大的队伍在米尔福登陆了[37]，这是比较不受欢迎的消息，但是不能不说。

利查　向骚兹伯利进发！我们在这里谈论之际，争夺王位的一场大战可能已见分晓了。哪一位传令把伯京安带到骚兹伯利。其余的都和我进发。〔众下〕

第五景：同上。斯坦雷勋爵家中一室

斯坦雷与克利斯陶佛 · 尔锡克教士上[38]。

斯坦雷　克利斯陶佛教士，把我的话告诉李治蒙：我的儿子乔治 · 斯坦雷现被禁闭在这最残酷的野猪的栏里。如果我叛变，年轻的乔治的脑袋就掉了。此一顾虑使我不能立即驰援。那么，你就去吧，代我问候你的主上。还有，告诉他王后业已欣然同意让他娶她的女儿伊利沙白为妻。但是，你告诉我，高贵的李治蒙现在何处?

克利斯陶佛　在威尔斯的潘伯娄克，或是哈佛威斯特。

斯坦雷　有哪些显著的人物依附了他?

克利斯陶佛　华特 · 赫伯特爵士，那是一位著名的军人，吉伯特 · 塔尔鲍特爵士、威廉 · 斯坦雷爵士、牛津伯爵、英勇的潘伯娄克伯爵、哲姆斯 · 布伦特爵士，还有率着一群勇士的陶玛斯之子赖斯；此外尚有许多其他德高望重的人，如果途中不遇抵抗，他们打算率兵直趋伦敦[39]。

斯坦雷　好，赶快到你的主人那里去，我吻你的手。他看了我的信就可知道我的心事。再会。〔众下〕

注释

[1] 加冕礼于一四八三年七月六日在西敏斯特教堂举行。

[2] 莎氏时妇女束胸，紧张时不得喘气则需割断衣带以为急救。据当时心理学，悲哀的情绪可使人的精神涌向心脏，使之膨胀。

[3] 李治蒙 Henry Tudor，Earl of Richmond，此时住在不列颠尼。

[4] 李治蒙侯爵夫人玛格莱特 Margaret，Countess of Richmond 嫁给了斯坦雷，作为她的第三任丈夫。故斯坦雷是李治蒙的继父。

[5] 古时对于弑君者或其他罪犯之惩罚方法，用炽热铁圈套在他的头上。

[6] 原文 To feed my humour，Hardin Craig 注："to make me feel better." G. B.Harrison 注: "satisfy my mood." Thomas Marc Parrott 注: "to please me."

[7] Richard Neville，Earl of Warwick，于巴奈特之役战死，他是属于兰卡斯特一方，利查是约克方面的将领之一。

[8]"我想莎士比亚在这里是随便说说。此景是在一四八三年，约克公爵利查，这位老太太的丈夫，如果还活着也不过是七十三岁，我们有理由相信他的公爵夫人要比他年轻些。而且她也没有很快地进入坟墓。她活到一四九五年。"（Malone 注）"公爵夫人生于一四一五年，在一四八三年时应只有六十八岁。"（耶鲁本注）

[9] 原文 O bitter consequence，/That Edward still should live！各家解释不同。consequence 作 answer 解，G.B.Harrison 的释意最佳: This elaborate word play is typical of Shakespeare's earlier style. At line 10 Richard says, "Young Edward lives," expecting Buckingham to reply, "But not for long." Buckingham does not give the required answer. Richard repeats, "Edward lives." Buckingham replies, "True, noble Prince." Richard retorts in effect, "That is not the answer I expected. Now you are calling

my rival a true noble prince."

[10] 即爱德华四世之女 Elizabeth of York，后为亨利七世之后。

[11] Castle of Brechnock 在威尔斯，是伯京安的家产所在之地。

[12] John Dighton 是福来斯特的管家人。Miles Forester 是福来斯特派去照料两位小王子的四个人之一。均孔武有力。

[13] “读者恐未尽知，两位王子的尸骨于一六七四年在伦敦堡（白塔）内的一个楼梯下被发现。尸骨系装于木箱之内，置于约地下十英尺之处。奉查理二世之命尸骨改置于大理石瓮之内，葬于西敏斯特寺。”（Grant White）

[14] 克拉伦斯的儿子 Edward Plantagenet，Earl of Warwick 被禁于 Yorkshire 之 Sherriff Hutton Castle.（Hardin Craig）

[15] 事实上克拉伦斯的女儿 Margaret Plantagenet，Countess of Salisbury 是嫁给了 Sir Richard Pole，他是 Countess of Richmond 之同母异父弟，并不低微。同时，她生于一四七三年八月，利查死时她只有十二岁，疑莎士比亚此处有误。

[16] 安卒于一四八五年三月十六日。

[17] 原文 Hath dimm'd your infant morn to aged night 费解。Tawney 注："Milton's 'Night，eldest of things，' P.L.，ii.962.Or perhaps the meaning is 'Death，which comes to most human beings in old age，has fallen upon them in childhood.'" Hardin Craig 注："i.d.，brought your recently acquired glory to eternal ruin." 二说俱可通，后者似较胜。

[18] 爱德华，她的儿子，前威尔斯亲王。

[19] 亨利，她的丈夫。

[20] 爱德华四世。

[21] 即年轻的约克公爵，爱德华四世的儿子。

[22] 这一利查是约克公爵，她的丈夫，利查三世的父亲，一四六〇年威克菲尔战役中被玛格莱特的军队杀死。

[23] 即约克公爵的儿子 Edmund，也是在威克菲尔战死。

[24] 爱德华四世。

[25] 亨利六世之子。

[26] 爱德华五世。

[27] 即伦敦堡中被谋杀的两位年轻王子中之较幼者（Richard）。

[28] 原文 Faith，none，but Humphrey Hour，that call'd your Grace/To breakfast once forth of my company. 耶鲁本注:“利查的这句显然讽刺的话迄无满意的解释。”案: Humphrey Hour 是可以解释的，圣保罗大教堂之 Duke Humphrey 的坟旁常施舍饭食，穷苦的人可以领免费的饭食，故“to dine with Duke Humphrey”即“穷到挨饿的地步”之意，而 Humphrey Hour 亦即“舍饭的时间”之意。forth of=out of. 全句的大意似是:“我和你在一起，没有饭吃，忽然舍饭时间，喊你去领饭，你当然欣然去领，这便是你和我在一起时之唯一的快乐的时刻。”这句戏言的要点在 hour 一字，重复约克夫人所谓的 comfortable hour.

[29] 原文 cousin（侄儿）与 cozen（骗取）二字音相近，有双关义。

[30] 原文 from thy soul 各家注均训 from 为 away from 或 apart from，似不妥，原句系故作讽刺之反语，意谓“汝衷心地爱吾女，犹汝之衷心地爱她的两弟，吾衷心感激。”全是反语也。

[31] 事实上道尔赛此际没有逃往法国，他先参加了伯京安的叛变，一四八三年十月失败，才逃往法国投李治蒙，于一四八五年随李治蒙胜利归来。

[32]“嘉德勋位”乃是英国最高的勋位，获此勋位者称 Knight of the Garter，以圣乔治马上刺龙的像为领章，左膝上系袜带，上有格言曰:

Honi soit qui mal y pense（Evil be to him who thinks evil.）（但莎士比亚在此地犯了一项时代错误，据说圣乔治像作为嘉德领章乃是由于亨利八世之命令。）

[33] 引传说中凤凰的故事，以香木筑巢，举火自焚，新鸟自灰烬中出。

[34] 李治蒙是 Owen Tudor 之孙，他是 Anglesea 的威尔斯人。李治蒙之要求王位是根据始祖 John of Gaunt 经由 Beauforts 一系所传袭而来的权利。

[35] Sir Edward Courtney of Haccombe 在亨利七世登位时晋封为 Earl of Devon，Bishop of Exeter 是 Peter Courtney，乃是 Sir Philip Courtney of Powderham 的儿子。两个人不是亲兄弟，是远方堂兄弟。

[36] 坎特郡之 Hempstead 地方以 Sir Richard Guildford 为首的一个世家。

[37] 李治蒙初次率舰进攻是在一四八三年十月十二日，当夜被大风吹散。第二次进攻是在一四八五年八月一日率兵二千出发，七日于米尔福港登陆。前后相隔两年，莎士比亚加以合并了。

[38] 尔锡克（Urswik）是亨利七世的母亲李治蒙侯爵夫人之告解神父。（原文 Sir 为对教士之尊称。）

[39] Sir Walter Herbert，威尔斯世家，在南方具有威望之士。

Sir Gilbert Talbot，年轻的 Earl of Shrewsbury 之叔父。

Sir William Stanley，陶玛斯·斯坦雷之弟。

Pembroke 即 Jasper Tudor，Earl of Pembroke，李治蒙之叔。

Oxford 即 John de Vere，Earl of Oxford，被禁于海姆兹堡，后被 Sir James Blunt 所释。

Sir James Blunt 为 Sir Walter Blunt 之子，一四七六年掌管海姆兹堡监视牛津伯爵，后协助其逃亡，共投李治蒙。

Rice ap Thomas（ap=son of）威尔斯的 Carmarthenshire 之著名领袖人物。

第五幕

第一景：骚兹伯利。一露天市场

警长及卫士押伯京安受刑上[1]。

伯京安　国王利查不准我和他说话吗？

警长　不准，大人，所以您就死了那条心吧。

伯京安　海斯庭、爱德华的孩子们、葛雷和李佛斯、神圣的国王亨利[2]、还有你的漂亮的儿子爱德华、瓦安，以及一切因诬陷冤枉而丧失性命的人们，如果你们的忧郁的冤魂能从云端窥见现在这般光景，即使是为了报复起见也大可讥笑我的毁灭！朋友们，今天是万灵节[3]，是不是？

警长　是的，大人。

伯京安　唉，那么万灵节便是我的肉体的末日了。在爱德华国王在位的时候，我曾说过如果我对他的儿女或他的妻党不忠，我愿我今天的这个末日来临。我愿今天这个末日来临，让我所最信赖的人对我背叛而置我于死。今天这个万灵节日，对我的惶悚的灵魂而言，乃是我恶贯满盈的终极期限。受我玩弄的高高在上的主宰，把我假心假意的祈祷应验在我头上了，把我开玩笑中所乞求的事情认真地赐给我了。他简直是逼着坏人们的剑尖直指着它们的主人们的心胸，这简直是玛格莱特的诅咒重重地落在我的颈子上了。她说过："有一天恶魔使得你伤心欲绝的时候，就要想起玛格莱特有先见之明。"

来，引我上耻辱的断头台去，
罪过的事只能以罪过来结局。〔众下〕

第二景：汤渥兹附近平原

李治蒙、牛津、哲姆斯·布伦特爵士、华特·赫伯特爵士及其他率军鸣鼓擎旗而上。

李治蒙　诸位武装伴侣，在暴政之下饱受摧残的我的最亲爱的朋友们，我们现在已经挥军深入，沿途尚未遭遇抵抗。现在接获我的父亲斯坦雷的来信，全是一些安慰与鼓励的话。那个卑鄙的凶恶的僭位的野猪，他破坏了你们的夏季的农田和结实累累的葡萄，吸你们的血像是喝泔水，把你们被剖开的胸膛当作他的食槽，这只可恶的猪现正在这岛的中央，离利斯特县不远，我们听说，从汤渥兹到那里仅需一日的行军。以上帝的名义，鼓勇前进吧，勇敢的朋友们，用这一场激烈的血战收获永久的和平。

牛津　和这个罪恶的杀人犯抗战，我们各凭良心，便可一以当千。

赫伯特　我认为他的朋友们一定会倒向我们这一边来。

布伦特　他根本没有朋友，所谓朋友只是由于恐怖，在紧要关头会离他而去。

李治蒙　一切都对我们有利。那么，以上帝的名义，进军吧。
真的希望飞得快，有燕子般的翅膀。
它能使国王成神，使较低的人称王。〔众下〕

第三景：包斯渥兹郊野

利查王率军上；诺佛克公爵、色雷伯爵及其他上。

利查　我们在这里扎营吧，就在包斯渥兹郊野扎营吧。色雷大人，你脸上何以这样忧郁？

色雷　我心里比我脸上要轻松十倍。

利查　诺佛克大人——

诺佛克　在，最仁慈的主上。

利查　诺佛克，我们总不免要打斗一番。哼，你说是不是？

诺佛克　我们总要来来往往地对打一番，陛下。

利查　把我的帐篷搭起来！我要在这里过夜。〔士兵开始为国王搭帐篷〕可是明天在哪里呢？唉，这且不必去管它了。谁侦察过叛军的数目吗？

诺佛克　最多不过六七千。

利查　噫，我们的军队有三倍那个数目，而且，国王的名义便是一座坚强的堡垒[4]，是叛党方面所没有的。把帐篷搭起来！来，诸位亲贵，我们去查看地形，约几个长于指挥军事的人来。
不可缺乏韬略，不可迟延。
因为，诸位，明天是忙碌的一天。〔众下〕

李治蒙、威廉·卜兰顿爵士、牛津及其他军官等自郊野另一端上。若干士兵为李治蒙搭帐篷。

李治蒙　疲倦的太阳已在金光闪耀中落下去了，它的火亮的车子所留下的一片光明预告明天是个好天。威廉·卜兰顿爵士，你给我掌旗。在我帐篷里预备下纸和墨水，我要画出我们作战的形势和计划。每一领导的人分配一项特殊的职务，把我们的小小的兵力均匀地分给他们。牛津大人，你，威廉·卜兰顿爵士，还有你，华特·赫伯特爵士，和我留在此地。

潘伯娄克伯爵留在他的军中。好布伦特营长，去为我向他道晚安，在凌晨两点的时候请伯爵到我帐中来见我。还要给我做一件事，好营长，斯坦雷大人驻在哪里，你知道吗？

布伦特　除非是我认错了他的旗帜——我确知我没有认错——他的队伍在国王的大军之南至少有半英里路。

李治蒙　如果能不冒险，好布伦特营长，请为我向他道声晚安，并且把我这封极为重要的短信送交给他。

布伦特　陛下，豁出性命我也愿担任这个工作。愿上帝在今晚给您平安的休息！

李治蒙　晚安，好布伦特营长。来，诸位，我们来商讨一下明天的事。到我帐篷里去，外面又湿又冷。〔他们入帐中〕

利查王、诺佛克、拉特克利夫与凯次比来到帐篷前，上。

利查　几点钟了？

凯次比　是晚饭的时候了，陛下，现在九点钟[5]。

利查　我今晚不要进餐。给我一些墨水和纸。怎样，我的盔上的面甲弄得松些了吧，我的铠甲都放在我的帐篷里了吧？

凯次比　放好了，陛下，一切都准备停当了。

利查　好诺佛克，快去执行你的任务。小心戒备，选用可靠的哨兵。

诺佛克　我去了，陛下。

利查　明天云雀叫时就起身，亲爱的诺佛克。

诺佛克　您放心，陛下。〔下〕

利查　拉特克利夫！

拉特克利夫　陛下？

利查　派一名传令官到斯坦雷军中，教他于日出之前率军前来，否则他的儿子乔治就要堕入永恒之夜的黑暗深渊。给我倒一碗酒；给我一支计时的蜡烛；给我的白马色瑞加鞍预备明天上阵；注意查看我的一些枪矛是否坚固，不要太重。拉特克利夫！

拉特克利夫　陛下？

利查　你看到那位沉闷的脑赞伯兰大人了吗？

拉特克利夫　色雷伯爵陶玛斯，还有他本人，在黄昏时候，在队伍中间穿来穿去，激励士卒。

利查　这样，我就放心了。给我一碗酒。我一向有的活泼的精神和愉快的心情，现在都没有了。放在那里。墨水和纸预备好了吗？

拉特克利夫　预备好了，陛下。

利查　教我的卫兵小心守卫，你去吧。拉特克利夫，在午夜左右到我帐篷来帮我披挂铠甲。去吧。

〔利查王进入帐内。拉特克利夫与凯次比下〕

〔李治蒙的帐帘打开，露出他和他的军官等〕

斯坦雷上。

斯坦雷　愿幸运与胜利落在你的头盔上面！

李治蒙　愿黑夜所能给的一切安适都为您所有，高贵的继父！告诉我，我的亲爱的母亲好吗？

斯坦雷　我代表你的母亲祝福你，她不断地为李治蒙的幸福而祈祷，不必再多说了。静默的时间在偷偷地移动，黑暗在东方已经迸破成纷纷的碎片。简单说吧，因为时机紧迫不容我们辞费，在清晨早些摆下你的阵势，把你的命运交付给狠打狞视的战神来决定吧。我呢，凡是我可以做到的——我愿做的倒不见得能做到——我必利用一切机会蒙骗世人，在这胜负难判的激战之中给你援助。但是我不能太公开地站在你那一面，否则，一旦被发觉，你的年幼的弟弟乔治[6]就要当着他父亲的面被处决。再会了。这样长久别离的亲友本该在礼貌上互道思慕，交相祝福，现在时间急促情势紧迫只好一律免却了。愿上帝给我们时间做这些亲热的表示！再说一遍，再会了。要勇敢些，你会胜利的！

李治蒙　诸位，护送他回到他的军中去。我心烦意乱，但要努力小睡片刻，否则我明天鼓着胜利的翅膀起飞的时候，会被沉重的瞌睡压坠下来。对诸位再说一遍，晚安。〔除李治蒙外均下〕啊！上帝，我自认是你的手下大将，请以仁慈的目光眷顾我的军队吧。把你的愤怒的武器交给他们手里，好让他们以重重地一击粉碎我们的敌人们之僭越的头盔！使我们成为你的膺惩之执行者，好让我们在你的胜利声中赞美你！在我尚未合上眼睛之前，我把我的清醒的灵魂交付给你。啊！睡也好，醒也好，永远保佑我！〔入睡〕

亨利六世之子爱德华太子的鬼魂上，在两个帐篷之间出现。

鬼　〔向利查王〕让我明天重重地压在你的心上吧！想一想当初在条克斯伯利你如何地乘我青春年少之时把我刺死，所以，你绝望而死吧！

〔向李治蒙〕高兴吧，李治蒙，因为被屠杀的王子们的冤魂都要为你而战。李治蒙，国王亨利的儿子在安慰你呢。

亨利六世的鬼魂出现。

鬼　〔向利查王〕我活着的时候，我的涂了香膏的身体被你戳了好多窟窿，想一想那伦敦堡和我，绝望而死吧！亨利六世要你绝望而死。

〔向李治蒙〕贤良而圣洁，你成为征服者吧！曾预言你会为王的亨利在你睡眠中安慰你呢。愿你长命亨通！

克拉伦斯的鬼魂出现。

鬼　〔向利查王〕让我明天重重地压在你的心上！我是中了你的奸计而死的克拉伦斯，被那呕人的酒给淹死的！明天作战的时候想着我，你的那把钝剑就要脱手而落，绝望而死吧！

〔向李治蒙〕你这兰卡斯特一系的后裔，受了委屈的约克一系的子嗣们为你祈祷，守护神保卫你的阵势！长命，亨通！

李佛斯、葛雷、瓦安的鬼魂出现。

李鬼　〔向利查王〕让我明天重重地压在你的心上！在庞佛雷特死去的李佛斯！绝望而死吧！

葛鬼　〔向利查王〕想到葛雷，让你感到绝望吧。

瓦鬼　〔向利查王〕想到瓦安，因内心惭愧而使得你的钝矛脱手而落，绝望而死吧——

三鬼　〔向李治蒙〕醒起哟！要知道我们所受的伤害会在利查的心里作祟而征服了他。醒起，争取胜利吧！

海斯庭的鬼魂上。

鬼　〔向利查王〕凶恶而惭愧，惭愧地醒起吧，在一场血战之中结束你的生命！想着海斯庭勋爵，然后绝望而死吧——

〔向李治蒙〕平静无忧的心灵，醒起，醒起！为了美丽的英格兰，拿起武器，战斗，征服敌人吧！

二年幼王子的鬼魂上。

二鬼　〔向利查王〕梦见你的在伦敦堡中被窒死的两个侄儿吧，让我们成为你心中的一块铅，利查，把你压到毁灭耻辱死亡之境！你的两个侄儿的鬼魂要你绝望而死！

〔向李治蒙〕睡吧，李治蒙，平安地睡，快乐地醒，守护神保佑你不受野猪的伤害！克享长寿，并且生出一系幸福的国王！爱德华的两个不幸的儿子要你昌盛。

安夫人的鬼魂出现。

鬼　〔向利查王〕利查，你的妻，那个可怜的安，你的妻，从来不曾和你在一起安安静静睡过一小时，现在要使你的睡眠充满了烦扰。明天作战时想着我，让你的钝剑从你手中脱落，绝望而死吧！
〔向李治蒙〕你这颗宁静的心，你宁静地睡吧。梦见成功与胜利！你的对手的妻为你祈祷呢。

伯京安的鬼魂出现。

鬼　〔向利查王〕首先助你为王的是我，最后遭你毒手的是我。
啊！作战时想着伯京安，你就畏罪而死吧！
梦下去，梦下去，梦见凶杀死亡。
沮丧，绝望。绝望之中把命丧！
〔向李治蒙〕
在能帮助你以前我早已因为无望而死去。
你要振作你的精神，不要丧气，
上帝和守护神帮助李治蒙打仗。
利查骄纵之极就要败亡。〔众鬼魂消逝。利查王自梦中惊醒〕

利查　再给我一匹马！扎起我的伤口！怜悯我吧，耶稣！且慢！我只是在做梦。啊，怯懦的良心，你使我好痛苦！烛光呈惨绿色[7]。现在正是死寂的午夜。我的战栗的肌肉冒出了冷汗珠。什么！我怕的是我自己吗？身边并无别人。利查是爱利查的。那便是，我即是我。这里有个杀人的凶手吗？没有。有，我就是。那么逃吧。什么！逃开我自己？充分的理由便是，否则我会要报复。什么！我自己报复我自己？哎呀！我爱我自己。为什么呢？难道是因为我自己给了我自己一点儿什么好处？啊！不是的。哎呀！我因为我自己做了一些可恨的事而恨我自己呢。我是一个坏人。可是我说谎了，我不是坏人。蠢材！说自己的好话；蠢材，不要自夸吧。我的良心有一千条不同的舌头，每一条舌头说出一个不同的故事，每一个故事都要裁定我为坏人。违反誓约，违反誓约，最严重的程度，谋杀，残忍的谋杀，最可怕的程度；以及所有的各种不同程度的罪过，全都涌到法庭之上，全都大叫着："有罪！有罪！"我怕要绝望了。没有一个人爱我。如果我死，没有人怜悯我。不，他们为什么要怜悯我呢，我自己对我自己都没有怜悯。我觉得我杀了的人们的鬼魂都到我帐篷里来了，每一个都威胁着明天要报复在利查的头上。

拉特克利夫上。

拉特克利夫　陛下！

利查　该死的！是谁？

拉特克利夫　拉特克利夫，陛下，是我。村里的公鸡已经向清晨两次敬礼了，您的朋友们均已起身披挂他们的铠甲。

利查　啊，拉特克利夫！我做了一夜的噩梦。你觉得怎样，我的朋友们会不会忠实可靠?

拉特克利夫　无疑的，陛下。

利查　啊，拉特克利夫！我恐怕，我恐怕——

拉特克利夫　不，陛下，不要怕那些幻影。

利查　我以使徒保罗为誓，这一夜的幻影在利查心中所造成的恐怖比愚蠢的李治蒙所率领的身披坚甲的一万大军还要厉害。还没有天亮呢。来，和我一同去，我要在我们的帐篷下面去偷听，是否有人想背弃我。〔同下〕

李治蒙醒。牛津及其他上。

众贵族　早安，李治蒙!

李治蒙　请原谅，诸位大人，还有守卫的各位，你们在这里抓到了一个睡懒觉的人。

众贵族　你睡得好吗，大人?

李治蒙　自从诸位离去，我享受到了前所未有的最甜蜜的睡眠和最吉利的梦。我觉得利查所谋害的人们的鬼魂都到我的帐篷里来了，并且欢呼胜利。我告诉你们，想到这样的美梦我心中非常快乐。现在到早晨什么时刻了，诸位?

众贵族　刚打了四点。

李治蒙　噫，那么到了披挂铠甲发出号令的时候了。

李治蒙对他的部下演说。

亲爱的同胞们，时机紧迫，不容我再多说。但是记住这一点，上帝和正义都在我们这边助战；得道的圣徒们和受了冤屈的人们的祈祷，像是高耸的壁垒立在我们的面前；除了利查之外，和我们交手的人都宁愿我们打赢，也不愿他们所追随的那个人赢。因为他们所追随的是何等人？老实说，诸位，是一个凶残的暴君，一个杀人犯；是靠流血起家，靠流血创业的一个人；是利用阴谋诡计以达到目的的一个人，而且是把曾经帮助过他的人反加以杀害的一个人；一块卑贱的顽石，因有他篡夺而来的英国国王的宝座作为衬托，显著名贵起来了；是一向与上帝为敌的一个人。那么，如果你们对上帝的敌人作战，上帝会主持公道把你们当作他的队伍而加以护；如果你们辛苦流汗去打倒一个暴君，暴君被戮之后，你们可以在平安之中睡眠；如果你们对你们国家的敌人作战，你们的国家会出资偿付你们的辛劳；如果你们是为了保护你们的妻子而战，你们的妻子会欢迎你们胜利还家；如果你们使得你们的孩子们免于屠戮，你们的孩子的孩子们将在你们老年时报答你们。那么，以上帝的名义以及这一切的权利，举起你们的义旗，拔出你们的志愿的剑。至于我呢，我大胆起事，如不成功，当陈尸疆场，以为赎罪；但是如果成功，则你们当中之最低微者亦得分享他的一部分的利益。
擂鼓鸣金，要用力些，要鼓起勇气。
上帝与圣乔治！李治蒙要夺取胜利！〔众下〕

利查王、拉特克利夫率军又上。

利查　关于李治蒙，脑赞伯兰说些什么?

拉特克利夫　说他从没有过用兵的经验。

利查　他说的是实话。色雷又说些什么呢?

拉特克利夫　他微笑一下，说:“这对我们更好。”

利查　他说得很对。的确，是的。〔钟响〕数一数几点钟。给我一本历书。今天谁看到太阳了?

拉特克利夫　我没看到，陛下。

利查　那么就是他不想出来了，因为根据历书在一小时以前他就该装饰东方了。对某些人今天将是不吉利的一天。拉特克利夫!

拉特克利夫　陛下?

利查　今天太阳不肯出来，天空对我的军队皱着眉头沉下了脸色。我愿地上没有这泪水一般的露珠。今天不出太阳! 噫，这对我和李治蒙还不是一样? 对着我皱眉头的天也同样地对着他愁眉不展。

诺佛克上。

诺佛克　拿起武器，拿起武器，陛下! 敌人在战场上耀武扬威呢。

利查　来，赶快，赶快。装备我的战马。喊起斯坦雷大人，教他率军前来。我将率军到平原之上，我的阵势将作这样的部署: 我的先锋部队一线展开，骑兵步兵各半；我们的弓箭手放在中间，诺佛克公爵约翰、色雷伯爵陶玛斯，率领这些骑兵步兵。部署完毕之后，我亲率主力跟进，左右两翼由我们的精锐骑兵掩护。这个阵势，再加上圣乔治的保佑！你以为如何，诺佛克？

诺佛克　很好的布置，英勇的君王。这是我今天早晨在我的帐篷上发现的。〔递呈纸条〕

利查　“诺佛克的杰克，不要过分地卖力，
你的主人狄克已经被人卖了出去。”
是敌人方面制造出来的东西。去吧，各位，每人执行他的任务，不要教我们的胡说八道的噩梦震惊我们的心灵。所谓良心不过是懦夫们使用的一个名词，当初撰造这个名词只是为了吓唬强者，我们的强大军力便是我们的良心，我们的剑便是我们的法律。
前进，勇敢作战，我们奋力厮杀。
如不能上天堂，就携手下地狱吧。

对全军演说。

除了已经说过的话之外我还说什么呢？记住你们所要对付的是些什么人：是一群浪人、流氓、亡命徒，不列颠人中间的渣滓，卑鄙下流的贱民，他们的过度膨胀的国家把他们呕吐了出来，来此从事冒险自取灭亡。你们在安稳地睡着，他们前来骚扰你们。你们有田产，有美貌的妻子，他们要强夺，要污辱。你们想得到吗，领导他们的人竟是一个卑鄙的家伙，靠了我的母亲的资助在不列颠尼住了很久的那个人[8]。一个窝囊汉，一生中除了深可没鞋的雪之外没有过寒冷的经验的那个人。我们把这些流氓打回海那边去吧，把这些法国的横行无忌的贱民赶出去吧，这些饥饿的乞丐简直是活得不耐烦了。这一群可怜的鼠辈，只因无衣无食，梦想在这一场愚蠢的冒险之中有所收获，否则早已上吊自杀了。如果我们可以被征服，让男子汉来征服我们，不能让这些杂种不列颠人来征服我们。这些人，我们的祖宗曾在他们的本土上战败过他们，重重地揍过他们，狠狠地打击过他们，而且史籍上班班可考，使得他们长久蒙羞。能让这些人享有我们的国土吗？和我们的妻子睡觉吗？蹂躏我们的女儿吗？〔鼓声遥闻〕听！我听到了他们的鼓声。作战，英格兰的贵族们！作战，勇敢的乡绅们！弓箭手，引满了你们的弓！猛踢你们的马腹，浴血前进，用你们的折断的枪杆去惊动苍天吧！

一使者上。

斯坦雷大人说什么？他就率军前来吗？

使者　陛下，他拒绝来。

利查　砍掉他的儿子乔治的头！

诺佛克　陛下，敌人已经越过了沼泽，等这一战之后再把乔治·斯坦雷处死吧。

利查　我有一千颗心愤怒填膺。举起我们的旗帜！向我们

的敌人进攻！我们的祖传的呐喊，圣乔治，激起我们的像火龙一般的怒火吧！冲向他们去！胜利落在我们的盔上。〔众下〕

第四景：战场另一部分

号角鸣。两军绕场行。诺佛克率军上；凯次比自对方上相遇。

凯次比　救援，诺佛克大人！救援，救援！国王做出了不是一个普通人所能做出来的奇迹，他冒着各种危险和敌人苦战：他的马被杀死了，他徒步奋战，在死神的喉咙里寻找李治蒙。去救援，大人，否则要败绩！

号角鸣。利查王上。

利查　一匹马！一匹马！拿我的国土换一匹马！

凯次比　退下来，陛下。我给您找一匹马。

利查　奴才！我已经把我的性命孤注一掷，我死生由命了。我觉得战场上有六个李治蒙。我今天杀了五个，没有杀死他本人——一匹马！一匹马！拿我的国土换一匹马。〔众下〕

号角鸣。利查王与李治蒙自对方上，交战下。退兵号，又奏花腔。李治蒙、斯坦雷持金冠，偕其他贵族等又率军上。

李治蒙　赞美上帝和诸位的力量，胜利的朋友们。我们赢得了胜利，这条凶恶的狗是死了。

斯坦雷　勇敢的李治蒙，您表现得很好！看！看这个，这一顶久被篡夺的金冠是我从那凶恶的死东西的头上摘下来的，用以戴在您的头上。戴上它吧，享受它吧，并且充分利用它吧。

李治蒙　天上的上帝哟，请对大家说一声阿门！但是，告诉我，乔治·斯坦雷还活着吗？

斯坦雷　还活着呢，安然无恙在李斯特城中。您若是愿意，我们可以到那里去休息一下。

李治蒙　双方阵亡的有什么重要的人物？

斯坦雷　诺佛克公爵约翰、费莱斯勋爵华特、罗伯特·勃拉坎伯来爵士，还有威廉·卜兰顿爵士。

李治蒙　按照他们的身份把他们掩埋了吧。对于逃降来归的兵士宣布大赦。然后，按照我所发的誓约，我要把这白蔷薇和红蔷薇联结在一起[9]：天呀，你对着两家的仇恨已经蹙额很久了，现在对这美满的联姻微笑吧！哪个叛逆听了我的话而不说一声阿门？英格兰疯狂已久，伤害了她自己；亲兄弟盲目地洒了亲兄弟的血，父亲鲁莽地杀死他自己的儿子，儿子被迫屠杀了父亲；所有的这分裂的约克与兰卡斯特两家的人，他们一直是互不相容地分裂，啊！现在让李治蒙与伊利沙白，两系王室的真正的后裔，按照上帝的意旨把他们都给联结起来吧；让双方的继承人——上帝哟，如果你愿意如此——为未来的世人谋取宁静的和平、丰盛的享受和繁荣的日子吧！仁慈的主哇，如有叛徒想要搬回这凶杀的日子，再度使可怜的英格兰在血流成渠之中哭泣，请你挫钝他们的剑锋[10]！

谁要想叛变，破坏国家的和平，
让他们不得活着享受新的繁荣！
现在内战结束，和平重新建立。
愿上帝准许，让和平常驻此地！〔众下〕

注释

[1] 伯京安受死刑是在一四八三年十一月二日。他藏匿在 Shrewsbury 附近他的一个仆人 Ralph Banaster 之家，被他出卖，因而被捕。

[2] “一群一群的人从远处来到 Chertsy Abbey 来展谒他的坟墓。有人确信在那里曾发生过奇迹，后来有人认真地努力想在罗马使之被封为圣者。”（Gairdner）

[3] 万灵节（All Souls’ Day）十一月二日，为纪念死者之日，是日死者可与生者通消息。

[4] 参看圣经《箴言》，xviii，10：“The name of the Lord is a strong

Tower."

[5] 四开本作"六点钟"包斯渥兹之战发生在八月二十二日，在那一季节英格兰的太阳七点以后落。

[6] 事实上乔治·斯坦雷此时早已成年，并不年幼。

[7] 迷信，鬼魂出现时则烛光变得惨绿色。

[8] 李治蒙的母亲不是利查的母亲。事实上李治蒙住在不列颠尼等于是一种"名誉的看管"，其生活费用由不列颠公爵 Charles 负担，而 Charles 是利查的 brother-in-law。何林塞《史记》第二版误"brothers meanes"为"mothers meanes"莎士比亚沿误。

[9] 白蔷薇代表约克一系，红蔷薇代表兰卡斯特一系，李治蒙登位为亨利七世，娶爱德华四世之女伊利沙白为妻，交战多年的双方因婚姻而联结一起。

[10]"此数语对当时观众有特殊意义。伊利沙白女王乃李治蒙与伊利沙白之孙女，但女王无后，许多人以为她死后流血惨剧极可能重演。"（Harrison）

约翰王

The Life and Death of King John

序

《约翰王》在舞台上演时是相当成功的，不过在近代舞台很少上演，其主要的原因是此剧在大体上是一出近于时事问题剧（a topical play），这是莎氏唯一的剧本触及当时的宗教问题以及英国君王与罗马教皇的冲突，在一五九〇至一六一〇年间有时候对观众有很大的号召力，但是时过境迁，我们到如今不可能再有那样亲切的感受。就文学的观点而论，此剧有急就之嫌，不能算是莎氏的精心之构。约翰孙的批评，“我们不大感觉他的笔端蘸的是他的心血”，是有见地的。

一 版本与著作年代

此剧初刊于一六二三年之“第一对折本”，标题为 *The Life and Death of King John*，在历史剧部分列为第一出，占一至二十二页。事实上这标题是不甚恰当的，因为剧中情节开始于约翰王之第三十四年，所包括的情节仅占一十七年。

在莎士比亚的没有疑问的作品当中，此剧是唯一的不曾在“书业公会”登记的。其所以未登记的缘故可能是受了另一旧剧冒用了莎士比亚的名字（见下）的影响。

《约翰王》的著作年期不可确考，不过有三点可以注意:

（一）Meres 的 *Palladis Tamia: Wit's Treasury* 刊于一五九八年，提到了莎士比亚的十二部戏，《约翰王》是其中之一。故知《约翰王》之作必是在一五九八年以前。

（二）就“内证”而言，只能以诗体作风为衡量的准则，《约翰王》应是属于《利查二世》《仲夏夜梦》《威尼斯商人》一个时期的作品，一般批评家均主张一五九六或一五九七年为《约翰王》的著作年代。

（三）莎士比亚编写《约翰王》时所曾利用过的那个旧剧（*The Troublesome Reign*）是刊于一五九一年，故《约翰王》当然是作于一五九一年以后。但是威尔孙教授假想莎士比亚所利用的可能不是那旧剧的刊印本，而是提词本（promptbook），故《约翰王》之写作亦可能早于一五九一年。威尔孙根据《约翰王》第二幕第一景第一三七行之所谓“谚语”与 Thomas Kyd 的 *The Spanish Tragedy* 之关系，断定《约翰王》作于一五九〇年。因《约翰王》上演成功，那旧剧 *The Troublesome Raigne* 始于翌年付印。这是一个较新的说法。

二　故事来源

《约翰王》无疑的是根据一部无名氏的旧戏改写的，那旧戏分两部，各有标题，均系刊于一五九一年，其标题如下:

The Troublesome Raigne of John King of England, with the discouerie of King Richard Cordelions Base sonne (vulgarly named, The Bastard Fawconbridge) : also the death of King John at Swinstead Abbey. As it was (sundry times) publickely acted by the Queenes Maiesties Players, in the honourable Citie of London.

The Second Part of the troublesome Raigne of King John, Conteining the death of Arthur Plantaginet, the landing of Lewes, and the poysning of King John at Swinstead Abbey. As it was (sundry times) publickely acted by the Queenes Maiesties Players, in the honourable Citie of London.

一六一一年这两部又合为一部印行，标题页上印明 Written by W. Sh. 字样。一六二二年刊行第三版，写得更清楚: Written by W. Shakespeare，这当然都是假冒莎士比亚的名义以为商业的号召。不过也有些个批评家认为确是莎士比亚所作，如 Capell、Steevens、Tieck、Ulrici 皆是。我们若把旧戏与莎士比亚的《约翰王》对照观看，就不难发现二者在文字上显然作风不同，旧戏的文字浅显平实，莎士比亚的文字瑰丽奇伟而多诗意，这是不容争辩的。旧戏究竟是谁的手笔，我们不易断定，我们知道其上演是欲与 Marlowe 的 *Tamburlaine* 争衡，大概是作于一五八九年，正在西班牙的无畏舰队溃败之后不久。Fleay 认为可能是 Greene、Lodge 或 Peele 的作品，尤以最后一位为近代许多名家所同意。

这部旧戏虽然不是什么天才之作，但是主要的故事穿插以及几个重要的人物都已具备，莎士比亚加以删汰改写，大体的面目都被保存，甚至旧戏中的错误，亦依样葫芦。不过，旧戏的重点在于反天主教，莎士比亚的重点在于人物描写。例如私生子那个角色，好像是为了某一个演员（可能即是 Richard Burbage）而特写的一般，大事渲染，除第三幕外每幕结尾处均是私生子的台词。莎士比亚删掉了旧剧的四景，没有增加新景，比旧戏共少三百行，但是给予我们一个更充实有力的印象。这是研究莎士比亚如何改编旧戏之最好的一个实例。

三　舞台历史

《约翰王》在上演的时候比在我们阅读的时候要生动有趣得多，因为戏里有三个可以扮演得出色的男角和一个女角，有富于戏剧性的场面，有炫示布景与服装的机会，但是仍然少在舞台上出现。主要原因是此剧牵涉到英国的一个最难处理的问题，宗教问题，而莎士比亚对于英王与教皇之争的处理方法，一方面暴露教皇的压迫手段，一方面又暴露了英王的丧权辱国，使得此剧在双方面都不便引为宣传之用。在复辟期间，自一六六〇年至一六八八年，此剧没有上演的记载。

桂冠诗人 Colley Cibber 于一七三六年改编莎士比亚的《约翰王》为 *Papal Tyranny in the Reign of King John*，但是到了一七四五年二月十五日才在 Covent Garden 登场。改编本的主旨是攻击罗马天主教会，可以说是恢复了 *The Troublesome Raigne* 原有的色彩。不仅情节改动很多，原有第一幕全部删除另写，全剧的文字也改动了，成为十足的政治剧。改编本上演之前，一七三七年二月《约翰王》已经在 Covent Garden 上演，同年三月又在 Haymarket 上演。改编本虽然上演在后，但是时当 The Jacobites 第二度叛变的前夕，改编本正好迎合人民的情绪，所以是颇受欢迎的。

但是这改编本也刺激了《约翰王》原本的上演。著名演员加利克（Garrick）于改编本上演后五天（二月二十日）在 Drury Lane 主演约翰王。从此以后《约翰王》即不断地上演，确定地恢复了它的舞台上的地位。此后著名的演出包括 Kemble 与 Mrs. Siddons 于一七八三年十二月十日在 Drury Lane 的精彩表演，Edmund Kean 在一八一八年六月一日的演出，一八二三年三月三日 Macready 的演出，两年后 Samuel Phelps 在 Sadler's Wells 的演出。Charles Kean 于一八四六年在美国盛大演出，极为成功。此后在英国表演的次数较少，直到一八九〇年 Osmond Tearle 在斯特拉佛上演，翌年牛津大学戏剧会再行演出，一八九九年 Haymarket Theatre 又有缩编成三幕的演出。一九二六年 Old Vic 在伦敦演出。

剧中人物

约翰王（King John）。

亨利太子（Prince Henry），国王之子。

亚瑟（Arthur），不列颠公爵，国王之侄。

潘伯娄克伯爵（The Earl of Pembroke）。

哀塞克斯伯爵（The Earl of Essex）。

骚兹伯利伯爵（The Earl of Salisbury）。

毕格特爵士（The Lord Bigot）。

休伯·德·勃尔格（Hubert de Burgh）。

罗伯特·孚康布利芝（Robert Faulconbridge），罗伯特·孚康布利芝爵士之子。

私生子菲力浦（Philip the Bastard），其异父兄。

哲姆斯·格尼（James Gurney），孚康布利芝夫人之仆。

庞弗来特之彼德（Peter of Pomfret），一预言者。

腓利浦（Philip），法兰西国王。

路易斯（Lewis），法国太子。

李慕施（Lymoges），奥大利公爵。

枢机主教潘德夫（Cardinal Pandulph），教皇使节。

梅隆（Melun），法国贵族。

沙蒂雍（Chatillon），法国大使。

爱利诺太后（Queen Elinor），约翰王之母。

康斯坦斯（Constance），亚瑟之母。

西班牙之布朗施（Blanch of Spain），约翰王之外甥女。

孚康布利芝夫人（Lady Faulconbridge）。

众贵族、夫人、昂吉尔民众、警长、传令官等、军官等、士兵等、信使等及其他侍从等。

地点

时而在英格兰，时而在法兰西。

第一幕

第一景：宫内大殿

约翰王、爱利诺太后、潘伯娄克、哀塞克斯、骚兹伯利及其他偕沙蒂雍上。

约翰王　现在，说吧，沙蒂雍，法国国王对我有什么要求？

沙蒂雍　法兰西国王，于问候起居之后，命我代表向这里的英格兰国王陛下，伪国王陛下，作如下之陈述。

爱利诺　好奇怪的开始，“伪国王陛下！”

约翰王　别说话，好母亲，听他陈述。

沙蒂雍　法兰西的腓利浦，代表已故的令兄翟弗来的儿子亚瑟·普兰塔真奈之正当的权益，对于这个美丽的岛及其属地，对于爱尔兰、波爱提尔兹、安茹、土雷恩、梅恩，提出极为合法的领土要求。愿你放下用以僭取这些名义的武器，把这些名义交还给年轻的亚瑟手里，他乃是你的侄儿，你的合法的君王[1]。

约翰王　如果我拒绝，又当如何呢?

沙蒂雍　那么便是一场凶狠流血的战争，用武力强制夺回你用武力夺去的这些权利。

约翰王　我准备以战争对付战争，以流血对付流血，以强制对付强制。就这样回答法国国王吧。

沙蒂雍　那么请从我口里接受我的国王的挑战吧，这是我奉命所能说的最后一句话。

约翰王　把我的挑战带去给他，你就平安地离去吧。你要在法国国王眼里像是闪电一般地迅速，因为在你报告我将来到之前，他就会听到我的大炮的雷鸣[2]。所以，去吧！你去做我的愤怒的喇叭手，做你们自己覆亡之不祥的丧钟吧。好好地护送他出境，潘伯娄克，你去照护一下。再见，沙蒂雍。〔沙蒂雍与潘伯娄克下〕

爱利诺　现在可怎么办，我的儿子！我不是常说吗，那个野心的康斯坦斯，不把法国和全世界煽动起来维护她的儿子的权益，她是不肯罢休的。这局面原来可以避免，用友善的谈判亦可弥缝起来，如今两国政府不得不用可怕的流血手段来解决了。

约翰王　我的坚强的控制和我的合法的权利都是对我有利的。

爱利诺　你的坚强控制比你的合法权利要更可靠些，否则你和我都要遭受不利:

这是我私下对你讲的真心话，

除了上天、你、我，别让任何人听到它。

一警长上，向哀塞克斯耳语。

哀克塞特　陛下，从乡下送来了一件我从未听说过的奇案，要请陛下裁决。我可以把他们带上来吗?

约翰王　叫他们来。〔警长下〕我们的寺院和修道院必须支付这次远征的费用。

警长又上，偕罗伯特·孚康布利芝与其异父兄私生子菲力浦。

你们是做什么的?

菲力浦　我是您的忠顺良民，出生在脑赞普顿县的一名绅士，据我想是罗伯特·孚康布利芝的长子，他乃是狮心王在战场上亲自授勋封为骑士的一位战士。

约翰王　你是做什么的?

罗伯特　也是那个孚康布利芝的儿子和嗣子。

约翰王　他是长子，你是嗣子?你们两个似乎不是一母所生的了。

菲力浦　的的确确是一母所生，伟大的国王，那是众所周知的。而且，我想，也是一父所生。不过关于这一点真相如何，我要请您去问上天和我的母亲。关于这一点我很怀疑，所有的人的子女都不免同样怀疑的。

爱利诺　岂有此理，你这粗人!你这样猜疑，你侮辱了你的母亲，伤害了她的名誉。

菲力浦　我，太后?不，我没有理由要猜疑。那是我弟弟的指控，不是我的。这一指控如果他能证明，他就要夺去我至少每年足足五百镑的收入。愿上天保护我母亲的名誉和我的地产！

约翰王　是个诚实直爽的家伙。他既然是后生的，为什么要求你的继承权利呢？

菲力浦　我不知道为什么，除了想夺取地产之外。他简截了当地诽谤我，说我是私生子。不过我究竟是不是私生，这笔账我要记在我母亲的头上。为了证明我也是良好出身，陛下——愿那为生我而辛劳的那副骸骨享受冥福吧——请比一比我们两个的相貌，您自己下个判断吧。如果罗伯特老爵士确曾生下了我们两个，确是我们的父亲，而这一个儿子长得像他。啊，罗伯特老爵士，我的父亲，我愿跪下来感谢上苍我不曾长得像你！

约翰王　噫，上天给我们送来一个何等狂妄的人！

爱利诺　他有一点儿狮心王脸上的神气，他说话的腔调像他。你在这人的魁梧的身材上没看出我儿子的征象吗？

约翰王　我已经仔细观察他的各个部分，和利查是一模一样。伙计，说吧，什么动机使你要求你哥哥的土地？

菲力浦　只因他有一个侧面像[3]，像我的父亲。凭那一半的面孔，他就要我全部的地产。难道带侧面像的一块银币[4]就能抵得一年五百镑！

罗伯特　我的圣明的主上，我父亲活着的时候，您的兄长确曾重用我的父亲——

菲力浦　好啦，先生，你这样说是不能得到我的土地的，你必须编个故事说他如何使用我的母亲。

罗伯特　有一次派他出使日尔曼，和那边的皇帝商讨当时的一件大事。国王利用他的离去，于是到我父亲家中走动。他是怎样成功的，说起来我觉得惭愧，不过事实终于是事实。这一位风流的先生成胎之时，我的父母之间正是远隔重洋，这是我听我父亲自己说的。他临终在床上立了遗嘱把他的地产传授给我，并且坚决声明我母亲所生的这个儿子不是他的。如果他是，他来到这世上早了足足十四个星期。那么，我的好主上，我父亲的土地按照我父亲的遗嘱，原来应属于我，就判给我吧。

约翰王　先生，你的哥哥是合法的。你的父亲的妻子是在婚后生的他，如果她有与人通奸的事，这毛病是出在她身上，这也是一切娶妻的丈夫们所不能不冒的风险。据你说，这个儿子是我的先兄媾生出来的，假使先兄对你父亲说明这孩子乃是他的，请你告诉我，这事该怎么办？老实讲，好朋友，你的父亲很可能要保留他的母牛所生的这个犊儿，谁也不肯给，老实讲他可能这样做。那么，纵然他是先兄所生，先兄也可能不出面要求认领。而你的父亲，纵然明知他不是他所生，也可能不舍弃他。这就可以获致一个结论了：我的母亲的儿子媾生了你父亲的嗣子，你父亲的嗣子必须继承你父亲的土地。

罗伯特　那么我父亲的遗嘱全然无效，不能撤销非他所生的孩子的继承权了吗？

菲力浦　据我想，先生，要想取消我的继承权，其效力不见得比当初他要生我的欲望更大。

爱利诺　你究竟是愿意像你弟弟一般做一个孚康布利芝家的人，享有你的产业呢？还是愿意做个著名的狮心王的儿子，只是拥有堂堂的仪表，此外别无产业呢？

菲力浦　太后，如果我的弟弟有我的形体，我有他的，就是说秉有罗伯特爵士的形体，像他一般。如果我的两条腿像是马鞭，我的两臂像是鳝鱼标本，面孔削瘦得不敢在耳朵后面夹戴玫瑰花，怕的是人们会说，“看呀，一枚三文钱的小银币在那里走动着哩。[5]”如果除了这样的一副形体之外还可承继这所有的土地，那么我愿放弃我的每一尺土地，我只要保留我原有的面孔，否则让我不得生离此地，无论如何我不愿做一个脑伯爵士[6]。

爱利诺　我很喜欢你，你愿意放弃你的产业，把土地送给他，来做我的部下吗？我是军人，现在就要到法国去。

菲力浦　弟弟，你把我的土地拿去吧，我要去撞撞运气。
你的脸得到了五百镑一年，
可是你的脸卖五便士，还太贵一点儿。
太后，我要追随您到死。

爱利诺　不，我愿你走在我前面。

菲力浦　我们乡下人的礼貌总要让尊长在前。

约翰王　你的姓名是什么？

菲力浦　菲利浦，我的主上，这就是我的姓名开始的一个字。
菲利浦，忠厚的老罗伯特爵士的妻室的长子。

约翰王　你既拥有他的形体，此后你就使用他的姓氏吧。你现在以菲利浦的名义跪下去，但是一起来就高贵多了。起来吧利查爵士，而且是以普兰塔真奈为姓了。

菲力浦　同母弟，让我们把手握起，
我父亲给我荣誉，你父亲给你土地。
我成胎的时候罗伯特爵士不在家，
那时刻，不论是昼是夜，我要祝福它！

爱利诺　这正是普兰塔真奈的精神！我是你的祖母，利查，这样地叫我吧。

菲力浦　祖母，是偶然的，而非合法的。那又有什么关系？
有点儿转弯抹角，有些舍正路而弗由，
钻窗户洞，再不就跳门栏：
白昼不敢动的人只好夜间行走，
得到便是得到，管他什么手段。
射中与否无关系，要的是胜利，
我就是我，管他是怎样生出来的。

约翰王　去吧，孚康布利芝，你的愿望已经达成。
无地产的骑士使你成为有地产的侍从。
来，母亲，来，利查。我们要赶快走，
到法国去，到法国去，我们已耽误太久。

菲力浦　弟弟，再会，愿你有好运气！
因为你是正式婚生的[7]。〔除私生子外，同下〕
在身份上比从前升高了一步，但是在地产上一落千丈。唉，现在我可以把任何一个乡下姑娘变成为一个贵夫人。“晚安，利查爵士！”“上帝保佑你，伙计！”如果他名叫乔治，我唤他为彼得，因为新贵照例是忘记别人的名字。念念不忘故人的名字乃是过分的体贴，过分的随和，不合于你那新贵的身份。还有你的那一位归来的旅客，他嘴里衔着一根牙签[8]，和爵士大人同桌进膳，当我的尊胃填饱了的时候，我便吮牙，询问那位周游列国的花花公子：“我的亲爱的先生，”——我把臂肘放在桌上就这样开始询问——“我要请你，”——现在是我发问。但是答话立刻来了，像是初学入门书一般[9]：“啊，先生，”答语说，“听您吩咐，听您使唤，听您差遣，先生。”“不，先生”，发问的又说，“亲爱的先生，我是来伺候您的。”于是，答话的人尚不知问话的人要问什么，只是双方恭维一阵，他谈些阿尔卑斯山、阿帕南兹山、皮林宁山和波河，结果就快到晚饭的时候了。但这便是和爵士来往的伴侣，而且很适于像我这样的扬扬得意的人。因为一个人若不沾染一些卑躬屈节的气味便是不合时代潮流，不管我有没有那种气味，我就是不合时代潮流。一个人不仅要注意服装勋纹方面或外貌仪表方面，就是在内心方面，也得要口蜜腹剑地迎合时代的口味。我并不愿使用这套本领骗人，但是为了避免被骗，我要学习，因为这一套本领一定可以为我的升发做铺路的工作。谁穿着骑服这样匆忙地来了？这位女信差是谁？难道她没有丈夫走在她的前面为她吹牛角吗？

孚康布利芝夫人与哲姆斯·格尼上。

哎呀，不好了！是我的母亲。怎么了，我的母亲！什么事情使得你这样匆忙地进宫？

孚康布利芝　你的弟弟那奴才在哪里？他在哪里，到处破坏我的名誉！

菲力浦　我的弟弟罗伯特吗？罗伯特老爵士的儿子吗？巨人考伯兰德[10]，那个壮汉吗？你要找的是罗伯特爵士的儿子吗？

孚康布利芝　罗伯特爵士的儿子！是的，你这不敬的孩子，罗伯特爵士的儿子，你为什么要讥讽罗伯特爵士？他是罗伯特爵士的儿子，你也是。

菲力浦　哲姆斯·格尼，你躲开一下好吧？

格劳斯特　再会，好菲力浦。

菲力浦　菲力浦！麻雀[11]！哲姆斯，外面发生了一些小小的事情，我以后再告诉你。〔格尼下〕母亲，我不是罗伯特老爵士的儿子。罗伯特爵士可以在耶稣受难节那一天吃我身上属于他的那一部分血肉，而不算是破了斋戒[12]。罗伯特爵士精力充沛很能生孩子，但是，说真话，他能生出我来吗？罗伯特爵士不可能生出我来，我们认识他的作品。所以，好母亲，我的这一副肢体究竟是属于谁的？像这样的一条腿罗伯特爵士是永远不能帮着造出来的。

孚康布利芝　你为了你自己的利益应该维护我的名誉，你也和你的弟弟勾结起来了吗？你这忤逆的奴才，你这样地冷讥热嘲是何用意?

菲力浦　称我骑士，骑士，像巴西黎斯科一般[13]。怎么！我是已经受过封的，我以肩承剑，已经接受了那个荣衔。但是，母亲，我不是罗伯特爵士的儿子。我已否认罗伯特爵士和我的父子关系，我也放弃了我的地产。合法关系、姓氏，一切都不存在了。那么，我的好母亲，让我知道我的父亲是谁吧。我希望，是个漂亮的人。到底是谁，母亲?

孚康布利芝　你已经拒绝承认你自己是孚康布利芝家族的一员了吗?

菲力浦　像拒绝恶魔一般地诚心。

孚康布利芝　利查狮心王是你的父亲。经过长期猛烈地追求，我被他诱惑，在我丈夫的床上给他留出一块空间。愿上天不要把我的罪过记在我的头上！你便是我的重大过失的结果。当时是受强力逼迫，非我所能抗拒。

菲力浦　我指天为誓，现在如果我能再度投胎，母亲，我不会希望有更好的父亲。有些罪过在尘世上是可以不受谴责的，你的罪过便是如此。你的错误不是由于你的荒唐，你无法不把你的心交出来由他摆布，那乃是对逼人而来的爱情所献纳的贡物，他那股刚强无比的力量就是无所恐惧的狮子也不能与之相斗，也不能保存它的那颗雄心不落入利查的掌握。他能用强力掏出狮子的心[14]，自然容易赢得一个女人的心。是的，我的母亲，为了我的这样的一个父亲，我诚心地感谢你！

谁敢说我成孕的时候你做得不对，
我要送他的灵魂下地狱去受罪。
来，母亲，来和我的家人见过。
他们会说：利查使我成胎之际，
如果你曾拒绝他，那才是罪恶。
谁说你犯罪，谁说谎。我说不是的。〔同下〕

注释

[1] 约翰王与亚瑟的关系。如下谱：

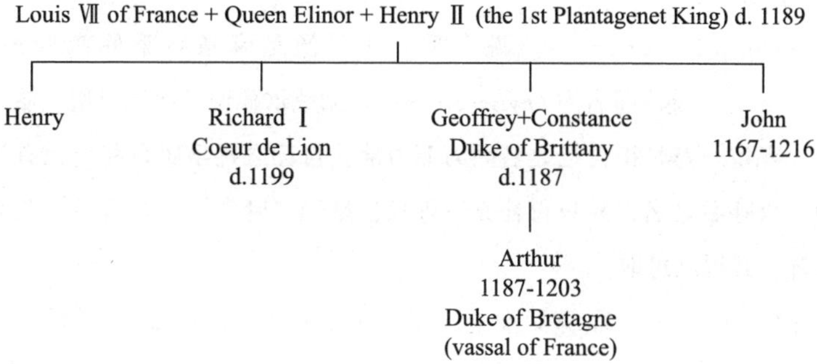

[2] 炮火用于战争，自一三四六年 Cressy 之战始，此处所云乃时代错误之一例。

[3] 原文 half-face 应作 profile 解。或解作 thin face，恐非。

[4] 原文 groat，值四便士的小银币，大小与现代的先令同，因为是银质的，故甚薄，上面铸有国王的半面像。据 Theobald 指陈，此种带半面

像的银币乃铸于亨利七世朝，一五〇四年。一般的 groat 最早亦不超过爱德华三世之际。此处云云显系时代错误。

[5] 伊利沙白时铸造一种值三个 farthing 的小银币，上面有女王之侧面像，耳后有英国国花玫瑰为饰，此种银币甚薄。从前男士耳朵后亦有夹戴玫瑰花或缎带制之玫瑰花的习惯。

[6] Sir Nob 可能即是 Sir Robert 之昵称。

[7] 谚云:“私生子生而幸运。”（Bastards are born lucky.）

[8] 牙签是东方发明的，在莎士比亚时代，使用牙签乃表示其为曾在外国游历之旅客，在当时为一种时髦。

[9] an absey-book 即 ABC-book，初学入门书也，授儿童以字母之类，亦附有习题问答。

[10] Colbrand，丹麦传说中之巨人，为 Guy of Warwick 在 King Athelstan 面前所击败。

[11] Philip！ sparrow！ 一说“菲力浦”像是麻雀啾啾的鸣叫声。Skelton 有一首诗即名为 *Phylyp Sparrow*。据威尔孙说，此处叫谓“菲力浦，麻雀”乃是指自己之名固为菲力浦，自己之姓孚康布利芝已有问题，汝呼我之名，我只得补充一姓氏，姑选“麻雀”为姓可也，此戏言耳。其说颇可取。

[12] Good Friday，耶稣受难节，即 Easter Sunday 前的那一个星期五，在罗马天主教的日历上是最神圣的一个节日，是日应斋戒不食血肉。菲力浦乃私生子，非罗伯特爵士之亲生血肉，罗伯特食菲力浦之血肉等于是没有食“他的血肉”，故不算是破斋。

[13] 有一旧戏 *Soliman and Perseda* 通常被指为 Kyd 所作，作于一五八八年或稍后几年，其中有一怯懦而好夸口的骑士 Basilisco，被其仆强迫宣誓——

Pist. I，the aforesaid Basilisco——

Bas. I，the aforesaid Basilisco —— Knight，good fellow，

Knight，Knight.

Pist. Knaue，good fellow，knaue，knaue.

私生子新封骑士，故否认其为“奴才”，自称“骑士，骑士”云。

[14] 这段故事见于一首古传记诗篇 *Richard Ceur de Lion*，（初刊于 Rastell 之 *Pastyme of People*，1529）。利查为奥大利公爵所囚禁，利查与其子比武，一拳毙之。公爵怒，命驱一饿狮入囚所，利查探手入狮喉，掏出其心脏。故利查后称狮心王。

第二幕

第一景：法兰西。昂吉尔城墙前

奥大利公爵率军队自一方上；法王腓利浦率军队，路易斯、康斯坦斯、亚瑟及侍从等自另一方上。

腓利浦　很荣幸地在昂吉尔城下和你相会，英勇的奥大利公爵，亚瑟，你的那位伟大的长辈，那位挖取狮子心脏并在耶路撒冷从事圣战的利查，就是被这一位公爵很早地送进了他的坟墓[1]。由于我的坚请，他来到此地向他的后人补偿，为了你而展开他的军旗，谴责你那不仁不义的叔父、英国的约翰之篡夺的行为。拥抱他，爱他，欢迎他的来临吧。

亚瑟　上帝一定会饶恕你杀死狮心王的罪过，尤其是因为你现在给他的后人们以新的生命，用你的战斗的羽翼来庇护他们的权益。我用一只细弱的手欢迎你，但是心中却充满了纯挚的爱。欢迎你到昂吉尔城下，公爵。

腓利浦　真是个高贵的孩子！谁不愿为你争取你应得的权益？

奥大利　我把这热诚的一吻放在你的颊上，像是在我这友爱的契约上盖印一般，我要等到昂吉尔，以及你在法兰西所应享有的土地，连同那足踢大海的怒潮，拱卫她的岛民不受外土侵凌之惨白的海岸[2]。那由海洋环绕的英格兰，那永远安然无外患之忧的水上堡垒，甚至那西方最远的角落[3]，都来向你敬礼，称你为王，否则我不再回家去。好孩子，不到那一天我根本不想到我的家，我要作战到底。

康斯坦斯　啊！请先接受他的母亲，他的寡母[4]的感谢吧，等以后你的强大的力量会臂助他日益壮大，那时节他对你的厚爱再作更大的报答。

奥大利　为了这样的仁义之战而拔刀相助的人们是会得到天堂上的和平的。

腓利浦　那么，动手吧。我们的大炮要朝着这抵抗的城池瞄准。召集我们的参谋首长，计划最有利的策略。如果我们不能使这城池降顺于这个孩子，我宁可陈尸城下，或是踏涉法国人的血水进入市区。

康斯坦斯　且等待你的使者的回报，否则你血染兵刃，过于鲁莽。我们以战争来要挟的权利，也许沙蒂雍大人会从英国平安地带来，那时节我们要为因鲁莽行事而冤枉洒的每一滴血而后悔的。

沙蒂雍上。

腓利浦　怪事，夫人！看，你刚一想念，我们的使者沙蒂雍就来到了！英国国王怎样说的，你就简单地说吧，亲爱的大臣。我冷静地等着你，沙蒂雍，说吧。

沙蒂雍　那么把你的队伍调开，别围攻这个小城，而鼓起士气去从事更大的工作吧。英格兰王听到你的公正的要求，感觉不耐，已经准备用兵。我因逆风耽误了行期，使得他的队伍和我同时登陆了。他正急速地向这城进发，兵势强盛，士气高昂。和他同来的还有老太后，是个怂恿他杀人斗争的女妖精。和她在一起的还有她的外孙女[5]，西班牙的布朗施公主。还有已故国王的一个私生子跟着他们，以及全国的光棍无赖，一群肆无忌惮的为所欲为的志愿军，有妇人的脸和毒龙的脾气，在他们的家乡把祖产变卖，买来铠甲骄傲地披在身上，到此地来冒险再发一笔财。简单说，比这一批英国的船只送来的更凶恶更大胆的人，从来不曾渡过汹涌的大海来为害信奉基督的世界。〔内闻鼓声〕

他们的卑贱的鼓声使我不能详细讲下去了，他们已经来到，不是谈判就是战争，所以准备吧。

腓利浦　来得如此迅速，真是出人意料！

奥大利　既然是如此地出人意料，我们便该格外地努力抵御，因为勇气是随着危急形势而增长的。我们欢迎他们来，我们已有准备。

约翰王、爱利诺、布朗施、私生子、贵族等及军队上。

约翰王　愿法兰西安享和平，如果法兰西国王准许我们占有我们的合法继承的权益。否则，让法国流血吧，让和平升到天堂去吧，而我乃是上帝愤怒的代表，我要惩罚你们的傲慢无礼，胆敢把上帝的和平赶回天堂。

腓利浦　愿英格兰安享和平，如果战争从法兰西回到英格兰在那里和平过活。英格兰是我所喜爱的，为了英格兰的缘故我在这里披着铠甲流汗。我所做的苦工应该是你的工作，但是你太不爱英格兰了。你竟阴谋排挤了合法的国王，割断了继承的大统，欺凌幼君，对纯洁的王冠施以强暴。看看你哥哥翟弗来的这一张面孔：这两只眼，这两道眉，完全是从他那里翻铸出来的。这小小的缩影包含着随翟弗来而死去的那较大的原形，时间的手会把这简单的节略扩充成为庞大的卷帙。那一位翟弗来是你的长兄，这是他的儿子。英格兰原是属于翟弗来的，而这正是翟弗来的继承人[6]。我要以上帝的名义问你，应该拥有王冠而王冠被你夺去了的这个人，他还好好地在这里活着，你如何可以称王？

约翰王　法兰西的国王，这一份伟大的任务是谁派给你的，让你提出问题来要我回答？

腓利浦　是奉了那高高在上的裁判者的命令，他在任何强有力者的心中都能激起善念，使他对天下不公之事加以追问。是那个裁判者要我做这个孩子的保护人，我如今奉他之命指控你的罪行，而且凭他的支援我打算加以惩处。

约翰王　哎呀！你是在篡夺权力。

腓利浦　对不起，那是为了打倒篡夺。

爱利诺　你所说的篡夺者是谁，法兰西国王？

康斯坦斯　让我来回答你吧，你的篡位的儿子。

爱利诺　滚，狂妄的人！你想要你的杂种儿子做国王，你好做太后，控制全世界！

康斯坦斯　我的床是一向忠于你的儿子，就如同你的床之忠于你的丈夫，这个孩子在相貌上像他的父亲翟弗来有过于你和约翰在行为上之相像。虽然你们两个之间的相似就像雨之于水，魔鬼之于他的老母魔。我的孩子是杂种！我以我的灵魂为誓，我敢说他的父亲也不曾有这样纯的种。如果你是他的母亲，怕不能这样地纯哩[7]。

爱利诺　这真是一位好母亲，孩子，她污毁你的父亲。

康斯坦斯　这真是一位好祖母，孩子，她污毁你。

奥大利　肃静！

私生子　听传令员[8]。

奥大利　你是干什么的？

私生子　阁下，我是来和你捣蛋的，如果我能在你独自一人的时候抓到你和你的那张皮。你不过是如俗谚所说的那只兔子，有勇气去捋死狮的须[9]。如果我捉到你，我要狠狠地抽打你那件皮袍子使它冒烟。你这家伙，你当心吧。老实讲，我要这样做，老实讲。

布朗施　啊！从狮子身上把皮剥下的那个人，他披上这件狮皮是很体面的。

私生子　可是披在他身上，就像赫鸠利斯的狮皮披在驴身上一样地可笑。

但是，驴，我要剥下你的狮皮，
或是重重地打断你的背脊。

奥大利　这用大量夸张言辞震耳欲聋的妄人究竟是什么人？国王——路易斯，决定我们该立刻怎样做。

腓利浦　你们这些女人和蠢材，停止你们的吵闹。国王约翰，全部的问题是这样的，以亚瑟的名义我向你索取英格兰、爱尔兰、安茹、土雷恩、梅恩。你肯不肯交出来，并且放下武器？

约翰王　那等于是要我交出性命，我要和你拼一下，法兰西的国王。不列颠的亚瑟，你来投顺我。我由于挚爱，我将给你大量的赠予，比那怯懦的法兰西国王所能争取的要多。投顺我吧，孩子。

爱利诺　到你祖母这边来，孩子。

康斯坦斯　去，孩子，到祖母那边去，孩子。把国土给祖母，祖母就会给你一枚李子、一颗樱桃、一个无花果，那真是一位好祖母。

亚瑟　我的好母亲，别说了！我愿我是深深地埋在我的坟墓里，我不值得让你们这样地争吵。

爱利诺　他的母亲使得他羞愧难当，他都哭了。

康斯坦斯　不管他的母亲如何，你才是真正的不知羞！是他祖母的乖谬，不是他母亲的惭德，从他的可怜的眼里引出了感动上天的泪珠，上天会当作报酬的性质而接受那些泪珠的。是的，有了这些亮晶晶的珠子，上天会被买通为他主持正义向你实行报复。

爱利诺　你这诋毁天地的诽谤者！

康斯坦斯　你这伤损天地的害人精！不要称我为诽谤者，你和你的儿子篡夺了这被人欺侮的孩子的国土与王权。这是你的长子的儿子，他唯一的不幸就是有你这样的一个祖母，你的罪恶在这可怜的孩子身上受到惩罚。从你那孕育罪恶的身体相隔仅仅一代，报应的条文就在他身上施行了[10]。

约翰王　疯婆子，别说了。

康斯坦斯　我只有这一点要说，他不仅为她的罪恶而受惩罚，而且上帝使得她的孽子和她自己共同来惩罚这隔代的子孙，为了她而受惩罚，并且被她的孽子所惩罚。他所受的伤害其实是应该由她来承受的伤害，应该算是对她的罪孽的鞭挞才是，但是全都由这孩子来承当了，而且全是为了她。她真是罪该万死[11]！

爱利诺　你这张狂的泼妇，我可以拿出一张遗嘱给你看，那是不许你的儿子继承的。

康斯坦斯　是的，谁还会怀疑不成？遗嘱！邪恶的意旨，一个女人的意旨，一个坏了心术的祖母的意旨罢了！

腓利浦　住嘴，夫人！停止，或者稍为温和一点儿。以我的身份，是不宜于鼓励你们恶声对骂的。喇叭手吹起喇叭来，喊昂吉尔城里的人到城墙上来。让我听他们说，他们承认谁的主权，亚瑟的还是约翰的。

喇叭鸣。人民在城墙上出现。

民甲　是谁喊我们登上城墙?

腓利浦　是法兰西国王为了英格兰。

约翰王　是英格兰为它自己。你们昂吉尔的人们，我的亲爱的臣民——

腓利浦　亲爱的昂吉尔的人们，亚瑟的臣民，我的喇叭声招请你们前来做和平谈判——

约翰王　因为我来这才吹喇叭的，所以先听我说。在你们城前举起的这些法国旗子，开到此地是为了危害你们。大炮已经装了满腹的怒火，已经架好，准备把钢铁炼成的愤怒喷向你们的城墙。这些法国人的一切围城准备与残酷的手段已经在你们的急速紧闭的城门之前展开了。若不是我来，这像腰带一般围绕着你们的安睡的石块，被他们的大炮一轰，这时节怕已经脱离了它们的石灰粘砌的坚固的墙基，而大规模的屠杀怕也已经造成，由血腥的强权来冲破你们的和平了。但是我是你们的合法的国王——我不辞劳苦，兼程赶来，在你们城前带来了牵制的作用，使你们的受威胁的城池不至受到伤损——看呀，法国人一看见我来到，便惊慌地提出谈判的要求。现在他们不使用炮火来震撼你们的城墙，用些模模糊糊的和平的辞令来向你们射击，使你们由倾听而陷入错误。请相信我的话，亲爱的人民，让我进去吧，我是你们的国王，这次率军赶路，疲惫不堪，急需在你们城里休息。

腓利浦　等我说完之后，同时答复我们两个吧。看！我的右手牵着的这个孩子，我曾发下最神圣的誓言要保护他的权利，他便是年轻的普兰塔真奈，这个人的长兄的儿子，是他的国王，也是他所享有的一切的主人。因为公理受到蹂躏，我率军开到你们的城前，我对你们并无敌意，只是激于义愤，不得已而出此，想要解救这个受欺侮的孩子。那么，对于应该接受你们效忠的这个人，就是这位年轻的王子，请你们表示忠心吧。然后我的兵力，就像是戴口罩的熊，除了样子吓人以外，全无伤害人的力量。我的大炮的威力只有向天空的云雾去发泄。安然无虑地撤退，剑不缺刃，盔无伤痕，我们将把准备向你们城池溅洒的热血带回家乡，让你们和你们的妻室儿女平安度日。但是如果你们糊涂，不理会我的建议，你们的老旧的城墙，纵使所有的这些善战的英国人都驻扎在城圈里面，也无法隐蔽你们使你们不受我的炮弹的轰击。那么告诉我，我代表那位王子要求占有这座城，你们这城是否要称我为王呢？还是要我下令猛攻，在血泊中大踏步地去实行占领？

民甲　简单说，我们是英格兰国王的臣民。为了他，为了他的权利，我们把守这座城池。

约翰王　那么就认取国王，让我进去。

民甲　这个我们不能。谁能证明他是国王，我们便向他效忠。在那时候以前，我们对全世界紧闭我们的城门。

约翰王　英格兰的王冠还不能证明谁是国王吗？如果那还不够，我给你们带来了证人，三万名英格兰的英勇的子弟——

私生子　私生子，和非私生的。

约翰王　他们要以性命来证实我的王号。

腓利浦　我也带有和他们同样多的同样出身好的子弟——

私生子　其中也有私生子。

腓利浦　站在他的面前驳斥他的要求。

民甲　在你们未能协议决定谁的要求最为有理以前，我们保留这份权利给最有理的一方。

约翰王　那么，在晚霞未降之前，在竞夺王号的一场恶战之中，好多人的灵魂要飞返永恒的居处，愿上帝赦免他们一生的罪过吧！

腓利浦　阿门，阿门！上马，骑士们！去战斗！

私生子　那降伏恶龙的、后来一直骑在马上、画在酒店门上的圣乔治呀[12]，教我们几招剑术吧！〔向奥大利公爵〕你这家伙，我若是在你家里，在你的洞里，和你的母狮子在一起，我要在你的狮皮上面加一只牛头，使你成一个怪物。

奥大利　住声！别再说了。

私生子　啊，发抖吧，因为你们听见狮子吼了。

约翰王　到高原上面去，在那里我们可以把队伍摆成最好的阵势。

私生子　那么赶快，去占据最有利的地形。

腓利浦　就这样办，〔向路易斯〕令其余的部队把守另一山峰。愿上帝与正义站在我们这一边！〔同下〕

号角鸣，士兵在台上交驰，然后吹起撤兵号。一法国传令官率数喇叭手到达城前。

法传　你们昂吉尔的人民，把你们的城门大开，放不列颠公爵亚瑟进去，他借着法国的军队造成了使许多英国母亲流泪的战迹，她们的儿子们在血染的战场上狼藉满地。许多寡妇的丈夫辗转匍匐，冷冰冰地拥抱着变色的泥土。损失轻微的胜利在法国的招展的旌旗上面跳荡，他们就要到来，摆出凯旋的阵式，以战胜者的姿态进城，宣布不列颠的亚瑟为英格兰的国王，并且是你们的国王。

英国传令官带喇叭手上。

英传　欢乐吧，你们昂吉尔的人，敲你们的钟吧。约翰王，你们的国王，也是英格兰的国王，他就要来到了，他是这一场恶战的胜利者。他们的铠甲在出发时银光闪耀，归来时全镀上了法国人的血。任何英国人的盔顶的羽饰都不曾被法国的长矛所挑下，我们的旗帜出发时由谁擎着，归来时还是在他手里。我们的强壮的英国队伍，像是一群欢乐的猎人，因屠杀敌人而染得双手殷红。打开你们的城门，让胜利者进去吧。

民甲　传令官们，从我们的城楼上我们可以自始至终地看到你们双方军队的进攻撤退。你们势均力敌，我们的最好的眼力也无法判别高下。流血招致流血，打击回答打击。双方是同样地，我们也同样地喜欢双方。其中一方必须证明其为最伟大。如今双方不分轩轾，我们只好把守这座城池，不为任何一方，也可说是为了双方。

二国王率军各自一方又上。

约翰王　法兰西国王，你还有血可供抛洒吗？说吧，我的正当要求是不是可以不受阻挠？我的要求被你的阻挠所激怒之后，会脱离故道把浊流泛滥到你的两岸上去，除非你让它的晶莹的水流平安入海。

腓利浦　英格兰的国王，在这场剧战之中你们并不曾比我们法兰西人少淌一滴血，可以说是损失更多一些。我举此手为誓，这只手是统治着普天之下的土地的，在我放下我的堂堂正正的武器之前，我要先把你打倒。我这次用兵就是为了打倒你，否则我愿给死者当中添上一个国王的名字，在阵亡名册当中光荣地记载上一笔，有国王一起被杀。

私生子　哈，好大口气！国王们的热血奔腾起来，他们夸张得多么厉害！啊！死亡之神现在在嘴里装上了钢牙，士兵的刀剑便是他的利齿。国王们争议不决，他便有盛筵可享，撕扯人肉。为什么这两个国王站在这里相顾愕然？喊“杀！”，两位国王，回到血污的战场上去吧，你们这两位势均力敌怒火中烧的人！然后让一方面的惨败来证实另一方面的安宁。在那以前，只有打斗、流血和死亡。

约翰王　城里的人现在承认哪一方面呢？

腓利浦　诸位人民，替英格兰说话吧，谁是你们的国王？

民甲　英格兰国王是我们的国王，等到我们知道谁是国王的时候。

腓利浦　那么国王就是在我身上了，因为我在这里维护他的权利。

约翰王　在我身上，我是我自己的代表，我亲自来了，我本身有国王的身份，昂吉尔的人民，所以也就是你们的国王。

民甲　有比我们更大的一股力量否认这一切。在未获澄清以前，我们仍然要严闭城门保持怀疑，暂且让严闭的城门做我们的主宰。等到我们的疑虑消失的时候，再让位给真正的国王不迟。

私生子　天呀，昂吉尔的这些奴才们是在嘲弄你们，二位国王，他们安然站在城墙之上，像是在剧院一般，对于你们辛苦扮演的一幕幕的生死搏斗，他们咧着嘴巴指指点点。二位且听从我的一计：效法耶路撒冷的叛党们[13]，暂且言归于好，双方合力对这城作最凶狠的攻击。英法两军在东西两方架起他们的装满弹药的大炮，令那慑人心胆的吼声轰倒这座可鄙的城池的石墙。我要对这些贱民不断地射击，直到他们防御尽失，像普通空气一般完全暴露。做完这一步，然后把你们的联军分开，把你们的混合旗帜再行分列。然后面对面，剑锋对剑锋。然后在一瞬间命运之神就会选择一方为她的幸运的情郎，把宠爱交付给他，以光荣的胜利和他接吻。我这狂妄的建议两位大王以为如何？其中是否颇有手段？

约翰王　我指头上的青天为誓，我很喜欢这个办法。法兰西国王，我们要不要把军队联合起来，把这昂吉尔夷为平地，然后我们一战来决定谁是国王？

私生子　如果你有国王的气质，既然和我们一样地受了这个乖张的城池的侮辱，那么就转移你的炮口，像我们所做的一样，对准这傲慢的城墙吧。等到我们把城墙轰倒之后，
然后彼此翻脸，混战一场，
互相残杀，下地狱或是上天堂。

腓利浦　就这么办。喂，你从哪方面进攻？

约翰王　我从西方直捣这城池的中心。

奥大利　我从北方。

腓利浦　我的炮弹从南方像雨点儿一般落在这个城上。

私生子　啊，好高明的战术！南北相对！奥大利公爵与法兰西国王简直是彼此对轰，我要怂恿他们动手。来，走哇，走哇！

民甲　听我们说，两位大王。请暂留片刻，我会告诉你们如何获致和平与友谊，无须动刀伤人即可赢得这座城池。还可以拯救那些准备在战场上做牺牲的人们，让他们得以生还去寿终正寝。不要坚持你们的主张，

听我说，两位伟大的国王。

约翰王　说下去吧，我们听你说。

民甲　那位西班牙的公主，布朗施小姐，是英格兰王的近亲[14]。请看路易斯太子和那可爱的姑娘，正是年纪相当。如果热烈的爱情要追求美貌，除了布朗施之外还能找到更美的人吗？如果虔诚的爱情要寻求美德，除了布朗施之外他还能寻到更纯洁的人吗？如果野心的爱情想攀附名门，谁比布朗施公主有更高贵的血统？恰似她在美貌、品德、身世各方面都一概齐备，年轻的太子在各方面也是毫无欠缺。如果他还有所欠缺，那便是他缺个她。她也是没有任何缺憾，除非她缺个他也算是缺憾。他是一个幸福人的一半，留待这样的一个她来补足。她是一个被割裂的至善至美的人，要由他来充实完备。啊！两条这样清澈的河流，在合流的时候，会给两岸增光。二位国王，如果你们使得他们缔结良缘，你们便是这并股双流的两岸，你们便是这控制水流的两堤。这婚姻对于我们的紧闭的城门比大炮更为有力，因为这婚姻缔成之后，我们便要大开城门放你们进来，比在炮火威逼之下还要迅速。但是若没有这婚姻，我们便要坚守这座城，我们对一切充耳不闻，汹涌的海没有我们一半的聋，狮子不比我们更坚决，山岩不比我们更安定不移，就是死神他本身在横施摧残的时候也没有我们一半的狠心。

私生子　这儿出了障碍，死神的老朽的身躯怕要气得发抖，抖掉他那一身破衣裳哩！这真是一张大嘴，喷出来的是死亡与山岭，岩石与大海，谈起怒吼的狮子像是十三岁女孩谈起小叭狗儿一般地轻松。哪个炮手生出来的这个夸口的家伙？他说话简直就是放炮，又是烟又是声响；他用舌头打人；我们的耳朵挨打了；他所说的没有一个字不比法国人的拳头打得更凶。呸！自从我把我的弟弟的父亲唤作爸爸，还不曾这样地在口头上挨揍呢。

爱利诺　〔向约翰王旁白〕儿子，接受这个提议，应下这门亲事，给一份相当丰盛的妆奁陪送我的外孙女。因为靠了这个结，你可以把你那不稳的王冠系紧，那个年轻的小子便不会再有阳光育煦以至于成长开花可能生出硕大的果实。我看法国国王脸上有首肯之意，看他们在附耳细语。趁他们心意活动的时候催促他们，否则法王对亚瑟的那一番责任心，刚被苦苦的哀求和恻隐之心所软化，一下子会又冷凝得像从前一样[15]。

民甲　我们的城在威胁之下所提出的友好的和议，二位大王为何不答？

腓利浦　英国国王抢先要对这城说话，现在也应由他先说。你有何话说？

约翰王　如果那边的那位太子，你的高贵的儿子，在这美丽的书卷里能读出“我爱”二字，她的妆奁之厚重就可以和一位王后相匹敌:安茹、美丽的土雷恩、梅恩、波爱提尔兹，凡是在海的这一边的——除了我们现在围攻的这城之外——我所统治的一切地方，都拿去装饰她的新婚的寝床，使她在衔称上、荣誉上和品级上，就如同她在美貌上、教养上和门阀上一般，与世界上任何一位公主都可相提并论。

腓利浦　你有何话说，孩子？看小姐的面孔。

路易斯　我是在看，我的父亲。在她的眼里我发现了一件奇事，也可说是奇迹，我的影子竟在她眼里出现。那只是你的儿子的影子，可是竟变成了一个太阳，使得你的儿子变得像是一个影子。我不得不承认，我从来没有爱过我自己，直等到如今我看见我自己在她的眼珠上被描绘成比本人更讨人欢喜的影像。〔与布朗施低语〕

私生子　在她眼里被绑赴刑场了！
在她额上皱纹里被吊起！
在她心里被肢解！他这才知道
他自己原来是爱情的叛逆[16]。
绑了、吊了、肢解了，这真可叹，
像他这样的蠢材竟和她相恋。

布朗施　在这件事上我舅父的意思就是我的意思。如果他看出你有什么令他欢喜之处，我也很容易把它变成为我所欢喜的。或是，更确切地说，我会很容易地强迫我自己去喜爱它。你处处都值得令人喜爱，我不愿多所奉承，殿下，只能这样地说。纵然我用最严峻的想法来评判你，我所见到的你的一切我认为没有一桩是该受到憎恶的。

约翰王　这两位年轻人怎么说？你怎么说，我的外甥女？

布朗施　你有什么明智的吩咐，她总是理应顺从。

约翰王　那么你说，太子殿下，你爱这位小姐吗？

路易斯　不，你该问我能否不爱，因为我极真挚地爱她。

约翰王　那么我就把伏克孙、土雷恩、梅恩、波爱提尔兹、安茹这五省连同她一齐送给你，外加英币三万马克。法兰西的腓利浦，如果你愿意，命令你的儿子儿媳握手吧。

腓利浦　我很愿意。年轻的太子和公主，握手吧。

奥大利　还要接吻，因为我记得当初我订婚时也是这样做的。

腓利浦　昂吉尔的人民，现在打开城门吧，把你们调解的双方友好都放进去吧，因为婚礼立刻就要在圣玛利教堂举行。康斯坦斯夫人是否在场？我知道她不在。因为她若是在场，她一定会极力阻止这段婚姻。她和她的儿子在哪里？谁知道，告诉我。

路易斯　她在陛下帐中悲恸哀伤呢。

腓利浦　老实说，我所缔结的这个联盟是无法疗治她的悲哀。英格兰国王老弟，我们如何满足这位寡妇呢？我们为了维护她的权益而来，而我们，天晓得，转移了方向，反而对我们自己有利了。

约翰王　我会把一切治好的，因为我要封亚瑟为不列颠公爵和李治蒙伯爵，这个富庶美丽的城池我也令他来做主宰。请康斯坦斯夫人来，派遣急使请她来参加婚礼。我相信纵然不能令她完全如意，总可令她相当满足，不再谴责我们。我们去吧，越快越好，去参加这出人意料的不及准备的盛典。

〔除私生子外同下。人民等自城墙上退下〕

私生子　疯狂的世界！疯狂的国王！疯狂的议和！约翰王为了阻止亚瑟之要求全部权益，情愿放弃一部分。法兰西国王，他的铠甲是良心为他披挂的，是热情与慈爱带他来到战场的，俨然是上帝直辖的士兵，但是附在他耳边私语的却正是那个诱人变心的家伙，那个狡狯的恶魔，那个永远破坏贞操的淫媒，那个天天不守誓约的东西，他什么人都骗，国王、乞丐、老人、青年、处女，都一视同仁，可怜的处女除了“处女”这个名义之外别无他物，于是就骗走她的那个名义。那个满面阿谀的绅士，谄媚的“私心”，使得世界走斜路的“私心”。世界原是不偏不倚，在平稳的地上笔直地进行，直等到这个利之所在，这个引人入罪的偏差，这个操纵动向的力量，这个“私心”，使得世界离开了正直的路线，离开了一切的方向、目标、途径、意向。就是这个偏差，这个“私心”，这个老鸨，这个淫媒，这个能使人人改变意志的名词，抓住了意志不坚的法兰西国王的珠眼[17]，使得他放弃了他自己所作的前来助人的决心，一场坚决的光荣的战争一变而为卑鄙的草草结束的议和。我为什么责骂这“私心”呢？只是因为它还不曾追求过我。并不是因为它的美丽的金币向我手掌敬礼的时候我有握紧拳头的力量，而是因为我的手尚未受过诱惑，恰似一个贫穷的乞丐，敢于辱骂富有的人。好，我做一天乞丐，我就要骂，并且我要说除了富有之外无所谓罪过；
我一旦富有，我便要说，
除了行乞便无所谓罪恶。
国王为了“私心”都要背弃信义，
“自私自利”，做我的主人，我崇拜你！〔下〕

注释

[1] 据史实，于一一九二年囚禁利查的奥大利公爵 Leopold 是在一一九五年坠马而死，那是约翰登王位之前四年。利查是死于他自己的部属 Vidomar，Viscount of Limoges 的堡垒之前所受之箭伤。莎士比亚遵照旧戏 *The Troublesome Raigne* 的编排，将 Limoges 与奥大利公爵合并为一个人。

[2] 指英国南部与法国隔海对峙之白垩海岸，英国古称 Albion（拉丁文 Albus = white）者以此。

[3] 指苏格兰东北 Shetland Islands，其中最大一岛名“Mainland”，罗马人称之为“Ultima Thule”，此处所指或即系此地。

[4] 按史实，康斯坦斯此际已嫁了第三个丈夫，并非守寡。第二个丈夫是 Ranulph，Earl of Chester，离婚后再嫁给 Guido（Viscount of Touars 之弟）。

[5] 原文 neice，应作 granddaughter 解，因布朗施乃是约翰王的姐姐 Elèanor 的女儿，故为太后之外孙女。

[6] 原文 And this is Geffrey's. 一说指王冠;一说指昂吉尔城;一说指亚瑟。译文从后者。

[7] 爱利诺和她的丈夫 Lewis the Seventh 在圣地的时候，爱利诺曾有不贞的行为，故其丈夫与之离婚。后于一一五二年再嫁英王亨利二世。

[8] 法庭开庭时例由一传令员（crier）大呼“肃静”（Oyez）。

[9] 马龙说此谚语系指“Mortuo leoni et lepores insultant”（even hares leap upon a dead lion）见 Erasmus：*Adagia*。奥大利公爵披着狮心王的那张狮皮，作为胜利品，故触怒私生子。

[10]《出埃及记》第二十章第五节:“祖先的罪恶报应及于第三第四代的子孙。”即摩西的第二诫。

[11] 原文 That he's not...A plague upon her！ 一段费解。威尔孙教授解释最恰:“My boy is not only punished for her sins，according to 'the canon of the law'，but God has employed her sin（John）and herself as the actual instruments of the punishment. He is punished for her sin and by her sin; he is injured by her wickedness，by the son of her 'sin-conceiving womb'，who comes here to whip him with scourge which should fall upon her back. Thus all her sins are visited upon this child，and all for her sake.”其要点是把 her sin 解作 John（a bastard），甚为可取。故引申其义译为“孽子”。但是把 her injury 亦解作为 John，似嫌牵强。

[12] 圣乔治（St. George）是英格兰的保护神，曾制服恶龙，常用作酒店招牌。

[13] 耶路撒冷被罗马的大将 Titus 所围，John of Giscala 与 Simon bar Gioras 暂息内争一致对外。故事见于 Josephus：*Jewish War*（V.6.4），但此书至一六〇二年始有译本。马龙认为莎士比亚所参考的可能是 Joseph Ben Gorion 所著之 *A Compendious and Most Marvellous History of*

the Latter Times of the Jewes Common-Weale，此书于一五七五年为 Peter Morwyng 译成英文。

[14] 对折本原文 neere 可能是 neece 之误，但两字均可通。布朗施是 Alphonso the Ninth，King of Castile 之女，其母为约翰王的姐姐 Elèanor，故为约翰的外甥女。

[15] 原文 Lest zeal... 以下三行，费解。威尔孙的释义最新："Lest Philip's sense of duty（towards Arthur），now yielding as wax after the melting appeal of 1 Citizen，harden against you as before."

[16] drawn 双关语:（一）被描绘;（二）被绑在车上押赴刑场。当时惩处大逆不道罪的极刑是绑赴刑场，吊死之后斩成四块，然后枭首示众。

[17] 原文 Clapp'd on the outward eye of fickle France 显然是继续上文中之譬喻，所谓 eye 乃是"保龄球"上面的凹坑，掷球时供手指抓握之处。

第三幕

第一景：法国。法王帐篷

康斯坦斯、亚瑟与骚兹伯利上。

康斯坦斯　行婚礼去了！永矢和平去了！坏种和坏种联姻！做朋友去了！路易斯可以得到布朗施吗，布朗施可以得到那几省吗？不见得吧。你说错了，听错了。仔细想想，把你的故事再讲一遍。不可能是这样的，你只是这样说说罢了。我深信我不可以信任你，因为你的话只是平民的空谈。相信我吧，我不相信你，你这个人。我有国王的誓言，所说的正相反。你这样吓我是要受惩罚的，因为我在生病容易恐惧。饱受委屈，所以充满了恐惧。一个寡妇，无依无靠，易生恐惧。一个女人，天生的不免于恐惧。虽然你现在承认你方才是在说笑话，我内心苦闷仍然无法中止恐惧，仍然要整天地战栗。你摇头是什么意思？你为什么这样悲怆地望着我的儿子？你手抚着胸口是什么意思？为什么伤心的泪水充满了你的眼睛，像是一条汹涌的河流将要泛滥到两岸之上？这些悲哀的表情是为了证实你的话吗？那么就再说一遍。不要重复整个故事，只消说一句话，你的故事究竟是真是假。

骚兹伯利　我说的是真的，就如同你偏偏以为他们[1]是假的一样，其实他们已经向你充分证明我所说的是真的。

康斯坦斯　啊！如果你想教我相信这件悲惨的事，不如教这悲惨的事如何使我死。让信心和性命相搏斗，像两个亡命之徒一般地好勇斗狠同归于尽吧。路易斯娶布朗施！啊，孩子！那么你置身于何地呢？如果法兰西王和英格兰王讲和了，我怎么办呢？你这家伙，走开！我看不得你，这消息已经把你变成为最丑陋的人。

骚兹伯利　好夫人，我除了说出别人所做的害人的勾当之外，我自己可曾做出什么害人的事？

康斯坦斯　这桩事害人太甚，凡是提起这桩事的人就是害人。

亚瑟　母亲，我请你别着急。

康斯坦斯　你劝我别着急。如果你是相貌丑恶，使你的生母蒙羞，浑身是可厌的黑点儿和难看的污痕，跛足、蠢笨、驼背、黝黑、畸形，到处是恶瘤和黑痣，我都不介意，我都可以不着急。因为那样我就不爱你了，你也不配你的高贵的出身，不配戴那王冠。但是你是漂亮的。在你生的时候，亲爱的孩子，天赋与命运联合起来使你成为伟大。在天赋方面你可以媲美百合花和半开的玫瑰。但是命运，啊！她受贿了，变节了，被诱惑而舍弃你了。她时时刻刻地和你的叔父约翰私通，用她的金手鼓动法兰西王去糟蹋王者的尊严，屈尊为他们做淫媒。法兰西王竟给命运与约翰王做淫媒，那个娼妇命运，那个篡位的约翰！告诉我，你这家伙，法王算不算是背信？用最狠毒的字句来骂他，否则你就走开，不幸的事不用你管，留给我独自承当。

骚兹伯利　请原谅，夫人，没有你，我是无法回到两位国王那里去的。

康斯坦斯　你可以回去，你必须回去，我不愿和你去。我要教我的哀愁做出骄傲的样子，因为哀愁是骄傲的，它能使怀有哀愁的人弯腰打躬。让两位国王过来见我，过来伺候我的伟大的哀愁吧。因为我的哀愁太大了，除了这坚实的大地之外谁也担负不起。我和我的悲哀就坐在这里，这就是我的宝座，让国王们前来鞠躬致敬吧。〔她坐在地上〕

约翰王、腓利浦王、路易斯、布朗施、爱利诺、私生子、奥大利公爵及侍从等上。

腓利浦　确是如此，好媳妇。这个快乐的日子在法国将永远成为一个佳节，为了庆祝今天这一天，太阳在轨道上停止进行，扮演一个炼金术士，用他灿烂的光辉把荒瘠的土地变成了闪亮的黄金。以后每年到了这一天都要作为佳节。

康斯坦斯　〔起立〕是坏日子，不是佳节！这一天有什么可称道的？这一天发生了什么事情，该在日历上作为节日之一，用赤字大书特书？不，该把这日子从日历中剔除，这耻辱的、苦难的、不义的日子。否则，如果这日子必须留在日历里，让孕妇们祈祷不要在这一天生产，以免生出怪胎大失所望。除了这一天之外，航海的人不必担心遇到海难。凡不是在这一天做的生意都不致决裂，凡是在这一天开始做的事都不得好结果。是的，信誓旦旦都会变成虚伪！

腓利浦　天呀，夫人，你不会有什么理由来咒骂今天的好事，我不是已经以国王的身份向你作了诺言了吗？

康斯坦斯　你是用一枚像是有国王模样的赝币来欺骗我，用试金石一试，便证明为毫无价值。你背信了，背信了。你带兵前来是为了溅洒我的敌人的血，但是现在你用你的兵力加强了敌人。战争的搏斗精神和狰狞面目在友好交融和粉饰和平之中冷却了，我们所受的委屈助成了你们的联合。拿起武器，拿起武器，天哪，对付这些背信的国王！是一个寡妇在呼吁，天哪，请你为我做主！不要教这罪孽深重的日子就在和平之中耗过，在日落之前，使这两位背信的国王之间发生武装冲突！听我的请求吧！啊，听我的请求吧！

奥大利　康斯坦斯夫人，别吵！

康斯坦斯　战争！战争！没有和平！对于我和平便是战争。啊，李慕施[2]！啊，奥大利公爵！你使得那血迹斑斑的战利品[3]蒙羞了。你这奴才，你这匹夫，你这懦汉！你勇气不大，却诡计多端！你永远是趋附较强的一边！你是命运之神麾下的战士，你永远不去作战，除非那善变的女神在你身边保障你的安全！你也是个背信的人，只会巴结权势。你真是一个傻瓜，一个张牙舞爪的大傻瓜，竟为了拥护我而夸口、顿足、发誓！你这冷血的奴才，你是否像雷鸣一般为我说过话？发誓做我的战士？吩咐我依靠你的星宿、你的命运、你的武力？而你现在投向我的敌人了？你还披着狮皮呢！为了羞愧，把它脱下来吧，给那怯懦的肢体披上一块小牛皮吧[4]。

奥大利　啊！我愿这样对我说话的人是个男人。

私生子　给那怯懦的肢体披上一块小牛皮！

奥大利　你就是不要你的性命，你也不敢这样说话，恶汉！

私生子　给那怯懦的肢体披上一块小牛皮。

约翰王　我不喜欢这个样子，你是忘形了。

潘德夫上。

腓利浦　教皇的特使来了。

潘德夫　敬礼，你们二位涂过圣油的上天的代表！我所奉的神圣使命是关于你的，约翰王。本人潘德夫，米兰的枢机主教，奉教皇英诺森之命出使到此，现在以教皇的名义严肃地质问，你为什么这样倔强地抗拒我们的教会，我们的神圣的母亲，而且强制执行不准被选为坎特伯来大主教的斯蒂芬·朗顿担任那个圣职？这件事，我以前述的圣父英诺森教皇的名义向你提出质问[5]。

约翰王　什么人世间的名义能逼迫一位神圣国王的自由谈吐来答复质询？枢机主教，你不能造出一个名义，像教皇的名义那样地卑鄙无聊而且可笑，来命令我答复质词。把这一番话告诉他，并且再加上一句英格兰国王亲口说的话：意大利的教士不得在我的领土内抽捐上税[6]。我奉天行运，乃是人间的至尊，所以我只对上天负责，在我统治的区域之内我要维护我的至高无上的威权，不需要一个凡人的帮助。就这样告诉教皇，我对他及其僭越的权威没有任何敬意。

腓利浦　英格兰国王老弟，你这样说话太侮辱教皇了。

约翰王　纵然你和所有信奉基督教的国王们，因为怕那用钱即可赎免的诅咒，甘心被这多管闲事的教皇牵着鼻子走。纵然你们想借那下贱的黄金、废渣、粪土，来向一个凡人赎买赦罪，其实他是自己出卖赦罪，与上帝无关[7]。纵然你和其余的甘心被牵着鼻子走的人献出金钱来维护这骗人的邪术，但是我，我偏要和教皇作对，并且要把他的朋友们认为是我的敌人。

潘德夫　那么，依据我的合法的权力，你要受到诅咒，并被逐出教外。凡是撤销对一个异端所作的效忠誓约的，都将蒙受福佑。凡用任何秘密方法取去你这可恶的性命的人，都将被认为是有功，封为圣徒，受人崇拜。

康斯坦斯　啊！让我也有合法权力随同罗马一起来诅咒他一阵吧。好枢机主教神父，对于我的尖刻的诅咒请你说一声阿门。因为若不想起我所受的委屈，没有人能有力量把他充分地加以诅咒。

潘德夫　夫人，我的诅咒是有法律和命令的根据的。

康斯坦斯　我也有，法律不能主持公道的时候，我的诅咒应该是法所不禁。法律不能把他的这个国土给我的儿子，因为占有他的国土的那个人正在控制着法律。所以，法律本身既已完全非法，法律又如何能禁止我诅咒？

潘德夫　法兰西的腓利浦，不要再和那异端的头子携手，否则你有受到诅咒的危险。你要号召全法兰西的武力去对付他，除非他亲自向罗马投诚请罪。

爱利诺　你脸上变色了，法兰西国王？不要撤回你的友谊之手。

康斯坦斯　恶魔，你可要注意，否则法兰西王可能翻悔。一旦散伙，地狱里将缺少一个鬼魂。

奥大利　腓利浦国王，听从枢机主教的话吧。

私生子　在他的怯懦的肢体上披起一块小牛皮。

奥大利　好啦，坏人，我必须容忍这些侮辱，因为——

私生子　你最好是挨一顿臭揍[8]。

约翰王　腓利浦，你对枢机主教有何话说？

康斯坦斯　除了遵从枢机主教的话，他还该说什么？

路易斯　请细加考虑，父亲。不是从罗马受到严重的谴责，便是轻微地损失掉英格兰的友谊，两害相权取其轻。

布朗施　罗马的谴责比较轻些。

康斯坦斯　啊，路易斯，你要坚定你的立场！恶魔正在扮成一个披散头发的新娘[9]来诱惑你呢。

布朗施　康斯坦斯夫人说话不是由于她的信心，而是由于她有所需求。

康斯坦斯　啊！如果你承认我是有所需求，其实只因法王失信于我之故我才有所需求，那么，势必可以推断出这样的一个结论，需求消灭之后信心仍可再生。啊！那么，把我之有所需求的根源加以践踏，信心即可高涨。继续维持我之有所需求，信心即被践踏在地了。

约翰王　国王的决心动摇了，对这件事没作回答。

康斯坦斯　啊！如果你动摇了，你就离开他远些，再好好地作答。

奥大利　就这样做，国王腓利浦，不必再犹豫挂虑。

私生子　什么也不必披挂，披上一块小牛皮就行了，亲爱的粗人。

腓利浦　我迷惑了，不知说什么好。

潘德夫　如果你被逐出教外，并且受了诅咒，除了使你更加迷惑的话之外你还能说什么呢?

腓利浦　好神父，请设身处地为我想想，告诉我你将何以自处。我们两个是新近才携起手来的，我们的密切联系的内心经过了盟约及神圣誓言的结合，我们最后所说的话都是有关两国之间与我们二人之间的互信、和平、友好、真爱。就在这议和之前，以前不久，刚好够我们洗洗手来互相击掌言归于好的那么一般期间之前，天晓得，我这两只手都还被屠杀的画笔所涂染，因为复仇之神在那边描画了两位盛怒的国王之可怕的争执。这两只手，刚刚洗掉血迹，刚刚握手言欢，如此坚强地作对，又如此坚强地修好，如何可以拆散这次握手，取消这再度的好合呢？用欺诈手段不守信义吗？这样地和上天开玩笑，把我们自己变成为没有恒心的孩童，以至于把紧握的手掌急急抽了出来，毁弃信誓，在喜气洋洋之中动兵流血，在真挚友爱的面上造成暴乱？啊！教庭的圣使，我的敬爱的神父，不要弄成这个样子！请用你的仁慈之心，另做较温和的安排，我们可以安然从命，同时亦无损于我们的友谊。

潘德夫　除非和英格兰断绝友谊，毫无办法。所以拿起武器来吧！做我们的教会的战士，否则就要让我们的教会，我们的母亲，发出她的诅咒，一个母亲的诅咒，诅咒她的逆子。法兰西国王，你宁可握着一条蛇的舌头、一头怒狮的利爪、一只饿虎的大牙，也不可和和气气地握着你现在所握着的那只手。

腓利浦　我可以放松我的手，但是不可以放弃我的誓约。

潘德夫　你为了守信反而和信仰为敌，像是一场内战，誓言和誓言对打，你的话和你的话相争。啊！你是先对天立誓的，就要先对天履行誓约。那便是，做我们的教会的战士。你以后所作的誓言都是对你自己不利的，你自己可以不去履行。因为你立誓要做的错事，如果正确地加以履行，也就不算错了。如果履行是错，那么根本不履行便是最彻底的履行。打错了主意，最好是再错一次。这虽然不是直道而行，但是由于迂回反倒可以直达，以诈医诈，犹如刚被烫伤的人可以用火来冷却他的灼伤的血管里的火。是宗教的力量使人信守誓约，但是你虽靠宗教发誓，而你所发的誓正是发誓反对宗教，并且以誓言来担保你的真诚去违反另一誓言。你冒冒失失地所作的后一誓言，只是诺言性质，表示决不背誓而已[10]。若无诺言性质，誓言岂不成了儿戏！但是你所发的誓，正是声明要去背誓，而且你越遵守誓言，你背誓越厉害。所以你的后一誓言抵触前一誓言，实在是自相矛盾。你现在所能赢得的最大胜利莫过于把你的良知武装起来，去抵御那些浮夸不实的诱惑。如果你肯接受，我们的祈祷就可以来帮助你的良知。否则的话，那么你要知道，我们的诅咒就要重重地落在你的头上，你无法摆脱，在阴惨的重压之下绝望而死。

奥大利　反叛，简直是反叛[11]！

私生子　毫无办法吗[12]？一块小牛皮还不能封起你的嘴？

路易斯　父亲，拿起武器！

布朗施　在你结婚的日子？和你刚刚联姻的亲戚作战？什么！我们一面大摆喜筵，一面杀人吗？凄厉的号角，隆隆的鼓声，那是地狱的噪声，能作为我们的大典的伴奏吗？啊，丈夫，听我的话！是的，哎哟！我嘴里说出的一声丈夫是多么新鲜哪，这是我在此刻以前从来不曾说过的，为了这个称呼，我跪下请求，不要动兵和我的舅父作战。

康斯坦斯　啊！我的膝头已经跪硬了，我现在也下跪，我请求你，贤明的太子，不要改变上天注定的命运。

布朗施　现在我可以看清楚你的爱了，除了妻子的名义之外你还能有什么更强烈的动机？

康斯坦斯　那便是他的荣誉。他维护你，而他自己是由荣誉来维护的。啊！你的荣誉，路易斯，你的荣誉。

路易斯　我很惊讶，陛下竟如此冷静，这样重大的事故正在逼你作一决断。

潘德夫　我要宣布把诅咒降在他的头上。

腓利浦　你无此必要。英格兰国王，我要和你脱离关系。

康斯坦斯　啊，丧失了的国王的尊严如今安然复返！

爱利诺　啊，法国人善变，公然反叛！

约翰王　法兰西国王，在一小时之内你就要后悔。

私生子　拨钟的时间老人，那秃头的挖坟者时间老人，是不是一切由他决定？如果是的，那么法王是要后悔。

布朗施　太阳被血光遮翳。美丽的光明，再会了！我该走向哪一方面？我和两方面都有关联:一边拉着我一只手，我握着双方的手，他们闹翻了脸就要把我扯成两半。丈夫，我不能祈祷让你胜利；舅父，我必须祈祷让你失败；父亲，我不能希望幸运属于你；外婆，我不能希望你如愿以偿。不管谁胜利，在那胜利的方面就有我的损失。战争尚未开始，我已注定了失败。

路易斯　到我这边来，你的命运与我相共。

布朗施　在我的命运通的地方我将没有生命。

约翰王　侄儿，去集合我们的队伍。〔私生子下〕法兰西国王，我现在怒火中烧，燃烧到了这个地步，除了血，血，法兰西最宝贵的血以外，没有东西能使它熄灭下去。

腓利浦　你的怒火会把你烧焦，你会变成为灰烬，无须用我们的血来浇灭那把火。

多保重吧，你现在处境甚险。

约翰王　不比虚声恫吓的人更险。决一死战！〔同下〕

第二景：同上。昂吉尔附近平原

号角声。军队在台上交驰。私生子持奥大利公爵首级上。

私生子　我以性命为誓，今天真是热得出奇。一定是有空中魔鬼在天上飞翔，对我们恶作剧[13]。在腓利浦还在喘息的时候，让奥大利的头颅在那边躺躺吧。

约翰王、亚瑟与休伯上。

约翰王　休伯，看管这个孩子。菲力浦，快去前线。我的母亲在我的帐篷里被袭，恐怕已经被俘了。

私生子　陛下，我已把她救出。太后平安，不必担心。但是我们去吧，陛下，因为再费一点儿力气就可以把这一场辛劳圆满结束了。〔同下〕

第三景：同上

号角鸣。军队驰过台上。退兵号。约翰王、爱利诺、亚瑟、私生子、休伯及贵族等上。

约翰王　〔向爱利诺〕就这样办。太后留在后面，严加护卫。〔向亚瑟〕侄儿，不要愁，你的祖母很爱你，你的叔父也会像你父亲一般爱你。

亚瑟　啊！这将使我的母亲忧郁而死。

约翰王　〔向私生子〕侄儿，到英国去！你走在前面，在我来到之前，你先去把那些积蓄钱财的寺院长老们的钱袋抖落一下，解放里面幽禁着的天使[14]。和平期间滋长的肥肉该让饥饿的队伍饱餐一顿，这一项命令要彻底执行。

私生子　金银向我召唤的时候，钟、书、蜡烛不能赶我回去[15]。我向陛下告辞。祖母，只要我还记得崇奉上帝，我要为你的安全而祈祷。我吻你的手。

爱利诺　再会了，好孙儿。

约翰王　侄儿，再会。〔私生子下〕

爱利诺　到这边来，小乖乖，听我说句话。〔她引亚瑟至一旁〕

约翰王　到这边来，休伯。啊，亲爱的休伯，我很感激你。我内心深处感觉欠着你的人情，我一定要连本带利地报偿你的盛意。我的好朋友，你自动对我所作的誓约永久地存在我的心里，并且被珍藏在我的心里。伸出你的手给我，我有事向你说，且等更合适的时候再说吧。天呀，休伯，我对你有什么样的好感，说出来都怪难为情的[16]。

休伯　我很感激陛下。

约翰王　好朋友，你现在还没有理由说这样的话。时间无论爬得多慢，总有一天我要好好地报答你。我有件事要说，但是不说也罢。日在中天，骄傲的白昼拥有那么多的赏心乐事，实在是太高兴太贪玩了，不会来听我说话。如果午夜的钟，用它的铁舌铜嘴把一声巨响送进昏夜的漫漫长途里去[17]；如果我们站立的地方是个墓园，而你是怀着一千种的冤屈；如果那乖戾的忧郁症已经烘烤过你的血液，把你的血液变成为混稠的东西，否则在血管里串来串去，使得人们眼里整天傻笑，脸上露出无聊的欢娱，那倒是我所厌恶的一种心情；如果你能不用眼睛而看见我，不用你的耳朵而听到我，不用舌头而能作答，只是

用理解力，而不用眼耳以及出口伤人的字音。那么，
为了对那伸张着翅膀的警觉的白昼[18]表示轻蔑起见，
我要把我的心事向你倾吐。但是呀！我还是不说。
不过我是很爱你的，老实说我想你也很爱我的。

休伯　是很爱你。无论有何吩咐，纵然有性命的危险，我以天为誓，我也情愿担当。

约翰王　难道我不知道你情愿吗？好休伯！休伯，休伯，抬眼望望那边的年轻的孩子。我对你实说吧，我的朋友，他是我的途中的一条毒蛇。无论在哪里我迈步前进，他就横在我的面前。你懂我的意思了吧？我派你看管他。

休伯　我会严加看管使他不能再冒犯陛下。

约翰王　死。

休伯　陛下？

约翰王　一座坟墓。

休伯　我一定不许他活下去。

约翰王　够了。我现在可以快活了。休伯，我爱你，不过我将不说明怎样酬谢你。记住我的话。母亲，再会，我就派遣那些部队给您。

爱利诺　我祝福你一切顺利！

约翰王　到英国去，侄儿，走吧，
休伯会把您好好地伺候。
大家向卡雷进发，走！〔同下〕

第四景：同上。法王帐篷

腓利浦王、路易斯、潘德夫及侍从等上。

腓利浦　于是，海上一阵狂风，把整个的战败的舰队吹散，彼此失却联络。

潘德夫　鼓起勇气，放心吧！一切还会好转的。

腓利浦　我们已经糟到这个地步，如何能好转？我们不是战败了吗？昂吉尔不是失陷了吗？亚瑟不是被俘了吗？好几位亲爱的朋友们不是被杀了吗？凶恶的英格兰国王不是回到英格兰去了吗，不顾我们的拦截，根本看不起法兰西。

路易斯　他所攻占的地方，他都加以防御了。用兵如此迅速，安排如此妥当，在这样剧烈的战争之中指挥若定，真是史无前例。谁读到过，谁听说过，任何类似的军事行动？

腓利浦　英格兰国王受这样的赞美，我是可以容忍的，如果我们所受的凌辱也能够找到前例。

康斯坦斯上。

看，谁来了！是一座禁闭灵魂的坟墓，把永恒的灵性强勉地关在生活苦痛的监牢里面了[19]。夫人，我请你和我一同走吧。

康斯坦斯　现在你看！现在看看你的和平的结果吧。

腓利浦　忍耐吧，好夫人！放心吧，亲爱的康斯坦斯！

康斯坦斯　不，我拒绝一切劝告，一切补救，除了那终止一切劝告的真正的补救，死，死。啊，亲切可爱的死！你这芬芳的恶臭！健全的腐朽！你这得意的人们所最厌恶恐惧的东西，从你漫长黑夜的床上起来吧，我愿吻你的可憎的枯骨，把我的眼珠放进你的空洞的眼眶里，用那和你同居的蛆虫作为戒指戴在我的手指上，用一撮令人作呕的泥土塞起我这呼吸的孔道，像你一样地变成为一具尸骸吧。来，对我狞笑。我要认为你是在对我微笑，我要像是你的妻一般热烈地吻你！苦难者的情人，啊，你到我这里来！

腓利浦　啊，美丽的苦难者，安静一些！

康斯坦斯　不，不，我偏不，只要一息尚存还可以叫喊。啊！我愿我的舌头是在雷霆的嘴里！那么我便可用一声怒吼震撼世界，把那听不到弱女子呼声的，不理会普通人呼吁的残酷的“死”从睡眠中惊醒起来。

潘德夫　夫人，你说的是疯话，不是伤心语。

康斯坦斯　你是神父，不该这样骗我。我没有疯，我扯的这头发是我的头发。我的名字是康斯坦斯，我是翟弗来的妻子，小亚瑟是我的儿子，他不见了！我没有疯，我祈求上天，但愿我是疯了！那时节我便可忘记我自己。啊！如果我能够，好大的苦痛我都可以忘怀了。请给我讲道，让我发疯，我就会把你当作圣者来崇拜，枢机主教。因为我不曾发疯，对苦难是有感觉的，我的理性便告诉我苦难是可以解脱的，教我自杀上吊。如果我发了疯，我就可以忘记我的儿子，或者胡思乱想把他当作为一个布娃娃。我没有疯，每一种灾难所给我的不同的苦痛，我感觉得太清楚，太清楚了。

腓利浦　系起那披散着的头发。啊！我看出在她那一头密密丛丛的头发里蕴藏着何等厚深的爱，银色的一滴[20]偶然落了上去，一万根发丝便粘结在一起表示同情，像是真诚的难以分舍的情人们一般在苦难中厮守在一起。

康斯坦斯　到英格兰去，如果你愿意[21]。

腓利浦　系起你的头发。

康斯坦斯　是的，我是要系起的，可是我为什么要这样做呢？我当初把头发扯下来，大声喊叫："啊！我愿我的这两只手能解救我的儿子，就像解放我的这些头发一般容易！"但是现在我嫉妒它们的自由，愿意再把它们束缚起来，因为我的可怜的孩子还是一个俘虏。枢机主教，我曾听你说过，我们将在天堂里看到并且认识我们的朋友们。如果那是真的，我将会再看到我的孩子。因为自从人类的第一个男孩该隐出生，直到昨天方才呱呱落地的婴儿为止，从来还不曾有过这样的一个得天独厚的孩子。但是现在愁苦那个蛆虫将要侵蚀我的苞蕾，把他脸上的光辉赶走，他两眼塌陷得像鬼似的，萎靡憔悴像是在发疟疾，于是他就要死去。于是他以这副形容再升天，我在天上遇到他的时候将不认识他了。所以，我将永远、永远不能再见到我的美丽的亚瑟。

潘德夫　你对于愁苦的看法未免太可怕了。

康斯坦斯　自己不曾有过儿子的人才这样对我说话。

腓利浦　你喜欢愁苦就和喜欢你的儿子一样。

康斯坦斯　若是愁苦能填补我的儿子的空缺，睡在他的床上，和我走来走去，露出一副他的可爱的样子，重复着他所说过的话，使我想起他的一切优点，以他的形体填起了他所遗下的服装，那么我就有理由欢喜愁苦。再会，如果你遭受了我所遭受的损失，我能比你说出更好的宽解的话。我的心里这样乱，在头上也无须保持齐整。上帝呀！我的孩子，我的亚瑟，我的好儿子！我的生命、我的喜悦、我的食粮、我的整个的世界！我的孀居中的安慰，我的愁苦中的药石！〔下〕

腓利浦　我怕要出乱子，我跟她去。〔下〕

路易斯　这世界上没有能使我快乐的东西，生活像是一篇讲了又讲的故事一般腻烦，在一个昏昏欲睡的人耳边絮聒不休。奇耻大辱已经毁了世上的乐趣，除了耻辱与仇恨之外不能产生任何东西。

潘德夫　一场大病治愈之前，就在恢复健康之际，病势发作得最厉害。即将消除的灾害，在临去之际最能肆虐。今天战事失败你受到了什么损失？

路易斯　所有的光荣、愉快、幸福的日子都失掉了。

潘德夫　如果你赢得了胜利，你也一定会有这种损失的。不，不，命运之神最想加惠于人的时候，她对他们是怒目而视的。想起来也真奇怪，这场战争约翰王自以为大获全胜，其实损失好大。亚瑟被他俘虏，你不是很难过吗?

路易斯　我十分难过，就和俘虏他的那个人之十分高兴一般。

潘德夫　这表示你的判断力和你的年龄一般幼稚。现在且听我说一番料事如神的话吧，我所要说的话只消一说出口，那口气便可以在那直引你登上英王宝座的路途之上把每一点儿灰尘、每一根草秆、每一项小小障碍，吹得一干二净，所以你要倾听。约翰捉到了亚瑟，温暖的生命还在这孩子的血管里流通的时候，那篡位的约翰不可能有一小时的、一分钟的，甚至一喘息间的安宁。站在滑的地方上的人，会毫不犹豫地抓住任何可以支撑他的东西。要想使约翰站得稳，亚瑟就必须倒下去。大势所趋，非如此不可。

路易斯　年轻的亚瑟倒下去，对我有什么益处呢?

潘德夫　你，由于你的妻布朗施公主的关系，可以主张亚瑟所主张的一切权利。

路易斯　并且丧失那权利、性命及一切，像亚瑟一样。

潘德夫　在这充满老奸巨猾的世界里你是何等地少不更事!约翰为你安排了一切，时机对你有利。因为凡是把真命天子杀死便自以为可以安然为王的人，必将发现他的安全并非真的安全，而且会产生更多的流血。这事做得如此荒谬，必将使他的全体人民寒心，冻凝他们的热爱，一有挺身而出反抗强权的小小的机会，他们都必定不会放松。就是天上的一颗流星、自然界的现象、恶劣的天气、普通的风、习见的事，他们也会剔除其自然的原因，认为是变异、凶象、怪胎、噩兆、上天示儆，明显地宣告即将膺惩约翰。

路易斯　也许他不会伤及年轻的亚瑟的性命，以为把他系在狱中自己就很安全了。

潘德夫　啊！殿下，他听到你率兵来临，如果那年轻的亚瑟尚未丧命，这消息一来，他就死了。民心必定叛离，对于任何莫名其妙的变动都会表示欢迎，在约翰的染有血迹的指尖上可以找出愤怒叛变之强有力的理由。我觉得我已经看出这场骚乱正在全面发动。啊！还有比我上面所指陈的更为于你有利的情况正在发生呢。私生子孚康布利芝现在正在英国劫掠教堂，获罪于天[22]。如果只消一打法国人拿着武器到达那里，那就会像是行猎时的“诱鸟”，可以引诱成万的英国人到他们那一边。或是像一小团雪，滚了起来，很快地变成一座山。啊，高贵的太子！和我一起去见国王。他们心里充满了叛乱的念头，从他们的不满的情绪当中不知要酿出什么事端呢。到英国去，我要去怂恿国王。

路易斯　强大的理由产生强大的行动。我们就去。

如果你说“是”，国王是不会说“不”的。〔同下〕

注释

[1]“他们”指法王及其群臣。（威尔孙注）

[2] 利查的敌人 Leopold，Duke of Austria 曾俘获利查，投之入狱。其另一敌人为 Vidomar，Viscount of Limoges，利查围攻他的 Castle of Chaluz 时，中箭而亡。莎士比亚袭用旧戏，沿误二人为一。

[3] 狮心王的狮皮。

[4] 贵族邸中豢养之 fool 常穿小牛皮衣，扣子在背上。

[5] 一二〇五年，坎特伯来大主教 Hubert Walter 死，由于约翰王之授意坎特伯来僧侣乃选举 John de Gray，bishop of Norwich 继任，为全国最高之大主教。但该僧侣等已选出他们的修道院副院长 Reginald 为大主教于前。二人争执不下，诉于罗马。教皇英诺森三世将两次选举均行撤销，命前来之僧侣当场选举 Stephen Langton 为大主教。约翰王拒绝朗顿就职，教皇以"停止教权"为威吓，约翰王乃倡言如"停止教权"即将放逐僧侣以为报复。争执的结果是约翰王被逐出教外，敕令废止其王位，并交由腓利浦执行此项惩罚。

[6] 牛津本 tithe and toil 疑为 tithe and toll 之误。前者为"什一税"，后者指一般捐税，皆用以维持教会者。

[7] 原文 from himself，有二解:（一）威尔孙注，not from God；（二）sells away his own pardon 把自己的赦罪卖掉，使自己成为不可赦的罪人。今从前者。

[8] 原文 Your breeches best may carry them. 威尔孙解为"The best punishment for you would be a sound thrashing"是也。"你的裤子最善于承当侮辱"，即最好打一顿屁股之意。

[9] a new untrimmed bride 费解。Schmidt 解为 a bride recently divested of her wedding-gown（刚卸下礼服的新娘）。Onions 解 untrimmed 为 with her hair hanging loose，after the fashion of the brides（按照当时新娘的风尚，披散着她的头发）。兹从后者。

[10] 原文 the truth thou art unsure/To swear，swears only not to be forsworn；句费解。耶鲁本的释义是：This later oath that you are so unreliable as to swear，is merely a promise that you will not forswear yourself. 似较为允恰。威尔孙指出 swears 实在是 swearst，主词 thou 省略。

[11] Deighton 注云："这一句好像是指上文二八九行'Is in thyself rebellion to thyself.'而言。"恐未必然。所谓"反叛"，恐系指反叛教会。

[12] 原文 Will't not be？据 Deighton 解："i. e. that you will hold your tongue." 但是威尔孙解："i. e. Is nothing any use？"后一说似近是，因 *Rom.* Ⅳ.5.11 有一旁证。

[13] 魔鬼有许多种类，其中有气火水土四种。"空中魔鬼大部分居留在半空中，能兴起风雨雷电，劈裂橡树，焚毁楼塔房屋，殛毙人畜，降雹……"（Burton：*Anatomie of Melancholy*，Pt. ⅰ sect. ⅱ. p.45，1632）

[14] 十先令的金币，上有大天使 Michael 屠龙之像。

[15] 驱逐出教的仪式是由主教及僧侣由十字架前导步入教堂，点燃三支蜡烛，教友集聚教堂，根据书本进行仪式，正式宣布某某被驱逐出教，其灵魂交付给恶魔，这时节吹熄蜡烛，鸣钟。故"钟、书、蜡烛"即"驱逐出教"之意。

[16] 休伯为约翰王做了什么事，使得他如此感激？他自动地向约翰王作了什么誓约？本剧中均无交代。威尔孙教授认为这一个休伯即是昂吉尔城内的"人民甲"。

[17] 对折本 Sound on into the drowsy race of night，Theobald 改 on 为 one。其中 race 一字，近代本多改 ear。牛津本采用 one 字，但保留 race 一字。

[18] brooded watchful day 一词费解。brooded 作 brooding 解，指禽类孵卵时伸张翅膀状时警觉之状，意亦可通。Pope 主张改为 broad-eyed，似

可不必。

[19] 康斯坦斯形容憔悴，痛不欲生，故说她是“一座禁闭灵魂的坟墓”。“监牢”喻肉体，灵魂欲离肉体而去，但不得如愿，故云“强勉地”被“关在……监牢里”。

[20] 原文 a silver drop，一般均解作“一滴眼泪”，言泪珠洒在蓬散的头发上则头发粘结成为一团，表示同情其苦难。Deighton 解作:“一滴偶然落了上去把一根金发变成为银色，则有无数根头发为表示友谊亦变成为同样的苦难的颜色。意思是指一种腐蚀性的酸落在某种物质上使之变色。此处是说苦难使一根头发变白，附近的头发为表示友爱亦自动地变白。”此说亦甚可取。但细看上下文，仍以前说为是，谓泪洒发上使粘结成为一团也。

[21] 这句话是对谁说的？殊不可解。有人说是指约翰，有人说是指她自己的头发。亦有人说是继上文第二十行而言。威尔孙认为此点可为此剧经过删改之又一佐证。

[22] offending charity，按 charity = the instrument of charity 教会是代天行道之机构，故云。若解作“失掉人民的好感”，意思重复，恐非。

第四幕

第一景：脑赞普顿。堡中一室

休伯与二侍者上。

休伯　把这些铁给我烧热，你要注意站在壁幕后面。我在地面上一跺脚，你立刻就冲出来，你会发现有个孩子和我在一起，把他捆在椅子上。要小心。去吧，守候着。

侍甲　我希望你接到的命令准许你这样做。

休伯　不成体统的过虑！你不要怕，就这么办了。〔二侍者下〕年轻的小伙子，走出来，我有话对你说。

亚瑟上。

亚瑟　早安，休伯。

休伯　早安，小王子。

亚瑟　我有权为王，现在真是小到无可再小的小王子。你很悲伤的样子。

休伯　的确是，我曾有过较为快乐的日子。

亚瑟　天可怜见！我还以为除了我之外没有人悲伤呢。不过我还记得，我在法国的时候，年轻的贵公子都忧郁得像是黑夜一般，只是为了闹着好玩[1]。以我的基督教信仰为誓，如果我能出狱，去牧羊，我会整天高高兴兴。就是在这里我也会高高兴兴的，假如我不担心我的叔父进一步地设计害我。他怕我，我怕他。我是翟弗来的儿子，这是我的错吗？不，实在不是。我真愿我是你的儿子，只要你肯爱我，休伯。

休伯　〔旁白〕我若是和他闲谈下去，他会唤醒我的已经死去的恻隐之心，所以我要赶快下手。

亚瑟　你病了吗，休伯？你今天面色惨白。老实讲，我愿意你有一点儿病，我可以整夜地陪着你，我敢说我爱你比你爱我要多一些。

休伯　〔旁白〕他的这两句话真是抓住了我的心。读一读这个，小亚瑟。〔出示一纸〕〔旁白〕怎么啦，糊涂的眼泪！把使用酷刑的念头驱出门外！我必须要快，否则我的决心会变成为女人气的眼泪从我的眼里淌了出去。你不会读吗？不是写得很清楚吗？

亚瑟　就这种暗无天日的内容而言，写得太清楚了，休伯。你一定要用炽铁烫瞎我的双眼吗？

休伯　孩子，我必须这样做。

亚瑟　你会这样做吗?

休伯　我会这样做。

亚瑟　你忍心这样做吗?你只有一点儿头痛的时候，我就把我的手帕系在你的额上——那是我最好的一块手帕，一位公主给我绣的——我从不曾向你讨还过。半夜里我把我的手放在你的头上，并且像是一分钟一分钟地把一小时度过一般，我也为了消遣这沉闷的时间而不断地问讯，“你要什么不?”“你哪里不舒服?”，或是“有什么地方可以使我为你效劳?”即使是穷人家的孩子，也会安然高卧，永远不会对你说句亲切的话，而你却有一位王子来伺候你的病。不，你也许以为我的爱是虚伪的爱，说它是狡诈，你要这样想就这样想吧。如果天意要你必须恶待我，那么你也只好这样做。你要弄瞎我的眼睛吗?无论过去未来，就是向你仅仅皱眉怒视一下都不曾有过的这两只眼睛吗?

休伯　这件事我已发誓要做，我必须用热铁把它们烫掉。

亚瑟　啊!只有这铁的时代的人才肯做这事!铁的本身，虽然烧得通红，当它挨近我的眼睛的时候，会吸饮我的泪水，在我的纯洁无辜的泪水里面浸灭它的怒火;不仅如此，此后，只因它曾含着怒火要来伤害我的眼睛，它还会生锈腐烂呢。你比锤炼过的铁还要顽强吗?假使一位天使降临，告诉我休伯要弄瞎我的眼睛，我也不会相信他，除非是休伯亲口对我说。

休伯　〔顿足〕出来。

侍从等携绳铁等物又上。

按照我命令你们的去做。

亚瑟　啊！救我，休伯，救我！看到这些恶人的凶相，我的眼睛已经被吓瞎了。

休伯　把铁给我，听见了吗，把他捆在这里。

亚瑟　哎呀！你何必这样粗鲁呢？我不挣扎，我像块石头似的站立不动。看在上天的面上，休伯，不要绑我！不，听我的话，休伯。把这些人赶出去，我就像羔羊似的静静坐下。我不动弹，不退缩，也不说一句话，也不怒冲冲地望着那块铁。只要把这几个人赶出去，任凭你对我施什么样的酷刑，我不怪你。

休伯　去，到里面站着，让我独自对付他。

侍甲　不参加这件事，我最高兴不过。〔侍从等下〕

亚瑟　哎呀！我刚才把对我友好的一个人给骂出去了，他有一副凶相，但有一颗温柔的心。让他回来，他的恻隐之心也许可以勾起你的恻隐之心。

休伯　来，孩子，你准备好。

亚瑟　无可挽救了吗？

休伯　没有，只好丧失你的双眼。

亚瑟　天哪！我愿只有一颗微粒落入你的眼睛，一粒沙、一点儿尘埃、一只小飞虫、一根游丝，任何足以使那宝贵器官不舒服的东西。那时节，你如果觉得那么小的东西在眼睛里尚且如此煎熬，你现在的毒狠的企图该是凶恶可怕的了。

休伯　这就是你的诺言吗？算了，收起你那如簧之舌。

亚瑟　休伯，一对舌头为一双眼睛求情，还嫌不足哩。不要令我收起我的舌头，不要令我这样，休伯。或者，休伯，如果你愿意，割下我的舌头吧，只要能保全我的眼睛。啊！留下我的眼睛吧，纵然除了经常看你之外不作其他用途。看！老实讲，这工具已经凉了，伤不到我了。

休伯　我可以烧热它，孩子。

亚瑟　老实讲，你不能。火原是为了给人以温暖的，如今用来做这样不该做的残忍的事，火已经忧伤而死了，不信你自己去看。这燃烧的煤并无恶意，天风已经吹灭了它的生机，在它头上洒了些忏悔的灰[2]。

休伯　但是我吹一口气可以使它复燃，孩子。

亚瑟　如果你这样做，你只是使它赧颜，使它为你的行为而羞愧得满脸通红而已，休伯。不，它也许会爆出火花到你眼睛里。像是一只被迫去斗的狗，会要对驱使它前进的主人反噬。你想用以害我的那些东西都拒绝为你所用。铁与火是著名的残酷无情，都表示出恻隐之心，而你独无。

休伯　好啦，带着眼睛活下去吧。你的叔父把他所有的宝藏都给了我，我也不触你的眼睛。不过我是发过誓，而且的确打算用这块铁来烫瞎你的眼睛，孩子。

亚瑟　啊！现在你像是休伯的样子了，方才你一直是在伪装。

休伯　住嘴！不要再说了。再会。你的叔父绝不可以知道你没有死，我要用假的报告搪塞这些狗奴才。好孩子，安心睡觉去吧，休伯不会被全世界的财富所动而来伤害你的。

亚瑟　啊，天！我感激你，休伯。

休伯　别作声了！和我悄悄地走进去。
我要冒好多的危险，为了你。〔同下〕

第二景：同上。宫中大殿

约翰王戴王冠上，潘伯娄克、骚兹伯利及其他贵族等随上。国王就宝座。

约翰王　我再度坐在这里了，再度行了一次加冕礼[3]，我希望大家都以欣喜的眼光来看我。

潘伯娄克　这一个“再度”，除非是陛下喜欢这样做，其实是多余的。你以前行过加冕礼，那至尊的地位从来不曾解除，人民的忠心也从来不曾有过叛逆的痕迹。也没有什么新兴的欲望困扰国人，使他们有思变之心或不满之念。

骚兹伯利　所以，摆出双倍的排场，装饰一个本来尊号累累的名衔，纯金之上再镀金，白百合之上再敷粉，紫罗兰之上再洒香水，磨光冰块，彩虹之上再加一种颜色，用烛光去加强天上的灿烂的太阳，都是浪费而且是可笑的过分行为。

潘伯娄克　若不是陛下的旨意必须遵办，这次的举动只是一个老故事重新讲述一遍而已，而且最近一次讲述还会惹起麻烦，因为是在一个不合机宜的时候举行的。

骚兹伯利　由于这次举动，历史悠久的众所周知的简单古老的仪式被搅得面目全非了。好像风向转变足以影响航线一般，你的这一举动也使得人民的思想转向，使得审慎的人吃惊，使得健全的意见像是病态，使得真理令人怀疑，只因这意见这真理被披上了这样新的一件时髦长袍。

潘伯娄克　工人们做工的时候过分要好，往往因为贪功而弄巧反拙，时常为自己的缺点辩解，越辩解而缺点越严重。好像是小小的裂缝上加个补绽，欲盖弥彰。

骚兹伯利　在陛下新近加冕之前，我们曾以这番意思奉劝。但是陛下拒而不纳，我们也就无话可说，因为我们的愿望完全不能逾越陛下的意旨。

约翰王　我再度加冕之一部分的理由我已经告诉你们了，我以为很充分。等到我的恐惧减少的时候，我还有更多的更充分的理由对你们讲。目前我只要问，你们觉得有什么不妥的事情需要改善。你们立刻可以看出，我极愿听取而且允许你们的请求。

潘伯娄克　那么我——作为这几个人的喉舌来表达他们的心意——为了我自己，也是为了他们——不过，主要的，还是为了陛下的安全，那乃是我自己和他们殚智竭力的目标——诚恳地乞求释放亚瑟。亚瑟的被禁确是促使心怀不满的人们由口出怨言一变而发出这样危险的论调。如果你所安然享有的乃是你理所应得的，那么，为什么你的恐惧——据说恐惧是随着不义之行以俱来的——竟促使你把你的侄儿囚禁，让他的日子在愚昧无知中度过，年轻轻的不给他接受良好训练的机会？为使反对现状的人们不至于借口此事而振振有词地乘机作乱起见，把他释放便算是我们的请求吧，陛下方才是要我们提出请求的。只因把他释放是于陛下有利的，所以我们才提出此项请求，而我们的休戚是依赖陛下的，所以也是为了我们自己的利益。

休伯上。

约翰王　就这样办吧，我把这年轻人交你照管。休伯，你有什么消息？〔把他拉到一旁〕

潘伯娄克　这残酷的勾当必定是交由这个人去干的，他把他的执行命令给我的一个朋友看过。他的眼里闪烁着凶恶的影子，他的阴森森的相貌就是表示一种很不宁静的心情。我真怕我们所猜想他奉命去做的事是已经干出来了。

骚兹伯利　国王蓄意要做一桩事，而又受良心谴责，脸上的颜色一阵红一阵白地时隐时现，像是使者们在两军阵前往返交驰一般。他的欲望已经烂熟，一定会迸裂的。

潘伯娄克　进裂的时候，流出来的脓血恐怕就是一个好孩子无端被害的噩耗了。

约翰王　我拉不住死亡的强有力的手。诸位，虽然我的应允仍然有效，你们的要求已不存在。他告诉我说亚瑟已于昨天夜晚死了。

骚兹伯利　我们猜到他的病是不治的了。

潘伯娄克　这孩子自己尚不知道生病以前，我们就听说他的死期已不在远。此事必须根究，不论是在人间还是在天上。

约翰王　你为什么要对我狞眉皱眼？你以为我掌握着命运的剪刀吗？我能对生命的脉搏发号施令吗？

骚兹伯利　这显然是谋杀，在高位者公然做出这种事实在可耻。你玩这种把戏，得不到好结果的！

好，再会吧。

潘伯娄克　等一下，骚兹伯利大人。我要和你一道去，去寻找这可怜的孩子所能继承到的一块小小的国土，那便是一座被人强迫入葬的坟墓了。一个应该拥有全岛的人物，三尺黄土就把他掩埋了，这真是丑陋的世界！这事不能就这样地罢休，这事会宣扬出去，令大家痛心疾首，而且我恐怕很快地就要宣扬出去。

〔众贵族下〕

约翰王　他们的内心愤怒。我很后悔，在血水上面不能建立稳固的基础，利用别人的死亡不能获得可靠的生命。

约翰王

一使者上。

你的眼睛里有恐惧的神情，我在你脸上看见过的血色哪里去了？这样阴沉的天没有一场暴雨是不会放晴的，把你的暴雨倾吐下来吧。在法兰西一切如何？

使者　全都从法兰西到英格兰来了。在一个国土的全境之内，从来不曾征集过这样的一支远征外国的军队。您的用兵神速已经被他们学习去了，在应该向您报告他们准备进兵的时候，他们全部开到的消息也来到了。

约翰王　啊！我们的情报人员到什么地方酣醉去了？在什么地方睡大觉？我的母亲的监视有什么用处呢，法兰西征集起这样的大军而她竟没有听到一点儿风声？

使者　陛下，她的耳朵已经被泥土封闭起来了，您的尊贵的母后已于四月一日驾崩。我听说康斯坦斯夫人也在那三天之前于疯病发作中逝世[4]。不过我也是偷听谣言，是真是假我不知道。

约翰王　你慢一点儿走吧，可怕的事态演进！啊！请与我合作，直到我已经使得那些愤懑不平的贵族们心回意转。什么！母亲死了！那么我的在法兰西的领土将是如何地紊乱！据你所说确已在此登陆的法国军队是由谁率领的呢？

使者　由法国太子率领的。

约翰王　你这一连串的噩耗使得我头昏了。

私生子及庞弗来特之彼得上。

唉，大家对于你所进行的事情可有什么议论？别再把坏消息塞进我的脑袋，里面已经满了。

私生子　如果您怕听最恶劣的消息，那么您就不必听取，让那最恶劣的事情临到您的头上吧。

约翰王　不要和我生气，侄儿，我是被坏消息冲昏了头。我是刚刚探出头来喘一口气，可以听任何人讲话了，随便是什么坏消息都没有关系。

私生子　我和僧侣们周旋的成绩如何，我所收到的款项的数目就可以说明。不过我此行经过各地，发现人民怀有奇异的幻想，谣诼繁兴，充满了荒谬的梦想，不知道怕的是什么，可是他们很怕。我从庞弗来特[5]街上带来了一位预言家，我发现有成千成百的人跟在他后面。他唱着粗糙的韵语对他们预言，在下一个耶稣升天节那天正午以前，陛下将交出您的王冠。

约翰王　你这无聊的梦幻者，你为什么这样做？

彼得　预知这样的事情将要发生。

约翰王　休伯，把他带走，把他关起来。在他说我将交出王冠的那一天正午，把他绞杀。把他安置妥当之后再回来，我还有事要用你。〔休伯偕彼得下〕

啊，我的好侄儿，你可听到外面传播着的消息说有什么人要来吗？

私生子　法国人，陛下，人人口里谈的都是这件事。并且，我遇到毕格特和骚兹伯利两位大人，眼睛红得像是新升的火，还有许多别位，前往寻找亚瑟的坟墓，据他们说他是由您授意于昨晚处死的。

约翰王　好侄儿，你去，混进他们一群。我有方法挽回他们的爱戴，带他们来见我。

私生子　我去寻找他们。

约翰王　不，要快，要越快越好。啊！在强敌压境声势浩大的时候，不要叫我的臣民与我为敌。像梅鸠利一般，在脚跟上生翼，像思想一般从他们那里飞回到我这里来。

私生子　时局如此紧急，我自然会上紧赶路。

约翰王　真像是一位干员说的话。〔私生子下〕去跟着他，他也许需要一位使者在我和贵族们之间奔走，你去吧。

使者　遵命，陛下。〔下〕

约翰王　我的母亲死了！

休伯又上。

休伯　陛下，据说今晚看到有五个月亮：四个固定不动，第五个环绕着那四个很奇怪地团团转。

约翰王　五个月亮！

休伯　街上的老头子和老太婆都在危言耸听地解释凶兆，年轻的亚瑟之死是他们的共同的谈料。谈起他的时候，他们就摇摇头，附耳私语。说话的人紧握着听者的手腕，听者流露出恐惧的神情，皱起眉头，点点头，滚动眼珠。我看到一个铁匠这个样地拿着他的锤子，这时节他的铁在砧上都冷却了，他张着大嘴听取一个裁缝匠讲述的消息。那裁缝匠手里拿着剪尺，穿着拖鞋——他在匆忙中穿错了左右脚——他讲起有成千上万的法国军队在坎特列好了阵势。另外一个瘦小稀脏的匠人打断了他的话头又说起了亚瑟之死。

约翰王　你为什么把这许多可怕的事情告诉我呢？你为什么一再地提到年轻的亚瑟之死？是你的手把他谋害的，我有重大理由希望他死，你却没有理由去杀死他。

休伯　我没有理由，陛下！噫，不是您鼓动我去做的吗？

约翰王　做国王的有这样的奴才们在旁伺候可就倒霉了，这些奴才们把国王的偶然发作的脾气当作杀害人命的依据，把当局的眨眼示意看成为一道命令，国王皱一下眉头也许只是一时心情不快，不见得就是处心积虑地要赫然震怒，而奴才们希意承旨，以为是探知了国王的愤怒之所在。

休伯　这就是您要我办事的亲笔签盖的手令。

约翰王　啊！最后清算到来之日，无所逃于天地之间，这亲笔签盖的手令便是证物，足以使我陷于永劫。一见到做坏事的工具，便真的把坏事干了出来，这是多么常有的事！如果你当初不在我的左右，你这家伙本是“自然”之手所亲自挑选出来去做坏事的人，那么谋杀的念头就根本不会走进我的心里。但是一眼看到你那副可怕的面貌，觉得你适宜于做谋杀的勾当，可能愿意受雇去行凶，我于是向你隐约地吐露有关亚瑟之死的意思。而你呢，想讨好一位国王，昧起良心杀死一位王子。

休伯　　陛下——

约翰王　　如果在我隐约吐露我的心意的时候，你只是摇一下头，或是做出加以考虑的样子，或是以怀疑的目光望我一眼，好像是要我把话说得更明白一点儿，那么深深的惭愧之心就会使我哑口无言，使我不再说下去，你的畏惧也许就会引起我内心的畏惧。但是你竟接受了我的暗示，而且鬼鬼祟祟地和罪恶就打起交道。是的，而且你并不到此为止，你还进一步地心甘情愿，结果是我们羞于说出口来的丑事被你的粗鲁的手做出来了。离开我的眼前，再也不要来看我！我的贵族们离我而去了，敌军压境，甚至兵临城下。不，在我这身体里，在我这血肉之躯里，我的良心和我的侄儿之死也在冲突，激起了一片内部的混乱。

休伯　　如果你能坚强起来，应付你的其他的敌人，我可以使你的内心获得宁静。年轻的亚瑟是还活着呢，我的这只手还是纯洁无辜的手，上面没有沾染猩红的血迹。杀人的念头从来没有进过我这胸膛，你辱骂我的相貌实在是诬蔑了“自然”，我外表虽陋，却包藏着一颗比较美的心，不肯去做一个杀害无辜孩童的屠夫。

约翰王　　亚瑟还活着吗？啊！你快到贵族们那边去，把这消息泼在他们的怒火上面，让他们回复原来的忠顺。请原谅我一时气盛诬蔑了你的相貌，因为我的盛怒

是盲目的，我的拙劣的想象力有一双凶恶的眼睛把
你看成比你的本来面目为更可憎。啊！不必再多话，
赶快把盛怒的贵族们带到我的房间。
我的话说得慢，你可要跑得快一点儿。〔众下〕

第三景：同上。堡垒前

亚瑟上，在城墙上。

亚瑟　城墙很高，但是我还要跳下去。好心的大地，慈悲一些，别伤害我吧！很少人，也许没有一个人认识我。如果他们认识我，这一身船上侍童的服装也可以把我掩饰过去。我害怕，但是我要一试。如果我跳下去，没摔断肢体，
我会有无数的妙计从容逃去，
逃走而死和在这里等死是一样的。〔跳下〕
哎呀！这石头硬似我叔父的心，
上天接收我的灵魂，英国保管我的尸身！〔死〕

潘伯娄克、骚兹伯利及毕格特上。

骚兹伯利　诸位，我要到圣哀德蒙兹伯来去会他[6]。这是我们的唯一安全的路子，危急之间有这样好的机会是不

可放过的。

潘伯娄克　枢机主教的那封信是谁送来的?

骚兹伯利　梅隆伯爵，法国的一位贵族，他私下和我谈起法国太子对我的一番厚爱比这信里所表示的要殷勤多了。

毕格特　那么明天早晨我们就去会他。

骚兹伯利　应该说我们在那个时候动身前去，因为我们要走整整两天的路，诸位，然后才能会到他。

私生子上。

私生子　我很高兴今天再度相会，诸位怒气冲冲的大人！国王派我请诸位立刻去见他。

骚兹伯利　国王已经把我们排斥了，我们不愿用我们的纯洁的名誉去给他的褴褛龌龊的袍子做衬里，也不愿去追随那只走起路来到处留下血印的脚。回去这样对他说，我们已经知道那最恶劣的事情了。

私生子　无论你们心里想些什么，我觉得最好是不口出恶言。

骚兹伯利　现在是我们的悲伤在说话，不是我们的礼貌在说话。

私生子　但是你们的悲伤是没有什么道理的，所以你们现在还是应该保持礼貌。

潘伯娄克　先生，先生，人急了的时候便顾不了许多。

私生子　那是不错，使自己吃亏，别人不吃亏。

骚兹伯利　监狱就在这里。〔看到亚瑟〕是谁躺在这里?

潘伯娄克　啊，死亡，你有了这样纯洁的王者的美貌，你该觉得可以自傲了吧！大地不会有个窟窿来藏匿这件事的。

骚兹伯利　谋杀，好像是恨他自己所做下的事，故意把它暴露在这里，好引人来报仇。

毕格特　也许是在他打击这位王子想把他送入坟墓的时候，发现他是太高贵，不宜放进坟墓里面去。

骚兹伯利　利查爵士，你怎样想法？你可曾见到过，你可曾读到过，你可曾听到过？你可能想得到？你虽然见到了，你可能认为是真的见到了？若没有这东西摆在眼前，能想得出另外这样一个吗？这是谋杀的纹章上的冠饰、冠饰上的冠饰、冠饰上的顶点、冠饰上的最高峰。这是凶恶狰狞的疯狂愤怒所能做出来的令人心酸落泪之最残忍的丑事、最野蛮的暴行、最卑鄙的打击。

潘伯娄克　在这桩罪行面前，以往一切谋杀案件均可赦宥。这桩罪行真是奇特无偶，可使尚未发生的将来的罪恶成为神圣纯洁。有这一幅可憎的景象做前例，一场杀人血案只能算是一场玩笑罢了。

私生子　这是一件穷凶极恶的案子，如果是人的手所干下的事，那必是一只残酷无情的毒手。

骚兹伯利　如果是人的手所干下的事！我们早有预感什么事情将要发生：这是休伯一手做成的丑事，是国王的设计与主使。对于他我不准我自己再有忠顺之心，我现在跪在这宝贵生命的废墟之前，对这无声无息的死者发出芬芳神圣的誓言，在我这一只手获得复仇的光荣以前，决不尝试人间的美味，决不感染世上的欢娱，决不习于安逸与怠惰。

潘伯娄克
毕格特　　我们也发誓同意你所说的话。

休伯上。

休伯　　诸位，我正在忙着寻找你们。亚瑟是还活着呢，国王请你们去。

骚兹伯利　　啊！他真是好大胆，杀了人都不脸红。滚开，你这可恶的奴才！你走开吧。

休伯　　我不是奴才。

骚兹伯利　　〔拔剑〕一定要我做刽子手吗?

私生子　　你的剑是很光亮的，大人，把它收起来吧。

骚兹伯利　　在我刺死谋杀者用他的皮做鞘之前，我不收起它。

休伯　　退后，骚兹伯利大人，我说，退后。以天为誓，我觉得我的剑是和你的一般锋利。大人，我不愿你忘记你自己的尊位，也不愿你冒逼我自卫的危险。否则，我只注意到你的盛怒，我可能忘记你的身份和地位。

毕格特　　滚开，脏狗！你敢向一位贵族挑衅?

休伯　　要我的命我也不敢，但是为了保卫我的无辜的生命，我敢和皇帝决斗。

骚兹伯利　　你是个凶手。

休伯　　不要逼我成为一个凶手，到目前为止我还不是凶手。任何人说假话，便是不说真话。不说真话，便是说谎。

潘伯娄克　把他砍成碎块儿。

私生子　保持和平，我说。

骚兹伯利　站开，否则我会伤到你，孚康布利芝。

私生子　你最好是去伤到恶魔，骚兹伯利。如果你只消对我皱一下眉，或是移动你的脚，或是发作脾气而侮辱我，我就打死你。赶快把你的剑收起，否则我就把你连同你的那柄烤肉叉子一齐打烂，让你认为是恶魔出了地狱。

毕格特　你要怎么样，著名的孚康布利芝？帮助一个奴才，一个凶手吗？

休伯　毕格特大人，我不是那样的人。

毕格特　谁杀死这位王子的？

休伯　我离开他不过一小时，他还是好好的。我尊重他，我爱他，为了他的惨死我将终身哭泣。

骚兹伯利　不要相信他的狡诈的泪水，因为刁恶的人也可以有眼泪。他久于此道，自然会使眼泪像是慈悲无辜的河流一般。怕再闻这屠场的秽气的人，都跟我走，我要被这罪恶的气味所窒息了。

毕格特　到伯利去吧，到那里去见法国太子！

潘伯娄克　告诉国王，他在那里可以找到我们。〔众贵族下〕

私生子　好一个世界！你知道谁干的这好事吗？上帝纵有无限的慈悲，如果这杀人勾当是你所做，你是要永沦地狱的，休伯。

休伯　你且听我说，先生。

私生子　哈！我来对你说吧，你将被诅咒得脸上乌黑[7]，黑得像是——不，没有什么是那样的黑。你比恶魔撒旦受更深的诅咒，地狱里怕没有比你更丑恶的魔鬼，如果这孩子是你杀的。

休伯　我以我的灵魂为誓——

私生子　对于这件极端残酷的举动，如果你只是表示过同意，你也是无可挽救的了。如果你缺少一根绳子，蜘蛛织出来的最细的一根丝就可以把你缢死。一根灯芯草可以当作一根横梁，把你吊上去。如果你想淹死，羹匙里放一点儿水，就会像是大海，足够淹死你这样的一个恶奴。我是十分地疑心你。

休伯　如果在实际行为上，在同意的情形之下，或在罪恶的意念之中，我犯了杀害这个好人之罪，那么让地狱里所有的刑罚来惩治我，也会嫌其不足。我离开他的时候，他是好好的。

私生子　去，把他抱起来。我觉得我有点儿茫茫然，在这荆棘遍地险象环生的世界里我迷途了。你多么容易地就把整个的英格兰给抱起来了！生命，连同统治全国领土的正当权利，都从这小小一块王者的尸体飞向天堂去了。英格兰被丢在这里，任由大家你争我夺，把这无主的大好河山咬扯得稀烂。现在为了争取王位这根啃得精光的骨头，狰狞的战争耸起了他的怒冠，对着良善的和平咆哮。现在外来的军队和国内的叛徒连成一线，一场大乱即将随着这个篡位者的崩溃而来临，如同乌鸦等着吃倒毙的牲畜一般。谁的袍带经得起这场风吹雨打，谁就是幸运的。把这孩子抱走，赶快随了我来。我要去见国王。
千头万绪的事急需去做，
上天对这国土都在蹙额。〔众下〕

注释

[1] 患“忧郁症”和以患“忧郁症”自居为十六世纪末及十七世纪初之一种时髦，莎氏剧中常有此种类型人物的描写，如多愁善感的失恋的情人，如意志不坚而又多疑多虑的知识分子，如不满现状的满腹牢骚的政界人士，皆是。

[2] 忏悔的人照例在他的头上洒灰，表示忏悔。

[3] 马龙注:“这是约翰第四次行加冕礼。第二次是于一二〇一年于坎特伯来举行。在同一地点，于其侄被害后，一二〇二年四月，又举行加冕一次。盖意欲证实其登王位之权利，争王位者均已被排除。”

[4] 爱利诺于一二〇四年四月一日死于 Fontevreaux，康斯坦斯不是死在三天之前，是死于三年之前，一二〇一年八月三十一日死于 Nantes。

[5] Pomfret 是 Pontefract 的简称，为 Yorkshire 的一个城市。

[6]“他”指法国太子。Saint Edmundsbury 是 Suffolk 的首府。

[7] Staunton 指陈，莎士比亚可能想到旧日童时看到的在 Coventry 的宗教剧，其中被诅咒下地狱的灵魂都把脸涂黑。

第五幕

第一景：同上。宫中一室

约翰王，潘德夫持王冠，及侍从等上。

约翰王　我已经这样地把我这顶光荣王冠交到你的手里了。

潘德夫　〔把王冠交还给约翰〕从我手里，作为是从教皇那里得到的一样，把你的这个象征最高权威的东西拿回去吧。

约翰王　现在你要遵守你的神圣的诺言，去会见那些法国人，以你代表教皇的一切力量，在我们的叛变势成燎原以前阻止他们的前进。我们的愤懑不平的贵族们[1]已在叛变，我们的人民也不肯服从，全心全意地要向异族的人、外国的王室，矢效忠诚。这一股乖逆的洪流只有靠你来加以节制了，所以不要耽搁了。

时局急迫，需要立刻投以药石，否则就要崩溃不治。

潘德夫　这一场风暴是由我掀起的，皆因你对教皇态度强硬。不过你既然又已回复正教，我可以把战争的风暴和缓下来，让你这疮痍满目的王国恢复晴朗的天气。要记好，在耶稣升天节这一天，你宜誓服从教皇之后，我去劝说法国人放下武器。〔下〕

约翰王　今天是升天节吗？预言者不是说过在升天节正午之前我要放弃王冠吗？我确是这样做了。我当初以为是要被迫交出，感谢上天，这只是出于我的自愿。

私生子上。

私生子　坎特全郡投降了，除了多汶堡垒以外没有一处能够坚守[2]，伦敦像是一个好客的主人一般接待了法国太子及其队伍。你的贵族们不肯听从你的话，向你的敌人效力去了。你的少数的不甚可靠的朋友们也都惊惶失措，不知何去何从。

约翰王　我的贵族们听到亚瑟尚在人间之后还不肯回到我这里来吗？

私生子　他们发现他死了，被遗弃在路上，一只空箱，其中的生命之宝已被一只万恶的手给劫夺了。

约翰王　休伯那奴才告诉我他还活着。

私生子　以他所知，我敢说他是还活着。但是你为什么沮丧？为什么露出忧伤的样子？举动要伟大，就像你过去在思想方面一般。不要叫世人看出恐惧与忧虑控制着一个王者的面目，要像这时代一般地精神抖撴，要以烈火对付烈火，威胁那威胁者，以更恐怖的样子压服那狂妄的恐怖。于是一般臣民，他们的行为原是唯在上者的马首是瞻，一看到你的榜样就会豪气顿生，露出坚决无畏的精神。走吧！要像战神有意装点战报一般，做出光芒四射的模样，表示出勇敢和崇高的自信。怎么！要等待他们到窟里来寻狮子，在那里惊吓他一下吗？并且在那里令他发抖吗？啊！不要教人这样说吧。出去寻敌，跑到离家门远些的地方去迎接敌人，在他没走近之前就和他格斗。

约翰王　教皇的大使方才和我谈过，我已和他订了和约，他答应撤退法国太子所率领的军队。

私生子　啊，不光荣的和议！在我们本国土地之上，竟和入侵的军队分庭抗礼、提条件、作让步，试探谈判卑鄙的休战吗？一个面上无须的孩子，一个娇生惯养的纨绔子弟，竟来蹂躏我们的田地，在我们的威武的土地上来尝试血腥的滋味，用任意飘荡的旗帜来侮辱我们的空气，而不加以阻止吗？陛下，我们拿起武器来吧，也许枢机主教没能为你获致和平。即使他谋到了和平，至少也要让他们看到我们是有抵抗的决心的。

约翰王　目前局势我交给你来处理吧。

私生子　那么走吧，放勇敢些！我很自信
我们能应付更强大的敌人。〔众下〕

第二景：圣哀德蒙兹伯来附近平原。法军营地

路易斯、骚兹伯利、梅隆、潘伯娄克、毕格特武装率兵上。

路易斯　梅隆大人，给这个抄一副本，妥为保存以供我们日后参考。把原件送还给那些贵族们，我们的议和条款均已明白写下来了，双方一看这个文件就可以知道我们为什么宣誓签约，从而信守不渝。

骚兹伯利　在我们这一方面是决不背约的。太子殿下，虽然我们自动发誓效忠，甘愿追随左右。但是，请相信我，太子，这样小小的一个时代的创伤竟要用可耻的公然叛变的方法来寻求医治之道，为了治疗一处伤口的溃疡竟引起许多处的溃疡，我心里很难过。啊！我是非常伤心的，我必须从身边拔剑，变成为一个寡妇制造者！啊！尤其是在这时候国人正在呼唤骚兹伯利的名字去光荣地援救危急保卫乡国。但是时局如此恶劣，为了维护我们的正当权利不得不使用极端激烈的暴乱的手段。我的苦痛的朋友们哪，这是不是很可叹，我们这一群本岛的子弟，生不逢辰，竟看到今天这样的局面。竟追随着一个外国人，在本国土地上面驰骤，而且加入敌人的行列——我得要退去为这可耻的被迫从事的勾当而哭泣——为远道而来的贵人张目，追随陌生的旗帜来到这个地方？什么，这个地方？啊，我的国家！我愿你能迁

移，我愿环抱着你的海洋之神的双臂把你搬走，令你忘怀你自己，把你牢牢地安放在异教国土的海岸边上。在那里，这两支信奉基督的军队就可以把他们的嫉恨的血液合并在一条融洽的血管里，不再这样不和睦地洒溅！

路易斯　你这样说，的确表现出了高贵的品格，在你胸中冲突的强烈情感使你的高贵性格发生了震撼。啊！你打了一场多么激烈的仗，一面是逼人的环境，一面是爱国的心理。让我来揩掉在你脸上亮晶晶的出巡的光荣的泪珠。女人流泪乃是常见之事，我看了都会心软。这样男子汉的眼泪滚滚而下，乃是你心中风暴所吹起的骤雨，可真震骇了我的眼睛，使得我比在看到天空布满了燃烧着的流星的时候还要惊骇。扬起你的眉头，英名卓著的骚兹伯利，鼓起你的豪气来消灭这场风暴，把这些泪水交付给那些不曾见过狂暴的大世面的孩子们吧，他们是除了欢欣谈笑的饮宴之外不曾遇到过什么世态变化。来，来，你会要和路易斯一般深深地伸手探入丰硕的成功之囊。和我同心协力的诸位贵族们，你们也必将获有同样的报酬。

潘德夫偕侍从等上。

在那边我听见好像有天使在呼唤[3]。看，教皇大使急急忙忙地来了，给我们带来上天亲手所作的保证，以神圣的语言证明我们的举动光明正大。

潘德夫　敬礼，法国的英勇的王子！我紧接着要说的是，约翰王已经跟罗马讲和了。他对于以罗马为根据地的神圣教会曾经那样顽强地抗拒，现已心回意转重复归顺了。所以你现在就卷起你那威风凛凛的旗帜吧，收起你那疯狂作战的凶悍之气吧。要像是一头亲手喂养长大的狮子，乖乖地卧在脚前，除了样子可怕之外没有任何害处。

路易斯　请阁下原谅我，我不收兵。我的身份不容许我做工具，任人呼来唤去，或是受任何君王的利用到处奔走做臣仆。这膺惩的国家和我之间久已熄灭了的战火是因你的鼓吹而复燃的，是你给这战火添加燃料的。现在火势熊熊，已无法用当初吹燃它的那一股微弱的气息把它吹灭了。你教导我认识正义的面目，指点我对这领土提出要求，是的，还促成我兴起动兵的念头。而你现在告诉我说约翰已跟罗马议和，那议和与我何干？我，由于我的婚姻关系，继年轻的亚瑟之后，要求这国土乃是属于我的。现已半被征服，只因约翰已与罗马言和我便必须班师回国吗？我是罗马的奴隶吗？罗马负担过多少军费，出过多少人员，送过多少武器，来支援这次行动？不是我负担全部费用的吗？除了我和响应我的号召的人们之外，还有谁在这事上出过汗，支持过这次战争？在驶经他们的城镇的时候，我没有听到这些岛民大喊“太子万岁！”吗？在这一场王冠的争逐之中我不是已经稳操胜券了吗？我能把这稳胜之局轻易地放弃吗？不，不，无论如何，决不可以这样做。

潘德夫　你只是看到这件事的表面。

路易斯　表面也好，里面也好，当初兴兵起义，选拔全国英勇的人才，意欲压倒一切的征服，就是到危险和死亡的嘴里去夺取英名亦在所不计，如今在这宏愿未偿事业无光的时候我是决不回去的。〔喇叭鸣〕这是什么雄壮的喇叭声在呼唤我？

私生子偕侍从等上。

私生子　按照国际礼仪，我请求你接见我，我是奉命前来传话的。米兰大主教，我是奉国王之命前来打听你为他进行之事有何结果。听你如何回答，我就知道该如何地按照指示的机宜予以应付。

潘德夫　太子过于执拗作对，对于我的请求不肯接受，他率直地说他不放下武器。

私生子　按照仇恨所能发泄的怒火来说，这年轻人说得很好。现在听听我们英国国王怎样说吧，因为我现在是代表国王陛下发言。他准备好了，照理他也应该这样做。对于这一场荒谬而无礼的进犯，这武装的舞会和放肆的欢娱，这青年的莽撞和幼稚的队伍，国王实在是觉得很好笑。他已经准备停当，要把这一群侏儒军队打出他的领土之外。他那一只手，当初在你家门口，就曾经有足够的力量让你吃一顿棒，打得你跳门而逃；打得你像汲水桶一般钻到井底躲藏，蜷卧在你的马厩地板上的干草堆里；像典当物一般把自己锁在箱子柜子里面，和猪偎着抱着，在地窖和监牢里寻求安全。甚至听到了你们贵国的乌鸦啼叫[4]，也以为是英军掩至，吓得发抖。在你们家里惩治过你们的那只胜利之手，到了这里全变成为孱弱的吗？不！要知道，英勇的国王已经全身披挂，像是在高空翱翔的大鹰，准备扑击那胆敢走近他的巢的东西。你们这些贱人，你们这些忘恩负义的叛徒，你们这些残酷的尼禄们[5]，不惜割裂你们的亲爱的母亲英格兰的子宫，你们羞惭脸红吧。因为你们自己的夫人们和苍白面孔的女儿们都像亚马松妇女一般随着战鼓急行而来了，她们的顶针变成了铁手套，她们的针变成了矛，她们的柔软心肠变成了凶猛残杀的意念。

路易斯　你的大话就此停止吧，安安静静地回去，我们承认你骂人的本领比我们强。再会吧，我们的时间太宝贵，不能和你这样爱吵嘴的人来浪费时间。

潘德夫　请准我说句话。

私生子　不，我要说。

路易斯　你们两个我都不要听。擂起鼓来，让战争的喉舌来说明我们的权利和我们前来此地的理由吧。

私生子　的确，你的鼓，一打就会出声。你也是一样，一打就要喊叫起来。你只消发出荡漾的鼓声，在附近就立刻会另有一面鼓响起同样大的声音。你再敲起一面鼓，便会再有一面鼓震天价响，模仿隆隆响的雷。因为英武的约翰——对于这位逡巡不定的教皇大使根本就不信任，让他奔走只是闹着好玩，并非真的需要他——所以亲率大军到此。他的脑袋里藏着一架骷髅形状的死神，他的任务就是要在今天享受一餐由几千法国人性命制成的盛宴。

路易斯　擂起鼓来，看这危险到底在哪里。

私生子　你会找到的，太子，你不必怀疑。〔众下〕

第三景：同上。一战场

号角鸣。约翰王及休伯上。

约翰王　今天战事如何？啊！告诉我，休伯。

休伯　我恐怕是很不好，陛下御体如何？

约翰王　这样长久困扰我的热病现在愈发沉重，啊！我心里非常悲观。

一使者上。

使者　陛下，勇敢的亲贵孚康布利芝请陛下离开战场，并且请派我告诉他您要到哪里去。

约翰王　告诉他，我到孙斯特去[6]，到那里的寺院去。

使者　请您宽心，因为法国太子在这里所盼望着的大批援军于三天前在古德文沙洲[7]触礁失事。这消息刚刚送达给利查。法国人无心恋战，只得退去。

约翰王　哎哟！这凶恶的热病把我烧惨了，不让我欢迎这好消息。向孙斯特出发，立刻上轿。我全身无力，我要昏倒。〔众下〕

第四景：同上。战场另一部分

骚兹伯利、潘伯娄克、毕格特及其他上。

骚兹伯利　我没想到国王有这么多朋友。

潘德夫　我们再振作起来，给法国人鼓气。如果他们出了岔子，我们也要倒霉。

骚兹伯利　那凶恶的魔鬼，孚康布利芝，不顾一切，独力支撑战局。

潘德夫　据说约翰王病得很厉害，已经离开了战场。

梅隆负伤由士兵引上。

梅隆　领我到英国叛徒那边去。

骚兹伯利　我们情形好的时候没有人唤我们为叛徒。

潘德夫　是梅隆伯爵。

骚兹伯利　受了致命伤。

梅隆　逃吧，英国的贵族们，你们被出卖了。从险恶的叛变的途中退出，欢迎那被遗弃的忠心回到你们胸中来吧。把约翰王找到，跪在他的脚下。因为如果法国人赢得这场大战，太子准备砍掉你们的头颅来酬劳你们的辛苦。他是这样地在圣哀德蒙兹伯来的神坛上发誓说的，我当时在场，还有许多人也在一起，就是我们当初和你们发誓永以为好的那个神坛。

骚兹伯利　这是可能的吗？这能是真的吗？

梅隆　我不是已经面临可怖的死亡，只剩下一段残生徐徐地耗尽，恰似一具蜡制的人像在火边熔化吗？我现在已无法享受一切骗人的用处，我又何苦骗人？我既然必须脱离人世而且靠了真实无欺才能住进天堂，我又何必作伪？我再说一遍，如果路易斯战胜，而还让你们睁着眼睛再看一次天明，那便是他违背了誓言。就在今天夜晚，现在夜气弥漫，已经笼罩了那衰老疲惫的火红的太阳，就在这不祥的夜晚，你们的呼吸就要停止，用欺诈手段结束你们的性命以偿付你们的欺诈叛逆的罚款，如果路易斯得到你们的帮助而赢得胜利。代我问候陪伴着国王的一位休伯，我对他的关心，以及另外一种顾虑，那便是我的祖父原是一个英国人，所以我良心发现，供认了这一切。我希望你们给我一点儿报酬，把我从这喧嚣的战场上抬走，好让我平静地想想我的残余的思想，在沉思与虔敬的愿望之中使这肉体与灵魂分离。

骚兹伯利　我们相信你，我的灵魂该受诅咒，若是我不接受这个最好的机会，我们要从这该死的逃亡的途上退回，像是势衰退落的河水一般，摆脱我们的奔放横溢的途径，向我们所泛滥的河岸低头就范，平静而恭顺地流下去，流到大海，流到我们的伟大的约翰王那里去。我来帮着把你抬走，因为我看出你的眼里现出了残酷的死亡的苦痛。

走吧，朋友们！新的奔逃，

新的最好，目的在恢复旧朝。〔众引梅隆下〕

第五景：同上。法军营地

路易斯及侍从等上。

路易斯　英军在他们自己的土地上怯懦地撤退的时候，我觉得天上的太阳都懒得落下去，停在那里，使得西方天空变得通红。啊！我们胜利地离开了战场，当时我们于一场血战之后放了一排没有效用的大炮算是向这一天告别，从容地卷起了我们的破烂的旗帜，我们是最后离开战场的，几乎成了战场的主人！

一使者上。

使者　太子在哪里？

路易斯　在这里，有什么消息？

使者　　梅隆伯爵被害了。英国的贵族们，听了他的劝告，又叛变了。你盼了这样久的援军在古德文沙洲触礁沉没了。

路易斯　　啊，坏极了的消息！我厌恶你！我没想到今晚被这消息弄得如此愁苦。是谁说的在昏夜把我们双方疲惫的军队分开之前一二小时约翰王即已逃走？

使者　　不管是谁所说，那是真的，殿下。

路易斯　　好，今晚要小心守夜。我要在破晓之前就要起来，试试明天的运气。〔众下〕

第六景：孙斯特寺院附近一块空地

私生子与休伯自对方上。

休伯　　是谁？说话呀！快说，否则我要开枪了。

私生子　　是朋友。你是谁？

休伯　　英国一方面的。

私生子　　你到哪里去？

休伯　　那与你何干？你问我，我不是也可以同样地问你吗[8]？

私生子　　我想，是休伯吧？

休伯　　你想得真准，你既认得出我的声音，我敢冒一切危险相信你是我的朋友。你到底是谁？

私生子　你愿我是谁，我就是谁。如果你高兴，你不妨大大地对我表示友谊，认我在家族某一方面是从普兰塔真奈一族孳衍而来的。

休伯　好失礼的记忆力呀！你和没有眼睛的黑夜使得我出丑了。英勇的军人，原谅我，你亲口发出的任何声音居然使得我的耳朵辨别不出来。

私生子　好啦，好啦。不必说客气话，有什么消息？

休伯　唉，我在这黑夜之中走动，正是要找你。

私生子　那么，简单说吧，有什么消息？

休伯　啊！亲爱的先生，这消息和这夜是颇为相称，漆黑、可怕、令人不快，而且骇人。

私生子　把这坏消息所造成的创伤指给我看，我不是女人，我不会晕倒的。

休伯　我恐怕国王是被一个僧人下了毒药，我几乎一言未发就离开了他。我急忙奔来把这坏消息报告给你，好让你早做应变的准备，总比事后听说要好一些。

私生子　他怎样中毒的？是谁替他先尝的[9]？

休伯　我告诉你说，是个僧人。一个决心作恶的坏蛋，他的肚子突然迸裂。国王还能说话，也许可以复原。

私生子　你留下谁照料国王？

休伯　噫，你不知道？贵族们都回来了，并且把亨利王子也带了来。由于王子的请求，国王赦免了他们的罪过，他们全在国王的左右。

私生子　请你息怒吧，法力无边的上天，不要考验我们到超过我们力量所能承当的限度！我要告诉你，休伯，我的一半部队今晚经过这一带低地的时候被潮水卷走了[10]，这林肯县的河流入海处[11]把他们吞没了。我自己骑在一匹壮大的马背上，也险遭不测。在前面走吧！引我去见国王，我恐怕在我未到之前国王已经死了。〔众下〕

第七景：孙斯特寺院的花园

亨利王子、骚兹伯利与毕格特上。

亨利王子　已经太晚了，他的所有的血液都已大部分沾染了毒素，他原来清醒的头脑——有些人认为那是灵魂之脆弱的居所——现在看他满口呓语的样子，是在预示他的生命的尽头[12]。

潘伯娄克上。

潘伯娄克　国王陛下还在说话，他以为若是能把他抬到露天之处，因剧毒侵袭而起的高热就会减轻。

亨利王子　把他抬到花园这里来[13]。他还在发谵语吗？〔毕格特下〕

潘伯娄克　比你离开他的时候安静些了，他刚才还在唱。

亨利王子　啊！疾病的脾气好古怪！极端的苦痛若是迁延过久，

反倒不大令人感觉到了。死亡之神抓到了人的躯体之后便无影无踪地走开，现在他进攻的是人的心灵，必用许多千奇百怪的幻想去刺激心灵、伤害心灵，那些幻想蜂拥进逼那最后的据点，最后同归于尽。真是奇怪，垂死的人还要唱。这只苍白虚弱的天鹅，唱着一支悲伤的曲子为他自己送终，从他的脆弱的喉咙之中发出歌声，送他的灵魂与躯体到永久安息之地，而我便是这只天鹅的幼雏。

骚兹伯利　请太子不要过于哀伤，因为您生来负有责任，要把他所留下的这样混乱的局面清出一个条理。

毕格特及侍从等轿抬约翰王上。

约翰王　唉，现在我的灵魂可有了活动的余地了，它不肯从窗口或是门口脱离肉体而去[14]。我心里烧得厉害，五脏都要变成灰尘。我是一幅画像，画在羊皮纸上的一幅画像，在这火边一烤我就卷缩了。

亨利王子　陛下可好吗?

约翰王　中毒了，很不好。死了，被遗弃了，被丢掉了。你们没有一个人肯教严冬把他的冰冷的手指伸进我的胃里，或是让我境内的河流在我焚烧的胸内穿行，或是请求凄凉的北风吻我灼焦的嘴唇，以冰冷的感觉抚慰我。我对你们要求的并不多，我乞求的只是一点儿冷冷的慰安。而你们竟那样吝啬，那样忘恩负义，不肯给我。

亨利王子　啊！但愿我的眼泪能有为你减轻苦痛的力量。

约翰王　泪水里的盐是滚烫的。我的内部成了一座地狱，其中的毒药像是关在里面的恶魔，在摧残我的永劫不复的性命。

私生子上。

私生子　啊！我急忙赶奔来见陛下，五内如焚。

约翰王　啊！侄儿！你是来令我瞑目，我心上的绳索已经挣断焚毁了，我的生命赖以进行的帆缆已经变成了一根线，一根细细的发丝。我的心只有一根可怜的绳子系牢着它，现在还能勉强维系等你说出你的消息。随后呈现在你眼前的便不过是一位被毁灭的王者之残骸废墟而已。

私生子　法国太子正准备向此地进兵，天晓得我们将如何对付他。因为我正想乘机调动我的精锐部队，不料于一夜之间在经过海湾的时候不小心全都被意外的海潮吞没了[15]。〔国王死〕[16]

骚兹伯利　你把这吓死人的消息送进了这死人的耳朵。陛下！主上！方才一位英武的国王，现在这样了。

亨利王子　我也要这样地走下去，这样地停摆。方才还是国王，如今成为泥土，那么这世界还有什么确实的东西，还有什么希望，还有什么可靠之物？

私生子　您就这样地去了吗？我偷生在世不过是要为您实行报仇，然后我的灵魂就要追随您于天上，就如同在尘世上我总是在做您的仆从一样。现在，现在，你们回到本来岗位上的诸位权贵，你们的部队在哪里？表现一下你们的悔过的真心，立刻和我一同回去，把灾害与无穷的耻辱逐出于我们的疲敝的国门之外。我们立刻去进攻，否则就要被攻，法国太子正在我们的身边咆哮呢。

骚兹伯利　好像是你知道的没有我们多。潘德夫主教现在在里面休息，半小时前刚从太子那里来，带来了我们不失光荣体面即可接受的和平建议，有意立即放弃战争。

私生子　他若看到我们的强壮的自卫的力量，就更会这样做了。

骚兹伯利　不，可以说是他已经这样做了。因为他已经把许多车辆打发到海滨去了，他的作战的目的与争执的事端都交给主教来处理。如果你认为可行，你、我和别位大人们，今天下午就赶快去见主教，把这件事作一适当的解决。

私生子　就这样办。你，还有最好不必前去的另外几位亲王，留在此地办理你们的父王的丧事吧。

亨利王子　他的遗体必须葬在乌斯特，因为这是他的遗嘱。

私生子　那么就葬在那里吧。您自己就请继承大统践阼登极！我以所有的恭顺之心向您下跪，表示永久地服从与效忠。

骚兹伯利　我们也同样地表示爱戴，永矢不渝。

亨利王子　我衷心感谢你们，除了用眼泪之外不知如何表示才好。

私生子　啊！这多事之秋已经预支了我们的忧伤，我们现在也不必付出太多的悲哀。这英格兰从来不曾，将来也永远不会，匍匐在一位征服者的狂傲的脚下，除非它自己先帮助伤害它自己。现在这些位亲贵都又回到家里来了，全世界尽管三面来攻，我们会给他们一个迎头痛击。
没有什么东西能使我们烦恼，
如果英格兰对自己忠实可靠。〔众下〕

注释

[1] counties 可以解作“州郡”，亦可解作“贵族们”。观下行专指人民，此行应系指贵族而言。

[2] 多汶堡垒（Dover Castle）由 Hubert de Burgh 率一百四十人据守四个月。

[3] 原文 And even there，methinks，an angel spake：所谓“天使”何所指？可能与上文之 purse 及 nobles（作金币解）二字有关，含有双关之意义，但此行之意义仍不可解。Wright 认为是指潘德夫之上场，似不恰。Malone 的释义是:“我方才所说的话，实在是一位天使在发言。因为，请看教皇大使来了，他从天上带来保证，证明我们出师理由正大。”亦难令人满意。Cowden Clarkes 共同主张可能是指“喇叭”，此说获得“新集注本”之佛奈斯的支持，威尔孙教授根据此说在他的“新剑桥本”里添上了舞台指导 a trumpet sounds 三字。传说中天使都是开口如喇叭鸣，所谓 trumpet-tongued。此说或近是。

[4] the crying of your nation's crow，Douce 解作 the crowing of a cock，“your nation's crow”，因 gallus 一字有二义，“公鸡”与“法国人”。但以公鸡为法国国家的标志乃是 Bonaparte 以后之事。Brinsley Nicholson 以为系指一批乌鸦飞过之凶兆而言，何林塞《史记》曾记载在 Crécy 之战曾发生此事，而一五九四年左右之《爱德华三世》一剧则转引为在 battle of Poitiers 之前夕有此凶兆打击法国军心云云。

[5] 以凶残著名的罗马皇帝尼禄（Nero，54—68 在位），曾弑其母，割裂其子宫而死。

[6] 约翰王实在是到 Swineshead Abbey 休憩，见何林塞《史记》。莎士比亚沿用旧剧之错误，写成林肯县之另一地方 Swinstead，彼处实无寺院。

[7] 离泰晤士河口不远处之一沙洲，据说原为属于 Earl Godwin 之一小岛，于一一〇〇年左右为海水所淹没。

[8]“你问我……问你吗？”这一句有人主张应该改为私生子所说，那意义便是“你先问我，为什么我不可以问你？”不改意亦可通。

[9] 从前国王进饮食例由左右人员（名为 taster 者）先行尝试，以防中毒。

[10]“一二一六年十月十四日，国王试图于水浅时渡涉 the Wash，国王自己及大部分部队均已渡过，突然潮水回涌卷去装载行李财宝之车马；此处至今仍名为‘King's Corner’。就在此同一夜晚国王抵达孙斯特之 Cistercian 寺院，患热病，终于死去。”（Rolfe 注）

[11] 英国东部北海之滨有一浅湾，名为 the Wash，湾之一边是 Norfolk，一边是 Lincolnshire。林肯县的这一边名为 Lincoln Washes，其地有几条河流注入海内。

[12] 国王死时亨利王子年仅九岁。

[13]“国王约翰并未死在 Swineshead（or Swinstead），如此处之所述。他到达那里的翌日，虽病势甚剧，仍用轿抬往 Sleaford 堡垒，十月十六

日又抬到 Newark 堡垒，十八日死在那里，时年四十九岁，在位的第十七年。”（Rolfe 注）

[14] 迷信人死时若在户外较为舒适。灵魂脱离肉体可以直升天庭，无须穿门越户。

[15] 实际上这件事是约翰王自己所遭遇的，见注 [10]。

[16] 事实上亚瑟之死与约翰之死相距十四年。